Jan Stressenreuter

# Aus Hass

Kriminalroman

Querverlag

*Die Handlung, die Figuren und manche Schauplätze dieses Romans sind fiktiv. Ähnlichkeiten mit lebenden und toten Personen sind unbeabsichtigt.*

Lektorat: Rainer Hörmann

Erste Auflage März 2017



Umschlag und grafische Realisierung von Sergio Vitale unter Verwendung eines Fotos von naruedom (fotolia.de).
Gesamtherstellung: Finidr
ISBN 978-3-89656-251-7
Printed in the Czech Republic

Bitte fordern Sie unser Gesamtverzeichnis an:
Querverlag GmbH
Akazienstraße 25, 10823 Berlin
www.querverlag.de

von Jan Stressenreuter im Querverlag erschienen

*Love to Love You, Baby*
*Ihn halten, wenn er fällt*
*Und dann der Himmel*
*Mit seinen Augen*
*Aus Rache*
*Aus Angst*
*Aus Wut*
*Wie Jakob die Zeit verlor*
*Haus voller Wolken*
*„Figgn, Alda!" und andere Geschichten*
*Aus Hass*

## *Zehn Jahre zuvor*

# *Freitag, 14. September – New York City*

Die Schlange der Fans, die sich *Morning's Death* vom Autor persönlich signieren lassen wollten, schien kein Ende zu nehmen. Seit einer Dreiviertelstunde saß Stephen Gatler in einer der großen, altehrwürdigen Buchhandlungen der Metropole am Hudson River direkt am Broadway, Ecke 12. Straße, umrahmt von Dutzenden Exemplaren der englischen Ausgabe seines Buches, mit einem gefrorenen Lächeln im Gesicht, einen Stift zwischen seine steifen Finger gepresst. Die Anstrengung des langen Tages machten sich bei dem Mittfünfziger mit dem markanten dichten Schopf weißer Haare durch Kopfschmerzen bemerkbar. Obwohl die Klimaanlage eingeschaltet war, hing der Geruch von Staub und frisch bedrucktem Papier in der Luft und vermischte sich mit den Düften verschiedener Damenparfüms. Dianne Hatford – Gatlers junge, blonde Assistentin, die ihm sein US-amerikanischer Verlag für die Dauer seiner Lesereise durch die Ostküstenstaaten zur Seite gestellt hatte – versuchte vergeblich, die Signierstunde zu beschleunigen.

„Ladies and gentlemen … could we speed things up just a little?"

Gatler bemerkte, wie Hatford die Stirn runzelte, während sie zum wiederholten Mal einen Blick auf ihre Armbanduhr warf. Gegen 22:30 Uhr war er als Gast eines Late-Night-Talks bei einem Radiosender verplant, ein letzter Termin an diesem Tag. Aber jeder der Zuhörer, die nach der Lesung *Morgentod* kauften – so der Originaltitel des Romans –, schien begierig darauf zu sein, den Autor aus nächster Nähe zu sehen, ihm die Hand zu schütteln und ihn in ein Gespräch zu verwickeln. Dass ein Schriftsteller aus Deutschland die Bestsellerliste der *New York Times* anführte, noch dazu mit einem Krimi – ein Genre, das die Amerikaner als ihr ureigenes verstanden, auch wenn Gatler in seinen Interviews nicht müde wurde, auf Sir Arthur Conan Doyle und Agatha Christie als Begründer des modernen Kriminalromans zu verweisen –, war eine literarische Sensation und hatte den Zulauf zu seinen Lesungen noch einmal verstärkt.

Zumeist waren es Frauen mittleren Alters, die ihm ihr Exemplar in die Hand drückten, versehen mit einem Post-it, auf dem der gewünschte Text der Signierung vorformuliert war: *For Heather, Happy Christmas. For Marc, a thrilling holiday read.* Einige gaben sich Mühe, den Schriftsteller mit ein paar Brocken Deutsch zu beeindrucken, die sie während eines Europaurlaubs aufgeschnappt hatten, näselten „Wie geht es Ihnen, Herr Gatler?“ oder erklärten, wie sehr ihnen der Dom seiner Heimatstadt Köln gefallen hatte: „That big cathedral you have? Awesome, simply awesome!“ Manche brachten auch Heidelberg oder Neuschwanstein in das Gespräch ein und waren brüskiert, wenn Gatler missmutig erklärte, dass er noch nie in seinem Leben dort gewesen sei und auch nicht vorhabe, das Schloss jemals zu besuchen, jedenfalls nicht, solange es hauptsächlich von asiatischen Touristen bevölkert würde. Andere versuchten sich einzuschmeicheln, indem sie ihm dazu gratulierten, dem weißhaarigen, bärtigen Foto auf dem Rücken des Buchumschlags sehr ähnlich zu sehen.

Zu Anfang seiner Tour hatte sich Gatler noch auf diese Art von Smalltalk eingelassen, hatte sogar mit einer gewissen Befriedigung an seinem Image als „schwieriger Autor“ gefeilt, indem er kurz angebundene, ruppige Antworten gab, wenn ihm danach war; jetzt, auf der letzten Station seiner Reise, stellte er seine Ohren auf Durchzug, kritzelte achtlos die gewünschten Sätze auf die erste Seite des Buches und wandte sich dem nächsten Leser zu. In diesem Fall einem nickelbebrillten Endvierziger mit graumeliertem Haar und einem nervösen Augenblinzeln, der ihn unbedingt darauf aufmerksam machen wollte, dass dem Übersetzer der englischen Ausgabe auf Seite 247 ein Fehler unterlaufen war.

„See here?“ Der Mann hielt Gatler das aufgeschlagene Buch unter die Nase, als hätte der Autor den Fehler persönlich zu verantworten. „It should be *men*, not *man*!“

„Na und?“, fuhr Gatler ihn an. „Lassen Sie mich in Ruhe mit dem Quatsch! Passiert in Ihrem Leben nichts Aufregendes, dass Sie sich an so was hochziehen müssen?“

„What?“ Der Mann hatte zwar kein Wort verstanden, aber sehr wohl begriffen, dass Gatler wütend geworden war, und fühlte sich vor den Kopf gestoßen.

„Go to hell!“, verdeutlichte Gatler seinen Ärger. Bevor die Situation eskalieren konnte, war Dianne Hatford zur Stelle, die sich der Sache annahm und den Mann in eine Unterhaltung verwickelte, während sie ihn geschickt aus der wartenden Schlange herauslöste. Gatler unterdrückte einen Seufzer der Erleichterung und nahm das nächste Buch in Empfang, ohne aufzublicken.

„I'm so thrilled to meet you, Mr. Gatler. I've told all my friends they *must* read your book!" Eine Afro-Amerikanerin mit zu viel Ethno-Schmuck über einem sackartigen, mit Goldfäden durchwebten Oberteil streckte ihm ihr Buchexemplar entgegen.

„Thank you", murmelte Gatler und schrieb ihr die erbetene Widmung ins Buch. „Danke schön!" Die Amis mochten es, wenn er ein paar deutsche Versatzstücke in seine Äußerungen einbaute. Vielleicht verlieh ihm das in ihren Augen mehr Authentizität? Bei der nächsten USA-Reise würde er Lederhosen anziehen. Aber wahrscheinlich prallte diese Art von Ironie an Amerikanern einfach ab.

Er hatte keine Vorstellung davon gehabt, wie anstrengend diese Lesereise werden würde, auf der er seinen Debütroman dem amerikanischen Publikum vorstellte. Sieben Tage, sieben verschiedene Städte, jeden Abend eine Lesung, anschließend Diskussionsrunden mit dämlichen Gesprächsleitern, die blödsinnige Fragen stellten, dazwischen Interviews beim Lunch oder Kaffee für Zeitungen und Zeitschriften, sogar zwei kurze Auftritte im Frühstücksfernsehen; der Verlag hatte seinen Tagesablauf genau durchgetaktet, nichts dem Zufall überlassen. Dann noch die Flüge, das Einchecken in die – zugegebenermaßen erstklassigen – Hotels … am Tag zuvor hatte er tatsächlich für einen Moment vergessen, in welcher Stadt er sich befand. Was für ein Unterschied zu dem Leben, das er noch bis vor Kurzem geführt hatte!

Beim Anflug über die Neuenglandstaaten vor einer Woche war die gesamte Küstenregion in die ersten zarten Farben des *Indian Summer* getaucht gewesen, die Wälder leuchteten in Rot, Gelb und Braun, dazwischen schmiegten sich kleine Dörfer mit weißgetünchten Kirchen in die sanfte Hügellandschaft. Es sah aus wie auf einer Hochglanzpostkarte. Manchmal – so wie gestern Nacht, als er vom Fenster seines Bostoner Hotels den Blick über den Hafen hatte schweifen lassen mit seiner spektakulären Skyline und dem Strand, vor dem die Yachten der Ostküsten-Geldaristokratie ankerten – kam ihm alles völlig irreal vor. Wie konnte ein Buch, das er ohne große Hoffnung auf Veröffentlichung vor mehr als drei Jahren geschrieben hatte, eine solche Veränderung auslösen? Und wenn schon! Er hatte sich den Ruhm verdient. Sein Leben lang war er ein Niemand gewesen; jetzt war sein Moment gekommen, er würde ihn sich nicht nehmen lassen.

Gatler fertigte erschöpft die nächsten Leser ab, zwei ältliche Frauen mit grauen Haaren und blendend weiß gebleachten Zähnen, die in ihren Joggingschuhen und Fleece-Jacken aussahen, als hätten sie vor der Lesung eine Runde Nordic-Walking im nahen Union Square Park absolviert. *For Harry, a belated birthday present. For Timothy, Happy Anniversary!*

Unglücklicherweise fiel Gatlers Trip in die USA mit dem Jahrestag der Anschläge auf das World Trade Center zusammen; überall wurde die Erinnerung daran wachgerüttelt mit Gedenkreden und Kommentaren. Im Fernsehen waren auf allen Kanälen wieder die Flugzeuge zu sehen, die vor einigen Jahren in die Wolkenkratzer geflogen waren, und die Behörden gaben sich erneut ihrer Paranoia hin. Bei der Einreise war sein Koffer komplett gefilzt worden, sogar der Titel seines Krimis hatte Verdacht erregt – und Gatler hatte nicht zur Entspannung der Zollbeamten beigetragen, als er während der fünfzehnminütigen Kontrolle verärgert gefragt hatte, ob man ernsthaft glaube, dass es sich dabei um die Gebrauchsanleitung für eine erneute Terrorattacke handele. Erst die Ankunft Dianne Hatfords in einem neonbeleuchteten, spärlich eingerichteten Raum neben den Sicherheitskontrollen, der von zwei schwer bewaffneten, ausdruckslos starrenden Polizisten bewacht wurde, hatte die Situation geklärt.

Auch die Sicherheitsvorkehrungen zu seinen Veranstaltungen waren ins Groteske verschärft worden, als ob die privaten Wachdienste hinter jedem Gast einen islamistischen Selbstmordattentäter vermuteten. Keine einzige Lesung hatte pünktlich anfangen können. In Interviews war Gatler nach seiner Meinung zu den Anschlägen befragt worden, hatte Anteilnahme, Empörung und Mitgefühl heucheln, die Gefühlslage der Deutschen erklären müssen – als ob er dafür ein kompetenter Ansprechpartner gewesen wäre. Ein paar Mal hatte er sich das gefallen lassen, doch dann, als er einem Reporter in Albany, New York, Rede und Antwort gestanden hatte, war ihm verärgert herausgerutscht, dass es vielleicht besser gewesen wäre, wenn George Bush senior nicht den ersten Golfkrieg vom Zaun gebrochen hätte – was einen Aufschrei in der Öffentlichkeit ausgelöst und ihm eine Schlagzeile in der *Times Union*, der größten Tageszeitung von Albany, eingebracht hatte: *German writer blames former President for 9/11*. Es war eine erhebliche Verkürzung seiner Äußerungen und trug zu seinem Ruf als widerborstiger Gesprächspartner bei. Zur darauffolgenden Lesung waren tatsächlich einige Demonstranten vor der Buchhandlung erschienen, die Plakate in die Höhe hielten und den Boykott seines Buches forderten. Eine Frau hatte sogar versucht, seinen Roman zu verbrennen, war aber von einem Wachmann daran gehindert worden. Gatler hätte darüber gelacht, wenn Dianne Hatford nicht so besorgt ausgesehen und sofort hektisch zu telefonieren begonnen hätte. Der Verlag hatte ernsthaft um sein Image gefürchtet und die PR-Abteilung eine schriftliche Distanzierung vorbereitet, bis man festgestellt hatte, dass Gatlers umstrittene Äußerung eine unschätzbare zusätzliche Werbemaßnahme war und den Verkauf seines Krimis weiter angekurbelt hatte. Was den Deutschen in seinem Vorurteil bestätigte, dass den Amerikanern der schnöde Mammon letztendlich wichtiger war als ihr demonstrativer Patriotismus oder ihre prüde Moral.

Dennoch genoss Gatler die Aufmerksamkeit, das geballte Medieninteresse. In Deutschland war *Morgentod* zwar auch positiv aufgenommen worden, hatte sich wochenlang auf der *Spiegel*-Bestsellerliste getummelt und sogar die *FAZ* hatte sich zähneknirschend zu einer Buchempfehlung herabgelassen. Trotzdem wurde Gatler in seiner Heimat sogleich das Schild eines Trivialautors umgehängt, als gehörte man nur dann zum Kreis der ernstzunehmenden Schriftsteller, wenn man sich in seinem Werk mit dem Dritten Reich, zumindest aber mit Flucht und Vertreibung oder dem Leben in der ehemaligen DDR beschäftigte. In den USA zählte, ähnlich wie in Großbritannien, nur Gatlers überraschender Erfolg.

Und jetzt wartete die Welt auf einen zweiten Krimi. Fast jedes Interview schloss mit der Frage nach dem nächsten Projekt.

„What are you working on at the moment, Mr. Gatler? When can we expect your next thriller?“ Was Gatler nervös machte, denn die Wahrheit war, dass er nichts anzubieten hatte außer vagen Ausflüchten. Vielleicht war es der Trubel, der so unerwartet und plötzlich über ihn hereingebrochen war, die ständigen Reisen auch quer durch Deutschland, Österreich und die Schweiz – jedenfalls hatte er noch keine Ahnung, wie sein nächster Roman aussehen würde, hatte weder eine Handlung noch Charaktere parat. Sein Kopf war – leer. Dass nach seiner USA-Reise zum ersten Mal seit dem Erscheinen des Buchs keine Termine mehr anstanden, erleichterte ihn und bereitete ihm gleichzeitig Angst. Endlich würde er die nötige Muße und Ruhe finden, sich auf einen Nachfolger für *Morgentod* zu konzentrieren. Hoffentlich.

„Sie müssen Stefan sein“, sagte eine weibliche Stimme mit rauchigem Alt in akzentfreiem Deutsch direkt vor ihm und riss ihn aus seinen Gedanken, zurück zu seiner Autogrammstunde. „Stefan Scziekorsky.“

Gatler zuckte zusammen, als er seinen richtigen Namen hörte, und nahm die Frau näher in Augenschein, die sich in der Schlange bis zu seinem Tisch vorgearbeitet hatte. Ein graues Kostüm mit abgesetzten schwarzen Taschen, elegant geschnitten – bestimmt nicht billig –, dezentes, unterkühltes Make-up, eine dunkle Kurzhaarfrisur, erheblich jünger als er, vielleicht Anfang dreißig, schmale, rostrot geschminkte Lippen und graue Augen, die ihn aufmerksam musterten. Schon während der Lesung hatte er sie bemerkt: In der vorletzten Reihe sitzend, war sie offensichtlich ohne Begleitung erschienen. Sie schien kein besonderes Interesse an seinem Vortrag gehabt zu haben, hatte immer wieder den Blick über das Publikum schweifen lassen. Jetzt fiel ihm auf, dass die Frau nicht mal ein Buch in der Hand hielt.

„Verzeihung?“, sagte er.

„Der Mann, mit dem Achim jetzt lebt.“

Gatler sah sich um, besorgt, dass jemand ihrem Wortwechsel folgte. Aber niemand achtete darauf, auch Hatford schien noch immer mit dem bebrillten Mann beschäftigt zu sein. „Und Sie sind?“

„Corinna Kemper. Luccas Mutter.“

„Luccas … oh. Ich dachte … leben Sie nicht in Dallas?"

„Ich habe beruflich für zwei Wochen hier zu tun. Ich bin durch Zufall über die Ankündigung Ihrer Lesung gestolpert."

„Ich … ähm …" Gatler lehnte sich vorsichtig zurück. „Freut mich, Sie kennenzulernen, Corinna."

Hinter Kemper machte sich jetzt doch eine gewisse Unruhe breit; ihre private Unterhaltung, noch dazu in der Muttersprache des Autors geführt, erregte Aufmerksamkeit. Auch Hatford warf Gatler fragende Blicke zu.

Kemper ließ ihn noch immer nicht aus den Augen, und Gatler fühlte sich in seiner sitzenden Position, von der aus er ständig zu ihr nach oben schauen musste, im Nachteil.

„Vielleicht können wir anschließend zusammen essen gehen oder uns auf einen Drink treffen?", fragte Kemper. „Man trifft sich hier gerne auf einen Drink nach der Arbeit." Es klang fast ein wenig spöttisch.

Gatler sah auf seine Uhr. „Ich habe noch einen Termin bei einer Radiostation. Das tut mir leid. Aber man lässt mir hier wirklich kaum eine Minute Freizeit." Er hob gespielt hilflos die Schultern.

„Natürlich." Kemper lächelte ihn an, ein Lächeln mit blitzenden Zähnen, dem jegliche Wärme fehlte. Dann zog sie aus ihrer Handtasche eine Visitenkarte und drückte sie Gatler in die Hand. „Für alle Fälle, falls Sie es sich anders überlegen. Rufen Sie mich an."

Etwas an ihrem Tonfall ließ ihn aufhorchen und seine Pläne ändern. „Wie wäre es nach dem Radiointerview?", schlug er vor. „So gegen halb zwölf? Ich bin sicher, dass die Bar meines Hotels dann noch geöffnet hat."

Kemper war einverstanden, und er nannte ihr Name und Adresse seiner Unterkunft.

„Weiterhin viel Erfolg", sagte sie und nickte ihm zu. Dann drehte sie sich um und verließ die Buchhandlung, ohne sich umzublicken. Die Absätze ihrer schwarzen High Heels verursachten klackende Geräusche auf dem Boden. Gatler schaute ihr nachdenklich hinterher. Dann wurde ihm das nächste Buch zum Signieren auf den Tisch gelegt, und er verstaute die Visitenkarte in seiner Hosentasche.

Vier Stunden später, nach dem Radiotermin, der Rückkehr in sein Hotel und einem Drink in der Bar, wo Corinna Kemper in einem schwarzen Ledersessel auf ihn gewartet hatte – die langen Beine lasziv übereinandergeschlagen, an einem trockenen Martini mit zwei Oliven nippend –, zog Gatler aufatmend seine Schuhe aus und ließ sich aufs Bett fallen.

Seine Intuition hatte ihn nicht getrogen. Es war eine interessante Unterhaltung gewesen. Von seiner Seite her ein wenig verhalten zu Beginn, die ersten Minuten hatte er sich unbehaglich gefühlt. Aber Corinna schien keine Probleme mit ihm zu haben, keine Ressentiments zu empfinden. Mit einer verächtlichen Handbewegung hatte sie seine Verwunderung abgetan. Schnee von gestern. Nicht von Bedeutung. Er hatte ihr diese Phrasen zwar nicht geglaubt, aber sie passten zu diesem Land, in dem man nur nach vorne sah und nie zurück. Kein Wunder, dass sie Deutschland verlassen hatte, um hier Karriere zu machen.

Gatler starrte reglos auf die Aussicht, die er von seinem Zimmer im 15. Stock auf Manhattan hatte. Erleuchtete Bürotürme, blinkende Reklametafeln, dunkle Häuserschluchten. Irgendwo unten auf der Straßenebene gellte die Sirene eines Polizeiwagens und verlor sich in der Ferne.

Am Abend war der Wagen, der ihn und Hatford zum Termin bei dem Radiosender gebracht hatte, am leblosen Körper einer Frau vorbeigefahren, der auf dem Bürgersteig lag. In dem kurzen Augenblick hatte Gatler nicht erkennen können, ob es sich um eine Obdachlose, jemanden mit einem Herzinfarkt oder das Opfer eines Gewaltverbrechens gehandelt hatte. Er hatte keine Ahnung gehabt, wo sie sich gerade befanden, sein Orientierungssinn ließ ihn in fremden Städten schnell im Stich, aber es schien nicht die beste Gegend zu sein, wenn man nach den Müllhaufen urteilte, die sich am Straßenrand befanden. Er hatte gefragt: „Sollten wir nicht … ich weiß nicht … anhalten oder zumindest Hilfe herbeirufen?“, aber Hatford hatte ihn entgeistert angesehen und erwidert: „Nein. Bestimmt nicht.“

Gatler schaute auf die Uhr, dann griff er zum Telefon. „Hab ich dich geweckt?“ In Deutschland hatte schon der nächste Morgen begonnen, dort war es kurz nach halb sieben Uhr.

„Nein." Achim Kauz klang müde. „Lucca hatte eine unruhige Nacht. Er fiebert und …"

Aber Gatler hatte keine Lust, das Neueste über den kleinen Sohn seines 32-jährigen Lebensgefährten zu hören. Er wollte berichten, wie sein Tag in New York gewesen, wie die Lesung verlaufen war und die Interviews. Doch Achim ging ganz in der Erziehung des Jungen auf, interessierte sich nur mäßig für Gatlers Erfolg. Nicht, dass er sein Desinteresse zeigte; aber wenn Gatler von seinem Buch sprach, ihn auf eine Rezension, neue Verkaufszahlen hinwies, dann spürte er, dass er seinen Partner nicht erreichte. Es war ein frustrierendes Gefühl; wenn es nicht so abwegig gewesen wäre, hätte man annehmen können, Gatler sei eifersüchtig auf einen Zweijährigen. Dabei war er es doch, der es Achim mit den Einnahmen aus seinem Buch ermöglichte, sich um Lucca zu kümmern – auch wenn Achim das nicht so sah und behauptete, er könnte notfalls allein für den Jungen sorgen. Denoch, ein wenig mehr Dankbarkeit, ein wenig mehr Beachtung hätte Gatler sich schon gewünscht.

Um von Lucca abzulenken, erzählte er von dem leblosen Körper am Straßenrand. „Sie könnte das Opfer eines Auftragskillers gewesen sein", ließ er seiner Fantasie freien Lauf. „Du weißt schon …"

„Als Idee für ein neues Buch?" Achim war nicht überzeugt. „Zu abgedroschen. Wie wäre es, wenn sie eine Großmutter ist, die von ihrer Enkelin aus Hass erschlagen wurde?"

„Warum aus Hass? Enkel lieben ihre Großeltern. Normalerweise."

„Aber nicht in diesem Fall … Die alte Frau könnte für eine Familientragödie verantwortlich sein, den tragischen Tod des Sohnes ihrer Enkelin. Ja, das passt. Könntest du in einem deiner nächsten Krimis verwenden."

„In einem meiner nächsten? Ich habe noch nicht einmal genug Ideen für einen!"

Kauz seufzte, als wollte er die Selbstzweifel seines Freundes auf der anderen Seite des Atlantiks im Keim ersticken, als hätte er sie schon zu oft gehört, um sie ernst zu nehmen. „Das kommt schon noch."

„Dianne hat mich gestern zu einem Abstecher in den Central Park geführt", wechselte Gatler verstimmt das Thema. „Die Farben der Blätter ... es würde dir gefallen. Du hättest mitkommen sollen."

„Und Lucca?", erwiderte Achim. „Er ist noch zu klein für einen solchen Flug."

„Herrgott, wir hätten ihn eine Woche bei der Tagesmutter lassen können! Wir hätten jemanden engagiert, der sich rund um die Uhr um ihn gekümmert hätte. Das wäre doch nicht weiter tragisch gewesen!"

„Ich hätte Lucca bestimmt nicht eine Woche bei einem Fremden gelassen!", sagte Achim mit einer gewissen Schärfe. „Außerdem ..." Er ließ den Rest des Satzes unausgesprochen, aber Gatler wusste, was er meinte.

„Ich hätte dich als meinen Assistenten ausgeben können", entgegnete er.

„Du hast schon eine Assistentin, die dir zur Seite steht", erinnerte ihn Kauz. „Und ich will niemanden belügen. Das habe ich nicht nötig." Sie schwiegen einen Moment, bis Gatler am anderen Ende der Leitung das Jammern eines Kindes vernahm. „Ja, Lucca, der Papa kommt sofort! – Stefan, ich muss mich um Lucca kümmern. Er hat vierzig Fieber und einen trockenen Husten. Ich werde gleich mit ihm zum Kinderarzt fahren."

„Schon gut." Gatler konnte seine Enttäuschung nur mühsam verbergen. Das Kind hatte immer Vorrang. „Kannst du mich morgen vom Flughafen abholen?"

„Stefan, ich kann Lucca nicht zur Tagesmutter bringen, wenn er krank ist. Nimm dir ein Taxi. Guten Flug!"

„Aber ..." Jetzt hörte Gatler Lucca lautstark weinen und gleich darauf Achims ungeduldige Stimme.

„Ist sonst noch was?"

Und weil sein Freund so erpicht darauf schien, das Telefonat zu beenden, antwortete er: „Nein. Nein, alles gut. Wir sehen uns morgen."

# *Neun Jahre zuvor*

# *Dienstag, 18. November – Köln*

„Es geht nicht! Es geht einfach nicht!" Stephen Gatlers Stimme hatte einen verzweifelten, fast hysterischen Unterton. Er starrte mit einer Mischung aus purem Hass und Selbstverachtung auf seine Schreibmaschine, eine alte Olympia mit schwarzem Gehäuse, die auf einen behelfsmäßigen, schmalen Tisch in eine Ecke der viel zu kleinen Wohnung gequetscht worden war, eingekreist von Bücherregalen, halb gepackten Umzugskartons und ein paar Grünpflanzen. Achim fand es lächerlich, dass er darauf bestand, das Manuskript im Computerzeitalter auf einer Schreibmaschine zu tippen, aber es hatte ihm bei *Morgentod* Glück gebracht, und er wollte sein Schicksal nicht herausfordern.

Überall in der Wohnung lag Kinderspielzeug herum. Am Morgen war er über Bauklötze gestolpert und hätte sich fast den Fuß verdreht. Drei Zimmer und eine winzige Küche, nirgendwo Platz, um in Ruhe zu arbeiten, sich zu konzentrieren. Kein Raum für Notizen oder auch nur ein paar Stifte und Schreibblöcke, seinen Duden oder die Literatur, die er zu Recherchezwecken in Griffweite brauchte. Wie sollte man in dieser beklemmenden Enge arbeiten?

Und dann der ständige, unerträgliche Lärm! Er war zu alt für diese Art von Ablenkung. Kindererziehung war etwas für junge Leute, nichts für jemanden wie ihn, der seine Midlife-Krise schon hinter sich gebracht hatte. Genervt lauschte er dem lautstarken Protest aus dem Zimmer nebenan. Lucca machte gerade eine seiner Trotzphasen durch und weigerte sich standhaft, ins Bett zu gehen, obwohl er völlig übermüdet war. Jedes Mal, wenn Achim ihn hinlegte, begann er wie am Spieß zu brüllen, als würde ihm unter Folter die Haut vom Leib gezogen. Gestern hatte der Junge eine Stunde am Stück geschrien und war durch nichts zu beruhigen gewesen. Gatler war aus der Wohnung geflohen, hatte wütend die Tür hinter sich zugeknallt.

Trotz Regen und Kälte war er am Rheinufer entlanggelaufen, vom Belgischen Viertel hinter den Ringen quer durch die Innenstadt, vorbei an den gähnend leeren Geschäften, bis hinunter zur Bastei, dem in den zwanziger Jahren erbauten Restaurant direkt am

Rheinufer, das ihn immer an eine fliegende Untertasse erinnerte. In der Dämmerung war selbst die Anlage der Seilbahn kaum noch zu erkennen gewesen, die im Sommer Ausflügler über den Rhein trug, während der Wintermonate aber stillgelegt war. Nur wenige Menschen waren unterwegs gewesen, mit Regenschirmen bewaffnet und mit gesenkten Köpfen über die Promenade am Flussufer hastend, nicht einmal die Silhouette des Doms wahrnehmend, die dunkel unter den Regenwolken lag. Gatler jedoch hatte die Tropfen ignoriert, die die Windböen in seinen Mantelkragen und seine Schuhe trieben, war weiter und weiter gelaufen, weil er die Unruhe zu Hause nicht mehr ausgehalten hatte. Kein Wunder, dass er mit dem Schreiben nicht vorwärtskam!

Am meisten störte ihn das Kind, wenn es am frühen Morgen ins Schlafzimmer kam und sich im Bett zwischen Achim und ihn drängelte, um mit seinem Papa zu kuscheln. Dann kam sich Gatler überflüssig vor, ausgeschlossen. Idiotisch, eifersüchtig auf einen sabbernden kleinen Jungen zu sein. Einmal war ihm im Halbschlaf ein verärgertes „Verschwinde!" herausgerutscht, worauf ihm Achim eine Szene gemacht hatte und er sich bei Lucca entschuldigen musste. Er, ein Autor mit Millionenauflage! Aber Achim konnte seine Abneigung nicht verstehen; er vergötterte Lucca. Um dem alltäglichen Chaos und dem Lärm zu entgehen, hatte Gatler zwischenzeitlich sogar ein Büro angemietet, um in Ruhe zu schreiben, doch die Stille war genauso unerträglich gewesen, hatte ihn ausgelacht, hatte ihn erdrückt, hatte ihm sein Versagen nur allzu deutlich vor Augen geführt.

Und jetzt starrte er seit einer geschlagenen Stunde auf denselben Fleck des in die Schreibmaschine gespannten Blatt Papiers. Die Handlung bewegte sich nicht von der Stelle, so wie schon seit Wochen, seit Monaten. Es trieb ihn in den Wahnsinn, verursachte ihm Magenschmerzen und ließ ihn an sich selbst zweifeln. Hin und wieder setzte Gatler an, schrieb eine Zeile, vielleicht sogar einen ganzen Absatz, nur um nach wenigen Minuten die Seite aus dem Wagen herauszureißen und das Papier zusammenzuknüllen, weil nichts davon gut genug war. Worthülsen, leeres Geschwafel. Unzählige Male hatte er das bisher Geschriebene dem Vergessen anheimgegeben, aber sosehr er sich auch mühte, es gelang ihm einfach nicht mehr, einen Spannungsbogen aufzubauen, seine Figuren zum Leben zu erwecken. Sie waren wie Schaufensterpuppen, Karikaturen menschlicher Existenz, ohne Tiefgang, seelenlos. Niemand würde das je lesen wollen. Inzwischen begann er sich vor dem Moment zu fürchten, in dem er sich vor die Schreibmaschine setzte, einen neuen selbstquälerischen Anlauf nahm, um seine Blockade zu überwinden. Sogar einen Pakt mit dem Teufel würde er eingehen, wenn er nur wieder schreiben könnte.

Dabei war er eigentlich ein begnadeter Sprachakrobat, jemand, der den Leser mit wenigen Worten, mit nur ein paar Andeutungen in Angst und Schrecken versetzen, eine Atmosphäre der Furcht erzeugen konnte. Er hatte es mit *Morgentod* doch bewiesen!

Doch nachdem sich der erste Hype um seinen Debütroman gelegt, die Anfragen zu Lesungen langsam verebbt waren und er endlich die ersehnte Zeit hatte, mit einem zweiten Krimi an den Erfolg anzuknüpfen und zu beweisen, dass er mehr war als ein *One Hit Wonder*, war die Schreibmaschine zu seinem Feind geworden, zu seinem Folterknecht. Sosehr Stephen Gatler sich auch abmühte, den Nachfolger seines Bestsellers zu Papier zu bringen: Alles, was er bisher zustande gebracht hatte, waren ein sechsseitiges Exposé und knapp vierzig Seiten Text. Und mit jedem Tag, der verstrich und an dem er nicht vorwärtskam, rückte der Abgabetermin näher, nahm der Druck zu. Der Verlag hatte schon über eine Werbekampagne diskutiert, Anzeigen gekauft, Interviewtermine in Radio und Fernsehen sondiert. Alles kaum noch zu halten, weil er, der Autor, unter einer Schreibblockade litt.

Gatler stand auf und ging ans Wohnzimmerfenster, sah dem Regen zu, der gegen die Scheiben prasselte. Seit einer Woche goss es, von kleineren Unterbrechungen abgesehen, ständig. Ein Tief nach dem anderen jagte über den Atlantik und hüllte die Stadt in ein schmuddeliges, unansehnliches Grau. Die Abwasserkanäle auf den Straßen wurden mit dem Wasser nicht mehr fertig, und der Fluss war für die Schifffahrt gesperrt worden; zu groß war das Risiko gefährlicher Strömungen. Wie sehr er den Frühling herbeisehnte!

Unten auf der Straße grölten die Stimmen von Jugendlichen vom Brüsseler Platz herüber, die sich trotz des ungemütlichen

Winterwetters nicht die Feierlaune verderben ließen. Flaschen klirrten, leere Bierdosen schepperten über die Straße. Aus der Bar um die Ecke schallte dröhnend Hip-Hop-Musik nach draußen, wenn die Tür aufgestoßen wurde. Wenigstens das würde aufhören, sobald Achim und er umgezogen waren.

Vor sechs Monaten hatte Stephen Gatler endlich ein standesgemäßes Haus in Hahnwald gekauft, ruhig gelegen, von hohen Mauern umgeben, finanziert durch die Tantiemen des ersten Krimis, den Vorschuss auf den zweiten und ein Steuersparmodell, das die Kaimaninseln involvierte und von der Kanzlei eingefädelt worden war, die seine Finanzen verwaltete. Die Gründerzeitvilla war seitdem von Grund auf renoviert worden, Handwerker hatten neue Wasser- und Stromleitungen verlegt, eine Terrasse zum Garten hin angebaut. Eigentlich war der Umzug für den Spätsommer geplant gewesen, aber natürlich hatte es Verzögerungen gegeben: Schimmelbefall in der Eingangshalle, ein morscher Fußboden in der Küche, ein Streit mit den Nachbarn über unklare Grundstücksgrenzen. Alles Dinge, mit denen Gatler nicht gerechnet hatte und die ihn immer wieder aufs Neue ablenkten. Aber nun wollten die Anstreicher in zwei Wochen fertig sein. Weihnachten war das neue Zuhause bezugsbereit, und er, Gatler, hatte dann ein eigenes Arbeitszimmer im Erdgeschoss – weitab von Luccas Zimmer auf der anderen Seite des Hauses im ersten Stock. Nur dass er nicht mehr sicher war, ob die neue Umgebung etwas an seiner Schreibblockade ändern würde. Sie fühlte sich mehr und mehr endgültig an, auch wenn Achim nichts davon hören wollte, wenn Gatler ihm seine quälenden Zweifel beichtete und er ihm Mut zusprach.

Er zuckte zusammen, als er die Hand seines Freundes auf der Schulter spürte. Er hatte derart mit sich gehadert, dass er Achim nicht hatte kommen hören. „Ist er endlich eingeschlafen?"

Sein Freund nickte. „Gott sei Dank."

Gatler betrachtete seinen mehr als zwanzig Jahre jüngeren Lebensgefährten. Achims tiefschwarze Haare waren mit Gel zurückgekämmt, nur eine einzige widerspenstige Strähne fiel ihm immer wieder in die Stirn. Die dunklen, rotgeäderten Augen und die fast unnatürliche Blässe seiner Haut ließen erkennen, wie übermüdet er war; die schmale, weiße Narbe am rechten Mundwinkel, die von einem Unfall in seiner Kindheit herrührte, verzog seine Oberlippe zu einem angedeuteten, ironischen Lächeln.

Groß und schlank, mit ebenmäßigen Gesichtszügen, glatt rasiert und wie meist schwarz gekleidet, strahlte Achim Kauz eine distanzierte Schönheit aus, eine gewisse Unnahbarkeit, die Gatler von Anfang an genauso angezogen hatte wie seine ungewöhnliche Geschichte, als sie sich vor drei Jahren kennengelernt hatten: Das späte Coming-out und dann der „Unfall", der kurz vor der Trennung von Corinna zur Zeugung seines Sohnes geführt hatte. Nur dass damals niemand hatte ahnen können, dass Corinna eine Karriere als Architektin in den USA ihrer Rolle als Mutter vorziehen und Lucca Achim überlassen würde. Gatler war nicht sicher, ob er eine Beziehung mit Achim eingegangen wäre, wenn er das vorher gewusst hätte. Er hatte einen Liebhaber gewollt, einen Partner, einen Bewunderer. Nicht einen Vater, der tatsächlich in dieser Rolle aufging und ihn mehr und mehr vernachlässigte.

Kauz deutete auf die Schreibmaschine. „Mehr Glück gehabt heute?" Ein behutsamer Unterton lag in seiner Stimme, als spräche er mit einem Patienten, dessen Genesung fraglich war.

Gatler schüttelte den Kopf. „Nur Mist", murmelte er. „Nur Mist."

„Wenn wir erst mal drüben in Hahnwald sind, wenn erst mal dein Arbeitszimmer eingerichtet ist …"

Kauz versuchte, zuversichtlich zu klingen, aber auch er hatte bemerkt, wie lange sich Gatler schon vergeblich abmühte. Anfangs hatte er es als vorübergehendes Phänomen abgetan. Litt nicht jeder Schriftsteller irgendwann einmal daran, insbesondere, wenn dem neuen Projekt ein so großer, nicht abzusehender Erfolg vorausgegangen war? Hieß es nicht, dass der zweite Roman immer der schwerste war? Aber inzwischen, nachdem aus Wochen Monate geworden waren, begann er zu zweifeln. Vielleicht hatte sein Partner nur diese eine Geschichte erzählen können, vielleicht war er tatsächlich ausgeschrieben. Diesen Gedanken konnte er allerdings unmöglich äußern, Stefans Nerven lagen sowieso blank. Aber es musste eine Lösung her: Der Vorschuss war für ihr neues Zuhause draufgegangen. Stefan konnte ihn nicht zurückzahlen, er musste liefern, und zwar bald. Sie saßen in der Zwickmühle.

„Und wenn du einfach neu anfängst?", schlug er vorsichtig vor.

„Noch mal? Die Zeit läuft mir davon!", jammerte Gatler. „Herbrand sitzt mir im Nacken. Er hat letzte Woche fast jeden Tag angerufen!" Franz Herbrand, Gatlers Lektor, ließ tatsächlich nicht locker.

„Lass mich wenigstens die Kapitel lesen, die du schon hast, Stefan! Damit wir vorwärtskommen. Damit ich weiß, ob der Plot trägt! Damit ich Schäfer-Kussnacht beruhigen kann!"

Gatler hatte kein Wort darüber verloren, dass er bisher nur magere vierzig Seiten vorzuweisen hatte.

„Apropos", wechselte Kauz schnell das Thema. „Anke müsste gleich da sein. Willst du dich noch umziehen?"

Die 22-jährige Studentin hatte schon häufiger auf Lucca aufgepasst; Kauz hatte den Babysitter über einen Zettel am Schwarzen Brett eines Supermarktes gefunden. Lucca und die Frau mit dem herzförmigen Gesicht und den langen braunen Haaren waren sofort ein Herz und eine Seele gewesen.

„Umziehen? Wofür?"

Kauz runzelte die Stirn. „Wir sind mit Herbrand und Sandra zum Essen verabredet. In …", er sah auf die Armbanduhr, „in genau vierzig Minuten."

„Hab ich total vergessen. Müssen wir dahin? Er wird mich die ganze Zeit löchern!"

„Anke ist schon auf dem Weg. Außerdem … ich mag Herbrand."

„Er ist ein Idiot", murrte Gatler.

Herbrand, im gleichen Alter wie er, ein kleiner Mann mit Nerdbrille, hoher Stirn und einem Faible für schlecht sitzende Cordhosen, schwelgte oft in Erinnerungen an die Frühphase der Grünen, als er 1980 in Karlsruhe geholfen hatte, den ersten Bundesparteitag zu organisieren. Gerne ließ er in Gespräche einfließen, wie eng er mit „der Petra", „der Jutta" oder „dem Otto" zusammengearbeitet hatte, etwas, das Gatler auf den Tod nicht ausstehen konnte, zumal er nicht viel für die Grünen übrighatte. Ökospinner und Weltverbesserer, die die Augen vor der Wirklichkeit verschlossen.

„Ach, Unsinn. Er ist amüsant. Außerdem …"

„Ja, ja, schon gut.“ Gatler konnte sich denken, wieso Achim Herbrand mochte. Sein Lektor war einer der wenigen im Verlag, die wussten, in welcher Beziehung Kauz zu Gatler stand und der nicht auf ihn herabblickte, als wäre er ein überflüssiges Anhängsel, ein Klotz am Bein des berühmten Autors. Vielleicht hing es damit zusammen, dass Herbrand selbst in einer Patchworkfamilie lebte; Sandra Matuschek, seine langjährige Partnerin, hatte zwei Töchter in die Beziehung mitgebracht und er einen Sohn. Ansonsten waren nur Hannes Lipscheid und Rebecca Walters – Gatlers deutscher Agent und seine englische Agentin – sowie sein Verleger Armin Schäfer-Kussnacht in die wahre Natur ihrer Beziehung eingeweiht. Und natürlich Elke Fiebig, die PR-Frau des Verlags. Doch der Verleger, ein homophober alter Kauz, der auch für das englische Pseudonym des Autors verantwortlich war, ignorierte Gatlers Lebensgefährten konsequent bei den wenigen Gelegenheiten, bei denen sie zusammentrafen.

Das Restaurant, in dem sie verabredet waren, lag nur wenige Gehminuten entfernt am Pantaleonswall. Trotzdem nahmen die Männer aufgrund des Regens ein Taxi, das sie in eine Ecke der Stadt brachte, die seit Jahren von den Stadtplanern mehr oder weniger ignoriert wurde. Weit weg von den üblichen Touristenattraktionen Kölns wurde hier nur hin und wieder in einer Baulücke ein neues Projekt in Angriff genommen, doch im Großen und Ganzen fristeten die vielen drei- und viergeschossigen Mietshäuser seit den sechziger Jahren ein Schattendasein, drängten sich mit grauen Fassaden an die schlecht asphaltierten, mit Schlaglöchern übersäten Straßen. Einziger Blickfang des Pantaleonsviertels war die namensgebende Kirche mit dem dazugehörenden Kloster, beides bestand schon seit der ersten Jahrtausendwende, gestiftet von Otto dem Großen.

Das Restaurant versuchte sich dem Trübsinn seiner Umgebung mit moderner Glasarchitektur entgegenzustemmen. Die Frontseite des Erdgeschosses war verglast, der Innenraum in unterkühltem Design gehalten: weiße Wände und Säulen, helles Parkett, schlichte schwarze Stühle und eine langgezogene, geschwungene Bar an der Längsseite, was dem Raum im Sommer einen lichtdurchfluteten, offenen Charakter verlieh. Jetzt, im November, vermittelte die gläserne Außenfront eher das Gefühl von nur unzureichendem Schutz vor dem schlechten Wetter. Der Inhaber des Restaurants hatte sich der *Slow-Food*-Bewegung verschrieben, daher verwendete die Küche vorwiegend regionale und saisonale Produkte. Anscheinend kam das Konzept gut an, denn als Kauz und Gatler eintrafen, waren fast alle Tische besetzt von einem mehrheitlich jungen Publikum, das es sich leisten konnte, für das gute Gewissen einer *Slow-Food*-Speisekarte ein paar Euro mehr zu bezahlen.

„Kann ja nur auf Herbrands Mist gewachsen sein", beschwerte sich Gatler und deponierte seinen Regenschirm in einer umfunktionierten Bodenvase neben dem Eingang. „Der springt doch auf jeden Öko-Zug auf."

Der Lektor und seine Lebensgefährtin saßen schon an einem Tisch direkt vor der Fensterfront und gaben den beiden ein Zeichen. Herbrand begrüßte sie mit einem Handschlag, Sandra Matuschek mit zwei Küsschen auf die Wange.

Aber wie Gatler vorausgesehen hatte, war der Abend kein Erfolg. Sein Lektor bohrte schon beim Aperitif nach, wie weit das Manuskript gediehen war, auch wenn Matuschek und Kauz immer wieder versuchten, das Gespräch in eine andere Richtung zu lenken.

„Franz, lass es gut sein jetzt." Herbrands Freundin, eine blonde, großgewachsene Frau, die den Lektor um einen ganzen Kopf überragte, legte ihm warnend die Hand auf den Arm. „Wir wollen einen netten Abend verbringen. Lass das Geschäftliche im Verlag."

Kauz nickte zustimmend.

Herbrand nahm seine Brille ab und putzte die Gläser energisch mit der Serviette. „Ja, schon gut … es ist nur …" Er beugte sich über den Tisch und sah Gatler eindringlich an. „Wie willst du das denn hinkriegen, Stefan? Die Zeit bis zur Veröffentlichung reicht kaum noch! Selbst, wenn du mir heute ein fertiges Manuskript hinlegen würdest … der Krimi ist fest fürs Frühjahrsprogramm gebucht!"

„Man könnte ihn doch einfach in den Herbst verschieben", schlug Kauz vor.

Herbrand sah ihn entsetzt an. „Weißt du, was der Alte dann mit mir macht?“

„Wer? Schäfer-Kussnacht?“

„Er verspeist mich zum Frühstück und spuckt mich auf dem Klo wieder aus.“

Kauz zuckte mit den Schultern. „Er schuldet Stefan was. Weiß doch jeder, dass Stefans Erfolg den Verlag vor der Pleite gerettet hat!“

„Da weißt du mehr als ich.“

„Die anderen bekannten Autoren hatten doch alle schon ihre Fühler zur Konkurrenz ausgestreckt, um nicht mit dem sinkenden Schiff unterzugehen.“

„Woher hast du denn diese Informationen?“ Herbrand sah Kauz mit großen Augen an. „Das ist doch dummes Zeug!“

„Herrgott noch mal!“ Gatler hatte die ganze Zeit geschwiegen und seinen Aperitif so schnell wie möglich hinuntergekippt. Plötzlich schlug er wütend mit der flachen Hand auf den Tisch. „Du kriegst deinen verdammten Krimi schon noch, Franz! Er ist fast fertig, in Ordnung? Und jetzt lass mich endlich in Ruhe!“

Kauz warf seinem Freund einen überraschten Blick zu, sagte aber nichts.

Herbrand hob abwehrend die Hände. „Mehr wollte ich doch gar nicht wissen!“

„Na, Gott sei Dank!“ Matuschek vertiefte sich erleichtert in die Karte, die ihnen der schwarzlivrierte Kellner in diesem Moment reichte. „Können wir jetzt bitte von etwas anderem reden?“ Sie wandte sich Kauz zu. „Wie geht's Lucca?“

Kauz lächelte angespannt. „Er ist gerade ein bisschen anstrengend, um ehrlich zu sein. Trotzphase.“

Matuschek lachte. „Du Ärmster! Das kenne ich noch von Paula. Sechs Wochen war ihr Lieblingswort ‚Nein‘.“

Dennoch war die Stimmung für den Abend verdorben. Gatler blieb während des Essens einsilbig und stocherte lustlos in seiner Pasta herum, und Kauz gab es nach ein paar fruchtlosen Versuchen auf, ihn in das Gespräch mit einzubeziehen. Alle vier waren erleichtert, als sie sich neunzig Minuten später vor der Eingangstür des Restaurants voneinander verabschiedeten.

„Lass uns das Stück laufen", sagte Gatler abgespannt, als Kauz den Weg zum nächsten Taxistand einschlug. „Es ist noch früh."

Der Regen hatte endlich eine Pause eingelegt. Die Luft war feucht und kalt, während sie auf den Ring abbogen, der sie über den Barbarossaplatz direkt nach Hause führte.

„Du warst heute keine besonders angenehme Gesellschaft", merkte Kauz an. Hin und wieder brauste ein Auto an ihnen vorbei, und Gatler und er hielten den größtmöglichen Abstand zur Straße, um nicht nassgespritzt zu werden. „Du könntest dir ein bisschen mehr Mühe geben." Gatler reagierte nicht. „Und warum hast du Herbrand angelogen? Du bist doch gar nicht fast fertig!"

Gatler vergrub seine Hände in den Manteltaschen. „Ich wollte einfach nur in Ruhe gelassen werden", brummte er unzufrieden.

„Aber damit hast du alles nur noch schlimmer gemacht!"

„Das weiß ich selbst!"

„Soll ich noch mal mit ihm reden? Das Ganze als Missverständnis darstellen?"

Gatler schüttelte den Kopf. „Zwecklos. Alles zwecklos."

Achim Kauz seufzte. „Sich in Selbstmitleid suhlen, bringt dich auch nicht weiter."

„Willst du mich nicht verstehen?", brüllte Gatler ihn plötzlich an und blieb stehen. „Es geht nicht mehr! Ich bin leer! Ausgeschrieben! Es ist sinnlos! Tag für Tag sitze ich vor dieser verdammten Schreibmaschine und fühle es! Da ist nichts mehr drin!" Er tippte sich an den Kopf, dann sackte er plötzlich zusammen und musste sich an einem Laternenpfahl abstützen. Alles vorbei! Der große Traum von der Schriftstellerei schon nach einem Buch ausgeträumt. Es war erniedrigend. Er würde zu einer Witzfigur werden im Literaturbetrieb, einer Randnotiz, einer Fußnote. Ein Stern, der einen Augenblick hell geleuchtet hatte und dafür umso schneller erloschen war.

Kauz beobachtete ihn nachdenklich. „Du meinst das wirklich ernst, oder?"

„Natürlich meine ich es ernst!", fauchte Gatler ihn an. „Sonst würde ich mich nicht so miserabel fühlen!"

„Und wenn …"

„Was?"

„Ich weiß nicht …" Kauz biss sich auf die Unterlippe. „Mir ist gerade etwas eingefallen."

„Was denn?" Gatler sah seinen Freund fast schon flehentlich an.

„Nein, vergiss es."

Hinter dem Rudolfplatz bogen sie ab ins Belgische Viertel. In den Fenstern der Wohnungen leuchteten die ersten festlichen Dekorationen.

Kauz freute sich auf Weihnachten. Er würde Lucca einen kleinen Roller schenken, und er dachte darüber nach, seinen Sohn als Mitglied beim FC einzuschreiben. Noch zwei, drei Jahre, dann würde er mit ihm zusammen das erste Heimspiel der Kölner im Rheinenergie-Stadion besuchen, für das er eine Dauerkarte besaß. Für Stefan hatte er sich noch kein Geschenk überlegt. Was schenkte man jemandem, der an allem etwas auszusetzen hatte, der ewig unzufrieden war? Kauz gähnte. Das Essen hatte ihn träge gemacht. Er hoffte, dass Lucca dem Babysitter keinen Ärger bereitet hatte und schon schlief.

Doch als sie nach Hause kamen, stand die Wohnungstür weit auf, und das Licht flutete in das dunkle Treppenhaus. Mit einer bösen Vorahnung hastete Kauz die letzten Treppenstufen nach oben in den ersten Stock, Gatler kam etwas langsamer hinterher.

„Anke? Lucca?"

Aber die Wohnung war leer. Achim Kauz' Sohn war spurlos verschwunden. Innerhalb weniger Sekunden brach das Leben von Stephen Gatlers Lebensgefährten auseinander und verwandelte sich in einen Albtraum, aus dem es kein Erwachen gab.

Jemand hatte in aller Eile ein paar Sachen des Jungen zusammengepackt, sich das Kind geschnappt und beides mitgenommen. Nur das Kinderbett und die Spielsachen waren zurückgeblieben.

## *Zwei Monate zuvor*

## *Mittwoch, 15. Februar – New York City*

Es hatte erneut geschneit. Der Schnee türmte sich zehn Zentimeter hoch auf den erfrorenen Beerensträuchern vor der Souterrainwohnung in der Nähe des East Rivers, als Dianne Hatford am Morgen aus dem Fenster sah. An den Scheiben hatten sich Eiskristalle gebildet. Im Schein der Straßenlaterne vor dem Haus bemerkte sie, dass jemand in der Nacht Müll auf die Stufen zum Bürgersteig gekippt hatte. Sie würde das Zeug aufsammeln müssen, bevor sie Jonah zur Schule brachte; herumliegende Essensreste zogen die Ratten an, selbst hier im East Village. Hatford hasste New York im Winter. Die Eiseskälte zog ihr in die Knochen, ließ sie ständig frieren; die Bürgersteige waren rutschig, die Wasserrohre froren zu, die Menschen schauten mit vermummten Gesichtern stur geradeaus. Wenn die Temperaturen tage-, manchmal sogar wochenlang unter dem Gefrierpunkt blieben und das Ende des Winters in einer kaum vorstellbaren Zukunft lag, wünschte sie sich nichts sehnlicher, als irgendwo im Süden, in Florida, Louisiana oder Texas zu leben. Obwohl man dort auch mit Wetterproblemen zu kämpfen hatte. Erst vor drei Wochen war ein Blizzard die Küste entlang bis nach Georgia gezogen, in Savannah war Katastrophenalarm ausgerufen worden. Hier in New York waren Teile der U-Bahn ausgefallen. Sam hatte nicht mit dem Auto zur Arbeit fahren können, weil der Bürgermeister ein Fahrverbot für die City ausgesprochen hatte.

Hatford betrachtete ihren Mann, der neben ihr lag und fest schlief. Im Halbdunkel, den nackten Oberkörper von der Decke befreit, während ihm die dichten braunen Haare ins Gesicht fielen, die Lippen leicht geöffnet, sah er aus wie einem Gemälde von Tizian entsprungen, dem Renaissancemaler, für den sie schon immer eine Schwäche gehabt hatte. „Aufstehen“, flüsterte sie ihm entschuldigend ins Ohr. „Es ist gleich halb sechs!“

Sam murmelte etwas Unverständliches und drehte sich zur Seite, während Hatford gähnend die Füße aus dem Bett schwang, sich in ihren Bademantel mummelte und in die Küche lief, um das Frühstück vorzubereiten. Um munter zu werden, schaltete sie den Fernseher ein und lauschte mit halbem Ohr den neuesten

Nachrichten auf MSNBC, während sie Orangen auspresste, Geschirr aus den Schränken holte und Wasser für ihren Tee aufsetzte, Kaffee für Sam kochte. Der Führer der Republikaner im Repräsentantenhaus hatte sich gegen einen Gesetzesvorschlag des Weißen Hauses zur Haushaltssanierung ausgesprochen. Sam hatte ihr schon gestern Abend davon erzählt, bei einem Glas Rotwein, als Jonah im Bett war. Ihr Mann war seit einigen Jahren politischer Berater von Jack Bowers, einem demokratischen Kongressabgeordneten; seitdem war sie immer auf dem neuesten Stand, was den Politikbetrieb in Washington betraf. Und natürlich den neuesten Klatsch, was beinahe genauso wichtig zu sein schien: Der Führer der Republikaner war ein Evangelikaler, der jede Gelegenheit nutzte, um konservative Werte und seinen Glauben herauszustellen und sich händchenhaltend mit seiner Frau und den vier Kindern beim Kirchgang ablichten zu lassen. Sam hatte gesagt, dass es nur noch eine Frage der Zeit war, bis die Medien davon Wind bekamen, dass er auf kleine Jungs stand. Im Kongress verbreitete sich das Gerücht gerade wie ein Lauffeuer hinter vorgehaltener Hand. Hatford seufzte und warf angewidert die Orangenschalen in den Mülleimer.

Die nächste Nachricht betraf die Schießerei in einem Einkaufszentrum vor drei Tagen in Houston, Texas. Sie hatte ein weiteres Todesopfer gefordert; damit waren es jetzt acht Menschen, die dem Amokläufer zum Opfer gefallen waren. Und dieser Idiot von der NRA, der Waffenlobby, der von der Moderatorin interviewt wurde, führte das doch tatsächlich darauf zurück, dass nicht genug Leute bewaffnet waren, anstatt zu viele. Hatford schüttelte verständnislos den Kopf. Vor drei Jahren war nur vier Blocks entfernt etwas Ähnliches passiert. Ein Familienvater war ausgerastet, nachdem er seinen Job verloren hatte, war zur Tiefgarage des Gebäudes gefahren, in dem die Büros seiner Firma lagen, und hatte Jagd gemacht auf ehemalige Arbeitskollegen. Fünf Tote und acht Verletzte, bevor er erschossen worden war. Seitdem hatte sie ein mulmiges Gefühl, wenn sie jemandem begegnete, der eine große Sporttasche bei sich trug. Wer wusste schon, ob darin nicht irgendeine Schnellfeuerwaffe steckte, mit der er gleich um sich schießen würde?

Während Hatford Cornflakes für Jonah vorbereitete und Teewasser über den Darjeeling goss, gab es eine Werbeunterbrechung und anschließend den Wetterbericht. Noch mehr Schnee in den nächsten Tagen. Vielleicht sollten Sam und sie mit Jonah am Wochenende einen Ausflug in die Berge machen, zum Schlittenfahren? Ach, nein ... Sam hatte Termine; er musste Bowers in seinen Wahlkreis begleiten.

Bevor sie Sam kennengelernt hatte, hatte sie keine Ahnung gehabt, wie stressig dieser Politikbetrieb war; manchmal arbeitete er sechzehn Stunden am Tag und hatte kaum Zeit zum Schlafen. Kein Wunder, dass die meisten Politiker oder Lobbyisten nach einigen Jahren ausgebrannt waren und sich nur noch mit Tabletten oder Drogen über Wasser hielten. Drogenmissbrauch war ein Wort, das man in Washington ebenfalls nur hinter vorgehaltener Hand aussprechen durfte. Noch zwei Jahre. Sam hatte es ihr versprochen. Dann war ein Sabbatjahr fällig; schon jetzt legten sie jeden Monat Geld zurück, um es sich leisten zu können. Und sie hatten angefangen, Pläne zu schmieden für diese Zeit. Ein ausgedehnter Urlaub in Europa, während Jonah bei Sams Eltern in Connecticut blieb. Es war einer von Hatfords Träumen: Frankreich, England, Italien. Und natürlich Deutschland. Zu irgendetwas mussten die wenigen Redewendungen Deutsch doch gut sein, an die sie sich aus ihrer Zeit beim Verlag noch erinnerte.

Ihr Mann kam in die Küche geschlurft und drückte ihr einen Kuss auf den Nacken. Hatford fuhr ihm liebevoll durchs Haar. „Gut geschlafen?“

„Mmh.“ Sam war ein Morgenmuffel, vor dem ersten Kaffee brachte er keinen zusammenhängenden Satz heraus, redete nur in Stichworten, so wie jetzt, als er „Dusche“ sagte und Richtung Badezimmer verschwand. Hatford hatte sich erst daran gewöhnen müssen.

Sie ging ins Schlafzimmer, um die Betten aufzuschütteln, öffnete die Fenster und fröstelte, als die klirrend kalte Luft ins Zimmer strömte. Als sie in die Küche zurückkam, lief im Fernsehen gerade ein Bericht über Stephen Gatler, der gestern in New York Station gemacht hatte, um seinen neuesten Krimi zu promoten. Ein kurzer Ausschnitt aus einer Lesung in einer ausverkauften Halle, aufgeregte Menschen, die trotz der Kälte wegen eines Autogramms anstanden, ein paar *sound bites* aus einem Interview, das er dem Sender am Tag zuvor gegeben hatte. Gatler sah älter aus, als sie ihn in Erinnerung hatte, verlebter. Die Wangen waren eingefallen, die Augen wirkten matt und müde.

„Das Wasser ... eiskalt!“ Sam stand plötzlich splitternackt und zitternd vor ihr in der Küche.

„Du musst den Boiler anschalten“, sagte sie geistesabwesend und bemerkte kaum, dass Sam wieder verschwand.

Nur die Haare und der Bart waren wie vor ... acht Jahren? ... nein, es war länger her. Sie war noch nicht einmal mit Jonah schwanger gewesen, hatte Sam noch nicht gekannt. Also zehn Jahre. Aber auch damals waren Gatlers Bart und Haare schon weiß gewesen.

Sie erinnerte sich nur ungern an die Woche, in der sie den deutschen Autor während seiner Lesereise begleitet hatte. Von Anfang an war es eine Tortur gewesen. Damals hatte sie sich nicht zu wehren gewusst gegen sein ungehobeltes Benehmen, war zu jung, zu unerfahren, zu wenig selbstbewusst gewesen. Gatler hatte sie wie ein Dienstmädchen behandelt, von oben herab, ungeduldig, unverschämt, unfreundlich, während sie verzweifelt bemüht war, seine erste größere USA-Tour zu einem Erfolg werden zu lassen.

„Das Zimmer gefällt mir nicht. Es ist zu laut. Besorgen Sie mir ein anderes. Mineralwasser mit Kohlensäure ist für eine Lesung völlig inakzeptabel. Wollen Sie, dass ich beim Lesen ins Publikum kotze?“

Und die Verbalattacken in den Medien! Nicht nur, dass er sich in die Innenpolitik eingemischt hatte, er hatte sich auch noch abfällig über seine amerikanischen Kollegen geäußert. Die eine war ein von den Kritikern überschätzter Stümper, der andere ein vorlauter Wortmaler, der Form nicht von Inhalt unterscheiden konnte. Und sie hatte seine miserablen Umgangsformen ausbaden, hatte Beschwichtigungen und abwiegelnde Presseerklärungen formulieren, die aufgeregten oberen Etagen im Verlag beruhigen müssen. Gatler war das klassische Beispiel eines Menschen, dem der zu schnelle Ruhm zu Kopf gestiegen war. Zweimal war Hatford so am Ende gewesen mit ihren Nerven, dass sie abends in ihrem

Hotelzimmer Rotz und Wasser geheult und sich geschworen hatte, niemals wieder auch nur ein Buch von diesem widerwärtigen Menschen in die Hand zu nehmen.

Immerhin, diese Woche mit Gatler hatte ihr gezeigt, dass ein Job in einem großen, multinationalen Verlagshaus nicht das Richtige für sie war; eigentlich musste sie ihm dankbar sein. Ein halbes Jahr später hatte sie gekündigt und sich einen kleinen, unabhängigen Verlag aufgebaut, der Bücher über Malerei verlegte. Der Anfang war nicht leicht gewesen, ohne Sam hätte sie nicht gewusst, wie sie die Rechnungen bezahlen sollte. Aber im Laufe der Jahre hatte sie es geschafft, sich mit schönen, originellen Büchern in der Kunstszene einen guten Ruf zu erarbeiten, auch wenn sie nach wie vor kaum Gewinn machte und sich meist nur gerade so über Wasser halten konnte. Aber sie war ihr eigener Herr, brauchte sich von niemandem reinreden zu lassen, und sie war glücklich mit ihrer Entscheidung.

An Stephen Gatler hatte sie danach nicht mehr gedacht, hatte die Woche mit ihm so gut wie möglich verdrängt. Bis er etwa ein Jahr später erneut Schlagzeilen gemacht hatte, aber diesmal nicht durch ein neues Buch, sondern durch das Verschwinden des Sohnes seines Lebensgefährten. Auch die Medien in den USA hatten Notiz davon genommen. Kein Wunder, die Nachricht besaß alle Zutaten einer Sensation: ein international gefeierter und umstrittener Autor, ein unfreiwilliges Coming-out, das Verschwinden eines kleinen Kindes, das in diesem Zusammenhang auch noch einen anrüchigen Beigeschmack erhielt.

Hatford war zweifach überrascht gewesen: Sie hatte keine Ahnung gehabt, dass Gatler homosexuelle Neigungen hatte; nichts an seinem Verhalten hatte für sie darauf hingedeutet, und er hatte ihr gegenüber sicher nichts dergleichen erwähnt. Außerdem war sie erstaunt gewesen, dass es tatsächlich jemanden gab, der es mit diesem Fiesling aushielt. Achim Kauz hatte ihr unendlich leidgetan; sie hatte im Internet das Video gesehen, in dem er und Gatler darum baten, mit ihnen Kontakt aufzunehmen, falls jemand Hinweise auf den Verbleib des Jungen hatte. Linus? Lukas? … Der Name des Kindes lag ihr auf der Zunge. Lucca. Ja, der Junge hatte Lucca geheißen. Zu diesem Zeitpunkt war sie schon mit Sam zusammen und mit Jonah schwanger gewesen, von daher konnte sie nur zu gut nachempfinden, welchen Schmerz dieser Achim Kauz empfinden musste. Wenn ihr jemand Jonah stehlen würde …

Kauz hatte verzweifelt ausgesehen. Mit tiefen Ringen unter den Augen in einem fahlen Gesicht hatte er mit brüchiger Stimme seinen Hilferuf vorgetragen, während Gatler mit versteinerter Miene neben ihm gesessen hatte, stumm wie ein Fisch. Sie hätte schwören können, dass ihm das Schicksal des Kindes egal war. Der Junge war nie gefunden worden, soweit sie wusste. Allerdings hatte sie die Entwicklung auch nicht weiterverfolgt, weil die Umbrüche in ihrem Leben – Sam, Jonah und die berufliche Selbstständigkeit – sie so in Atem gehalten hatten. Aber sie wusste, dass Gatler danach in regelmäßigen Abständen weitere Bücher veröffentlicht hatte, einen Bestseller nach dem anderen, bis hin zu seinem neuen, weswegen jetzt sein Gesicht vor ihr über den Bildschirm flimmerte.

Hatford hielt inne und ließ das Backblech sinken, auf dem sie gerade ein paar tiefgefrorene Croissants in den Ofen schieben wollte. Ihr Unterbewusstsein hatte sich plötzlich an etwas erinnert. Damals, vor zehn Jahren … sie hatte etwas gehört, etwas gesehen … wo war das nur gewesen? Sie konnte sich nicht mehr an den Ort erinnern, die Tage waren so hektisch gewesen. Nur noch an das Bild, das sie plötzlich ganz klar vor Augen hatte, als wäre es gestern passiert. Ihre Hand flog erschrocken zum Mund, und ihre Augen weiteten sich. Wie hatte sie das nur vergessen können?

Sie bemerkte nicht einmal, dass ihr Mann wieder in die Küche kam und sich mit einem Handtuch die Haare trockenrieb. Erst als er ihren Arm berührte und fragte: „Hast du Jonah schon geweckt?“, kam sie wieder zu sich.

„Ich muss eine Mail schreiben“, antwortete sie und ging ins Schlafzimmer, um ihren Laptop zu suchen, den sie gestern Abend neben das Bett gelegt hatte.

„Jetzt?“, rief ihr Sam entgeistert hinterher. „Es ist sechs Uhr morgens!“

„Ist was Dringendes“, murmelte sie gedankenverloren. Sie musste nur noch die richtige Mailadresse herausfinden.

## *Fünf Tage zuvor*

# *Samstag, 16. April – Köln*

Erst als die Haustür mit einem leisen Klicken hinter ihr ins Schloss fiel, beschlich die brünette Mittvierzigerin das dumpfe Gefühl, dass sie im Begriff war, einen Fehler zu begehen. Sie hatte nicht mit dem Nebel gerechnet, der an diesem Morgen durch die Straßen von Dellbrück kroch, einem der rechtsrheinischen Vororte von Köln. Ein Nebel, der alle Ecken und Kanten glatt schliff und jedes Geräusch verschluckte. Viel zu spät begann sie zu ahnen, auf was für ein gefährliches Wagnis sie sich eingelassen hatte, und die faustgroße Dose Pfefferspray in ihrer Tasche erschien ihr als Sicherheitsmaßnahme auf einmal geradezu lächerlich. Die zierliche Frau hielt einen Moment auf der obersten Treppenstufe inne und biss sich auf die Unterlippe. Sie hätte umkehren, ihren Plan aufgeben, die Stufen zu ihrer Wohnung wieder hinaufgehen können, hätte sich zurück ins Bett und unter die Decke flüchten können, die sie in der kühlen Aprilnacht gewärmt hatte. Aber das, was sie in den Wochen zuvor herausgefunden hatte, hatte sie so sehr in Rage versetzt – und brachte sie noch immer auf, weil es alles infrage stellte, was ihr je wichtig gewesen war –, dass sie trotz ihrer Furcht in den trüben Morgen hinaustrat.

Auf dem Weg zum See drang der Frau die Kälte in die Glieder, und sie zog ihre knielange, graue Strickjacke enger um ihren Körper. Es war, als bäumte sich der Winter in einem letzten Rückzugsgefecht gegen den unausweichlichen Frühling auf. Autos auf den Seitenstreifen, die aus dem dichten Nebel so unvermutet hervortraten wie verlassene Geisterschiffe auf einem endlosen Ozean, waren mit Nässe überzogen, die in schweren, durchsichtigen Perlen über die Windschutzscheiben rann. Hin und wieder kämpfte sich fahle Beleuchtung aus der Wohnung eines Mietshauses durch die Dämmerung, flackerte auf wie ein Irrlicht und verschwand wieder. Aber die meisten Leute schliefen um diese Uhrzeit noch, und die zierliche Frau wurde auf ihrem letzten Weg vom Nebel verschluckt, ohne dass jemand bei einem Blick aus dem Fenster ihre flüchtige Anwesenheit bemerkt hätte.

Nach einem Fußmarsch von zehn Minuten ließ sie die letzten Häuser hinter sich und bog zögernd auf einen breiten Feldweg ab, der scheinbar unentschlossen in Schlangenlinien zum See führte und dann parallel zum Ufer verlief, begrenzt von Unkraut, Gestrüpp und feuchten Wiesen. Bald konnte sie das nahe Wasser riechen, ein modriger, erdiger Duft. Die Stille um sie herum war erdrückend, sie konnte jeden ihrer Schritte überdeutlich hören – oder waren es nicht nur ihre Schritte? Sie schaute nervös über die Schulter, horchte angestrengt ins Nichts.

Hier in Ufernähe riss der Nebel auf, trieb nur noch in einzelnen Schwaden an ihr vorbei. Die Frau fühlte einen ersten Regentropfen auf ihrer Stirn, sah nach oben in einen Himmel, der die Farbe von Stahlwolle hatte, und wünschte, sie hätte einen Schirm mitgenommen. Doch irgendwie war ihr das unpassend erschienen.

Plötzlich raschelte etwas in ihrer unmittelbaren Nähe, und sie schrak zusammen, schluckte mühsam einen Angstschrei herunter. Aber es war nur eine Maus, die direkt vor ihren Füßen den Feldweg überquerte und im Gebüsch verschwand. Die Frau umklammerte das Pfefferspray in ihrer Jackentasche wie einen Rettungsanker, zwang sich, ruhig zu atmen. Ein, aus, ein, aus. Wenn etwas schiefging, konnte sie sich mit dem Spray verteidigen und dann per Handy die Polizei rufen. Sie hatte sich im Internet kundig gemacht. Man musste die Dose dem Angreifer ins Gesicht halten und den Inhalt direkt in die Augen sprühen. Die Schwellung der Schleimhäute würde das sofortige Schließen der Augenlider für ungefähr fünf bis zehn Minuten bewirken, das Einatmen des Pfeffersprays zu Husten und Atemnot führen. In der Geborgenheit ihrer Wohnung hatten die Ausführungen beruhigend geklungen, hier draußen in der Einöde erschienen sie ihr sehr viel unzuverlässiger.

Nach nur wenigen Schritten glaubte sie erneut etwas zu hören, es erinnerte an das Summen eines Bienenschwarms, aber weit entfernt. Sie blieb stehen und horchte, aber da war nichts; es gab nur den Wind, der träge mit den frischen Blättern der Bäume in Ufernähe spielte. Wieder befielen sie Zweifel: Sie hätte nicht kommen dürfen, nicht in diese Einsamkeit, die alles verbarg, nicht jetzt, nicht hierhin, weitab jeglicher Hilfe. Was hatte sie sich nur dabei gedacht? Inmitten einer Menschenmenge wäre sie besser aufgehoben gewesen, hätte sich in einer belebten Fußgängerzone, in der die Leute mit Einkaufstaschen und Kaffeebechern in den Händen an ihr vorbeihetzten, sicherer gefühlt. Sie war für solche Wagnisse nicht gemacht; ihr Herz pochte, und ihr Atem ging flach und schnell. Erneut spürte sie Angst in sich hochsteigen, diesen uralten Instinkt der Menschheit, seit Jahrtausenden weitergegeben von Generation zu Generation, der jeder Faser ihres zerbrechlichen Körpers befahl, umzukehren und zu flüchten. Es kostete sie erhebliche Anstrengung, diesem Drang zu widerstehen. Erst als sie sich den Grund für ihren Spaziergang ins Gedächtnis rief, gelang es ihr weiterzugehen: Sie wollte der Farce ein Ende bereiten, sie wollte zurechtrücken, was falsch war. Eine Lüge wollte sie bloßstellen, eine so große, unverfrorene Lüge, dass es ihr beinahe den Atem verschlagen hatte, als sie zufällig auf die Wahrheit gestoßen war. Sie hatte kaum glauben können, dass nur sie davon zu wissen schien, dass in all den Jahren die Öffentlichkeit so hatte getäuscht werden können. Einen Sturm würde sie auslösen, einen Orkan der Entrüstung. Niemand durfte mit einer solchen Irreführung davonkommen.

Noch immer zaudernd, aber doch ein wenig entschlossener als zuvor, setzte sie ihren Weg fort, bis in einiger Entfernung die Umrisse einer Trauerweide auftauchten und mit jedem Schritt deutlichere Konturen annahmen. Der Baum war uralt, knorrige Äste und tiefe Vernarbungen in seiner Rinde zeugten davon, wie lange er schon seine Wurzeln in den Boden krallte. Ein Teil des verzweigten Stammes war abgestorben; ein Blitzschlag, schon Jahre her und fast vergessen, hatte seine Spuren hinterlassen. Die Frau hatte diesen Platz mit Absicht als Treffpunkt gewählt. Er war einer ihrer Lieblingsorte. Dort, im Schatten der tiefhängenden Zweige, hatte sie im letzten Sommer häufig auf einer Decke gesessen, kalten Tee in einer Thermoskanne, einen Apfel oder ein paar Kekse neben sich, auf dem Schoß ein Buch. Natürlich ein Buch. Bücher waren ihr Leben, bedeuteten ihr mehr als alles andere. Sie sprengten die Fesseln ihrer kümmerlichen, unbedeutenden Existenz, verwandelten ihre kleine, beschränkte Welt in ein Reich ungeheuren Ausmaßes, ohne Grenzen, voller Staunen und

Wunder. Und wenn sie den Blick gehoben hatte, hatte sie den See vor Augen gehabt. Ein friedlicher Ort, der ihr Kraft und Zuversicht gab und in ihr den Plan reifen ließ, der an diesem Morgen seine Vollendung finden sollte.

In diesem Moment löste sich von der Trauerweide ein Schatten, schien direkt der knorrigen Rinde zu entspringen, wie ein Waldgeist, ein Faun etwa oder ein bösartiger Elf. Mit schlurfenden Schritten kam die Gestalt auf sie zu, die Hände beinahe desinteressiert in den Hosentaschen vergraben. Die Frau holte tief Luft. Der Augenblick war da …

Aber etwas stimmte nicht, es passte nicht zusammen, irgendetwas war furchtbar schiefgelaufen. Nein, nein! Sie begann zu zittern, als ihr klar wurde, wie töricht sie gewesen war. Sie konnte plötzlich nicht mehr klar denken, wollte nur weg. Weg! Weg! Hektisch suchten ihre Finger nach dem Pfefferspray, aber in der Panik bekamen sie nur das Handy zu fassen, und der Mann vor ihr grinste amüsiert, als sie ihm ihr nutzloses Telefon entgegenstreckte, als wäre es ein Kruzifix, mit dem man den Teufel austreibt.

Sie stolperte ein paar Schritte zurück, wollte sich umdrehen und fliehen, aber der Mann schnitt ihr mit einem verzerrten Lächeln den Weg ab. Stumm war er, kein Wort verließ seine Lippen. Seine Anwesenheit allein machte deutlich, dass es nichts zu verhandeln, nichts zu sagen gab, dass ihr Schicksal besiegelt war. Verzweifelt versuchte die Frau, ihm zu entkommen, doch er packte sie, und dann schloss sich seine Hand um ihren Mund, und anstelle eines Schreies entwich ihr nur ein ersticktes Stöhnen. Es hatte keinen Sinn, sich zu wehren, als er sie mit Gewalt zum See schleifte, er war erheblich kräftiger als sie. Trotzdem versuchte sie, um sich zu schlagen, zu beißen, zu kratzen. Ihre Todesangst setzte ungeahnte Kräfte frei. Aber ihre Fäuste, ihre Zähne, ihre Finger fanden keinen Widerstand in dem dunkelgrünen Regenzeug, das seinen Oberkörper bedeckte. Dann sah sie einen dunklen, scharfen, merkwürdig glänzenden Gegenstand in seiner Hand aufblitzen, und ihre Augen weiteten sich, sie stöhnte, wand sich verzweifelt in der Umklammerung ihres Peinigers, wollte um ihr Leben betteln. Doch es gab kein Entkommen. Etwas Scharfes, Eiskaltes stach in ihren Hals und schnitt ihr im Bruchteil einer Sekunde die Kehle durch, ein feiner, tiefer Schnitt, durchgeführt mit der kalten, berechnenden Präzision eines chirurgischen Eingriffs. Sie spürte, wie sie achtlos fallengelassen wurde, ähnlich einem Spielzeug, das seinen Reiz verloren hatte, öffnete ihren Mund, um zu protestieren, zu schreien, aber das Blut, das aus ihrer Kehle sprudelte, ließ nur einen letzten grässlichen, gurgelnden Laut zu, während ihre Wangen die kalte Erde berührten und ihre Augen kurz darauf starr wurden.

Als die Leiche der Frau vor ihm lag, hielt der Mann keuchend inne, schaute nach links und rechts, als müsste er sich vergewissern, dass er nicht beobachtet wurde. So wie zuvor sein Opfer glaubte er, für einen Moment das Summen eines Bienenschwarms gehört zu haben. Dann schüttelte er den Kopf, durchsuchte hastig die Taschen der grauen Strickjacke, fand das Pfefferspray und steckte es ein. Mit dem Fuß zertrat er das Handy seines Opfers, bis das Display zersplitterte, dann warf er es zusammen mit dem Messer mit einer weit ausholenden Bewegung in den See. Anschließend ging er zurück zu der Trauerweide, hob vorsichtig etwas auf, das er dort neben dem Stamm auf ein Mooskissen gelegt hatte, und setzte es der toten Frau aufs Haar. Erneut stahl sich ein Lächeln auf seine Lippen, aber diesmal war es entspannt, als begutachtete ein Maler oder Bildhauer mit einer tiefen, inneren Befriedigung sein gerade fertiggestelltes Werk. Danach packte er die Leiche, zog sie zum Ufer und ließ sie bäuchlings und beinahe zärtlich ins flache Wasser gleiten, wo sie von den überhängenden Zweigen der Trauerweide vor allzu neugierigen Blicken versteckt wurde. Der Mann bückte sich, säuberte sorgsam seine blutverschmierten Hände im See und wischte sie an seinen Hosenbeinen trocken. Er schaute kritisch in den Himmel, nickte zufrieden und verließ den Ort, an dem er getötet hatte. Es wurde tatsächlich leichter, von Mal zu Mal. Anfangs hatte er es nicht glauben wollen, obwohl er ein Experte war, was das Töten betraf. Erstaunlich.

Kaum war der Mann verschwunden, wurde der Regen stärker, so wie es am Abend zuvor in den Nachrichten angekündigt worden war. Es regnete bis in die nächste Nacht ohne Unterbrechung, und als es endlich aufgehört hatte, hatte der letzte Rest des Winters das Blut des Opfers in den See gewaschen und die Fußspuren ihres Mörders im Matsch des flachen Ufers verschwinden lassen.

# *Jetzt*

# *Donnerstag, 21. April*

„Ha-haben Sie vor, auf die Jagd zu g-gehen?“ Oberkommissar Torsten Brinkhoff versuchte sein Grinsen zu verbergen, indem er angestrengt in die untergehende Sonne über der Kölner Innenstadt blinzelte. Auch wenn er mittlerweile daran gewöhnt war, dass seine Chefin eine Vorliebe für ausgefallene Kleidungsstücke besaß, gelang es ihr doch noch immer, ihn zu überraschen. „Wir wollen zu einer L-Lesung!“

„Männer haben keine Ahnung von Mode, also sparen Sie sich Ihre unqualifizierten Kommentare“, kanzelte ihn Kriminalhauptkommissarin Maria Plasberg ab. „Grün steht mir. Hat jedenfalls die Händlerin auf dem Flohmarkt gesagt, wo ich die Klamotten gefunden habe.“ Die alleinerziehende Mutter zweier Kinder rückte demonstrativ den Jagdhut inklusive Gamsbart zurecht, der auf ihren kurzgeschnittenen, feuerroten Haaren thronte, und strich das Wams glatt, das zusammen mit einer Kniebundhose, karierten Kniestrümpfen und festem Schuhwerk ihr Outfit komplettierte – ganz so, als wäre sie bereit, den für sie reservierten Platz auf einem Hochsitz im tiefsten oberbergischen Land einzunehmen. Immerhin baumelte statt eines Gewehrs eine Handtasche an ihrer Schulter, aus der sie nun einen Schminkspiegel zerrte, um selbstkritisch an ihren Augenbrauen zu zupfen. Handtaschen waren eine weitere Passion der Kommissarin. Gerüchten im Polizeipräsidium zufolge besaß sie mehr als fünfzig, eine ausgefallener als die andere. Das Modell für die Verabredung mit ihrem jungen Kollegen war ebenfalls grün und erinnerte den Kommissar an ein vertrocknetes Mooskissen. Bedauerlicherweise roch es auch so.

„Ist da drin irgendwas a-ausgelaufen?“ Brinkhoff rümpfte die Nase.

„Oh … ja. Das Probefläschchen von irgendeinem Herrenduft. Die Tasche stand die ganze Nacht zum Lüften auf der Terrasse.“ Der Kommissar wollte sich gerade die Frage verkneifen, warum seine Vorgesetzte ein Herrenparfüm in ihrer Handtasche spazieren trug, als Plasberg sie schon beantwortete, zumindest ansatzweise. „Ich mache davon immer ein paar Spritzer an die Wäsche, vor allen Dingen, wenn ich Niklas' Socken wasche."

„Warum nehmen Sie keinen W-Weichspüler? Obwohl das natürlich schlecht ist für Ihren ökologischen Fußabdruck."

„Meinen was?"

„Ökol-logischen Fußabdruck. Das ist, wenn …"

„Ich weiß, was das ist, Brinkhoff! Aber meine Ökobilanz ist mir völlig egal, sobald ich die Socken meines Sohnes rieche. Vor allen Dingen, wenn er vom Sport kommt. Wollen ausgerechnet *Sie* mir Tipps zur Haushaltsführung geben?" Plasberg klappte den Taschenspiegel zu und verstaute ihn in ihrer Tasche. „Erst Mode, dann Haushalt. Glauben schwule Männer eigentlich immer, dass sie die besseren Frauen sind?"

„Aber d-das habe ich doch g-gar nicht …"

„Haben Sie die Karten?", würgte die Kommissarin ihren Kollegen ab. „Wo sind unsere Plätze?"

„Die Lesung findet im ersten Stock statt, aber wir sind zu früh. Oben ist noch abgesperrt. B-Bei der Hitze wollte ich draußen warten." Brinkhoff deutete auf die Menschen, die zusammen mit ihnen vor der Mayerschen Buchhandlung am Neumarkt ausharrten. „Ich und ungefähr hundert a-andere." Am azurblauen Himmel war keine einzige Wolke zu sehen. Der Winter hatte sich endgültig verabschiedet und schlagartig ein paar sommerähnlichen Tagen Platz gemacht. Wetterkapriolen wie diese waren im Frühling im Rheinland nicht ungewöhnlich. Nach einem völlig verregneten Wochenende waren die Temperaturen seit Wochenbeginn rapide angestiegen und hatten sich am heutigen Tag bei 26 Grad eingependelt.

Plasberg verzog das Gesicht und fächerte sich mit ihrer Handtasche Luft zu, während sie sich an eine der Glastüren am Eingang lehnte. „Erklären Sie mir noch mal, warum ich mich habe breitschlagen lassen, Sie ausgerechnet heute zu einer Lesung zu begleiten, anstatt das Wetter auszunutzen und mit meinen Kindern die Grillsaison im Garten zu eröffnen."

„Weil Stephen Gatler einer der erfolgreichsten K-Krimiautoren weltweit ist; weil ich eine K-Karte zu viel habe …"

„Dann ist Ihr Freund also wirklich gefahren?"

Brinkhoff nickte nur kurz. Er wollte nicht daran erinnert werden, dass Markus seine Sachen gepackt und sich am Morgen verabschiedet hatte. „… und weil Sie Ninas Genörgel nicht mehr ertragen können“, beendete er seinen Satz.

Die Kommissarin seufzte, ihr Kollege hatte ins Schwarze getroffen. Nina Sternbrück, die Freundin ihres gerade volljährig gewordenen Sohnes, lebte seit einiger Zeit mehr oder weniger offiziell in Plasbergs Haus im Stadtteil Porz, seitdem sie sich wegen ihrer Schwangerschaft mit ihren Eltern überworfen hatte. Mittlerweile war sie im sechsten Monat, und genau das war auch der Grund für ihre miserable Laune. Während die ersten Monate komplikationslos verlaufen waren, klagte Nina nun über ständige Rückenschmerzen und konnte weder sitzen, stehen noch liegen. Außerdem missfiel ihr, dass ihr ihre Klamotten nicht mehr passten und ihr anschwellender Bauch ständig im Weg war.

„Ich will es endlich raushaben!“, hatte sie geflucht, als die Kommissarin ihr kurz vor der Verabredung mit Brinkhoff aus dem Gartenstuhl geholfen hatte. „Ich sehe aus wie eine gottverdammte Schwimmboje, meine Haut ist so fettig wie ein Butterbrot, und mein Rücken bringt mich um!“

„So schlimm ist es doch gar nicht!“ Niklas, der Vater des Kindes, hatte hilflose, beruhigende Geräusche gemacht, und Ruth, Plasbergs neunjährige Tochter, war kichernd in ihr Zimmer geflohen.

„Wann soll das Kind kommen?“, erkundigte sich Brinkhoff.

„Von mir aus am liebsten gestern“, erwiderte die Kommissarin und fügte mürrisch hinzu: „Im Juli. Bis dahin bin ich reif für die Klapsmühle.“

„M-Markus und ich haben neulich schon Babysöckchen gekauft. So niedlich!“ Brinkhoffs Lebensgefährte hatte den Laden für Babyausstattungen allerdings nur unter Protest betreten, und der Kommissar hatte später zugeben müssen, dass es eine merkwürdige Erfahrung gewesen war, sich als schwuler Mann zwischen Strampelanzügen, Milchfläschchen und Kinderwagen wiederzufinden.

„Sie können es wohl gar nicht abwarten, Patenonkel zu werden, was?“, erkundigte sich Plasberg. „Die Vorfreude wird Ihnen spätestens dann vergehen, wenn Sie das Blag mal auf dem Arm haben und es Ihnen das T-Shirt vollkotzt“, fügte sie dann boshaft hinzu, um ihre Verunsicherung zu überspielen. Seitdem Niklas und Nina beschlossen hatten, Brinkhoff zum Paten ihres Kindes zu machen, stand sie vor dem Problem, ihrem Kollegen eigentlich das „Du“ anbieten zu müssen. Was sie als seine direkte Vorgesetzte aber gar nicht wollte. Sie mochte es, den Kommissar herumzukommandieren, und das ging erheblich besser, wenn eine gewisse Distanz zwischen ihnen bestand. Bisher hatte sie das Thema vor sich hergeschoben, aber je näher die Entbindung rückte, desto mehr fühlte sie sich zu einer Entscheidung gedrängt. Vielleicht konnten sie sich privat duzen und im Dienst alles so beibehalten, wie es war? Oder war das schizophren?

Brinkhoff riss sie aus ihren Gedanken. „Wenigstens freut sich einer von uns beiden, d-dass das Kind bald da ist“, erklärte er.

„Was? Ach so. Liegt wahrscheinlich daran, dass ich mich immer noch nicht an den Gedanken gewöhnt habe, mit Mitte vierzig schon Großmutter zu werden. Seit ich von der Schwangerschaft weiß, fühle ich mich … alt.“

Ihr Kollege räusperte sich. „Ich wollte Sie schon lange etwas fragen. M-Meinen Sie, dass mein Stottern einen schlechten Einfluss haben k-könnte?“ Der Kommissar stotterte seit seiner Kindheit. Immer wenn er aufgeregt oder nervös war, verschlimmerte sich der Sprechfehler – was seiner Karriere als Polizeibeamten nicht gerade förderlich gewesen war. Erst seitdem er fest zu Plasbergs Team gehörte, fühlte er sich anerkannt. Dabei war das Verhältnis zwischen ihm und der Kommissarin anfangs mehr als gespannt gewesen. Nur widerwillig hatte Plasberg einen offen schwul lebenden Kollegen akzeptiert. Dass sie inzwischen vertrauensvoll zusammenarbeiteten, grenzte beinahe an ein Wunder.

„Schlechter Einfluss? Auf das Baby?“ Plasberg rollte mit den Augen. „Herrgott, Brinkhoff, haben Sie sonst keine Probleme? Ein Neugeborenes hat genau vier Bedürfnisse: schlafen, trinken, schreien und in die Windeln kacken. Alles andere ist ihm egal, glauben Sie mir.“

In diesem Moment gab ihnen eine Mitarbeiterin der Buchhandlung Bescheid, dass der Einlass begonnen hatte, und die Kommissare schlossen sich der Menschenmenge an, die über die Rolltreppe nach oben strömte. Im ersten Stock wurden sie von einem Catering-Service begrüßt, der an weißbezogenen Stehtischen Sekt und Orangensaft ausschenkte. Plasberg ließ sich nicht lange bitten und nahm zwei Gläser Sekt von einem Tablett. „Nichts da!", wehrte sie Brinkhoffs Griff nach einem der Gläser ab, „die sind beide für mich. Ich habe Durst. Holen Sie sich gefälligst Ihr eigenes Getränk."

„Bitte … wenn Sie sich unbedingt betrinken wollen!", wandte ihr Kollege irritiert ein.

„Sind Sie jetzt meine Gouvernante, oder was? Ich bin nicht im Dienst."

„Das wäre das erste Mal, dass ich Sie nicht im Vollbesitz Ihrer geistigen Kräfte antreffe, Frau Kommissarin!" Ein hochaufgeschossener Mann in Plasbergs Alter, mit einem Dreitagebart und einer sportlichen Figur, der offensichtlich die Unterhaltung mitgehört hatte, sprach sie an. „Und ich wäre verdammt neugierig darauf, das können Sie mir glauben!" Seine Augen funkelten belustigt.

„Stumping!", sagte die Kommissarin. „Mit Ihnen hatte ich ja nun gar nicht gerechnet!"

„Ich bin beruflich hier. Wenn jemand wie Gatler seinen neuen Roman vorstellt, ist das allemal einen Artikel wert." Arnold Stumping arbeitete in der Lokalredaktion des *Kölner Stadt-Anzeigers* und war außerordentlich gut vernetzt; wenn Plasberg Insider-Informationen über lokale Wirtschafts- oder Politikgrößen brauchte, dann war Stumping eine ihrer ersten Anlaufstellen. „Vielleicht bekomme ich im Anschluss ein kurzes Interview", schob der Journalist nach. „Gatler gilt zwar als ausgesprochen schwierig, aber man soll ja die Hoffnung nie aufgeben. Und was machen Sie hier? Ziemlich extravagantes Outfit übrigens."

„Danke … denke ich", erwiderte Plasberg. „Brinkhoff hat mich hierhergeschleift. Er glaubt, er könnte mir meine Skepsis in Bezug auf Krimis nehmen." Als sie Stumpings ungläubige Miene sah, ergänzte sie: „Falsche Fährte, Herr Redakteur. Wir sind wirklich nur zum Vergnügen hier. Auch Polizeibeamte haben ein Privatleben." Stumping sah noch immer nicht vollständig überzeugt aus, aber nach ein paar Minuten Smalltalk schienen sich seine Zweifel zu legen.

„Ich habe Ihnen noch gar nicht zu Ihrer Beförderung gratuliert!", fiel Plasberg plötzlich ein. „Sind Sie nicht seit einigen Wochen Leiter der Lokalredaktion?"

„Seit Monatsanfang.“ Stumping seufzte. „Hat aber weder in meinem Geldbeutel noch beim Arbeitsaufwand etwas verändert. Termine wie diesen muss ich noch immer selber wahrnehmen. Und mein Vorgänger war die letzten Monate vor seiner Pensionierung sowieso kaum noch in der Redaktion. Das einzig Gute daran ist, dass die Chefredaktion der Einstellung eines neuen Mitarbeiters für die Lokalnachrichten zugestimmt hat. Interesse?“

Die Kommissarin hätte sich beinahe an ihrem Sekt verschluckt. „Bestimmt nicht!“

Plasbergs Abneigung gegenüber Journalisten aller Art war geradezu sprichwörtlich. Arnold Stumping war einer der wenigen Presseleute, mit denen sie sich verstand, die meisten seiner Kollegen bezeichnete sie intern gerne als Tagediebe, Aasgeier oder Hofschranzen. Doch auch öffentlich nahm die Kommissarin selten ein Blatt vor den Mund. Ihre Ausfälle gegen unliebsame Journalisten und lästige Fragen auf Pressekonferenzen geisterten noch immer durchs Internet und erfreuten sich dort großer Beliebtheit. Plasberg mochte eine erfolgreiche Polizistin sein, ihre sozialen Kompetenzen waren jedoch eher unterdurchschnittlich entwickelt – was sie allerdings nicht weiter störte.

Inzwischen hatte sich unter den Gästen der Veranstaltung eine gewisse Unruhe breitgemacht, und nachdem Plasberg ihr zweites Glas geleert hatte, begleiteten Brinkhoff und sie den Lokalredakteur in den Bereich, in dem die Lesung stattfinden sollte. Die Verkaufsflächen waren freigeräumt und mit Stühlen bestückt worden, am Ende des Raums war eine Bühne zu sehen, sodass jeder Zuschauer einen guten Blick auf das Podium hatte. Plasberg und Brinkhoff fanden zwei Plätze am Rand, damit der Kommissar seine langen Beine ausstrecken konnte. Schlechte Erfahrungen in Zügen und Flugzeugen hatten ihn gelehrt, dass man bei einer Größe von 1,90 Meter und mit dem Kreuz eines Basketballspielers nur am Gang halbwegs komfortabel saß. Arnold Stumping blieb stehen und hielt sich im Hintergrund, während sich ein Fotograf zu ihm gesellte.

Kaum hatte die Kommissarin Platz genommen, tippte ihr jemand von hinten auf die Schulter. „Aber den Hut nehmen Sie doch ab, oder?“ Eine schwarzhaarige ältere Dame mit kirschrot bemalten Lippen und goldberingten Fingern beugte sich zu ihr nach vorne. „Sie versperren mir die Sicht, Liebelein."

„Zum einen verbitte ich mir das ‚Liebelein'", erwiderte Plasberg verärgert, „wir sitzen schließlich nicht am Tresen Ihrer Veedelskneipe und trinken Brüderschaft. Und …"

„Bitte? Ich habe noch nie am Tresen einer …"

„… und zum anderen", fuhr Plasberg unbeirrt fort, „was gibt es denn da groß zu sehen? Einen Mann, der aus einem Buch liest!"

Die Dame tuschelte pikiert mit ihrer Nachbarin und kratzte dann noch einmal ihren Mut zusammen. „Ich habe zehn Euro dafür bezahlt, Mr. Gatler zu hören *und* zu sehen."

Plasberg nahm wortlos ihren Hut vom Kopf. „Zum Glück bin ich die Sanftmütigkeit in Person", raunte sie Brinkhoff zu.

Ihr Kollege wagte nicht zu widersprechen.

Die Bühne war dekoriert mit Dutzenden Exemplaren von Stephen Gatlers neuestem Krimi *Das blutige Kind*, auf dessen Cover ein blutüberströmtes Kindergesicht zu sehen war, das den Betrachter im Tod mit starren Augen fixierte – für Plasbergs Geschmack ein allzu drastisches Motiv. Aber sie hatte sich von Brinkhoff im Vorfeld belehren lassen, dass Gatler darauf bestand, mit seinen Kriminalromanen auch optisch zu provozieren. Schon die Vorgänger hatten verstörende Umschläge gehabt, was den Verkäufen in keinster Weise geschadet hatte, im Gegenteil.

Neben den Büchern, etwas zurückgesetzt an einer Wand, prangte ein überdimensionales Fotoporträt des Schriftstellers. Auf den ersten Blick machte Gatler den Eindruck eines etwa sechzigjährigen Bonvivants. Seine vollen Gesichtszüge bemühten sich, Zufriedenheit und Selbstbewusstsein auszudrücken; ein Panamahut auf den dichten weißen Haaren, ein ebenso weißer Stoppelbart und seine buschigen Augenbrauen unterstrichen diese Wahrnehmung. Und doch hinterließ das Foto beim Betrachter bestenfalls widersprüchliche Gefühle. Die wässrigen, graublauen Augen waren von roten Adern durchsetzt und besaßen einen kalten Glanz, die schmalen Lippen deuteten ein eher missmutiges Lächeln an. Und so strahlte Gatlers Gesicht trotz aller Bemühungen eine gewisse Unnahbarkeit aus, als hätte er sich nur widerwillig ablichten lassen oder wäre bei der Aufnahme nicht recht bei der Sache gewesen. Vorne, am Bühnenrand, war ein Stehpult platziert worden, im Hintergrund zwei Sessel und ein Beistelltisch, auf dem eine Karaffe Wasser und zwei Gläser warteten. Mehr an Dekoration war nicht auszumachen.

„Und dieser Gatler ist wirklich berühmt?“, fragte Plasberg, unterdrückte ein Gähnen und erntete aus ihrer Umgebung missfallende Blicke.

„Seine letzten Romane waren allesamt B-Bestseller und sind in zwei Dutzend Sprachen übersetzt worden“, antwortete Brinkhoff, der es schon bereute, Plasberg mitgenommen zu haben. „Er ist einer der Stars der Krimiliteratur.“

Seine Chefin schüttelte den Kopf. „Ich verstehe das nicht. Ich habe noch keinen einzigen Krimi gelesen, der die Polizeiarbeit auch nur annähernd realitätsnah wiedergegeben hat. Freiwillig nehme ich keinen Krimi mehr in die Hand, spätestens ab Seite zehn muss ich anfangen zu lachen.“

„N-Na ja, wenn die Schriftsteller unsere Arbeit eins zu eins umsetzen würden, w-wäre das wahrscheinlich auch zu langweilig für das Publikum. All die Vorschriften und Richtlinien …“

„Sie finden Ihre Arbeit langweilig?“

„Natürlich nicht, aber Sie beklagen sich doch selbst immer über die viele Schreibarbeit und … vergessen Sie's. Was l-lesen Sie denn stattdessen?“

„Stattdessen?“

„Anstelle von Krimis.“

„Soll das ein Witz sein? *Ich* habe eine *Familie*! Ich habe keine Zeit zum Lesen.“ Plasberg kramte ein weiteres Mal in ihrer Handtasche und bot Brinkhoff ein Bonbon an. „Aber dass Sie sich gerne Krimis zu Gemüte führen … man sollte meinen, dass Sie in unserem Job mit genug menschlicher Niedertracht konfrontiert werden.“

Brinkhoff knisterte mit dem Bonbonpapier. „Die von Stephen Gatler lese ich ganz gerne“, nuschelte er dann mit vollem Mund. „Der neue ist auch nicht ganz so blutrünstig wie die anderen.“

„Sie kennen das Buch schon?“

Brinkhoff klopfte auf den Rucksack, den er zwischen seine Füß gestellt hatte. „Ich hab's mir sofort bei Erscheinen gekauft. U heute hole ich mir eine W-Widmung ab.“ Er machte eine kurze Pause. „Aber stimmt schon, ansonsten mag ich eher historische Schinken. *Der Medicus*, *Die Säulen der Erde* und so was.“

„Und Ihr Freund?“

„M-Markus?“ Brinkhoff wirkte plötzlich verlegen. „Der liest gerne Micky-Maus-Comics.“

Plasberg schnaubte belustigt auf. „Machen Sie sich nichts draus. Niklas verschlingt die Abenteuer von Spiderman.“

Mittlerweile hatte sich der Raum gefüllt, fast alle Stühle waren besetzt, und nach und nach verebbte das übliche Räuspern und Tuscheln. In der ersten Reihe waren einige reservierte Plätze frei geblieben, die kurz vor Beginn der Veranstaltung von einer zu stark geschminkten, blonden und elegant gekleideten Frau um die sechzig, einem hageren, jüngeren Mann mit dichten, schwarzen Haaren und einem älteren Herrn eingenommen wurden, der trotz der sommerlichen Temperaturen einen grauen Dreiteiler trug und eine verdrießliche Miene aufgesetzt hatte.

„D-Der mit den schwarzen Haaren, dem bleichen Teint und dem schwarzen Jackett ist Gatlers Freund“, flüsterte Brinkhoff. „Glaube ich wenigstens. Vor ein paar Jahren gab’s einige Schlagzeilen wegen eines verschwundenen Kindes, wenn ich mich richtig erinnere …“

„Dieser Gatler ist schwul?“ Die Kommissarin drückte ihre Überraschung etwas lauter als beabsichtigt aus, und wieder drehten sich einige Köpfe in ihre Richtung; in den Gesichtern war deutlicher Tadel zu lesen.

„Ja, aber das wird vom Verlag wohl ganz gerne tiefer gehängt.“

„Und was war mit dem Kind?“

Brinkhoff kramte in seinem Gedächtnis. „Der kleine Sohn des L-Lebensgefährten war verschwunden, entweder entführt oder …“ Er zuckte mit den Schultern. „Jedenfalls ist bei den polizeilichen Ermittlungen wohl auch an die Öffentlichkeit gelangt, dass Gatler und er ein Paar waren … sind, meine ich … das G-Ganze hätte Gatler beinahe seine K-Karriere gekostet, weil der Verlag sehr unglücklich über die negative Publicity war … Sie können sich ja vorstellen, wie sich die Klatschpresse auf diesen Fall gestürzt hat … aber dann ist sein zweiter Krimi herausgekommen und hat alle Verkaufsrekorde gebrochen. Da war dann von K-Karriereende keine Rede mehr."

„Ist der Sohn wieder aufgetaucht?"

„K-Keine Ahnung. Das ist bestimmt schon zehn J-Jahre her. Da war ich noch in der Ausbildung."

Plasbergs schürzte die Lippen. „Jetzt begreife ich, warum Sie seine Bücher lesen. Das hat was mit schwuler Solidarität zu tun, oder?"

„Quatsch! Ich … so ein Unsinn!", zischte ihr Brinkhoff zu.

Für einen Moment erhaschte die Kommissarin auch einen Blick auf Stephen Gatlers mutmaßlichen Lebensgefährten, der sich kurz nach hinten gedreht hatte und das Publikum überflog. Ein bleiches, verschlossenes Gesicht, mit dunklen Schatten unter den Augen und einem verbitterten Zug um die Lippen. Er sah jedenfalls nicht so aus, als würde er den bevorstehenden Auftritt des Autors genießen.

In diesem Moment öffnete sich im hinteren Teil der Buchhandlung eine Tür und zwei Männer betraten unter aufkommendem Applaus die Bühne. Einer von ihnen war der sonnengebräunte Schriftsteller, bekleidet mit einer hellen Leinenhose, einem weißen Hemd, dessen oberste Knöpfe geöffnet waren, und einem dünnen, beigefarbenen Sakko. Im realen Leben wurde die unnatürliche Jovialität des Autors noch offensichtlicher; seiner ganzen Erscheinung haftete etwas Dandyhaftes an, das der Kommissarin sofort unangenehm aufstieß. Kleine Fältchen unter den Augen und am Hals ließen den Erfolgsautor älter aussehen als auf dem geschönten Pressefoto im Hintergrund. Er hielt ein Exemplar seines Romans in der Hand, dessen Seiten mit Zetteln gespickt waren, um den Hals trug er ein Headset. Viele Zuschauer nahmen die Gelegenheit wahr und zückten ihre Handys. Auch mehrere Pressefotografen, die sich inzwischen in Stumpings Nähe eingefunden hatten, nutzten ihre Chance. Der Lokalredakteur hatte wohl recht; der Auftritt des Schriftstellers schien vielen Medien eine Meldung wert zu sein. Gatler nahm die Unruhe gelassen hin, setzte einen werbewirksamen Blick auf und sah geradeaus in die Kameras. Dies geschah so reflexartig und intuitiv, dass Plasberg keinen Zweifel hatte, dass der Mann die mediale Aufmerksamkeit gewohnt war. Nach einigen Augenblicken griff sein Begleiter zu einem bereitliegenden Mikrofon am Bühnenrand, tippte einmal dagegen, um sich zu vergewissern, dass die Tonanlage eingeschaltet war, und hieß die Zuschauer willkommen.

„Sehr verehrte Damen und Herren, ich darf Sie herzlich zu unserer Veranstaltung begrüßen und freue mich, dass die Mayersche Buchhandlung Ihnen heute den großen Autor und Sohn unserer Stadt, Stephen Gatler, präsentieren kann, der mit seinem neuen Kriminalroman schon jetzt alle Verkaufsrekorde bricht …"

„Ich hab im Netz gelesen, dass die Verkäufe zum ersten Mal eher schleppend sind", raunte Brinkhoff seiner Vorgesetzten zu.

„Es kommt nicht häufig vor, dass ein deutschsprachiger Schriftsteller auch im Ausland so erfolgreich ist wie Stephen Gatler und …"

„Wieso denn Sohn der Stadt?", flüsterte Plasberg zurück. „Ich dachte, er wäre ein Ami oder Engländer?"

Ihr Kollege schüttelte den Kopf. „Er ist D-Deutscher und wohnt hier in Köln."

„Und warum hat er dann einen englischen Namen?"

„Pst! Seien Sie doch still!" Die Dame hinter Plasberg machte sich erneut bemerkbar, während der Moderator mittlerweile fast am Ende seiner Einleitung angelangt war.

„… gilt mein Dank auch besonders Herrn Armin Schäfer-Kussnacht, dessen Verlagsgruppe Stephen Gatlers Bücher betreut." Der in der ersten Reihe sitzende ältere Mann im grauen Anzug nahm den Dank mit einem kurzen Kopfnicken und einer eher säuerlichen Miene zur Kenntnis, als wäre ihm die Erwähnung seines Namens in einem Atemzug mit Gatler unangenehm. „Im Anschluss an die Lesung, auf die wir uns selbstverständlich alle schon sehr freuen, wird uns der Autor zu einem Gespräch zur Verfügung stehen, und danach besteht die Möglichkeit, seinen Kriminalroman zu erwerben, natürlich mit einer persönlichen Signierung. Und nun wünsche ich Ihnen und uns gute Unterhaltung und gebe weiter an Stephen Gatler!"

Abermals kam Applaus auf, während der Moderator die Bühne verließ und sich auf den letzten frei gebliebenen Platz in der ersten Reihe neben Schäfer-Kussnacht begab. Unterdessen trat der Schriftsteller an das Stehpult, nahm einen Schluck aus dem bereitgestellten Wasserglas, setzte das Headset auf, schlug sein Buch auf und begann ohne weitere Vorworte zu lesen. Nur in den ersten Reihen konnte man bemerken, dass es dem Autor nur mühsam gelang, das leichte Zittern seiner Hände zu unterdrücken.

„‚New York ist eine böse Stadt. Sie zerkaut dich und spuckt dich aus, sobald du unachtsam wirst.'" Gatlers Stimme besaß einen kräftigen Bariton, der wahrscheinlich auch ohne Mikrofon in jedem Winkel der Buchhandlung zu hören gewesen wäre. „‚New York ist umtriebig wie eine Hure, größenwahnsinnig wie ein römischer Imperator und gefährlich wie eine Meute ausgehungerter Ratten.' Meredith Baker hatte im Laufe ihrer Kindheit und Jugend oft über die Worte ihrer Großmutter nachgedacht. Aber erst als sie die alte Frau vor zehn Tagen mit dem erstbesten Gegenstand, einem Schürhaken, den ihre Großmutter neben dem alten Kohleofen aufbewahrte, erschlagen und danach den ausgelaugten, widerwärtig dürren Körper im Hinterhof verscharrt hatte, war ihr bewusst geworden, dass Dolores di Santo ihrer eigenen Warnung nie Glauben geschenkt hatte. Sie und ihr Ehemann Joe hatten sich in ihrem Refugium am Rande von Brooklyn sicher gewähnt – bis Meredith sie ausfindig gemacht und die Worte aus ihrer Kindheit in den Rang einer selbsterfüllenden Prophezeiung erhoben hatte. Im Moment ihres Todes hatte sich in den Augen ihrer verhassten Großmutter grenzenlose Überraschung gespiegelt, und Meredith hatte die Sterbende erstaunt gefragt: ‚Hast du wirklich gedacht, dass euch die Vergangenheit nicht einholt?' Dann hatte sie ein zweites Mal mit dem Schürhaken zugeschlagen und ihr Gesicht in etwas verwandelt, das einer Pepperonipizza nicht unähnlich war. Anschließend war sie ins Zimmer ihres Großvaters gegangen, der hilflos in seinem Krankenbett lag, von dem er auf ein großes Christuskreuz an der kahlen Wand blicken konnte. ‚Der wird dir auch nicht mehr helfen', hatte sie ihrem schon vom Tode gezeichneten Großvater ins Ohr geflüstert. Dann hatte sie ihn gezwungen, die Überdosis Schlaftabletten zu trinken, die sie aufgelöst in einem letzten Glas Whisky seine Kehle hinunterrinnen ließ. Zeit seines Lebens war dies Joe di Santos Lieblingsgetränk gewesen. Meredith Baker fand, dass es ein treffendes Ende für ihn war und ein sehr viel gnadenvolleres Schicksal als das, zu dem ihre Großeltern sie verdammt hatten. Sie und ihren Sohn Nathaniel …'"

Weiter kam Gatler nicht, denn in diesem Moment unterbrachen ihn die ersten Töne des Radetzky-Marsches und schepperten so zackig wie bei einer Militärparade vor dem Schloss Bellevue durch den Raum. Plasberg fuhr zusammen, als sie bemerkte, dass es ihr Handy war, das die Ruhestörung verursachte. „Niklas, diese kleine Mistkröte!“, fluchte sie leise. „Er hat mir wieder heimlich einen neuen Klingelton runtergeladen!“

Alle Augen im Publikum drehten sich zur Kommissarin, die hektisch ihr Telefon aus der Handtasche wühlte, einen Blick auf das Display warf, entschuldigend „Mist!“ murmelte, das Gespräch wegdrückte, aufstand und die Veranstaltung verließ. Empörte Blicke folgten ihr, nur Arnold Stumping am Rande der Zuschauer grinste über beide Wangen.

Auf der Bühne wartete Stephen Gatler, bis Maria Plasberg verschwunden war, dann bemerkte er mit einem ironischen Lächeln: „Für die Dame ist wohl gerade zur Jagd geblasen worden!“, und erntete dafür allgemeine Heiterkeit, bevor er mit der Lesung fortfuhr. An seinen zuckenden Mundwinkeln war zu erkennen, wie ungehalten er in Wahrheit über die Unterbrechung war.

Brinkhoff konnte sich nicht mehr auf den Auftritt des Schriftstellers konzentrieren. Wie er richtig vermutet hatte, tauchte seine Vorgesetzte schon kurz darauf wieder auf und winkte ihn diskret nach draußen. So geräuschlos wie möglich und in gebückter Haltung verließ der Kommissar ebenfalls die Lesung und nahm mit Plasberg die Rolltreppe nach unten, während die Stimme von Stephen Gatler hinter ihnen immer leiser wurde.

„W-Was ist passiert?“, fragte Brinkhoff, als sie endlich im Freien standen.

„Das war Eikner. Die Leitstelle hat den Fund einer Frauenleiche gemeldet.“

„K-Kann das nicht eine der anderen Mordkommissionen machen?“, beschwerte sich Brinkhoff, während er Maria Plasberg zu ihrem Auto im Parkhaus begleitete. „Wieso muss Eikner ausgerechnet uns damit beauftragen?“ Als Leiter des Kriminalkommissariats 11, zuständig für Tötungsdelikte, unterstanden Heribert Eikner neben Plasbergs MK 3 auch noch zwei weitere Mordkommissionen, die MK 1 unter Klaus van der Heyden und die MK 2 unter Dietmar Ostrop.

„Weil die mit anderen Ermittlungen beschäftigt sind."

„Und was ist mit meiner Widmung? Ich ha-hatte mich so auf die Lesung gefreut!"

„‚Pepperonipizza'!", amüsierte sich Plasberg. „Also wirklich! Haben Sie nicht behauptet, der Krimi wäre nicht so blutrünstig? Die Frau hat den Schädel ihrer Großmutter mit einem Schürhaken zertrümmert!"

„Das ist aber auch der einzige brutale Mord. Die anderen …"

„Die anderen? Wie viele Leute außer den Großeltern gehen denn da noch hops?"

Brinkhoff hatte keine Lust, sich seinen Lieblingsautor madig machen zu lassen, und wechselte das Thema. „Wo müssen wir hin?"

Plasberg rief auf ihrem Smartphone eine Straßenkarte des rechtsrheinischen Köln auf. „Höhenfelder See, Südufer. Zwischen den Stadtteilen Dellbrück und Dünnwald. Wahrscheinlich nur ein Unfall. Das kommt davon, wenn sich die Leute nicht an das generelle Badeverbot halten."

„Ein Badeunfall im April?", zweifelte Brinkhoff. „Das Wasser ist doch noch v-viel zu kalt!"

Im Parkhaus zahlte die Kommissarin ihr Ticket, schloss den Wagen auf – einen alten Golf, der aussah, als hätten seine besten Tage vor der Einführung des Euro gelegen – und warf beim Einsteigen hastig einige Sachen vom Beifahrersitz auf die Rückbank. „Bin nicht zum Aufräumen gekommen", murmelte sie, aber ihr Kollege hatte sich schon so an das Chaos in ihrem Auto gewöhnt, dass er die herumfliegenden Bonbonpapiere, die Kekskrümel in den Ritzen der Sitze, die angebissenen Müsliriegel und halbvollen Wasserflaschen nur noch mit einem Seufzen quittierte.

„Sind Sie sicher, dass Sie fahren können?", fragte er vorsichtshalber.

„Jetzt reden Sie keinen Unsinn, Kollege. Ich hatte nur zwei Gläser Sekt!"

Die meisten Geschäfte waren dabei, ihre Türen zu schließen, aber in den Bistros, Eisdielen und Bars mit Außengastronomie herrschte Hochbetrieb. Die Leute trugen Shorts oder kurze Röcke, liefen in Flipflops durch die Straßen und genossen den unverhofften Sommereinbruch. Brinkhoff sog durch das heruntergekurbelte Fenster den Duft von geröstetem Sesam und Thymian ein, als sie an einem libanesischen Restaurant vorbeifuhren; vor einem arabischen Café qualmten die Shisha-Pfeifen. „Hat Eikner sonst noch Informationen preisgegeben?"

„Natürlich", erwiderte Plasberg. „Er hat mir den Namen der Toten, die Todesursache und die Kennziffer des Personalausweises genannt. Und dann hat der Chef mir ausführlich von seinen Eheproblemen berichtet."

„Eikner hat Ehep-probleme?"

Die Kommissarin bedachte Brinkhoff mit einem mitleidigen Blick. „Sie bemerken Sarkasmus wohl noch nicht mal, wenn er Sie anspringt, Kollege! Die Leitstelle wusste noch nichts Näheres. Eikner hat mir nur süffisant gutes Gelingen gewünscht und sich zu einem Barbecue beim Dombaumeister verabschiedet."

Das Verhältnis zwischen dem Leiter des KK 11 und der Kommissarin galt seit Langem als gestört. Plasberg scherte sich nicht um Dienstvorschriften, war launisch und handelte oft eigenmächtig, was ihren untersetzten, übervorsichtigen Vorgesetzten zur Weißglut brachte; umgekehrt klammerte sich Eikner für Plasbergs Geschmack zu sehr an Vorschriften und Paragrafen und hatte ihrer Meinung nach ein zu enges Verhältnis zu den Prominenten der Stadt und denen, die sich dafür hielten. Die gegenseitige Abneigung eskalierte in regelmäßigen Abständen und machte sich in Wutausbrüchen auf der einen oder anderen Seite Luft. Dennoch schienen beide diese Machtkämpfe auf eine perverse Art und Weise zu genießen, ansonsten war kaum zu verstehen, wieso sie selbst wegen Nickeligkeiten aufeinander losgingen. Brinkhoff erinnerte sich noch immer mit einem gewissen Vergnügen an die vorerst letzte Auseinandersetzung der Kontrahenten: Plasberg hatte es gewagt, ihr Auto auf dem Parkplatz am Präsidium abzustellen, den Heribert Eikner immer für sich beanspruchte. Als ihr Vorgesetzter sie deswegen in sein Büro zitierte, war der Streit so laut geworden, dass der Kollege Hallstetter Wetten angenommen hatte, wer diesmal gewänne.

Inzwischen hatten die Kommissare das rechtsrheinische Ufer erreicht und bald darauf die letzten Wohnhäuser von Dellbrück hinter sich gelassen, eine Mischung aus etwas ungepflegten Mietskasernen und kleinen Einfamilienheimen. Plasberg bog auf einen unmarkierten Spazierweg am Südufer des Höhenfelder Sees ab, der sich nur wenige Meter vom Wasser entfernt entlangschlängelte, vorbei an Grasflächen und Brombeergestrüpp. Ein ausgeblichenes, verbeultes Schild wies den See und seine Umgebung als Landschaftsschutzgebiet aus; wie zum Hohn verrotteten daneben einige Plastiktüten voller Müll.

Im Schritttempo fuhr die Kommissarin weiter, bis sie das Einsatzfahrzeug der Kollegen entdeckte, die als Erste am Fundort eingetroffen waren. Am Ort des Leichenfundes herrschte rege Betriebsamkeit. Ein Notarztwagen und die Spurensicherung waren ebenfalls schon da, hatten das Gelände notdürftig abgesperrt; die weißgekleideten Mitarbeiter in ihren Schutzanzügen waren bereits mit ihrer Arbeit beschäftigt. Etwas abseits hatten sich ein paar neugierige Spaziergänger postiert. Zwei halbwüchsige Jungen, von denen einer einen Fußball unter dem Arm trug, filmten die Einsatzkräfte mit dem Handy. „Großartig", sagte Plasberg, während sie aus dem Auto kletterte. „Die ersten Gaffer sind schon da."

Mit ihrer Dienstmarke wies sie sich gegenüber den Kollegen aus. „Jemand betrunken in den See gefallen?", fragte sie mit sinkender Hoffnung in die Runde.

„Wir sind vor zwei Stunden von den beiden Jugendlichen per Handy informiert worden", antwortete einer der Polizisten und wischte sich mit einem Taschentuch den Schweiß von der Stirn. „Die Leiche lag im See. Hatte sich zwischen ein paar Wurzeln und den Zweigen der Trauerweide verfangen, die ins Wasser ragen. Der Fundort war kaum einzusehen vom Ufer aus. Die Jungs dort haben den Körper nur durch Zufall entdeckt, weil ihnen der Ball ins Wasser gesprungen ist."

„Wer hat den Leichnam aus dem Wasser gezogen?"

„Das waren wir."

Plasberg runzelte die Stirn. „Wieso?"

„Wieso? Vorschriften! Theoretisch hätte die Notwendigkeit bestehen können, eine Erste-Hilfe-Maßnahme einzuleiten!"

„Obwohl die Leitstelle den Fund einer Wasserleiche gemeldet hat? Selbst wenn das Opfer kurz vorher ins Wasser gefallen wäre, kann man sich doch an fünf Fingern abzählen, dass bis zu Ihrem Eintreffen jede Hilfe zu spät käme! Hat die Spurensicherung wenigstens vorher Fotos vom exakten Fundort geschossen?"

„Klar doch. Wir sind keine Anfänger", brummte der Beamte verdrossen und ließ die Kommissarin stehen, um einen Funkspruch zu beantworten, der über sein Einsatzfahrzeug hereinkam. Plasberg meinte noch so etwas wie „... euren Scheiß alleine machen" zu hören und zuckte mit den Schultern.

Gleich darauf gesellte sich der Notarzt zu ihnen, der sich bisher über die Leiche gebeugt hatte. „Dr. Sörensen", stellte sich der rothaarige Mann vor, über dessen Schläfe sich ein pflaumengroßes Feuermal zog. „Sie sind die diensthabende Beamtin?" Sein Blick blieb verunsichert an Plasbergs Jäger-Outfit hängen, und Brinkhoff musste zum zweiten Mal an diesem Abend sein Grinsen verstecken.

„Maria Plasberg, Kripo Köln."

„Kripo, ja ... gut." Sörensen zögerte und schaute zurück zur Leiche.

„A-Alles in Ordnung?", fragte Brinkhoff.

„Es ist nur ..." Der Arzt räusperte sich und schüttelte energisch den Kopf. „Nicht Ihr Problem. Unschöner Anblick, und ich habe schon zwölf Stunden Dienst hinter mir ... wir haben es mit einer Frauenleiche zu tun, schätzungsweise zwischen 30 und 50 Jahre alt ..."

„Genauer geht es nicht?", funkte Plasberg dazwischen.

Sörensen rieb sich die Augen. „Der Verwesungsprozess ist schon ziemlich weit fortgeschritten, sie muss seit einiger Zeit im Wasser gelegen haben, ein paar Tage mindestens. Da hätte auch der Einsatz eines Kollegen der Polizei ausgereicht." Die leise Kritik des Notarztes war nicht ganz unberechtigt. Normalerweise wurden Notärzte nur zu Polizeieinsätzen gerufen, um erste Hilfe zu leisten und Leben zu retten. Wenn der Tod eines Opfers von vornherein feststand, übernahm ein Polizeiarzt die erste Sichtung der Leiche. „Der Körper ist aufgedunsen, und der Fischfraß hat eingesetzt. Sie müssen die gerichtsmedizinische Untersuchung für genauere Ergebnisse abwarten. Aber selbst dann wird es schwierig. Wasserleichen sind tricky."

„F-Fischfraß?", wiederholte Brinkhoff.

„Das ist, wenn …"

„Schon gut", unterbrach Plasberg den Mann. „Wir können es uns lebhaft vorstellen. Irgendwelche Ideen zur Todesursache? Ist die Frau ertrunken?"

„Keineswegs." Sörensen führte die Kommissare an die Leiche heran, die auf dem Rücken direkt am Ufer in einer Pfütze lag. Plasberg zuckte zurück, als sie einen ersten Blick auf die Tote warf. Das Wasser des Sees hatte ihr Aussehen tatsächlich so entstellt, dass man kaum das Geschlecht erkennen konnte, geschweige denn wie alt sie war oder wie ihre Gesichtszüge ausgesehen hatten. Brinkhoff bekam ein flaues Gefühl im Magen. Immerhin konnte man erahnen, dass die Frau eine zierliche Person gewesen sein musste. Die Leiche trug schulterlanges, braunes Haar und war mit einer schwarzen Jeans und den Überresten einer geblümten Bluse bekleidet, die unter einer fast knielangen, zerrissenen grauen Strickjacke hervorschauten. Sörensen lenkte die Aufmerksamkeit der Polizisten auf großflächig zerstörtes Gewebe am Hals der Toten, das von einem Ohr bis zum anderen reichte. „Denken Sie sich den Fischfraß weg, der hier angesetzt hat. Ich bin ziemlich sicher, dass der Kollege in der Rechtsmedizin auch zu dem Schluss kommen wird, dass der Frau die Kehle durchgeschnitten wurde."

„Also ist sie gar nicht im Wasser gestorben?"

„Nein. Glaube ich nicht."

„Das war's dann wohl mit dem Badeunfall", murmelte Plasberg und untersuchte die Strickjacke näher. „Ein Opfer sexueller Gewalt? Wegen der zerrissenen Jacke."

„Wohl nicht. Hose und Bluse sind geschlossen, weisen auch keine Beschädigungen auf. Und die zerfetzte Strickjacke … das kann durch Umwelteinwirkungen passiert sein. Aber letztendlich kann das erst der Gerichtsmediziner …"

„Schon klar. Sonst noch was?"

Der Arzt schüttelte den Kopf.

Die Kommissarin wollte sich schon wegdrehen, als ihr Blick an einem ungewöhnlichen Detail hängenblieb. Sie ging in die Hocke. „Sind das … nein, das sind keine Algen … geben Sie mir ein Paar Handschuhe!“ Brinkhoff räusperte sich diskret, und sie schob ungnädig ein „Bitte!“ hinterher.

Sörensen wühlte in seiner Tasche, und nachdem Plasberg die Handschuhe übergestreift hatte, zog sie die matschigen, faserigen Überreste von ein paar kleinen, weißen Blüten hervor, die sich in den Haaren der Toten verfangen hatten. „Margeriten … Nein, ineinander geflochtene Gänseblümchen. Als kleines Mädchen hab ich mir mal eine Zeitlang im Sommer solche Blütenkränze fürs Haar geflochten. Vor zwei Jahren in den Ferien hab ich es Ruth beigebracht.“ Plasberg zeigte die aufgeweichten Überreste ihrem Kollegen, der gerade enorme Schwierigkeiten hatte, sich seine Vorgesetzte mit einem Kranz aus geflochtenen Gänseblümchen im Haar vorzustellen. Für ihn war sie eigentlich immer eher der Typ gewesen, der in der Kindheit Frösche seziert und Spinnen die Beine ausgerissen hatte.

„Na ja, wenn das mal ein Kranz war, dann ist davon aber nicht mehr v-viel übrig“, sagte er. „Sind Sie sicher, dass das nicht nur ein Zufall ist? Dass sich die Gänseblümchen nicht irgendwie im Wasser in den Haaren der Leiche verfangen haben?“

„Schalten Sie gefälligst Ihren Verstand ein, Kollege: Gänseblümchen sind keine Wasserpflanzen. Die wachsen bevorzugt auf Wiesen und Weiden. Ich verstehe bloß nicht, wie eine erwachsene Frau dazu kommt, sich so etwas zu flechten.“

Brinkhoff öffnete den Mund. Plasbergs letzte Bemerkung rief eine vage Erinnerung in ihm wach, aber der Gedanke war zu unbestimmt, als dass er ihn mit einem Inhalt oder einer Form ausfüllen konnte. Irritiert schüttelte er den Kopf, während Plasberg die Pflanzenreste zur Spurensicherung trug.

Da die Kollegen noch nicht mit ihrer Arbeit fertig waren, widmeten sich die Kommissare als Nächstes den Jugendlichen, die die Leiche entdeckt hatten. Brinkhoff schätzte die Jungen auf vierzehn oder fünfzehn Jahre, mitten in der Pubertät. Der schmächtigere litt an einer ausgeprägten Akne, Gesicht und Hals waren übersät mit roten Kratern.

„Der Ball ist mir vom Fuß gesprungen und in den See geflogen", erklärte der Größere der beiden. Seine Augen wurden von wilden rotbraunen Haaren beinahe verdeckt, und seine Zähne waren mit Zahnspangen überzogen. Kaugummikauend stellte er sich als Merlin Jakobi vor.

„Vom Fuß gesprungen? Du hast schlecht gezielt, Mann!", zog ihn sein Freund auf.

Merlin bedachte ihn mit einem wütenden Blick. „Ich bin dann hinterhergerannt, um ihn aus dem Wasser zu fischen, und da hab ich sie gesehen. Also, die Leiche da. Voll eklig. Kopf nach unten, als ob sie am Schnorcheln wäre, und die Haare hatten sich in den Zweigen von dem Baum da verheddert. War wie im Fernsehen. Abgefahren." Die Entdeckung schien den Jungen keineswegs schockiert zu haben.

„Merlin?", fragte Plasberg irritiert nach. „So heißen Kinder heutzutage?" Sie wandte sich dem anderen Jugendlichen zu. „Dann bist du wahrscheinlich Artus oder Lanzelot?"

„Wer? Quatsch." Er ließ den Fußball einmal auf der Erde aufprallen und fing ihn wieder auf. „Ich heiße Jannik. Jannik Faber. Merlins bester Kumpel. Wir wohnen dahinten." Er deutete mit dem Kinn in die Richtung der Siedlung, die die Kommissare passiert hatten, bevor sie auf den Feldweg abgebogen waren.

„Wann habt ihr die Leiche entdeckt?"

„Na ja, vorhin halt."

„Uhrzeit?"

„Weiß nicht. So halb acht vielleicht? Kann ich das Video auf meinem YouTube-Kanal online stellen?"

„Was für ein Video?", erkundigte sich die Kommissarin.

„Na, das von der Leiche. Gibt bestimmt hammerviele Aufrufe!"

„Du hast ein Video von dem Leichenfund gemacht?"

„Klar." Jannik zuckte mit den Schultern. „Ist doch voll krass. Außerdem hatten wir sowieso nichts Besseres zu tun, nachdem wir die Bul... die Polizei angerufen haben. Man darf dann ja nichts anfassen und so."

„Kann ich das Video mal sehen?"

Jannik rief das Video auf und reichte sein Smartphone an Plasberg weiter. Der etwa einminütige Film zoomte zuerst langsam auf die Trauerweide am Ufer des Sees, um sich dann auf die Zweige zu konzentrieren, die ins Wasser ragten und mit ihren dichten Blättern einen kleinen Abschnitt des Seeufers wie eine Höhle vor jedem Blick abschirmten; es war nicht verwunderlich, dass die Leiche an diesem Ort nicht früher entdeckt worden war. Zuerst konnte auch die Kommissarin rein gar nichts erkennen, aber dann schob eine Hand – mutmaßlich die von Merlin Jakobi – einen Teil der Zweige beiseite und gab die Sicht frei auf den Umriss eines menschlichen Körpers, der im Zwielicht an der Wasseroberfläche trieb. Die Frau lag auf dem Bauch, das Gesicht im Wasser, Arme und Beine ausgebreitet wie bei einem Fallschirmspringer. Die sanfte Bewegung des Wassers ließ den Körper schaukeln, als wäre noch ein Rest von Leben in ihm – ganz so, wie die Jungen ihn beschrieben hatten; es war eine beinahe gespenstische Zufallsaufnahme.

„Also?", fragte Jannik. „Kann ich das bei YouTube ...?"

„Natürlich nicht!", erwiderte die Kommissarin.

„Facebook?"

„Was? Nein! Ihr verletzt damit die Persönlichkeitsrechte."

„Wieso das denn? Die Frau ist doch schon tot! Ich verpixele auch die Augen!"

„Die kann man doch gar nicht erkennen, weil sie auf dem Bauch im Wasser trieb", mischte sich Merlin ein. „Außerdem hat sie keine Augen mehr. Sind auch von den Fischen gefressen worden."

„Ich hoffe sehr, dass nicht alle Jugendlichen in eurem Alter so sind wie ihr", erklärte Plasberg genervt. „Ansonsten sehe ich schwarz fürs Vaterland. Hast du außerdem noch Aufnahmen vom Fundort gemacht? Fotos vielleicht?"

Jannik schüttelte den Kopf.

„Gut." Plasberg gab dem Jungen sein Smartphone zurück. „Du hast jetzt die Wahl: Entweder du schickst mir das Video, oder ich muss dein Handy beschlagnahmen und der Spurensicherung als Beweismittel übergeben. Du kannst es dann nach Abschluss der Ermittlungen in ... sagen wir vier oder fünf Monaten zurückbekommen."

Jannik fiel auf ihren Bluff herein. „Vier oder fünf Monate?", wiederholte er entgeistert. „Sind Sie irre?"

„Nein, von der Mordkommission."

Der Junge leitete das Video hastig an sie weiter. Dann befahl ihm die Kommissarin, das Original auf seinem Handy zu löschen.

„Aber ich habe die Leiche entdeckt!", protestierte Jannik. „Sie können doch nicht …"

„Klar kann ich. Oder möchtest du, dass ich zu deinen Eltern gehe und sie darüber in Kenntnis setze, dass du so etwas ins Netz stellen wolltest?"

„Ich helfe der Polizei nie wieder", murrte der Junge, aber dann befolgte er Plasbergs Anordnung und löschte seufzend das Video.

Die Kommissarin reichte Merlin und Jannik ihre Karte. „Informiert eure Eltern, dass ihr in den nächsten Tagen im Polizeipräsidium wegen einer schriftlichen Zeugenaussage vorsprechen sollt. Ich sage einem meiner Kollegen Bescheid, damit er sich mit ihnen wegen eines Termins in Verbindung setzt, vorausgesetzt, sie sind damit einverstanden. Eure Personalien wurden schon aufgenommen?"

„Ja, schon, aber … was sollen wir denn aussagen? Wir haben doch gar nichts gesehen!"

„Reine Formsache. Und jetzt schiebt ab nach Hause, damit wir in Ruhe unsere Arbeit machen können."

„Obduzieren Sie jetzt die Leiche?", fragte Jannik.

„Alter, bist du blöd!" Merlin rempelte seinen Kumpel verächtlich an. „Doch nicht hier am See! Die schneiden die erst in der Gerichtsmedizin auf. Guckst du nie *CSI*?"

„Ab nach Hause!", wiederholte die Kommissarin und wandte sich auch an die anderen Neugierigen, die noch immer in einigen Metern Entfernung ausharrten. „Hier gibt es nichts mehr zu sehen. Ach …" Sie hielt die beiden Jugendlichen zurück. „Noch was: Ist hier in der Nähe eine Wiese mit Gänseblümchen?"

„Gänseblümchen? Da hinten." Jannik Faber deutete erneut mit dem Kinn die Richtung an. „Der Weg um den See macht da so eine Schlangenlinie. Da gibt's 'ne Wiese, glaube ich. Wieso?"

Plasberg ignorierte die Frage und lief mit Brinkhoff die wenigen Meter zu der Grünfläche, auf der tatsächlich die ersten Gänseblümchen blühten.

„Können Sie sich einen Reim darauf machen?", fragte die Kommissarin. „Erst bastelt sie sich einen Kranz aus Blumen, und dann wird sie umgebracht?"

„Oder der M-Mörder hat ihn ihr aufs Haar gesetzt …“, murmelte Brinkhoff. Da war wieder das merkwürdige Gefühl eines Déjà-vu. „Vielleicht haben wir es mit einem Beziehungsstreit zu tun, der aus dem Ruder gelaufen ist?“

Plasberg zuckte mit den Schultern.

Zehn Minuten später hatte die Spurensicherung ihre Arbeit abgeschlossen und gab die mageren Erkenntnisse an die ermittelnden Beamten weiter. „Keine Papiere, kein Mobiltelefon, nichts. In der linken Hosentasche ein Schlüsselbund mit vier Schlüsseln, das ist alles. Nichts, was Rückschlüsse auf die Identität zulassen würde. Dann ist da noch ein einfaches silbernes Kreuz an einer Kette um ihren Hals, eine goldene Armbanduhr und ein Ring am mittleren Finger ihrer linken Hand. Vielleicht ein Brillant, aber nichts Kostspieliges.“

„Das ist so gut wie nichts“, sagte Brinkhoff.

„Kein Ehering?“, fragte Plasberg.

„Nein. Nur der Ring an der linken Hand.“

„Wenn es ein Raubmord gewesen w-wäre, hätte sich der Täter den Ring und die Uhr nicht entgehen lassen, auch wenn beides nicht viel eingebracht hätte. Hat die Frau Geld dabeigehabt?“

„Wir haben jedenfalls keins gefunden“, erklärte der Mitarbeiter der Spurensicherung. „Portemonnaie war auch Fehlanzeige.“

„F-Finden Sie das nicht k-komisch?“, sagte der Kommissar zu Plasberg. „Gehen Sie jemals ohne Geld und Handy aus dem Haus?“

„Vielleicht hat es der Täter entwendet oder es ist ins Wasser gefallen. Oder vielleicht wohnt das Opfer hier in der Nähe und hat nur einen Spaziergang gemacht?“, spekulierte Plasberg. „Was will man hier am See schon kaufen?“ Sie lief die wenigen Quadratmeter in der Nähe der Trauerweide am Ufer ab. Leicht abschüssiges Terrain, festgebackene Erde, ein paar Grasbüschel, durch die Erde brechende Baumwurzeln. „Was ist mit der Umgebung des Fundorts? Irgendwelche Spuren, die Tatwaffe vielleicht?“, erkundigte sie sich. „Könnte ein Messer gewesen sein.“

Der Mann von der Spurensicherung zog seine Handschuhe aus. „Kein Messer, keine Blutspuren. Und was die Umgebung angeht … ein gebrauchtes Kondom, ein paar Zigarettenkippen, Hundekot. Genau das, was man an so einem Ort erwartet. Keine Fußabdrücke, nichts. Aber wenn die Leiche schon vor einigen Tagen in den See verbracht worden ist, ist der Fundort sowieso durch Umwelteinflüsse verunreinigt. Fingerabdrücke und Fußspuren können Sie vergessen, ebenso Blutreste. Es hat doch bis Sonntag wie aus Eimern geschüttet. Der Regen hat alles weggeschwemmt."

„Na schön", brummte Plasberg. „Dann müssen wir morgen Taucher den See um die Trauerweide absuchen lassen. Heute hat das keinen Sinn mehr, es wird dunkel."

„Am B-Blücherpark in Ehrenfeld ist für eine ähnliche Suche mal der ganze See trockengelegt worden", sagte Brinkhoff.

„Das kann man ja wohl kaum miteinander vergleichen! Erstens war das mehr ein Teich, zweitens war er künstlich angelegt und längst nicht so tief, und drittens ist der Höhenfelder See ungefähr zwanzig Mal so groß wie diese Pfütze im Blücherpark."

Die Kommissarin wandte sich an die Kollegen, die zuerst vor Ort gewesen waren, und wies sie an, den Fundort abzusperren, dann organisierte sie eine Bewachung des Tatorts über Nacht, nachdem die Leiche in die Gerichtsmedizin abtransportiert worden war. Brinkhoff gab inzwischen die magere Personenbeschreibung weiter, in der Hoffnung, dass eine weibliche Person, auf die die Angaben zutrafen, als vermisst gemeldet worden war.

Auf der Fahrt zurück in die Stadt informierte Plasberg Heribert Eikner über das, was die Besichtigung des Fundorts ergeben hatte, und berief eine erste Besprechung ihrer Mordkommission für den folgenden Morgen ein. „Ist doch gar nicht so schlecht, dass sich Ihr Freund aus dem Staub gemacht hat", sagte sie zu Brinkhoff, während sie parallel zum Rhein Richtung Süden fuhr. „Dann haben Sie wenigstens den Kopf frei für unseren neuen Fall."

„Er hat sich nicht aus dem Staub g-gemacht!", protestierte ihr Kollege. „Er ist nur … ach, egal!"

Nachdem er von Maria Plasberg vor seiner Haustür im Stadtteil Deutz abgesetzt worden war, stieg Brinkhoff die Treppen zu seiner Wohnung im vierten Stock empor. Es gab nur vier Mietparteien in dem Haus. Die Wohnung im Erdgeschoss wurde von einem Rentner-Ehepaar bewohnt, dem Brinkhoff so gut wie nie begegnete, dessen Cockerspaniel aber jedes Mal wütend kläffte, wenn jemand die Klingeln im Haus betätigte. Wenn er abends vom Dienst kam, konnte er hinter den Usambaraveilchen im Wohnzimmerfenster der Maiers den flackernden Schein ihres Fernsehers sehen. Im ersten Stock wohnte Adeline Papendell, eine Dame in den siebzigern, die früher einmal an der Musikhochschule unterrichtet hatte und nun ihren Lebensunterhalt durch private Klavierstunden für kleine Mädchen aufbesserte, was dazu führte, dass Brinkhoff jedes Mal die Zähne zusammenbeißen musste, wenn zum hundertsten Mal Tonleiterübungen in unterschiedlichen Stadien der Perfektion durchs Treppenhaus schallten.

Auf dem Weg nach oben kam ihm Ahmed Öcal entgegen, das Oberhaupt der türkischen Familie, die in der Wohnung unter ihm wohnte. Der schnauzbärtige, korpulente Mann arbeitete als Elektriker bei Ford, und nachdem sie sich gegrüßt hatten, fragte Brinkhoff im Vorbeigehen: „Nachtschicht?"

„Ja", erwiderte Öcal. „Allahu akbar! Wird hoffentlich ruhiger als zu Hause. Meine jüngste Tochter hatte den ganzen Tag Zahnschmerzen."

Der Kommissar hatte keine Ahnung, wer die jüngste Tochter war. Die Öcals waren eine große, weitverzweigte Familie, bei der auch entferntere Verwandte wie Cousinen, Tanten und Schwiegerkinder ständig ein- und ausgingen. Es fiel schwer, den Überblick zu behalten.

Als er seine Wohnungstür aufschloss, wartete Brinkhoffs fetter Kater Bombadil schon im Flur und strich dem Kommissar schnurrend um die Beine. Er beugte sich nach unten und verabreichte die gewünschten Streicheleinheiten.

„Na, Dicker, hast du dich gelangweilt ganz alleine?"

Es war ungewohnt still in der Wohnung, draußen konnte er die Straßenbahnlinie 4 vorbeirumpeln hören. Einen Moment lang wartete er auf Markus' Stimme, die ihn sonst mit einer flapsigen Bemerkung begrüßte: „Na, Kerl, genug Ganoven gejagt für heute?", und hoffte, dass es sich sein Freund doch anders überlegt hatte. Aber Markus war fort.

Brinkhoff hängte seine Jacke auf und lief durch die Zimmer. In der Küche hatte Markus das Geschirr vom Morgen in die Spülmaschine geräumt und wie immer vergessen, die gebrauchte Filtertüte aus der Kaffeemaschine in den Müll zu werfen, ansonsten war alles blitzblank und aufgeräumt. Sogar die Küchenstühle waren an den Tisch herangerückt. Im Schlafzimmer waren die Jalousien heruntergezogen, damit die Sonne den Raum nicht aufheizte; das Bett, in dem sie die letzte Nacht verbracht hatten, war gemacht, die Kissen und Decken aufgeschüttelt. Selbst die Schmutzwäsche, die Markus sonst gerne herumliegen ließ, hatte ihren Weg in den Wäschekorb gefunden. Normalerweise ärgerte sich Brinkhoff über die Schlampigkeit seines Freundes, jetzt hätte er sich über ein verirrtes T-Shirt oder eine Socke gefreut, die vergessen unter dem Bett hervorlugte. Die Wohnung wäre ihm nicht so fremd, so leer vorgekommen.

Er ging in die Küche, holte eine Dose Katzenfutter aus dem Kühlschrank und starrte auf das Selfie, das Markus vor einigen Monaten von ihnen beiden gemacht und an die Tür des Kühlschranks geheftet hatte. Es zeigte sie beide im Bett, morgens, kurz nach dem Aufwachen – kurz bevor alles anders geworden war. Während Markus hellwach und mit einem schelmischen Lachen in die Kamera grinste, hatte Brinkhoff mit verstrubbelten Haaren kaum die Augen aufbekommen, weil er am Abend zu viel Wein getrunken hatte.

„Und jetzt?", murmelte der Kommissar und sah das Bild seines Freundes an. „Das ist doch Mist so." Er seufzte und riss sich von dem Foto los, kippte das Katzenfutter in Bombadils leeres Schälchen neben der Tür. Der Kater stürzte sich auf sein Fressen, als hätte er seit Tagen gehungert.

Seit Markus Clement beim letzten Fall von Plasbergs Mordkommission selber zum Ziel eines Serienmörders geworden und nur knapp mit dem Leben davongekommen war, hatten Brinkhoff und er Probleme. Das Attentat auf sie beide hatte den stämmigen, glatzköpfigen Freund des Kommissars zutiefst verunsichert und verändert. Seine äußerlichen Verletzungen – eine Schusswunde im Schienbein, Schnittwunden am ganzen Körper, ein gebrochenes Handgelenk – waren verheilt; die seelischen Verletzungen zu überwinden, hatte länger gedauert. Die Erinnerungen an jenen Tag, als er angeschossen und aus dem Fenster im vierten Stock gestoßen worden war, wollten nicht verblassen. Der einst selbstsichere, fast überhebliche Mann zuckte zusammen, wenn eine Tür im Wind zuschlug, atmete schnell und zitterte am ganzen Körper, wenn ein Polizeiwagen mit Martinshorn an ihm vorbeifuhr. Während seiner Krankschreibung hatte er wochenlang die Tage in der Wohnung verbracht, vor dem Fernseher liegend oder vor sich hinstarrend. Als Brinkhoff Plasberg um Rat gefragt hatte, hatte sie ihm empfohlen, Clement nicht zu drängen. Ein solches Erlebnis wegzustecken, brauchte Zeit.

Irgendwann war es besser geworden. Markus hatte wieder angefangen zu arbeiten, er konnte wieder lachen. Langsam, aber sicher hatte sich so etwas wie Normalität eingependelt, auch wenn beide Männer noch sehr vorsichtig mit dem neuen, fragilen Gleichgewicht umgingen. Als aber kurz darauf feststand, dass Markus noch zwei Wochen Resturlaub nehmen musste, die sonst zu verfallen drohten, und Brinkhoff im Dienst unabkömmlich war, hatte sich sein Freund entschlossen, allein zu verreisen, um an einem anderen Ort, in einer anderen Umgebung weiteren Abstand zu den traumatischen Ereignissen zu bekommen.

„Ich brauche das", hatte er gesagt, als er gestern seine Tasche gepackt hatte. „Die Seeluft wird mir guttun."

Brinkhoff hatte ihm wehmütig dabei zugesehen. „Ich wünschte, ich k-könnte m-mitkommen."

„Du kommst auch ohne mich klar." Er hatte sich nicht einmal die Mühe gegeben, so zu tun, als bedauerte er, dass der Kommissar ihn nicht begleiten konnte.

Gegen Mittag hatte sich Markus auf den Weg nach Usedom gemacht, wo er ein Ferienapartment gemietet hatte. Außerdem wollte er die Gelegenheit nutzen und seine Schwester in Rostock besuchen.

Nach dem langen Tag knurrte der Magen des Kommissars, und er fand im Kühlschrank noch die Reste vom gestrigen Abendessen. Mit einem Teller Couscoussalat und kaltem Hähnchen setzte er sich vor den Fernseher, zappte lustlos durch die Programme und gab Bombadil, der noch immer nicht genug zu haben schien, ein paar Brocken Geflügel ab.

„Fressmaschine!", rügte er den Kater, es klang allerdings wenig überzeugend.

Kurz nach den Tagesthemen, als sich Brinkhoff gerade die Zähne putzen wollte, klingelte sein Handy. Im ersten Moment befürchtete er, dass Plasberg ihm noch eine Anweisung erteilen wollte – die Kommissarin war dafür bekannt, dass sie während Ermittlungen in einem Mordfall keinerlei Rücksicht auf die Freizeit ihrer Mitarbeiter nahm –, aber dann sah er Markus' Namen auf dem Display.

„G-Gut in Heringsdorf angekommen?", meldete er sich.

„Ja", erwiderte sein Freund. „Ein Stau hinter Berlin, aber ansonsten war die Fahrt kein Problem." Clement hatte sich Brinkhoffs Auto geliehen, um im Urlaub unabhängiger zu sein. Jetzt stand der Wagen auf einem Parkplatz vor der Ferienwohnung. „Hier ist es viel kälter als im Rheinland. Zehn Grad. Ich muss mir morgen einen Schal kaufen. Und die Luft riecht nach Fisch." Es klang negativer, als er es gemeint hatte.

„Hast du schon was gesehen?"

„Ich bin vorhin in der Dämmerung zur Strandpromenade spaziert und ein bisschen durch den Ortskern geschlendert. Überall Eltern, die ihre Kinder im Buggy vor sich hergeschoben haben, und ein paar versprengte Liebespaare, die einen Schaufensterbummel gemacht haben." Clement seufzte. „Eine normale, friedliche Welt eben. Keine, in der ein Geistesgestörter dir um jeden Preis nach dem Leben trachtet."

„Markus ..."

„Ja, ich weiß. Zu morbide. Ich kann mir nicht helfen. Aber du hast ja keine Ahnung, wie sich hier alles verändert hat! Es sieht alles so neu aus!" Vor der Abreise hatte Markus seinem Freund erzählt, dass er schon einmal, kurz nach dem Zusammenbruch der DDR, auf Usedom gewesen war; damals waren die herrschaftlichen Villen in der für die Ostseeinsel typischen Bäderarchitektur in einem erbärmlichen Zustand gewesen. Graue Fassaden, von denen der Putz bröckelte, marode Balkone, eingestürzte Decken, verwilderte Gärten. Als kleines Kind war all das für ihn und seine Schwester ein herrlicher Abenteuerspielplatz gewesen, auf dem man Ritter, Bauarbeiter, Soldat oder Cowboy spielen konnte. „Jetzt sind die Gebäude saniert und herausgeputzt", erklärte er fast ein wenig enttäuscht am Telefon. „Sieht ein bisschen so aus, es Kaiser Wilhelm, die Mann-Brüder und Theodor Fontane erlebt haben müssen. An deren Anwesenheit wird man hier übrigens auf Schritt und Tritt erinnert. Überall hängen Plaketten herum."

„Plaketten?"

„Du weißt schon: ‚Hier hat Seine Majestät Kaiser Wilhelm II. am 8. Juni 1912 ein Fischbrötchen gegessen.' Und ‚Hier hat Thomas Mann eine Cola getrunken'."

Brinkhoff kicherte. „Das hat er b-bestimmt nicht gemacht."

„Die Baulücken von früher gibt's auch nicht mehr" fuhr Clement fort. „Dafür massenweise Hotels und Ferienwohnungen. Und an der Promenade Restaurants mit Seeblick und Fischspezialitäten, Cafés und Souvenirläden. Ich bin sogar ein Stück am Strand entlanggelaufen, barfuß!"

„Das Wasser ist doch b-bestimmt noch eiskalt!"

„Unsinn! Es war schön, den Sand zwischen den Zehen zu spüren."

Zum Abschluss des Tages hatte sich Clement ein Bier auf der weit ins Meer hineinreichenden Seebrücke genehmigt und auf das Wasser gestarrt. Er hatte die unzähligen Möwen beobachtet, die wie Statuen auf den Holzpfählen in Strandnähe hockten, und beinahe erschrocken bemerkt, dass er zum ersten Mal seit Wochen nicht an den Horror des Attentats gedacht hatte. Aber das wollte er seinem Freund nicht sagen.

„Wie ist das Apartment?", fragte Brinkhoff.

„Ganz okay. Balkon mit Blick auf die Ostsee, Wohnzimmer mit Kochnische, Fernseher und WLAN. Ist ja so weit im Norden auf einer Insel auch nicht selbstverständlich. Die Vermieterin könnte ein bisschen weniger neugierig sein. Sie hat mich bei der Schlüsselübergabe gefragt, was denn ein Mann in meinem Alter ohne Freundin auf der Insel macht."

Der Kommissar hörte das Klicken eines Feuerzeugs, dann atmete Clement tief ein. „D-Darfst du da rauchen?", fragte er überrascht.

„Im Apartment? Quatsch! Ich sitze auf dem Balkon." Clement hustete.

„Du kannst dir ja auch gleich noch das Rauchen abgewöhnen", schlug er vor.

„Sonst noch was?“, gab sein Freund zurück. „Die Fluppen helfen mir momentan durch den Tag.“

Die beiden Männer schwiegen einen Moment, und Brinkhoff konnte den Wind auf der Insel durchs Telefon pfeifen hören. Dann, weil die Stille unangenehm zu werden drohte, fragte Clement: „Wie war übrigens die Lesung?“

„Ist ausgefallen. P-Plasberg hat gleich zu Anfang einen Anruf von Eikner erhalten.“

„Ein neuer Fall?“

„Zwei Jungs haben eine F-Frauenleiche im Höhenfelder See entdeckt und …“

„Nein“, unterbrach ihn Clement schnell. „Nicht!“

„Tut mir leid. Ich weiß n-nie genau, was ich dir sagen kann und was nicht.“ Markus brummte etwas Unverständliches und zog an seiner Zigarette. „Du fehlst mir“, setzte der Kommissar neu an. „Das Bett sieht so groß aus ohne dich.“

„Und meins ist zu weich“, erwiderte Markus. Aber das war nicht das, was Brinkhoff hören wollte. „Dann wirst du die nächsten Tage wohl wieder viel zu tun haben“, sagte sein Freund.

„Was m-meinst du?“

„Na ja, wegen dem Mord und so.“

„Ist halt mein Job.“

„Daran werde ich mich wohl nie gewöhnen“, sagte Clement und gähnte. „Torsten, ich muss ins Bett. Ich bin echt platt nach der Fahrt.“

„Na schön.“ Brinkhoff wollte das Gespräch eigentlich nicht beenden. Er hatte keine Ahnung, wie er die nächsten zwei Wochen ohne Markus aushalten sollte. „Dann schlaf gut. M-Markus?“

„Was denn noch?“ Clement klang ungeduldig.

„Das hat nichts m-mit uns zu tun, dass du ohne mich in Urlaub gefahren bist, oder?“

Sein Freund seufzte. „Gute Nacht, Großer.“

Später lag der Kommissar noch lange wach und betrachtete den zunehmenden Mond, bis er hinter dem gegenüberliegenden Haus verschwunden war. Irgendwann kam Bombadil ins Schlafzimmer und machte es sich auf Markus’ Kopfkissen bequem, beobachtete den Kommissar mit großen, gelben Augen und legte schließlich den Kopf zwischen seine Pfoten, als spürte er, dass Torsten Brinkhoff das Alleinsein in dieser Nacht nicht ertragen konnte.

Nach einiger Zeit machte die ungewöhnliche Wärme des Frühlingstages einem leichten Wind Platz, der mit den zurückgezogenen Gardinen am geöffneten Fenster spielte. Dann endlich konnte auch Brinkhoff einschlafen.

Die schwarze Limousine, die der Verlag gestellt hatte, glitt am späten Abend fast lautlos durch die baumbestandenen, im Dunkeln liegenden Straßen von Hahnwald. Durch die getönten, von außen nicht einsehbaren Scheiben betrachtete Achim Kauz müde die hohen Hecken und Mauern, hinter denen der rheinische Geldadel ein vor allzu neugierigen Augen verborgenes Leben führte, abgeschottet, abweisend, jedes Grundstück eine Insel der Unnahbarkeit.

Natürlich kannte man sich trotzdem, hatte diskret Erkundigungen eingezogen. Dort, hinter dem schmiedeeisernen Zaun, in dem braunen, langgezogenen Bungalow, der aussah wie ein überdimensionaler Ziegelstein, aber von einem Stararchitekten entworfen worden war, wohnte dieser Fußballprofi, dessen Namen er ständig vergaß. Das Haus daneben gehörte irgendeiner Fernsehgröße, in der Straße um die Ecke wohnte ein Schauspielerpärchen, etwas weiter weg ein bekannter Immobilienmakler, ein Banker, ein SPD-Politiker. Je mehr sie alle in ihrem Beruf auf die Öffentlichkeit angewiesen waren, desto höher schätzten sie die Ruhe und die Abgeschiedenheit ihres Privatlebens, die eine Security-Firma durch unauffällige Präsenz garantierte. Kaum ein Anwesen, das nicht durch ausgetüftelte Sicherheitssysteme, Alarmanlagen und Videokameras geschützt wurde. Verbittert dachte Kauz darüber nach, dass all dies wahrscheinlich das Verschwinden Luccas verhindert hätte, wenn sie nur ein paar Wochen früher umgezogen wären. Aber Stefan hatte ja unbedingt warten wollen, bis auch die letzten Malerarbeiten beendet worden waren.

„Wie soll ich mich konzentrieren, wenn überall Handwerker durchs Haus stapfen?“, hatte er damals gesagt. „Das ist völlig unzumutbar! Aber du kannst das nicht verstehen.“ Als wären Achim die kreativen Prozesse beim Schreiben nicht zu vermitteln, als reichte sein Auffassungsvermögen dazu nicht aus.

Meist war von der Straße aus gar kein Haus zu sehen, immer wieder versperrten alte Bäume oder Mauern den Blick auf die Grundstücke mit ihren Swimmingpools, großflächigen Gartenanlagen, Garagenparks und luxuriösen Villen.

Und still war es hier. Wenn man, wie er und Stefan gerade, aus der belebten Innenstadt kam, mit ihren Kinos, Konzerthäusern, Clubs und der Partymeile am Ring, den vielen Bars und Kneipen im Studentenviertel rund um die Kyffhäuserstraße, hatte man das Gefühl, in ein kleines, verschlafenes Provinznest einzutauchen. Um diese Uhrzeit war außer dem Rauschen der nahegelegenen Autobahn nur der Ruf von ein paar Käuzchen zu hören. Sogar tagsüber gab sich das Leben hier unauffällig und versteckt: Nach Hahnwald bestand nur eine halbstündliche Busverbindung, und auf den überaus gepflegten Straßen und Wegen traf man höchstens mal einige verschwiegene Dienstboten, die die Hunde ihrer Arbeitgeber ausführten, eine Nanny, die den Nachwuchs zum Unterricht oder zum Ballett chauffierte. Es war ungewöhnlich, wenn man wie Stefan und er kaum Hausangestellte beschäftigte – nur einen Gärtner und die Putzfrau. Gatler schätzte die Zurückgezogenheit, den Luxus, die Exklusivität ihrer Umgebung, er mochte die Nähe zu anderen Prominenten. Achim Kauz kam all das lächerlich und leer vor; wie so vieles seit dem Tag, an dem Lucca verschwunden war.

„Alles okay, Stefan?“, fragte er seinen Lebensgefährten, der ihm gegenüber auf dem Rücksitz der Limousine Platz genommen hatte, aus dem anderen Fenster starrte und trotz der späten Stunde eine Sonnenbrille trug. „Die Lesung war doch ein Erfolg.“

Stephen Gatler reagierte nicht, tat so, als hätte er nicht gehört, als wäre es ihm unangenehm, selbst von seinem Freund nicht mit dem Pseudonym angeredet zu werden, das ihm über die Jahre zur zweiten Haut geworden war. Stefan Szciekorsky existierte nur hinter den Mauern ihres Grundstücks; im Licht der Öffentlichkeit war er Stephen Gatler, mehrfach ausgezeichneter Krimiautor, Lebemann, gerngesehener, aber auch gefürchteter Gast bei Talkrunden und Interviews, der zu jedem Thema etwas Bedeutendes,

Intelligentes oder Provozierendes beizusteuern wusste; der auch deshalb eingeladen wurde, weil seine Äußerungen polarisierten. Erst neulich hatte er in einem Hintergrundgespräch mit einer Wochenzeitung einer Landesministerin abfällig den geistigen Horizont einer Küchenmagd aus der Kaiserzeit attestiert, gleichzeitig den aufkommenden Rechtspopulisten politische Weitsicht bescheinigt und den Journalisten heruntergeputzt, der seiner Meinung nach dümmliche Fragen stellte. Stefan schien das Austeilen zu genießen, und nicht einmal sein Freund wusste, ob diese Äußerungen ernst gemeint waren oder nur dazu dienten, seinen Namen im Blickpunkt des öffentlichen Interesses zu halten.

Kauz fröstelte und zog das dunkle Jackett enger um seinen Oberkörper; sein Lebensgefährte hatte die Klimaanlage im Wagen aufdrehen lassen, kalte Luft schlug ihm aus der Ventilation entgegen.

„Stefan? Rede mit mir.“ Wieder keine Reaktion.

Kauz seufzte und streckte seine Beine aus; er hatte zu lange und zu verkrampft gesessen, erst während der Lesung, anschließend beim Essen im italienischen Nobelrestaurant mit Stefans Verleger, dem Geschäftsführer der Buchhandlung, Franz Herbrand und der PR-Frau des Verlags. Letzteres hätte er sich gerne erspart. Mit Herbrand und auch Elke Fiebig kam er zwar zurecht – wo andere nur Abscheu empfanden, wenn ihre Blicke ihr vernarbtes Gesicht streiften, fühlte er Mitleid und Scham –, doch weder der griesgrämige Schäfer-Kussnacht noch der Buchhändler konnten mit ihm, Kauz, etwas anfangen. Ihre Welt drehte sich um den großartigen Stephen Gatler, den Garanten für Bestseller, und allein durch seine Existenz erinnerte Kauz sie beständig daran, dass Gatler mit einem Makel behaftet war, den es möglichst auszublenden galt: Er war schwul, und ein schwuler Autor war nach Ansicht von Schäfer-Kussnacht und Co. per Definition nicht seriös, eigentlich nur in der Lage, indiskutable, halbseidene Softpornos zu Papier zu bringen. Zu dumm, dass Gatler mit seinen Kriminalromanen zum erfolgreichsten Autor des Verlags aufgestiegen war und dazu beigetragen hatte, dass Schäfer-Kussnacht das damals schwer angeschlagene Unternehmen nicht verkaufen musste. Kauz konnte es in Schäfer-Kussnachts Augen sehen, jedes Mal, wenn er ihm begegnete: den beständigen Kampf zwischen Dankbarkeit und Ablehnung, zwischen Bewunderung und Abscheu. Er würde diesen Widerspruch wahrscheinlich nie auflösen können, und beinahe hätte Kauz die Größe besessen, den alten Mann deswegen zu bemitleiden, wenn seine eigene Rolle in Stefans Leben nicht noch immer gerne verschwiegen würde.

Nein, es war mehr ein Ausblenden, ein Filtern der Realität. Pressefotos des Autors wurden nur veröffentlicht, wenn Kauz darauf nicht zu sehen war, Interviewanfragen wurden nur positiv beschieden, nachdem man den Journalisten bedeutet hatte, dass Fragen zum Privatleben des Autors nicht erwünscht waren und nicht beantwortet würden. Unwillige Proteste der Medien wurden mit einem Hinweis auf die Exzentrik des Autors zurückgewiesen. Und so war Achim Kauz im Laufe der Zeit zu einem Geist geworden, einer unerklärten Anwesenheit, die bei Preisverleihungen, gesellschaftlichen Anlässen und Auftritten des Künstlers nur am Rande wahrgenommen wurde, ein Anhängsel ohne eigene Identität, auf Einladungen versteckt hinter der geschlechtsneutralen Bezeichnung *Stephen Gatler & Begleitung*. Kauz hatte sich sogar angewöhnt, fast ausschließlich schwarze Kleidung zu tragen; so verschmolz er besser mit dem Hintergrund, wurde beinahe unsichtbar im großen Schatten, den Stephen Gatler warf.

Die Limousine hielt vor ihrem Haus, und Kauz sprang erleichtert aus dem Wagen, um den Sicherheitscode einzugeben, der das Tor zum Grundstück öffnete. Der Chauffeur fuhr sie die Auffahrt hoch bis vors Haus, eine weißgetünchte, monströse Gründerzeitvilla mit beige abgesetzten Stuckornamenten, die nach der Sanierung vor neun Jahren nun bis hinauf in die Erkerzimmer und die zusätzlich angelegte Terrasse zum Garten hin in altem Glanz erstrahlte, wie ein Museum, in dem die beiden Bewohner zu Ausstellungsstücken verkamen. Gatler stieg wortlos aus und verschwand im Haus, während Kauz sich vom Fahrer verabschiedete und ihm eine angenehme Nacht wünschte.

Anschließend musste er sich zwingen, durch das Treppenhaus in den unteren Wohntrakt zu gehen, vorbei an dem imposanten Esszimmer mit dem schweren Mahagonitisch und den Baselitz-Originalen, Stefans Arbeitszimmer mit der demonstrativen Unordnung auf seinem Schreibtisch, vorbei an der für ihre Bedürfnisse völlig überdimensionierten Küche, bis er seinen Lebensgefährten dort fand, wo er ihn vermutet hatte: vor der Bar im Wohnzimmer mit den dunklen Ledersesseln, die zum Sitzen zu unbequem waren, die Ecken des Raums ausstaffiert mit afrikanischer Kunst, die sie beide nicht mochten, die Gatler aber repräsentativ fand, die Wände wiederhergestellt mit originalen grünen Brokattapeten, die Schwermut hervorriefen. Was für ein absurdes Leben sie doch führten! Selbst hier, in ihrem eigenen Haus, hatten sie sich Requisiten zugelegt, die vortäuschten, hatten Spuren gelegt, die in die Irre wiesen.

Gatler stand neben dem offenen Kamin, den Blick zum Garten gewendet, ein großes Glas Whisky in Hand, das er schnell hinunterstürzte, um sich sofort ein weiteres einzugießen.

„Hast du diese furchtbare Person gesehen, die während der Lesung ein Telefonat angenommen hat?“ Seine Stimme war heiser vor unterdrücktem Zorn.

„Deswegen bist du so aufgebracht?“ Kauz bemerkte die zitternden Finger seines Freundes und legte ihm eine Hand auf den Arm. „Wegen eines Dummkopfs, der sich nicht zu benehmen weiß? Ich bitte dich!“

Gatler schob die Hand seines Freundes weg, als könnte er die körperliche Nähe nicht ertragen. „Natürlich nicht. Aber du weißt nicht, wie das ist, da oben auf der Bühne zu stehen und …“

„Nein“, unterbrach ihn Kauz. „Das weiß ich nicht.“ Er hatte diesen Monolog in den letzten Jahren viel zu oft gehört, um ihn noch ernst nehmen zu können. „Aber du hast es doch so gewollt, oder? Den Ruhm, die Aufmerksamkeit, die Lesereisen, die Interviews, die Schmeicheleien der Leser. Das ist es doch, was du haben wolltest.“

„Ich wollte immer nur schreiben können.“ Gatler hielt eine Hand vor den Mund, und einen Augenblick lang dachte Kauz, dass sein Lebensgefährte gleich in Tränen ausbrechen würde, doch dann bemerkte er seinen Irrtum. All das war nur aufgesetzt, gespielt, die Improvisation einer Diva, die sogar zu Hause noch ein Publikum brauchte.

„Trink weiter“, sagte er verärgert. „Nimm am besten die ganze Flasche mit in dein Schlafzimmer.“ Dann verließ er eilig das Wohnzimmer und ließ die Tür hinter sich zufallen.

Seine Schritte führten ihn automatisch in den ersten Stock, am verschnörkelten Treppengeländer entlang, in das Zimmer am Ende des Flures auf der linken Seite, in das er immer flüchtete, wenn er Trost und Zuspruch suchte. Leise, als wollte er vermeiden, jemanden zu wecken, schob er die Tür auf und wartete, bis sie fast geräuschlos hinter ihm ins Schloss gefallen war, lauschte der Stille im Raum nach, als überdeckte sie ein anderes Geräusch, ein Kinderlachen etwa oder die plappernden Worte eines kleinen Jungen, vertieft in ein Spiel mit Autos oder Bauklötzen.

Kauz brauchte kein Licht anzuknipsen, auch in der Dunkelheit wusste er exakt, wie das Zimmer aussah. Die Wände waren in warmen, pastellfarbenen Gelbtönen gehalten, die leuchteten, wenn sich am Nachmittag das Sonnenlicht in ihnen fing. In der rechten Ecke stand ein weißes Regal mit Kinderbüchern und Spielsachen, gegenüber ein Kinderbett mit Kopfkissen, aufgeschlagener Decke und einem Teddybären, der eine grüne Schleife um den Hals trug, daneben ein Schrank mit den Kleidungsstücken eines Dreijährigen: Miniaturhosen und -hemden, Miniatursocken und -sweatshirts, kleine Sandalen und Sportschuhe. An der Wand über dem Bett hing ein Plakat mit einem Motiv aus *Der kleine Prinz* von Antoine de Saint-Exupéry: Ein Junge zusammen mit einer Blume allein auf einem Asteroiden. Seitlich am Schrank klebte ein vergilbtes Bild, das vor mehr als neun Jahren von einem kleinen Jungen gemalt worden war: Es zeigte eine Sonne über ein paar krakeligen und sehr bunten Kreisen, die man nur anhand der mitgelieferten Erklärung als das identifizieren konnte, was sie eigentlich darstellen sollten:

„Das bist du, Papa, das bin ich, und das da ist Stefan. Sieht man doch! Und das da ist eine Schildkröte."

„Eine Schildkröte? Aber wir haben doch gar keine Schildkröte!"

„Nein, aber ich wünsche mir eine!"

Kauz erinnerte sich noch immer an das Strahlen im Gesicht seines Sohnes, an die Konzentration, mit der er an einem verregneten Herbstnachmittag in der kleinen Küche ihrer alten Wohnung im Belgischen Viertel das Bild gemalt hatte, mithilfe des Babysitters, während er, Kauz, am Computer gearbeitet hatte. Wenn er die Augen schloss, konnte er noch immer spüren, wie Lucca ihm am Hosenbein zerrte, um ihm das Bild zu zeigen, wie die kleinen Finger um Aufmerksamkeit bettelten.

Achim Kauz hatte den Raum genauso gelassen, wie er ihn für Lucca eingerichtet hatte, auch wenn sein Sohn niemals in diesem Zimmer gelebt hatte. Zu Anfang, kurz nach seinem Verschwinden, hatte er gehofft, dass Lucca gefunden werden würde, hatte sich an diese Hoffnung geklammert: Wenn nur sein Zimmer für ihn bereitstünde, würde Lucca schon wieder auftauchen. Kauz war fest entschlossen, das Schicksal niederzuringen, ihm seinen Willen aufzuzwingen. Eines Tages, morgen, dann nächste Woche, dann nächsten Monat, würde er ein Lebenszeichen seines Kindes erhalten, schließlich im nächsten Sommer, im nächsten Jahr. Weil er nicht wusste, wie er sonst hätte überleben sollen. Doch die Hoffnung war mit den Jahren immer trügerischer geworden und verblich so wie der poröse Stoff der Gardine vor dem Fenster. Bis er schließlich der Einzige war, der daran festhielt, eines Tages seinen Sohn wiederzusehen.

Was ihn in jener Zeit davor bewahrt hatte, verrückt zu werden, war die Gewissheit, dass Stefan ihn brauchte. Und so war es auch jetzt noch: Stefan brauchte ihn, mehr denn je. Aber Achim Kauz war es leid, gebraucht zu werden. Genauso wenig wie sein Sohn heutzutage noch ein Kinderbett gebrauchen konnte. Mit zwölf Jahren hätte er dort schon lange nicht mehr hineingepasst.

Kauz beugte sich in der Dunkelheit über das Bett und nahm den Teddybären in die Hand, trat ans Fenster und starrte in den Garten hinter dem Haus, wo ein fahler Mond ein Stück Rasen erhellte und zwei Kaninchen auf der Suche nach Futter waren.

„Wo bist du, Lucca?“, flüsterte er. „Wo bist du?“

# *Freitag, 22. April*

In der Siedlung identischer Einfamilienhäuser in Porz, einem Vorort Kölns ganz in der Nähe des Rheins, war es fast noch überall dunkel, als Maria Plasberg durch das Geräusch nackter Füße geweckt wurde, die über den Parkettboden des Schlafzimmers huschten. Nur hin und wieder war draußen das Geräusch eines vorbeifahrenden Wagens zu hören, der die Stichstraße mit ihren Vorgärten und Garagen entlangfuhr und seinen Besitzer zur Arbeit in der Stadt brachte. Gleich darauf wurde die Bettdecke angehoben, und ihre Tochter Ruth machte es sich neben ihr bequem.

„Wie viel Uhr ist es?", fragte Plasberg schlaftrunken. Es fühlte sich noch nicht an wie halb sieben, die Zeit, zu der sie wochentags normalerweise aufstand, um die Kinder zu wecken, Frühstück zu machen und sie zur Schule zu schicken.

„Halb sechs. Aber ich konnte nicht mehr schlafen. Bist du auch schon wach?"

Die Kommissarin unterdrückte ein Gähnen und strich ihrer Tochter durch die Haare. Sie hatte nicht gut geschlafen; die namenlose weibliche Leiche hatte ihre Gedanken bis weit nach Mitternacht beschäftigt. Es schien ein so sinnloser, ausgesprochen gewalttätiger Tod zu sein: Das Durchschneiden der Kehle weckte Assoziationen an die Gräueltaten islamistischer Extremisten, glich einer barbarischen Exekution. Aber sicherlich gab es in dieser Richtung keinen Zusammenhang? Auch die schwarzen, leeren Augenhöhlen der Frau hatten sie nicht losgelassen. Auch wenn der Mörder wohl nicht dafür verantwortlich war – es wirkte wie eine nachträgliche Schändung der Leiche, als wollte jemand sichergehen, dass die Frau auch nach dem Tod nichts sehen konnte. Das wiederum konnte sehr wohl einen religiösen Hintergrund der Tat bedingen. Aber dann hätte man ihr die Augäpfel doch herausgeschnitten und nicht darauf vertraut, dass die Fische diese grässliche Arbeit erledigten? Vielleicht war es eine symbolische Bestrafung, weil sie etwas gesehen hatte, was sie nicht hätte sehen dürfen? Andererseits konnte es auch nur Zufall sein, weil der Mörder nicht gewusst hatte, wohin mit der Leiche nach der Tat.

Plasberg schob die Spekulationen für den Moment beiseite und konzentrierte sich auf ihre Tochter. „Wach? Jetzt ja. Hast du schlecht geträumt?"

Ruth rümpfte die Nase. „Ich bin kein Baby mehr, Mama. Ich muss nicht bei jedem bösen Traum unter deine Bettdecke kriechen."

„Und warum bist du dann hier?"

„Hab ich doch gesagt! Weil ich nicht mehr schlafen konnte. Und weil Nina und Niklas die ganze Nacht Krach gemacht haben. Andauernd ist einer der beiden aufgestanden und hat was aus der Küche geholt oder ist ins Bad gegangen."

„Das hörst du unten?"

„Ja." Ruth kicherte. „Das ist so, als ob Elefanten über meinem Kopf tanzen."

Weil ihre Tochter sie darauf hinwies, fiel auch Plasberg ein, dass sie im Unterbewusstsein die Unruhe registriert hatte, aber sie war zu müde gewesen, um richtig wach zu werden. „Wird Zeit, dass das Baby kommt", brummte sie. „Dann können wir endlich …"

„Was?"

„Ach, nichts." Plasberg hätte beinahe gesagt, dass dann vielleicht Ruhe in ihrem Leben einkehren würde, aber mit einem Neugeborenen im Haus würde nichts mehr so sein wie bisher, und sie war sich noch immer nicht sicher, ob sie die anstehenden Veränderungen begrüßte. Immerhin waren fast alle Vorbereitungen für das Baby getroffen: Ruth hatte vor einigen Wochen ihr Kinderzimmer geräumt und war nach unten in den Keller gezogen, wo sie seitdem ihr eigenes Reich hatte. Zuerst war Plasberg skeptisch gewesen, aber nachdem der leerstehende Raum, den sie für die Wäsche und als Rumpelkammer genutzt hatte, neu gedämmt und renoviert worden war, sah es dort wirklich gemütlich aus. Und Ruth genoss es, dass sie jetzt doppelt so viel Platz hatte. Niklas hatte seiner Schwester große Blumen an die weißtapezierten Wände gemalt – ein Talent, von dem seine Mutter bisher gar nichts gewusst hatte –, das vergitterte Kellerfenster war durch ein richtiges Fenster ersetzt worden, durch das Ruth einen Blick auf den Rasen im Vorgarten hatte, und Plasbergs Exmann Eric hatte einen Teppich verlegt. Natürlich erst, nachdem Plasberg Druck gemacht hatte; Eric Plasberg, der nach der Scheidung vor einigen

Jahren nur wenige Straßen entfernt eine neue Familie gegründet hatte, machte nur selten etwas freiwillig. Die Kommissarin hatte schwere Geschütze auffahren müssen.

„Ruth ist auch deine Tochter", hatte sie ihn am Telefon angeblafft. „Ich bin nicht alleine für sie verantwortlich. Also wage es nicht, dich mit einem bloßen Hinweis auf deine Unterhaltszahlungen aus der Verantwortung zu stehlen!"

Jetzt musste nur noch Ruths altes Zimmer renoviert werden: Nina hatte sich für das Baby eine himmelblaue Tapete und phosphoreszierende Sterne an der Decke gewünscht sowie einen flauschigen Teppich. Wiege und Wickeltisch würden sich übers Internet finden lassen, und ein Kinderwagen stand auch noch auf der Einkaufsliste.

„Nutzen wir die Zeit und stehen auf", sagte Plasberg jetzt zu ihrer Tochter. „Ich mache uns Kakao, okay? Und für dein Müsli sind Himbeeren im Kühlschrank."

Kurze Zeit später hatte sich die gesamte Familie in der Küche versammelt: Ruth löffelte ihr Müsli und erzählte von einem Schulausflug, der nächste Woche stattfinden sollte, Niklas und Nina dagegen waren ziemlich wortkarg, die Ringe unter ihren Augen zeugten von der unruhigen Nacht. Nina zuckte hin und wieder zusammen, aber die alarmierte Miene ihres Freundes tat sie mit einer ungeduldigen Handbewegung ab. „Alles gut. Der Kleine tritt nur."

Niklas legte die Hand auf ihren Bauch und grinste verschämt, als er den nächsten Stoß spürte. Plasberg konnte den Stolz in den Augen ihres Sohnes sehen, und nicht zum ersten Mal in den vergangenen Monaten fragte sie sich, wann Niklas so schnell erwachsen geworden war. Dabei kannte sie die Antwort auf diese Frage nur allzu gut: Ihr Sohn hatte nach ihrer Scheidung schon früh Selbstständigkeit lernen müssen. Zu oft hatte sie ihm die Verantwortung für Ruth übertragen, während ihr der Polizeidienst Überstunden abverlangte, zu oft hatte er ohne die Hilfe seiner Mutter zurechtkommen müssen, weil sie bei Ermittlungen unabkömmlich war.

Die Kommissarin schob die Gedanken an ihr eigenes Versagen unwirsch beiseite. Es war müßig, den Fehlern der Vergangenheit nachzutrauern. „Seid ihr so weit?", fragte sie und stand auf. „Ich kann euch heute nicht zur Schule bringen, ihr müsst mit der Straßenbahn fahren."

„Wieso das denn?", erkundigte sich Niklas.

„Ich muss früher los. Wir haben einen neuen Fall."

„Uuh!" Ruth machte große Augen. „Eine neue Leiche?" Für ein Mädchen von neun Jahren hatte ihre Tochter ein für Plasbergs Geschmack viel zu großes Interesse an den gruseligen Details ihres Berufs. Regelmäßig löcherte sie ihre Mutter mit Fragen nach Einzelheiten, und Plasberg lehnte es ebenso regelmäßig ab, diese Fragen zu beantworten.

„Ich dachte, wir wollten am Nachmittag wegen der Tapete losfahren!", maulte Niklas.

„Das Baby kommt erst in drei Monaten", erwiderte die Kommissarin. „Tut mir leid, aber die Tapete muss warten. Ihr könnt euch ja schon mal online was ansehen. Und lasst das Frühstück stehen, Hatice kann es wegräumen."

Hatice Yilmaz, ihre türkische Putzfrau, die ihr eigenes kleines Reinigungsunternehmen leitete, kam zweimal die Woche, und Plasberg wusste mittlerweile nicht mehr, wie sie früher ohne die resolute, immer gut gelaunte Helferin klargekommen war. Ganz nebenbei hatte Yilmaz der Kommissarin ihre eigenen Vorurteile vor Augen geführt: Eine türkischstämmige Unternehmerin ohne Kopftuch, die auch noch die Unterstützung ihres Mannes und ihrer Kinder genoss, passte so gar nicht in das Bild, das Plasberg bis zu diesem Zeitpunkt von Migrantinnen gehabt hatte. Aber die Kommissarin war lernfähig; auch ihre Vorurteile gegenüber schwulen Männern hatte sie – ihrer eigenen, unbescheidenen Meinung nach – weitgehend ad acta gelegt, seitdem sie mit Brinkhoff zusammenarbeitete.

Plasberg sah auf die Uhr und bemerkte, dass sie trotz des frühen Aufstehens zu spät zu kommen drohte. Es war keine Zeit mehr, sich Gedanken über ein neues Outfit zu machen. Hastig rannte sie nach oben in ihr Schlafzimmer, tauschte den Bademantel gegen das Jagdoutfit des gestrigen Tages und schnappte sich die Handtasche, die sie am Abend neben das Bett hatte fallen lassen. Zurück im Erdgeschoss drückte sie ihrer Tochter einen Kuss auf die Stirn, winkte Niklas und Nina zu und fuhr zum Dienst.

Wie immer am letzten Arbeitstag vor einem Wochenende floss auch an diesem Morgen der Berufsverkehr in der Domstadt zäh; für die rechtsrheinischen Stadtgebiete warnten die Verkehrsnachrichten zusätzlich vor einer Baustelle auf der östlichen Zubringerstraße, sodass die Kommissarin erst nach acht Uhr im Polizeipräsidium eintraf.

Der moderne, mehrstöckige Gebäudekomplex aus ineinander verschachtelten Kästen, verglasten Übergängen und hervorspringenden Bürotürmen nahm sich inmitten der maroden Infrastruktur von Köln-Kalk, den kaputten Straßen und heruntergekommenen Mietshäusern, wie ein Ufo in einer vorindustriellen Zivilisation aus. Das Präsidium samt Belegschaft war erst vor einigen Jahren von seinem angestammten Platz in der Innenstadt hierher übergesiedelt. Aber wer von den Stadtplanern gedacht hatte, dass allein die demonstrative Präsenz der staatlichen Ordnungsmacht den rechtsrheinischen Stadtteil wieder salonfähig machen würde, sah sich bitter getäuscht. Köln-Kalk war noch immer einer der sozialen Brennpunkte der Stadt.

Vor dem Eingang des Präsidiums wechselte Plasberg ein paar Worte mit Johannes Wentrop, dem Leiter der Abteilung Organisierte Kriminalität, ein großer, schlaksiger Mann, der bei vielen der älteren weiblichen Mitarbeiter mütterliche Instinkte weckte und von ihnen ständig Essen zugesteckt bekam, weil er so dünn war, und mit dem die Kommissarin in der Vergangenheit hin und wieder zusammengearbeitet hatte.

„Kaffee in den Besprechungsraum!", rief sie Gesine Keller zu, als sie kurz darauf den Aufzug in einer der oberen Etagen des Präsidiums verließ. „Sind die Kollegen schon da?"

Die Sekretärin, die die meiste Zeit in Angst und Schrecken vor Plasbergs Launen lebte, nickte eingeschüchtert. „Herr Eikner ist auch anwesend", merkte sie an und flüchtete in ihr kleines Büro am Ende des Ganges, das auch eine Kaffeeküche enthielt.

„So früh? Der kommt doch sonst nie vor neun", murmelte die Kommissarin und schob die Tür zum Besprechungsraum auf. „Morgen, die Herren!"

Matthias Kayser, ein 52-jähriger, gutmütiger Blondschopf mit Hakennase, groben Gliedmaßen und tellergroßen Handflächen, legte den *Express* zur Seite und erwiderte den Gruß mit seinem durchdringenden Bass.

Neben ihm kämpfte Jochen Hallstetter, der Älteste in der Runde und nur noch achtzehn Monate von seiner Pensionierung entfernt – worauf er zum Verdruss aller Kollegen nicht müde wurde hinzuweisen –, mit dem Verschluss einer Tupperdose und verzog das Gesicht, als er sie endlich geöffnet hatte.

„Knäckebrot und … was ist das eigentlich?“ Er wedelte mit einem länglichen, grünen Gemüse in der Hand.

„Stangensellerie“, antwortete Brinkhoff, der die neuesten Nachrichten der Online-Ausgabe des *Kölner Stadt-Anzeigers* auf seinem Smartphone überflog.

„Stangensellerie? So was kann man essen?“ Hallstetters Ehefrau hatte ihren Mann vor einigen Monaten auf Diät gesetzt, um seinen Bluthochdruck und sein Übergewicht zu bekämpfen. Bisher wurden ihre Bemühungen allerdings nicht gerade von Erfolg gekrönt, weil der Kommissar sie heimlich mit jedwedem Snack sabotierte, dessen er habhaft werden konnte. Keine Pommesbude im Umkreis von einem Kilometer war vor ihm sicher. „Wie soll ich denn davon satt werden?“

„Gründlich kauen“, schlug Kayser mit einem schadenfrohen Grinsen vor. „Das soll helfen, hab ich mal irgendwo gelesen.“

Karsten Vogt, das letzte Mitglied der MK 3, saß ein wenig abseits, in der Nähe der Fenster, und registrierte Plasbergs Eintreffen mit einem kaum wahrnehmbaren Kopfnicken. Es war kein Geheimnis, dass er und die Kommissarin nicht miteinander konnten, Vogts Gesicht verfinsterte sich jedes Mal, wenn er seine Vorgesetzte sah. Schon mehrmals hatte er darum gebeten, versetzt zu werden, aber Eikner hatte seine Gesuche mit Hinweis auf den herrschenden Personalmangel abgelehnt. Doch auch mit dem gleichaltrigen Brinkhoff hatte Vogt Probleme. Immer wieder ließ sich der von einer schweren Akne in seiner Jugend gezeichnete, eigenbrötlerische Vogt zu anzüglichen Bemerkungen über Schwule hinreißen. Brinkhoff versuchte die Sticheleien zu ignorieren, doch hin und wieder platzte ihm der Kragen, und dann musste einer der anderen – meistens die Kommissarin – den aufkommenden Streit schlichten. Niemanden wunderte es, dass seit Neuestem das

Gerücht die Runde machte, auch Vogts Frau habe genug von ihm und wolle sich scheiden lassen.

Heribert Eikner, der Leiter des KK 11, hatte am Kopf der Tische Platz genommen. Er sah bei Plasbergs Ankunft ebenfalls nur kurz auf, um sich dann wieder den Akten zu widmen, die er mitgebracht hatte. Immerhin ließ er ein „Morgen, Morgen, Frau Kollegin" vernehmen, während er geistesabwesend in eine Tüte mit Berlinern griff und Puderzucker über seine Unterlagen streute.

Plasberg ließ sich auf einen Stuhl fallen und warf ihre Handtasche auf den Platz neben sich. „Der Kollege Brinkhoff und ich hatten gestern das zweifelhafte Vergnügen, eine weibliche Leiche zu begutachten, die aus dem Höhenfelder See gefischt worden ist", begann sie. „Keine Personalien bekannt, bisher keine Identifizierung möglich, eine langgezogene Schnittwunde am Hals deutet auf Gewalteinwirkung hin … kann mal jemand das Fenster aufmachen? Die Luft hier drin ist ja zum Schneiden!" Während sich Kayser am Fenster zu schaffen machte, kam Gesine Keller zur Tür herein, ein Tablett mit Kaffee und Tassen im Arm balancierend. „Wir haben die – zugegebenermaßen ziemlich vage – Personenbeschreibung noch gestern Abend durchgegeben", fuhr Plasberg fort, „um sie mit Vermisstenbeschreibungen abgleichen zu lassen und …"

„Wieso vage?", unterbrach Vogt.

„Die Frau hatte schon m-mehrere Tage im Wasser gelegen", erwiderte Brinkhoff.

„Gibt's da schon Neuigkeiten, Frau Keller?", fragte Plasberg.

„Liegen auf Ihrem Schreibtisch, Frau Kommissarin."

Plasberg rümpfte die Nase. „Und warum haben Sie sie dann nicht mitgebracht?"

Brinkhoff stand auf und kehrte gleich darauf mit den Informationen aus dem Büro zurück, das sich die Kommissarin und er teilten. „Es gibt eine seit vier Wochen vermisste Studentin, aber das wird wohl kaum unsere Leiche sein … nein, bestimmt nicht. Das ist eine Rollstuhlfahrerin, die mit Jeans und blauem T-Shirt bekleidet war", las er ab. „Aber dann wird noch eine Martina Kamphaus vermisst und zwar seit einer knappen W-Woche. Die Vermisstenanzeige ist von der Tochter aufgegeben worden, die allerdings in Garmisch-P-Partenkirchen wohnt. Die Kollegen dort haben den Vorgang an uns weitergeleitet.“ Er reichte den Abzug eines Fotos herum, das der Anzeige beigefügt worden war.

„Tja, schwer zu sagen, ob das unsere Wasserleiche ist“, erklärte Plasberg nach einem Blick auf das Bild. „Die Haare stimmen, Alter eventuell auch, aber ansonsten … wie lautet die Adresse von der Kamphaus?“

„Moment … Waltherstraße … das ist in …“

„Dellbrück“, erklärte Vogt, der sein Smartphone schneller zur Hand hatte als Brinkhoff. „Die Waltherstraße liegt in der Nähe des Südufers des Sees. Ein paar Minuten zu Fuß.“

„Hört sich doch vielversprechend an“, sagte Plasberg. „Wir teilen uns folgendermaßen auf: Vogt, Sie machen der Gerichtsmedizin Ihre Aufwartung.“

„Muss das sein?“, nörgelte Vogt. „Kann er das nicht machen?“ Er deutete mit dem Kinn zu Brinkhoff.

„Kann er nicht“, erwiderte Plasberg und runzelte die Stirn. „Brinkhoff, Sie informieren sich bei den Kollegen über den derzeitigen Ermittlungsstand in Sachen Vermisstenanzeige, danach sehen wir uns die Wohnung der Kamphaus an. Hallstetter und Kayser schauen am See vorbei, da sind ab zehn Uhr die Kollegen vom THW mit Tauchern damit beschäftigt, die Fundstelle der Leiche nach Spuren abzusuchen. Vielleicht ergeben sich da noch ein paar Hinweise.“ Plasberg warf einen Blick zu Eikner. „Welcher Staatsanwalt ist für den Fall zuständig?“

Der Leiter des KK 11 hatte anscheinend nicht zugehört, denn er hob erst den Kopf, als Plasberg sich energisch räusperte. „Was?“

„Der zuständige StA?“

„Oh … ähm … warten Sie …“ Eikner raschelte mit seinen Unterlagen. „Rosenzweig ist im Urlaub, Meyer betreut einen anderen Fall … dann ist es Grabowski.“

„Grabowski? Nie gehört. Wer ist das?“

„Der ist neu. Der Nachfolger von Tillmann, der letzten Monat in den Ruhestand gegangen ist. So ein ganz junger, forscher. Aus Dortmund. Hat sich da bei Ermittlungen gegen mafiöse Strukturen hervorgetan. Erinnern Sie sich an den Prozess gegen die Mitglieder einer libanesischen Großfamilie vor zwei Jahren?“

Plasberg murmelte etwas Unverständliches.

„Jedenfalls werden Sie Spaß mit ihm haben", erklärte Eikner.

Die Kommissarin hob die Augenbrauen. „Da bin ich mir sicher. Koordinieren Sie Ihren Termin in der Gerichtsmedizin mit diesem Grabowski, Vogt."

„Was ist mit den Zeugen, die die Leiche gefunden haben?", fragte Kayser.

„Ach so, ja ..." Plasberg unterrichtete die Kollegen über Jannik Faber und Merlin Jakobi. „Bestellen Sie die beiden für heute Nachmittag ein, Vogt, und nehmen Sie ihre Aussage zu Protokoll, wenn die Eltern einverstanden sind. Das war's vorerst."

„Moment", hielt Kayser sie zurück. „Ich muss da noch mal ... in der Presse steht schon was über den Leichenfund. Im *Express*." Er schlug die Zeitung auf und deutete auf einen Artikel mit der Überschrift *Tote Hippiefrau im Höhenfelder See*. Daneben war ein Foto abgebildet, das den abgesperrten Fundort und die weißgekleideten Mitarbeiter der Spurensicherung bei der Arbeit zeigte.

„W-Wie kommen die an das Foto?", fragte Brinkhoff erstaunt. „Und w-wieso Hippiefrau?"

„Wegen der Blumen im Haar", erwiderte Plasberg, die Kayser das Boulevardblatt aus der Hand genommen hatte und den Artikel überflog. „Und dass ihr die Kehle durchgeschnitten wurde, wissen sie auch."

„A-Aber woher?"

„Jannik Faber." Plasberg brauchte nicht lange zu überlegen. „Das kann nur dieser kleine Rotzlöffel gewesen sein. Er hat mich reingelegt. Hätte ich mir eigentlich denken können."

Heribert Eikner runzelte die Stirn. „Soll das heißen, dass nach nicht einmal vierundzwanzig Stunden Ermittlungsinterna an die Öffentlichkeit gelangt sind?"

„Ich war zu blauäugig", gab Plasberg zu. „Ich hab dem Jungen geglaubt, als er behauptet hat, keine Fotos geschossen zu haben. Ich kann ja nicht ahnen, dass er dann auch noch an die Medien damit geht."

„Solche Fehler unterlaufen Ihnen sonst nicht, Frau Kollegin." Eikner war sichtlich verärgert und nestelte an seiner Hornbrille. „Das ist wirklich ... unangenehm."

„Ich kläre das eben", erwiderte die Kommissarin. Sie suchte aus den Unterlagen die Telefonnummer von Jannik Faber heraus und ging dann auf den Flur. Nach fünf Minuten kehrte sie zurück. „Er ist nicht zum *Express* gegangen. Aber er hat ziemlich kleinlaut zugegeben, mich in Bezug auf die Fotos angelogen zu haben. Er hat tatsächlich neben dem Video zwei, drei Fotos geschossen. Die hatte er aber angeblich schon an zwei Kumpel verschickt, bevor Brinkhoff und ich am Höhenfelder See eintrafen. Einer der Freunde hat dann das Foto bei *Instagram* hochgeladen, wo es ein Redakteur des *Express* gesehen hat. Den Rest können Sie sich denken."

Im Zeitalter der sozialen Medien war das Zurückhalten von Informationen, insbesondere Fotos, fast unmöglich geworden und erschwerte die Polizeiarbeit zusätzlich. Gaffer, die mit Handys bewaffnet Unfälle auf Autobahnen filmten und sich auch noch lautstark beschwerten, wenn es keinen Personenschaden gegeben hatte; Schaulustige, die bei Notarzteinsätzen die Erste Hilfe behinderten und einem Herzinfarktopfer auf der Trage den Fotoapparat ins Gesicht hielten; neugierige Zuschauer, die mit Kameras Feuerwehrleuten den Zugang zu einem brennenden Haus versperrten – all dies waren nur die offensichtlichsten Auswüchse einer Mediengesellschaft, deren moralische Maßstäbe durch den schnellen Zugang zu einer weltweiten Öffentlichkeit und der damit verbundenen Aufmerksamkeit immer mehr zu verrohen drohten.

„Sie haben die Handys der Augenzeugen nicht beschlagnahmt?", erkundigte sich Eikner erstaunt.

„Das hätte uns auch nichts mehr genützt", verteidigte sich die Kommissarin. „Da waren die Fotos schon verschickt. Und das Video, das Jannik gedreht hat, habe ich mir schicken lassen, bevor er es auf meine Anweisung hin gelöscht hat." Plasberg beendete die Diskussion, indem sie aufstand und ihre Handtasche über die Schulter schwang. „Wie war eigentlich Ihr Barbecue mit dem Dombaumeister, Herr Eikner?", fragte sie im Hinausgehen.

„Was?" Ihr Chef sah von seinen Unterlagen auf. „Ach, das Bar… Wie so was halt ist. Man plaudert und wartet auf den passenden Zeitpunkt zum Gehen. Sie kennen mich, Frau Plasberg. Diese gesellschaftlichen Verpflichtungen …" Eikner räusperte sich. „Das ist nicht so mein Ding." Immerhin hatte er den Anstand, rot zu werden.

Plasberg spitzte die Lippen. „Tatsächlich? Und ich dachte …"

„Was?"

„Nichts. Aber so hat jeder sein Opfer für den Dienst zu bringen, nicht wahr? Die einen bei hors d'oeuvre mit der Lokalprominenz, die anderen beim Auffinden von unbekannten Leichen."

Bevor Eikner fragen konnte, ob die letzte Bemerkung ironisch gemeint war, hatte Plasberg den Besprechungsraum schon verlassen.

„‚Kann er das nicht machen?'", äffte Brinkhoff einige Zeit später, auf dem Weg nach draußen, den Kollegen Vogt nach. „Es ist ihm sogar zuwider, meinen Namen auszusprechen. Irgendwann habe ich d-die Nase voll."

„Lassen Sie sich nicht provozieren. Vogt hat eben ein Problem mit Ihnen", erwiderte Plasberg.

„Der hat ein Problem mit der ganzen Welt. Und Ihnen macht es Spaß, Eikner zu p-piesacken, oder?"

„Hm?" Plasberg tat, als wüsste sie nicht, was ihr Kollege meinte. „Ach, na ja, wenn er sich so anstellt wegen dieses blöden Fotos …" Sie zuckte mit den Schultern, während die Kommissare Richtung Dellbrück fuhren. Plasberg konnte mit ihrem Vorgesetzten umgehen; nach so vielen Jahren bildete sie sich ein, die rote Linie zu kennen, die sie nicht überschreiten durfte.

Die außergewöhnliche Hitze des vergangenen Tages war über Nacht verschwunden und hatte einem normalen Frühlingstag Platz gemacht. Der Himmel war blau, nur hin und wieder jagten einige Wolken von West nach Ost. Plasberg ordnete sich in den Straßenverkehr ein und kurbelte das Fenster auf der Fahrerseite herunter, um ein wenig Fahrtwind hereinzulassen. Gleich darauf fluchte sie und hielt den kompletten Griff in der Hand.

„Das gibt's doch gar nicht!"

„Sie brauchen wirklich ein neues Auto", merkte ihr Kollege an. „M-Mechanische Fensteröffner … so was wird doch gar nicht mehr hergestellt! Fragen Sie mal im Haus der G-Geschichte an, ob die den Golf nicht als Ausstellungsstück haben wollen."

„Sehr witzig!" Die Kommissarin hielt auf dem Seitenstreifen, wo sie den Fenstergriff mit ein paar Faustschlägen wieder notdürftig an seinem Platz befestigte. Vorsichtshalber umwickelte sie das Gewinde noch mit Klebeband, das sie aus den Untiefen ihrer Handtasche ans Tageslicht beförderte. „Klären Sie mich lieber auf, was die Kollegen in Sachen Kamphaus bisher ermittelt haben."

Torsten Brinkhoff durchforstete die Notizen, die er beim Telefonat mit den Beamten gemacht hatte. „V-Viel haben wir nicht", sagte er, als sie wieder unterwegs waren. „Die Anzeige wurde von der Tochter aufgegeben, nachdem sie ihre Mutter einige Tage telefonisch nicht erreicht hat. Personenbeschreibung lautet: Geburtsdatum 12.7.65, Größe 1,68 Meter, lange braune Haare, braune Augen, schlanke Figur, keine besonderen Merkmale …"

„Die Augen lassen sich nicht mehr überprüfen." Plasberg schüttelte sich.

„Letzter bekannter Aufenthaltsort ist K-Köln-Dellbrück", fuhr Brinkhoff fort, „aber das heißt gar nichts, wenn die Tochter so weit weg wohnt."

„Was macht die überhaupt in Garmisch-Partenkirchen? Ich dachte, da fährt man nur im Urlaub hin." Plasberg hatte vor einigen Jahren, als die Kinder kleiner waren, mit ihrem Exmann dort die Ferien verbracht. Im Jahr darauf hatte Eric Plasberg die Scheidung eingereicht. Insofern war es vielleicht verständlich, dass die Meinung der Kommissarin über die Gegend nicht die beste war. „Da kann man richtig leben?", fügte sie an.

„Ich … keine Ahnung … Moment, hier steht's: Die Tochter heißt Saskia, ist 22 Jahre alt und arbeitet im Winter als Skilehrerin. Im Sommer dann als Bergführerin."

„Das ist ein Scherz, oder?"

„Steht hier so."

Plasberg brummte etwas Unverständliches, dann sagte sie: „Weiter im Text."

„Martina Kamphaus arbeitet als B-Bibliothekarin in der Stadtbibliothek, ist geschieden, hat nur das eine Kind und lebt allein. Die Eltern sind nach Angaben der Tochter schon tot … nein, stimmt nicht, der Vater ist tot, die M-Mutter lebt in einem Seniorenheim. Eine Schwester von der Kamphaus wohnt in … Moment … in der Nähe von Würzburg, ein Bruder in München, der Exmann in Köln. Der konnte aber noch nicht befragt werden, weil er auf Montage im Baltikum ist und erst morgen zurückkommt. Keiner der Angehörigen hat seit letzter Woche was von der Kamphaus g-gesehen oder gehört."

„Was ist mit Arbeitskollegen? Wann ist sie zum letzten Mal zur Arbeit erschienen?"

„Freitag, den 15. April."

„Vor einer Woche?" Plasberg trommelte mit den Fingern aufs Lenkrad. „Wieso erfahren wir erst jetzt von dieser Vermisstenanzeige?"

Brinkhoff zuckte mit den Schultern und durchforstete weiter die Unterlagen. „Woher soll ich das … ah … weil, na ja, okay …"

„Was?"

„Weil die Kamphaus auch genauso gut in Mexiko oder in Timbuktu sein könnte."

„Verstehe ich nicht."

„Dem Sachbearbeiter der Vermisstenstelle hat die Tochter erzählt, dass ihre Mutter früher schon mal in Urlaub gefahren ist, ohne Bescheid zu sagen. Angeblich zu einem Zeitpunkt, als sich Tochter und Mutter nicht so gut verstanden haben. Da hat man dann erst mal einen Gang zurückgeschaltet bei den Nachforschungen."

„Ist wenigstens trotzdem nach ihr gesucht worden?"

„Natürlich, aber bisher keinerlei Hinweise auf den Verbleib. Es gab eine ordnungsgemäße richterliche Anordnung, aufgrund der dann eine Wohnungsdurchsuchung durchgeführt wurde, ebenso ein Abgleich der Daten über K-Kreditkartenumsätze, Kontoabhebungen, einen eventuellen Krankenhausaufenthalt. Keine Erkenntnisse über den Verbleib der Kamphaus. Laptop war in der Wohnung, die Auswertung läuft noch, Handy ist nicht gefunden worden."

Plasberg seufzte. Sie verstand zwar, dass aufgrund der Sachlage von keinem offensichtlichen Gewaltverbrechen ausgegangen worden war, aber bei einem energischeren Herangehen an die Vermisstenanzeige wäre man zum jetzigen Zeitpunkt vielleicht ein Stück weiter gewesen.

In diesem Moment klingelte Plasbergs Handy, angeschlossen an die Freisprechanlage des Autos.

„Ja?", meldete sie sich.

„Kriminalhauptkommissarin Plasberg?", fragte eine männliche, ungehaltene Stimme.

„So ist es. Wer spricht?"

„StA Grabowski. Sie arbeiten mir in dem Fall der unbekannten Toten vom Höhenfelder See zu."

„Ja, Eikner hat mich schon infor…"

„Wie kann es passieren, dass nur einen Tag nach dem Leichenfund schon Fotos des mutmaßlichen Tatorts durch die Presse geistern?", unterbrach Grabowski sie. „Meine Sekretärin hat mir gerade die heutige Ausgabe des *Express* auf den Tisch gelegt. Ich schätze es überhaupt nicht, wenn Interna an die Öffentlichkeit gelangen."

„Na ja, das …"

„So etwas ist indiskutabel, Frau Plasdorf. Das ist stümperhaft."

„Berg", korrigierte die Kommissarin.

„Was?"

„Plasberg. Nicht Plasdorf. Und wenn Sie mich vielleicht erklären …"

„Ich will von Ihnen keine Ausflüchte hören", fiel ihr der Staatsanwalt erneut ins Wort. „Ich erwarte, dass so etwas nicht noch einmal passiert."

Brinkhoff und die Kommissarin wechselten einen Blick. „Ist angekommen", sagte sie. Ihr Kollege konnte sehen, dass sie sich nur mühsam beherrschte.

„Und noch etwas, Frau Plasdorf …"

„Plasberg."

„Wie auch immer: Ich habe mich über Sie informiert." Grabowski klang eisig. „Man hat Ihnen bisher eine lange Leine gelassen. Darauf können Sie bei mir nicht setzen. Sie werden mich ständig auf den aktuellen Stand der Ermittlungen bringen. Ich möchte zeitnah über alles unterrichtet sein, was Ihre MK unternimmt, um den Fall aufzuklären. Ich habe in Dortmund mit Verkehrsdelikten angefangen, bin danach mit Fällen der organisierten Kriminalität betraut worden und war bekannt für meine straffe Führung. Ich habe nicht vor, meine Arbeitsweise in Köln zu ändern, nur weil ich mich bei Kapitaldelikten auf neuem Terrain bewege. Haben wir uns verstanden?"

Plasberg atmete tief ein, und nur das warnende Kopfschütteln ihres Kollegen brachte sie davon ab, Grabowski in demselben rüden Ton zu antworten. „Aber natürlich, Herr Staatsanwalt", erwiderte sie endlich zuckersüß. „Sie sind der Erste, den ich über relevante Entwicklungen informieren werde. Ich werde sogar den Dienstweg außer Acht lassen und Sie noch vor Eikner ins Bild setzen. Ist das recht so?“

Ihr Gesprächspartner am anderen Ende der Leitung hielt überrascht inne, wusste wohl nicht, ob Plasberg Ernst machte oder ob ihr Angebot ironisch zu verstehen war. „Was ich meinte, war …“, begann er schließlich.

„Schön“, schnitt ihm Plasberg das Wort ab. „Dann haben wir das ja geklärt. Sie hören von mir.“ Damit beendete sie das Gespräch, ohne Grabowskis Antwort abzuwarten. „Unfassbar! Was bildet der sich eigentlich ein?“, schnaubte sie. „So ein Lackaffe!“

„Eikner hatte recht“, sagte Brinkhoff. „M-Mit dem werden wir noch viel Spaß haben.“

„Ach, Unsinn. Der wollte nur sein Revier markieren. Männer sind in dieser Beziehung wie Hunde.“

Ihr Kollege war sich nicht sicher, ob es klug von seiner Vorgesetzten war, das Gespräch mit dem Staatsanwalt auf die leichte Schulter zu nehmen.

Kurz darauf hielten die Kommissare vor dem Haus in der Waltherstraße, in dem sich die Wohnung der Vermissten befand: Ein graugetünchtes, zweistöckiges Haus, mit großen, nach oben halbrunden Fenstern im Erdgeschoss, einer eingezäunten Rasenfläche im Vorgarten und einem überdachten Stellplatz neben dem Hauseingang. Vor den Fenstern waren Vergissmeinnicht zu sehen, auf dem Stellplatz stand ein schwarzer Citroën.

Als die Kommissare die drei Stufen zum Hauseingang hinaufstiegen, wurde plötzlich die Haustür aufgerissen, und zwei Kinder im Vorschulalter, ein Junge und ein Mädchen, beide in kurzen Hosen und Sandalen, stürmten aus der Wohnung im Erdgeschoss nach draußen. „Mama, er hat meinen Glubschi geklaut!“, schrie das Mädchen erbost.

„Hab ich gar nicht. Ist meiner!“, brüllte der Junge, der etwas Kleines, Flauschiges in seiner Faust hielt, und drängelte sich an den Beamten vorbei, ohne auf sie zu achten.

Eine genervte Stimme aus dem Hausflur antwortete den Kindern. „Ihr habt mindestens zwei Dutzend von den Viechern hier rumfliegen. Gebt endlich Ruhe!" Gleich darauf tauchte die Mutter der Kinder in der Haustür auf, eine etwas plumpe Mittdreißigerin, die einen Buggy hinter sich herzerrte. „Alina! Moritz! Wartet, bis ich …" Sie brach ab, als sie Brinkhoff und Plasberg erblickte.

Die Kommissarin zückte ihre Dienstmarke und stellte sich und ihren Kollegen vor.

„Tut mir leid", sagte die Frau erschöpft zu den Kommissaren und strich eine blonde Haarsträhne hinters Ohr. „Heute ist Großkampftag. Die Kita hat wegen einer Erkältungswelle geschlossen, und die Tagesmutter ist im Urlaub. Diese beiden Ungeheuer tanzen mir schon den ganzen Morgen auf der Nase herum."

„Was sind Glubschis?", erkundigte sich Plasberg.

„Was? … Ähm … So kleine Stofftiere mit riesigen Kulleraugen. Katzen, Schildkröten, Hunde, Eulen, Schafe, Monster … die Kinder sind völlig verrückt nach den Viechern. Muss ein Riesengeschäft sein. Was kann ich für Sie tun?"

Plasberg ergriff die Gelegenheit beim Schopf. „Wir sind wegen Frau Kamphaus hier. Und Sie sind …?"

„Jenny Müller. Wir wohnen unten. Frau Kamphaus bewohnt die obere Etage, die kleinere Wohnung des Hauses. Aber ich verstehe nicht … gibt's denn da was Neues? Hat man sie gefunden? Ihre Kollegen waren vor ein paar Tagen da und haben meinen Mann und mich befragt, aber wir konnten auch nichts sagen."

„Routineermittlungen", wiegelte Plasberg schnell ab. „Wir gehen einfach noch mal alles durch. Haben Sie denn ein gutes Verhältnis zu Ihrer Nachbarin?"

„Ja … schon. Sie ist nett, auch wenn wir nicht viel mit ihr zu tun haben. Aber zwischendurch trifft man sich ja doch mal im Treppenhaus oder vor der Tür. Ein paar Mal haben wir zusammen Kaffee getrunken, wenn es sich gerade ergeben hat."

„Vor ihrem V-Verschwinden ist Ihnen nichts Besonderes aufgefallen?", mischte sich Brinkhoff ein.

Jenny Müller schüttelte den Kopf. „So genau kennen wir sie auch nicht. Sie ist halt ein bisschen merkwürdig."

„Merkwürdig?" Plasberg wurde hellhörig. „Inwiefern?"

„Schrullig, würde ich sagen, oder besser … weltfremd. Über Bücher kann man sich prima mit Frau Kamphaus unterhalten, aber ansonsten … eben eine Bibliothekarin. Sie hat mir ein paar schöne Kinderbücher empfohlen."

„Ja", sagte Plasberg. „Ihr Job … in der Stadtbibliothek, soweit ich weiß?"

Müller nickte. „Sie fährt jeden Morgen mit Bus und Bahn zur Arbeit in die Innenstadt und kommt am frühen Abend zurück."

„Sie hat kein Auto?"

„Nein. Ich weiß gar nicht, ob sie einen Führerschein hat. Als letztes Jahr die KVB gestreikt hat, hat mein Mann sie zwei Tage lang in die Stadt mitgenommen."

„Wann haben Sie Frau Kamphaus zum letzten Mal gesehen?"

„Das haben Ihre Kollegen auch schon gefragt. Das muss gewesen sein eine Woche, bevor sie … ich hab abends hinten im Garten Wäsche aufgehängt, und sie hat oben auf dem Balkon ihre Blumen gegossen. Der Balkon geht auch nach hinten raus."

„Die Tochter hat sie am Montag als vermisst gemeldet", erklärte Plasberg. „Was ist mit dem Wochenende davor?"

„Tut mir leid", erwiderte Müller. „Da waren wir mit den Kindern bei meinen Schwiegereltern in Münster und sind erst Sonntagabend zurückgekommen."

„Haben Sie zufällig auf die P-Post geachtet?", fragte Brinkhoff und deutete auf die Briefkästen neben der Haustür. „Ab wann der von Frau Kamphaus nicht mehr geleert wurde?"

„Nein, tut mir leid. Es …" Jenny Müller zögerte. „Und Sie wissen noch immer nichts? Seitdem sie verschwunden ist, haben mein Mann und ich ein ungutes Gefühl. Vor allem wegen der Kinder. Es ist nicht gerade angenehm, darüber nachzudenken, dass Frau Kamphaus vielleicht einem Verbrechen zum Opfer gefallen …"

„Mama, ich muss kaka", meldete sich der Sohn zu Wort.

„Du musst aufs Klo?" Jenny Müller seufzte. „Dann Kommando zurück. Wäre ja auch zu schön gewesen, mal ohne Verzögerung irgendwohin zu kommen." Sie entschuldigte sich bei den Beamten und konzentrierte ihre Aufmerksamkeit auf ihren Nachwuchs. „Hätte dir das nicht vor zehn Minuten einfallen können, als ich dich gefragt habe, Moritz?"

„Man lernt doch nie aus", sagte Plasberg, während sie und Brinkhoff in die erste Etage liefen.

„W-Wieso? Hat uns die Nachbarin denn irgendwas Neues gesagt?“, fragte ihr Kollege.

„Nein, aber ich weiß jetzt, was Glubschis sind. Ist doch wichtig, wo ich jetzt Großmutter werde.“

Oben angekommen, entfernte die Kommissarin das polizeiliche Siegel an der Eingangstür und verschaffte ihnen mit einem Schlüssel aus der Asservatenkammer Zutritt zur Wohnung von Martina Kamphaus. Im engen Flur befand sich eine Garderobe, an der ein paar Jacken und ein leichter Sommermantel hingen, direkt daneben war ein langgezogener, schmuckloser Spiegel angebracht. Gegenüber beherbergte ein Abstellraum einen Staubsauger, Besen, Putzmittel und ein gutes Dutzend Damenschuhe. Das Wohnzimmer wurde von einer Couchgarnitur, einem Fernseher und einem Beistelltisch aus Granit dominiert, in einer Ecke befand sich eine Stereoanlage mit einigen klassischen CDs. Alles war sehr ordentlich, nirgendwo standen schmutzige Gläser oder Kaffeetassen herum, es gab keine zerfledderten Zeitungen, sogar die Bilder an der Wand, Drucke von abstrakten Gemälden, sahen aus, als wären sie vor Kurzem erst abgestaubt worden. Vor dem Balkonfenster befanden sich ein paar Grünpflanzen, auf den Fensterbänken zur Straßenseite standen stachelige Kakteen in roten Übertöpfen.

„Keine besonders interessante Persönlichkeit“, befand Plasberg missmutig, während sie ein paar Schneekugeln mit Motiven vom Eiffelturm und Big Ben begutachtete, die sie auf einem Regal an der Wand entdeckt hatte – billige Andenken, wie man sie in jedem Souvenirshop kaufen konnte.

„W-Wieso?“ Brinkhoff blätterte in der Programmzeitschrift, die neben dem Fernseher lag.

„Hier könnte auch Lieschen Müller oder Anni Schmidt wohnen. Hier gibt's nichts, was Rückschlüsse auf den Besitzer dieser Wohnung zulassen würde.“

„Die Fernsehzeitschrift ist am Donnerstag, den 14. April, aufgeschlagen, einen Tag vor dem möglichen Verschwinden.“

„Hm.“ Plasberg wanderte in den nächsten Raum, das Schlafzimmer. „Ich glaube, ich muss mich korrigieren“, sagte sie dann.

Der Kommissar folgte ihr und runzelte die Stirn. „Sehe ich auch so“, stimmte er zu.

Zwar gab es in dem Raum auch ein Bett von 1,40 Meter Breite, aber ansonsten wurden die Blicke der Kommissare auf die Wände des Zimmers gelenkt, an denen vom Boden bis zur Decke Regale mit Büchern standen, vollgepackt, nebeneinander aufgereiht, übereinandergestapelt. Taschenbücher, Hardback-Ausgaben, Romane, Sachbücher, jede Menge Reiseführer, Bildbände, alle wahllos durcheinandergestellt, ungeordnet, ohne jedes erkennbare System. Und weil der Platz in den Regalen nicht ausgereicht hatte, waren weitere Bücher zu Türmen gestapelt worden, manche von ihnen mannshoch und auf irrwitzige Weise der Schwerkraft trotzend, auf jedem freien Fleck des Parkettbodens, bis nur noch ein schmaler Pfad zwischen Bett, Kleiderschrank und Zimmertür begehbar war.

„Ich würde klaustrophobische Anfälle kriegen", merkte die Kommissarin an. „Man kann sich ja kaum umdrehen."

Brinkhoff schob sich vorsichtig an den Büchertürmen vorbei, studierte die Titel und Autoren auf den Buchrücken in den Regalen. „Soweit ich das erkennen kann, hat sie alles gelesen, w-was ihr in die Finger kam. Da sind deutsche Autoren, lateinamerikanische, englische und französische Titel, einige davon sogar im Original, US-amerikanische Schriftsteller, russische … alles! Sie scheint k-keinerlei Vorlieben gehabt zu haben. Und auch sonst … Dostojewski neben Konsalik, Joyce Carol Oates neben Hera Lind, Dan Brown neben Günther Grass. Trash neben den Klassikern. Irgendwie k-komisch … Hier sind auch zwei Krimis von Stephen Gatler: *Morgentod* und *Wisconsin, Kanada*."

„Liegt Wisconsin nicht in den USA?", fragte die Kommissarin, während sie einen Bildband über die Mongolei durchblätterte.

„Da geht's um einen Mord in einer imaginären Kleinstadt namens Wisconsin in Kanada, soweit ich mich erinnere. Ist schon eine Weile her, d-dass ich den gelesen habe."

„Ich hab noch nie jemanden kennengelernt, der so offensichtlich sein Hobby zu seinem Beruf gemacht hat", sagte Plasberg. „Wie viele Bücher werden das wohl sein?"

„Das geht in die Tausende."

„Ehrlich?"

„Mit Sicherheit."

„Wenn ich mir das hier so ansehe, haben die Argumente für E-Book-Reader eine gewisse Plausibilität. Wie viel Platz man damit sparen könnte!“

„Sogar Groschenromane hat sie gelesen“, murmelte Brinkhoff und kramte sich durch einen Stapel abgegriffener Hefte. „W-wussten Sie, dass man vom Schreiben von so was leben kann? Ich hab mal ein Interview mit einem dieser Autoren gelesen. Die schreiben natürlich meist unter einem P-Pseudonym, das zur Serie passt. Hier: Toni Waidacher und *Der Bergpfarrer*, *Agent Jeff Ryker* und Jason Talbot …“

„Brinkhoff, hören Sie auf zu plappern“, sagte die Kommissarin desinteressiert und bahnte sich einen Weg zum Bett, das an der rückwärtigen Wand stand, die rund um den Schlafplatz ebenfalls mit Bücherregalen vollgestellt war, mit einer Ausnahme: Ein Regal war freigeräumt oder bewusst freigehalten worden, um Platz zu schaffen für eine Korkwand, auf der Martina Kamphaus mit Reißzwecken ein paar Fotos befestigt hatte. „Kollege? Kommen Sie mal her.“

Zusammen beugten sich die Kommissare über die Fotografien. Unbekannte Personen starrten sie an, grinsten in die Kamera, vermutlich Freunde oder Verwandte von Martina Kamphaus, allein oder in Gruppen. Mehrfach war auch eine junge Frau zu sehen, in Bergsteigerstiefeln und mit einem Rucksack auf dem Rücken vor einem Bergpanorama. Auf einem Bild aber war die Vermisste allein zu sehen, eine zierliche und verschmitzt lächelnde, nicht mehr junge, aber auch noch nicht alte Frau mit langen braunen Haaren, die am Tisch eines Biergartens saß, vor sich ein Glas Mineralwasser. Sie trug eine dunkle Jeans, ein rosafarbenes T-Shirt – und darüber eine etwa knielange, graue Strickjacke.

„Sieht aus, als hätten wir unsere Tote aus dem See gefunden“, sagte Plasberg.

Karsten Vogt hatte schlechte Laune. Er verabscheute Termine in der Gerichtsmedizin. Die kalte, sterile Atmosphäre, grelle Neonröhren, weißgekachelte Räume, aufgeschnittene Leichen auf metallenen Bahren, aufbewahrt in Kühlfächern wie tiefgefrorene Masthähnchen oder Kaninchen: All das jagte ihm jedes Mal einen Schauer über den Rücken. Außerdem verdächtigte er seine Vorgesetzte, ihm diesen Auftrag absichtlich erteilt zu haben. Plasberg hatte ihn im Visier, seit er vor einigen Monaten hinter ihrem Rücken gegen sie intrigiert, sie bei Eikner angeschwärzt hatte, als sie für seinen, Vogts, Geschmack mal wieder zu unkonventionell agiert hatte.

Er war davon überzeugt gewesen, dass die Ermittlungen in einem Mordfall in die falsche Richtung liefen, hatte sich düpiert gefühlt, als sie seinen Ansichten keine Beachtung schenkte. Leider war der Schuss nach hinten losgegangen – Plasberg hatte den damaligen Fall mit Bravour gelöst, und er hatte seine Versetzung nicht durchbekommen. Seine Abkommandierung zur Leichenschau war ihre Retourkutsche.

Der Kommissar ließ seinen Wagen auf dem Parkplatz des rechtsmedizinischen Instituts der Uniklinik stehen und stieß die Tür zum Foyer auf. Je schneller er diesen Termin hinter sich brachte, desto besser.

„Vorsicht!", schallte es ihm plötzlich von oben entgegen, und er bemerkte im letzten Moment die Leiter im Eingang.

„Was zum Teufel …?" Vogt sprang zur Seite, aber es war trotzdem zu spät. Ein Eimer mit weißer Farbe knallte neben ihm auf den Boden, schwappte über und ergoss einen Teil seines Inhalts über die braunen, maßgefertigten Schuhe des Kommissars, weiße Farbspritzer verteilten sich auf seinen Hosenbeinen.

„Haben Sie das Schild nicht gesehen?", erkundigte sich eine Stimme.

Vogt reckte den Hals nach oben und sah einen Anstreicher auf der Leiter, der einen Farbroller in der Hand hielt und im Begriff war, die Wand über dem Eingangsbereich zu streichen. „Was für ein Schild?", schimpfte der Kommissar und betrachtete hilflos seine Schuhe.

Der Anstreicher kletterte die Leiter hinunter und deutete auf ein Schild *Vorsicht! Malerarbeiten!*, das neben die Eingangstür geklebt worden war. Jetzt erst registrierte der Kommissar, dass der gesamte Boden mit Folie und provisorischen Laufmatten abgedeckt worden war, bis hin zum Eingang der Gerichtsmedizin, und dass es nach frischer Farbe roch.

„So eine Scheiße!“, fluchte er erneut, beugte sich nach unten und versuchte sich seiner Schuhe zu entledigen, während er auf einem Bein hüpfte.

„Stehenbleiben!“, fuhr ihn der Anstreicher an. „Sie versauen ja alles hier! Da kann doch gleich kein Mensch mehr langlaufen, wenn Sie überall weiße Fußstapfen hinterlassen!“

„Haben Sie eigentlich eine Ahnung, wen Sie vor sich haben?“, schnauzte Vogt zurück. „Ich bin …“

„Bleiben Sie gefälligst da stehen, Mann! Warten Sie, ich hole einen Lappen.“ Der Anstreicher wühlte in einer Kiste, die neben der Eingangstür stand, und kam mit einem schmutzstarrenden Putzlumpen zurück. „Ziehen Sie Ihre Schuhe aus und treten Sie einen Schritt zur Seite. Dahin, da ist es noch sauber.“

„Sie wollen mit *dem* Lappen meine Schuhe saubermachen?“

„Ich will nur die Farbe abwischen, damit Sie nicht noch mehr hier rumkleckern. Die Schuhe können Sie sowieso vergessen.“

„Das sind italienische Wildlederschuhe! Wissen Sie, wie teuer die waren?“ Der Kommissar war außer sich.

In diesem Moment öffnete sich die Tür der Gerichtsmedizin, und ein Arzt in grüner OP-Kleidung und mit heruntergezogenem Mundschutz streckte seinen Kopf heraus. Vogt erkannte den bärtigen Mann. Dr. Uhrmann war schon öfter für Plasbergs MK tätig gewesen. „Ah, Herr Vogt! Ich warte schon auf Sie!“ Erst jetzt nahm er die Situation in Augenschein. „Gibt es ein Problem?“

„In der Tat“, erklärte Vogt eisig. „Dieser Idiot hier …“

„He, mal langsam, Meister!“, sagte der Anstreicher. „Wenn Sie das Schild nicht lesen, ist das nicht meine Schuld.“ Er nahm Vogt die Schuhe aus der Hand und wischte die überschüssige Farbe ab. Trotzdem waren die Schuhe ruiniert. Die Farbe hatte das raue Wildleder völlig durchtränkt und gab den Halbschuhen ein merkwürdig geschecktes, bräunlich-weißes Aussehen.

„Ja, und jetzt?“, regte sich Vogt weiter auf. „Soll ich vielleicht den Rest des Tages auf Socken durch die Gegend laufen?“

„Moment“, erwiderte der Rechtsmediziner. „Ich hab da vielleicht was.“ Gleich darauf kam er mit Plastikschutz für die Schuhe, wie sie auch die Spurensicherung verwendete, und einer Tüte zurück.

Mangels einer Alternative streifte Vogt den Plastikschutz über seine Socken, verstaute seine Schuhe in der Tüte und wollte gerade Uhrmann in die Gerichtsmedizin folgen, als die Tür des Gebäudes ein weiteres Mal aufging und ein sportlicher Mittdreißiger in einem grauen Anzug und roter Krawatte geschickt ein paar Schritte um den Arbeitsbereich des Anstreichers machte, bevor er den Kommissar und den Rechtsmediziner einholte.

„Kommissar Vogt? Dr. Uhrmann? Andreas Grabowski. Wir haben einen Termin.“ Er schüttelte den beiden Männern die Hand.

„Sie sind der neue Staatsanwalt für Kapitaldelikte?“ Vogt nahm sein Gegenüber näher in Augenschein. Grabowski hatte eine Halbglatze und trug über seinen stechend grauen Augen eine randlose Brille. In seinem linken Ohrläppchen glänzte ein winziger Brillant, an seinem rechten Handgelenk blitzte das Armband einer teuren Markenuhr, die Fingernägel sahen aus wie manikürt. Hohe Wangenknochen ließen seine Augen schmal und ungeduldig erscheinen, auf den Wangen machte sich der Schatten dunklen Bartwuchses bemerkbar. Stoffhose und Pullunder erweckten einen saloppen Anschein, waren aber auch teure Markenprodukte.

„Sonst wäre ich wohl kaum hier“, beantwortete er Vogts Frage mit einem knappen Nicken. „Können wir anfangen? Ich musste meinen Terminkalender umschichten, um das hier noch dazwischenzuquetschen.“ Vogt runzelte die Stirn. Der Mann schien sich nicht mit Höflichkeiten aufzuhalten.

Dr. Uhrmann gab ihnen Schutzkittel und führte sie zu den Kühlkammern im hinteren Bereich der Gerichtsmedizin. Es roch nach Desinfektionsmittel. Vogt kam sich dämlich vor; das Plastik um seine Strümpfe verursachte knisternde Geräusche beim Gehen, als würde er über Bonbonpapier laufen. Grabowski musterte seine Füße irritiert, und Vogt ärgerte sich über den Eindruck, den er beim neuen Staatsanwalt hinterlassen musste.

Der Mediziner öffnete eine der Kühlboxen, aus der eiskalte Luft entwich und sich wie Nebel im Raum verteilte. Dann zog er schwungvoll eine Metallbahre heraus und schob das Tuch beiseite.

Vogt riskierte einen Blick und zuckte zurück. Er starrte in ein aufgedunsenes, kalkweißes Gesicht ohne Augäpfel.

„Wenn Sie so weit sind, fange ich mit der Leichenschau an“, sagte Uhrmann.

Vogt nickte schwach und bemühte sich, an der Leiche vorbeizusehen. Heute war wohl nicht sein Tag.

Der Arzt beugte sich über die Tote, nahm ihren äußerlichen Zustand in Augenschein, hob die Arme hoch, prüfte die Beschaffenheit der Haut. „Weibliche Leiche, Größe etwa 165 Zentimeter“, begann er, „zierliche Figur, auch wenn der Körper stark aufgeschwemmt erscheint, schon auf den ersten Blick ist eine Schnittverletzung am Hals zu erkennen …“

Während Grabowski Uhrmann über die Schulter schaute und keinerlei Probleme damit zu haben schien, der langwierigen Untersuchung beizuwohnen, sogar hin und wieder zustimmende oder interessierte Laute von sich gab, als hörte er dem Vortrag einer Ausstellungseröffnung zu, trat Vogt so weit wie möglich zurück.

Trotz der Kälte in dem Raum traten ihm Schweißperlen auf die Stirn. Aber er musste durchhalten! Falls er schlappmachte, konnte Uhrmann die Untersuchung erst wieder aufnehmen, wenn Ersatz für ihn gefunden worden war, die Bestimmungen für eine Leichenschau im Rahmen eines Ermittlungsverfahrens waren eindeutig: Die Anwesenheit der Polizei und eines Staatsanwalts waren zwingend erforderlich. Das war alles Plasbergs Schuld! Sie wusste genau, dass er diese Leichenfledderei verabscheute!

Als Uhrmann zum chirurgischen Besteck griff, um sich die inneren Organe der Leiche anzuschauen, wandte Vogt endgültig den Blick ab und konzentrierte sich auf die weißen Fliesen der Wand, trat einige Schritte zurück, um Abstand vom Tisch zu haben. Die Obduktion zog sich entsetzlich lange hin, der Kommissar schaute immer wieder verstohlen auf seine Uhr, während Uhrmanns Stimme an ihm vorbeirauschte. Der Staatanwalt warf ihm hin und wieder einen befremdeten Blick zu, aber Vogt war zu sehr mit sich selbst beschäftigt, als dass er sich darum kümmern konnte. Und dann, plötzlich, als der Kommissar schon beinahe jedes Zeitgefühl verloren hatte, war es vorbei.

„Zufrieden, Herr Kommissar?“

„Ähm, was?“

„Sie haben gar nicht zugehört, stimmt's?" Der Rechtsmediziner schien fast enttäuscht zu sein, während er den obduzierten Körper teilweise wieder mit einem Leichentuch verhüllte. Vogt murmelte eine undeutliche Entschuldigung, und Grabowski schüttelte genervt den Kopf.

„Der Leichnam muss mindestens fünf Tage im Wasser gelegen haben, daher sind meine Aussagen mit Vorsicht zu genießen", wiederholte Uhrmann ungnädig. „Außerdem brauche ich vergleichendes Material, um eine DNA-Analyse machen zu können. Ein paar Haare aus einem Kamm oder wenigstens ein paar Hautschuppen. Schärfen Sie das Frau Plasberg ein, wenn Sie ihr berichten. Ich will nicht, dass es nachher heißt, meine Angaben seien zu ungenau gewesen und …"

„Schon gut", unterbrach Vogt.

„Dann gebe ich Ihnen noch mal die Kurzfassung, Details kann die Kommissarin dann meinem schriftlichen Bericht entnehmen. Aber der braucht noch ein, zwei Tage; ich hab wahnsinnig viel Schreibkram auf meinem Tisch liegen. Die Frau ist zwischen vierzig und fünfundvierzig Jahre alt, vom Zustand der Organe her hätte sie gut und gerne achtzig werden können. Ich habe weder innere noch äußere Verletzungen erkennen können, die auf Gewalteinwirkung schließen lassen würden, die Hautverletzungen im Gesicht, beschädigtes Gewebe, das Fehlen der Augäpfel undsoweiter sind eindeutig auf Fischfraß zurückzuführen. Mit Ausnahme der langgezogenen Wunde am Hals." Dr. Uhrmann kratzte sich am Bart und beugte sich über die Bahre mit der Leiche. „Der Frau ist die Kehle durchschnitten worden, aber ich nehme an, dass Frau Plasberg das auch schon erkannt hat. Interessant ist allerdings die Schnittwunde." Er deutete auf den Hals der Toten. „Sie hat die Halsschlagader durchtrennt. Ich gehe davon aus, dass das Opfer unmittelbar nicht mehr in der Lage war zu sprechen, nach zwei Minuten bewusstlos und nach spätestens fünf Minuten tot war."

„Der Mörder war ein Profi?"

„Sieht ganz danach aus. Und jemand, der es blutig mochte. Es gibt aber noch ein weiteres interessantes Detail: Der Schnitt ist mit einem sehr scharfen Gegenstand vollzogen worden, allerdings nicht mit einem herkömmlichen Messer aus Stahl."

„Sondern?“, fragte Grabowski.

„Schwer zu sagen. Sehen Sie die Wundränder? Die haben eine leicht schuppige Form. So etwas kenne ich eher aus der Schönheitschirurgie von bestimmten Skalpellen, die dort benutzt werden, weil die Wundränder, die sie erzeugen, viel schneller verheilen.“

„Soll das heißen, sie ist mit einem Skalpell getötet worden?“

Dr. Uhrmann zuckte mit den Schultern.

„Was ist mit Wasser in der Lunge?“, fragte Vogt.

Der Mediziner schüttelte den Kopf. „Sie war schon tot, als sie ins Wasser geworfen wurde. Wie gesagt, der Schnitt am Hals war sehr präzise, zumindest, soweit ich das beim jetzigen Zustand der Leiche noch beurteilen kann.“

„Aber die Spurensicherung hat an der Fundstelle kein Blut gefunden“, sagte Vogt nachdenklich. „Allerdings wissen wir nicht, ob das mit dem Regen vom Wochenende zusammenhängt oder ob sie woanders ermordet wurde.“

Uhrmann wiegte den Kopf hin und her. „Glauben Sie mir, sie hat geblutet. Dem Schnitt nach zu urteilen, muss es geradezu aus ihr herausgeschossen sein.“

„Irgendwelche Faserrückstände unter den Fingernägeln, im Mund oder in der Lunge?“

„Nein. Auch nicht.“

„Keine Spuren von Gegenwehr?“ Vogt war erstaunt.

„Jedenfalls keine Hämatome. Aber die Ergebnisse einer Obduktion nach einem so langen Verbleib im Wasser sind oft nur noch von bedingter Aussagekraft, zumindest, was die Untersuchung des äußeren Erscheinungsbildes angeht. Es ist durchaus möglich, dass Faserrückstände unter den Nägeln im Wasser verlorengegangen sind. An der linken Hand zum Beispiel ist der Nagel des kleinen Fingers abgebrochen, aber ob das mit ihrem Tod zusammenhängt oder schon vorher der Fall war, vermag ich nicht zu sagen. Meine Vermutung ist, dass der Angreifer sie so überrascht hat, dass sie keine Zeit mehr zu großartiger Gegenwehr hatte. Oder sie hat ihren Mörder gekannt und anfangs keinen Verdacht geschöpft.“

Der Kommissar räusperte sich. „Gibt es Hinweise auf ein Sexualdelikt?“

Uhrmann verneinte. „Keine Verletzungen im Genitalbereich, weder äußerlich noch innerlich. Ob vor dem Tod Geschlechtsverkehr stattgefunden hat, lässt sich nicht mehr mit Bestimmtheit feststellen.“

Damit schied eine Vergewaltigung im Vorfeld des Mordes so gut wie aus, und es gab ein naheliegendes Motiv für den Mord weniger. „Gut. Dann brauchen wir noch eine möglichst exakte Eingrenzung des Todeszeitpunkts.“

„War ja klar“, antwortete der Arzt und rümpfte die Nase. „Aber auf die Schnelle kann ich Ihnen nicht mehr sagen, als dass die Frau fünf bis sechs Tage tot ist. Vielleicht kann ich es noch besser eingrenzen, aber dafür brauche ich Zeit für meine Untersuchungen. Wie gesagt, Wasserleichen sind ein Problem, insbesondere, wenn sie länger …“

„Verstanden“, winkte Vogt ab. „Fünf oder sechs Tage … das heißt Samstag, den 16. oder Sonntag, den 17. April?“

Dr. Uhrmann nickte. Der Kommissar verabschiedete sich erleichtert und watschelte auf knisternden Füßen aus der Gerichtsmedizin. Den wieder mit seinen Malerarbeiten beschäftigten Anstreicher würdigte er beim Verlassen des Gebäudes keines Blickes. Im Auto ließ er sich auf den Fahrersitz fallen, entledigte sich der Schutzüberzüge über seinen Strümpfen und kramte missmutig seine ehemals braunen Wildlederschuhe aus der Plastiktüte. Die weiße Farbe hatte zu trocknen begonnen und bildete hässliche Risse auf der Oberfläche. Das würde er nie wieder sauber bekommen. Die Schuhe waren tatsächlich ruiniert. Vogt wollte sie schon wieder in der Tüte verschwinden lassen, als ihm plötzlich bewusst wurde, dass er ohne Schuhe nur schlecht Autofahren konnte. Angeekelt zog er sie an. Natürlich war die Farbe nach innen ins Leder gezogen; er bekam sofort feuchte und kalte Füße.

Andreas Grabowski klopfte an die Fensterscheibe, bevor der Kommissar den Motor starten konnte, um zum Präsidium zurückzufahren. „Legen Sie sich ein dickeres Fell zu, Herr Vogt. Hoffentlich sind nicht alle Mitglieder der MK so zart besaitet wie Sie. Ich bin es nämlich nicht gewohnt, mit einer Laienspielschar zusammenzuarbeiten.“

„Laienspielschar?“, wiederholte Vogt erbost.

Aber der Staatsanwalt war noch nicht fertig. „Und ich erwarte Ermittlungsergebnisse. Möglichst schnell. Ich hatte zwar heute schon einmal das zweifelhafte Vergnügen, mit Ihrer Vorgesetzten zu sprechen, aber Sie können ihr das gerne noch einmal ausrichten. Und wenn sie mich noch einmal mitten im Gespräch abwürgt, dann …" Grabowski pochte zum Abschied auf die Kühlerhaube von Vogts Auto und nickte ihm zu, bevor er in seinen eigenen Wagen stieg.

Der Kommissar sah ihm nach und überlegte, ob er Plasberg über Grabowski informieren sollte. Aber wozu? Sie würde ihn schon noch persönlich kennenlernen.

Jochen Hallstetter wischte sich mit dem Hemdsärmel den Schweiß von der Stirn. „Gerade zehn Uhr vormittags und ich schwitze wie ein Schwein", schimpfte er, während er aus dem Auto stieg, das sein Kollege Matthias Kayser bis zum Fundort der Leiche am Ufer des Höhenfelder Sees gelenkt hatte. „Ich hasse Dienst bei dieser Hitze. Was bin ich froh, wenn ich in anderthalb Jahren in Pension …"

„Du schwitzt, weil du zu fett bist", würgte ihn Kayser ab. „Es ist fast zehn Grad kühler als gestern. Es geht sogar ein leichter Wind." Die Fundstelle war weiterhin weiträumig abgesperrt, und vor ihrem Einsatzfahrzeug waren schon die Wagen des THWs geparkt, dazu ein Fahrzeug der Spurensicherung und ein weiteres Polizeiauto. Am Ufer legten gerade zwei Männer Taucheranzüge an und machten sich bereit, den Seegrund abzusuchen. Wie schon zuvor hatten sich auch heute wieder Anwohner eingefunden, die die Polizeiarbeiten aus gebührender Entfernung beobachteten: ein älteres Ehepaar, bewaffnet mit Spazierstöcken, ein paar Jugendliche und ein Mann mit Dreitagebart, der sich ständig auf die Fußspitzen stellte, um besser sehen zu können.

„Wird schwierig sein, da was zu finden", sagte einer der Taucher. „Das Wasser ist ziemlich trübe, und je mehr Grund wir aufwirbeln, desto trüber wird es werden. Suchen wir denn nach etwas Bestimmtem?"

„Nach allem, was mit einer Frauenleiche zu tun haben könnte."

Die Taucher wechselten einen Blick. „Und welchen Bereich sollen wir uns vornehmen?"

„Alles rund um die Trauerweide vielleicht?“, sagte Hallstetter unsicher.

„Nein, das reicht nicht.“ Kayser kratzte sich am Kopf. „Theoretisch besteht ja auch die Möglichkeit, dass der Täter die Tatwaffe im See versenkt hat. Das Messer, meine ich.“

„Ja, und?“

„Und wenn er nun ausgeholt hat, um es so weit wie möglich zu werfen? So richtig mit Schmackes? Hätte ich jedenfalls gemacht. Wie weit fliegt ein Messer dann? Fünfzig Meter?“

„Wieso eigentlich er?“, fragte Hallstetter. „Kann doch auch eine Frau gewesen sein.“

„Einen Umkreis von fünfzig Metern abzusuchen, kann eine Zeit dauern“, sagte der Taucher und schob die Neoprenhaube über seinen Kopf. „Sind Sie sicher?“

„Bevor ich mir von der Plasberg anhören muss, wir hätten nicht gründlich gearbeitet“, murrte Hallstetter. „Macht fünfzig Meter, Jungs.“

Die Kommissare beobachteten, wie die Taucher langsam ins Wasser wateten. „Und jetzt?“, fragte Hallstetter.

„Warten. Was sonst? Aber zumindest die Kollegen können wir nach Hause schicken.“ Kayser ging zu den Polizeibeamten, die die Fundstelle bis zum Eintreffen der Einsatzkräfte bewacht hatten und gelangweilt und müde in ihrem Wagen saßen. Kurz darauf waren nur noch die Kommissare und zwei Kollegen der Spurensicherung vor Ort, sowie ein weiterer Mitarbeiter des THWs, der für die Ausrüstung zuständig war.

Hin und wieder blubberten im See Luftblasen an die Oberfläche und verursachten kleine Wellen, dann und wann tauchte einer der Taucher kurz auf, um den Daumen nach unten zu halten und wieder abzutauchen. Zwei Schwäne kamen langsam angeschwommen, blieben aber auf Abstand und drifteten dann vorbei.

„Ich langweile mich“, erklärte Hallstetter nach fast zwei Stunden. „Und Hunger hab ich auch.“ Die Kommissare hatten sich bei geöffneten Türen in ihr Fahrzeug zurückgezogen. Vom Einsatzwagen des THWs wehte Musik aus dem Autoradio zu ihnen herüber, das Radioprogramm von *EinsLive*. Es war schwierig, ohne Beschäftigung wach zu bleiben.

„Iss eine Selleriestange", sagte Kayser halb belustigt, halb genervt.

„Sehe ich aus wie ein Karnickel? Jetzt einen Döner ... oder ein Brötchen mit einer dicken Scheibe Fleischkäse ..." Hallstetter schloss träumerisch die Augen und leckte sich die Lippen.

„Wenn du anfängst zu schmatzen, hau ich dir eine runter", drohte Kayser auf dem Fahrersitz. „Mir würde schon ein Kaffee reichen. Das Warten macht mich schläfrig."

Die beiden wurden aus ihrer Trägheit hochgeschreckt, als die Köpfe der Taucher zehn Meter vom Seeufer entfernt über der Wasseroberfläche auftauchten.

„Ein Fahrrad!", rief einer der beiden zum Ufer herüber, nachdem er sich von seinem Atemgerät befreit hatte. „Sollen wir es rausholen?"

„Ein Fahrrad?" Hallstetter war enttäuscht. „Ist doch wahrscheinlich nur ein altes Wrack, das jemand entsorgt hat."

„Trotzdem", wandte Kayser ein. „Man weiß nie. Ja, rausholen!" rief er den Tauchern zu. Aber sein Kollege hatte recht: Als die Mitarbeiter vom THW das Fahrrad endlich an Land gezerrt hatten, war es tatsächlich nur ein völlig verrostetes Fahrradwrack mit verbogenen Speichen und ohne Sattel. „Scheiße. Das liegt da schon seit Jahren."

„Wir machen noch einen Tauchgang", sagte einer der Taucher nach einer kurzen Ruhephase am Ufer. „Danach ist erst mal Pause."

„Aber wir haben noch gar nichts gefunden!", beschwerte sich Hallstetter.

„Vorschrift ist Vorschrift."

Diesmal versuchten die Taucher ihr Glück an einer anderen Stelle, schwammen weiter auf den See hinaus, etwa zwanzig Meter vom Ufer entfernt. Wieder tauchten sie nach einiger Zeit auf, wieder zeigten sie einen nach unten gestreckten Daumen, um gleich noch einmal abzutauchen, etwas weiter rechts von der Stelle, die sie gerade abgesucht hatten.

Der am Ufer gebliebene Kollege der Taucher stieg aus dem Wagen und sah auf seine Uhr. „Noch zehn Minuten, dann ist erst mal Schluss."

„Das gibt nichts mehr“, brummte Hallstetter. „Da ist nichts.“ Er kletterte ebenfalls aus dem Auto, um sich die Beine zu vertreten.

Die Taucher kamen erneut an die Oberfläche, aber statt wieder ein Daumenzeichen zu geben, strebten sie diesmal dem Ufer zu. Einer der beiden hielt etwas in der Hand.

„Sieht aus, als wären wir fündig geworden“, sagte er atemlos, während das Wasser an seinem Neoprenanzug abperlte. „Hier, ein Handy.“

„Ob wir damit noch was anfangen können?“ Hallstetter war skeptisch. „Wenn das ein paar Tage im Wasser gelegen hat, ist es hinüber. Außerdem ist das Display zerbrochen.“

„Wir haben noch mehr“, sagte der Taucher und reichte einen weiteren Fund an Matthias Kayser weiter. „Aber vorsichtig, ich hätte mich beinahe dran geschnitten. Wirklich sehr scharf. Es lag auf dem Schlick obenauf, kann also noch nicht lange im See liegen.“

Der Kommissar hielt ein etwa zehn Zentimeter langes Messer in der Hand, mit einem dunkelbraunen, gebogenen Griff aus schwarzem Leder und einer schwarz glänzenden, merkwürdig geschuppten Klinge.

„So was hab ich noch nie gesehen“, sagte Hallstetter, als er die Klinge betrachtete. „Was ist das für ein Material? Das ist doch kein Stahl!“

„Das sieht aus wie schwarzes Glas, ein Mineral oder so was.“ Kayser drehte den Fund nachdenklich in seiner Hand. „Erinnert mich irgendwie an ein rituelles Messer.“ Er kramte sein Handy aus der Hosentasche. „Ich hab so was schon gesehen … ich google das mal … ja, genau! Hah!“ Er rief ein Foto auf, auf dem ein Messer mit einer ähnlichen Klinge abgebildet war, und zeigte es seinem Kollegen. „Das ist Obsidian. Entsteht bei Lavaausbrüchen, aber nur unter bestimmten Bedingungen. Man kann ihn nicht schleifen, sondern nur schneiden oder schlagen, und die Abbruchkanten sind so scharf, dass man ihn gerne auch in der Chirurgie anwendet, für Skalpelle zum Beispiel. Jedes Stück ist ein Unikat, weil es einzeln bearbeitet werden muss, und daher ziemlich teuer.“

„Woher weißt du so was?“, fragte Hallstetter erstaunt.

Kayser zuckte mit den Schultern. „Ich war vor Jahren mal auf den Liparischen Inseln im Urlaub. Die sind nördlich von Sizilien", fügte er hinzu, als er den fragenden Gesichtsausdruck seines Kollegen bemerkte. „Vulkaninseln. Ist schön da! Kleine Straßencafés, kristallklares Wasser, Schlammtümpel ..."

„Schlammtümpel?"

„Auch von den Vulkanen. Du legst dich in diesen warmen Schlick und reibst dich mit dem Schlamm ein. Ist gut für die Haut. Stinkt allerdings ziemlich." Hallstetter schnaubte belustigt auf. „Jedenfalls kann man da bearbeiteten Obsidian bei Schmuckhändlern kaufen. Ist übrigens ziemlich selten in Europa, dieser Obsidian. Kommt nur auf Island und an einigen Stellen in Italien und in Griechenland vor, soweit ich mich erinnere." Kayser reichte das Messer zusammen mit dem Handy an einen Mitarbeiter der Spurensicherung weiter. „Fragt sich nur, wer damit tötet."

Stephen Gatler erwachte am Nachmittag nach langem, unruhigem Schlaf mit heftigen Kopfschmerzen und fand sich quer auf dem Bett liegend wieder, mit den Sachen bekleidet, die er am Abend zuvor bei der Lesung getragen hatte. Immerhin, jemand hatte die Fensterläden geschlossen, sodass nur Dämmerlicht aus dem Garten in sein Schlafzimmer eindrang. Wahrscheinlich Achim. Oder war er selbst noch dazu in der Lage gewesen? Er konnte sich beim besten Willen nicht erinnern; immer öfter war er auf fremde Hilfe angewiesen, wenn es darum ging, seine alkoholbedingten Gedächtnislücken zu schließen. Die Luft im Raum roch fad und abgestanden, genau wie sein Hemd.

Von der Terrasse drangen klirrende, dumpfe Geräusche ins Schlafzimmer, als wäre jemandem ein Bündel Eisenstangen aus der Hand gefallen. Gatler hielt sich den Schädel, dann sprang er hoch, stieß Fenster und Fensterläden auf und taumelte angesichts der Sonne geblendet zurück.

„Was soll denn der verdammte Krach?", fluchte er.

Danni, der junge Gärtner, sah erschrocken von dem Bündel Werkzeuge auf, das er aus dem Schuppen im Garten zusammengesucht hatte. „Sie haben gesagt, dass ich heute die Palisaden hinten bei den Rosenbüschen erneuern soll, Mr. Gatler."

Gatlers Blick blieb an dem muskulösen Bizeps des jungen Mannes hängen, aber der perfekte Körper und die Jugendlichkeit seines Angestellten machten ihn heute nur wütend, obwohl er ihn vor allem wegen seines blonden Bartflaums und seines knackigen Hinterns eingestellt hatte und ihm sonst gerne – den sehnsuchtsvollen Blick hinter einer Sonnenbrille versteckt – beim Arbeiten zusah. „Ich hab gesagt, du sollst das am Freitag machen. Was ist daran so schwer zu verstehen gewesen?"

„Heute *ist* Freitag", erwiderte Danni mürrisch.

Wirklich? Gatler war verwirrt. Er hätte schwören können ... „Ist mir egal. Ich muss arbeiten. Verschwinde. Komm Montag wieder."

Für einen Moment trafen sich ihre Augen, und Gatler konnte die Verachtung erkennen, die ihm Danni Lukoscheit entgegenbrachte, wusste genau, was der Bursche über ihn dachte: eine alternde, reiche Schwuchtel, die er im Bett nicht einmal mit Fingerspitzen angefasst hätte.

Gatler schlug das Fenster zu und ließ sich zurück aufs Bett fallen. Dabei rutschte irgendetwas von der Matratze und polterte aufs Parkett. Er bückte sich ächzend und hob die leere Whiskyflasche auf. Hatte er die wirklich allein geleert? Kein Wunder, dass es ihm schlecht ging. Alles, was nach der Lesung gewesen war, befand sich in einem grauen Nebel. Er suchte die Umgebung des Bettes nach seinem Handy ab und fand es in der Ritze zwischen Matratze und Bettgestell. Welche Zahlenfolge, um die Sperrung zu entriegeln? Verdammt! Zwei, fünf ... er wechselte die Kombination jede Woche, nur um sicherzugehen. Zwei, vier und ... ja. Noch immer benommen, checkte er die Liste seiner Anrufer. Rebecca hatte versucht, ihn zu erreichen. Egal. Nicht so wichtig jetzt. Seine englische Agentin konnte warten. Gatler wollte das Handy schon zur Seite legen, aber dann riefen seine Finger das Foto eines jungen Mannes auf, der etwas verlegen in die Kamera griente. Gatler starrte zurück, mit einem Kloß im Hals. Vorbei. Nie wieder würden seine Hände diesen makellosen Körper abtasten, durch die dunklen, krausen Haare fahren. Nie wieder ...

Gatler warf das Telefon aufs Bett, als hätten sich seine Finger am Display verbrannt, dann tastete er sich an den Wänden entlang ins Bad, das direkt vom Schlafzimmer abging. Blitzendes, kühles Chrom und die rauen Oberflächen kleinster Natursteinfliesen empfingen ihn. Achim hatte ein ähnliches Bad für sich neben seinem Schlafzimmer, oben im ersten Stock. So konnte man sich aus dem Weg gehen.

Gatler blinzelte in den Jugendstilspiegel, den er damals von seiner ersten Lesereise mit *Morgentod* durch die Staaten mitgebracht hatte. War das wirklich schon zehn Jahre her? Die Begeisterung der Leser! Immer ausverkaufte Veranstaltungen, es war wie ein Rausch gewesen, die Erfüllung seiner Träume. Er war aus dem Grinsen gar nicht mehr herausgekommen und sofort abhängig geworden von dem Applaus, den Hofierungen, den bewundernden Blicken, den positiven Kritiken in den Zeitungen. Schon damals hätte er alles getan, um mehr davon zu bekommen, mehr, mehr!

Wie war noch mal der Name der Kleinen gewesen, die sich während seines Aufenthalts um ihn gekümmert hatte? Babette? Ann? Nein … Dianne! Dianne Hatford. Bei seiner letzten USA-Reise hatte ihm der Verlag einen Mann zur Seite gestellt, Bob … Bob irgendwas. Ein Typ mit roten Wangen und O-Beinen, entsetzlich bemüht und hektisch, der beim ersten Anzeichen von Problemen Schweißausbrüche bekommen hatte. Er hatte sich einen Spaß daraus gemacht, so schwierig wie möglich zu sein, nur um den Kerl schwitzen zu sehen.

Den Spiegel hatte er in einem kleinen Geschäft in der Nähe des Hotels in New York entdeckt. Der Versand war noch teurer gewesen als der Kaufpreis, wahrscheinlich hatte er sich übers Ohr hauen lassen – und jetzt starrte ihn doch nur ein alter Mann mit eingefallenen Wangen an, mit Falten auf der Stirn und am Hals, blutunterlaufenen Augen und gelblichen Pupillen, die Haare wirr und verklebt am Kopf liegend. Niemand, den er kennen wollte. Kein Wunder, dass der Gärtner ihn verabscheute. Da war kaum eine Ähnlichkeit mit den Hochglanzpressefotos, die sonst von ihm im Umlauf waren, in den Printmedien und im Internet. Genauso wie sein Leben kaum eine Ähnlichkeit mit dem hatte, das man mit einem bekannten Schriftsteller verband. Was hatte Achim ihm gestern Abend an den Kopf geworfen? „Das wolltest du doch haben: Ruhm, Anerkennung, Schmeicheleien!“ Trotz seines pochenden Schädels konnte sich Gatler an die Worte seines Lebensgefährten erinnern, an den gehässigen Tonfall. Und es stimmte, ja, ja und nochmals ja! All das hatte er gewollt. Allerdings hatte er nicht geahnt, wie hoch der Preis sein würde, den er dafür zu zahlen hatte.

Er kramte eine Mundspülung aus einem Regal und gurgelte den Alkoholgeschmack in seinem Rachen weg, dann schälte er sich aus den muffigen Klamotten und ging unter die Dusche, drehte das Wasser so heiß wie möglich auf und ließ es über seinen Kopf strömen, bis er sich besser fühlte.

Später wagte er sich in die Küche, die beinahe die gesamte Südseite des Erdgeschosses einnahm und für die zwei Bewohner des Hauses völlig überdimensioniert war. Sie war für ein halbes Dutzend Mann Personal angelegt; für Familien der Oberschicht, die während der Kaiserzeit Gesellschaften, Teestunden und Empfänge gaben und wo die Männer sich nach dem Essen in den Salon zurückzogen, um bei einer guten Zigarre über Politik zu reden. Manchmal, wenn der Alkohol seine Sinne vernebelte, meinte Gatler noch die Schatten der Köche und Dienstmädchen vor dem Ofen und dem Herd hantieren zu sehen, sah Platten feinsten Porzellans, auf denen Braten angerichtet wurden, Saucieren und Suppenterrinen, die mit einem Aufzug ins Speisezimmer im ersten Stock befördert wurden, Diener mit weißen Handschuhen, die eine Eisbombe aus dem neben der Küche liegenden Kühlraum trugen. Hin und wieder spielte er mit dem Gedanken, diese Küche in einem Roman auftauchen zu lassen.

Achim und er nutzten nur einen kleinen Teil der vorhandenen Geräte, aber er, Gatler, bestand darauf, dass alles in Schuss gehalten wurde, bis hin zu den riesigen kupfernen Pfannen, den Kellen, Messern und Töpfen, die an Haken über den Arbeitsplatten hingen. Frau Wagner, die Putzfrau, presste jedes Mal die Lippen zu einem dünnen Strich zusammen, wenn er ihr sagte, dass sie sich um die Kupfersachen zu kümmern habe, und veranstaltete dann einen Heidenlärm, ließ absichtlich Töpfe und Besteck scheppern, bis ihm im Arbeitszimmer der Kopf dröhnte.

Als Gatler die Küche betrat, saß Achim Kauz am Tisch vor einem geöffneten Fenster, das die Sicht zur Auffahrt hin freigab, und tippte auf seinem Laptop. Von draußen strömte der Duft einer Kiefer in die Küche, ein herber, süßlicher Geruch. Die mächtigen Zweige spendeten der Küche Schatten, es war kühl hier. Achim sah nur kurz auf, und Gatler beobachtete ihn aus den Augenwinkeln, während er sich schweigend am Kaffeeautomaten einen doppelten Espresso zubereitete. Sein Lebensgefährte war wie immer schwarz gekleidet, die blassen Lippen geschlossen, sodass der Mund eine schmale, gerade Linie bildete. Seine Haare waren mit Gel gebändigt, nur hin und wieder fiel ihm eine Strähne in die Stirn, die er dann mit einer ungeduldigen Bewegung seiner feingliedrigen Finger aus dem Gesicht beförderte. Wieso waren seine Haare noch immer schwarz, während seine, Gatlers, Haare schon mehr als zehn Jahre schneeweiß waren? Achims hagere Gestalt, mit ihren langen Armen und dem schmalen Torso, beugte sich über den Bildschirm des Laptops, die Beine unter dem Stuhl verschränkt.

„Wieder nüchtern?“, fragte er, ohne aufzublicken. Und dann: „Du siehst furchtbar aus.“

„Bin noch nicht richtig wach.“

„Du solltest keine Schlaftabletten nehmen, wenn du getrunken hast.“

„Der Arzt hat sie mir verordnet.“

„Trotzdem. Eines Tages vertust du dich bei der Dosierung und wachst nicht mehr auf.“

„Ist das eine Drohung?“

Kauz’ Lippen umspielte ein gezwungenes Lächeln. „Eine Feststellung. – Rebecca hat angerufen.“

„Mmh.“

„Sie wollte mit dir über die Termine für deine Lesereise im nächsten Monat reden. Und über die Zeitungs- und Radiointerviews fürs Wochenende.“

Wie beinahe jeder international erfolgreiche Autor besaß Gatler mehrere Agenten, einen für jeden wichtigen Buchmarkt. Eine Notwendigkeit, weil jeder Markt seine Besonderheiten hatte, eigene Netzwerke und Kontakte erforderte. Und jeder Agent erhielt eine saftige Provision für seine Arbeit. Lektoren, Herausgeber, Agenten, Übersetzer, Anwälte, PR-Fachleute: Überall profitierten Menschen von seinen Büchern, es war ein beinahe weltumspannendes Netz. In ungnädigen Momenten verglich Gatler sie mit Zecken, die sich blutsaugend und mit geblähten Leibern an seinen Erfolg hefteten. Nur den osteuropäischen Markt hatte Gatler nie erobern können, aus ihm schleierhaften Gründen. Allerdings waren die dort zu holenden Umsätze auch kaum der Rede wert. Trotzdem wurmte es ihn, dass das Publikum in Lettland, Polen oder der Slowakei seinen Krimis kaum Beachtung schenkte.

Rebecca Walters hatte für ihn Mitte Mai eine zweiwöchige Lesereise durch Großbritannien geplant, um *Das blutige Kind* zu promoten, London, Portsmouth, Southampton, Bristol, Birmingham, jeden Tag eine andere Stadt, jede Nacht ein anderes Hotel. Zuvor hatte sie eine Stippvisite Gatlers in London vereinbart, zwei oder drei Tage, ab Samstagabend, in denen er eine ganze Reihe von Radio- und Zeitungsinterviews geben würde, um auf die Lesereise aufmerksam zu machen. Gatler mochte Walters nicht besonders – eine taffe, uncharmante Geschäftsfrau, für die Bücher nichts weiter als eine ganz gewöhnliche Ware darstellten –, aber sie machte ihre Arbeit gut. Der lukrative Wechsel zur größten Verlagsgruppe der Insel nach seinem zweiten Roman war ihr Verdienst.

Gatler seufzte. „Muss ich zurückrufen? Das hat doch Zeit, bis ich Samstag in London bin. Oder kannst du das nicht machen?“

„Sie schickt dir den Reiseplan per E-Mail. Und die Flugtickets werden morgen per Bote gebracht. Rebecca holt dich am Flughafen Heathrow ab und bringt dich ins Hotel.“

Gatler fuhr sich durch sein feuchtes Haar. „Wirst du mich begleiten?“

„Nach England? Wozu?“ Kauz lachte freudlos auf. „Für die Vermarktung deiner Romane brauchst du mich nicht. Ich hab hier genug zu tun … Dann gibt es noch eine Anfrage von einer Flüchtlingshilfe-Organisation in NRW. Sie fragen an, ob du die Schirmherrschaft für eine Spendensammlung übernimmst.“

Gatler schnaubte auf. „Bestimmt nicht.“

„Doch“, erwiderte Kauz. „Tust du. Ich habe schon zugesagt.“

„Wieso das denn? Die Flüchtlinge gehen mir am Arsch vorbei. Und die Gutmenschen mit ihrer dämlichen Willkommenskultur erst recht.“

„Eben drum. Wird Zeit, dass du dein Image in dieser Beziehung ein wenig korrigierst. Sonst hast du bald nur noch AfD-Wähler und Pegida-Anhänger in Deutschland als Leser."

„Ist mir egal. Ich hab genug Leser im Ausland."

„Aber mir ist es nicht egal. Und da wir vereinbart haben, dass ich in solchen Dingen auch ein Wörtchen mitzureden habe, machen wir es so, wie ich es möchte. Du wärst nicht der erste Autor, der wegen einer zu großen Nähe zu den Rechtspopulisten erst seinen Ruf und dann seine Verträge verliert."

„Ich bin total unpolitisch!"

„*Ich* weiß, dass du ein hemmungsloser Opportunist bist und deine Sprüche nur klopfst, um Aufmerksamkeit zu erzeugen! Aber die Öffentlichkeit weiß das nicht!" Kauz klappte den Laptop zu. „Dann war da ein Anruf von der Bank."

„Der Bank?"

„Es ging um einen Dauerauftrag von zehntausend Euro monatlich, den du eingerichtet hast."

„Verdammt!", fluchte Gatler, stellte seinen Kaffee ab und leckte sich die Unterlippe. „Der Kaffee ist ja brühend heiß! – Und weiter?"

„Da hat es eine Computerpanne gegeben, das Geld ist letzten Monat nicht überwiesen worden; sie holen die Zahlung in den nächsten Tagen nach. Wem überweist du monatlich zehntausend Euro?"

„Tagesgeldkonto", murmelte Gatler, während er seine Lippe mit kaltem Wasser betupfte.

Kauz verengte die Augen zu einem schmalen Schlitz. Er wusste, wann er angelogen wurde. Aber für den Moment ließ er die Sache auf sich beruhen. „Franz Herbrand hat sich übrigens auch gemeldet. Er will mit dir das Exposé für den nächsten Krimi durchgehen."

„Ich habe ihm ein Exposé geschickt?"

Kauz' Miene verfinsterte sich.

„Ich habe keine Lust, mit ihm zu sprechen", nörgelte Gatler. „Warum hat er mir das nicht gestern Abend schon gesagt? Er hat mir zwei Stunden beim Essen gegenübergesessen und mich mit seinen dümmlichen Anekdoten gelangweilt." Daran jedenfalls konnte er sich erinnern. „Und wieso war er nicht bei der Lesung? Immerhin ist er mein Lektor, man sollte meinen …“

„Warum hast du ihn nicht gefragt?“, ging Kauz dazwischen. „Hör auf, dich so aufzuspielen.“

Gatler schwieg und schlürfte seinen Kaffee. „Er soll seine Fragen schriftlich formulieren und sie mir mailen“, sagte er schließlich gequält. „So machen wir das doch immer. Heute kann ich mich jedenfalls nicht damit beschäftigen.“

„Reiß dich gefälligst zusammen, Stefan. Ansonsten …“

„Ansonsten was?“, fuhr Gatler auf. „Du bist doch ein Dreck ohne mich!“ Sofort bereute er seine Worte. Wenn er verkatert war, fiel es ihm schwer, seine Emotionen im Zaum zu halten.

Kauz zuckte mit den Schultern, als würde die Beleidigung an ihm abperlen.

„Es tut mir leid“, sagte Gatler und machte einen Schritt auf seinen Lebensgefährten zu. Er wollte ihm die Hand auf die Schulter legen, eine linkische Geste der Versöhnung, aber Achim wich aus, und so sagte er nur hilflos: „Hast du … hast du jemals darüber nachgedacht, dass es einen anderen Weg geben könnte?“

„Einen anderen …?“ Kauz schüttelte den Kopf. „Es gibt keinen anderen Weg. Wir haben diesen hier gewählt, und jetzt müssen wir ihn bis zum bitteren Ende gehen.“ Er stand auf und zog etwas unter seinem Laptop hervor. „Ich hab hier noch was für dich. Hab ich mir von Danni ausgeliehen. Die heutige Ausgabe vom *Express*.“

„Was soll ich damit? So ein Schmierenblatt lese ich nicht, das ist unter meiner Würde.“

Kauz lachte auf. „Es gibt ziemlich wenig, was unter deiner Würde ist. Schlag Seite vier auf. Das wird dich interessieren.“

Gatler blätterte durch die Zeitung, bis er auf das grobkörnige Foto einer Uferböschung stieß, auf der Männer in weißer Schutzkleidung herumliefen. „Dies hier? ‚Tote Hippiefrau?‘ Was soll das?“

„Die Polizei hat gestern die Leiche einer Frau aus dem Höhenfelder See geborgen. Sie hatte eine durchschnittene Kehle und einen Kranz aus Blumen im Haar.“

„Ja, und? Was hat das …?" Gatler erstarrte und sah Kauz an. „Das ist ein Scherz, oder?"

„Sieht nicht so aus", sagte sein Lebensgefährte.

Bisher war Thomas Anschlitz nicht dazu gekommen, den Chip aus der Kamera seiner Drohne herauszunehmen und die Fotos, die er am letzten Samstag geschossen hatte, auf den Rechner zu überspielen. Dabei konnte der 38-Jährige seine Gedanken kaum auf etwas anderes konzentrieren, immer wieder kreisten sie um das, was der Chip wohl gespeichert hatte. Seine Blicke suchten das Fluggerät, das er in einer Zimmerecke deponiert hatte, nachdem er vor sechs Tagen am frühen Morgen verfroren und übermüdet aus Dellbrück zurückgekehrt war. War Natalie alleine oder hatte er endlich den Beweis, dass sie ihn seit Monaten betrog? Er hatte keine Ahnung, wie er reagieren würde, falls die Fotos sie zeigten, wie sie es mit einem anderen trieb, wie sie ihr Shirt für einen anderen auszog, wie ein anderer Kerl ihre Brüste berührte … Jedes Mal, wenn er darüber nachdachte, verschlimmerte sich seine Neurodermitis, und die hässlichen roten Flecken im Gesicht und auf dem Oberkörper juckten wie verrückt. Wenn er dem Juckreiz nachgab, rieselten weiße Schuppen auf sein T-Shirt, seine ausgeleierte Jogginghose und auf den Boden.

Doch seine Aufträge saßen ihm im Nacken, er durfte den Termin einfach nicht verstreichen lassen, hatte schon einmal um Aufschub gebettelt, der nur widerwillig gewährt worden war. Also hatten die Fotografien der Drohne warten müssen, ansonsten konnte er die Miete nicht bezahlen. Es war fast eine übermenschliche Anstrengung gewesen, sich auf diese gottverdammten Texte zu konzentrieren. Sein Therapeut wäre stolz auf ihn gewesen – wenn Anschlitz die letzten Termine nicht einfach ignoriert hätte, weil er es leid war zu hören, dass seine Fixierung auf Natalie nicht gut für ihn war. Er war nicht zwanghaft, er hatte sich nicht in etwas verbissen! Und erst recht brauchte er keine Überprüfung seiner Prioritäten.

Doch jetzt – endlich! Endlich! – war die letzte Übersetzung fertig, eine Abhandlung über Probleme der Bauxitgewinnung in Kamerun, die er für eine Aluminium produzierende Firma im

Ruhrgebiet vom Französischen ins Deutsche übertragen hatte. Ein schwieriger Text mit vielen Fachbegriffen, trocken und entsetzlich langweilig. Gerade hatte er ihn hastig seinem Kunden gemailt, zusammen mit der Rechnung, deren Begleichung seinem überstrapazierten Konto allerdings kaum Luft verschaffen würde. So war das eben, wenn man sich seit Jahren irgendwie über Wasser halten musste. Weil man in seiner früheren Tätigkeit ausgebootet worden war; weil das, was einem zustand, einfach weggenommen worden war. Dann musste man nehmen, was man kriegen konnte.

Aber nun konnte er sich endlich wieder wichtigen Sachen widmen. Und was gab es Wichtigeres als Natalie? Sie hatte sich in seinem Kopf festgesetzt, hatte sich in seine Seele gefressen, benebelte seinen Verstand.

Anschlitz machte Kaffee, warf den alten Filter achtlos in die Spüle, in der sich das schmutzige Geschirr der letzten Tage stapelte, und trug die Drohne mit zitternden Händen in die Küche seiner kleinen, heruntergekommenen Wohnung: Der Herd war übersät mit angetrockneten Spritzern einer Tomatensoße, der Mülleimer stank nach Schimmel und Zigarettenasche, die Fenster waren grau verschmiert, auf dem Fensterbrett standen die vertrockneten Skelette einiger Küchenkräuter. Ungeduldig schubste er ein paar leere Red-Bull-Dosen beiseite, damit die Drohne auf dem wackeligen Tisch Platz hatte, kratzte sich ausgiebig und fegte achtlos die Brotkrümel und Hautschuppen auf den abgewetzten Linoleumboden, wischte seine Hände an der Hose ab.

Die Drohne war ein Anfängermodell für etwas über hundert Euro, denn dieses neue Hobby betrieb Anschlitz erst seit wenigen Wochen. Die Drohne, die er sich im Internet bestellt hatte, war daher auch nicht besonders imposant: gerade 18 mal 18 Zentimeter. Der Teil, in dem die Kamera installiert war, sah aus wie ein Mini-Ufo, dazu kamen noch die vier Rotoren mit einer Länge von etwa 14 Zentimetern. Das Ganze war kinderleicht per Fernbedienung zu lenken und hatte eine Reichweite von fast hundert Metern. Ideal für seine Absichten. Schon als Kind hatte Thomas Anschlitz gerne an Carrerabahnen herumgewerkelt, später Modellflugzeuge steigen lassen. Der Umstieg auf eine Drohne als neuestes Spielzeug war da nur logisch.

Zuerst hatte er das Fluggerät im Grüngürtel getestet, dem Naherholungsgebiet, das die inneren Bezirke Kölns säumte, auf einer offenen Fläche, weit weg von Gebäuden, um ein Gefühl für die Lenkung zu bekommen, schließlich konnte er sich keine Fehler leisten. Natürlich hatte es ein paar Anfangsschwierigkeiten gegeben; zum Beispiel war er nicht darauf vorbereitet gewesen, wie schnell das Ding Fahrt aufnahm. Beim ersten Flugversuch war die Drohne in den unteren Ästen eines Baumes gelandet, und er hatte eine Stunde gebraucht, um sie zu befreien.

Beim zweiten Versuch war er schon mutiger gewesen, hatte die Drohne über einzelne Gebäude fliegen lassen, in der Nähe des Messeturms, direkt am Rhein. Die Aufnahmen, die das Fluggerät machte, waren erstaunlich. Gestochen scharfe Bilder noch aus größerer Distanz; als die Drohne an einem fünfstöckigen Bürokomplex vorbeigeflogen war, hatte er später auf dem Film noch die Gesichtsausdrücke der Menschen in dem Gebäude erkennen können. Genau, was er wollte. Wahnsinn! Und das Beste daran war, dass es für Drohnenflüge kaum Vorschriften gab, weil sie als Freizeitvergnügen so neu waren, dass noch niemand auf die Idee gekommen war, große bürokratische Hindernisse aufzustellen. Schön, man durfte den allgemeinen Flugverkehr nicht gefährden, aber bei einer so geringen Reichweite war das für seine Drohne, die Anschlitz trotzig *Stalker* getauft hatte, auch eher unwahrscheinlich. Außerdem hatte er ja andere Pläne für sie.

*Stalker* sollte Natalie beobachten, die sich von ihm getrennt hatte, weil er angeblich ein „Loser" war, der es in seinem Leben zu nichts bringen würde. Anschlitz konnte noch immer nicht an diesen Abend denken, ohne dass sich sein Magen in ohnmächtiger Wut zusammenzog und seine Neurodermitis ihn fast wahnsinnig machte. Die Dinge, die sie gesagt hatte …

„Du bist echt nicht mehr ganz dicht, Thomas! Du hast keinen Plan, du kriegst nichts auf die Reihe. Und seien wir mal ehrlich: Im Bett bist du eine echte Niete. Da hab ich mit einem Vibrator mehr Spaß!"

Verhöhnt hatte sie ihn, ausgelacht, und erst später hatte er begriffen, dass sie die Auseinandersetzung bis ins kleinste Detail geplant hatte. Ihre Tasche stand gepackt neben der Tür; sie hatte nur darauf gewartet, dass er nach Hause kam, hatte einen günstigen Moment genutzt, um ihn zu erniedrigen.

Er war wie vor den Kopf geschlagen gewesen, hatte Natalie angebettelt, nicht zu gehen, hatte beteuert, sich in Zukunft mehr Mühe zu geben, war ihr nachgelaufen. Umsonst. Sie hatte ihn angeschrien, sie in Ruhe zu lassen, hatte zwei herumlungernde Männer am Straßenrand zu Hilfe gerufen und behauptet, er würde sie belästigen, sodass er vor dem hervorspringenden Klappmesser kapitulieren und hilflos mitansehen musste, wie sie in einem Taxi aus seinem Leben verschwand. Später hatte er ihr Blumen geschickt, sie angerufen, Tag und Nacht, hatte Nachrichten auf ihrer Mailbox hinterlassen, immer in der verzweifelten Hoffnung, dass sie ihre Meinung ändern würde, besessen von der Erinnerung an sie. Alles vergebens. Anfangs hatte sie ihn nur ausgelacht, dann beschimpft und zuletzt ihre Telefonnummer geändert. Er war dazu übergegangen, Natalie aufzulauern und sie zu verfolgen, um zu erfahren, ob sie sich mit einem anderen Kerl traf. Sie konnte die Dinge, die sie ihm an den Kopf geworfen hatte, nicht ernst gemeint haben. Ein anderer Mann war die einzig logische Erklärung für ihren Entschluss, ihn fallenzulassen. Er hatte vor ihrer Haustür campiert, auf ihre Klingel gedrückt, kleine Steine an ihre Fensterscheiben geworfen. Nach einer hässlichen Auseinandersetzung hatte sie schließlich eine Verfügung erwirkt, dass er sich ihr nicht mehr nähern durfte. Im Gericht hatte ihn die Anklage einen Stalker genannt und ihm auch noch eine Therapie aufgebrummt.

Und da war er dann auf die Idee mit der Drohne gekommen. Sie würde Natalie für ihn beobachten, konnte bis an die Fenster ihrer Wohnung in Dellbrück fliegen. Er wusste, dass Natalies Wohnung keine Gardinen hatte, weil die Fenster im dritten Stock des Mietshauses auf den See hinausblickten. Er brauchte nur irgendwo unten zu stehen und die Drohne per Fernbedienung zu lenken. Das zweite Fenster von links war ihr Schlafzimmer, das erste von links das Wohnzimmer.

Aber es war nicht so einfach gewesen, wie er es sich vorgestellt hatte. Letzten Freitag hatte er sich abends in den Büschen gegenüber ihrer Wohnung versteckt, hatte auf ihre Ankunft gewartet; um Mitternacht hatte sie Feierabend in dem Bistro, in dem sie kellnerte. Aber es war ein Uhr geworden, zwei Uhr, halb drei, und weit und breit war keine Natalie zu sehen. Er hatte zu frieren begonnen, Mitte April waren die Nächte noch kalt, und er hatte nur seine dünne Jacke angehabt. Die Müdigkeit hatte ihn mürbe gemacht. Dann war auch noch Nebel aufgezogen, den die mickrige Straßenbeleuchtung kaum durchdringen konnte. Erst gegen drei Uhr, gerade, als er schon aufgeben wollte, war sie dann doch noch gekommen. Ein Wagen hatte vor dem Haus gehalten, und sie war ausgestiegen – zusammen mit einem anderen Mann. Also doch! Anschlitz' Magen hatte sich zusammengekrampft. Ein Muskelprotz mit Kapuzenshirt und Trainingshose, kurz geschorenen Haaren und dunklem Teint, mehr hatte er im dichter werdenden Nebel nicht erkennen können. Ein Macho, der wahrscheinlich einen Arm um Natalies Schulter legte, ihren Hintern begrapschte. Anschlitz war so überrascht gewesen, dass seine Vermutung korrekt war, dass er beinahe die Drohne vergessen hätte. Im ersten Moment war er versucht, aus seinem Versteck herauszukommen, um Natalie zur Rede zu stellen, aber natürlich hatte ihm der Mut gefehlt. Wahrscheinlich hätte er sowieso einen Faustschlag des Muskelprotzes riskiert, und letztendlich war er ein Feigling. Dann, als das Licht im Hausflur anging, hatte er seine Gefühle wieder so weit unter Kontrolle gehabt, dass er *Stalker* hatte starten können. Im Eifer des Gefechts stellte er sich entsetzlich unbeholfen an, fast wäre ihm das Ding aus der Hand gefallen. Doch in der Wohnung war es dunkel geblieben, nur einmal, ganz kurz, hatte er indirektes Licht ausmachen können. Trotzdem hatte er die Drohne probeweise fliegen lassen, bis sie vor den Fenstern von Natalies Wohnung schwebte. Schwitzend vor Aufregung hatte er sich Sorgen gemacht, dass der Lärm der Rotoren jemanden aufmerksam machen könnte, aber der Nebel schien die Geräusche zu dämpfen.

Erst am frühen Morgen, als seine Glieder endgültig steif waren und seine gesamte Muskulatur verkrampft und sich irgendwo in seinem Kopf der Gedanke einschlich, dass er sich hier zum Affen machte, leuchtete plötzlich Licht in Natalies Schlafzimmer auf. Mit dem darauf folgenden Adrenalinkick schickte er die Drohne erneut los, mit aktivierter Kamera, ließ sie vor dem Fenster schweben, bis auf der Anzeige der Fernbedienung der Hinweis aufleuchtete, dass der Akku fast leer war.

Aber dann, als er sie zurücklenkte, scherte die Drohne plötzlich aus, folgte seinen Anweisungen nicht mehr, flog unerklärlicherweise einen Bogen Richtung See. Er hatte schon die Befürchtung, dass der Lenkmechanismus durch Kälte und Nebel beeinträchtigt war, doch auf einmal tauchte sie im fahlen Morgenlicht wieder auf, und er verließ seinen Beobachtungsposten mit einem Seufzer der Erleichterung.

Während er sich jetzt in der Küche an der Kamera seiner Drohne zu schaffen machte, verließ Thomas Anschlitz einen Moment der Mut. Was, wenn er wirklich mitansehen musste, was Natalie und dieser Kerl im Schlafzimmer getrieben hatten? Würde er das ertragen können? Seine Finger zögerten, als er den Chip entnehmen wollte. War das vielleicht, nur vielleicht, der wahre Grund, warum er so lange damit gewartet hatte, die Fotos zu sichten?

Nein, er musste es wissen, auch wenn er seine Seele damit malträtierte, er musste einfach die Wahrheit wissen. Er hatte ein Recht darauf, er hatte auf Natalie gebaut, sie hatte kein Recht, ihm so etwas anzutun, und wenn er den Beweis vor sich sah, würde er sie damit konfrontieren, und dann ... und dann ... ihm fehlte die Fantasie, sich vorzustellen, was danach passieren würde.

Er trug den Chip ins Nebenzimmer, wo sein PC stand. Die Stimmen der Nachbarn drangen durch die Wand: Die Frau keifte in einem unerträglichen Sopran, dann rumpelte etwas, und er hämmerte gegen Wand, brüllte: „Haltet das Maul da drüben!“ Dann überspielte er das Material auf seinen Computer und starrte mit einer Mischung aus Angst und einer seltsamen Erregung, die bis hinunter zu seinem Schwanz reichte, auf den Schirm. Als sich das Bild aufbaute, erkannte er, dass er etwas falsch eingestellt haben musste, denn die Kamera hatte eine Videosequenz aufgenommen. Das erklärte, warum der Akku am Schluss fast leer gewesen war; Fotos kosteten weniger Akku.

Der erste Versuch war ein Fehlschlag gewesen, in den dunklen Fenstern von Natalies Wohnung war nichts zu erkennen. Zwei Schatten vielleicht, aber das konnte er sich auch einbilden. Verdammt! Anschlitz' Finger kratzten eine juckende Stelle hinter seinem Ohr, bis er Blut unter den Nägeln hatte.

Der zweite Versuch, am frühen Samstagmorgen, als er schon hatte aufgeben wollen: Das Schlafzimmerfenster kam ins Bild, Licht war zu sehen, da, das musste der Kopf von dem Kerl sein, aber … nein! Nein! Nein! Anschlitz schlug frustriert mit der flachen Hand auf den Tisch. Die Sicht war zu schlecht, der Nebel an diesem Morgen zu dicht. Das Video war wie mit Weichzeichner oder in Sepiafarben aufgenommen. Er versuchte, näher heranzuzoomen, aber das Bild wurde unscharf, die Konturen verschwammen. Alles, was er ausmachen konnte, waren zwei Köpfe, die miteinander zu verschmelzen schienen. Je länger er auf das Videomaterial starrte, desto weniger konnte er erkennen. Alles umsonst!

„Scheiße!" Anschlitz fluchte und ließ sich an die Stuhllehne zurückfallen. Er würde niemals den Mut aufbringen, diese Aktion ein zweites Mal durchzuziehen. Was um alles in der Welt sollte er jetzt tun?

Die Antwort war einfach. Er würde Natalie eine Botschaft schicken. Er würde ihr zeigen, dass er nicht daran dachte, sie aufzugeben, dass sie ihn nicht einfach ohne seine Zustimmung aus ihrem Leben drängen konnte. Kurzentschlossen zog Anschlitz eine Kopie des Videos auf einen USB-Stick, steckte ihn in einen Umschlag, adressierte den Brief an seine ehemalige Freundin und brachte ihn zur Post. In der Warteschlange malte er sich aus, wie sie den Stick aus dem Kuvert zog, mit einem unguten Gefühl in der Magengegend, weil sie ahnte, dass es eine Nachricht von ihrem Ex sein musste. Zu schade, dass er nicht dabei sein konnte, wenn sie sich die Aufnahme anschaute, wenn sie erkannte, dass er sie noch immer beobachtete. Er hätte zu gerne Natalies Gesicht gesehen, wenn sie begriff, dass sie ihm nicht entkommen konnte. Dass er immer noch Macht über sie hatte.

Als Anschlitz in seine Wohnung zurückkehrte, fiel ihm auf, dass der Chip mit den Originalaufnahmen der Drohne noch im PC steckte. Nach der Idee, Natalie eine Kopie zukommen zu lassen, hatte er vor lauter Hektik und Aufregung nur auf „Pause" gedrückt, und die zwei schemenhaften Köpfe von Natalie und diesem unbekannten Kerl flackerten immer noch wie eingefroren auf dem Bildschirm. Er klickte auf „Wiedergabe“ – wahrscheinlich waren sowieso nur noch ein paar Sekunden Film zu sehen – und bemerkte, dass sich die Szenerie plötzlich änderte. Die Kamera zeigte ihm weiße Schlieren und eine glänzende, blaugetönte, unruhige Fläche … Wasser? Anschlitz kratzte sich irritiert am Kopf. Natürlich! Die letzten Minuten, als die Drohne zeitweilig diesen unerklärlichen Bogen geflogen war. Das hatte er fast vergessen. Und – na klar! – jetzt, wo es nicht mehr von Belang war, riss der Nebel auf, die Kamera zeigte ihm eine Trauerweide am Ufer des Höhenfelder Sees, ein gestochen scharfes Bild. Er war hier hin und wieder mit Natalie gewesen. Letzten Sommer hatten sie im See gebadet, obwohl es verboten war. Anschlitz' Lippen bildeten verdrossen eine schmale Linie.

Die Kamera schwenkte nach unten, drehte sich im Kreis, dann filmte sie das Seeufer aus der Vogelperspektive. Er musste das mit der Lenkung noch üben. Plötzlich tauchte wie aus dem Nichts eine Frau in der Nähe des Ufers auf. Graue Strickjacke, lange braune Haare. Hatte die besten Jahre schon hinter sich. Jemand, der in aller Frühe seinen Hund ausführte? Aber er konnte keinen Hund erkennen. Dann löste sich aus dem Schatten des Baumes ein Umriss, eine in dunkelgrünes Regenzeug gehüllte Gestalt, die auf die Frau zuschlenderte. Ein Mann. Anschlitz grinste amüsiert. Ein Liebespärchen? Zwei Teenies, die am frühen Morgen ein stilles Plätzchen suchten? Hatte er unfreiwillig einen Amateur-Porno gefilmt? Unwahrscheinlich bei der Kälte, die an dem Morgen geherrscht hatte. Anschlitz rutschte unruhig auf dem Stuhl hin und her. Außerdem war die Frau zu alt für einen Teenager. Und der Mann … merkwürdig, irgendetwas an dem Mann war ihm vertraut … irgendjemand, den er kannte? Ein Nachbar von Natalie vielleicht? Anschlitz starrte auf das Video, aber er konnte sich keinen Reim darauf machen. Dann setzte er sich ruckartig auf und schob seine Brille zurecht. Der Mann und die Frau unterhielten sich kurz, dann machte die Frau Anstalten wegzugehen, aber der Mann versperrte ihr den Weg. Sie gestikulierte und streckte ihm irgendetwas entgegen … ein paar Tropfen trübten die Sicht der Kamera. Anschlitz erinnerte sich plötzlich an den Regen, der eingesetzt hatte, als er sich auf den Heimweg gemacht hatte. Der

Mann umarmte die Frau … nein, nicht umarmen … er hielt sie fest, sie versuchte sich zu wehren, oder? Schwierig, mit Bestimmtheit zu sagen aus dieser Entfernung … jetzt schleifte er sie an das Ufer und … Anschlitz entfuhr plötzlich ein erschrockener Seufzer … etwas Dunkles blitzte in der rechten Hand des Mannes auf, er machte eine schnelle Handbewegung am Hals der Frau … und dann …

„Scheiße!", entfuhr es Anschlitz, und er wurde kalkweiß. „Scheiße!"

Da war auf einmal überall Blut, es schoss aus dem Hals der Frau, und sie sackte auf die Erde wie eine aufblasbare Puppe, der man die Luft herausgelassen hatte. Er hatte einen Mord beobachtet! Einen Mord! Gebannt und mit schreckgeweiteten Augen starrte er auf das Bild, sah, wie der Mann nach einem Moment die Taschen der reglosen Frau durchsuchte, etwas ins Wasser warf und dann den Leichnam der Frau im Wasser versenkte. Anschlitz stöhnte leise auf. Der Mann sah plötzlich nach oben, genau in die Kamera, und Anschlitz zuckte zurück, atmete schnell und flach, als befürchtete er, entdeckt zu werden … ob der Mann die Rotorengeräusche der Drohne gehört hatte? … und dann schwenkte die Kamera langsam weg; Anschlitz konnte gerade noch erkennen, wie der Mann Anstalten machte, seine Hände im See zu waschen. Danach war eine kurze Zeit wieder nur Nebel zu erkennen, immer mehr Regentropfen setzten sich auf der Linse ab, und dann tauchten im Bild der Kamera seine eigenen Hände auf, die die Drohne nach ihrem Irrflug deaktivierten.

Anschlitz starrte schockiert auf den schwarzen Bildschirm, suchte seine Hosentaschen nach Zigaretten ab und zündete sich hektisch eine an, wartete, bis das Nikotin seine Lunge erreichte, und stieß den Rauch wieder aus. Er rieb sich durchs Gesicht, leckte sich nervös die Lippen. Hatte er nicht irgendwas vom Fund einer Frauenleiche am Höhenfelder See gelesen? Online oder in der Zeitung? Aufgeregt durchforstete er im Netz die Online-Ausgaben des *Kölner Stadt-Anzeigers* und des *Express*, bis er auf einen Artikel stieß, der den Fund einer Frauenleiche am Höhenfelder See meldete. Gestern erst. Am Donnerstag. Scheiße! Aber der Mord war schon am Samstagmorgen geschehen, um genau …

er spulte das Video zurück und kontrollierte den Zeitindex … um genau 5:07 Uhr.

Er sollte die Polizei verständigen und … und … verdammt, wieso war es so schwer, seine Gedanken zu ordnen? Er musste ihnen sagen, dass er ein Video besaß, auf dem ein Mann eine Frau umbrachte. Das war wie ein Augenzeuge, oder? Aber die Bullen würden fragen, warum er ein Video gedreht hatte, was er an einem Samstagmorgen in aller Frühe in der Nähe eines Tatorts zu suchen gehabt hatte. Und wahrscheinlich würde er doch Ärger bekommen, wenn herauskam, dass er in einem Wohngebiet eine Drohne gestartet hatte. Außerdem würde er der Polizei die Sache mit Natalie erklären müssen, seine Verurteilung mit der Auflage, sich seiner Exfreundin nicht zu nähern, würde ausgegraben werden, man würde ihm vorwerfen, dass er gegen die Auflage verstoßen habe. Natalie würde wahrscheinlich befragt werden und auch der Muskelprotz, und … nein, das ginge auf keinen Fall! Er konnte nicht zur Polizei gehen! Und vielleicht hatte er ja auch irgendwas an den Bildern missverstanden? Das Verhalten der Frau und des Mannes falsch interpretiert? Vielleicht gab es eine völlig harmlose Erklärung für das, was er gesehen hatte?

Angespannt spulte Anschlitz das Video zurück bis zu dem Punkt, an dem die Frau am See auftauchte. Die Szenen davor, in denen er wie ein Voyeur Natalie aufgelauert hatte, waren vergessen. Er fühlte, wie sein Herz in seiner Brust pochte, und zog hastig an seiner Zigarette, wedelte ungeduldig den Rauch beiseite. Jetzt erschien der Mann … versperrte der Frau den Weg … war das ein Messer in seiner Hand? Hatte er ihr die Kehle durchgeschnitten? Ein kalter Schauer lief Anschlitz über den Rücken. Es mochte nur ein Video sein, aber es fühlte sich viel realer an als ein Krimi im Fernsehen, viel unmittelbarer, viel echter. Und das viele Blut … nein, er hatte da nichts missdeutet, er war indirekt Zeuge eines Mordes geworden! Wieder der Moment, in dem der Mörder direkt in die Kamera schaute, und Anschlitz fror das Gesicht mit einem Tastendruck ein, studierte es stirnrunzelnd. Wieso kam ihm dieser Mann so bekannt vor? Wo hatte er ihn schon mal gesehen?

Und plötzlich wusste er es. Als hätte jemand einen Vorhang im Theater zur Seite gezogen, um ein Bühnenbild freizugeben, konnte er den Mann zuordnen, sah die Szene vor sich, die Gelegenheit, bei der er das letzte Mal auf ihn getroffen war. Es war schon eine ganze Reihe von Jahren her, aber er hatte es nicht vergessen. Wie auch? Dieser Mann war dafür verantwortlich, dass er ein Leben als mittelmäßiger Übersetzer fristete, dass er zu einem Loser geworden war. Dieser Mann hatte seinen Job, seine Karriere, sogar seinen Namen gestohlen, im wahrsten Sinn des Wortes. Er war dafür verantwortlich, dass sein Leben in den letzten Jahren ganz anders verlaufen war, als er es sich erträumt hatte. Plötzlich umspielte ein triumphierendes Lächeln Anschlitz' Lippen.

Aus einer Kiste mit Unterlagen, die er unter seinem Bett hervorzog, kramte er Papiere hervor, überflog sie hastig, warf sie auf den Boden, wühlte weiter, bis er schließlich eine Visitenkarte mit einem nur allzu bekannten Namen in der Hand hielt, ein Name, der früher seiner gewesen war, und die dazugehörige Handynummer.

Als Maria Plasberg am Abend die Haustür aufschloss, spiegelte sich die untergehende Sonne im nahegelegenen Rhein, während ein Frachter mit einer Ladung Kohle gemächlich den Fluss Richtung Koblenz hinauffuhr. Die rot-weiß-blau gestreifte Fahne am Heck flatterte im Wind und zeigte an, dass das Schiff unter niederländischer Flagge fuhr. Zwei Kinder auf Deck winkten zu ihr herüber, aber die Kommissarin war zu erschöpft, um den Gruß zu erwidern.

Die heutigen Ermittlungen mochten die Identität der Toten geklärt haben, aber ansonsten steckte die Arbeit der Mordkommission noch in den Anfängen. Erste Kontakte mit den Verwandten – dem Bruder in München und der Schwester in Würzburg – hatten außer der üblichen Erschütterung und Bestürzung keine Erkenntnisse gebracht. Saskia Kamphaus hatte ihr Kommen für den nächsten Tag zugesagt; letzte Zweifel an der Identität der Toten würden ausgeräumt werden, wenn die Tochter die Leiche in der Gerichtsmedizin identifiziert hatte. Im Übrigen war es ein schwieriges Gespräch gewesen, unterbrochen von Tränen und Fassungslosigkeit. Das Überbringen einer Todesnachricht gehörte zu den unangenehmsten Aufgaben eines Polizisten. Die Kommissarin war davon ausgegangen, dass die Kollegen in Garmisch-Partenkirchen die Tochter der Ermordeten schon persönlich informiert hatten, aber irgendetwas war auf dem Dienstweg schiefgelaufen, und so war es Plasberg gewesen, die Saskia Kamphaus die Nachricht vom gewaltsamen Tod ihrer Mutter übermitteln musste.

Der Mord an Martina Kamphaus beunruhigte die Kommissarin zunehmend. Auf den ersten Blick schien es niemanden zu geben, der weniger prädestiniert war, eines unnatürlichen Todes zu sterben. Nichts in der zugegebenermaßen noch sehr bruchstückhaften Vita deutete darauf hin. Keine enttäuschten oder rachsüchtigen Liebhaber, kein familiärer Streit um Geld, keine dunklen Flecken in der Vergangenheit. All das hatten die Angehörigen weit von sich gewiesen, auch wenn der Wahrheitsgehalt dieser Aussagen von Plasberg bisher nicht überprüft werden konnte. Die Frau hatte ein unscheinbares, stilles Leben umgeben von Büchern geführt – im Grunde fast zu still. Das einzig Exotische in ihrem Lebenslauf waren wohl die Reiseziele, die sie zweimal im Jahr an entfernte Orte auf der Welt führten: Die Tochter hatte von den Osterinseln gesprochen, vom Himalaya, der Mongolei und einer Bahnfahrt durch Neuseeland, immer allein, aber nie einsam, denn die Reisen hatten im Rahmen von geführten Exkursionen stattgefunden, in Gruppen von fünfzehn bis zwanzig Personen. Eine Frau, die sich mithilfe von Büchern die Welt erklärt hatte und diese dann inmitten einer Reisegruppe, behütet von einem Führer, erkundet hatte. Das sprach auf der einen Seite für einen gewissen Entdeckerdrang, aber auch für eine unterschwellige Ängstlichkeit. Aber noch war es nicht möglich, sich ein genaues Bild von der Ermordeten zu machen, es gab zu wenige Anhaltspunkte. Martina Kamphaus verharrte im Schatten, gab nicht mehr als eine Silhouette preis.

Allerdings hatte die Kommissarin die dumpfe Ahnung, dass diesmal der erste Schein nicht trog. Ihr Instinkt sagte ihr, dass sie den Mörder und den Grund für die Ermordung der Bibliothekarin nicht im sozialen Umfeld des Opfers aufspüren würde. Und das bedeutete, dass sich die Aufklärung der Tat langwieriger und komplizierter als erhofft gestalten würde. Ein Mord, der von Angehörigen oder dem Opfer nahestehenden Personen verübt wurde – und damit der überwiegende Teil von Kapitalverbrechen

–, ließ sich in den meisten Fällen auf Motive zurückführen, die einfach zu klären waren: Liebe, Hass, Geldgier, Rachsucht. Und er war nach einigen Verhören schnell geklärt. Die emotionale Beteiligung des Mörders an dem Verbrechen, die Nähe zum Opfer, verschaffte den Ermittlern einen psychologischen Vorteil.

Wenn aber niemand aus dem näheren Umfeld in Betracht kam, dann gab es diesen Vorteil nicht, dann waren die Untersuchungen problematischer, zeitaufwändiger. Ähnlich den auseinanderlaufenden Wellen, die ein ins Wasser geworfener Stein verursachte, mussten die Ermittler immer weitere Kreise ziehen, immer mehr Personen in ihre Überlegungen mit einbeziehen und Motive berücksichtigen, die nicht von Emotionen bestimmt wurden. Im extremsten Fall konnte das Opfer dann einfach zum falschen Zeitpunkt am falschen Ort gewesen sein, unter Umständen gar nicht das Ziel des Mörders gewesen sein. Aber auch das bezweifelte die Kommissarin. Martina Kamphaus war an einem Ort ermordet worden, der trotz seiner Abgelegenheit tagsüber von vielen Menschen frequentiert wurde. Um die Tat unentdeckt durchzuführen, musste der Mörder sie entweder am späten Abend, in der Nacht oder am frühen Morgen umgebracht haben. Und es war wahrscheinlich, dass er sein Opfer nicht nur gekannt, sondern sich gezielt mit ihm verabredet hatte, schon in der Absicht, es dort zu töten. Die Frage war nur, wer den Treffpunkt bestimmt hatte. Angesichts der Tatsache, dass sich der Tatort in der Nähe von Martina Kamphaus' Wohnung befand, neigte Plasberg zu der Ansicht, dass es die Bibliothekarin gewesen war. Aber warum? Hatte sie sich so sicher gefühlt? Und was hatte sie von ihrem Mörder gewollt?

Kayser und Hallstetter hatten am Nachmittag erste Schritte unternommen, weitere Kontaktpersonen ausfindig zu machen. Sie hatten sich den Laptop der Toten besorgt und begonnen, die Informationen auszuwerten. Die Kollegen, die bisher die Vermisstenanzeige bearbeitet hatten, waren noch nicht dazu gekommen. Flüchtlingskrise, erhöhte Terrorgefahr und der steigende Rechtsradikalismus banden immer mehr Personal. Kollegen wurden abgeordnet, an anderer Stelle auszuhelfen, und die Personaldecke der Polizei wurde immer dünner. Vieles blieb oft wochenlang liegen.

Der Laptop war noch nicht einmal durch ein Kennwort geschützt gewesen. Plasberg hatte den Kopf geschüttelt: Die Leute waren wirklich nachlässig, so öffnete man Kleinkriminellen Tür und Tor. Immerhin besaß die Mordkommission so inzwischen eine Liste der E-Mailkontakte. Vogt, der von seinem Termin in der Gerichtsmedizin mit eingesauten Schuhen und einer miserablen Laune zurückgekehrt war, hatte außerdem eine weitere Liste der Internetseiten angefertigt, die die Bibliothekarin in den Tagen vor ihrem Tod besucht hatte. Der Browserverlauf war glücklicherweise nicht gelöscht worden.

Das Handy dagegen war nutzlos; die Spezialisten im Präsidium hatten einen Blick darauf geworfen und abgewinkt, als Plasberg sie bat, eine Datenrekonstruktion zu versuchen. Die Kombination aus Gewalteinwirkung und Wasser hatte seinem Innenleben den Garaus gemacht. Martina Kamphaus' Mörder hatte ganze Arbeit geleistet. Eine dritte Liste von Freunden würde die MK nun mühsam über die Verwandten und Arbeitskollegen zusammentragen müssen: Brinkhoff und sie würden sich morgen um Letztere kümmern. Die Zentralbibliothek am Neumarkt, die Arbeitsstelle der Kamphaus, hatte auch samstags geöffnet.

Einziger Lichtblick an diesem Tag war das Auffinden der Tatwaffe gewesen; eine Bestätigung durch einen Mineralogen fehlte zwar noch, doch Plasberg ging davon aus, dass es sich tatsächlich um ein Messer aus Obsidian handelte. Ein interessanter Aspekt dieses Falles; doch im Moment warf er ebenfalls mehr Fragen als Antworten auf: Wer benutzte ein solches Messer und warum? Plasberg glaubte nicht daran, dass es sich um einen Zufall handelte. Diesem Messer kam eine Bedeutung zu.

Am späten Nachmittag hatte sie dann ein weiteres Telefonat mit Grabowski geführt, um ihn wie gewünscht über den Stand der Ermittlungen zu unterrichten. Der Staatsanwalt war erneut verärgert gewesen oder vielleicht auch immer noch, weil er Plasbergs persönliches Erscheinen erwartet hatte, aber diesmal hatte die Kommissarin ihm Paroli geboten.

„Wenn ich jeden Tag bei Ihnen am Gericht aufrauschen muss, habe ich kaum noch Zeit, die Ermittlungen voranzutreiben", hatte sie argumentiert, nachdem sie einmal tief durchgeatmet hatte.

Der Mann nahm auf ihrer Unbeliebtheitsskala schon jetzt einen vorderen Rang ein. Das Justizzentrum mit den Büros der Staatsanwaltschaft lag auf der anderen Rheinseite in der Nähe der Universität. Mit dem Wagen bedeutete das eine Fahrt von fünfzehn Minuten. „Bisher sind wir ganz gut damit gefahren, wenn Kriminalhauptkommissar Eikner die Unterrichtung der Staatsanwaltschaft übernimmt“, versuchte sie erneut, diesen Teil der Arbeit auf ihren Vorgesetzten abzuwälzen. „Dann kann ich wenigstens meinen Job machen.“

„Womit Sie bisher gut gefahren sind, interessiert mich nicht“, hatte Grabowski geknurrt. „Der Fall liegt auf *meinem* Schreibtisch, und Sie werden mich persönlich unterrichten.“

Plasberg hatte ihren Unmut heruntergeschluckt. „Reicht wenigstens die telefonische Unterrichtung?“ Was war los mit diesem Mann? Profilneurose? Selbstüberschätzung? Oder war er einfach nur ein Arschloch, dem es Spaß machte, anderen Leuten das Leben zu erschweren?

„Schön“, war Grabowski ihr ein Stück entgegengekommen. „Aber einmal die Woche treffen wir uns. Montags, achtzehn Uhr. Pünktlich. Haben wir uns verstanden?“

„Natürlich“, hatte Plasberg eisig erwidert und das Gespräch beendet. Wie sehr sie bedauerte, dass man bei den heutigen Telefonapparaten den Hörer nicht mehr wütend auf die Gabel schmeißen konnte!

Am frühen Abend hatte die Kommissarin die Kollegen nach Hause geschickt. Es gab nichts, was nicht auch noch bis zum nächsten Tag warten konnte. Sie selbst war allerdings noch einmal zur Wohnung der Kamphaus gefahren, um eine Haarbürste der Toten zu besorgen; Vogts Bericht aus der Rechtsmedizin über die Notwendigkeit eines DNA-Abgleichs ließ ihr keine Wahl. Die Bürste hatte sie vor Dienstschluss noch bei Uhrmann abgegeben.

„Ich bin zu Hause!“, rief sie in die Wohnung hinein, ließ ihre Handtasche auf den Boden fallen und hängte den Hut an die Garderobe.

Im Untergeschoss knallte eine Tür, Füße trampelten die Treppe hoch, und gleich darauf flog ihr Ruth in die Arme. Nicht zum ersten Mal fiel Plasberg auf, dass ihre Tochter in den letzten Monaten einen weiteren Wachstumsschub durchgemacht hatte, die langen Beine erinnerten an die dünnen Stelzen eines Storchs; sie brauchte dringend neue Hosen. „Niklas und Nina sind in die Stadt gefahren", sagte Ruth empört. „Sie wollten ins Kino, und ich durfte nicht mit!"

„Ins Kino?" Plasberg checkte ihr Handy, aber ihr Sohn schien es nicht für nötig gehalten zu haben, sie über diesen Entschluss zu informieren. „Er soll dich doch nicht allein …"

„Mama, ich bin neun Jahre alt. Ich kann allein auf mich aufpassen!"

„Darum geht es nicht! Niklas und ich haben eine Abmachung und …" Plasberg vergaß, was sie sagen wollte, als sie in die Küche kam und den gedeckten Tisch sah. „Was ist denn hier los?"

Ruth zog noch immer einen Schmollmund. „Haben Niklas und Nina gemacht. Für uns. Das Essen steht im Ofen."

„Das Essen?"

„Kirschauflauf. Vanillesoße ist im Kühlschrank."

Plasberg wusste genau, was hier vor sich ging. Ihr Sohn versuchte sie zu besänftigen, indem er eine ihrer Lieblingsspeisen zubereitet hatte. Er brauchte sich gar nicht einzubilden, dass sie so leicht zu bestechen war!

Sie öffnete die Ofentür und sog den Duft des süßen Teigs und der warmen Kirschen ein. Andererseits … es war schon nett von Niklas. Er wusste ganz genau, dass sie nach einem langen Tag im Präsidium ziemlichen Hunger schob. „Sollen wir uns zwei faule Stunden vor dem Fernseher gönnen? Da ist noch die DVD mit dem letzten *Ice-Age*-Film."

„Oh, cool!" Ruth war sofort Feuer und Flamme, die Empörung vergessen.

„Aber nur, wenn du deine Hausaufgaben fertig hast!"

„War nur Mathe. Hab ich am Nachmittag gemacht." Im Sommer stand Ruths Versetzung auf eine weiterführende Schule an. Bisher hatte Plasberg keinen Grund, daran zu zweifeln, dass ihre Tochter aufs Gymnasium wechseln würde, auch die Lehrer unterstützten diesen Plan. Und Mathematik war Ruths Lieblingsfach. Aber bei Kindern wusste man nie. Niklas war auch lange Zeit ein guter Schüler gewesen, bis er in der achten Klasse plötzlich unterirdische Noten mit nach Hause brachte, in allen Fächern außer Sport. Bis der Grund klar war, waren Wochen vergangen: Die Sehschärfe ihres Sohnes hatte sich verschlechtert, und er hatte nichts gesagt, weil er keine Brille tragen wollte, um in seiner Clique nicht gehänselt zu werden. Plasberg hatte ihn ins Gebet genommen, und er hatte auf Kontaktlinsen bestanden. Ein hoher Preis für das seelische Gleichgewicht ihres Sohnes.

„Na schön. Ich trage die Teller mit dem Auflauf rüber, und du machst schon mal den Fernseher an."

„Aber für mich mit extra viel Vanillesoße", rief ihr Ruth zu und verschwand im Wohnzimmer.

Plasberg lächelte. „Klar", sagte sie leise. „Mit extra viel Vanillesoße."

Doch wenn die Kommissarin gedacht hatte, dass sie sich nun entspannen könnte, dann hatte der Abend noch eine Überraschung für sie im Ärmel. Als sie es sich gerade auf dem Sofa gemütlich gemacht hatte und die erste Gabel Auflauf in den Mund schieben wollte, schellte es an der Haustür.

„Geh nicht hin", maulte Ruth. „Ich will jetzt mit dir Manni und Sid gucken."

„Dauert bestimmt nicht lange. Drück mal auf ‚Pause'."

Die Kommissarin stand auf und öffnete die Haustür. Im Gegenlicht der untergehenden Sonne erkannte sie zwar nur die Silhouette einer Frau mit ausladenden Hüften und wogendem Busen, die einen großen Koffer neben sich abgestellt hatte und auf deren weißer Bluse kleine Strasssteine das Licht reflektierten. Aber das reichte, um ihre Laune schlagartig sinken zu lassen.

„Mutter!", sagte sie fassungslos. „Was um alles in der Welt machst du hier?"

„Maria! Kind! Ich freue mich so, dich zu sehen!" Helga Schneider drückte ihre Tochter an sich, um sie gleich darauf eine Armlänge auf Abstand zu halten und genauer zu betrachten. Die beiden Frauen hatten keinerlei Ähnlichkeit miteinander, die zierliche Kommissarin hatte sich als Kind immer gefragt, ob sie nicht adoptiert worden war. Tatsächlich glich sie äußerlich eher ihrem verstorbenen Vater, hatte seine Nase, seine Augen und seine Figur geerbt. Das Temperament jedoch hatte sie von ihrer Mutter übernommen. „Du siehst schlecht aus, Kind! Arbeitest du wieder zu viel? Isst du genug? Wo sind meine Enkelkinder?"

Plasberg fühlte sich völlig überrumpelt. „Ich denke, du bist auf Gran Canaria!", brachte sie heraus.

„Das … das ist eine längere Geschichte." Helga Schneider zupfte etwas verlegen an ihren blondierten Haaren, die zu einer straff sitzenden Dauerwelle toupiert waren, fing sich aber sofort wieder. „Darf ich vielleicht erst mal hereinkommen? Du hast keine Ahnung, was ich alles hinter mir habe! Ein Albtraum!" Sie schob sich an ihrer Tochter vorbei ins Haus. „Ach, Kindchen, kannst du das Taxi vom Flughafen bezahlen? Der Fahrer wollte meinen 300-Euro-Schein nicht wechseln und wartet. Und der Koffer ist so sperrig. Könntest du vielleicht …?"

„Ich … ja, natür…" Plasberg war schon auf dem Weg in die Küche, um ihr Portemonnaie zu holen, als sie innehielt. „Mutter, es gibt keine 300-Euro-Scheine!"

„Was für ein Unsinn! Vielleicht nicht in Deutschland, in Spanien aber schon."

„Nein, Mutter, auch nicht in Spanien. Ich bin Polizistin, schon vergessen? Wie kommst du an einen 300-Euro-Schein? Das ist eine Fälschung!"

„Wirklich?" Plasbergs Mutter schien darüber nicht sehr bekümmert zu sein. „Dieser nette junge Mann hat damit seine Rechnung im Restaurant bezahlt, weil seine Kreditkarte nicht funktioniert hat. Das war am Abend, bevor das Feuer ausgebrochen ist … Ruth, mein Schatz! Sag deiner Oma Hallo!" Plasbergs Mutter stürmte ins Wohnzimmer und nahm ihre Enkelin in den Arm. „Was bist du wieder gewachsen! Bald bist du so groß wie deine Mutter … obwohl das ja auch nicht schwer ist. Wusstest du, dass ich sie als Kind zum Arzt geschleppt habe, weil ich Angst hatte, sie würde ein Zwerg bleiben?"

„Was für ein Feuer?", fragte Plasberg und schloss die Augen. Das konnte einfach nicht wahr sein!

Das Verhältnis der Kommissarin zu ihrer 72-jähigen Mutter war kompliziert. Helga Schneider war der einzige Mensch, der sich von Plasbergs aufbrausender Art nicht einschüchtern ließ, gegenüber dem Plasberg keinerlei Autorität besaß. Ihre Mutter hatte schon immer einen eigenen Kopf gehabt, war sprunghaft und nach Plasbergs Meinung völlig belehrungsresistent, andererseits – und das bewunderte sie an ihrer Mutter – besaß sie ein unglaubliches Durchsetzungsvermögen. Hindernisse waren für sie da, um aus dem Weg geräumt zu werden; eine Einstellung, die sie an ihre Tochter weitergegeben hatte, ob es der nun gefiel oder nicht. Dann wiederum war ihre Mutter völlig weltfremd – wofür die falsche Banknote ein hervorragendes Beispiel war –, naiv, viel zu vertrauensselig, und sie hatte immer das letzte Wort.

Doch das Schlimmste war, dass man sich ihrer nicht erwehren konnte. Helga Schneider war wie eine Lawine, die über einen hereinbrach, die einen erschöpft und urlaubsreif zurückließ. Während andere mit Anfang sechzig an die Rente dachten, hatte Helga Schneider kurz nach Plasbergs Hochzeit und dem plötzlichen Tod ihres Mannes durch einen Schlaganfall ein neues Leben begonnen und war nach Gran Canaria ausgewandert, um im Süden der Insel in der Touristenhochburg Maspalomas ein kleines Restaurant zu eröffnen – *Bei Helga* –, in dem sie Touristen im Rentenalter gutbürgerliche, deutsche Küche in einem deutschen Ambiente unter der sengenden spanischen Sonne servierte. Die Karte pries Sauerbraten mit Klößen an, Rinderrouladen mit Rotkohl, Hühnerfrikassee, schwäbische Maultaschen und ähnliche Spezialitäten – Speisen, die Plasberg aus ihrer Kindheit nur zu gut in Erinnerung hatte –, und dazu natürlich deutsches Bier. Von den mit dunklem Holz vertäfelten Wänden blickten ausgestopfte Hirschköpfe mit riesigen Geweihen auf die Gäste herab, dazwischen waren bajuwarische Wimpel gespannt, und im Hintergrund lief deutsche Schlagermusik der siebziger und achtziger Jahre: Roland Kaiser, Chris Roberts, Vicky Leandros und Nicole. Plasberg war mit Eric und den Kindern zu Besuch gewesen, als Ruth noch ein Säugling war. Einmal und danach nie wieder.

„Mutter“, hatte sie gesagt, „bei so viel deutscher Gemütlichkeit bekomme ich Lippenherpes. So viele Klischees auf einen Haufen ertrage ich einfach nicht.“

„Aber meine Gäste mögen das!“, hatte Helga Schneider geantwortet und ein Hefeweizen für einen rotgesichtigen, übergewichtigen Rentner aus Ingolstadt eingegossen, der in fleischfarbenen Bermudashorts, einem grellbunten Hawaii-Hemd und braunen Sandalen am Tresen neben Plasberg gesessen hatte. „Die wollen keine Tapas oder Paella. Sie wollen ein Stück Heimat in der Fremde. Nächstes Jahr werde ich im Restaurant eine bayerische Woche feiern. Dann gibt's Weißwürste und Brez'n, nicht wahr, Rudi? Oder vielleicht eine Fischwoche. Mit Labskaus und Bismarckhering."

Einmal im Jahr sperrte Helga Schneider ihre Kneipe zu und kam für vier bis sechs Wochen nach Hause, wohnte dann bei ihrer Schwester Annegret in Recklinghausen, wo sie der gesamten Familie so auf die Nerven ging, dass jeder drei Kreuze machte, wenn sie auf die Kanaren zurückkehrte. Maria Plasberg bekam ihre Mutter in dieser Zeit höchstens für ein oder zwei Wochenenden zu sehen, und sie wusste es zu schätzen, dass ihre Besuche rar waren.

Doch normalerweise kam Helga Schneider erstens im Frühherbst, um für die anstehende Hauptsaison ab November Kraft zu tanken, und zweitens nicht unangekündigt. Auch die Tatsache, dass sie einen riesigen Koffer mitgebracht hatte, ließ die Kommissarin befürchten, dass es sich nicht nur um eine kurzfristige Visite handelte.

Nachdem sie den Taxifahrer entlohnt und den Koffer ins Haus gehievt hatte, setzte sie sich zu Ruth und ihrer Mutter, die gerade dabei war, ihre Portion Kirschauflauf zu essen.

„Was für ein Feuer?", wiederholte sie.

„Das Restaurant ist letzte Woche komplett abgebrannt", erklärte ihre Mutter und streifte aufatmend ihre hochhackigen Schuhe ab, die in feinen goldenen Bändern um ihre Fesseln endeten. „Herrje, tun mir die Füße weh. Ich bin seit sechs Uhr auf den Beinen! Und dann hatte der Flug auch noch über eine Stunde Verspätung. Angeblich war auf dem Hinflug ein Vogel in den Propeller geraten oder womit diese Maschinen auch immer fliegen, und sie mussten erst die Schäden überprüfen. Also, ich bitte dich!" Helga Schneider verzog das Gesicht, als hätte man versucht, sie mit dem ältesten Trick der Welt über den Tisch zu ziehen. „In unseren Breitengraden gibt es doch höchstens mal einen Spatz, eine Amsel oder eine Taube, und mit so was wird so ein Triebwerk wohl noch fertigwerden! Wenn es ein Emu gewesen wäre oder ein Kondor, dann hätte ich ja nichts gesagt, aber …“

„Emus können gar nicht fliegen“, warf Ruth ein.

„Was?“

„Emus können nicht fliegen, und sie leben auch nur in Australien.“ Ruth pikste eine Kirsche mit der Gabel auf und schob sie sich in den Mund. „Und der Kondor lebt in Südamerika. Weiß doch jeder.“

„Tatsächlich? Was für ein kluges Mädchen du doch bist!“ Helga Schneider sah irritiert zu ihrer Enkelin. „Jedenfalls mussten wir eine geschlagene Stunde warten, bis wir abheben durften. Immerhin war diese eine Flugbegleiterin sehr nett. Hübsches Ding. Hatte so kleine Korkenzieherlocken wie früher Shirley Temple. Sie hat mir als Entschädigung drei Piccolo spendiert und …“

„Das Restaurant ist abgebrannt?“, unterbrach Plasberg den Redeschwall ihrer Mutter.

Helga Scheider nickte. „Hab ich doch gesagt! Du hörst mir nie zu, Maria! Ein Totalschaden. Sogar die hübschen Hirschgeweihe sind hinüber.“

„Aber wieso denn?“

Ihre Mutter machte eine unbestimmte Handbewegung. „Kabelbrand. Du weißt doch, wie das in Spanien ist. Die sind nicht wie wir … also die Deutschen. Da wird etwas behelfsmäßig repariert, zusammengeschustert … da hängen die Kabel quer durch den Raum an der Decke, da wird mit Klebeband geflickt und improvisiert, Hauptsache, es funktioniert. Ich hab ja schon immer gesagt, dass da mal was passieren würde. Sehr gut, übrigens, dein Auflauf. Seit wann kannst du so gut kochen, Kind?“

„Den hat Niklas gemacht. Und bleib beim Thema.“

Ihre Mutter berichtete, dass sie nachts um drei Uhr von der Guardia Civil aus dem Bett geklingelt worden war, aber als sie die zehn Kilometer von ihrer kleinen Finca nordwestlich von Maspalomas mit dem Auto bewältigt hatte, war *Bei Helga* nur noch ein qualmender Trümmerhaufen gewesen. Das Feuer, verursacht durch einen Schwelbrand an einem Generator im Hinterhof eines Nebengebäudes, hatte kaum etwas übriggelassen, und die Sachen, die das Feuer verschont hatte, waren durch das Löschwasser der Feuerwehr völlig unbrauchbar geworden.

„Du müsstest die schönen Holzstühle sehen!", regte sie sich auf. „Völlig verquollen! Und die hübschen Sitzpolster! Alles ruiniert!"

Plasberg konnte sich vage an scheußliche Herzchenschnitzereien in den Stuhllehnen und lavendelfarbene Rosenstickereien auf den Polstern erinnern und fand nicht, dass der Verlust des Mobiliars besonders schmerzte. „Hast du dich schon mit der Versicherung in Verbindung gesetzt?"

Ihre Mutter sah sie überrascht an. „Versicherung?"

„Na ja, deine Versicherung und die des Nachbarn, bei dem das Feuer ausgebrochen ist! Damit die den Schaden regulieren, der dir entstanden ist."

„Ähm ... Juan hat keine Versicherung."

„Wer ist Juan?"

„Der Inhaber des Souvenirladens nebenan natürlich. Ich hab dir doch bestimmt schon von ihm erzählt? Nein? So ein netter Mensch! Er verkauft diese entzückenden kleinen Schlüsselanhänger mit dem Leuchtturm von Faro." Sie kramte in ihrer Handtasche, zog einen Anhänger heraus, an dem sich neben ihren Schlüsseln die kitschige Miniaturreplik des Leuchtturms an der Küste von Maspalomas befand, und zeigte ihn Ruth. „Süß, oder? Die Bluse hier mit den hübschen Strasssteinchen habe ich auch von ihm."

Plasberg seufzte ungeduldig. „Wenn dieser Juan schon keine Versicherung hat, was ist dann mit deiner?"

„Was soll mit der sein?"

Helga Schneider schien sich plötzlich unbehaglich zu fühlen, und in der Kommissarin keimte ein schlimmer Verdacht auf. „Du hast doch eine Versicherung, oder?"

„Natürlich habe ich eine!", verteidigte sich ihre Mutter. „Jahrelang habe ich treu und brav meine Beiträge bezahlt! Nur im letzten Jahr ... da habe ich es einfach vergessen. Und jetzt weigern sich diese ... diese Bürokraten, für den Schaden aufzukommen!"

„Das ist nicht dein Ernst! Soll das heißen, dass du keinen Pfennig Schadenersatz siehst?"

Helga Schneider wühlte erneut in ihrer Handtasche, beförderte einen zerknitterten Brief ans Tageslicht, der den Briefkopf einer spanischen Versicherungsgesellschaft trug, und zeigte ihn ihrer Tochter. „Da steht's schwarz auf weiß."

Plasberg nahm den Brief in die Hand und überflog das Schreiben. „Das kann ich nicht lesen. Das ist auf Spanisch."

„Kind, natürlich ist der Brief auf Spanisch!" Helga Schneider schnalzte ungeduldig mit der Zunge. „Die Kanaren gehören schließlich zu Spanien. Obwohl ich auch der Meinung bin, dass sie mir als Deutsche ruhig auf Deutsch hätten schreiben können. Mein Spanisch ist doch immer noch ein wenig dürftig. Aber eigentlich braucht man auf Gran Canaria auch kein Spanisch, bei den vielen Touristen. Die meisten Einheimischen haben inzwischen ganz gut Deutsch gelernt, und notfalls kommt man auch mit ein bisschen Englisch zurecht. Sogar ein paar Brocken Holländisch kann ich mittlerweile, weil ich auch immer mehr holländische Gäste habe." Sie drehte sich zu Ruth. „Weißt du, was ‚Auf Wiedersehen' auf Holländisch heißt?"

Ruth schüttelte den Kopf.

„‚Tot ziens'. Versuch mal."

„Tot ziens", sagte ihre Enkelin.

„Siehst du, von der Oma kannst du doch noch was lernen!", erklärte Helga Schneider. „Und so was ist auch wichtiger, als zu wissen, dass Emus nur in Südamerika leben."

„Australien", verbesserte Ruth.

„Ja, und was soll jetzt werden?", versuchte Plasberg zum Thema zurückzukommen. „Wo willst du das Geld hernehmen, um dein Restaurant wieder aufzubauen?"

„Das … ähm … das weiß ich noch nicht." Ihre Mutter wirkte zum ersten Mal etwas bedrückt. „Deshalb bin ich ja nach Deutschland gekommen. Zum Nachdenken. Um Abstand zu gewinnen."

„Und wie lange willst du nachdenken?" Plasberg ahnte, worauf dieses Gespräch hinauslaufen würde, und sie war nicht besonders erfreut darüber.

„Bis ich weiß, was ich will! Bis die Touristen wieder weg sind."

„Welche Touristen?", fragte die Kommissarin verwirrt.

„Die, an die ich meine Finca vermietet habe, natürlich."

„Du hast deine Finca vermietet?"

„Ja, um Geld zu sparen. An ein sehr nettes, älteres Ehepaar aus Holland. Sie wollen den ganzen Sommer bleiben."

„Den ganzen Sommer? Das heißt, du willst den ganzen Sommer über in Deutschland bleiben und nachdenken?" Je öfter Plasberg es wiederholte, desto schrecklicher klang es.

„So lautet der Plan."

„Und wo willst du das tun? Bei Tante Annegret?"

„Jetzt stell dich nicht dümmer an, als du bist, Maria!", erklärte ihre Mutter spitz. „Natürlich nicht! Bei Annegret muss ich auf dem Sofa schlafen. Du hast doch genug Platz! Hast du noch mehr von diesem Auflauf? Ich bin am Verhungern!"

„Super, Omi!", rief Ruth und hüpfte aufgeregt auf dem Sofa herum. „Dann bist du da, wenn das Baby kommt!"

Plasberg nahm schweigend den leeren Teller in Empfang und ging in die Küche. Ihre Mutter. Den ganzen Sommer. Hier bei ihr.

Sie sah nach draußen auf die Straße, wo sich in diesem Moment die Laternen einschalteten und ein Nachbarsjunge wild klingelnd auf dem Fahrrad vorbeifuhr. Erst als sie ihrer Mutter den Rest des Auflaufs auf den Teller schaufelte, bemerkte sie, dass sie selber nichts gegessen hatte. Aber irgendwie war ihr der Appetit vergangen.

Wenige Kilometer entfernt, in Deutz, brach ebenfalls langsam der Abend an; der Horizont färbte sich dunkel, und die ersten Fledermäuse durchkämmten in der Dämmerung die Häuserschluchten nach Insekten. Durch die geöffneten Fenster von Torsten Brinkhoffs Wohnung drangen Lachen und das Geräusch von auf Asphalt knallenden Skateboards von der Straße nach oben. Vielleicht ein paar Jugendliche, die die langsam länger werdenden Tage und das schöne Wetter ausnutzten.

Nach Dienstschluss war der Kommissar noch schnell im Supermarkt gewesen, hatte sich mit anderen Kunden, die müde und abgekämpft von der Arbeit kamen, in die Kassenschlange eingereiht.

Er stellte die Tüte mit den Einkäufen auf den Küchentisch und seufzte missgelaunt. Die Wohnung fühlte sich auch jetzt noch merkwürdig leer an, und der Kommissar grübelte darüber nach, wie sehr er sich an Markus' Anwesenheit gewöhnt hatte. Noch war ihre Beziehung kein Jahr alt, noch teilten sie erst wenige Monate eine gemeinsame Wohnung. Vor Markus war ihm seine Einsamkeit nie aufgefallen, vor Markus hatte er sich mit dem Alleinsein arrangiert. Jetzt kam es ihm vor, als hätte er ein Stück von sich verloren.

Zum wiederholten Mal bedauerte der Kommissar, dass die Wohnung keinen Balkon besaß. Es wäre angenehm, jetzt draußen sitzen zu können und mit einem kühlen Bier in der Hand den Abend ausklingen zu lassen. Er stieg aus seiner Jeans und zog eine Jogginghose an, aber auch der Wechsel von seiner Arbeits- in die Freizeitkleidung brachte ihm nicht den gewünschten Abstand vom Dienst. Den ganzen Tag hatte er an ein Detail des neuen Falls denken müssen, immer wieder war sein Gehirn daran hängengeblieben wie das verklemmte Zahnrad einer mechanischen Uhr.

Er streckte die Beine auf dem Sofa aus, und Bombadil machte es sich schnurrend auf dem Kissen unter seinen Füßen bequem, fing an, erst sein Fell und dann die nackten Zehen des Kommissars mit seiner rauen Zunge zu bearbeiten.

„Nicht!“ Brinkhoff zuckte zusammen und lachte. „Nicht kitzeln!“

Gleich nachdem er nach Hause gekommen war, hatte er versucht, Markus anzurufen, aber der Anruf wurde auf die Mailbox weitergeleitet. Kurz darauf erhielt er eine Textnachricht von seinem Freund.

*Bin was essen. Melde mich morgen. M.*

Brinkhoff fühlte sich vor den Kopf gestoßen. Wieso konnte Markus nicht mit ihm telefonieren, wenn er essen war? Wieso konnte er nicht später noch anrufen? Er wollte doch nur ein paar belanglose Worte mit Markus reden, über irgendetwas, was nicht mit der Arbeit zu tun hatte. Nur seine Stimme hören, anstelle einer sehr kurzen Nachricht über WhatsApp. Und dann nur *M.*? Kein *Kuss, M.*? Kein *Vermisse dich, M.*?

Andererseits hatten sie nicht verabredet, jeden Tag zu telefonieren. Aber Brinkhoff wollte doch wissen, wie Markus' erster Urlaubstag gewesen war, was er unternommen hatte. Aber vielleicht vermisste Markus ihn ja auch gar nicht, vielleicht beruhte das gar nicht auf Gegenseitigkeit, vielleicht war er ja ganz froh, ihn eine

Zeitlang nicht zu sehen, und vielleicht sagte das auch etwas über den Zustand ihrer Beziehung aus, wenn …

„Autsch!" Der Kommissar zuckte erneut zusammen; Bombadil hatte genüsslich seine Krallen ausgefahren und sich in seinem linken großen Zeh verhakt. „Keine Krallen, Dicker!" Er scheuchte den Kater vom Kissen, und Bombadil trollte sich beleidigt auf seinen Schlafplatz direkt vor der Heizung, während Brinkhoff in der Küche eine Tiefkühlpizza in die Mikrowelle schob.

Vielleicht machte er sich auch einfach zu viele Gedanken.

Mit der Pizza hockte er sich vor den Fernseher und legte eine BluRay in den Player. Wenn er schon alleine war, dann konnte er sich auch Dingen widmen, die er sonst zurückstellte. Die vierte Staffel von *Game of Thrones* hatte er schon vor Wochen gekauft, aber Markus fand das unendliche Fantasy-Epos albern, sodass Brinkhoff noch nicht dazu gekommen war, sie anzuschauen. Er liebte die Mischung aus mittelalterlichen Versatzstücken und fantastischen Elementen, war wie Millionen anderer Fans in den Bann der sich endlos in immer neuen Allianzen befehdenden Adelshäuser gezogen worden; im Grunde war das noch besser als einer der historischen Schinken auf seinem Bücherregal.

Aber auch die neuesten Ränkespiele von Cersei Lannister ließen seine Gedanken wandern, immer wieder hatte er die tote Martina Kamphaus vor Augen, vom Verwesungsprozess im Wasser aufgebläht wie ein gestrandeter Wal am Ufer des Höhenfelder Sees, die Reste eines Blütenkranzes im Haar; die groteske Karikatur eines Blumenkindes. *Tote Hippiefrau im See entdeckt.* Wieso ging ihm dieses Bild nicht mehr aus dem Kopf?

Gerade hatte er die Pizzareste gegen Stracciatella-Eis ausgetauscht, das er direkt aus der Packung löffelte, als doch noch das Telefon klingelte.

„Ich dachte, d-du wolltest dich heute nicht mehr melden", begrüßte Brinkhoff seinen Freund. Trotz des Eises war da plötzlich ein warmes, wohliges Gefühl in seiner Magengegend.

„Kommt dir mein Anruf etwa ungelegen?" Markus' Stimme klang verschnupft.

„Klar. Ich ha-hab mir gerade einen K-Kerl zum Ficken nach Hause bestellt." Am anderen Ende der Leitung herrschte plötzlich überraschtes Schweigen, und Brinkhoff beeilte sich zu sagen: „N-natürlich nicht. War ein Scherz. Bist du erkältet?"

„Ein bisschen. Ich hatte heute Nacht das Fenster gekippt, und hier wird es arschkalt nachts."

„Wie war das Essen?"

„Gut. Ich hab ein Restaurant an der Strandpromenade ausfindig gemacht, mit preiswertem Fisch und Blick auf die Ostsee. Die Einrichtung war jetzt nicht so mein Ding, aber was soll's."

„Wieso?"

„War ein bisschen kitschig dekoriert. Ein ausgemusterter Schiffsanker an der Decke, Muschelsammlungen auf dem Fensterbrett, eine Schiffsbuddel von einem Dreimaster neben dem Tresen. Sehr maritim eben."

„Und was hast du gegessen?"

„Gebratene Scholle."

„Und … w-wie geht's dir?" Der Kommissar konnte den hoffnungsvollen Ton in seiner Stimme nicht unterdrücken.

Clement seufzte. „Torsten … nicht anders als in den letzten Wochen. Zwing mich nicht, dir andauernd Wasserstandsmeldungen über meine Befindlichkeit durchzugeben, ja?"

Wieder konnte der Kommissar das Klicken eines Feuerzeugs hören und dass Markus ungeduldig den Rauch seiner Zigarette einsog. „T-Tut mir leid." Wie sehr es ihn störte, sich ständig entschuldigen zu müssen. Vielleicht hatten er und Markus doch ein Problem?

„Schon gut. Und bei dir?"

Brinkhoff zuckte mit den Schultern. „Der neue Fall, w-was sonst? Aber darüber willst du ja wahrscheinlich nichts hören."

„Eigentlich nicht."

Der Kommissar schwieg. Das Telefonat entwickelte sich nicht so, wie er es sich vorgestellt hatte. Und wie konnte er einen Teil seines Lebens, einen wichtigen Teil, als Tabu behandeln?

„Also schön", lenkte Clement ein. „Aber keine unappetitlichen Details. Sonst krieg ich nachher kein Auge zu."

„S-Sicher?"

„Fang an, bevor ich es mir anders überlege!"

Brinkhoff lutschte den letzten Löffel Eiscreme ab und legte ihn beiseite. „Wir haben da diese Leiche aus dem Höhenfelder See gezogen, eine Frau. Sie l-lag schon ein paar Tage mit durchgeschnittener K-Kehle im Wasser und sah wirklich furchtbar …"

„Nein!", unterbrach ihn sein Freund entsetzt. „Zu viele Informationen."

„Es ist nur … sie hatte einen Kranz aus Gänseblümchen im Haar und … mir geht das einfach nicht mehr aus dem Kopf."

„Einen Kranz aus Gänseblümchen?"

„Ja, so wie kleine Kinder sie sich flechten, du weißt schon! Man muss die Stängel …"

Clement lachte auf. „Ich hab mir als Kind nie geflochtene Blumen ins Haar gesteckt. Du etwa?"

„W-Weiß ich nicht mehr", murmelte Brinkhoff verlegen.

„Hah! Gib's zu!" Sein Freund kicherte plötzlich vergnügt. „Wie schwul ist das denn!"

„Was hast du denn gemacht als Kind?"

„Fußball gespielt natürlich. Mich mit den Nachbarskindern geprügelt. Was man eben so macht als Junge."

„Ich g-glaub dir kein Wort."

„Dann frag meine Eltern. Die mussten mich ständig zum Arzt schleppen. Platzwunde am Kopf, Rippenprellung, eine ausgekugelte Schulter, ein gebrochener Arm, Gehirnerschütterung und …"

„Schon gut", winkte Brinkhoff ab. „Ich weiß, dass du ein K-Kerl bist. Ich hatte ha-halt nicht so viele Freunde. M-Mich hat man immer gehänselt wegen des Stotterns. Nur im Schwimmverein, da war ich gut. Kreisjuniorenmeister im D-Delfin mit elf Jahren." Er konnte den leichten Stolz in seiner Stimme nicht verbergen, auch wenn ein Unterton von Traurigkeit mitschwang. Er erinnerte sich nicht gerne an seine Kindheit und an den Außenseiter, der er schon damals gewesen war. Nur im Schwimmbecken hatte er sich wohlgefühlt. Sobald das Wasser über seinem Kopf zusammenschlug, verschwanden die höhnischen Gesichter seiner Mitschüler, spielte sein Sprechfehler keine Rolle mehr. Wenn er durchs Wasser pflügte und im Becken seine Bahnen zog, war er ganz auf sich gestellt und konnte sich und den anderen beweisen, was in ihm steckte.

Clement lachte. „Und was war nun mit den Gänseblümchen, Kreisjuniorenmeister?"

„Ich weiß es eben nicht. Aber als Plasberg diese Überreste der Gänseblümchen aus den Haaren der Leiche gezogen hat … das war, als hätte ich das schon mal irgendwo gesehen."

„Habt ihr denn schon mal so einen Fall gehabt?"

„N-Nein, eben nicht! Ich hab einfach keine Ahnung, wie ich darauf komme. Ich zermartere mir schon den ganzen Tag den K-Kopf. Es ist w-wie ein Déjà-vu, aber ich weiß nicht …" Der Kommissar verstummte unzufrieden.

„Vielleicht hast du was Ähnliches mal in einem Fernsehkrimi gesehen?"

„Nein, glaube ich nicht."

„Na, dann weiß ich auch nicht." Clement gähnte. „Lass uns Schluss machen. Ich hab eine Fressnarkose."

„Oder es ist die Seeluft. Ich werd noch ein bisschen *Game of Thrones* schauen. Ich kann einfach nicht abschalten."

„Zähl doch Schafe oder sag in Gedanken Primzahlen auf."

„P-Primzahlen?", schmunzelte Brinkhoff.

„Ist doch egal. Irgendwas. Hauptsache, Miss Marple kann einschlafen."

„He! Wenn schon, dann bitte Hercule Poirot!"

„Ach so … Torsten? Ich rufe gleich noch Kati an. Vielleicht fahr ich schon morgen rüber nach Rostock."

„Jetzt schon? Du b-bist doch gerade erst einen Tag auf Usedom!"

„Ich hab meine Schwester schon ewig nicht mehr gesehen. Und das Kind auch nicht. Von hier aus sind das gerade mal zwei Stunden mit dem Auto. Höchstens. Abends bin ich wieder zurück."

Brinkhoff hatte zwar Markus' Eltern in Gummersbach schon kennengelernt, aber seine zwei Jahre jüngere Schwester noch nicht. Er wusste nur, dass sie in Rostock als Wirtschaftsprüferin arbeitete, ein etwa anderthalb Jahre altes Kind hatte und dass sich ihr Freund kurz vor der Geburt des Kindes aus dem Staub gemacht hatte. Angeblich habe er Angst vor der Verantwortung gehabt, hatte Markus ihm erzählt.

„Ist gut. M-Melde dich, ja?"

„Bis dann."

Dann hörte der Kommissar ein Klicken in der Leitung. Markus hatte das Gespräch beendet.

# *Samstag, 23. April*

Maria Plasberg deckte den Telefonhörer mit der Hand ab, gähnte verstohlen und ließ Heribert Eikners Stimme an sich vorbeirauschen. Hin und wieder gab sie ein paar Geräusche von sich, die Aufmerksamkeit vortäuschten und Interesse heuchelten. Jetzt ein Nickerchen! Jetzt nur ein paar Minuten die Augen schließen!

Das überraschende Auftauchen ihrer Mutter hatte sie um den Schlaf gebracht. Stundenlang hatte sie wach gelegen, während sie ihre Mutter in Ruths altem Zimmer nebenan auf der Gästeliege selig hatte schnarchen hören. Was sollte sie nur tun? Sie konnte sie wohl kaum vor die Tür setzen, aber ein ganzer Sommer mit Helga Schneider würde sie als nervliches Wrack zurücklassen. Und natürlich erwartete ihre Mutter, dass ihre Tochter sich um sie kümmerte, die Versicherungssache klärte, so etwas taten Kinder schließlich, wenn die Eltern alt wurden. Aber Plasberg hatte einen Mordfall am Hals, ganz zu schweigen von der schwangeren Freundin ihres Sohnes!

Die Kommissarin spielte geistesabwesend mit einem Kuli, während ihr Chef weiter auf sie einredete.

Natürlich liebte sie ihre Mutter, aber eher auf eine abstrakte Weise und am liebsten auf Distanz. Im Alltag dagegen hatte sie keinen Platz für Helga Schneider, sie würde alles durcheinanderbringen, sich in alles einmischen. Weil es eben das war, was ihre Mutter tat. Noch am Abend – nach der Rückkehr von Niklas und Nina aus dem Kino und während sie vorgab, Plasberg beim Bettenbeziehen zur Hand zu gehen – hatte sie ihre Tochter beiseitegenommen und ihr aufgezählt, was ihr alles an der Freundin ihres Enkels missfiel.

„Wieso jammert das Mädchen die ganze Zeit über Rückenschmerzen? Das gehört doch dazu bei einer Schwangerschaft! Als ich mit dir schwanger war, habe ich kaum schlafen können vor Schmerzen und habe trotzdem die Zähne zusammengebissen. Dein Vater wollte abends das Essen auf dem Tisch haben, und der Haushalt hat sich auch nicht von allein gemacht.“ Ihre Mutter hatte mit dem Kopfkissenbezug herumgefuchtelt, bis die Kommissarin ihn ihr genervt aus der Hand genommen hatte.

„Papa hat in der Kantine gegessen", hatte sie ihre Mutter korrigiert. „Und wir hatten eine Dreizimmerwohnung. So viel Haushalt war da also gar nicht."

Helga Schneider hatte sich jedoch nicht beirren lassen. „Und wieso hat das Mädchen ..."

„Nina."

„Was?"

„‚Das Mädchen' heißt Nina."

Plasbergs Mutter tat, als hätte sie nicht gehört. „... und wieso hat das Mädchen ein so schlechtes Verhältnis zu ihren Eltern? Da stimmt doch was nicht! Es ist doch nicht normal, wenn eine Minderjährige mit der Zustimmung der Eltern im Haushalt ihres Freundes wohnt. Man könnte ja meinen, dass ..."

„Erstens geht dich das nichts an, und zweitens wird Nina nächsten Monat volljährig", hatte Plasberg sie zurechtgewiesen. „Dann ist es doch sowieso egal."

Sie hatte keine Lust, ihrer Mutter in allen unerfreulichen Einzelheiten darzulegen, dass die Sternbrücks, Ninas Eltern, es lieber gesehen hätten, wenn ihre Tochter das Kind abgetrieben hätte, zumal sie sich auch mit der Tatsache nicht anfreunden konnten, dass Niklas der Vater war. Dieses Verhalten hatte das Vertrauen zwischen Eltern und Tochter zerstört, und es würde wahrscheinlich auch noch für einige Zeit so bleiben. Plasberg hoffte zwar insgeheim, dass sich das Verhältnis mit der Geburt des Kindes wieder einrenken würde, aber eine Wette wollte sie darauf nicht abschließen. Sowohl Nina als auch ihre Eltern konnten ausgesprochen halsstarrig sein.

Danach hatte Plasbergs Mutter bemängelt, dass Niklas und Nina doch selbst noch Kinder seien und es unverantwortlich wäre, dass sie schon ein Kind in die Welt setzten. Inzwischen hatte sie jeden Anschein von Hilfe aufgegeben und sich auf die Liege plumpsen lassen, sodass auch Plasberg nicht weiterkam beim Bettenbeziehen. Und dann hatte plötzlich der Vorwurf im Raum gestanden, dass sie, Maria Plasberg, an der ganzen Misere schuld war.

„Du hast keine Zeit für Niklas' Erziehung gehabt. Gib's zu, Maria, das alles wäre nicht passiert, wenn du dich nicht von Eric scheiden lassen hät…"

„Wir wollen doch mal klarstellen, dass Eric derjenige war, der eine neue Beziehung angefangen hat!", hatte die Kommissarin den Redeschwall ihrer Mutter unterbrochen. „Es ist wirklich unglaublich, dass du ihn immer noch verteidigst!" Wütend hatte sie ihrer Mutter das Bettzeug in die Hand gedrückt und war in ihr Schlafzimmer verschwunden. Nur an Schlaf war leider nicht zu denken gewesen. Was sie am meisten ärgerte, war die Tatsache, dass ihre Mutter absichtlich den Finger in eine offene Wunde gelegt hatte. Denn insgeheim gab sich die Kommissarin durchaus eine Mitschuld am Scheitern ihrer Ehe. Die Scheidungsquoten bei Polizeibeamten waren überdurchschnittlich hoch. Häufig verkrafteten die Partner die ständigen Überstunden und die unregelmäßigen Arbeitszeiten nicht, Druck und Belastung des manchmal auch gefährlichen Jobs forderten ihren Tribut. Eric war es da nicht anders ergangen.

Gegen drei Uhr hatte Plasberg entnervt ihre Zeitschrift zur Seite gelegt, und um halb vier Uhr hatte sie aus lauter Verzweiflung begonnen, ihren Kleiderschrank aufzuräumen – wobei sie immerhin auf einige fast vergessene Schätze gestoßen war. Aber als der Wecker um halb sieben Uhr klingelte, hatte sie nur gut zwei Stunden geschlafen, und jetzt, kurz nach Dienstbeginn, begann sich das Defizit bemerkbar zu machen.

Während Eikners Stimme weiter an ihr vorbeiplätscherte, gab sie Brinkhoff ein Handzeichen, die Jalousien im Büro herunterzulassen. „Wollen Sie, dass ich Augenkrebs kriege?", zischte sie ihm zu. „Es ist viel zu grell hier drin!"

Es war kurz nach neun Uhr, und sie war schon bei ihrem vierten Becher Kaffee. Die anderen Kommissare gingen nach der morgendlichen Besprechung Aufgaben nach, die Plasberg nicht lagen und die sie so weit wie möglich delegiert hatte: Kayser und Hallstetter durchforsteten die Mails auf Martina Kamphaus' Laptop und hatten auch den Auftrag, die von der Bibliothekarin vor ihrem Tod aufgerufenen Internetseiten zu überprüfen. Das war keine optimale Lösung, da die beiden Kommissare nicht besonders internetaffin waren. Eigentlich hatte sie diese Aufgabe auch Vogt zugedacht, aber der hatte sich überraschend krankgemeldet. Plasberg hatte ihn im Verdacht, den Ruin seiner Wildlederschuhe nicht verkraftet zu haben. Was war bloß los mit dem Mann? Sie würde sich nächste Woche Gedanken über ihn machen, sobald er wieder im Dienst war. Noch ließ sich der Fall ohne ihn bewältigen, doch sollte die MK die Ermittlungen ausweiten müssen und Vogt weiter durch Abwesenheit glänzen, würde ihr nichts anderes übrig bleiben, als mit Eikner über den Kollegen zu sprechen und gegebenenfalls Ersatz einzufordern.

Ihr Vorgesetzter schien mittlerweile endlich zum Grund seines Anrufs zu kommen. „Der Polizeipräsident hat heute Morgen bei mir angerufen", sagte er. „Er möchte über den Sachstand der Ermittlungen informiert werden."

Der auch noch? Plasberg runzelte verärgert die Stirn. Was war bloß los mit diesen Alphatieren? Hatten die nichts Besseres zu tun, als ihr auf den Geist zu gehen? „Aber nicht von mir", erwiderte sie. „Halten Sie mir wenigstens Kupka vom Leib; ich will nicht, dass er mir ständig über die Schulter schaut."

„Staatsanwalt Grabowski haben Sie bestimmt auch noch nicht informiert." Die Stimme ihres Vorgesetzten klang plötzlich ungeduldig.

„Natürlich habe ich das! Gestern Abend, am Telefon!" Plasberg platzte der Kragen. „Wissen Sie eigentlich, dass er mir gedroht hat? Irgendwas von kurzer Leine und keine Extratouren! Was glaubt der eigentlich, wer er ist? Außerdem sind wir erst am Anfang der Ermittlungen! Ich weiß ja nicht, wie die Kollegen in Dortmund arbeiten, aber wir stellen Gründlichkeit vor Schnelligkeit!"

Eikner ließ sich jedoch nicht beirren. Er war es gewohnt, den Druck, den er von oben bekam, nach unten weiterzugeben. „Ich hatte Sie gewarnt, Frau Plasberg! Grabowski ist zielstrebig, er will Ergebnisse und die möglichst schnell. Ist es zu viel verlangt, ihn regelmäßig über den momentanen Sachstand in Kenntnis zu setzen?"

„Bin ich hier als Hostess für eine Rundumbetreuung der oberen Dienststellen verantwortlich oder als Leiterin einer Mordkommission für die Ermittlungen in einem Kapitaldelikt?"

„Frau Kollegin …“

„Kommen Sie mir nicht mit ‚Frau Kollegin‘, Herr Eikner!“ fuhr Plasberg ihren Chef an. „Kupka fällt in Ihren Aufgabenbereich, nicht in meinen. Und um Grabowski kümmere ich mich … er wird von mir einmal täglich informiert, das ist ja wohl mehr als ausreichend.“ Damit beendete sie das Telefonat und sah Zustimmung heischend zu Brinkhoff hinüber. Ihr Kollege reagierte jedoch nicht; erst als Plasberg ihn ansprach, zuckte er schuldbewusst zusammen.

„Ist was?“, fragte die Kommissarin. „Sie gucken so komisch.“

Ihr Kollege räusperte sich. „Nein. Alles p-prima. Es ist nur …“ Sein Blick blieb erneut an Plasbergs Aufzug hängen. Brinkhoffs Vorgesetzte schien an diesem Morgen aus dem Vollen geschöpft zu haben, vielleicht als eine Art Ausgleich für die vorhergehenden, schlaflosen Stunden, und hatte schon in der Besprechung für herunterfallende Kinnladen bei Kayser und Hallstetter gesorgt.

„Was?“ Sie sah an sich herab. „Was ist damit? Es sitzt doch richtig, oder?“

„Ich … ähm … ich weiß g-gar nicht, wo ich anfangen soll …“

Das knielange grüne Dirndl mit roter Schürze und handgearbeiteten Edelweißstickereien war auf jeden Fall ein Blickfang. Ihrer weißen Bluse hatte die Kommissarin mit Hilfe eines Push-up-BHs zu ein wenig mehr standesgemäßem Volumen verholfen. Ob das Ensemble eine angemessene Dienstkleidung für die Leiterin einer Mordkommission nördlich des Weißwurstäquators darstellte, war ein anderes Thema, aber über solche Details hatte sich die Kommissarin ja noch nie Gedanken gemacht. Jedenfalls hätte sie in diesem Aufzug auch direkt zum Oktoberfest aufbrechen können, um dort eine neue Stelle als Wiesn-Wirtin anzutreten. Die Krönung des Ganzen aber war eine Handtasche in Form eines täuschend echt aussehenden Lebkuchenherzens, das tatsächlich mit dem Schriftzug *Prinzessin* versehen war.

„Ja?“ Plasbergs Tonfall war lauernd, und Brinkhoff verkniff sich jeden weiteren Kommentar. Es war sowieso zwecklos, mit der Kommissarin über Geschmack zu streiten.

Später, auf dem Weg zur Zentralbibliothek, einem seelenlosen Glas- und Betonbau, dessen Funktionalität nur noch von seiner Hässlichkeit überboten wurde und der mitten in der Innenstadt lag, nur ein paar Schritte entfernt vom Neumarkt, war Brinkhoff erneut merkwürdig schweigsam und schaute geistesabwesend aus dem Beifahrerfenster.

Plasberg warf ihm ein paarmal einen Blick zu, aber ihr Kollege reagierte nicht. „Ist wirklich nichts mit Ihnen?“

„Nein, alles g-gut!“ Seine Antwort fiel schärfer aus als beabsichtigt.

Plasberg verdrehte die Augen. Männer! Es wurde Zeit, dass sie durch etwas Praktischeres ersetzt wurden. Irgendwann würde man sie endgültig nicht mehr zur Reproduktion brauchen; die Forschung war mit ihren Petrischalen und Reagenzgläsern schon auf dem richtigen Weg.

Die Kommissare wiesen sich im Eingangsbereich der Bibliothek aus, verlangten Kamphaus' Vorgesetzten zu sprechen und wurden in ein Büro in einem der oberen Stockwerke geschickt, wo sie von Fabian Klöckner erwartet wurden, einem kleinen, untersetzten Endfünfziger, dessen Bauchumfang die Knopfleiste seines Hemdes zu sprengen drohte. Er empfing die Kommissare mit tränenden Augen und geröteter Nase, eine Schachtel mit Tüchern griffbereit auf dem Schreibtisch neben dem PC, der von einer ganzen Batterie Medikamente belagert wurde.

„Tut mir leid“, erklärte er zur Begrüßung und schob die Tür hinter Brinkhoff zu. „Allergie. Ich hasse Natur. Seit Jahren träume ich von einem Leben unter einer hermetisch abgeriegelten, keimfreien Glaskuppel.“ Er zerrte ein Kleenex aus der Box und schnäuzte sich lautstark, dann ließ er sich erschöpft auf seinen Bürostuhl plumpsen und bot den Kommissaren vage mit der Hand wedelnd ebenfalls Plätze an. „Sie sind von der Polizei?“ Er beäugte zweifelnd Plasbergs Dirndl.

„Wir untersuchen den Mord an Martina Kamphaus“, bestätigte die Kommissarin, insgeheim erleichtert, dass sie von dem Mann nicht mit Handschlag willkommen geheißen worden war.

„Hah!“, näselte Klöckner. „Ich hab's ja gesagt!“

„Was haben Sie gesagt?“

„Dass die Kamphaus hopsgenommen … dass die Kollegin Kamphaus einem Gewaltverbrechen zum Opfer gefallen …“ Eine Niesattacke unterbrach ihn. „Sie wissen schon.“

„Das heißt, Sie waren schon vorher überzeugt, dass Frau Kamphaus etwas angetan wurde?"

„Vorher?", fragte Klöckner zurück. „Ich hab's mir gleich gedacht, als Ihre Kollegen sich telefonisch erkundigt haben, wann sie zum letzten Mal auf der Arbeit erschienen ist. Die Schmidt-Lage und die Geymann haben das auch direkt gesagt."

„Wer sind Schmidt-Lage und Geymann?"

Klöckner seufzte, als wäre Plasberg schwer von Begriff. „Die beiden Damen sind Arbeitskolleginnen von der Kamphaus, sie haben sich mit ihr ein Büro geteilt. Frau Kamphaus ist zum letzten Mal am Freitag, den 15. April, zur Arbeit gekommen. Ab Montag hat sie unentschuldigt gefehlt, was überhaupt nicht ihre Art ist. Die war nicht ein Mal krank in all den Jahren. Natürlich habe ich versucht, sie telefonisch zu erreichen, aber sie hat nicht auf meine Anrufe reagiert. Als dann die Polizei anrief, dass sie von ihrer Tochter als vermisst gemeldet worden ist, haben wir uns natürlich so unseren Reim darauf gemacht …" Das Piepsen seiner Armbanduhr unterbrach Klöckners Redefluss. „Entschuldigung. Zeit für meine Antihistamin-Tabletten", sagte er und kramte aus einer der Medikamentenschachteln zwei Pillen heraus, die er mit einem Schluck Wasser herunterspülte.

Die Kommissarin rückte ihren Stuhl ein wenig weiter von Klöckners Schreibtisch weg. „Hatten Sie denn Grund zu der Annahme, dass Frau Kamphaus ‚hopsgenommen' worden ist? Gab es irgendwas in ihrem Verhalten vor dem Verschwinden, das darauf hindeutete? Hat sie sich vielleicht bedroht gefühlt, hat sie mal in einem Gespräch eine Andeutung gemacht?"

„Mir gegenüber sicherlich nicht. Ich bin ihr ja höchstens mal auf dem Gang oder in der Mittagspause begegnet. Aber Sie sollten mit Frau Geymann und Frau Schmidt-Lage reden. Die kannten Frau Kamphaus etwas besser."

„Tun wir b-bestimmt", mischte sich Brinkhoff zum ersten Mal in die Unterhaltung ein. „Was genau war denn der Arbeitsbereich von Frau Kamphaus?"

„Online-Recherche." Klöckners Antwort fiel ausgesprochen knapp aus, als wäre damit alles gesagt. Erst als er Plasbergs fragenden Blick bemerkte, wurde er deutlicher. „Sie hat Anfragen bearbeitet, sowohl von Kunden hier in der Bibliothek als auch schriftliche Anfragen von außerhalb. Wenn jemand Aufsätze oder Bücher zu bestimmten Themen sucht, ist die Online-Recherche der beste Weg, fündig zu werden. Wir sind national und international im Bibliothekswesen vernetzt, mit Universitäten, Stiftungen, der Wirtschaft, freien Trägern. Manchmal kann es zwar ein wenig dauern, aber wir können fast jede gewünschte Literaturrecherche durchführen, fast jeden Zeitschriftenartikel besorgen, weltweit. Bei Büchern ist die Sache etwas kniffliger. Wenn sie noch nicht digitalisiert wurden und nicht ausleihbar sind, versuchen wir zumindest, auszugsweise etwas auf Kopie für den Kunden zu erhalten."

„Und welche T-Themen betrifft das?"

„Alles. Vom Kochrezept über Belletristik bis zu medizinischen, historischen, linguistischen oder hochtechnischen Anfragen. Augenblick …" Klöckner unterbrach sich erneut. Diesmal griff er zu einem Plastikfläschchen und tropfte sich eine Flüssigkeit in die tränenden Augen. „Wo war ich?"

„Bei der Literaturrecherche", erinnerte ihn die Kommissarin. „Wir brauchen Zugriff auf Frau Kamphaus' Computer. Ihren privaten Laptop werten wir schon aus, aber im Zuge der Ermittlungen müssen wir auch wissen, welche Anfragen Frau Kamphaus in letzter Zeit … sagen wir in den letzten zwei Monaten bearbeitet hat."

„Sie wollen ihren Computer mitnehmen?" Klöckner sah betroffen aus. Mit diesem Anliegen hatte er offensichtlich nicht gerechnet. „Aber der fehlt uns dann hier in der Bibliothek!"

„Ich kann auch gerne eine richterliche Verfügung beibringen, die Sie zwingt, Frau Kamphaus' Arbeitsgerät auszuhändigen."

„Nein. Schon gut. Ich will die Polizeiarbeit ja nicht behindern", knickte Klöckner ein. „Ich denke nur gerade mit Schrecken daran, wie viel Arbeit jetzt liegenbleibt."

„Haben Sie nur diesen einen PC zur Online-Recherche zur Verfügung?"

„Natürlich nicht. Aber Frau Kamphaus wird schwer zu ersetzen sein. Sind Sie sicher, dass sie tot ist?"

Plasberg starrte Klöckner fassungslos an. „Sie hat die letzten Tage in einer Kühlbox der Gerichtsmedizin verbracht. Das tun bei uns für gewöhnlich nur Leichen."

„Ja … nein … ich wollte nur sicher sein, dass Sie die richtige Tote haben. Dass es wirklich Frau Kamphaus ist, meine ich."

„Sie scheinen sehr an Ihrer Kollegin gehangen zu haben."

„Sie hat hier seit fast zwanzig Jahren gearbeitet, sie kannte die Bibliothek wie ihre Westentasche. Sie war eine ausgezeichnete Mitarbeiterin. Ein bisschen verschroben, aber ausgezeichnet."

„W-Was heißt das?", fragte Brinkhoff.

„Na ja, durch ihre langjährige Tätigkeit hatte sie sich viel Wissen und viele Kontakte angeeignet, mit denen sie auch kniffelige Anfragen beantworten konnte. Im Laufe der Zeit habe ich immer wieder Mails bekommen, in denen sich Kunden für Frau Kamphaus' Hilfe bedankt haben. Ich erinnere mich noch, da war mal dieser Doktorand aus Bhopal, Indien, mit einem völlig unaussprechlichen Namen. Der hat an irgendeinem Thesenpapier über die Langzeitwirkungen der Chemiekatatrophe von 1984 gearbeitet. Frau Kamphaus hat ihm bei der Suche nach irgendwelchen deutschen Publikationen zu dem Thema weitergeholfen und anschließend eine Woche lang Blumen über Fleurop geschickt bekommen. Überall in der Bibliothek standen diese Fresien- und Anemonensträuße herum. Ich war kurz vor einem anaphylaktischen Schock." Klöckner wurde plötzlich kurzatmig und griff zu einem Asthma-Inhalator.

„Haben Sie mal daran gedacht, zum Arzt zu gehen?", fragte Plasberg irritiert.

„Soll das ein Witz sein? Ich wohne quasi in der Praxis meines Allergologen! Jedenfalls solange die Pollen fliegen. Eine der Sprechstundenhilfen hat mir vor drei Wochen zu meinem sechsundfünfzigsten Geburtstag einen Kuchen gebacken." Klöckner verstummte und fügte dann hinzu: „Dabei haben wir dann gemerkt, dass ich auch auf Ananas allergisch reagiere. Wenn ich nicht schon in der Praxis gewesen wäre, hätte das böse ausgehen können. Die Zunge wurde immer dicker, und die Kehle ist mir zugeschwollen." Es schien ihm ein gewisses Vergnügen zu bereiten, über seine Krankheit zu berichten, jedenfalls hellte sich seine Miene zusehends auf.

Die Kommissarin kam zum eigentlichen Thema zurück. „Mein Kollege wollte wohl eher wissen, was Sie mit ‚verschroben' meinten", sagte sie. „In Bezug auf Frau Kamphaus."

Kamphaus' Vorgesetzter beugte sich nach vorne, als müsste er der Kommissarin eine delikate Mitteilung machen. „Ich glaube nicht, dass die Frau ein besonders aufregendes Privatleben hatte. Bücher, Bücher, Bücher – für etwas anderes hat sie sich nicht interessiert. Ich persönlich finde das etwas … armselig. Aber wie sagt man in Köln? ‚Jede Jeck is anders'. Trotzdem: Reden Sie mit Frau Geymann und Frau Schmidt-Lage." Klöckner beschrieb den Kommissaren, wo sie die beiden Arbeitskolleginnen eine Etage tiefer finden konnten, und verabschiedete sie dann.

„Was für ein fürchterlicher Mensch", sagte Plasberg auf dem Weg durchs Treppenhaus. Sie kramte aus den Untiefen ihrer Lebkuchen-Handtasche eine Flasche Desinfektionsspray heraus, mit der sie sich ausgiebig die Hände einsprühte. „Möchten Sie auch?"

Brinkhoff schüttelte zerstreut den Kopf.

Das Fenster im Büro von Claudia Geymann und Angela Schmidt-Lage gab den Blick frei auf den Josef-Haubrich-Hof, dessen japanische Zierkirschen den Platz zurzeit in ein spektakuläres, rosafarbenes Blütenmeer verwandelten. Gerade war ein Tourist damit beschäftigt, den Anblick enthusiastisch auf sein Handy zu bannen, während seine Begleiterin unter einem der Bäume posierte.

Zumindest eine der beiden Bibliotheksangestellten, Angela Schmidt-Lage, entsprach dem Klischee einer Bibliothekarin, das die Jahre überdauert hatte: Die Sechzigjährige trug ihre grauen Haare zu einem Dutt zusammengeknotet, an einer Kette auf ihrer Brust baumelte eine Lesebrille, und ihre Füße steckten in beigefarbenen Gesundheitsschuhen. Ihre Kollegin dagegen, Claudia Geymann, konnte es an Unkonventionalität jederzeit mit der Kommissarin aufnehmen. Die etwas füllige, unablässig kaugummikauende Fünfundzwanzigjährige trug eine speckige Jeans und locker geschnürte Turnschuhe, ihr Gesicht war mit zahllosen Piercings versehen und der Schädel bis auf einen blau gefärbten Irokesenschnitt kahl geschoren. Ihr außergewöhnliches Modestatement wurde durch ein übergroßes T-Shirt abgerundet, auf dem zwei ineinandergreifende Kreise mit nach unten zeigenden Kreuzen zu sehen waren.

Nicht einmal die einiges gewohnte Kommissarin war auf diesen Anblick im Büro einer öffentlichen Bibliothek vorbereitet und für einen Moment sprachlos, als sie die junge Frau in Augenschein nahm. Geymann allerdings war von Plasbergs Dirndl wohl genauso fasziniert wie diese von Geymanns Erscheinungsbild. Zwei Welten schienen in Zeitlupe aufeinanderzuprallen, und der peinliche Moment wurde erst aufgelöst, als Geymann ihren Kaugummi aufblies und zum Platzen brachte, dann in einer ironischen Geste ihre rechte Faust hob und laut und vernehmlich „Lesbenpower!" sagte.

„Frau Geymann!", ließ sich Angela Schmidt-Lage seufzend vernehmen. „Muss das sein?"

„Ich wollte nur die Fronten klären!"

„Aber nicht jeder ist an Ihren sexuellen Präferenzen interessiert, Frau Kollegin."

„Ich bin eben noch in meiner Selbstfindungsphase", erklärte die Angesprochene schulterzuckend. „Alles ist politisch." Und zur Kommissarin gewandt: „Haben Sie ein Problem damit?"

„Ich habe einen schwulen Kollegen", antwortete Plasberg und deutete auf Brinkhoff, der sofort peinlich berührt errötete. „Sie bringen mich nicht aus dem Konzept." Damit zückte sie ihren Dienstausweis und stellte sich und den Kommissar vor. „Wie Sie wahrscheinlich schon gehört haben, ist Frau Kamphaus vorgestern tot aufgefunden worden; wir gehen davon aus, dass sie ermordet wurde." Die ältere Frau hielt sich entsetzt die Hand vor den Mund. „Was wir dringend benötigen, sind Hintergrundinformationen. Über Ihre Kollegin, ihren Freundeskreis, ihre Freizeitgestaltung, ihre Gewohnheiten. Hat sie sich in den letzten Tagen oder Wochen anders verhalten als sonst, hat sie von etwas Ungewöhnlichem erzä…"

„Sie wissen noch gar nichts?" Claudia Geymann schob ihren Kaugummi von einer Backe in die andere.

„Wir wissen, dass Frau Kamphaus ein ausgesprochen enges Verhältnis zu Büchern hatte."

„Wie scharfsinnig", murmelte Geymann spöttisch. „Eine Bibliothekarin, die auf Bücher steht. Dann kann es ja nur noch Minuten dauern, bis Sie den Mörder aus dem Hut zaubern."

Plasberg wollte gerade etwas entgegnen, als ihr Angela Schmidt-Lage zuvorkam. „Martina … Frau Kamphaus … sie war eine nette Kollegin“, erklärte sie mit leiser Stimme, während sie die Gläser ihrer Brille mit einem Tuch reinigte. „Hilfsbereit, ausgeglichen, freundlich. Ich kann mir gar nicht vorstellen, warum sie … wer sie … Sie hat nie einem Menschen irgendetwas getan. Da bin ich ganz sicher.“

Die Kommissarin hatte solche Sätze in ihrer Karriere schon viel zu oft gehört. Hinterbliebene – seien sie nun Familienangehörige, Freunde oder Arbeitskollegen – hatten nach einer solchen Tat meist das Bedürfnis, die oder den Toten in ein gutes Licht zu rücken, die Erinnerung zu verklären. Es half, die Sinnlosigkeit eines Gewaltaktes zu verarbeiten. Die Ermittler brauchten jedoch Details, präzise Beschreibungen und genaue Auskünfte. Insbesondere die Fehler, Eigenarten oder Charakterschwächen eines Opfers konnten zu ersten Hinweisen über den Hintergrund einer Tat führen.

„Sie hat nie viel von sich erzählt“, ergänzte Geymann. „Nicht, dass es mich groß interessiert hätte – was kann ein solcher Bücherwurm schon Aufregendes erleben? Wir waren halt nur Arbeitskolleginnen.“ Sie zuckte mit den Schultern.

„Es ist nicht schlecht, wenn man gerne liest“, verteidigte Schmidt-Lage die Ermordete. „Schon gar nicht als Bibliothekarin.“

„Aber es ist schon komisch, wenn man gar nichts anderes in seinem Leben hat!“, schoss Geymann zurück. „Ich bin sicher, dass sie seit Jahren nicht mehr flachgelegt worden ist.“

„Frau Geymann!“

„Na, was denn? Ist das vielleicht normal? Also, ich brauche Sex mindestens zweimal in …“

„Was uns zu Frau Kamphaus’ Privatleben bringt“, riss Plasberg die Gesprächsführung wieder an sich. „Ein paar Details wären hilfreich.“

„Sie hat selten von ihrer Familie gesprochen“, erwiderte Schmidt-Lage. „Von ihrem Exmann eigentlich nie. Ich glaube, sie hatte nicht mehr viel übrig für ihn.“

„Was ist mit Freizeitgestaltung? Hatte Frau Kamphaus irgendwelche Hobbys außer Lesen? War sie in einem Sportverein? Hat sie musiziert? Sie ist gerne in weit entfernte Winkel der Erde in Urlaub gefahren, oder?"

„Ja, schon, aber ansonsten …" Die beiden Kolleginnen wussten keine Antwort.

„Freunde! Hat sie irgendwann einmal Freunde erwähnt?"

Schmidt-Lage schüttelte den Kopf. „Es tut mir leid …"

„Das gibt es doch gar nicht!", erklärte die Kommissarin ungläubig. „Sie sitzen jahrelang in ein und demselben Büro, und Sie können mir nichts über das Umfeld oder die Interessen Ihrer Kollegin erzählen?"

„Ich glaube, sie war homophob", meldete sich Geymann. „Jedes Mal, wenn ich mal was Lesbisches erzählt habe, hat sie so genervt geguckt."

„Das haben wir beide gemacht, Frau Geymann", sagte Schmidt-Lage mit säuerlicher Miene. „Und das hatte nichts mit Homophobie zu tun. Wir waren beide einfach nicht an Ihren etwas offenherzigen Berichten interessiert."

„Sie hat sich bei Klöckner beschwert, als ich den Regenbogensticker auf die Bürotür kleben wollte!"

„Weil politische Bekundungen im öffentlichen Dienst nichts zu suchen haben!"

Claudia Geymann blies erneut ihren Kaugummi auf und ließ ihn platzen.

Plasberg drehte sich zu Brinkhoff, aber ihr Kollege schien mit seinen Gedanken nicht bei der Sache zu sein. Musste sie denn alles alleine machen? „Dann erklären Sie mir bitte Frau Kamphaus' Arbeitsfeld."

„Literaturrecherche?", fragte Geymann. „Was gibt's da zu erklären?"

„Zum Beispiel, welche Art von Anfragen Sie erhalten; in welcher Form diese Anfragen gestellt und wie sie bearbeitet werden."

Claudia Geymann schwenkte ihren Computermonitor zu den Kommissaren. „Wissenschaftler wenden sich mit ihren Anliegen meist direkt an die Bibliotheken, die für ihr Fachgebiet relevant sind. Wir als öffentliche Bibliothek sind eher ein erster Anlaufpunkt für Laien." Sie rief die Seite der Zentralbibliothek auf und startete das Tutorial, das den Kommissaren einen ersten Einstieg in die Funktionen und Möglichkeiten der Recherche geben sollte, aber Plasberg erhob Einspruch. „Wir haben jetzt nicht die Zeit und Muße, uns ein Filmchen anzuschauen. Vielleicht in Ihren eigenen Worten?"

Diese Herangehensweise stellte sich jedoch als Fehler heraus, denn als Geymann loslegte, brummte Plasberg und Brinkhoff schon nach kurzer Zeit der Schädel, während die Bibliothekarin höchst professionell Datenbankangebote, E-Zeitschriften, Volltextsuchen, digitale Sammlungen, Module und Accounts erklärte.

Irgendwann zog Plasberg die Reißleine. „In erster Linie sind Sie also dazu da, Hilfe zur Selbsthilfe zu leisten, das heißt, den Benutzer zu befähigen, selbstständig nach Literatur zu suchen?"

„Im Prinzip ja. Aber auf dem Weg dorthin kommt es immer wieder zu Problemen, weil man schnell an den komplexen Suchvorgängen scheitern kann oder auf die gewünschte Literatur keinen Zugriff bekommt, weil sie lizenzpflichtig oder geschützt oder nur registrierten Usern vorbehalten ist. Gerade Laien, die sich eher selten oder gar nicht mit Recherche beschäftigen, sind dann schnell mit ihrem Latein am Ende. Da springen wir dann ein."

„Das bedeutet, Sie sind so etwas wie Wegweiser oder Hilfesteller?"

„Oder auch Schnüffler", grinste Geymann und schob ihren Kaugummi von der linken in die rechte Backe.

„Schnüffler?"

„Na ja, Literaturrecherche kann ein ziemliches Labyrinth sein. Aber normalerweise können wir fast immer die gewünschte Information beschaffen."

„Interessant", sagte die Kommissarin nachdenklich. „Jede von Ihnen hat einen eigenen PC? Oder haben Sie auch mal an Frau Kamphaus' Computer gearbeitet?"

Schmidt-Lage deutete auf ihr eigenes Arbeitsgerät und das von Claudia Geymann. „Wir haben untereinander nicht getauscht. Das wäre auch gar nicht möglich gewesen, weil jeder PC durch ein persönliches Kennwort geschützt wird. Insofern weiß ich auch gar nicht, wie Sie an die Informationen auf Frau Kamphaus' PC kommen wollen."

„Keine Sorge", erwiderte die Kommissarin. „Dafür haben wir unsere Spezialisten."

Trotz weiterer Nachfragen hatten die beiden Arbeitskolleginnen nicht mehr viel über Martina Kamphaus zu sagen.

„Sie hat Blumen gemocht“, fiel Schmidt-Lage zum Abschluss ihrer Unterhaltung noch ein. „Einmal die Woche hat sie einen frischen Blumenstrauß mit ins Büro gebracht. Sie fand, dass das die Atmosphäre ein wenig freundlicher gestaltete. Ich hatte ihr angeboten, mich mit ihr abzuwechseln, aber sie wollte nicht. Das sei schon in Ordnung, hat sie gesagt.“ Schmidt-Lage runzelte die Stirn. „Sie hatte so ein herzliches Lächeln.“

Die Kommissare verabschiedeten sich kurz darauf. Auf dem Weg nach draußen telefonierte Plasberg mit der Spurensicherung, die noch im Laufe des Vormittags Kamphaus' Computer sicherstellen sollte.

„Na, das war ein völliger Schlag ins Wasser“, erklärte sie frustriert, als sie und Brinkhoff wieder im Wagen saßen. „Es sei denn, dieses ‚Schnüffeln‘ führt uns irgendwie weiter. Aber was kann man schon bei einer Literaturrecherche entdecken, das so gefährlich ist, dass es einen das Leben kostet?“ Sie wartete, dass Brinkhoff sich äußerte, aber ihr Kollege schwieg. „Ich habe jedenfalls selten einen Fall gehabt, bei dem das Opfer so schwer zu fassen war …“ Sie suchte nach den richtigen Worten. „Diese Frau ist wie ein Nebel, eine Nullstelle, ein Hintergrundgeräusch. Nein, halt! Sie hat für ihr Leben gerne gelesen, mochte Blumen und hatte ein herzliches Lächeln. Großartig!“ Plasberg startete den Wagen, um zurück ins Präsidium zu fahren. „Ob es eine Verbindung zwischen ihrer Blumenliebe und den Gänseblümchen in ihrem Haar gibt?“, spekulierte sie.

„W-Weiß nicht“, sagte Brinkhoff endlich und starrte aus dem Beifahrerfenster. Da war es wieder, dieses merkwürdige Gefühl beim Stichwort Gänseblümchen. Als ob er irgendetwas in diesem Zusammenhang schon einmal erlebt oder gesehen hätte. Er bemerkte erst, dass Plasberg noch immer auf ihn einredete, als sie ihn anstupste.

„… eigentlich heute mit Ihnen los, Kollege? Sie sind total unaufmerksam! Ich glaube, mehr als zwanzig Worte haben Sie heute noch nicht von sich gegeben.“

„N-Nichts. Alles okay. Es ist nur … ach, nichts.“

„Dann verhalten Sie sich auch entsprechend." Plasberg lenkte das Auto auf die Deutzer Brücke, wo sie prompt im vormittäglichen Wochenendstau steckenblieben. „So ist mit Ihnen ja nichts anzufangen!"

„M-Markus fehlt mir", platzte Brinkhoff schließlich heraus.

„Das ist jetzt nicht Ihr Ernst, Kollege! Er ist doch erst zwei Tage weg."

„Vielleicht sollten wir heiraten." Es war ein Gedanke, der ihm gestern Abend vor dem Einschlafen gekommen war. Er war sich bloß selbst nicht darüber im Klaren, was er von der Idee hielt.

„Heiraten?", fragte Plasberg überrascht.

„Na ja, also v-verpartnern eben."

„Schon klar. Ich vergesse nur ständig, dass Sie das jetzt auch dürfen." Plasberg trat aufs Gaspedal, als es endlich weiterging. „Ich verstehe sowieso nicht, warum Lesben und Schwule unbedingt heiraten wollen. Das ist doch total überholt. Ich würde es jedenfalls nicht wieder tun."

„Nur weil Sie Pech gehabt haben, m-muss es ja bei uns nicht auch so sein", widersprach Brinkhoff.

Plasberg schnaubte auf. „Ich an Ihrer Stelle würde mir das gut überlegen. Geben Sie Clement erst mal ein bisschen Zeit, mit seinem Leben wieder klarzukommen, bevor Sie es erneut durcheinanderwirbeln!"

„K-Könnten wir das Thema wechseln?"

„Sie haben doch damit angefangen!"

„Ja, war ein F-Fehler!" Brinkhoff verstummte beleidigt. „Und diese Blumen im Haar der Kamphaus krieg ich auch nicht aus dem K-Kopf", fügte er nach einer Weile hinzu.

„Ja", erwiderte die Kommissarin nachdenklich. „Stimmt."

Wegen des Staus kamen Plasberg und Brinkhoff verspätet zu ihrem Termin mit Saskia und Axel Kamphaus ins Präsidium. Ein böiger Wind fegte über den Parkplatz vor den Büros und plusterte das Dirndl der Kommissarin auf, als sie den Wagen abschloss.

Auf dem Weg zu ihrem Dienstzimmer klackten ihre Pumps eilig über den Flur; ihr Kollege hatte Mühe, trotz seiner langen Beine Schritt zu halten. Plasberg sah noch kurz bei Hallstetter und Kayser herein, um sich über die Auswertung von Martina Kamphaus' privatem Laptop zu informieren. Es war mehr als Aufmunterung der Kollegen gedacht, als dass sie erwartete, schon Ergebnisse zu erhalten.

„Nichts bisher“, sagte Kayser dann auch. „Jedenfalls nichts Relevantes.“ Der Kollege wirkte angestrengt; seine großen Hände umklammerten einen Becher Kaffee auf seinem Schreibtisch. „Sie hat kurz vor ihrem Tod so eine Art Kulturreise nach Finnland gebucht, für den kommenden Herbst. ‚Leuchtendes Lappland im September‘. Unfassbar, wie teuer diese geführten Reisen sind! Acht Tage für zweitausend Euro.“

„Hat sie die Reise nur für sich gebucht oder mit Begleitung?“

„Allein, wie schon vermutet. Überhaupt ist sie in den letzten Jahren ziemlich herumgekommen. Es gibt Hunderte von Fotos auf dem Rechner von ihren letzten Urlauben, alle fein säuberlich sortiert, beschriftet und datiert: Herbst 2006 Russland, Frühling 2007 Südafrika, Herbst 2007 Lateinamerika, später dann die Ardèche, das Dreiländereck Vietnam, Laos und Kambodscha. Jedes Mal in einer Reisegruppe.“

„Ich hab mir noch nie so viele orthodoxe Kirchen, buddhistische Götterstatuen und Tempel ansehen müssen“, beschwerte sich Hallstetter. Der Kommissar bevorzugte Campingferien in Holland und am Bodensee.

„Sonst war nichts in den Mails?“, fragte Plasberg.

Kayser schüttelte den Kopf. „Bisher nicht. Die Kamphaus war Mitglied in einem Lesekreis, der sich in regelmäßigen Abständen zu einer Buchbesprechung getroffen hat. Die Teilnehmer sind über das ganze Stadtgebiet verstreut; wir haben eine Liste mit Namen und Adressen angefertigt. Ansonsten ein paar Nachrichten von und an ihre Geschwister, nichts Ungewöhnliches. Der Rest ist Werbung für Best Ager, Musicals, Gartencenter und Medikamente zur Durchblutungsförderung. Kriege ich auch ständig. Eine Sache noch: Sie hat eine Dose Pfefferspray gekauft, 50 ml; vor drei Wochen. Ist auch sofort ausgeliefert worden, die Rechnung über 14,98 Euro wurde von ihr per Kreditkarte bezahlt.“

„Pfefferspray? In der Wohnung und bei ihrer Leiche war kein Pfefferspray.“

„Vielleicht hat sie es vorher verbraucht?"

Plasberg schüttelte den Kopf. „Wann denn? Aber Kamphaus wurde an einem relativ einsamen Ort umgebracht. Vielleicht hat sie gewusst, dass sie sich in eine potenziell gefährliche Situation begibt, und das Spray war ihre Rückversicherung."

„Dann hat es ihr aber nichts genützt", sagte Kayser.

„Der Mörder könnte es an sich genommen haben", schlug Hallstetter vor. „Oder er hat es in den See geworfen. Vielleicht haben die Taucher nicht alles gefunden."

„So eine Dose Spray geht nicht unter", wandte Kayser ein. „Wahrscheinlich hat sie der Mörder deshalb später in irgendeinem Mülleimer entsorgt."

Plasberg nickte unzufrieden. „Möglich. Können wir jetzt nicht klären. Was ist mit dem Browserverlauf?"

Hallstetter zog seine Notizen zurate. „Sie hat sich unter anderem bei eBay für die alten Ausgaben eines Groschenromans interessiert, mehrere Bücher bei Online-Buchhandlungen gekauft und sich über die Erfolgsaussichten einer Kartoffeldiät informiert … aber wir machen weiter."

„Vielleicht haben wir mehr Glück mit dem Rechner aus ihrem Büro", sagte die Kommissarin. „Die Spurensicherung bringt ihn später noch vorbei."

„Den sollen wir dann auch noch …? Ich hab meinen Enkeln versprochen, morgen mit ihnen ins Phantasialand zu fahren! Die Heidi macht Frikadellen und Nudelsalat. Für zwischendurch."

„Tja, Hallstetter, wir haben einen neuen Fall. Das Phantasialand müssen Sie verschieben. Aber Sie gehen doch demnächst in Pension, oder?"

„In achtzehn Monaten", antworteten Kayser und Hallstetter im Chor.

„Na also." Plasberg zupfte die Schürze ihres Dirndls zurecht und folgte Brinkhoff zu ihrem nächsten Termin.

„D-Das war nicht besonders einfühlsam", beschwerte sich Brinkhoff. „Sie müssen Ihre Mitarbeiter zwischendurch auch mal loben."

„Wen? Hallstetter? Jetzt machen Sie sich nicht lächerlich!"

Während sie die Angehörigen der Toten begrüßte, machte sich die Kommissarin unauffällig ein erstes Bild von Tochter und Vater, die vor Plasbergs Büro warteten und von Gesine Keller mit Kaffee versorgt worden waren. Saskia Kamphaus hockte zusammengekauert auf einem der orangeroten Plastikstühle. Die Nachricht vom Tod ihrer Mutter und die anschließende, überstürzte Reise von Bayern nach Köln hatten Spuren hinterlassen: Die junge Frau hatte Mühe, ihre zitternden Finger zu kontrollieren, während sie die Tasse zum Mund führte. Saskia Kamphaus besaß einen sportlichen, durchtrainierten Körper – was aufgrund ihrer Berufe kaum verwunderlich war –, hatte ein rundes, ebenmäßiges Gesicht, eine Stupsnase und Sommersprossen. Ihre langen, blonden Haare waren straff nach hinten gekämmt und zu einem festen Zopf geflochten und gaben ihrem Gesicht eine gewisse Strenge. Einziger Schönheitsfehler waren vielleicht die buschigen Brauen, die sie von ihrem Vater geerbt zu haben schien und unter denen ihre blauen Augen müde und abgespannt ins Leere blickten. Ihr Vater, Axel Kamphaus, war ein bulliger Mann Ende vierzig. Seine Unterarme gaben unter einem aufgekrempelten, karierten Hemd Tätowierungen frei, das gerötete Gesicht ließ auf Bluthochdruck oder zu viel Alkohol schließen. Die Nase schien im Laufe seines Lebens mehrmals gebrochen gewesen zu sein, und die linke Augenbraue war von einer länglichen Narbe geteilt. Als die Kommissare zum Büro kamen, stand er hinter dem Stuhl seiner Tochter, wie eine Leibwache, die Hände auf die Lehne gestützt, mit einem entschlossenen, fast grimmigen Ausdruck in den Augen.

„Nehmen Sie doch Platz, Herr Kamphaus", sagte Plasberg, nachdem sie Vater und Tochter hereingebeten und förmlich ihr Beileid ausgedrückt hatte. „Das hier wird vielleicht ein Weilchen dauern."

„Ich stehe lieber", erklärte Kamphaus' Exmann und postierte sich erneut hinter dem Stuhl seiner Tochter. Doch anstatt sich durch die Ablehnung brüskiert zu fühlen, verstand die Kommissarin auf Anhieb, was die Bibliothekarin an diesem Mann einmal angezogen hatte. Axel Kamphaus besaß einen sonoren, melodischen Bariton, der sein markantes, eher grobschlächtiges Erscheinungsbild auf ganz eigentümliche Weise brach. Der Widerspruch machte sie neugierig. „Ich sitze den ganzen Tag und manchmal auch die Nächte in der Kabine meines Lkw", fügte er erklärend hinzu. „Tut mir ganz gut, meine Knochen zu strecken." Er lächelte kurz, und die Kommissarin sah für einen Moment seine regelmäßigen, weißen Zähne aufblitzen.

„Sind … sind Sie wirklich sicher, dass es sich um meine Mutter handelt?" Saskia Kamphaus sah die Kommissarin mit einem fast flehentlichen Gesichtsausdruck an, als wollte sie sie bitten, ihr zu sagen, dass es sich nur um ein schreckliches Missverständnis gehandelt hatte. „Ich meine, es gibt keine Zweifel mehr?"

Plasberg klärte die beiden über den Stand der Ermittlungen auf, beschrieb in vorsichtigen Worten den Zustand der Leiche nach einem längeren Aufenthalt im Wasser und die damit verbundenen Schwierigkeiten einer Identifikation. „Wir warten noch auf das Ergebnis der DNA-Analyse. Aber um so schnell wie möglich letzte Sicherheit zu bekommen, wäre es hilfreich, wenn Sie in die Gerichtsmedizin fahren könnten, natürlich in Begleitung eines Kollegen. Ich kann Ihnen das leider nicht ersparen." Als sie den Ring an der Hand der Toten erwähnte, senkte die Tochter den Kopf.

„Sie kennen den Ring?", fragte Plasberg.

Die junge Frau nickte stumm.

„Das mit der Gerichtsmedizin werde ich machen", bot sich Axel Kamphaus an. „Das ist zu viel für Saskia."

„Aber ich möchte sie sehen!", widersprach die Tochter und blickte zu ihrem Vater hoch.

„Nein, Saskia, das möchtest du nicht. Kommt nicht infrage." Kamphaus' Tonfall war bestimmt und gleichzeitig liebevoll, und die Kommissarin registrierte, dass schon dieser kurze Wortwechsel zwischen Vater und Tochter reichte, um die enge Bindung der beiden zu erkennen. Sie hörte bedingungsloses Vertrauen und große Nähe heraus. Also war die Mutter der Außenseiter in dieser Dreiecksbeziehung gewesen – interessant.

„Wir sind immer noch dabei, uns ein Bild von Frau Kamphaus zu machen, von ihren Lebensverhältnissen", erklärte die Kommissarin. „Auch versuchen wir, die letzten Tage vor ihrem Tod zu rekonstruieren, soweit das möglich ist. Zu wem sie Kontakt hatte, was sie getan hat. Ich will offen sein: Sie scheint ein Mensch mit relativ wenigen sozialen Kontakten gewesen zu sein, und das bereitet uns einige Schwierigkeiten. Wir haben zwar schon mit Nachbarn und Arbeitskollegen gesprochen, aber …“ Sie zuckte mit den Schultern.

„Martina war ein wenig … eigen in dieser Hinsicht.“ Axel Kamphaus stockte, bemüht, seine Wortwahl dem Anlass entsprechend anzupassen, vielleicht auch mit Rücksicht auf seine Tochter nicht zu hart zu klingen. Doch es war offensichtlich, dass seine Formulierung nicht den Verletzungen entsprach, die sie überdeckte. „Sie hat für so etwas nicht viel übriggehabt. Freundschaften, meine ich. Beziehungen. Ihr waren die Helden in ihren Büchern immer wichtiger als … wir.“ Seine Hand legte sich in einer beschützenden Geste auf die Schulter seiner Tochter. „Ich glaube, sie hat die Charaktere in Romanen interessanter gefunden als reale Menschen. Ich weiß, dass sich das merkwürdig anhört, aber im Grunde hätte sie am liebsten auch in einem Buch existiert.“

„Das ist eine ziemlich traurige Charakterisierung Ihrer Frau. Exfrau“, stellte die Kommissarin fest.

„Aber eine treffende.“

„Seit wann sind Sie geschieden?“

„Seit zehn Jahren.“ Kamphaus seufzte. „Verstehen Sie mich nicht falsch, Martina war auf ihre Art liebenswert, und ich habe unsere Ehe nie bereut. Aber ich hatte nie das Gefühl, der wichtigste Mensch in ihrem Leben zu sein. Ich war …“ Wieder suchte er nach Worten, als tastete er im Nebel nach dem richtigen Weg. „Sehen Sie, ich habe einen Beruf, bei dem ich oft tagelang unterwegs bin …“

„Fahrer bei einer Spedition, soviel ich weiß?“

„Hauptsächlich Maschinenersatzteile.“ Axel Kamphaus ließ die Stuhllehne seiner Tochter los und vergrub seine Hände in den Hosentaschen. „Meist in den ehemaligen Ostblock. Polen, Baltikum, Tschechien. Und wenn ich dann nach drei, vier Tagen oder einer Woche nach Hause kam, dann war Martina … sie war nicht wirklich daran interessiert, was ich erlebt hatte. Ich meine, sie hat mich erzählen lassen, hat genickt und gelächelt oder je nachdem auch einen empörten Gesichtsausdruck gemacht, aber sie war nie richtig bei der Sache, sie hat das alles irgendwie mechanisch getan. Für einen Mann, der die ganze Woche weg war, ist das …“ Er suchte

Augenkontakt zu Brinkhoff, als wäre er auf der Suche nach männlicher Solidarität. „Jedenfalls habe ich das natürlich gemerkt. Ich hatte nie das Gefühl, dass ich ihr gefehlt habe, dass sie meine Abwesenheit gestört hätte … Ich war eine Zweitbesetzung … so kann man es vielleicht ausdrücken." Er schwieg einen Moment, sammelte seine Gedanken. Plasberg hielt ebenfalls den Mund; Kamphaus schien keine Aufforderung zu brauchen, seine gescheiterte Ehe zu erklären. „Wissen Sie, was für ein Bild ich vor mir sehe, wenn ich an Martina denke? Sie sitzt auf dem Sofa mit einem aufgeschlagenen Buch in der Hand, die Beine angezogen, neben sich einen Tee. Und wenn ich ihr etwas sagen will, dann hebt sie zwar kurz den Kopf, aber ich spüre ihre Ungeduld, sich wieder ihrem Roman zu widmen. Als wäre ich eine lästige Unannehmlichkeit. Ich habe mir sogar Kopfhörer gekauft, um sie mit dem Fernseher nicht beim Lesen zu stören." Ein Schatten war kurz auf seinem Gesicht zu erkennen, und er brauchte einen Augenblick, bis er seine Gefühle wieder im Griff hatte. „Tut mir leid", murmelte er.

„Und Sie haben das ähnlich empfunden?", fragte Plasberg die Tochter.

Saskia Kamphaus nickte. „Es klingt furchtbar, wenn man das über sie sagt. Aber es stimmt." Erneut sah sie hilfesuchend zu ihrem Vater auf. „Ihren Kollegen, die die Vermisstenanzeige aufgenommen haben, habe ich schon versucht zu erklären, warum wir – also ich und meine Mutter – hin und wieder Funkstille hatten, warum ich so weit weggegangen bin von zu Hause. Sie hatte diese innere Distanz, und ich brauchte dann irgendwann auch die äußere Distanz. Aber ich glaube, ihr hat das gar nichts ausgemacht. Sie hat unsere Abwesenheit nicht vermisst." Sie senkte den Kopf. „Mich hat das traurig gemacht."

„Ich nehme an, dass Sie selber nicht gerne lesen?", fragte Plasberg.

Die Tochter sah überrascht auf. „Stimmt. Woher wissen Sie …? Ich habe tatsächlich kaum Bücher zu Hause. Zeitschriften ja. Übers Klettern, Bergsteigen, Skifahren. Aber das ist was anderes." Sie lachte freudlos auf. „Bin ich so leicht zu lesen?"

Der Kommissarin entging nicht, wie sehr die Tochter trotz ihrer Abneigung gegenüber dem exzessiven Hobby ihrer Mutter von diesem auch geprägt worden war, ansonsten hätte sie sicherlich eine andere Formulierung gewählt. „Sie hatten … oder haben zu Ihrem Vater eine engere Beziehung?"

Zum ersten Mal stahl sich ein schmales Lächeln über das Gesicht der Tochter. „Ja. Er war immer für mich da."

„Und doch haben Sie Ihre Tochter nach der Scheidung bei Ihrer Frau gelassen? Da muss sie …", Plasberg rechnete kurz und sah erneut den Vater an, „… zwölf Jahre gewesen sein?"

Axel Kamphaus war die Frage sichtlich unangenehm. „Es ging nicht anders."

„Warum?"

„Ist das wirklich von Belang für Ihre Ermittlungen?"

„Für die ist alles von Belang."

Kamphaus verschränkte die Finger ineinander und bog sie nach außen, bis die Fingerknöchel knackten. „Ein Kind braucht Stabilität und feste Strukturen. Die konnte ich Saskia nicht bieten. Sie hat oft meine freien Tage bei mir verbracht, und meine Frau und ich haben uns das Sorgerecht geteilt." Er verstummte. „Nicht einmal das hat sie berührt."

„Bitte?"

Kamphaus' Gesichtsmuskeln arbeiteten angestrengt, die beherrschte Fassade bekam plötzlich Risse. „Die Scheidung, das Sorgerecht …", murmelte er. „Alles ist an ihr abgeprallt wie an einer Gummiwand. Nichts ist an meiner Teflon-Frau hängengeblieben. Wenn ich auf sie eingeschlagen hätte …" Er sah erschrocken zur Kommissarin.

„Haben Sie?", hakte Plasberg schnell nach. „Haben Sie auf sie eingeschlagen?"

„Ach, Unsinn! Natürlich nicht." Kamphaus hatte sich sofort wieder im Griff, und Brinkhoff und seine Vorgesetzte wechselten einen Blick.

„Ihr Beruf …", griff Plasberg einen vorhergehenden Satz auf. „Ich weiß nicht genau, wie ich das ausdrücken soll. Ich werde es einfach direkt machen: Wie kommt ein Lkw-Fahrer an eine Bibliothekarin?"

Kamphaus lächelte ein wenig gezwungen, als hätte er diese Frage schon zu oft gehört. „Martina und ich sind von unserem Hintergrund gar nicht so verschieden … gewesen.“ Er schob das letzte Wort nach, als erinnerte er sich erst im letzten Moment, dass seine Exfrau nicht mehr lebte. Dann erzählte er, dass er genau wie Martina Kamphaus aus einer Akademikerfamilie stammte, aber schon in der Kindheit Probleme mit seinem gewalttätigen Vater gehabt hatte. Mit Ach und Krach hatte er einen Realschulabschluss geschafft, sich danach treiben lassen, war an die falschen Leute geraten, ein paarmal wegen Körperverletzung verurteilt worden. An diesem Punkt seiner Erzählung stockte Kamphaus erneut. „Ich war Anfang zwanzig, und ich war immer wütend. Auf meinen Vater, auf die ganze Welt. Sie können sich gar nicht vorstellen, wie das ist, wenn man ständig unter Druck steht. Schon der kleinste Anlass hat gereicht, um mich explodieren zu lassen. Dann habe ich einfach um mich geschlagen. Es war wie ein Rausch, ich war eigentlich gar nicht bei mir in diesen Momenten.“ Ein Bekannter der Eltern hatte Kamphaus eine Therapie vermittelt, um seine Aggressionen unter Kontrolle zu bekommen. „Da habe ich dann boxen gelernt und … ich war richtig gut.“ Kamphaus grinste verstohlen. „Ein Naturtalent, obwohl ich eigentlich viel zu spät eingestiegen bin. Die meisten Boxer fangen mit elf, zwölf, dreizehn Jahren an. Aber es war wie eine Offenbarung: Endlich etwas, das ich richtig konnte und wo ich meine Wut kanalisieren konnte. Ich habe begonnen, professionell zu boxen, im Verein, als Leistungssport, bin auf Wettkämpfe geschickt worden, habe Preise gewonnen …“

„Ich habe mich schon gefragt, wie Sie zu Ihrer gebrochenen Nase gekommen sind“, sagte die Kommissarin.

„Viermal gebrochen. Ist ein Berufsrisiko bei Boxern.“ In Kamphaus' Stimme schwang so etwas wie Stolz mit. „Das Boxen hat mir den Mut gegeben, unter die Beziehung zu meinem Vater endlich einen Schlussstrich zu ziehen. Seitdem habe ich nie wieder ein Wort mit ihm gewechselt.“ Er seufzte. „Mit Ende zwanzig war dann Schluss.“ Seine Hand berührte die Narbe an der linken Augenbraue. „Der Treffer hätte mich beinahe meinen Sehnerv gekostet. Ich hab die Boxhandschuhe weggelegt. Aber ich hatte keine Ausbildung und kein Geld. Im Verein gab es jemanden, dessen Onkel ein Speditionsunternehmen besaß, der hat mir einen Job angeboten. Mittlerweile fahre ich meinen eigenen Lkw, habe meine eigene Firma." Er sah die Kommissarin an. „Zufrieden?"

Plasberg nickte, auch wenn sie aufmerksam registrierte, dass Kamphaus ihrer Frage ausgewichen war. „Ein paar Fragen habe ich allerdings noch an Sie beide: Wann haben Sie Ihre Mutter beziehungsweise Exfrau zum letzten Mal gesehen?"

„Sie war im März für ein Wochenende bei mir", erwiderte Saskia Kamphaus. „Ich hab mit ihr eine Wanderung gemacht, aber das Wetter hat nicht mitgespielt, und sie ist einen Tag früher zurückgefahren als geplant."

„In ihrer Wohnung haben wir ein Foto gefunden, das Frau Kamphaus in einem Biergarten zeigt, in einem rosa T-Shirt und einer grauen Strickjacke."

„Kein Biergarten. Eine Hütte. Aber ja, das Foto habe ich gemacht, als wir unterwegs waren."

„War sie an diesem Wochenende irgendwie anders als sonst? Ängstlicher? Bedrückter? Aufgeregt? Nervös? Hat sie von irgendetwas Außergewöhnlichem erzählt?"

„Nein. Freundlich, aber distanziert. So wie immer. Sie wirkte erleichtert, als ich sie zum Zug gebracht habe."

„Erleichtert?"

Saskia Kamphaus zuckte mit den Schultern. „So wie immer."

„Ich habe meine Frau seit vier Monaten nicht mehr gesehen", ergänzte Axel Kamphaus. „Weihnachten, um genau zu sein. Da haben wir uns zum Kaffee getroffen, am zweiten Weihnachtstag. Mit Saskia."

Plasberg machte sich wie schon zuvor ein paar Notizen. „Sie haben in unserem ersten Telefonat die exotischen Urlaubsreisen Ihrer Mutter erwähnt. Auch auf ihrem Laptop finden sich viele Fotos dieser Reisen. Mir ist noch nicht ganz klar, wie dieses Interesse zu ihrer … introvertierten Persönlichkeit passt."

„Um ehrlich zu sein, da habe ich keine Antwort drauf", erklärte Saskia Kamphaus. „Sie hat damit erst vor einigen Jahren angefangen. Ich war auch ganz überrascht. Plötzlich wollte sie nach Mauretanien, Island und was weiß ich wohin. Vielleicht war das so eine Art Torschlusspanik? Dass sie plötzlich gemerkt hat, dass die Welt doch nicht nur aus Büchern besteht? Ich weiß es nicht. Ich habe keine Erklärung dafür, und sie hat mir auch keine gegeben."

„Ist sie immer allein gefahren?"

„Sie meinen, abgesehen von einer Reisegruppe? Ja."

„Hat sie jemals den Wunsch geäußert, dass Sie sie begleiten?"

Die Tochter schüttelte den Kopf. „Nein. Nie. Und ich hätte auch nicht Ja gesagt."

„Warum nicht?"

„Es war zu spät, um eine vernünftige Mutter-Tochter-Beziehung aufzubauen. Ich wollte das nicht mehr. Sie hat mich in der Vergangenheit zu oft ignoriert." Ihre Stimme klang plötzlich bitter.

„Dann würde ich noch gerne wissen, wo Sie beide sich am 16. und 17. April aufgehalten haben."

„Ist das …?", fragte Saskia Kamphaus und brach ab.

„Das Wochenende, an dem Ihre Mutter ums Leben gekommen ist. Eine Routinefrage, die wir bei Ermittlungen dieser Art immer stellen."

„Ich war im Berg", sagte die Tochter zögernd. „Eine Gruppe aus Gelsenkirchen hatte mich gebucht."

„Und wo da genau?", fragte Plasberg.

„Die Angerkopf-Südwand. Ein etwas über zweitausend Meter hoher Gipfel in der Nähe von Oberstdorf. Da gibt es einige Kletterrouten, die auch für Anfänger geeignet sind."

„Und ich war mit dem Lkw unterwegs", antwortete Axel Kamphaus. „Ich habe Stahlmanschetten für eine Fabrik in Riga geliefert."

„Kann irgendjemand Ihre Aktivitäten bestätigen?"

Saskia Kamphaus runzelte die Stirn. „Ich kann Ihnen die Kontaktdaten der Leute aus Gelsenkirchen geben, wenn Ihnen das weiterhilft."

Ihr Vater schüttelte den Kopf. „Ich war allein auf der Autobahn. Aber Sie können ja meinen Fahrtenschreiber überprüfen."

„Werden wir sicherlich tun." Die Kommissarin stand auf und schüttelte beiden die Hand, versicherte ihnen nochmals ihr Mitgefühl. Dann holte sie Matthias Kayser und bat ihn, Axel Kamphaus in die Gerichtsmedizin zu begleiten. „Zwei Fragen noch, dann dürfen Sie gehen", hielt sie Tochter und Mann zurück. „Frau Kamphaus hatte einen Kranz aus Gänseblümchen im Haar, als sie gefunden wurde. Können Sie sich einen Reim darauf machen?" Aber Saskia Kamphaus starrte Plasberg nur entgeistert an, und auch ihr Vater konnte mit dieser Information nichts anfangen. „War Frau Kamphaus eigentlich ein besonders ängstlicher Mensch?", fragte Plasberg weiter.

„Was? Nein", antwortete der Exmann. „Ich meine, weder besonders mutig noch besonders furchtsam. Wie kommen Sie darauf?"

„Weil sie sich kurz vor ihrem Tod eine Dose Pfefferspray im Internet bestellt hat."

„Pfefferspray?" Die Tochter sah ratlos aus. „Zur Selbstverteidigung? Sie ist öfter allein an diesem See gewesen ... vielleicht deshalb."

„Sie hat den Kauf aber nicht erwähnt, als Sie das letzte Mal mit ihr gesprochen haben?"

„Nein."

Die Kommissarin wartete, bis die Angehörigen die Tür hinter sich zugezogen hatten. Dann fragte sie ihren Kollegen: „Glauben Sie den beiden?"

Brinkhoff, der der Unterhaltung schweigend und am Fenster stehend zugehört hatte, zuckte zusammen. „W-Was?"

„Verdammt noch mal, Kollege, haben Sie etwa die ganze Zeit nicht zugehört?"

„Doch, natürlich. Es klingt alles p-plausibel. Ungewöhnlich, aber plausibel."

Die Kommissarin rümpfte die Nase und ließ sich auf ihren Stuhl fallen. „Ich weiß nicht. Diese herzergreifende Geschichte, wie das Boxen sein Leben verändert hat, fand ich doch ein wenig dick aufgetragen. Dieser Moment, wo er Gewaltfantasien gegen seine Frau zugegeben hat ... Und irgendwas stört mich auch an der Tochter. Blond, blauäugig, ein Zopf – plus der Beruf der Kleinen. Das entspricht doch dem Klischee eines Luis-Trenker-Films!"

„Dabei sind Sie diejenige, die ein D-Dirndl trägt!", wagte Brinkhoff einzuwenden.

„Das hat etwas mit Stil zu tun, das ist ein Statement", widersprach Plasberg würdevoll.

„Ein Statement?“

„In der Tat.“

„Und welches?“

„Ich ... ähm ... na schön“, lenkte sie ein. „Sagen wir einfach, dass es mir Spaß macht. Und jetzt zurück zum Fall.“ Sie klopfte ungeduldig mit einem Kuli auf den Schreibtisch. „Immerhin passt die Charakterisierung der Kamphaus, die uns Exmann und Tochter geliefert haben, in das Bild, das wir bisher von ihr haben. Weltfremd, eigenbrötlerisch, zurückgezogen. Fragt sich nur ...“

„... warum jemand sie umbringen wollte“, beendete Brinkhoff den Satz seiner Vorgesetzten.

„Das Alibi der Tochter klingt narrensicher“, sagte die Kommissarin nachdenklich. Sie gähnte und streckte sich.

„Das des Exmanns nicht?“

„Ach, kommen Sie, Brinkhoff, Sie wissen doch genauso gut wie ich, dass sich Fahrtenschreiber kinderleicht manipulieren lassen! Und er hat ein latentes Aggressionspotenzial.“

„Aber er hat k-kein Motiv. Beide haben kein Motiv.“

„Nein. Bisher nicht. Aber sie weinen Martina Kamphaus auch nicht viele Tränen nach.“ Sie seufzte. „Ich werde aus dieser Frau einfach nicht schlau!“

Arnold Stumping hatte noch immer keine Ahnung, wieso ausgerechnet er zu einem der seltenen Interviews mit dem Schriftsteller eingeladen worden war. Am Morgen – er war eben erst aufgestanden und schmierte sich im Bad den Hals mit Rasierseife ein – hatte das Telefon geklingelt, und Heinrich Wendsteiner, der Chefredakteur des *Kölner Stadt-Anzeigers*, hatte ihn informiert, dass Stephen Gatler dem Blatt ein exklusives Interview angeboten habe, kurzfristig, noch am selben Tag.

„Keine Ahnung, wieso, Stumping, aber Gatler will nur mit Ihnen reden.“

Der Redakteur war aus allen Wolken gefallen. „Er hat mich doch vorgestern ziemlich rüde abblitzen lassen, als ich ihn nach der Lesung um ein Gespräch gebeten habe!“

„Vielleicht hat er ein schlechtes Gewissen?“ Wendsteiner lachte humorlos auf, es klang wie das heisere Bellen eines Hundes.

„Soll sogar bei A-Promis vorkommen. Sie kriegen jedenfalls in der Montagsausgabe eine ganze Seite für das Interview mit Gatler."

Stumping hörte das Klicken eines Feuerzeugs, gefolgt von einem tiefen Einatmen. Der Chefredakteur, ein kleiner, verbrauchter Mann mit gelben Zähnen, schlechten Manieren und nikotinverfärbten Fingern, regierte seine Redaktion wie ein Diktator, war Kettenraucher und scherte sich nicht um das strikte Rauchverbot in den Büroräumen der Zeitung, die er nur zum Schlafen und zum Wahrnehmen dienstlicher Termine verließ – im Gegensatz zu Arnold Stumping, der sich diesen Samstag eigentlich für eine Fahrradtour mit seiner Familie freigehalten hatte. Aber einem Mann wie Stephen Gatler gab man als Journalist keinen Korb, genauso wenig dem eigenen Chefredakteur – vor allem dann nicht, wenn man gerade erst befördert worden war –, und deshalb stand er um kurz nach vierzehn Uhr vor dem Anwesen des Autors in Hahnwald, den Riemen seiner abgegriffenen Ledertasche über der Schulter, während seine Frau und die Kinder ohne ihn am Rhein entlangradelten.

Eine hohe Mauer verwehrte den Blick auf das Grundstück, nur durch das vergitterte Tor ließ sich ein Stück der Auffahrt zum Haus erkennen, daneben eine gepflegte Rasenfläche, auf der eine große Kiefer wuchs und ein paar kugelrund geschnittene Buchsbäume. Der Redakteur drückte auf die Klingel.

„Ja?"

„Arnold Stumping vom *Kölner Stadt-Anzeiger*." Er schaute nach oben, entdeckte die Kamera und lächelte gewinnend in das Objektiv. „Ich bin mit Mr. Gatler verabredet."

„Das war vor zehn Minuten." Die Stimme des Autors klang blechern, aber es war unverkennbar seine eigene. Stumping war überrascht, er hatte mit dem Empfang durch Personal gerechnet.

„Ja, ich weiß, es tut mir leid, aber …"

Stephen Gatler drückte den Summer für das Tor, ohne sich die Entschuldigung des Journalisten anzuhören, dann öffnete er die Haustür und wartete, bis Arnold Stumping die Auffahrt hochgelaufen kam.

„Sehr erfreut, Sie kennenzulernen, Mr. Gatler!" Der Lokalredakteur streckte ihm die Hand entgegen. „Ich war überrascht, dass Sie einem Interview doch noch zustimmen."

„Wir gehen am besten gleich in mein Arbeitszimmer. Ich habe nicht viel Zeit." Gatler ignorierte Begrüßung und Handschlag und lief voraus, führte den Besucher durch die im Halbdunkel liegende, mit Marmor ausgelegte Eingangshalle, vorbei am repräsentativen Treppenaufgang, über dem ein wuchtiger Kristalllüster schwebte. Nur durch ein schmales Fenster neben der Haustür bahnte sich ein wenig Sonne den Weg in die Halle, Staubkörner tanzten im einfallenden Licht. Stumping hob die Augenbrauen. Lebte man so als Bestsellerautor? Wie in einem Museum? Er blieb kurz vor der Marmorbüste eines älteren Mannes mit einem dichten Schnauzbart stehen, die im Schatten einer Nische neben der Treppe stand.

„Wer ist das?", fragte er.

„Sir Arthur Conan Doyle", erwiderte Gatler, ohne anzuhalten.

So ungefähr hatte sich Stumping das herrschaftliche Haus der Buddenbrooks vorgestellt, als er sich mit zweiundzwanzig Jahren durch den Roman von Thomas Mann gequält hatte. Düster, förmlich, freudlos. Aber *Buddenbrooks* war eine Geschichte über den Niedergang einer Familie, einer ganzen Dynastie, und Stephen Gatler befand sich auf dem Zenit seines Erfolgs. Oder?

Der Schriftsteller verschwand in einem Raum seitlich der Treppe, ohne sich zu vergewissern, ob Stumping nachkam, und der Redakteur beeilte sich, ihm zu folgen.

Im Arbeitszimmer bot ihm Gatler einen von zwei Sesseln an, die zusammen mit einem Ficus und einem kleinen Tisch neben der Tür standen. Stumping sah sich um. Neben den Sesseln und einem Kamin wurde der Raum dominiert vom Schreibtisch des Autors, einem Eindruck schindenden, tatsächlich aber monströsen Möbel aus dunklem Holz, bestückt mit einem Drucker, Faxgerät, Laptop, einem Wust aus Notizzetteln, Papieren, Karteikarten, Schreibutensilien und …

„Eine alte Olympia!", rief Stumping aus. Die schwarze, noch rein mechanische Schreibmaschine mit schwarzem Gehäuse und schwarzen Tasten stand mitten auf dem Tisch und nahm sich zwischen den elektronischen Geräten wie eine alternde, aus der Zeit gefallene Diva aus. „Die muss sein von …"

„1969", sagte Gatler nicht ganz ohne Stolz.

„Und die funktioniert noch?" Stumping deutete auf das eingespannte, aber noch leere Blatt Papier.

Gatler nickte. „Ich schreibe die Rohmanuskripte immer mit der Schreibmaschine. Erst während des Lektorats werden sie auf einen Computer übertragen. Ich bin ein altmodischer Mensch. Das Klacken der Tasten beim Tippen inspiriert mich."

Die Wände des Arbeitszimmers waren erstaunlich kahl; Stumping hatte erwartet, sie gespickt mit Bücherregalen vorzufinden: Klassiker der Moderne, die wichtigsten Kriminalromane der letzten hundert Jahre, Sachbücher, die Einblick in die kriminelle Psyche gaben. Doch stattdessen waren dort nur drei übergroße Fotoporträts des Autors zu sehen. Eines mit Sonnenbrille und Panamahut vor einem verschwommenen schwarzweißen Hintergrund, zwei weitere, die Stumping schon von den Buchrücken von Gatlers Romanen kannte. Das Ego des Mannes schien ständiger Pflege zu bedürfen.

„Ich bin überrascht, dass es hier keine Bücher gibt", plauderte er, während er ein kleines Aufnahmegerät und Mikrofon auf dem Tisch aufbaute. „Ich dachte immer …"

„Meine Bücher sind in der Bibliothek, dort, wo sie hingehören." Gatler ließ sich schwerfällig in den zweiten Sessel fallen. Aus der Nähe wirkte er älter und müder als während der Buchpräsentation. Um seine Mundwinkel waren unwillige Falten zu sehen. „Beim kreativen Prozess des Schreibens kann ich keine Ablenkung gebrauchen. Hier bin ich allein mit meinen Gedanken." Für einen Moment glaubte Stumping einen bitteren Unterton herauszuhören, aber gleich darauf sagte Gatler: „Sie werden mir das Interview vor Veröffentlichung zur Genehmigung vorlegen", und der Eindruck war verflogen.

„Ist das so mit uns besprochen worden? Ich habe keine Einwände, es Ihnen vorzulegen, aber ein Veto …?"

„Es ist mir egal, ob es so besprochen wurde oder nicht. Ansonsten gibt es kein Interview."

Stumping atmete innerlich tief durch. Gatlers Ruf als schwieriger Mensch war nicht untertrieben. „Gerne", erklärte er und setzte ein Lächeln auf. „Sollen wir direkt anfangen?"

Ein unwirsches Nicken antwortete ihm. „Bringen wir es hinter uns."

Stumping schluckte seinen aufwallenden Unmut herunter. Immerhin war es der Autor gewesen, der um das Interview gebeten hatte. „Mr. Gatler, Sie sind seit Jahren eine konstante Größe in der Kriminalliteratur. Was ist das Geheimnis Ihres Erfolges?"

Gatler runzelte die Stirn, als wäre ihm die Frage zu dumm. „Das müssen Sie meine Leser fragen. Ich versuche nur, eine möglichst spannende Geschichte zu erzählen. Anscheinend gelingt mir das seit einiger Zeit ganz gut."

„Sie haben kein Geheimrezept?"

„Wenn Sie mich fragen, ob ich nach einem bestimmten Strickmuster arbeite, dann muss ich das verneinen. Ich habe eine Idee, eine bestimmte Figurenkonstellation, eine Tat, ein Motiv. Alles andere ergibt sich dann meist von selbst."

„Nun heißt es, dass die Vorbestellungen zu Ihrem neuen Roman zum ersten Mal hinter den Erwartungen zurückgeblieben sind. Beunruhigt Sie das?"

„Was für ein Schwachsinn!", fuhr Gatler auf. „Ihr Medienfuzzis bastelt euch doch eure eigenen Nachrichten, wenn es nichts Negatives zu berichten gibt. Und selbst, wenn es so wäre: Glauben Sie, das interessiert mich? Ich kann nur das schreiben, was mir Spaß macht. Es ist mir erst mal egal, ob es jemand anderem gefällt."

„Sie haben keine Angst, am Publikumsgeschmack vorbeizuschreiben?"

Gatler schnaubte auf. „Die Masse liest das, was sie vorgesetzt bekommt. Der Mob hat keinen eigenen Geschmack. Nicht einmal die aufgeblasenen Kritiker haben einen. Die einzige Tendenz, die ich in den letzten Jahren festgestellt habe, ist, dass Krimis möglichst blutrünstig und grausam sein sollten. Ein Zeichen für die Verrohung unserer Zivilisation."

„Ein Wunsch, den Sie mit Ihren Kriminalromanen in den letzten Jahren immer wieder bedient haben."

„Was wollen Sie eigentlich? Erst werfen Sie mir vor, den Publikumsgeschmack nicht mehr zu treffen, und dann, dass ich ihm hinterherlaufe! Noch mal: Ich schreibe das, was mir Spaß macht. Punkt."

Stumping hatte das Gefühl, dass Gatler auf Streit aus war. Vielleicht war es besser, die Fragen vom neuen Roman auf allgemeinere Themen zu lenken. Ob er das Zitat über die Leser bei der Reinschrift des Interviews drinlassen sollte? ‚Deutscher Star-Autor bezeichnet Fans als Mob.' Das wäre ein handfester Skandal. Er blätterte in seinem Fragenkatalog. „Das klingt, als wäre Schreiben für Sie eine Lust und keine Last. Viele Ihrer Kollegen behaupten, Schreiben sei Schwerstarbeit."

Gatler, der sich gerade im Sessel zurücklehnen wollte, hielt inne und starrte den Journalisten mit einer Mischung aus Angst und Bestürzung an. „Was ... was haben Sie gesagt?"

Stumping blickte auf. Gatler sah aus, als wäre er kurz davor, die Fassung zu verlieren. „Ich ... ähm ... ich wollte wissen, ob Sie das Schreiben als Lust oder Last empfinden." Was war an dieser Frage so außergewöhnlich? Sein Gegenüber war ganz bleich geworden. „Alles in Ordnung?"

Aber Gatler schien sich nach einem umständlichen Räuspern schon wieder im Griff zu haben. „Es ist vor allen Dingen eine Frage der Disziplin", antwortete er, als wäre nichts gewesen. „Man muss sich zu einer festen Tagesstruktur zwingen. Ein paar handwerkliche Fähigkeiten gehören dazu, und natürlich Talent. Nicht wie bei Journalisten."

Stumping schluckte auch diese bewusste Provokation herunter. „Und welche handwerklichen Fähigkeiten sind das?"

„Nun ... zu allererst die Fähigkeit, den Leser mit einer plausiblen Geschichte zu fesseln." Stumping hatte den Eindruck, dass Gatler enttäuscht war, dass sein Gast die Konfrontation vermieden hatte. Da war etwas in seinem Blick, was man nur als Herausforderung deuten konnte. „So vieles, was heute auf den Markt geworfen wird, ist qualitativ eine Zumutung, nicht nur in meinem Genre. Nehmen Sie zum Beispiel ..." Gatler nannte einige Namen von Kollegen, die er offensichtlich nicht schätzte, die aber durchaus erfolgreich waren, und endete mit den Worten: „Manches wäre besser auf der Festplatte eines Computers verschollen. Aber heute hält sich ja jede Hausfrau, jeder Hartz-IV-Empfänger für ein unentdecktes Schreibtalent und veröffentlicht dümmliches Geschwafel, notfalls als Selfpublisher, und kommt sich dann noch hip vor."

Stumping wusste nicht recht, was er machen sollte. Wieso feuerte Gatler jetzt eine Breitseite in Richtung seiner Kollegen ab?

Er fürchtete, dass ihm das Interview mehr und mehr aus dem Ruder lief, noch bevor es richtig begonnen hatte. Ein Skandal wäre Wendsteiner – der immer die Auflage im Blick hatte – sicherlich recht gewesen, aber er, Stumping, wollte ein seriöses Interview abliefern. Im Netz hatte er sich die letzten Talkshow-Auftritte seines Gesprächspartners angesehen und war zu dem Schluss gekommen, dass Gatler ein begnadeter Selbstdarsteller war, ein Egomane, der solche Gelegenheiten vor allem nutzte, um sich mit provozierenden Thesen und abfälligen Bemerkungen in Szene zu setzen. Stumping hatte keine Lust, ihm dafür eine Plattform zu bieten.

Gewissenhaft konzentrierte er sich auf die Fragen, die er sich zurechtgelegt hatte, und arbeitete sie nacheinander ab. Als sein Gegenüber merkte, dass Stumping ihn auszumanövrieren suchte, schien er das Interesse an dem Gespräch zu verlieren. Mehr als einmal fiel er dem Redakteur ins Wort, beantwortete die Frage, so knapp es ging, und noch bevor Stumping den Satz beendet hatte, blinzelte er ungeduldig, während seine Hände verärgert gestikulierten.

Aber wenn ihm Stumpings Fragen so missfielen, wieso hatte er darauf bestanden, von ihm interviewt zu werden? Je länger das Frage-und-Antwort-Spiel dauerte, desto ratloser wurde Stumping. Medienprofis wie Gatler neigten dazu, Journalisten für ihre Zwecke einzuspannen, die Gespräche mit ihnen beispielsweise als Werbung für ihr neuestes Projekt anzusehen, sie mit zitierfähigen Satzhäppchen abzuspeisen. Vielleicht war das die Intention des Schriftstellers? Aber Stumping wollte auch keine zurechtgelegten Allgemeinplätze, er wollte mehr als ein x-beliebiges Interview. Doch wie lockte man einen Mann wie Gatler aus der Reserve, ohne dass er zu pöbeln anfing?

Bevor er die nächste Frage stellen konnte, öffnete sich die Tür des Arbeitszimmers. Ein schwarzgekleideter, hagerer Mann mit dichten schwarzen Haaren und einer fast unnatürlichen Blässe kam herein und stellte schweigend und mit einem angedeuteten Lächeln ein Tablett auf den Tisch neben das Aufnahmegerät. „Kaffee“, sagte er. „Kuchen gibt’s leider keinen.“ Der Mann kam Stumping vage bekannt vor; zuerst konnte er ihn nicht unterbringen, dann erinnerte er sich, ihn bei Gatlers Lesung gesehen zu haben, in der ersten Reihe der Zuhörer. Gerede über Gatlers Homosexualität gab es immer wieder, er verstand nur nicht, weshalb darum so ein Theater gemacht wurde.

Er erhob sich, um Achim Kauz zu begrüßen. „Sie müssen Mr. Gatlers …"

„Ist gut jetzt", ging Gatler dazwischen und wechselte einen verärgerten Blick mit seinem Partner. „Wir sind mitten im Gespräch." Die Unterbrechung war ihm offensichtlich unangenehm, und Kauz zog sich schnell zurück.

„Das macht doch nichts", sagte Stumping und folgte einer plötzlichen Eingebung. „Ich würde Ihren … Lebensgefährten, oder nicht? … gerne kennenlernen. Vielleicht könnte man ihn einfach dazubitten? Das würde unserem Gespräch einen neuen, mal etwas anderen Blickwinkel verleihen. Unsere Leser würden sich sicherlich auch dafür …"

Gatlers Augen wurden schmal. „Sie werden unser Privatleben in Ihrem Interview weder erwähnen noch kommentieren. Das schätzen wir in keinster Weise."

„Ich …"

„Sie haben die Wahl, Herr Stumping: Entweder wir sprechen über meine Bücher und das Schreiben, oder die Unterhaltung ist hiermit beendet." Gatler beugte sich plötzlich nach vorne und schaltete das Aufnahmegerät aus.

„Moment mal …", sagte Stumping, aber der Schriftsteller ließ ihn nicht zu Wort kommen.

„Haben Sie eigentlich eine Ahnung, wie schwer es war, das zu verarbeiten?" Sein Gesicht verzerrte sich, während seine Kieferknochen arbeiteten.

Stumping konnte ihm im ersten Moment nicht folgen, dann dämmerte es ihm. Mit „das" waren wohl die mysteriösen Umstände beim Verschwinden des Sohnes von Gatlers Lebensgefährten gemeint. Stumping hatte sich im Vorfeld des Interviews auch darüber informiert. Immer wieder war er im Netz auf Artikel gestoßen, die sich auf das Drama vor einigen Jahren bezogen. Damals hatten die Lebensumstände des Autors einen fast noch größeren Sensationscharakter gehabt als die Tragödie um das Kind, vor allem in den Boulevardblättern, aber inzwischen war das keine Neuigkeit mehr, die jemanden hinter dem Ofen hervorlockte.

„Es tut mir leid. Es war nie meine Absicht, darauf zu sprechen zu kommen“, sagte Stumping wahrheitsgemäß.

Gatler schüttelte den Kopf. „Es gibt kein Vergessen“, sagte er, und zum ersten Mal klang er menschlich, verletzlich. „Dafür hat das Internet gesorgt. Seit damals lehne ich es ab, mich zu meinem Privatleben zu äußern.“

„Gut … dann …“ Stumping schaltete das Aufnahmegerät wieder ein, brauchte aber einen Augenblick, um in das Gespräch zurückzufinden. „Wir sprachen gerade über Ideen. Woher nehmen Sie die für Ihre Krimis?“

Auch Gatler ließ sich Zeit mit seiner nächsten Äußerung, als müsste er die Unterbrechung gedanklich zur Seite schieben. „Die Realität bietet oftmals die besten Vorlagen für die Fiktion. Schlagen Sie einfach eine Zeitung auf heutzutage: Kriege, Umweltkatastrophen, Hungersnöte, Massaker. Der Mensch ist schlecht, er wälzt sich geradezu in seiner eigenen Bösartigkeit.“

„Das klingt sehr pessimistisch …“

„Es ist der Blickwinkel eines Krimiautors. Die besten Vorlagen für einen Kriminalroman bietet aber gerade Ihr Ressort: Die kleinen vermischten Meldungen über einen Raubüberfall in der Nachbarschaft, eine Schlägerei in der Eckkneipe, einen Mord hier bei uns in der Stadt. Die Lokalnachrichten, in denen die Niederträchtigkeiten unserer Mitmenschen ausgewalzt werden.“

„Also, so kann ich das aber nicht stehen lassen …“, wollte Stumping seine Berufsehre als Lokalredakteur verteidigen, doch Gatler beachtete ihn gar nicht.

„Haben Sie sich nicht auch schon mal gefragt, welche Beweggründe beispielsweise eine Mutter hat, die ihr neugeborenes Kind erstickt und anschließend in der Tiefkühltruhe aufbewahrt? Warum ein siebzigjähriger Rentner plötzlich seine Ehefrau erschlägt, mit der er fünfzig Jahre verheiratet war? Das sind Vorlagen, aus denen Krimis entstehen – aus denen ich als Autor eine Geschichte entwickeln kann, deren Glaubhaftigkeit auf der ganzen Welt wiedererkannt wird, weil die Protagonisten unseren Freunden, unseren Nachbarn so ähnlich sind. Wir treffen sie im Treppenhaus, im Supermarkt, wechseln ein paar belanglose Worte, wenn wir den Hund ausführen, und haben doch keine Ahnung, welch Abgründe sich hinter einer langweiligen Fassade auftun können." Er hielt inne. „Vor ein paar Tagen zum Beispiel habe ich in der Zeitung im Lokalteil etwas gelesen: Der Fund einer Frauenleiche in einem See ganz in der Nähe … ertrunken, wenn ich mich nicht irre?"

„Ich … ähm …" Stumping wusste zuerst nicht, worauf Gatler anspielte. Dann erinnerte er sich an den aufgebauschten Artikel der Kollegen im *Express*. Der *Kölner Stadt-Anzeiger* hatte den Vorfall nur in einer Randnotiz vermerkt. Eigentlich hatte er seinen Kontakt zu Maria Plasberg nutzen wollen, um Näheres zu erfahren, aber dann hatte er vergessen nachzuhaken. „Da gibt es wohl noch keine neuen Erkenntnisse", sagte er lahm. „Wenn ich mich recht erinnere, war ja noch nicht einmal klar, ob die Frau tatsächlich durch Gewalteinwirkung zu Tode gekommen ist oder ob es sich nur um einen tragischen Badeunfall handelt."

„Ach so?" Gatler schien erleichtert und ließ sich sogar zu einem schmalen Lächeln hinreißen. „Dann ist wohl noch nicht einmal eine Mordkommission gebildet worden?"

„Keine Ahnung", erwiderte Stumping; dann fiel ihm plötzlich ein, dass Maria Plasberg und ihr Kollege Brinkhoff Donnerstagabend Gatlers Buchpräsentation überstürzt verlassen hatten. Natürlich! Die Tote war am selben Abend aus dem See gefischt worden! Zweifellos hatte Plasberg die Ermittlungen übernommen. Jetzt ärgerte er sich noch mehr, dass er vergessen hatte, sich über die Frauenleiche zu erkundigen. Er hätte den Kollegen des *Express* eins auswischen können – Wendsteiner war immer daran gelegen, gegenüber anderen Blättern einen Informationsvorsprung zu haben, selbst wenn sie zur selben Verlagsgruppe gehörten. „Apropos Mordkommission", sagte er schmunzelnd. „Sie haben auch Fans bei der Kölner Kriminalpolizei, Mr. Gatler. Donnerstag war jemand von denen im Publikum."

„Tatsächlich?" Sein Gegenüber nippte so hastig an seinem Kaffee, dass das Getränk überschwappte und einen hässlichen braunen Fleck auf Gatlers Hemd hinterließ. Fluchend holte der Schriftsteller ein Taschentuch aus seiner Hosentasche und begann, an dem Fleck herumzuwischen. „Wenn ich das gewusst hätte", sagte er schließlich, „hätte ich dem Kommissar eine persönliche Widmung in eines meiner Bücher geschrieben."

„Oh", grinste Stumping, „ich bin nicht sicher, ob *sie* daran interessiert gewesen wäre. Sie ist doch eher ... schüchtern." Es war bestimmt nicht hilfreich, Gatler zu erklären, dass Plasberg sich nur widerwillig von Torsten Brinkhoff zu der Lesung hatte überreden lassen und von Krimis im Allgemeinen nicht viel hielt.

Gatler aber sah unterdessen auf seine Armbanduhr. „Zwei Fragen kann ich noch beantworten", erklärte er. „Mehr Zeit kann ich Ihnen leider nicht schenken. Ich breche zu einer Stippvisite nach London auf, um *Das blutige Kind* zu promoten."

Stumping war fassungslos. Die Unterredung hatte gerade mal zwanzig Minuten gedauert. „Warum haben Sie mich eigentlich eingeladen, Mr. Gatler?", fragte er geradeheraus. „Erst lehnen Sie ein Interview ab, und zwei Tage später laden Sie mich ein, nur um mir dann nach wenigen Minuten ..."

„Ist das nicht offensichtlich?" Sein Gegenüber sah erstaunt auf.

„Ähm ... nein!"

Gatler zuckte mit den Schultern und erhob sich. „Ich bringe Sie noch zur Tür."

Kurz darauf befand sich Arnold Stumping wieder vor Gatlers Villa und schulterte stirnrunzelnd seine Ledertasche. Und dafür hatte er den freien Nachmittag mit seiner Familie geopfert! Wieso, zum Teufel, hatte man ihn hierherbestellt? In Gedanken war er bereits damit beschäftigt, wie man das kärgliche Interview mit Gatler zu einem seitenfüllenden Artikel aufblähen konnte. Ein großes Foto des Autors, einen Infokasten zum Lebenslauf, bisherige Veröffentlichungen und Auszeichnungen ... am liebsten würde er irgendwo die Stichworte Homosexualität und familiäre Tragödie unterbringen, nur um es dem arroganten Schnösel heimzuzahlen. Oder vielleicht doch die Äußerung über den Mob? Aber das würde nur Ärger einbringen. Seufzend schloss er seinen Wagen auf, den er auf dem Bürgersteig geparkt hatte, und machte sich auf den Heimweg.

Achim Kauz und Stephen Gatler beobachteten aus einem der oberen Fenster, wie Stumping die Auffahrt herunterlief und das Tor hinter sich zuschlug.

„Die Mordkommission! Im Publikum!“, sagte Gatler nervös.

Kauz dagegen schien die Ruhe selbst zu sein. „Jetzt reg dich ab! Immerhin wissen wir jetzt ein wenig mehr. Warum hast du ihn nicht nach dem Namen der Kommissarin gefragt?“

„Weil das viel zu offensichtlich gewesen wäre!“, blaffte ihn Gatler an.

„Und was willst du jetzt tun?“, fragte Kauz.

„Ich?“ Gatler sah seinen Lebensgefährten überrascht an. „Nichts natürlich.“ Manchmal wusste er nicht, was sich hinter diesen dunklen Augen abspielte; ihre Schwärze war wie ein Wall, der jeden Einblick verwehrte. „Sollte ich?“

„Es ist dein Ruf, der hier auf dem Spiel steht. Nicht meiner.“

Klang in Achims Worten Sarkasmus durch? „Wir stecken da wohl doch eher gemeinsam drin“, korrigierte er seinen Freund.

Aber Kauz schien ihm gar nicht zuzuhören. „Früher oder später wird die Polizei hierherfinden“, sagte er und rieb die Hände an den Oberarmen, als wäre ihm kalt. „Irgendjemand wird eins und eins zusammenzählen.“

„Ich bin zum Glück erst mal in London. Du wirst dich mit ihnen herumschlagen müssen. Und jetzt lass mich in Ruhe!“

„Keine Sorge.“ Kauz checkte die Nachrichten auf seinem Smartphone, so wie er das immer in kurzen Abständen tat. Dann sah er auf seine Armbanduhr. „Ich muss sowieso noch mal in den Supermarkt. Ich hab vergessen, Milch und Gurken mitzubringen. Kann etwas dauern, Samstagnachmittag ist da immer die Hölle los.“

Gatler grunzte desinteressiert sein Einverständnis.

Nachdem Kauz das Haus verlassen hatte, ging er in die Küche, um sich ein Glas Wasser zu holen. „Da ist doch Milch“, murmelte er, als er die Kühlschranktür öffnete.

Maria Plasberg beendete das letzte Dienstgespräch des Tages mit dem Hausschlüssel in der Hand. Es war Matthias Kayser gewesen, der sie knapp darüber informiert hatte, dass Axel Kamphaus die Leiche seiner Exfrau zweifelsfrei identifiziert hatte.

Als die Kommissarin die Haustür aufschloss, war von ihren Kindern nichts zu sehen. Ruth schien sich still wie ein Mäuschen in ihr Refugium im Keller verzogen zu haben. Aus Niklas' und Ninas Zimmer drangen dezente Musik und der Geruch von Räucherstäbchen. Patschuli? Sandelholz? Wahrscheinlich eine neue Phase der werdenden Eltern. War das Sitarmusik? Die Kommissarin wurde sentimental, während sie aufatmend ihre Pumps abstreifte und die Handtasche im Flur deponierte. Die zirpenden Geräusche erinnerten sie an ihre Jugend, als sie Anfang der achtziger Jahre mit dreizehn oder vierzehn Jahren die Beatles und deren längst vergangene indische Phase entdeckt hatte. Eine Zeitlang war sie in George Harrison verschossen gewesen, hatte sein Konterfei an die Wand in ihrem Kinderzimmer geklebt und *My Sweet Lord* in Dauerschleife gehört. Sie war todtraurig darüber gewesen, zwanzig Jahre zu spät auf die Welt gekommen zu sein, und hatte ihre Klassenkameraden verachtet, die für Nena, Ideal und die Neue Deutsche Welle geschwärmt hatten.

Lautes Geklapper riss sie aus ihren Gedanken, und sie lief in die Küche, wo ihre Mutter den geöffneten Herd mit Schwämmen und Putzmittel attackierte. „Ich bin zurü… was machst du da, Mutter?"

„Wonach sieht es denn aus, Kind?" Helga Schneider trug Gummihandschuhe und kniete mit verbissenem Gesicht auf dem Boden. „Dieser Ofen ist eine Zumutung! Völlig verkrustet! Ich verstehe nicht, wieso du dich nicht schon längst darum gekümmert hast!"

„Erstens bin ich berufstätig, zweitens hat Niklas den Ofen gestern beim Backen des Kirschauflaufs so zugerichtet, und drittens macht so was Hatice."

„Wer?"

„Unsere Putzfrau. Sie kommt zweimal die Woche."

„Hatice? Was ist denn das für ein Name?"

„Ein türkischer."

Plasbergs Mutter schnaubte auf. „Eine Türkin? Na, das erklärt einiges."

Die Kommissarin zwang sich, ruhig zu bleiben. Genau so hatte sie sich die Anwesenheit ihrer Mutter vorgestellt. „Hatice ist sehr nett …"

„Mit ‚nett' kriegt man keine Wohnung auf Vordermann gebracht!"

„… und du wirst deine Vorurteile bitte für dich behalten. Ich bin nämlich mit ihr sehr zufrieden. Die Kinder kommen auch prima mit ihr klar. Misch dich da nicht ein. Geht das in deinen Kopf, Mutter?“

„Die Türken wollten schon immer nach Europa“, erklärte Helga Schneider düster. „Ich sage nur Wien und 1683!“

„Bitte?“ Plasberg hatte keine Ahnung, worauf sich diese Bemerkung bezog. „Was hat das mit meiner Putzfrau zu tun? Glaubst du, sie versuchen es jetzt mit der Unterwanderung meines Haushalts?“

„Man darf ihnen nicht den kleinen Finger reichen, das meine ich damit.“

„Ach, das ist doch Unsinn! Sie erbringt eine Dienstleistung und bekommt dafür Geld von mir.“

Plasbergs Mutter wandte sich wortlos wieder dem Ofen zu und scheuerte mit grimmiger Energie die angebackenen Krusten vom Boden. Die Kommissarin stieg mit einem langen Schritt über ihre Mutter hinweg, öffnete einen Küchenschrank, um sich ein Glas zu nehmen, und starrte auf ein Regal voller Teller und Tassen.

„Wo sind die Gläser hin?“, fragte sie verwirrt.

„Rechts daneben“, bekam sie zur Antwort.

„Wieso das denn?“

„Ich habe umgeräumt. Du hattest alles völlig unpraktisch sortiert.“

„Mutter …“

„Links kommen Teller und Tassen, dann die Gläser, daneben Suppenteller, Eierbecher und Kaffeebecher. Die Töpfe und Pfannen hab ich jetzt in die Schubladen neben dem Kühlschrank geräumt, direkt links vom Herd. So hast du alles in Griffweite, wenn du es brauchst.“

„Du kannst doch nicht einfach …“, begann Plasberg, aber ihre Mutter fuhr ihr über den Mund.

„Glaub mir, Kind, du warst noch nie eine besonders gute Hausfrau. Und ich habe ein paar Jahre mehr Erfahrung als du in diesem Bereich. Als dein Vater noch lebte …“

„Ich will das nicht hören!“, unterbrach Plasberg. „Und ich will nicht, dass du in meinem Haushalt herumpfuschst!“ Sie registrierte, dass ihre Stimme unwillkürlich lauter geworden war und die

Sitarmusik abrupt aufgehört hatte. Wahrscheinlich hatten Niklas und Nina ihre Zimmertür einen Spalt geöffnet, um dem Streit zu lauschen. Mühsam beherrschte sie sich. „Wie wäre es, wenn ich uns einen Tee mache?“, schlug sie zur Güte vor. Ihre Mutter war eine passionierte Teetrinkerin; sie würde ein solches Friedensangebot nicht abschlagen.

Tatsächlich stand Helga Schneider ächzend auf, entledigte sich ihrer Handschuhe und wischte die Hände an einem Geschirrtuch ab. „Ja, das wäre schön. Was hast du denn da?“

„Ähm ... schwarzen Tee.“

„Earl Grey oder Darjeeling oder eine Ostfriesenmischung?“

„Ich habe Teebeutel mit schwarzem Tee, Mutter!“, sagte Plasberg ungeduldig, öffnete den Vorratsschrank – und blickte auf eine ganze Batterie von Putzmitteln. „Hast du etwa auch die Vorratskammer umgeräumt?“

Helga Schneider deutete auf die obersten Regale der Schränke. „Man bewahrt Lebensmittel nicht in den unteren Schränken auf. Das lockt Ungeziefer an, Kind.“

„Wir haben hier kein Ungeziefer.“

„Noch nicht“, erwiderte Helga Schneider schnippisch. „Und Teebeutel nehme ich nicht. Das ist ja völlig unzivilisiert. Ich werde Montag einkaufen gehen. Du hast auch keine Nudeln mehr. Und dieser Joghurt im Kühlschrank ... weißt du eigentlich, was die da alles in den Fabriken reinwerfen? Diese angeblichen Fruchtstückchen sind in Wahrheit aromatisierte Fischabfälle, weil es kostengünstiger ist, den Fisch nach Erdbeeren schmecken zu lassen, als echte Erdbeeren hineinzutun.“

„Uns schmeckt der Joghurt“, schoss Plasberg zurück. „Und wenn es mir Spaß macht, kaufe ich morgen ein ganzes Dutzend davon. Fischabfälle inklusive!“

„Siehst du, Kind, deshalb hat Eric dich auch verlassen!“

„Was? Wegen der Joghurts?“

„Weil du ihm zu kratzbürstig warst. Männer mögen es nicht, wenn ihre Frauen andauernd das letzte Wort haben.“

Plasberg traute ihren Ohren nicht. „Das geht dich überhaupt nichts an! Eric hat mich verlassen, weil er sich in eine andere Frau verliebt hat.“

„Und weil du immer das letzte Wort haben musst“, behauptete Helga Schneider im Brustton der Überzeugung. „Außerdem …“

Den Rest hörte die Kommissarin nicht mehr, weil sie die Küchentür hinter sich zuknallte, sich ihre Handtasche im Flur schnappte und dann auf die Terrasse lief. Auf dem Gartentisch schüttete sie die Tasche aus und wühlte sich durch den Inhalt, bis sie ihre Notfallzigaretten gefunden hatte. Dann zerrte sie eine Zigarette aus der Packung, zündete sie an und inhalierte so tief, dass ihr beinahe schwindelig wurde.

Eins war sicher: Wenn ihre Mutter so weitermachte, würde es bald noch einen Mord geben. Sie wäre nicht die erste Tochter, die ihre Mutter absichtlich und ohne die geringsten Gewissensbisse ins Jenseits beförderte.

Torsten Brinkhoff verließ das Polizeipräsidium am späten Nachmittag, während sich Hallstetter und Kayser noch einen ersten Überblick über den dienstlichen PC der Kamphaus verschafften, den die Spurensicherung gegen sechzehn Uhr gebracht hatte. Einer der Kollegen im Haus, spezialisiert auf Computertechnik, hatte das Passwort innerhalb von Minuten geknackt. Es war der Vorname von Martina Kamphaus' Tochter: „Saskia“.

„Ehrlich“, hatte er kopfschüttelnd gesagt, „warum hat sie sich überhaupt die Mühe gemacht?“

Brinkhoff beschloss, den Feierabend zu nutzen und zum Sport zu gehen; in den nächsten Tagen würde er wohl kaum dazu kommen. Sein Fitnessstudio lag in der Nähe des Polizeipräsidiums, in einer kleinen Seitenstraße nur zehn Fußminuten entfernt. Als er die Trainingsräume betrat, hatte gerade ein Zumba-Kurs begonnen, ein Mix aus Aerobic und lateinamerikanischem Tanz, den aber zumeist nur Frauen in Anspruch nahmen. Auch der Kommissar konnte sich nicht für das hektische Herumhopsen erwärmen, sondern drehte die übliche Runde an den Trainingsmaschinen und rannte danach noch ein paar Kilometer auf dem Laufband, bis sein T-Shirt durchgeschwitzt war und der Kalorienzähler bei 1500 stand.

Meist half ihm die körperliche Anstrengung, seinen Kopf frei zu bekommen, nach einem langen Arbeitstag abzuschalten. Nur heute gelang es ihm nicht. Immer wieder tauchte das Bild der toten Martina Kamphaus auf, der Kranz von Gänseblümchen in ihrem Haar. Wenn er doch nur wüsste, woran ihn das erinnerte! Es war nervtötend, der Lösung noch immer keinen Schritt nähergekommen zu sein. Am frühen Abend füllte sich das Fitnessstudio, fast alle Geräte waren besetzt. Brinkhoff nickte ein paar bekannten Gesichtern zu. Nach einer schnellen Dusche machte er sich auf den Heimweg, fuhr drei Stationen mit der U-Bahn und holte sich beim Thailänder um die Ecke sein Abendessen.

Während er am Küchentisch saß und gebratenen Reis mit Hühnchen verzehrte, surfte er auf seinem Laptop durch YouTube-Videos, blieb bei einem Live-Auftritt von Adele hängen und ignorierte stoisch den bettelnden Blick seines Katers, der jeden Bissen des Kommissars zu hypnotisieren schien.

„Du hast was bekommen", sagte er. „Mehr gibt's nicht. Guck dir deine Wampe an, die schleift schon fast auf dem Boden! Wenn du noch fetter wirst, nehm ich dich zum Zumba-Kurs mit!"

Immer wieder warf er einen verstohlenen Blick auf sein Handy, aber das Telefon blieb stumm, nicht mal eine Textnachricht kam herein. Ein paar Mal war er kurz davor, Markus' Nummer zu wählen, aber irgendetwas hielt ihn davon ab. Er wollte nicht zu anhänglich wirken, und wenn Markus einen Tag auskam, ohne seine Stimme zu hören, dann schaffte er das ebenfalls. Auch wenn er seinen Freund mehr vermisste, als er zugeben wollte. Schließlich, gegen 23 Uhr, meldete sich Markus dann doch. Brinkhoff nahm das Gespräch mit dem ersten Klingeln an.

„Sorry, hier gibt's gerade ein paar Komplikationen", sagte sein Freund. Er klang müde.

„K-Komplikationen?"

„Ich bin noch in Rostock, bei meiner Schwester. Also, in der Wohnung meiner Schwester. Kati liegt im Krankenhaus."

„Was? Wieso?"

„Sie ist von der Leiter gefallen, als sie eine Blumenvase vom Schrank holen wollte. Ich hatte ihr ein paar Tulpen mitgebracht. Sie ist so blöd gefallen, dass sie sich den rechten Arm und den linken Fuß gebrochen hat, irgendwas am Sprunggelenk. Jetzt ist Holland in Not. Ich bin direkt mit ihr in die Notfallambulanz gefahren, und die haben sie natürlich dabehalten. Sie wird morgen operiert und ist für ein paar Wochen außer Gefecht gesetzt. Ich muss jetzt irgendwie zusehen, dass ich eine Betreuung für die Kleine organisiere. Aber erst mal bin ich für sie zuständig."

Markus und ein Kleinkind? Es fiel Brinkhoff schwer, sich das vorzustellen. „Was ist m-mit euren Eltern?"

„Die sind doch gerade im Urlaub." Markus' Vater war vor einigen Wochen an der Prostata operiert worden; danach hatte er die Ansicht geäußert, dass seine Zeit endlich sei, und kurzentschlossen für sich und Markus' Mutter eine Kreuzfahrt gebucht. Zurzeit befanden sie sich irgendwo zwischen Bangkok und Singapur, Brinkhoff war sich nicht sicher.

„Dann musst du sie anrufen. Sie müssen ihre Reise eben b-beenden!"

„Mache ich, wenn mir nichts anderes einfällt, okay?" Markus horchte nach hinten. „Torsten, das Kind ruft. Ich muss aufhören."

Damit war das Gespräch weg, und Brinkhoff hielt verdutzt das Telefon in der Hand. Immerhin hatte sich sein Freund nicht bedrückt angehört. Dann erst fiel ihm ein, dass er vergessen hatte, Markus zu fragen, was er von einer Verpartnerung hielt. Aber Markus hatte wahrscheinlich momentan gar nicht den Kopf frei, sich darüber Gedanken zu machen.

Am Ende des Abends fand sich Brinkhoff auf der Couch im Wohnzimmer wieder, zappte erneut durch die Fernsehprogramme und gähnte, bevor er sich ins Bett trollte, um noch ein paar Seiten zu lesen. Als er das Licht ausknipste, konnte der Kommissar nicht schlafen; das leise Schnarchen seines Freundes fehlte ihm, der Mond war zu hell, das Kissen zu weich. Unruhig wälzte er sich hin und her, bis sogar Bombadil neben ihm genug hatte und sich einen anderen Schlafplatz suchte.

Und dann, plötzlich, erinnerte er sich wieder. Hellwach setzte er sich auf und schaltete die Nachttischlampe an. Er hatte den Kranz aus Gänseblümchen nicht irgendwo schon einmal gesehen, er hatte darüber gelesen! In einem Roman!

Er sprang aus dem Bett und kehrte gleich darauf mit einem zerfledderten Taschenbuch zurück. Es war *Ein Grab aus Eis*, der zweite Krimi von Stephen Gatler, der Roman, mit dem der Autor nach seinem Debütroman *Morgentod* seinen Erfolg endgültig bestätigt hatte.

Auf dem Umschlag des Buches war schemenhaft eine Frauenleiche abgebildet, ein bleiches Gesicht mit weit aufgerissenen Augen gefangen unter einer bläulichen Eisdecke, durch die sich einige Risse zogen. Im Hintergrund waren im Zwielicht die Umrisse eines Waldes auszumachen. Aufgeregt blätterte Brinkhoff durch die Seiten. Es war eine Ewigkeit her, dass er den Krimi gelesen hatte. Acht Jahre? Zehn Jahre? Nein, sieben Jahre. Länger nicht. Er war noch in der Ausbildung an der Polizeihochschule gewesen, und die Arbeit in einer Mordkommission war ein weit entfernter, eher unrealistischer Traum, einer, den er nur heimlich zu träumen gewagt hatte. Angestrengt kramte er in seinem Gedächtnis, versuchte sich die Handlung und die Charaktere in Erinnerung zu rufen. Mittlerweile war er sich hundertprozentig sicher, dass er sich nicht täuschte. Es ging um ein Familiendrama in einem Dorf am Ufer der Großen Seen in den USA ... genau ... ein Farmer hatte die Lehrerin einer Dorfschule umgebracht und ... und ... Brinkhoff unterdrückte einen leisen Fluch. Er müsste das Buch noch mal lesen, aber er konnte einen Eid darauf schwören, dass in *Ein Grab aus Eis* eine Leiche vorkam, die Blüten im Haar hatte.

Aber was hatte das mit ihrem neuen Fall zu tun? Eine zufällige Übereinstimmung?

Brinkhoff schlurfte in die Küche und kochte sich einen heißen Kakao. Dann kehrte er mit der Tasse ins Bett zurück, schüttelte das Kissen auf und machte es sich bequem. An Schlaf war jetzt sowieso nicht mehr zu denken. Ebenso gut konnte er sich in den Krimi vertiefen.

## *Sonntag, 24. April*

Als Brinkhoff am nächsten Morgen zum Dienst aufbrach, war die Stadt wie ausgestorben. Nur zwei Jogger, die die ersten Sonnenstrahlen ausnutzten, kreuzten die Straße. Der Wind trug die Glockenschläge von St. Heribert zu ihm herüber, die in Rheinnähe zur Morgenandacht läuteten. Während er an der U-Bahn-Haltestelle auf die Bahn wartete, überlegte Brinkhoff, wann er das letzte Mal einen Gottesdienst besucht hatte. Mit vierzehn? Seitdem er mit Anfang zwanzig aus der Kirche ausgetreten war, beschränkten sich seine Besuche in Gotteshäusern jedenfalls auf rein touristische Aspekte.

Die Bahn war um diese Uhrzeit fast leer; ganz hinten hatte es sich ein Obdachloser bequem gemacht, seine wenigen Habseligkeiten in einem Einkaufswagen verstaut; zwei Reihen davor saßen zwei Frauen mit Kopftüchern und müden Augen; links davon ein Pärchen, das vielleicht die Nacht in irgendeinem Club durchgefeiert hatte. Brinkhoff nahm die Menschen kaum wahr, in Gedanken war er noch immer mit dem beschäftigt, was er in der letzten Nacht entdeckt hatte.

Im Präsidium hatte er nichts Eiligeres zu tun, als Maria Plasberg den Krimi von Stephen Gatler auf den Tisch zu legen – mit einem Gesichtsausdruck, als hätte er den Fall bereits gelöst.

Doch seine Vorgesetzte reagierte nicht auf seine Ungeduld. „Was soll ich damit?“, fragte sie und blätterte lustlos durch das Buch. Sie hatte erneut schlecht geschlafen; der Streit mit ihrer Mutter hatte seine Spuren hinterlassen. „Ich habe doch schon gesagt, dass ich mir nichts aus Krimis mache.“

Maria Plasberg schien vor ihrem Dienstantritt in eine Zeitmaschine gestiegen zu sein und hatte dabei offensichtlich einen Stopp in den sechziger Jahren eingelegt. Ihr schwarzweißes, eng anliegendes Kostüm mit Pepitamuster sah aus, als wäre es eben noch von Doris Day bei einem Date mit Rock Hudson getragen worden. Auch die dazugehörige Handtasche aus schwarzem Schlangenimitat – oder war es etwa echt? –, die neben Plasberg auf dem Schreibtisch lag, hatte der Kommissar schon mal in einem

Film mit der amerikanischen Schauspielerin gesehen. Brinkhoff musste von Zeit zu Zeit seinen Blick abwenden, denn wenn er auf die Karos des Kostüms starrte, verschwammen sie vor seinen Augen und ihm wurde schwindelig. Wo nur bekam Plasberg immer diese Klamotten her? Und wo bewahrte sie sie auf? Bisher hatte er nur selten Gelegenheit gehabt, seine Vorgesetzte zu Hause zu besuchen, und bis in ihr Schlafzimmer war er dabei natürlich nicht vorgelassen worden. Sie musste einen begehbaren Kleiderschrank haben, dessen Größe selbst Heidi Klum und Gisele Bündchen vor Neid erblassen lassen würden.

„D-Das ist relevant f-für unsere Ermittlungen." Brinkhoff hielt es nicht mehr auf seinem Stuhl. Ganz begeistert von seiner nächtlichen Erkenntnis begann er im Büro hin und her zu laufen. „Ich hatte nämlich eine Erleuchtung. Mir ist endlich eingefallen, wieso mir die Sache mit den G-Gänseblümchen so bekannt vorkam. Das hat mich schon d-die letzten Tage abgelenkt und …"

„Das Buch ist von Stephen Gatler?" Erst jetzt registrierte Plasberg den Namen des Autors auf dem Umschlag.

„G-Genau. Jedenfalls … wo war ich? … Ich hab den Roman noch mal überflogen und … Das Opfer in dem Buch ist eine D-Dorfschullehrerin mittleren Alters, die von einem Bauern umgebracht wird, der Mais und Weizen anbaut. Tatmotiv ist eine tragische L-Liebesgeschichte; es würde jetzt zu weit führen, das alles zu erzählen. Jedenfalls steckt der Täter dem Opfer nach dem M-Mord einen B-Blütenkranz ins Haar, weil ihn das an ihr erstes Rendezvous erinnert, und wirft die Leiche kurz vor dem Wintereinbruch in einen See, der bald darauf zufriert. Erst im nächsten Frühjahr wird die Leiche dann gefunden."

„Daher auch der Titel des Buches? *Ein Grab aus Eis*?"

„Ja."

„Ich verstehe immer noch nicht." Die Kommissarin spielte an einem der schwarzen Knöpfe ihres Kostüms und gähnte.

„Na ja, der Blütenkranz! Wie bei der K-Kamphaus!" Brinkhoff konnte nicht fassen, dass Plasberg die Parallele nicht ins Auge fiel.

„Ja, und? Was wollen Sie denn damit sagen?" Plasbergs Skepsis war nicht zu überhören. „Korrigieren Sie mich, wenn ich was falsch verstanden habe, aber das Opfer in Gatlers Roman ist eine

Lehrerin, während unser Opfer eine Bibliothekarin ist. Und soweit ich weiß, gibt es in Dellbrück auch keine Maisbauern. Außerdem läuft der Höhenfelder See eher selten Gefahr zuzufrieren, schon gar nicht im Frühling, oder? Womit die einzige Gemeinsamkeit zwischen unserem Fall und dem Mord in diesem Buch ein Blütenkranz im Haar eines Mordopfers wäre. Könnte es nicht sein, dass das einfach nur eine zufällige Übereinstimmung ist und der Kranz eine ganz andere Bedeutung hat?" Sie strich eine imaginäre Falte ihres Kostüms glatt. „Vielleicht sollten wir uns bei unseren Ermittlungen doch lieber auf die Fakten und weniger auf die Fiktion konzentrieren."

„Aber die Kamphaus hatte einige Romane von Gatler im Regal stehen. Wollen Sie behaupten, dass das auch ein Zufall ist?"

Die Kommissarin rollte mit den Augen. „*Sie* haben doch gesagt, dass dieser Gatler so erfolgreich ist! Wie wahrscheinlich ist es dann, dass eine ausgewiesene Leseratte auch einige seiner Werke in ihrem Besitz hat, genauso wie hunderttausend andere Leute in diesem Land auch? Wollen Sie die auch alle zu potenziellen Verdächtigen machen?"

„Nein", musste Brinkhoff notgedrungen zugeben. „Es ist nur ..." Er druckste herum, und seine Vorgesetzte seufzte.

„Spucken Sie's schon aus. Vorher geben Sie ja sowieso keine Ruhe."

„Wir sind in den letzten zwei Tagen ein bisschen zu oft über den Namen Gatler gestolpert. Erst die Lesung, dann die Tote mit dem Blumenkranz. Seine Romane in den Bücherregalen des Opfers ..."

„Nur noch mal der Vollständigkeit halber", unterbrach ihn Plasberg. „*Ein Grab aus Eis* war nicht unter den Büchern, die die Kamphaus von Gatler besessen hat, oder? Das war irgendwas mit Wisconsin und Morgenrot?"

„*Wisconsin, Kanada* und *Morgentod*", verbesserte Brinkhoff.

„Von mir aus. Aber Sie glauben trotzdem, dass Gatler etwas mit dem Tod von Martina Kamphaus zu tun hat? Hat er Ihrer Meinung nach die Frau umgebracht, um den fiktiven Mord nachzustellen? Einfach so? Weil er Spaß daran hatte?"

Wenn er seiner Vorgesetzten zuhörte, musste Brinkhoff zugeben, dass der Gedanke, der ihn seit gestern Abend beschäftigte, vielleicht doch nur eine fixe Idee war. Bei Licht betrachtet, erschien seine Vermutung immer abwegiger. „Ich weiß es nicht", gab er sich geschlagen.

„Ehrlich, Kollege, Sie sollten besser keine Krimis mehr lesen. Bleiben Sie bei den historischen Romanen. Die beeinträchtigen wenigstens nicht Ihr Urteilsvermögen." Plasberg schulterte ihre Handtasche und stand auf. „Können wir dann gehen?"

„W-Wohin?"

„Wir klappern das soziale Umfeld der Kamphaus ab, Stück für Stück, Person für Person. In diesem Fall den Lesekreis. Hallstetter und Kayser machen mit dem Dienst-PC der Kamphaus weiter." Sie rümpfte die Nase. „So macht man das nämlich bei seriösen Ermittlungen. Wenn man das soziale Umfeld des Opfers kennt, stößt man meist unweigerlich auf ein Tatmotiv und einen Täter." Ihre eigenen Zweifel hinsichtlich dieser Theorie gerade in Bezug auf Martina Kamphaus ließ sie geflissentlich unerwähnt. „Das ist zwar zeitaufwändig, aber am Ende hat man dann auch ein Ergebnis, das den Anforderungen der Realität standhält – in diesem Fall den Fragen des Staatsanwalts." Sie zog die Bürotür hinter sich zu und meldete sich im Gehen bei den Kollegen ab. Im Aufzug dozierte sie weiter. „Lassen wir mal all die verrückten Selbstmordattentäter, religiösen Fanatiker und Amokläufer beiseite, die uns in den letzten Jahren immer mehr zu schaffen machen. Die können wir im Fall der Kamphaus wohl ausschließen. Ich dachte, ich hätte Ihnen mittlerweile beigebracht, dass Mord meistens eine sehr persönliche Tat ist. Dass Täter und Opfer etwas verbindet: große Emotionen wie Hass, Rache, Liebe, Eifersucht und Wut."

„Ja, und?" Brinkhoff konnte es nicht ausstehen, wenn Plasberg ihn belehrte. Dann kam er sich wie ein Schuljunge vor.

Die Kommissarin drehte sich in der engen Aufzugkabine zu ihm und tippte ihm auf die Brust. „Was, bitte schön, soll eine kleine Bibliothekarin mit einem weltbekannten Schriftsteller zu tun haben? Ich verwette meine Pensionsansprüche, dass die beiden sich noch nie begegnet sind!"

„Sie ha-haben mir auch beigebracht, dass ich meinen Instinkten f-folgen soll", wagte der Kommissar einzuwenden. „Und in diesem Fall …"

„Wir wollen doch mal eines klarstellen, Kollege“, schnitt ihm Plasberg das Wort ab. „Solange Sie ein Oberkommissar sind und ich die Hauptkommissarin bin und solange Sie in meiner Mordkommission arbeiten, haben sich Ihre Instinkte meinen unterzuordnen! Und *meine* Instinkte sagen mir, dass dieser Gatler mit unserem Fall nichts zu tun hat.“

„So viel also zum Thema Meinungsfreiheit und Diskussionsfreude“, murmelte Brinkhoff verstimmt.

„Herrgott noch mal! Wir arbeiten bei einer staatlichen Behörde, da gibt es Hierarchien.“

„Und das aus Ihrem M-Mund! Eikner würde sich freuen, wenn er Sie hören könnte.“

„Ach, ist doch wahr! Wenn Sie Meinungsfreiheit und Diskussionsfreude haben wollen, dann sollten Sie bei einem Biobauernkollektiv oder einer linken Buchhandlung anheuern und nicht bei der Polizei.“

„K-Kann es sein, dass Sie schlecht gelaunt sind?“

„Das geht Sie einen feuchten Kehricht an“, gab Plasberg zurück. Als sie Brinkhoffs überraschte Miene sah, fügte sie ungnädig hinzu: „Meine Mutter ist zu Besuch. Sie beabsichtigt offenbar, den ganzen Sommer zu bleiben.“

„Ihre Mutter?“

„Ich will nicht darüber reden.“

Inzwischen waren die Kommissare auf dem Parkplatz angekommen und wollten gerade in Plasbergs Golf steigen, als sich in einer der oberen Etagen ein Bürofenster öffnete, Jochen Hallstetter herausschaute und ihnen aufgeregt zuwinkte. „Zurück!“, rief er.

„Was? Wieso denn?“

Der Kollege brüllte eine unverständliche Antwort und verschwand vom Fenster. Die Kommissare drehten um und fuhren im Aufzug wieder nach oben. Hallstetter kam ihnen schon im Flur entgegengerannt.

„Ich hoffe für Sie, dass es wichtig ist“, sagte die Kommissarin. „Ich mag es gar nicht, wenn man …“

„Die … Die Leitstelle …“, unterbrach Hallstetter sie japsend. „… neuer Leichenfund …“

„Was? Wo?“

„In einer Mühle, etwas … etwas außerhalb.“

„Eine Mühle? So was gibt es hier noch?“, fragte Plasberg erstaunt.

Hallstetter nickte mit hochrotem Kopf. „Die … Kerpener Obermühle, die ist in … in …“

„Kerpen?“

Hallstetter nickte erneut.

Plasberg drehte sich auf dem Absatz herum und winkte Brinkhoff, sie zu begleiten. Bevor die Aufzugtüren sich erneut schlossen, rief sie Hallstetter hinterher: „Sie müssen wirklich was für Ihre Kondition tun, Kollege! Es kann ja wohl nicht sein, dass sie nach einem Lauf über den Gang keine Luft mehr kriegen! Treiben Sie Sport! Essen Sie mehr Gemüse!“

„K-Können Sie nicht ein bisschen f-freundlicher zu ihm sein?“, kritisierte Brinkhoff sie erneut. „Hallstetter leidet sowieso schon unter der Diät seiner Frau.“

„Noch freundlicher?“, erwiderte die Kommissarin. „Der Kollege *ist* zu fett! Das ist eine Tatsache!“

Kerpen, eine Stadt von etwas mehr als sechzigtausend Einwohnern im Einzugsgebiet von Köln, war in seiner Entwicklung seit Jahrzehnten mit dem rheinischen Braunkohlerevier verknüpft. Während weite Flächen im Osten mittlerweile ausgekohlt und mühsam renaturiert worden waren, gab es nach wie vor andere Bezirke, wie etwa den Stadtteil Manheim, die in den kommenden Jahren dem Tagebau Hambach weichen mussten. Bürgerproteste, juristische Verfahren und negative wirtschaftliche Gutachten waren vergebens gewesen: Ein ganzer Ortsteil war dem Untergang geweiht. Menschen mussten umgesiedelt werden und ihre Häuser aufgeben, ihre Existenz monströsen Maschinen geopfert, die sich mit gigantischen Schaufeln in die Erde fraßen, um nach dem Ende der Ausbeutung eine Mondlandschaft zu hinterlassen, deren Unwirtlichkeit schockierte. Sogar die A4, auf der die Kommissare nach Kerpen fuhren, würde verlegt werden müssen.

Die Obermühle befand sich abseits des Stadtzentrums, als Teil eines alten Bauernhofs mit Fachwerk und Wirtschaftsgebäuden aus rotbraunem Backstein und hölzernen Aufbauten, Speichern, in denen früher Stroh gelagert worden war. An der Außenfassade, versteckt zwischen Efeu und wildem Holunder, die sich in das brüchige Mauerwerk gekrallt hatten, war auch das Wasserrad zu sehen. Doch die Mühle war stillgelegt, der Wasserlauf irgendwann verlegt worden. Ein Ort der Vergangenheit, stummes Relikt einer bäuerlichen, vorindustriellen Zeit.

„Idyllisch hier", sagte Brinkhoff, als sie nach einer halbstündigen Autofahrt eintrafen. „Wundervoll!"

„Sagen Sie das den Besitzern", antwortete die Kommissarin, nachdem sie den Wagen auf dem holprig gepflasterten Hof abgestellt und einen kritischen Blick auf das Anwesen geworfen hatte. „Das Dach leckt, die Fassade ist feucht und das Holz ist morsch. Was meinen Sie, wie viel Geld man hier reinstecken müsste, um alles zu sanieren! Und dann redet Ihnen wahrscheinlich auch noch das Denkmalamt rein und sagt Ihnen, was Sie alles nicht tun dürfen."

„Aber die Luft!", sagte Brinkhoff und atmete tief ein und aus. „Ist d-doch herrlich!"

Plasberg ignorierte den Kommissar und widmete sich lieber den uniformierten Männern, die auf sie zukamen, zwei Kollegen der örtlichen Polizeiinspektion, die sich als Marcel Brandt und Björn Eisenpfennig vorstellten. Die Kommissarin hielt ihnen ihre Dienstmarke unter die Nase.

„Hauptkommissarin Maria Plasberg?", fragte Eisenpfennig. Der Beamte war in Brinkhoffs Alter, hatte wachsblonde Haare, ein verschlossenes Gesicht und kleine Augen, die von Plasbergs Pepita-Kostüm wohl nicht allzu viel hielten und misstrauisch auf ihre Dienstmarke starrten. „Dann kennen Sie nicht zufällig den Kollegen Vogt?"

„Karsten Vogt? Doch. Natürlich. Er arbeitet in meiner Mordkommission. Wieso?"

„Ist ein Freund von mir", brummte Eisenpfennig und betrachtete Plasberg feindselig. „Wir singen zusammen im selben Chor. Er wohnt zwar in Bergheim, aber das ist ja nur ein paar Kilometer weit weg."

„Ich hatte keine Ahnung, dass Vogt singt", erwiderte die Kommissarin überrascht. „Dass er singen kann, meine ich."

„Er hat schon so einiges über Sie erzählt."

Plasberg war irritiert von der Antipathie, die ihr Eisenpfennig entgegenbrachte, bis ihr plötzlich der Grund klar wurde. „Ach, ich verstehe!", sagte sie schmallippig. „Vogt hat Ihnen sein Herz ausgeschüttet? Sie sollten nicht immer alles für bare Münze nehmen, was der Kollege sagt. Oder, Brinkhoff?"

Als er den Namen von Plasbergs Begleiter hörte, betrachtete Eisenpfennig den Kommissar mit einer unverhohlenen Mischung aus Verachtung und Spott. Brinkhoff konnte sich lebhaft vorstellen, wie Vogt nach dem Ende der Chorprobe bei einem Bier über die „stotternde Schwuchtel" herzog, mit der er zusammenarbeiten musste.

Bevor die Situation noch unangenehmer wurde, ging Eisenpfennigs Kollege Brandt dazwischen. „Die Leiche befindet sich in der Mühle", erklärte er und rief damit allen in Erinnerung, warum sie hier waren. Der fünfzigjährige Beamte war mit knapp zwei Metern noch größer als Brinkhoff, ein grobknochiger Bär von einem Mann mit dunklem Teint und absurd weit abstehenden Ohren. Er warf Eisenpfennig einen warnenden Blick zu. „Die Mühle wird nicht mehr genutzt, da kommt laut den Besitzern oft tagelang niemand rein, um nach dem Rechten zu sehen. Dass heute jemand drin war, ist reiner Zufall. Für heute Nachmittag war eine Führung geplant."

„Die Mühle ist ein Museum?" Die zierlich gewachsene Kommissarin musste ihren Kopf in den Nacken legen, um dem Kollegen ins Gesicht zu schauen.

Brandt verneinte. „Die Führungen gibt es nur auf Anfrage und auch nur sonntags. Die Mühle steht zwar unter Denkmalschutz, aber natürlich hat niemand die Kohle, die Restaurierung zu bezahlen, daher verfällt das Gebäude langsam." Plasberg warf Brinkhoff einen triumphierenden Blick zu. „Die Eigentümer des Hofes bewohnen nur das alte Bauernhaus." Der Polizeibeamte deutete auf die hölzerne Eingangstür des Wohntraktes, über der in einer Nische eine kleine Marienstatue zu sehen war. Neben dem Eingang standen ein Topf mit Primeln und zwei Schälchen mit Katzenfutter. Die dazugehörige Katze, eine rotbraune Straßenmischung, lag schläfrig auf einer Holzbank vor dem Haus. In zwei kleinen

Fenstern links davon, mit weißen Streben unterteilt, waren Gardinen zu sehen; eine davon bewegte sich, als Plasberg hinschaute.

„Wer hat den Toten gefunden?“

Der Polizist checkte seine Notizen. „Eine Frau Katharina Durn. Sie und ihr Mann wohnen seit vierzig Jahren hier. Beide schon recht betagt. Er ist 85 Jahre, sie drei oder vier Jahre jünger. Sie ist heute Morgen gegen sieben Uhr nach drüben gegangen, um die Führung vorzubereiten, frische Luft reinzulassen, und dabei hat sie dann die Leiche bemerkt. Sie hing an einem Baugerüst in der Mühle.“

„Und die beiden haben vorher nichts bemerkt?“

Brandt hob die Schultern.

Plasberg fuhr sich durch die Haare. „Ich will nachher mit beiden sprechen. Schauen wir uns erst mal um.“

Der Eingang der alten Mühle wurde von einer massiven Holztür versperrt, deren Farbe schon lange abgeblättert war und die laut in ihren Angeln protestierte, als Eisenpfennig sie aufzog. Innen herrschte Zwielicht, Staubflocken wirbelten auf und trudelten im Schein der durch die Lücken im Mauerwerk einfallenden Sonnenstrahlen gemächlich wieder zu Boden. Die Beamten brauchten einen Augenblick, bis sich ihre Augen an die Dämmerung gewöhnt hatten, dann tauchten aus den Schatten die ungewohnten Umrisse eines klobigen Mühlsteins auf, die Überreste riesiger Zahnräder, hölzerne Bottiche, in denen Mehl gelagert worden war. Es war, als wäre in diesem Raum die Zeit stehengeblieben. Holzpfähle setzten sich von unten nach oben fort, waren behängt mit verstaubten Gerätschaften, schmutzstarrenden Schürzen und Werkzeugen, deren Nutzen den Polizisten verborgen blieb, und verloren sich im Dunkeln des Dachstuhls. Es roch unangenehm nach Moder und Fäkalien, Fliegen schwirrten umher.

Marcel Brandt zog an einer Schnur in der Nähe der Tür, und gleich darauf erhellte eine nackte Glühbirne die Dämmerung im Raum. Fünfzehn Meter über ihren Köpfen im Dachgebälk wurde es plötzlich unruhig, aufgeregtes Flügelschlagen und hohe, protestierende Zwitschertöne wurden laut.

„Fledermäuse“, erklärte Eisenpfennig, während die nachtaktiven Säuger durch das undichte Dach nach draußen flohen.

Erst jetzt konnte man erkennen, dass ein Teil des Mauerwerks eingerüstet war, um den Dachstuhl abzustützen, offensichtlich schon seit Langem, denn auch auf den Brettern des Gerüsts war eine dichte Schicht Staub zu sehen. Dort, wo das Gerüst aufhörte, war eine mannshohe Öffnung auszumachen, durch die in früheren Zeiten das geerntete Getreide angeliefert und später das fertig gemahlene Mehl in groben Säcken nach draußen gehievt worden war.

Die Leiche, wegen der Plasberg und Brinkhoff gerufen worden waren, lag auf dem Boden neben dem Baugerüst. Das Opfer war ein etwa ein Meter siebzig großer Mann, vielleicht Mitte oder Ende dreißig, mit schulterlangen, ungepflegten, rotblonden Haaren. Das Gesicht war verzerrt und marmoriert verfärbt, die Lippen blau, der Hals durch die Strangulation schwarzgefleckt. Die dunklen Augen waren aus ihren Höhlen getreten und schienen durch die Polizisten hindurchzustarren, unter der Nase war getrocknetes Blut zu erkennen. In unmittelbarer Nähe der Leiche war der Gestank von Fäkalien noch durchdringender, weil sich im Moment des Todes die Gedärme des Mannes entleert hatten. Bekleidet war das Opfer mit einer Jeans, einem verwaschenen T-Shirt, einem dunklen, abgewetzten Jackett und zerschlissenen Turnschuhen, am linken Handgelenk trug er zwei bunte Lederbändchen, wie sie von Straßenverkäufern geflochten und für wenige Euro an Passanten verkauft wurden. Beide Hände waren mit einem einfachen Seil, mit dem früher wohl die Mehlsäcke zugebunden worden waren, auf seinem Rücken gefesselt.

„Dann können wir Selbstmord wohl ausschließen“, seufzte Plasberg. „Wo genau hat sich die Leiche befunden, bevor Sie sie abgenommen haben?“

Brandt zeigte auf eine Querstrebe des Baugerüsts in etwa drei Metern Höhe. „Da, an der Eisenstange, mit einer Schlinge um den Hals. Das Laufbrett unter den Füßen fehlte und lag auf dem Boden.“ Er kramte aus der Hosentasche sein Handy hervor und zeigte Plasberg die Fotos, die er geschossen hatte, nachdem er und sein Kollege sichergestellt hatten, dass dem Mann nicht mehr zu helfen war.

„Stellen Sie sicher, dass die Aufnahmen zu unseren Unterlagen kommen“, wies Plasberg den Kollegen an. „Haben Sie im

Gebüsch unten an der Außenmauer neben dem Wasserrad eine Leiter gefunden?"

„Eine Leiter?", fragte Brandt. „Wieso?"

Die Kommissarin hob eine Augenbraue. „Irgendwie muss der Mörder sein Opfer ja hierhergebracht haben. Durch die Tür kann er kaum gekommen sein, das Quietschen hätten die Bewohner mit Sicherheit gehört."

„Die Tür war sowieso verschlossen", sagte der Polizeibeamte. „Hat die Durn gesagt. Sie hat sie erst heute Morgen aufgeschlossen."

„Dann muss der Mörder durch diese Ladeluke oben in der Mauer in die Mühle eingedrungen sein. Und sein Opfer auch … Was für ein Aufwand!", erklärte sie nachdenklich. „Okay, wir brauchen die Spurensicherung und einen Polizeiarzt, das volle Programm. Die Kollegen sollen auch die Straße vor der Mühle nach Reifenspuren absuchen." Etwas schien sie jedoch zu stören an dem Toten. Sie zog die Augenbrauen zusammen und reckte ihren Hals, um besser sehen zu können, aber auch das schien sie nicht zufriedenzustellen. „Ich weiß nur nicht, wie …"

„D-Das war eine Inszenierung", platzte Brinkhoff in diesem Moment heraus. Schon die alte Mühle hatte er mit dem mulmigen Gefühl betreten, dass ihm der Schauplatz bekannt vorkam, und als er den Platz betrachtete, an dem der bedauernswerte Tote vom Baugerüst gehangen hatte, war er sich seiner Sache sicher gewesen, auch wenn er es erneut nicht erlebt, sondern gelesen hatte. „*Wisconsin, Kanada.* Der dritte Roman von Stephen Gatler."

„Was?", fragte Plasberg.

„Ich bin mir sicher", erwiderte Brinkhoff. „Jemand stellt die Morde in G-Gatlers Krimis nach."

Zwei Stunden später war die sonst so beschauliche Obermühle noch immer von geschäftigem Treiben erfüllt. Auch wenn die Beteiligten durch lange Berufserfahrung mit der nötigen Effizienz und Pietät bei der Sache waren, schien der Vergleich mit einem Ameisenhaufen nicht allzu weit hergeholt. Zusätzliche Einsatzkräfte der Polizei sperrten den Zugang zum Hof und der Mühle mit rotweißem Polizeiband ab. Mitarbeiter der Spurensicherung waren mit einem mehrköpfigen Team angerückt und nahmen jeden Quadratzentimeter der Mühle und ihrer Umgebung unter die Lupe, fotografierten und protokollierten das gesamte Inventar, jeden einzelnen Gegenstand, inklusive des Baugerüsts und natürlich der Leiche. Ein Polizeiarzt stand bereit, um den Toten zu untersuchen, sobald die Spurensicherung mit ihrer Arbeit fertig war. Auch ein Leichenwagen fuhr gerade auf den Hof.

Für das Ehepaar, das den Bauernhof bewohnte, hatte Plasberg reflexartig einen Psychologen angefordert, denn Katharina und Max Durn – eine Landwirtin mit einem grauen Dutt, roten Wangen und einem energischen Wesen und ihr eher schweigsamer, mit einem imposanten Schnauzbart und breiten Hosenträgern an einer schlotternden Hose ausgestatteter Mann – hatten es nicht länger in den eigenen vier Wänden ausgehalten. Angelockt von immer mehr ankommenden Autos hatten sie sich unter die Beamten gemischt und lautstark Aufklärung gefordert. Aus einiger Entfernung beobachtet, hatte Plasberg die von Katharina Durn über dem Kopf zusammengeschlagenen Hände als drohenden Zusammenbruch missdeutet, doch nachdem sie sich einmal damit arrangiert hatte, dass der Mann in ihrer Mühle ermordet worden war, hatte Durn die Betreuungsversuche der Psychologin mit einem pragmatischen „Ist schon recht, Kindchen! Der Herr hat's gegeben, der Herr hat's genommen!“ beiseitegeschoben und begonnen, sich um das leibliche Wohl der Beamten zu kümmern. Mittlerweile war jeder mit Kaffee und Keksen versorgt, und Durn war von der Psychologin nur mit Mühe daran gehindert worden, für alle Anwesenden eine Nudelsuppe zu kochen.

Die Kommissarin sog mit einem erleichterten Seufzer das bittere Aroma der Kaffeebohnen ein, das ihr aus dem Becher in ihrer Hand in die Nase stieg, und ließ sich auf die Bank vor dem Haus der Durns fallen. „Verwertbare Reifenspuren vor der Mühle gibt es keine. Die Straße ist asphaltiert, und die Abdrücke, die die Spurensicherung am Straßenrand gefunden hat, sind nicht aussagekräftig genug, um Rückschlüsse auf Reifen- oder gar Fahrzeugtyp zuzulassen. Damit wissen wir weder bei der Kamphaus noch bei diesem Opfer, wie der Mörder zum Tatort gelangt ist. Da ist jemand sehr clever. Immerhin sind neben den Abdrücken unserer beiden Kollegen zwei weitere, unterschiedliche Schuhabdrücke auf dem Baugerüst gefunden worden", sagte sie und nippte an ihrem Kaffee. „Der eine passt zu dem Toten. Der andere ist der Abdruck eines rechten Schuhs, der auf der linken Seite des Absatzes ziemlich abgelaufen ist. Größe 45 oder 46. Und er gehört nicht zu dem Toten. Möglich, dass er hierhergelockt wurde, um sich mit seinem Mörder zu treffen. Sie sind von außen eingedrungen, wie ich vermutet hatte. Dieser Eisenpfennig hat im Gebüsch neben dem Mühlrad eine Leiter gefunden."

„Hat ein K-Kampf stattgefunden?", fragte Brinkhoff, der schon einige Minuten dort saß. Bis der Arzt die Leiche untersuchen konnte, gab es für den Moment nichts zu tun.

„Unklar. Das geben die Spuren wohl nicht her."

„Ich f-finde es erstaunlich, dass das Ehepaar nichts gehört hat."

„Die Mauern sind dick."

„Die Mauern sind l-löchrig", widersprach der Kommissar.

„Und das Gehör der alten Leute nicht mehr das beste. Ihn muss man ja regelrecht anschreien, damit er was versteht." Plasberg betrachtete geistesabwesend die Regentonne der Durns, die unter der Dachrinne stand und zu drei Vierteln mit Wasser gefüllt war. „Ideale Brutstätte für Mücken", bemerkte sie.

„Ist noch zu früh im Jahr für Mücken", erwiderte Brinkhoff und rieb sich über die Augen.

Plasberg schlürfte weiter ihren Kaffee. „Glauben Sie das mit den Romanen von Gatler wirklich? Ich finde das noch immer ein bisschen weit hergeholt."

„Sie sollten seine Bücher lesen. In *Wisconsin, Kanada* wird ein junger Mann in einer Mühle aufgeknüpft. Der Racheakt eines Vaters, der dem Opfer die Schuld am Unfalltod seines Sohnes gibt. Ich v-verstehe nur nicht, was das jetzt und hier zu b-bedeuten hat."

„Wenn das zutreffen sollte, dann muss der Mörder die Mühle vorher ausgekundschaftet haben. So viele frei zugängliche alte Mühlen wird es hier in der Umgebung nicht geben", überlegte die Kommissarin.

„Oder er besaß die Ortskenntnisse schon früher", warf ihr Kollege ein. „Vielleicht kommt er aus Kerpen und Umgebung."

Plasberg schüttelte entnervt den Kopf. „Das ergibt alles keinen Sinn! Welches Motiv sollte jemand haben, die Morde in einem Krimi nachzustellen? Das würde ja bedeuten, dass die Opfer völlig willkürlich ausgewählt wurden. Und wie hat der Mörder seine Opfer überredet, sich mit ihm zu treffen? Vor allen Dingen in einer solchen Abgeschiedenheit? Abgesehen davon spricht nach wie vor einiges dafür, dass es Kamphaus war, die den Treffpunkt am Höhenfelder See bestimmt hat."

Brinkhoff wusste keine Antwort und schwieg. Die Sonne wärmte den Platz vor dem Haus, und er schloss für einen Moment die Augen. „Wir sollten G-Gatler einen Besuch abstatten", sagte er schließlich.

Die Kommissarin sah amüsiert auf. „Und was sollen wir als Begründung vorbringen? ‚Guten Tag, Mr. Gatler, es hat in Köln und Umgebung zwei Morde gegeben, die auf Ihren Büchern basieren. Was können Sie uns dazu sagen?' Erstens blamieren wir uns damit, und zweitens wird mir Eikner anschließend den Kopf abreißen, weil er kurz nach unserem Besuch einen Anruf von Gatler erhalten wird."

„War nur ein V-Vorschlag", murmelte Brinkhoff.

„Nicht einschlafen, Kollege!" Plasberg rammte ihm ihren Ellenbogen in die Seite. „Lassen Sie uns sehen, wie weit die Spurensicherung ist. Oder ist schon wieder irgendwas?"

„Nein ... ja." Brinkhoff seufzte. „Markus hat gestern angerufen und seinen Urlaub unterbrochen."

„Und wieso?"

„Familienkrise." Brinkhoff erklärte ihr, dass sein Freund eine Zeitlang das Kind seiner Schwester betreuen musste.

„Das arme Kind", sagte Plasberg.

„Armer Markus!", entgegnete Brinkhoff. „So b-bekommt er jedenfalls nicht die Erholung, die er braucht!"

„Vielleicht braucht er keine Erholung, sondern eine Aufgabe!"

„Sie m-meinen, dass ich ihn in den letzten Wochen zu sehr von der Realität abgeschirmt habe?"

„Sagen Sie es mir!"

Brinkhoff grinste gegen seinen Willen. „Sie reden wie eine Therapeutin. Die stellen auch immer G-Gegenfragen."

Plasberg beobachtete Marcel Brandt und Björn Eisenpfennig, die gelangweilt in ihrem Polizeiwagen saßen. „Die lassen wohl auch gerne andere für sich arbeiten." Sie kannte diesen Typ Polizisten zur Genüge: Beamte, die jeglichen Idealismus verloren hatten und nur noch Dienst nach Vorschrift machten, unzufrieden, desinteressiert, verdrossen. Nicht mit ihr. „Kommen Sie, wir bringen die Kollegen ein bisschen auf Trab."

Als die Kommissare zusammen mit Eisenpfennig und Brandt im Schlepptau erneut die Reste der Obermühle betraten, hatte die Spurensicherung gerade ihre Arbeit beendet.

„Haben Sie Abdrücke von den Schuhspuren gemacht?", fragte Plasberg.

„Klar doch", erwiderte einer der weißgekleideten Männer.

„Ein Abdruck von dem Abdruck", grinste Eisenpfennig hinter dem Rücken der Kommissarin und stieß seinen Kollegen mit dem Ellenbogen an.

Plasberg war jedoch nicht zu Scherzen aufgelegt. „Wollen Sie nur witzig sein, oder haben Sie auch irgendetwas Konstruktives zu den Ermittlungen beizutragen?"

Eisenpfennig verzog verärgert das Gesicht. „Was für 'ne blöde Schlampe", murmelte er fast unhörbar.

Aber eben nur fast. Brinkhoff wirbelte herum und ging auf ihn los. „W-Wie war das?" Er schubste den Mann nach hinten, sodass er beinahe das Gleichgewicht verloren und in den Dreck gefallen wäre.

„He! Was …?" Nach einer Schrecksekunde begann sich Eisenpfennig zu wehren und ging seinerseits auf Brinkhoff los. „Du Arschloch!" Es hätte nicht viel gefehlt, und es wäre zu einer Schlägerei gekommen. Plasberg und Brandt konnten die beiden Kontrahenten gerade noch rechtzeitig trennen.

Während Brandt seinen Kollegen nach draußen zerrte und ihm Vorhaltungen machte, nahm sich Plasberg wütend Brinkhoff zur Brust. „Was sollte das denn, wenn ich fragen darf?", blaffte sie ihn an.

„Haben Sie n-nicht g-gehört, wie er Sie genannt hat?"

„Doch, das habe ich. Aber deshalb brauchen Sie noch lange nicht meine Ehre zu verteidigen, Sie Idiot! Diese dämlichen Testosteronspielchen! Ich kann gut auf mich selber aufpassen! Konzentrieren Sie sich gefälligst auf unsere Arbeit!“

Brinkhoff warf ihr einen verletzten Blick zu, aber die Kommissarin hatte sich schon wieder dem Tatort zugewandt. Er brummte eine Entschuldigung und zog sein Hemd zurecht.

Neben den Fußspuren hatten die Kollegen der Spurensicherung im Staub am Geländer auch einige Fingerabdrücke entdeckt, deren Zuordnung aber bestenfalls auf sich warten lassen würde. Wenn sie zum Opfer gehörten, dann würde die Zuordnung relativ schnell vonstattengehen, wenn nicht, dann würde es dauern, bis man im Computer fündig geworden war – falls überhaupt. Auf der untersten Ebene des Baugerüsts war man auf eine Brille gestoßen. Da sie nicht verstaubt war und der Fundort in der Nähe der Füße des Toten war, lag es nahe anzunehmen, dass sie dem Opfer gehört hatte und ihm im Todeskampf von der Nase gerutscht war.

„Und ansonsten?“, fragte Plasberg. „Irgendwas, das die Identität des Toten aufklärt?“

Der Mitarbeiter der Spurensicherung drückte ihr einen Personalausweis in die Hand. „Volltreffer. Der lag zwischen einer Strebe und einem Brett des Gerüsts. Muss irgendwie dazwischengerutscht sein.“

Die Kommissarin überprüfte den Ausweis. „Thomas Anschlitz, 38 Jahre alt, wohnt in der Edith-Stein-Straße. Noch nie gehört. Wo ist das?“

Brinkhoff zückte sein Handy: „In der Nähe der Messe. Stegerwaldsiedlung.“

„Nicht gerade die beste Wohnadresse“, bemerkte Plasberg. „Ist dem Mann der Ausweis aus der Tasche gefallen?“

Der Mitarbeiter der Spurensicherung zuckte mit den Schultern. „Sie ermitteln. Wir sichern nur die Spuren. Sagt ja schon der Name.“

„Witzbold“, brummte die Kommissarin. „Brinkhoff, sagen Sie im Präsidium Bescheid. Die sollen nachsehen, ob wir was über einen Thomas Anschlitz haben.“ Dann wandte sie sich wieder an den Kollegen im weißen Schutzanzug. „Und wie hat der Mörder es geschafft, sein Opfer hier aufzuknüpfen? Die Fesseln um die

Handgelenke, die Schlinge um den Hals – das lässt doch niemand lammfromm über sich ergehen!"

„Das Brett auf dem Boden ist absichtlich aus dem Gerüst herausgelöst worden. Es befand sich vorher dort, wo dann der Tote hing", erhielt sie zur Antwort. „Und zwar ist es von unten aus seiner Verankerung gestemmt worden und dann nach unten gefallen. Das können wir aufgrund der Schrammspuren am Holz und kleiner Absplitterungen feststellen."

„Das würde bedeuten, Fingerabdrücke auf diesem Brett gehören auf jeden Fall zum Mörder?"

Der Kollege schüttelte den Kopf. „Wenn es welche gäbe. Aber ausgerechnet dort sind keine zu finden. Es gibt Wischspuren, die darauf hindeuten, dass das Brett nachträglich gesäubert wurde. Es kann natürlich sein, dass die entstanden sind, als der Mann vom Gerüst abgenommen wurde."

„Okay … nur, damit ich Sie richtig verstehe …" Plasberg bestieg vorsichtig das Baugerüst, kletterte in die erste Etage und stellte sich dorthin, wo sich über ihrem Kopf das herausgelöste Brett befunden haben musste und gleichzeitig den Boden für die zweite Etage gebildet hatte. Genau über ihr hatte nach den Fotos die Leiche des Mannes an einer Querstrebe des Gerüsts gehangen. „Erst hat der Mörder also auf der zweiten Etage des Gerüsts sein Opfer gefesselt, dann hat er ihm die Schlinge um den Hals gelegt und den Strick am Gerüst befestigt. Anschließend ist er eine Etage tiefer geklettert und hat mit Gewalt dieses Brett aus der Verankerung gelöst und dem Opfer damit den Boden unter den Füßen genommen?" Der Mann zuckte mit den Schultern, während die Kommissarin auf die Stelle starrte, an der der Tote gehangen hatte. „Aber wieso hat er das über sich ergehen lassen? Er muss doch Todesangst gehabt haben! Ich hätte geschrien und um mich geschlagen, ich hätte notfalls das gesamte Baugerüst zum Einsturz gebracht! Es sei denn …" Sie drehte sich um und sah auf Brinkhoff und den Polizeiarzt herab, der sich mittlerweile auch am Schauplatz eingefunden hatte. „Wie weit sind Sie mit der Untersuchung der Leiche?"

„Augenblick. Fast fertig", erwiderte der Arzt, der sich schon eine ganze Weile über den Toten beugte. Kurz darauf winkte er die

Kommissare zur Leiche. Brinkhoff folgte der Aufforderung nur widerwillig, weil der Gestank von Fäkalien in der Nähe des Toten fast unerträglich war. „Tod durch Strangulation. Ein kurzer Fall, daher kein Genickbruch. Der Aufhängepunkt der Strangfurche befindet sich hinten, in der Mitte des Nackens." Der Arzt drehte den Kopf des Opfers zur Seite, sodass Plasberg und Brinkhoff die Abdrücke des Stricks sehen konnten. „Bewusstlosigkeit nach fünf bis zehn Sekunden, der Tod ist kurz darauf eingetreten."

„War er betäubt?", fragte Plasberg.

Der Arzt wiegte unentschlossen den Kopf hin und her. „Kann ich nicht mit Bestimmtheit sagen. Aber da ich keine Schrammen an den Fesseln der Handgelenke feststellen kann, die ein Aufbäumen oder Befreiungsversuche bestimmt hinterlassen hätten … da sind feine Rückstände von Fasern über der Oberlippe … könnte Watte sein … und dann das Blut unter der Nase … und ich meine auch, einen feinen, süßlichen Geruch festzustellen, aber vielleicht bilde ich mir das auch nur ein, das ist überhaupt nicht mein Fachgebiet … ich tippe mal ganz unverbindlich auf Chloroform."

„V-Vielleicht findet der Rechtsmediziner noch was. Wann ist der Tod eingetreten?", fragte Brinkhoff.

„Da die Totenstarre sich noch nicht vollständig gelöst hat … gestern, würde ich sagen."

„Am Samstag?"

„Ja. Höchstwahrscheinlich Samstagnachmittag."

„Und diese Schuppenflechte am Hals und in den Haaren … ist das eine Neurod-dermitis?"

Der Arzt untersuchte die Stellen und nickte. „Sieht ganz so aus."

Plasberg ließ sich Handschuhe geben und durchforstete vergeblich die Taschen des Toten. „Keine Schlüssel, kein Handy, keine Brieftasche. Nichts."

„V-Vielleicht hat der Mörder diesen Anschlitz nach dem Tod gefilzt, um uns die Identifizierung zu erschweren", mutmaßte Brinkhoff.

„Und der Personalausweis?"

„Der kann dem Toten dann eigentlich nur vorher aus der Tasche gefallen sein, deshalb hat ihn der Mörder übersehen."

„So ein Ausweis fällt einem nicht einfach mal so aus der Tasche."

„Dann hat es vielleicht doch zumindest ein kleineres G-Gerangel gegeben?"

Plasberg nickte. „Sehe ich auch so." Sie betrachtete das dunkle Jackett des Opfers genauer und pickte etwas vom Kragen der Jacke. „Ein weißes Haar." Sie winkte den Mitarbeiter der Spurensicherung heran, der das Haar mithilfe einer Pinzette eintütete.

„Gatler hat weiße Haare!", sagte Brinkhoff.

Die Kommissarin warf Brinkhoff einen skeptischen Blick zu. „Ach, jetzt ist es auf einmal der Autor selber, der seine Morde inszeniert?"

„Ich w-wollte nur …"

„Der Tote hat auch weiße Haare", widersprach Plasberg. „Schauen Sie genauer hin. Zwischen den rotblonden Haaren gibt es auch ein paar weiße. Es könnte auch von ihm stammen." Sie richtete sich auf und trat von der Leiche zurück, während draußen der Leichenwagen vorfuhr, um den Toten in die Gerichtsmedizin zu transportieren. „Wir sind hier fertig", gab sie Bescheid und verließ mit Brinkhoff die Mühle, um die Durns zu befragen.

Es fühlte sich gut an, wieder ins Freie zu treten, den Geruch des Todes und der Fäkalien hinter sich zu lassen. „Ich kann immer noch nicht glauben, dass Sie sich auf den Kollegen Eisenpfennig stürzen wollten", erklärte Plasberg und strich ihr Kostüm glatt. „Das war wirklich vollkommen überflüssig. Und kindisch."

„Ich ha-hab mich doch schon entschuldigt!", sagte Brinkhoff. Brandt und sein Kollege waren nirgendwo mehr zu sehen. Da es für sie kaum noch etwas zu tun gab, hatten sie es wohl vorgezogen, nach Rücksprache mit der Leitstelle das Feld den Kölner Kommissaren zu überlassen. „Weiß auch n-nicht, was da über mich gekommen ist!"

Plasberg und Brinkhoff sahen zu, wie der Leichnam von Thomas Anschlitz in einem Sarg ins Auto verladen wurde, und liefen die paar Schritte zum Bauernhaus hinüber. „Ein Mord mit vielen Fragezeichen, oder?", grübelte die Kommissarin. „Wieso diese alte Mühle? Und wie hat der Mörder sein Opfer dazu gebracht, sich hier mit ihm zu treffen? Wie sind die beiden hierhergekommen? Und wieso entgeht dem Mörder der Personalausweis, wenn er nach der Tat den Toten filzt?"

„D-Der Aufwand würde sich erklären, wenn man es tatsächlich als Inszenierung betrachtet. Ich …“ Das Klingeln seines Handys unterbrach Brinkhoff. Er schaute aufs Display, nahm das Gespräch an, sagte: „Frau Keller, was gibt's?“ und lauschte schweigend der Stimme der Sekretärin. Anschließend steckte er sein Handy wieder in die Hosentasche. „Anschlitz ist letztes Jahr wegen Stalkings rechtskräftig v-verurteilt worden. Hat wohl das Ende der B-Beziehung mit seiner Freundin nicht verkraftet. Musste eine Geldstrafe zahlen, durfte sich ihr nicht mehr nähern und musste einer Therapie zustimmen.“

Plasberg schnitt eine Grimasse, während sie an die Tür des Bauernhauses klopfte. „Das wird immer verworrener.“

Aber auch die Durns waren nicht in der Lage, mehr Licht in den Fall zu bringen. Er hatte sowieso nichts gesehen und gehört – was Plasberg nicht wunderte, denn Max Durn trug eine Brille, deren Gläser so dick waren, dass seine Augen dahinter wie die eines Insekts erschienen, und er hantierte während der Befragung ununterbrochen an seinem Hörgerät, verstand die Fragen der Kommissare erst bei der zweiten oder dritten Wiederholung. Sie war zwar nicht schwerhörig und hatte auch keine verminderte Sehkraft, aber Katharina Durn konnte sich an keine Besonderheiten während des gestrigen Tages erinnern. Niemand außer dem Briefträger war in der Nähe ihres Hofes aufgetaucht, schon gar nicht das spätere Opfer oder jemand, der ihn begleitet hatte. Es war ein ganz gewöhnlicher, ereignisloser Samstag gewesen. Die Rentnerin listete den Kommissaren minutiös ihren Tagesablauf auf, vom Füttern der Hühner am frühen Morgen, die sich in einem Gehege auf der anderen Seite des Hauses befanden, über das Kochen des Mittagessens – dicke Bohnen mit Wellfleisch –, einem kleinen Nickerchen nach dem Essen, gefolgt vom Kaffeetrinken. Danach hatte ihr Mann die Bundesliga im Radio verfolgt – „Mit Kopfhörer, ansonsten ist es zu laut!“ –, während sie gestrickt hatte. Anschließend hatten die beiden bis zum Abendessen eine Partie Domino gespielt, gefolgt von einem Schnaps – „Das regt unsere Verdauung an, Kindchen!“ –, bevor sie beide eine Quizsendung im Fernsehen verfolgt hatten, um gegen zweiundzwanzig Uhr ins Bett zu gehen. Katharina Durn berichtete davon so ausschweifend und überzeugend, dass letzte Zweifel der Kommissare bezüglich der Glaubwürdigkeit der beiden Rentner verschwanden. Sie mochten alt sein, aber zumindest Frau Durn war alert und in keinster Weise senil. Sie hatte tatsächlich nichts von der Tragödie bemerkt, die sich nur wenige Meter von ihr entfernt abgespielt hatte.

Plasberg sah sich während der Unterhaltung in der Wohnstube des Ehepaars um. Der Raum war vollgestopft mit schweren Eichenschränken, dicken Teppichen und klobigen Sitzmöbeln, neben dem Fernseher waren goldgerahmte Fotos der Kinder und Enkelkinder ausgestellt. Durch die kleinen, gardinenverhangenen Fenster drang kaum Tageslicht, die niedrige Decke war durchzogen von Fachwerkbalken. Eine Glasvitrine in der Ecke präsentierte hässliche Nippesfiguren, ein Bücherregal prahlte mit der zwanzigbändigen Ausgabe einer Enzyklopädie, die noch wie neu und ungelesen aussah. In der Zimmerecke stand ein Vogelkäfig, an dessen Gitter ein blaugefiederter Papagei seinen Schnabel wetzte und dabei von der Katze, die vorher auf der Bank vor dem Haus gelegen hatte, nicht aus den Augen gelassen wurde.

Die Kommissare wollten sich gerade verabschieden, als Plasberg doch noch etwas entdeckte, mit dem sie nicht gerechnet hatte: das Cover eines Romans – das verzerrte Gesicht eines Gehängten vor dem Hintergrund einer blutroten Dämmerung –, ausgestellt wie eine Trophäe, deren Grausamkeit neben einem kleinen Strauß getrockneter Blumen besonders grotesk wirkte. Erst auf den zweiten Blick registrierte Plasberg Autor und Titel des Buches. *Wisconsin, Kanada* von Stephen Gatler, weit und breit das einzige Stück Belletristik in diesem Haushalt.

„Sie mögen die Krimis von Stephen Gatler?", fragte sie nach und deutete auf das Buch.

Katharina Durn sah die Kommissarin erst verständnislos an, dann folgte sie ihrem Blick und wehrte mit einer Handbewegung ab. „Kindchen, nein! Nicht doch! Ich lese meine Klatschzeitschriften und die Fernsehzeitung, und der Max macht die Kreuzworträtsel. Bücher mit Mord und Totschlag lesen wir nicht. Wir haben den Krieg überstanden, da haben wir genug erlebt. Nicht wahr, Mäxchen?"

Ihr Mann legte eine Hand ans Ohr. „Was?"

„Der Krieg, Max!“, brüllte seine Frau.

Max Durn schüttelte den Kopf. „Schlimm war das“, krächzte er. „Der Adolf war ein Idiot. In den letzten Kriegstagen haben sie mich Steppke noch eingezogen. Hab Glück gehabt.“

„Aber wieso haben Sie dann das Buch hier?“, fragte Plasberg.

Katharina Durn lächelte stolz. „Das hat uns der Herr Gatler persönlich geschenkt. Mit einem Autogramm!“ Sie sprach das englische Pseudonym des Autors aus, als wäre es vom deutschen Wort „Gatter“ abgeleitet, was nicht einer gewissen Komik entbehrte.

„Darf ich?“ Die Kommissarin nahm das Buch in die Hand und blätterte auf die erste Seite. *Für Katharina und Max Durn. Mit besten Wünschen, Stephen Gatler.* „Und wieso?“

„Na ja, Kindchen, als kleines Dankeschön natürlich. Mein Mann und ich haben uns auch sehr gefreut darüber. Wann lernt man schließlich schon mal einen echten Schriftsteller kennen! Nicht wahr, Mäxchen?“

„Was?“

„Der Gatler, Max!“, brüllte seine Frau. „Der Schriftsteller!“

Ihr Mann nickte. „Ja, ja. Das Buch da ist von dem.“

Die Kommissarin rollte mit den Augen, und Brinkhoff verkniff sich ein Grinsen. „Aber w-warum hat er Ihnen das Buch geschenkt? Wieso kennen Sie ihn persönlich?“, fragte er.

„Na, der war doch hier, damals, mit seinem Assistenten. Oder war eine Frau mit dabei?“ Sie runzelte die Stirn. „Ist schon lange her. Jedenfalls war er hier, um sich die Obermühle anzugucken“, erwiderte Katharina Durn. „Hat extra einen Privattermin vereinbart und sich von mir alles erklären lassen. Wollte das in dem Buch da verwenden.“ Sie schüttelte den Kopf. „Das sind schon merkwürdige Menschen, diese Schriftsteller … und als er das Buch dann fertig geschrieben hatte, hat er uns das dann zugeschickt. Unsere Tochter wollte es uns erst nicht glauben, nicht wahr, Max? Die Uschi hat gesagt, wir spinnen!“

„Was?“

„Die Uschi!“, brüllte Frau Durn. „Die hat gesagt …“

„Wissen Sie noch, wann das war?“, ging Plasberg dazwischen. „Wann Mr. Gatler Sie beide besucht hat?“

Katharina Durn kratzte sich am Kinn. „Sie können Fragen stellen … Das ist bestimmt schon acht oder neun Jahre her. Jedenfalls noch vor meiner Hüft-OP. Wieso, ist das wichtig?"

„Glauben Sie immer noch, dass Stephen G-Gatler nichts mit diesem Fall zu tun hat?", raunte Brinkhoff seiner Chefin zu.

„Was?", fragte Max Durn.

„Schon gut!", brüllte Plasberg den Mann an, während ihr Kollege erschrocken zusammenfuhr. „Schönen Tag noch für Sie beide!"

Für Torsten Brinkhoff wäre es logisch gewesen, nach dem Leichenfund in der Obermühle Stephen Gatler einen Besuch abzustatten. Aber Plasberg legte nochmals ihr Veto ein, während sie den Golf wieder zurück nach Köln lenkte. „Wir haben nichts gegen den Mann in der Hand. Ich mache mich nicht zum Affen!" Ausnahmsweise waren alle Straßen frei, und sie trat aufs Gaspedal, sobald sie die Schnellstraße erreicht hatte.

„Sie fahren 100 Stundenkilometer", bemerkte Brinkhoff. „Hier sind nur 90 erlaubt."

„Ich habe aufgerundet. Seien Sie nicht so ein Weichei!"

„Aber wir sind P-Polizeibeamte!"

„Eben. Wir haben es eilig."

„Ich … ach, vergessen Sie's." Manchmal war es sogar Brinkhoff leid, mit seiner Chefin zu diskutieren. Doch die Gedanken an Gatler ließen ihn nicht los, und wider besseres Wissen unternahm er einen weiteren Anlauf, die Kommissarin umzustimmen. „Können wir Gatler nicht doch aufsuchen? Wir wissen jetzt, dass er O-Ortskenntnisse von der Obermühle besaß. Er hat hier vor Jahren für einen seiner K-Krimis recherchiert!"

„Und daraus schließen Sie, dass er Anschlitz umgebracht hat? Dann müssten Sie auch jeden anderen Besucher verdächtigen, der sich in den letzten Jahren die Obermühle angesehen hat."

„Da war ein weißes Haar auf Anschlitz' Kragen."

„Ja, und wir werden ganz in Ruhe einen DNA-Abgleich abwarten. Wenn das Haar nicht von Anschlitz stammen sollte – was ich zum jetzigen Zeitpunkt nicht glaube –, dann können wir neu überlegen."

„Aber …"

„Kein Aber, Kollege!" Plasberg hatte allmählich genug. „Alles, was Sie bisher vorgebracht haben, sind wilde Spekulationen. Bisher haben wir noch nicht einmal einen Anhaltspunkt, dass der Tod der Kamphaus und der Tod von diesem Anschlitz zusammenhängen."

„D-Doch!", widersprach Brinkhoff. „Natürlich! G-Gatler hat sie in seinen Krimis beschrieben."

„Das ist doch absurd! Sie können doch nicht ernsthaft glauben, dass dieser Mensch die Fiktion seiner Krimis in die Tat umsetzt! Wo bleibt denn Ihr gesunder Menschenverstand? Der Mann hat wahrscheinlich Geld wie Heu, lebt auf einem schönen Anwesen, kann viel reisen und ist berühmt. Das soll er alles aufs Spiel setzen? Warum? Ich will nichts mehr davon hören!"

Brinkhoff schwieg beleidigt. Normalerweise war die Kommissarin bereit, sich seine Hypothesen wenigstens anzuhören, auch wenn sie noch so weit hergeholt schienen. Er war sicher, dass Gatler etwas mit diesen zwei Morden zu tun hatte, auch wenn es zugegebenermaßen mehr ein Bauchgefühl war. Diese minutiösen Inszenierungen waren den Romanen einfach zu ähnlich. Das *musste* etwas zu bedeuten haben!

„Wo fahren wir hin?", lenkte er vorsichtig ein.

„Wir schauen uns die Wohnung von Thomas Anschlitz an. Was dachten Sie denn? Aber es würde mich nicht wundern, wenn uns der Mörder zuvorgekommen ist. Anschlitz hatte keinen Schlüsselbund bei sich." Inzwischen hatten die Kommissare wieder das Kölner Stadtgebiet erreicht, und Plasberg setzte den Blinker, um hinter der Messe in die Stegerwaldsiedlung abzubiegen.

Sie hielt vor einem unscheinbaren Haus, dessen verwitterte, dunkle Balkone mit Satellitenschüsseln bestückt waren und vor dessen Tür schon der Mitarbeiter eines Schlüsseldienstes wartete, den die Kommissarin noch von der Obermühle aus zur Stegerwaldsiedlung beordert hatte. Sie wies sich gegenüber dem Mann aus, dann begleiteten ihn die Polizeibeamten in den dritten Stock zu einer braungestrichenen Tür.

Der Mitarbeiter des Schlüsseldienstes warf einen Blick auf das Schloss und sagte: „Das ist nicht beschädigt." Er suchte in seiner

Arbeitstasche nach einem passenden Nachschlüssel, schloss die Tür auf und verabschiedete sich.

Plasbergs Befürchtung war gerechtfertigt: Sie waren nicht die ersten Besucher. Anschlitz' Wohnung war komplett verwüstet worden. Plasberg telefonierte sofort mit der Spurensicherung, die nach der Obermühle einen weiteren Termin einschieben musste; danach griffen die Kommissare automatisch zu Handschuhen und besichtigten vorsichtig das Chaos. Jedes Zimmer schien auf den Kopf gestellt worden zu sein. Das Bett war auseinandergenommen worden, Matratze und Kopfkissen lagen auf dem Boden, der Tisch war abgesucht worden. Überall auf dem Boden flogen Unterlagen herum, Stifte, Zettel, Papiere. Die Regale des Kleiderschranks waren herausgerissen, die Kleidung im Zimmer verstreut worden.

Neben dem Bett fanden sie Anschlitz' Computer, aber die Abdeckung des Rechners war aufgebrochen worden. Brinkhoff beugte sich über das Innenleben. „Die Festplatte fehlt", sagte er.

„Mist! Sehen Sie irgendwo ein Handy?"

Brinkhoff schüttelte den Kopf und bückte sich, um eine Art Spielzeug aufzuheben, das er neben dem Tisch entdeckt hatte. Es war ziemlich zerbeult und besaß mehrere Rotoren. „Was ist das?", fragte er. „Eine Art Hubschraubermodell?"

Plasberg warf einen Blick auf die zerstörte Maschine. „Eine Drohne!", sagte sie überrascht. „Zwar nicht mehr funktionstüchtig in diesem Zustand, aber …"

„Was hat Anschlitz mit einer Drohne gemacht?", fragte Brinkhoff.

Plasberg dachte einen Moment nach. „Haben Sie nicht gesagt, er sei wegen Stalkings verurteilt worden? Mit einer Drohne lassen sich Objekte prima beobachten, ohne dass man selbst in Erscheinung treten muss. Hat das Ding noch einen Chip oder eine Kamera?"

Brinkhoff untersuchte die demolierte Drohne von allen Seiten. „Nein. Da ist nichts mehr zu holen."

„Interessant …" Plasberg lehnte sich an die Wand. „Es fehlen also offensichtlich alle Dinge, die man zum Aufnehmen und Abspielen von Fotos oder Videos benutzt. Der Einbrecher war auf der Suche nach etwas, von dem er glaubte, es könnte ihm schaden." Sie legte die Stirn in Falten und wanderte durch die Wohnung, warf einen Blick in die Küche und rümpfte die Nase, als sie den Dreck und das schmutzige Geschirr in der Spüle sah. Dann kehrte sie in den Wohn- und Schlafraum zurück. „Angenommen, der Mörder hat sich mit Anschlitz in der Obermühle getroffen …“, dachte sie laut nach. „Aber warum sollte er? Festplatte, Kamera, Handy … es geht um den Austausch von Informationen … Bilder vielleicht? Eine versuchte Erpressung? Offensichtlich hat Anschlitz die kompromittierenden Bilder nicht zum Treffen mitgebracht, deshalb ist der Mörder nach der Tat zur Wohnung gefahren.“

Plasberg seufzte und zückte ihr Telefon, um Eikner einen Überblick über die neue Sachlage zu geben: das Auffinden einer zweiten Leiche, die Umstände des Todes. Dabei stellte sie den Lautsprecher an, sodass Brinkhoff das Gespräch verfolgen konnte. Ihr Vorgesetzter hörte ihr schweigend zu. „Wir brauchen Verstärkung“, schloss sie nach einigen Minuten ihren Bericht. „Jemand muss die Nachbarn befragen, außerdem müssen wir diese Exfreundin unter die Lupe nehmen, und jemand muss sich mit Anschlitz' Akte befassen. Wir wissen so gut wie nichts über ihn. Hallstetter und Kayser sind noch den ganzen Tag mit dem Dienst-PC der Kamphaus beschäftigt, und Vogt ist immer noch krankgemeldet …“

„Nein“, unterbrach sie ihr Vorgesetzter. „Frau Keller hat mich gerade informiert, dass er ab morgen wieder zur Verfügung steht.“

„Na, wenigstens etwas. Trotzdem kann ich mit einem so kleinen Team nicht bei zwei Kapitaldelikten ermitteln.“

Plasberg hörte, wie Eikner sich räusperte, die Hand über den Hörer legte und mit jemand anderem sprach. Kurz darauf war er wieder da. „Tut mir leid, meine Frau hat mich zum Essen gerufen … Sie sagten …?“

Die Kommissarin ließ sich ihre Verärgerung nicht anmerken. „Dass ich mit einem so kleinen Team …“

„Gibt es denn Verbindungen zum Fall der Kamphaus?“, fiel ihr Eikner ins Wort. „Oder haben die beiden Fälle nichts miteinander zu tun? Dann könnte ich die Ermittlungen im zweiten Mordfall Ostrop oder van der Heyden übergeben.“

„Ich dachte, die wären mit anderen Dingen beschäftigt?“, fragte Plasberg nach.

„Ostrops MK hat seit gestern wieder etwas Luft. Da gibt es zwar noch eine Menge Papierkram, aber … also?"

„Also, was?"

„Ob es Querverbindungen zwischen den beiden Fällen gibt, Frau Kollegin!"

Die Kommissarin warf Brinkhoff einen ungehaltenen Blick zu. „Es gibt Spekulationen", sagte sie.

„Spekulationen? Welcher Art?"

„Der Name Gatler taucht immer wieder auf."

„Gatler? Stephen Gatler? Der Schriftsteller?"

„Ja."

Eikner schwieg überrascht. Plasberg hörte, wie ihr Vorgesetzter in einen anderen Raum ging und eine Tür schloss. „Sie wissen, dass dieser Gatler ein ausgesprochen prominenter Mitbürger ist, Frau Kollegin?" Seine Stimme klang eindringlich, als er weitersprach.

„Ist mir bewusst. Aber was hat das mit den Ermittlungen zu tun?"

„Es geht mir um Ihr Fingerspitzengefühl, Frau Plasberg. Sie neigen dazu …"

„Ich neige zu gar nichts", widersprach die Kommissarin. Sie hatte keine Lust, sich erneut von Eikner zurechtweisen und in die Art und Weise, wie sie Ermittlungen durchführte, hineinpfuschen zu lassen. „Ich gehe lediglich Hinweisen nach."

„Dann tun Sie das bitte diskret." Eikner seufzte. „Also schön, ich lasse Sie in beiden Fällen weiterermitteln und organisiere ab morgen eine zusätzliche Kraft für Sie."

„Eine? Ich hatte eher an zwei oder drei gedacht!"

„Ich kann mir das Personal nicht aus den Rippen schneiden, schon gar nicht über Nacht! Bedanken Sie sich bei der Landesregierung für die Einsparungen und bei der Bundesregierung für die Flüchtlingskrise", erhielt sie zur Antwort. „Seien Sie froh, dass ich Ihnen wenigstens ein Stück weit entgegenkomme. Übrigens, haben Sie Grabowski informiert?"

Die Kommissarin gab einen unwilligen Laut von sich. „Ich hab's vergessen." Was voll und ganz der Wahrheit entsprach. Sie hatte den Staatsanwalt wie vereinbart am Abend über den Stand der Ermittlungen unterrichten wollen, aber der Streit mit ihrer Mutter hatte ihr einen Strich durch die Rechnung gemacht. „Ich hole das heute Abend nach."

„Tun Sie das. Der Mann hat sich nämlich bei mir über Sie beschwert", sagte Eikner. „Und ich habe keine Lust, Ihre Kastanien aus dem Feuer zu holen."

„Er hat sich beschwert? Warum hat er mich nicht einfach angerufen?"

„Halten Sie sich einfach an die Absprachen", erklärte Eikner ungerührt und beendete das Gespräch.

„Was glaubt der eigentlich, wer er ist?", sagte die Kommissarin wütend.

„Wer?", fragte Brinkhoff. „Eikner?"

„Grabowski! Er hat … Haben Sie nicht zugehört?" Sie schüttelte den Kopf. „Wir warten noch, bis die Spurensicherung hier ist, und dann fahren wir zu unserem nächsten Termin."

Brinkhoff sah sie erstaunt an. „Und der wäre wo?"

„Dreimal dürfen Sie raten, Kollege! Wir statten diesem Gatler einen Besuch ab!"

„Ach, ich dachte …"

„Wir machen es diskret. So, wie Eikner sich das wünscht."

„Und ich dachte …"

„Ja, ja", gab Plasberg zurück. „Sie denken zu viel. Ich will nur Ihren verdammten Spekulationen den Nährboden entziehen, sonst nichts."

Brinkhoff hielt plötzlich inne. „Ha-Haben Sie das Buch dabei? *Ein Grab aus Eis*?"

„Ja. Wieso?"

„Dann k-könnte ich mir ja vielleicht von Gatler doch noch eine Widmung ins Buch schreiben lassen! Es w-wäre zwar schöner, wenn ich sie im neuen Krimi haben k-könnte, aber …"

„Sind Sie noch ganz bei Trost, Kollege? Wir ermitteln in zwei Mordfällen, und Sie wollen auf Autogrammjagd gehen?"

„Doch nur, weil es bei der Lesung neulich nicht geklappt hat!"

„Wenn Sie auch nur ein Mal das Wort ‚Widmung' in den Mund nehmen, während wir mit diesem Gatler reden, degradiere ich Sie höchstpersönlich. Dann können Sie für den Rest Ihrer Karriere auf den Ringen Knöllchen verteilen!"

Matthias Kayser gähnte ausgiebig und streckte seine langen Gliedmaßen, um das Blut in seinen Händen und Füßen zirkulieren zu lassen. „Drei Stunden“, murmelte er nach einem Blick auf seine Armbanduhr.

„Was?“ Jochen Hallstetter scrollte mit dem Cursor weiter nach unten und griff mit der anderen Hand geistesabwesend in eine Tüte Tortilla-Chips.

„Seit drei Stunden sitzen wir vor diesem PC und glotzen uns die Augen viereckig“, sagte Kayser. „Ich bin müde. Meinen Sonntag hab ich mir anders vorgestellt.“

„Was soll ich denn sagen? Überstunden statt Phantasialand.“ Hallstetter lehnte sich in seinem Stuhl zurück und schaute sehnsüchtig aus dem Fenster, wo die Sonne auf den Dächern der umliegenden Häuser glitzerte. „Die Plasberg kann sich wenigstens die Beine vertreten.“

Kayser schnaubte auf. „Eine Leiche begutachten ist nicht gerade das, was ich unter einem Sonntagsspaziergang verstehe.“

„Immer noch besser als das hier“, brummte Hallstetter.

„Ich wollte mir das Formel-1-Rennen ansehen“, sagte Kayser und klang beinahe wehmütig.

„Kannst du doch immer noch. In der Zusammenfassung.“

„Das ist nicht dasselbe. Dann weiß ich ja schon, wie es ausgegangen ist.“

Zugegebenermaßen war der Arbeitsauftrag der beiden Kommissare nicht gerade motivierend. Während Brinkhoff und Plasberg zu dem neuen Tatort gerufen worden waren, hatten sich ihre Kollegen im Präsidium an die Auswertung des dienstlichen Computers von Martina Kamphaus gemacht, wobei sie insbesondere der Mailverkehr des Opfers interessierte. Und nachdem sie tags zuvor schon den privaten Laptop der Kamphaus überprüft hatten, war das erneute Suchen in den Maildateien der Bibliothekarin keine Arbeit, auf die sich Kayser oder Hallstetter besonders gefreut hatten: Anfragen aus ganz Deutschland, die sich um die Beschaffung von Literatur drehten, Fachartikel aus Zeitschriften zur Medizin, Robotertechnik, Softwareentwicklung, Gartenpflege, Architektur, Psychotherapie. Die Liste war endlos, und Kamphaus hatte jede einzelne Mail so gewissenhaft wie möglich beantwortet.

Entweder hatte sie versprochen, die gewünschten Informationen im eigenen Bibliotheksbestand herauszusuchen, oder sie hatte mit anderen Instituten Kontakt aufgenommen, um die Artikel zu beschaffen. In den seltenen Fällen, in denen ihr dies nicht gelang, hatte sie versucht, den Kunden an andere Stellen zu verweisen, die möglicherweise mehr Erfolg haben könnten. Jeden Tag hatte Kamphaus zwanzig bis dreißig Anfragen beantwortet, was pro Monat mehr als vierhundert Mails entsprach, die alle von den Kommissaren gesichtet werden mussten.

Und Hallstetter und Kayser hatten bisher kaum an der Oberfläche gekratzt, auch wenn sie die Arbeit aufgeteilt hatten. Matthias Kayser hatte Kamphaus' E-Mail-Konto auf seinen Rechner kopiert, sodass sie es jetzt unabhängig voneinander durchforsten konnten. Während sich Hallstetter auf den Monat April konzentrierte, die Wochen unmittelbar vor dem Tod der Kamphaus, hatte er sich den Februar und März vorgenommen. Den Blick noch weiter in die Vergangenheit zu werfen, hatten sie bisher nicht über sich gebracht, auch wenn die Mails in Kamphaus' Postfach bis weit ins letzte Jahr zurückreichten.

Doch bisher hatten sie kein Glück gehabt. Nicht eine einzige Mail, die in irgendeiner Form aus dem Rahmen fiel, die nichts mit dem Arbeitsfeld der Bibliothekarin zu tun hatte. Um schneller vorwärtszukommen, beschränkten sie sich auf die Betreffzeile der Mails und lasen den Inhalt der Mail nur noch, wenn die Betreffzeile nicht eindeutig dem Arbeitsbereich der Kamphaus zuzuordnen war.

„Soll ich uns mehr Kaffee kochen?", fragte Kayser. Gesine Keller hatte inzwischen Feierabend gemacht, und die Kommissare mussten sich in der kleinen Kaffeeküche selbst versorgen.

„Auf jeden Fall. Und sieh mal nach, ob die Keller irgendwo Kekse oder Schokolade gebunkert hat."

„Du hast die Chips noch nicht mal aufgegessen!"

„Mir egal. Ich brauche Nervennahrung."

Während sein Kollege das Büro verließ, seufzte Hallstetter missmutig, lenkte seine Aufmerksamkeit zurück auf das Mailkonto der Kamphaus und durchsuchte den Postausgangsordner.

5. April ... Kamphaus hatte eine Anfrage aus Tübingen über einen Artikel zum Anbau von genmanipuliertem Mais in Tsche-

chien beantwortet ... eine Anfrage aus Nijmegen zum Anstieg des kleinen Grenzverkehrs Deutschland-Holland in den vergangenen zehn Jahren ... eine Anfrage aus Frankfurt/Oder zur Restaurierung von Herrenhäusern in den baltischen Staaten ... Finanzpolitik der letzten polnischen Regierung ... Einzelheiten irgendeines Fischereiabkommens mit Island ...

Großer Gott! Wer interessierte sich für so einen Mist?

4. April ... Auswirkungen von Fluglärm in den Gemeinden rund um den Frankfurter Flughafen ... Nachweis von Pestiziden in Kuhmilch ... eine Studie über Internetsucht unter deutschen Jugendlichen ... eine Mail ohne Betreff ... eine Anfrage zu Frästechniken im ... Hallstetter stutzte und scrollte zurück. Eine Mail ohne Betreff. Konnte alles Mögliche sein. Vielleicht nur ein Idiot, der die Nachricht ohne Betreffzeile abgeschickt ... aber ...

Hallstetter überflog den Inhalt, las noch einmal, um sicherzugehen, dass er sich nicht täuschte, und pfiff dann durch die Zähne.

„Ich hab was!", sagte er triumphierend, als sein Kollege zurückkam, zwei dampfende Kaffeebecher in der Hand.

„Ehrlich?" Kayser beugte sich über den Bildschirm, auf dem eine geöffnete Mail der Bibliothekarin zu sehen war, die nur aus zwei Sätzen bestand. *Ich weiß, was Sie getan haben. Ich weiß, dass Sie die Öffentlichkeit seit Jahren belügen. Und ich werde etwas dagegen unternehmen.* „Bingo!" Kayser stellte die Kaffeebecher ab. „An wen geht die Mail?"

Hallstetter sah auf die Empfängerzeile. „jkt", antwortete er. „Und dann der Provider."

„Nicht gerade sehr hilfreich. Gib mal als Suchbegriff ‚jkt' ein."

„Ähm ... wo mache ich das denn?"

„Geh mal zur Seite", sagte Kayser ungeduldig, griff nach der Tastatur und gab im Mailprogramm in der Spalte „Gesendete Elemente" die Buchstaben „jkt" ein. Dasselbe versuchte er in der Spalte „Posteingang". Aber die Suche ergab keine weiteren Treffer. Der Empfänger hatte auf die Nachricht entweder nicht geantwortet, oder Kamphaus hatte die Antwort entfernt.

„Hört sich nach einem Erpressungsversuch an", sagte Hallstetter.

Kayser schüttelte den Kopf. „jkt", murmelte er. „Wir müssen herausbekommen, wer der Empfänger der Mail war."

Hallstetter schürzte die Lippen. „Das wird schwierig. Die Provider von Mailkonten sind nicht gerade bekannt für ihre Kooperation mit der Polizei."

Achim Kauz nutzte die Abwesenheit seines Partners, um in Ruhe zu arbeiten. In letzter Zeit hatte er die Dinge schleifen lassen, war zu unkonzentriert oder mit anderen Sachen beschäftigt gewesen. Es war nicht gut, wenn er sich aus seinem Alltag reißen ließ. Er brauchte den Halt einer festen Tagesstruktur, brauchte Ablenkung. Ansonsten platzten die Narben auf, die ihm das Leben zugefügt hatte, und der Schmerz wurde unerträglich.

Schon gegen sieben Uhr stand er auf und begab sich nach einem Frühstück, bestehend aus einem Croissant und Kaffee, mit seinem Laptop auf die Gartenterrasse, während die Frühlingssonne über die Rosenbüsche wanderte. Es wäre besser, noch ein paar mehr einzupflanzen, die Hecke dichter zu machen. Er würde bei nächster Gelegenheit mit Danni darüber reden. Kauz genoss die Stunden ohne seinen Lebensgefährten, die Ruhe, die Unaufgeregtheit. Niemand, der ihm Vorwürfe machte, der nörgelte, der einen Blitzableiter für seine ewige Unzufriedenheit suchte, dessen Ego geschmeichelt werden wollte. Manchmal hatte Achim Kauz den Verdacht, dass er sich sehr schnell an Stefans Abwesenheit gewöhnen könnte.

Irgendwo im Gebüsch zwitscherte eine Amsel, und Kauz unterbrach seine Arbeit, lauschte den Rufen des Vogels, gab sich der Illusion von Frieden hin. Denn es war letztendlich nur eine Illusion, wie zu dünnes, trügerisches Eis, das einem Spaziergänger Standfestigkeit vorgaukelt, um nach wenigen Schritten einzubrechen und ihn einem kalten, nassen Tod zu überlassen. Ohne seinen Sohn, ohne Lucca, würde Kauz nie zur Ruhe kommen, würde er nie Frieden finden.

Und heute war ein besonders schwieriger Tag. Der 24. April war Luccas Geburtstag. Sein zwölfter. Kauz war mitten in der Nacht aufgewacht, schweißgebadet und mit fliegendem Puls, hatte sich im Bett hin und her gewälzt, gepeinigt von den Gedanken an seinen Sohn. Wie er wohl mittlerweile aussah? Trug er lange Haare, besaß er eine kleine oder große Nase? Hatte er Freunde? War er schon einmal verliebt gewesen? Erinnerte er sich noch daran, dass er einmal einen Vater gehabt hatte? Eine andere Frage hatte Kauz sich nicht zu stellen gewagt, hatte sich schon vor Jahren verboten, in diese Richtung zu denken.

Ruhelos war er anschließend auf nackten Füßen durch das leere Haus geschlichen, erschrak vor dem Knarren der Schränke und dem Wind, der sich in den Gardinen der geöffneten Fenster verfing, war vor den Schatten gewichen, die in den Ecken lauerten. Erst in Luccas Zimmer war er ruhiger geworden und hatte sich mit einer Decke auf den Teppich vor das Kinderbett gelegt, bis ein tiefer, betäubender Schlaf seine Trauer erstickt hatte.

Gegen Mittag brachte Kauz den Laptop zurück ins Haus, zog sich Trainingshose und T-Shirt an und ging laufen, Achtziger-Jahre-Musik im Ohr, die Pet Shop Boys, Madonna, Kim Wilde, Erasure. Die Musik seiner Kindheit, als seine Zukunftsträume noch nicht von der Gegenwart zerstört worden waren. Die Bürgersteige von Hahnwald waren wie immer leergefegt; die Gelegenheiten, bei denen er in den letzten Jahren auf der Straße Nachbarn begegnet war, konnte Kauz an einer Hand abzählen. Nach einer knappen Stunde kehrte er zurück, verschwitzt, ausgelaugt und doch ohne das befriedigende Gefühl, an seine Grenzen gekommen zu sein.

Als die Klingel am Tor betätigt wurde, war er im Begriff, unter die Dusche zu springen. Durch die Kamera sah er eine Frau mit feuerroten Haaren und einem absurden Pepita-Kostüm in Begleitung eines jungen Mannes. Beide kamen Kauz irgendwie bekannt vor, aber er konnte sie nicht einordnen. Einen Moment überlegte er, ob er den ungebetenen Besuch einfach ignorieren sollte, doch dann drückte er auf die Sprechtaste. „Ja?“

„Kriminalpolizei. Wir möchten zu Herrn Stephen G-Gatler.“ Der Mann zückte einen Ausweis und hielt ihn in die Kamera.

Kauz’ Gesicht verdüsterte sich. Zivile Ermittler. Er hatte diesen Typ Polizist vor langer Zeit hassen gelernt. Unwillig zögerte er, dann öffnete er das Tor und empfing Plasberg und Brinkhoff mit verschränkten Armen an der Haustür. Nachdem die Beamten sich vorgestellt hatten, sagte Plasberg: „Ich bin ein wenig verwirrt. Auf dem Klingelschild steht Sziekorsky/Kauz?“

„Ich bin Achim Kauz. Stefans Lebensgefährte. Und Scziekorsky ist Stefans richtiger Name. Wundert mich, dass Sie das nicht wissen. Die Akten über uns nur durchgeblättert?“ Er klang feindselig. „Sie haben Pech“, fügte er etwas versöhnlicher hinzu, als er Plasbergs erstauntes Gesicht sah. „Stefan ist gestern Abend nach London geflogen, um sein neues Buch zu promoten.“

Plasbergs Blick blieb an dem schwarzen Mercedes hängen, der in der Auffahrt stand. „Er hat Ihnen den Wagen hiergelassen?“

„So ist es. Zum Flughafen hat er ein Taxi genommen. Ohne Auto ist man in Hahnwald leider aufgeschmissen.“

„Wie rücksichtsvoll. Können wir trotzdem hereinkommen? Auch wenn Ihr Partner nicht da ist?“ Plasberg drängelte sich an Kauz vorbei, ohne eine Antwort abzuwarten. Endlich dämmerte es Kauz, wieso sie ihm bekannt vorkam.

„Sie waren diese Woche bei Stefans Lesung, richtig? Die Jägerkostümierung!“ Ihr Kollege schnaubte belustigt auf, was ihm einen vernichtenden Blick von Plasberg einbrachte. „Und was wollen Sie hier?“, fragte Kauz, nachdem er die Kommissare ins Wohnzimmer geführt hatte.

Plasberg ließ sich Zeit mit einer Antwort, sah sich im Raum um, nahm die afrikanischen Masken in den Ecken in Augenschein, die Brokattapeten, die schweren, dunklen Sessel. Sie war lange genug Polizistin, um zu erkennen, dass hier imponiert, repräsentiert werden sollte. Nur wer von den beiden Bewohnern hatte das Bedürfnis, Besucher zu beeindrucken? War es Kauz? Gatlers Ego wurde doch wahrscheinlich zur Genüge gestreichelt.

„Wir untersuchen den Mord an einer Frau, die am Donnerstagabend tot im Höhenfelder See gefunden wurde.“

Kauz wartete auf eine weitergehende Erklärung, aber als die Kommissarin schwieg, sagte er: „Ja … ja, richtig. Unser Gärtner, Danni, hat mir die Schlagzeile in der *Bild*-Zeitung gezeigt.“

„*E-Express*“, erwiderte Brinkhoff, der sich ein wenig im Hintergrund hielt.

„Bitte?“

„Es stand in der *Express*. Nicht in der *B-Bild*-Zeitung.“

Kauz nahm den Kommissar genauer in Augenschein. Sein sechster Sinn verriet ihm, dass Brinkhoff schwul war, und er war überrascht, dass Schwule in der Mordkommission arbeiteten. Nach seinen Erfahrungen mit der Polizei hatte er so etwas für ausgeschlossen gehalten. „Und was hat das mit Stefan zu tun?"

„Das Opfer hatte eine Kette aus Gänseblümchen im Haar." Plasberg nahm ungefragt in einem der Sessel gegenüber von Kauz Platz. Als sie ihre Handtasche abstellte, kippte die Tasche um, und der Inhalt verteilte sich auf dem Parkettboden: Handy, Taschentücher, eine Probe Herrenparfüm, Orangenschalen, Notizblock, Schreibstifte, Eyeliner, Lippenstift, Schlüsselbund, ein Taschenspiegel. „Ach, verdammt!" Die Kommissarin ging in die Hocke, um ihre Sachen aufzusammeln.

„Ich verstehe immer noch nicht …", sagte Kauz.

„Anscheinend hat Mr. Gatler in einem seiner Krimis einen ähnlichen Mord beschrieben." Einer der Stifte war unter den Sessel gerollt und die Kommissarin musste auf die Knie gehen, um ihn dort hervorzufischen. Kauz machte keine Anstalten zu helfen, aber Brinkhoff wollte ihr zur Seite springen. „Geht schon. Bemühen Sie sich nicht."

Kauz kratzte sich am Kopf. „Um ehrlich zu sein, ich habe über die Jahre so viele Seiten von Stefans Texten gelesen, so viele Morde … Er lässt mich seine Manuskripte immer als Erster lesen, noch vor Franz Herbrand, seinem Lektor."

„*Ein G-Grab aus Eis*", half ihm Brinkhoff auf die Sprünge.

„Ah!", erwiderte Kauz. „Ja, richtig. Aber ich weiß trotzdem nicht …"

„Dann haben wir heute Morgen eine weitere Leiche gefunden, in einer Mühle in Kerpen. Der Tote ist erhängt worden. Die Szene glich der Beschreibung eines Mordes in …" Plasberg sah hilfesuchend zu ihrem Kollegen. Inzwischen hatte sie den Inhalt der Handtasche umständlich aufgesammelt.

„*Wisconsin, Kanada*", warf Brinkhoff ein.

„Genau. Sie müssen zugeben, dass die Parallelen auffällig sind."

„Um das zu beurteilen, müsste ich den Tatort sehen und den Text noch einmal lesen", erklärte Kauz.

„Aber Sie sind mit den Büchern von Herrn Gatler sehr vertraut?"

„Wie gesagt, ich lese die Manuskripte immer als Erster, meist auch die frühen Entwürfe, die dann noch x-mal verändert werden

… Und die Polizei glaubt was genau? Dass Stefan irgendwas mit diesen Morden zu tun hat? Dass er diese Menschen getötet hat, um … was zu tun? Die Taten in seinen Büchern nachzustellen?" Er fing an zu lachen. „Tut mir leid", sagte er. „Aber das … das ist völlig absurd. Typisch."

„Wir glauben gar nichts", stellte die Kommissarin klar. „Weder Sie noch Ihr Partner werden zurzeit irgendeines Vergehens beschuldigt. Wenn das so wäre, würden Sie von mir auch über Ihre Rechte und Pflichten belehrt werden. Wir ziehen nur Erkundigungen ein und bitten um Ihre Mithilfe. Aber dazu müssen wir zumindest mit Herrn Sczie… mit Herrn Gatler sprechen." Sie hatte Kauz bei seiner Antwort beobachtet, und wie schon bei der Lesung war ihr die Verbitterung aufgefallen, die sich in seinem bleichen Gesicht eingegraben hatte und trotz seines Lachens hervorschimmerte. Und wieso trug der Mann andauernd dunkle Farben? Selbst die Sportbekleidung war schwarz.

Kauz hob die Schultern. „Wie gesagt, er ist im Moment in London."

„Wann erwarten Sie ihn zurück?"

„In ein paar Tagen … übermorgen, denke ich."

Plasberg fand ihren Sessel unbequem. Auf der Sitzfläche sank sie so tief ein, dass sie ganz nach vorne rutschen musste, um mit den Füßen den Boden zu berühren. „Sagen Ihnen die Namen Martina Kamphaus und Thomas Anschlitz etwas?"

Kauz schüttelte den Kopf. „Wenn das die Namen der Opfer sind, habe ich sie noch nie gehört. Und ich bin sicher, dass es Stefan genauso geht. War's das? Ich habe nämlich Besseres zu tun, als Ihre Fragen zu beantworten." Er stand auf, aber Plasberg rührte sich nicht. So einfach ließ sie sich nicht abfertigen.

„Nein, Herr Kauz. Das war es noch nicht. Ich habe noch nicht mal richtig angefangen."

Gatlers Lebensgefährte runzelte die Stirn und ließ sich wieder in seinen Sessel fallen. „Na schön", sagte er ungnädig. „Aber es ist vollkommen abwegig, dass Stefan in Ihr Blickfeld geraten ist. Ich meine … haben Sie schon mal darüber nachgedacht, dass der Täter vielleicht ein durchgeknallter Fan von Stefans Krimis sein könnte? Jemand, der sich wichtigmachen möchte? In Amerika ist so etwas schon öfter passiert. Wenn ich Ihnen als Laie, der sehr mit Mord vertraut ist, einen Tipp geben darf: Sie müssen nach Gemeinsamkeiten der beiden Opfer suchen."

Plasberg sah ihn verstimmt an. Jetzt war es schon so weit, dass Normalbürger der Polizei Ratschläge erteilten. „Das haben wir. Und sind dabei auf Ihren Lebensgefährten gestoßen. Sie und Mr. Gatler leben alleine hier?"

Kauz nickte. „Ja. Wieso?"

„Ein ziemlich großes Haus für zwei Personen."

Ihr Gegenüber senkte den Blick. „Es war einmal für drei gedacht", murmelte er.

„Bitte?"

„Lucca … mein Sohn … er sollte eigentlich mit uns hier wohnen. Dazu … dazu ist es leider nie gekommen."

„Ich habe davon gehört. Tut mir leid." Eine Pause entstand. Kauz starrte aus dem Fenster und schien die Anwesenheit der Polizisten vergessen zu haben. Erst als die Kommissarin sich räusperte, schien er sich seines Besuchs zu erinnern. „Herr Kauz? Wenn Sie uns sagen könnten, was Sie und Mr. Gatler am letzten Wochenende und gestern Nachmittag gemacht haben …"

„Ach, jetzt zähle ich plötzlich auch zum Kreis der Verdächtigen?"

„Niemand zählt irgendwo zu. Wir machen nur unsere Arbeit."

„Ihre Arbeit? So wie bei Lucca?" Bisher war Kauz den Kommissaren noch halbwegs zivilisiert gegenübergetreten, aber auf einmal war es mit seiner Beherrschung vorbei. „Denn damals ist nichts bei Ihren sogenannten Ermittlungen herausgekommen, keine einzige Spur hat irgendwohin geführt", fuhr er Plasberg an. Auf seiner linken Schläfe war eine Zornesader zu sehen. „Stattdessen sind Stefan und ich verdächtigt worden, etwas mit Luccas Verschwinden zu tun gehabt zu haben. Und wissen Sie, wieso? Weil wir beide schwul sind! Denn wenn zwei schwule Männer ein Kind großziehen, dann kann das nicht mit rechten Dingen zugehen, dann glaubt die Polizei sofort an Pädophilie, an sexuellen Missbrauch und Kinderpornos." Er starrte Plasberg wütend an, die auf diesen Gefühlsausbruch nicht vorbereitet war. „Und irgendwann, weil man in dieser Richtung nichts, aber auch gar nichts entdeckt hat, wurden die Ermittlungen eingestellt, weil man gar kein Interesse daran gehabt hat zu prüfen, was es mit dem Verschwinden des Jungen tatsächlich auf sich gehabt hat, und weil, als zumindest oberflächlich Erkundigungen eingezogen wurden, die Spur schon längst kalt war. Aber das konnte man sich ja nicht eingestehen …"

„Herr Kauz …", versuchte die Kommissarin ohne Erfolg dazwischenzugehen.

„… und die beiden Väter sind mit der lapidaren Bemerkung abgespeist worden, dass der Fall zwar nicht geschlossen ist, aber man sich erst wieder melden werde, wenn es neue Erkenntnisse gibt. Das war vor neun Jahren! Neun Jahren! Wissen Sie, was das für ein Gefühl ist?" Kauz hatte die letzten zwei Sätze fast gebrüllt. Mit beißender Ironie fügte er hinzu: „Und jetzt spazieren Sie hier herein und behaupten mit einer geradezu lächerlichen Unverfrorenheit, dass Stefan in einen Mord verwickelt sein soll! Sie müssen entschuldigen, wenn ich die Arbeit der Polizei mit einer gewissen Skepsis betrachte."

Plasberg schwieg einen Moment, als wollte sie sichergehen, dass Gatlers Lebensgefährte sich tatsächlich beruhigt hatte. „Es tut mir leid, was Ihnen damals widerfahren ist, Herr Kauz", erklärte sie dann mit leiser, aber fester Stimme. „Aber ich war damals noch nicht in Köln, und es ist nicht besonders fair von Ihnen, mich für etwas verantwortlich zu machen, was vor meiner Zeit geschehen ist. Außerdem habe ich schon zu Beginn unserer Unterhaltung darauf hingewiesen, dass Sie zurzeit nicht beschuldigt werden. Ich mache hier nur meine Arbeit."

Kauz schüttelte den Kopf. „Das haben Ihre Kollegen damals auch gesagt: ‚Wir machen nur unsere Arbeit! Wir müssen jeder Spur nachgehen, Herr Kauz. Und jetzt sagen Sie uns bitte: Hat Lucca öfter in Ihrem Bett geschlafen? War ihm klar, dass Sie und Mr. Gatler ein Paar sind? Haben Sie sich häufig nackt vor dem Jungen gezeigt?'" Er schluckte. „Ich sehe sie noch vor mir, die angewiderten Mienen Ihrer Kollegen; die vielsagenden Blicke, die sie sich zugeworfen haben!"

„Wenn es Ihnen hilft, dann bin ich bereit, mich zu erkundigen, wie der derzeitige Sachstand in Bezug auf Luccas Verschwinden ist."

Kauz fing an zu lachen, ein verzweifeltes, ungläubiges Lachen. „Nein. Nicht“, flüsterte er, als er sich wieder im Griff hatte. „Ich ertrage das nicht noch einmal. Die Enttäuschung, das wochenlange, monatelange und schließlich jahrelange Warten. Die Hoffnung, die jeden Tag ein bisschen mehr stirbt, bis nichts mehr von ihr übrig ist und sich meine Seele in einen kalten, dunklen Ort verwandelt hat. Ich will das nicht mehr. Manchmal …“, sagte er dann plötzlich stockend, „manchmal stelle ich mir vor, dass er tot ist. Dass, was immer ihm zugestoßen ist, vorbei ist. Dass er seinen Frieden gefunden hat. Und dann wieder gibt es Momente, da bin ich ganz sicher, dann fühle ich, dass er lebt, vielleicht gar nicht so weit weg von hier, vielleicht am anderen Ende der Welt, aber zumindest ist er am Leben. Ein mittlerweile zwölfjähriger Jugendlicher, der keine Ahnung hat, wer sein Vater ist.“ Mit Tränen in den Augen sah er die Kommissarin an. „Und beide Möglichkeiten brechen mir das Herz. Haben Sie Kinder, Frau Plasberg?“

„Ich weiß nicht, was diese Frage …“

Aber Kauz ließ nicht locker. „Haben Sie Kinder?“, insistierte er.

„Ja. Zwei.“

„Und beide sind wohlauf? Es geht ihnen gut?“

„Doch … ja. Worauf wollen Sie hinaus?“

Für einen Moment sah es so aus, als wollte Kauz eine Drohung aussprechen, und sowohl Brinkhoff wie auch Plasberg hielten ungewollt den Atem an. Aber dann stieß er hervor: „Dass ich seit neun Jahren nicht weiß, wie es meinem Sohn geht, Frau Kommissarin! Darauf will ich hinaus! Sie haben ja keine Ahnung, wie glücklich Sie sind!“ Sein Brustkorb hob und senkte sich, als wäre er außer Atem, und die Muskeln in seinem Gesicht arbeiteten.

„Wie waren die Namen der ermittelnden Beamten?“, fragte Plasberg.

„Spielt das eine Rolle? Ich … Ich kann mich nicht erinnern.“ Kauz drehte seinen Kopf weg, um sich die Tränen abzuwischen.

„Das glaube ich Ihnen nicht.“

Kauz seufzte. „Chalkis. Konstantinos Chalkis. So ein älterer, mit einem grauen Bart.“

Weder Plasberg noch Brinkhoff sagte der Name etwas. Vielleicht war der Kollege zwischenzeitlich in den Ruhestand gegangen oder versetzt worden.

„Ich werde mich trotzdem erkundigen", versprach Plasberg. „Können wir jetzt weitermachen?"

Kauz nickte, holte sein Handy aus der Hosentasche und rief seinen Kalender auf. „Am letzten Wochenende waren wir beide hier", erklärte er. „Stefan hat gearbeitet, und ich habe Korrespondenz für ihn erledigt."

„Sie machen das für ihn? Ich dachte immer, wenn man als Schriftsteller so viel Erfolg hat wie Stephen Gatler, hätte man einen ganzen Pulk von Menschen, die sich um so etwas kümmern. Zumindest eine Sekretärin."

„Das ist auch so. Da gibt es Agenten, Lektoren, die Leute aus der PR-Abteilung im Verlag, Rechtsanwälte … aber einige Zuarbeiten erledige ich. Eine Art Mädchen für alles, wenn Sie so wollen. Stefan möchte das so."

„Das muss schwierig sein …", begann Plasberg und ließ den Satz dann unvollendet im Raum stehen.

„Was?"

„Ihr Lebensgefährte steht seit Jahren im Rampenlicht der Öffentlichkeit, ein gefeierter Star der Literaturszene, und Sie stehen abseits. Niemand kennt den Mann an seiner Seite. Das muss schwierig sein."

Kauz zuckte mit den Schultern. „Ich bin stolz auf das, was wir … was er geschafft hat. Und ich bin nicht traurig darüber, kein Prominenter zu sein. Es ist ziemlich anstrengend, wenn man keinen Schritt nach draußen tun kann, ohne erkannt zu werden. Glauben Sie mir."

„Nun, zumindest sind Sie in Hahnwald ja unter sich."

„So ist es." Kauz sah die Kommissarin beinahe belustigt an. „Es ist ein bisschen wie im Zoo hier. Im Netz habe ich gelesen, dass eine Reisegesellschaft plant, eine Bustour zu den Anwesen der Prominenten anzubieten. Aber vielleicht war das auch nur eine Falschmeldung."

„Was ist mit gestern?"

„Gestern?"

„Was haben Sie und Herr Gatler gestern Nachmittag gemacht?"

Langsam schien Kauz' Geduld tatsächlich erschöpft, denn er machte eine unwillige Handbewegung. „Also doch eine Verdächtigung!"

Aber Plasberg hatte genug von Kauz' Launen. „Wir können unsere Unterhaltung auch gerne auf dem Präsidium fortsetzen, in einem offiziellen Rahmen. Oder Sie beantworten meine Fragen hier und jetzt, und wir lassen Sie danach einstweilen in Ruhe. Ihre Entscheidung." Sie lächelte ihn süßlich an, und nach einem Moment des Zögerns zog er noch einmal seinen digitalen Kalender zurate. „Stefan hat gestern Nachmittag einem Reporter ein Interview gegeben. Hier. In seinem Arbeitszimmer, meine ich. Ein Journalist vom *Kölner Stadt-Anzeiger*. Straubing … Schaubing oder so ähnlich …"

„Stumping? Arnold Stumping?", fragte Plasberg nach.

„Genau! Kennen Sie ihn? Der kann Ihnen den Termin bestätigen." Kauz rieb die Hände aneinander und stand auf. „War das alles? Ich würde nämlich jetzt wirklich gerne duschen gehen. Ich bin gerade erst vom Laufen zurückgekommen."

Plasberg erhob sich ebenfalls. „Dann bedanke ich mich für die Zeit, die Sie uns geopfert haben. Wir werden Herrn Gatler befragen, sobald er wieder in Deutschland ist." Sie gab Brinkhoff ein Zeichen, und die beiden Kommissare ließen sich von Kauz zur Tür bringen. „Haben Sie eigentlich Haustiere?", fragte Plasberg, als sie durch die Halle liefen.

„Haustiere?", fragte Kauz erstaunt. Auch Brinkhoff schien nicht mit dieser Frage gerechnet zu haben, verbarg aber seine Überraschung.

„Hunde, Katzen?"

„Nein. Wieso?"

Die Kommissarin antwortete nicht. Brinkhoff und sie waren schon fast draußen, als Plasberg sich noch einmal umdrehte. „Als Ihr Lebensgefährte vor einigen Jahren die Obermühle besichtigt hat, haben Sie ihn da eigentlich begleitet?"

Kauz starrte sie entgeistert an. „Was?"

„Die Obermühle. In Kerpen. Dort wurde gestern das zweite Opfer erhängt. Und Stephen Gatler hat die Obermühle besichtigt, bevor er in seinem Krimi *Wisconsin, Kanada* einen Mord durch Erhängen in einer alten Mühle beschrieben hat."

„Ich ... ich kann mich nicht erinnern", antwortete Kauz zögernd. „Das weiß ich nicht mehr. Das muss Jahre her sein."

„Schade. Ach ja, und eine letzte Frage: Waren Sie schon mal auf Island? Oder den Liparischen Inseln? Sie und Herr Gatler?"

„Auf Island? Nein. Stefan kann Kälte nicht leiden. Er hat es sogar abgelehnt, Lesungen in Reykjavik zu machen. Warum? Was soll denn ...?"

„Und die Liparischen Inseln?"

„Ich ... ähm ... ja ... nein, ich meine, Stefan war mal im Urlaub auf Lipari. Wir wollten dort zwei Wochen Ferien machen, aber ich bin nach zwei Tagen zurückgeflogen worden, weil ich mir den Knöchel gebrochen hatte. Stefan ist dann alleine dort geblieben. Das ist schon ... fünf oder sechs Jahre her."

Plasberg und Brinkhoff liefen die Auffahrt hinunter und ließen das Tor hinter sich zufallen. Die Kommissarin schlug den Weg zum Wagen ein, aber dann drehte sie sich auf dem Absatz um und lief zurück, drückte auf die Klingel. „Tut mir leid. Mir ist gerade noch etwas eingefallen, Herr Kauz", sagte sie, als Gatlers Lebensgefährte sich meldete. „Was ist eigentlich mit Luccas Mutter? Ich meine ..."

„Das ist etwas, auf das mir die Polizei auch noch eine Antwort schuldig ist, Frau Plasberg", sagte Kauz' schneidende Stimme. Dann brach die Verbindung ab.

Als sie wieder im Auto saßen, ließ die Kommissarin sich Zeit, den Motor zu starten. Ein paar Meisen tollten lautstark in den Zweigen einer Kiefer, die über die Mauer auf den Bürgersteig ragten.

„Ein interessanter Charakter, dieser Kauz", begann sie. „Sehr loyal seinem Partner gegenüber, ziemlich angriffslustig ..."

„Kein Wunder, wenn es stimmt, was er über die damaligen Ermittlungen gesagt hat", gab Brinkhoff zu bedenken.

„Ich verstehe diese Sache mit Chalkis nicht. Ich werde nachfragen müssen, was da vorgefallen ist. Es kann doch nicht sein, dass die damaligen Ermittlungen völlig im Sande verlaufen sind! Und wenn Kauz' Vorwürfe stimmen ..." Sie runzelte die Stirn.

„Ich muss die Akte über den verschwundenen Sohn einsehen, und zwar dringend … Lucca?“

Brinkhoff nickte.

„Haben Sie jemals intern irgendetwas gehört, dass der Kollege damals unprofessionell an die Sache herangegangen ist?“

„Ich bin noch nicht mal so lange wie Sie in Köln!“

„Trotzdem …“

„Als ob m-mir jemand etwas erzählen würde!“ Brinkhoff lachte kurz auf. „Für die meisten Kollegen bin ich doch nur der schwule Stotterer, der Homo-Bulle. Nehmen Sie nur Vogt oder diesen Eisenpfennig gestern.“

„Der hatte es doch vor allem auf mich abgesehen!“

„Und ich war ihm noch nicht einmal einen Wortwechsel wert.“ Brinkhoff machte eine unwillige Kopfbewegung.

„Ach, Sie wollten von ihm beleidigt werden?“

„Ich wollte damit nur sagen, dass Homophobie in P-Polizeikreisen noch immer weit verbreitet ist. N-Nichts für ungut. Und sie bezieht sich sicherlich nicht nur auf Kollegen. Von daher erstaunt mich Kauz’ Reaktion nicht besonders.“ Beinahe hätte er darauf hingewiesen, wie ablehnend sich selbst Plasberg ihm gegenüber verhalten hatte, als er von ihr widerwillig zur Mitarbeit in ihrer Mordkommission angefordert worden war, aber dann ließ er es bleiben.

Schweigend sahen sie den Meisen zu, die plötzlich wie auf ein Kommando aus dem Baum flüchteten und im Garten des Nachbargrundstücks verschwanden.

„Liparische Inseln?“, fragte Brinkhoff schließlich. „Das Obsidianmesser?“

„Gatler hätte zumindest die Möglichkeit gehabt, sich dort eines zuzulegen. Was noch gar nichts heißt“, wiegelte Plasberg ab, als sie Brinkhoffs Blick bemerkte. „So was kann man bestimmt auch im Internet bestellen.“

„Aber …“

„Kein Aber, Kollege …“ Sie nagte am Nagel ihres Zeigefingers. „Für den Mord an der Kamphaus können sich die beiden nur gegenseitig ein Alibi geben. Und was den Mord an Anschlitz betrifft, müssen wir Stumping fragen, ob er das Alibi von Gatler bestätigen kann. Oh, und wir sollten den Mercedes vor dem Haus überprüfen lassen, nur sicherheitshalber. Haben Sie sich die Nummer gemerkt?"

„Klar."

„Zu blöd, dass Gatler nicht da war."

„Sie haben K-Kauz aus der Fassung gebracht, als Sie den Besuch in der Obermühle erwähnt haben."

„Ja, den Eindruck hatte ich auch. Interessant, oder? Dann war es wohl doch ein Mann, der Gatler damals begleitet hat." Sie schnallte sich an und startete den Motor des Wagens. „Dass wir Gatler mit den Morden in Verbindung bringen, schien ihn dagegen eher zu amüsieren. Irgendwas ist da faul."

„W-Was sollte eigentlich die Frage nach den Haustieren?"

Plasberg grinste und langte in ihre Handtasche, aus der sie ein schmales, durchsichtiges Briefchen aus Plastik hervorzog. „Ich wollte nur sichergehen, dass die Haare, die ich unter dem Sessel hervorgefischt habe, wirklich von Gatler sind. Jetzt können wir sie mit dem Haar vergleichen, das wir auf Anschlitz' Leiche gefunden haben."

„D-Das g-geht nicht!", regte sich Brinkhoff auf. „Sie k-können doch nicht … das ist doch prozessual dann eventuell gar nicht verwertbar!"

Plasberg rümpfte die Nase. „So weit sind wir noch lange nicht."

Sobald das Tor hinter den Kommissaren zugefallen war, wählte Achim Kauz die Handynummer seines Lebensgefährten. Es dauerte eine Weile, bis Gatler sich meldete. „Was gibt's? Ich bin gerade auf dem Sprung zu einem Interview mit einem Journalisten vom *Guardian*." Er klang ungeduldig.

„Die Polizei war gerade hier. Es hat einen weiteren Mord gegeben. Ein Mann ist erhängt in der Obermühle in Kerpen gefunden worden. Wie in *Wisconsin, Kanada*."

„Was?", krächzte Gatler.

„Die Polizei wollte auch wissen, wo du gestern Nachmittag warst."

„Wieso? Da war doch dieser Journalist bei uns!"

„Und danach? Als ich vom Einkaufen zurückgekommen bin, warst du nicht da."

„Das … das …“ Gatler schluckte. „Achim, du glaubst doch nicht ernsthaft, dass ich etwas damit zu tun habe! Ich *schreibe* über Morde. Ich begehe sie nicht.“

„Ist das so?“, erwiderte Kauz. „Nach allem, was ich weiß, könntest du es getan haben. Du bist noch zu ganz anderen Sachen fähig.“

„Was soll das heißen?“ Sein Lebensgefährte klang plötzlich besorgt. Oder war es defensiv?

Aber Kauz ließ es bei einer Andeutung. „Oh, noch etwas: Die Polizei weiß auch, dass du vor Jahren die Obermühle besichtigt hast. Und sie wollen mit dir sprechen, wenn du Dienstag zurückkommst.“

Damit beendete er das Gespräch. Noch unter der Dusche wollte ihm die Unterhaltung mit den beiden Kommissaren nicht aus dem Kopf gehen.

Den Rest des Sonntags verbrachte die Mordkommission im Präsidium, wo die Ermittlungen des Tages zusammengeführt wurden. Brinkhoff berichtete Hallstetter und Kayser vom Leichenfund in der Obermühle, dem Auffinden einer zerstörten Drohne und dem Besuch bei Achim Kauz. Die Kollegen konnten immerhin auf den kleinen Erfolg beim Durchforsten von Martina Kamphaus’ E-Mailkonto verweisen.

„Gut“, sagte Plasberg am Ende des Nachmittags, als alle auf dem neuesten Stand waren. „Für heute sind wir an einem toten Punkt angekommen.“ Sie rieb sich die Müdigkeit aus den Augen. „Ich schlage vor, als Nächstes die Exfreundin von Anschlitz zu befragen. Vielleicht kann sie die Sache mit der Drohne aufklären und uns ein bisschen was über Anschlitz erzählen. Und über den Stalking-Tatbestand. Wie hieß die Frau noch?“

Brinkhoff schaute in die Unterlagen, die er auf den Tischen ausgebreitet hatte. „Natalie B-Bauer.“

„Adresse?“

„Wohnt in Dellbrück“, murmelte Brinkhoff nach einigem Suchen und sah dann überrascht auf. „L-Lupinenweg.“ Er sprang auf und kreiste die Straße auf einem großen Stadtplan ein, der an der Wand des Besprechungszimmers hing. „Das ist ganz in der Nähe des Höhenfelder Sees. Nur zwei Straßen von der Waltherstraße entfernt, der Adresse der Kamphaus!"

Plasberg schürzte die Lippen. „Das kann kein Zufall sein. Zwei Morde innerhalb von einer Woche und beide haben was mit Dellbrück und dem Höhenfelder See zu tun. Brinkhoff, diese Natalie Bauer ist unser erster Termin morgen früh. Vorher bringen wir allerdings noch die Haare von Gatler im Labor vorbei. Wir machen es dringlich, dann haben wir vielleicht schon morgen Abend ein Ergebnis."

„Uhrmann wird mit der Leichenschau von Thomas Anschlitz beschäftigt sein", warf Kayser ein. „Zu der müsste übrigens auch einer von uns hin."

„Ich kann ja noch mal Vogt schicken", sagte Plasberg.

Hallstetter schnaubte auf. „Damit er am nächsten Tag wieder krank ist?"

Die Kommissarin seufzte. „Na schön, dann haben Sie sich gerade freiwillig gemeldet, Hallstetter. Ich sage Grabowski nachher Bescheid, damit er dazustoßen kann."

„Dann lassen Sie mich das mit den Haaren doch auch erledigen."

„Einverstanden. Dann können Brinkhoff und ich direkt zu der Bauer fahren. Weiter im Text."

„jkt", sagte Kayser. „Wir brauchen einen richterlichen Beschluss, damit der Provider den Namen des Inhabers der Mailadresse herausrückt."

„Kann ich auch nachher mit dem Staatsanwalt besprechen", sagte die Kommissarin. „Aber das wird dauern, bis wir da vorwärtskommen. Keine spontanen Geistesblitze, wer der Empfänger der Mail sein könnte?" Sie sah sich um, aber alle Anwesenden schüttelten den Kopf. Plasberg konsultierte den vor ihr liegenden Stichwortzettel. „Die Akte Lucca Kauz."

„Das kann Vogt machen", sagte Kayser. Er bot sich außerdem an, den Kollegen noch am Abend anzurufen und ihn auf den neuesten Stand zu bringen.

„Die Nachbarn von Thomas Anschlitz", brachte Hallstetter ein.

„Erledige ich", sagte Kayser. „Gleich morgen Vormittag. Ich höre mich um, ob denen im Haus gestern irgendwas aufgefallen ist. Aber wenn der Mörder mit dem Schlüssel von Anschlitz in die Wohnung gekommen ist, stehen die Chancen schlecht, dass jemand etwas bemerkt hat."

„Sollen wir diesen Lesekreis der Kamphaus immer noch unter die Lupe nehmen?", fragte Hallstetter.

Plasberg zögerte. In Anbetracht der heutigen Entwicklungen erschien dies nicht mehr so dringlich. Andererseits musste man zumindest ausschließen, dass die Polizei dort keine verwertbaren Informationen übersah. Es half nichts, sie brauchte mehr Personal!

„Wir kümmern uns vorrangig um das Umfeld von Stephen Gatler", entschied sie. „Solange der Mann selbst nicht zu sprechen ist, scheint mir das das beste Vorgehen zu sein."

„Ehrlich?" Kayser schien nicht überzeugt zu sein. „Auf welcher Basis ermitteln wir gegen den Mann? Weil unsere zwei Morde so ähnlich aussehen wie zwei seiner fiktiven Morde?"

„Er hatte Ortskenntnisse der Obermühle", erinnerte ihn Brinkhoff.

„Und wenn schon. Das hatten auch andere und …"

„Erstens ermitteln wir nicht gegen ihn", korrigierte Plasberg, „sondern wir ziehen im Moment nur Erkundigungen ein, und zweitens reicht das Alibi, von dem sein Lebensgefährte gesprochen hat, nicht aus. Stumping war schon um kurz nach fünfzehn Uhr wieder weg." Sie hatte noch vor der Besprechung mit dem Journalisten telefoniert. Er hatte ihr auch erzählt, dass Gatler verunsichert gewirkt hatte, als er erwähnte, dass die Polizei seine Lesung besucht hatte. Plasberg hatte diese Information für den Moment nur interessiert zur Kenntnis genommen. „Also, Anschlitz ist höchstwahrscheinlich irgendwann gestern Nachmittag oder Abend umgekommen, und Gatler ist erst am Abend nach London geflogen. Das hätte ihm theoretisch genug Zeit gelassen, Anschlitz umzubringen."

„Theoretisch", sagte Kayser. „Wenn er ein Motiv gehabt hätte. Und das Opfer gekannt hätte. Und das Gleiche gilt für die Kamphaus. Ganz schön viele Konjunktive."

„Das gebe ich zu", erwiderte die Kommissarin. „Bisher ist die Inszenierung der Morde das Einzige, was auf Gatler verweist. Es ist aber auch leider der einzige Anhaltspunkt, an dem wir momentan ansetzen können." Unzufrieden spielte sie mit dem Kuli in ihrer Hand. Als Leiterin der Mordkommission lag es an ihr, die Richtung vorzugeben, in die die weiteren Ermittlungen laufen sollten. Wenn sie einen Fehler beging, konnte das schwerwiegende Konsequenzen haben. „Wen haben wir in Gatlers Umfeld?"

„Kauz hat von einem Lektor namens Franz Herbrand gesprochen", erinnerte Brinkhoff sie.

„Wen noch?"

„Den Rest erfahren wir vom Verlag", meinte Kayser. „Agent, Verleger, Medienfuzzis … und was genau sollen wir da in Erfahrung bringen? Und wer soll es machen? Wir haben alle bereits unsere Aufgaben!"

„Machen wir uns ein Bild von Gatler", sagte die Kommissarin. „Wir kennen den Mann nur aus der Presse. Der Autor ist schwierig, sagten Sie?" Sie sah Brinkhoff an, der nickte.

„Er gibt gerne den P-Provokateur, gilt als egozentrisch und anmaßend."

„Ich will ein persönlicheres Bild von ihm. Vielleicht ist er privat ja ganz reizend. Wir fangen morgen Nachmittag damit an. So furchtbar lange wird uns das Gespräch mit der Exfreundin von Anschlitz ja auch nicht aufhalten. Frau Keller kann uns einen Termin bei diesem Herbrand besorgen."

Als sie die Besprechung gerade beenden wollte, fragte Hallstetter: „Und was ist jetzt mit dem Lesekreis der Kamphaus? Und die Alibis von Axel und Saskia Kamphaus?"

Plasberg schnitt eine Grimasse. „Ich denke mir was aus", versprach sie. Sie würde Heribert Eikner anrufen und darauf bestehen, dass ihr ab sofort noch ein weiterer Mitarbeiter zugeteilt wurde. Sie hatte auch schon jemanden im Sinn. Es war Zeit, die Frauenquote ihrer MK zu erhöhen.

Die Sonne blitzte ein letztes Mal über den Horizont, als Plasberg das Präsidium verließ. Ein Fliederbusch neben ihrem Auto auf dem Parkplatz stand in voller Blüte. Die Kommissarin hielt inne, schloss die Augen und atmete den süßen, schweren Duft der violetten Dolden ein. Wie konnte es sein, dass der Frühling schon fast wieder vorbei war, dass die Narzissen und Krokusse in den

Beeten am Präsidium schon wieder verblüht waren? Es kam ihr so vor, als ob die Weihnachtsfeiertage erst ein oder zwei Wochen zurücklagen. In letzter Zeit war sie nicht ein Mal dazu gekommen, mit den Kindern etwas zu unternehmen, und sei es nur ein Spaziergang. Mit dem neuen Fall am Hals würde auch in den nächsten Tagen daraus nichts werden. Achim Kauz' Frage nach ihren Kindern hatte sie mehr berührt, als sie zugeben wollte, und sie daran erinnert, dass sie ihr Familienleben zu oft vernachlässigte.

Sie fühlte sich plötzlich müde. War dies wirklich, was sie wollte für den Rest ihres Arbeitslebens? Arbeitszeiten, die jeder Beschreibung spotteten? Überstunden, die sie niemals würde abbauen können? Wochenenden, an denen sie ihre Kinder kaum sah? Dazu der permanente Personalmangel, weil jede Landesregierung, egal welcher Farbe, einem immerwährenden Sparzwang unterlag und sich mit Händen und Füßen gegen Neueinstellungen sträubte. Und dadurch bedingt noch mehr Überstunden und noch mehr Stress. Wenn sie mit Ende sechzig in Pension ging, war sie verbraucht und ausgelaugt, und Niklas und Ruth waren erwachsen und aus dem Haus, führten ihr eigenes Leben. Manchmal sehnte sie sich nach einem Bürojob mit Dienstzeiten von neun bis fünf, auch wenn sie wusste, dass sie sich nicht beschweren konnte. Andere alleinerziehende Mütter lebten von Hartz IV, mussten aufstocken oder hielten sich mit zwei unterbezahlten Jobs notdürftig über Wasser.

Die Kollegen, auch Torsten Brinkhoff, hatte die Kommissarin zwei Stunden zuvor in den wohlverdienten Feierabend geschickt, während sie noch längere Zeit mit Eikner und Grabowski telefoniert hatte. Der Staatsanwalt hatte ihre Informationen über den Tod von Thomas Anschlitz kühl entgegengenommen; er war noch immer ungehalten, weil Plasberg am Vorabend vergessen hatte, ihn auf dem Laufenden zu halten.

„Letzte Warnung, Frau Hauptkommissarin!“, ließ er sie seine Verärgerung spüren. „Und morgen Abend unterhalten wir uns persönlich. Unter vier Augen!“

Nachtragend war der Mann also auch! Trotzdem hatte sie sich jede ironische Erwiderung verkniffen, selbst wenn Grabowski sie mehr und mehr an eine Wespe erinnerte, die nicht davon abließ, um sie herumzuschwirren. Aber Wespen ließ man gewähren, bis sie von selbst das Interesse verloren, ansonsten riskierte man, gestochen zu werden. Immerhin hatte er eingewilligt, sich um einen richterlichen Beschluss zu bemühen, um den Provider zu zwingen, die Identität des ominösen ‚jkt'-Mailkontoinhabers zu lüften.

Beim anschließenden Gespräch mit Eikner hatte Plasberg im Hintergrund den Sprecher der Tagesschau gehört und ihren Chef beneidet, der ein ungestörtes Wochenende vor dem Fernseher ausklingen lassen konnte.

„Ich brauche mehr Kräfte", hatte sie ihre Personalprobleme erneut thematisiert. „Und wenn wir schon dabei sind: Ich will die Kollegin Siener."

Bettina Siener, eine junge Beamtin, hatte schon bei Plasbergs letztem Fall ausgeholfen. Ihre mangelnde Erfahrung bei der Arbeit in einer MK hatte die verheiratete Mutter eines fünfjährigen Sohnes durch Verlässlichkeit, Eifer und Teamfähigkeit mehr als ausgeglichen. Sie erschien der Kommissarin als ideale zusätzliche Mitarbeiterin, zumal es zwischen den beiden Frauen sofort gefunkt hatte. Es gab nur wenige Mütter mit Kindern in den Reihen der Polizei.

Eikner hatte nach kurzem Zögern nachgegeben und Plasberg versprochen, die Sache zu regeln. Wenige Minuten später hatte er tatsächlich zurückgerufen. Bettina Siener war auf dem kleinen Dienstweg zu ihrer MK abkommandiert worden – was nichts anderes hieß, als dass er auf Sieners Vorgesetzten Druck ausgeübt hatte, unter Umgehung aller Vorschriften und des lästigen Papierkrams. Manchmal, musste die Kommissarin insgeheim zugeben, war es sehr nützlich, dass Eikner gut vernetzt war. Im letzten Telefonat des Tages hatte Plasberg daraufhin mit der jungen Kollegin vereinbart, ihr am nächsten Morgen um halb acht Uhr einen Überblick über den Sachstand zu geben und ihr ihre Aufgaben zuzuteilen.

„Super!", hatte Siener fröhlich geantwortet. „Dann habe ich eine Ausrede, den blöden Bürokram auf meiner Dienststelle zu verschieben. Sie schickt der Himmel, Frau Plasberg!"

„Wie geht's Ihrem Sohn?", hatte die Kommissarin gefragt.

„Daniel? Kommt nach den Sommerferien in die Schule. Manchmal kann ich gar nicht glauben, wie schnell er groß wird."

Als die Kommissarin endlich um kurz vor neun Uhr nach Hause kam, empfing sie das Klappern von Geschirr. Froh, zu Hause zu sein, streifte sie ihre Pumps ab, ließ ihre Handtasche fallen und lief auf nackten Füßen in die Küche, wo ihr Niklas' Stimme scharf Einhalt gebot.

„Nicht weiter, ist alles nass hier!"

Ihr Sohn kniete mit einem Putzlappen auf dem Küchenboden, der großflächig mit weißen Schaumflocken bedeckt war, während ihre Mutter vor der Spüle stand, das Geschirr mit der Hand abwusch und sie keines Blickes würdigte. Nina und Ruth saßen mit hochgezogenen Beinen am Küchentisch und versuchten vergeblich, nicht zu lachen.

„Was ist denn hier passiert?", fragte Plasberg.

„Oma hat die Spülmaschine kaputtgemacht", erhielt sie knurrend von ihrem Sohn zur Antwort.

„Es war ein Versehen!", verteidigte sich Plasbergs Mutter, ohne aufzusehen. „Das kann doch auch kein Mensch ahnen! In Spanien ist es völlig egal, was man in die Spülmaschine tut!"

„Die Geschirrtabs waren alle", klärte Niklas seine Mutter auf. „Da hat sie Spüli in die Maschine getan ..."

„Nur ein paar Tropfen!"

„... erst hat es ohne Ende geschäumt, und dann hat es einen kleinen Knall gegeben. Die Elektrik in der Maschine ist hin."

„Großartig", stöhnte die Kommissarin. „Genau, was mir nach einem langen Arbeitstag gefehlt hat. Kann ich dich mal sprechen, Mutter?" Mit einer energischen Kopfbewegung befahl sie Helga Schneider, ihr ins Wohnzimmer zu folgen, und schloss die Tür hinter ihnen. „Was muss ich tun, damit du nichts anstellst, Mutter?", fragte sie. „Muss ich dich auf einem Stuhl festbinden, wenn ich zum Dienst gehe?"

„Ich wollte nur die Spülmaschine anmachen und ..."

„Mit Spüli?"

„Es ist nicht meine Schuld, dass keine Tabs mehr da waren!", entgegnete Helga Schneider. „In einem anständigen Haushalt ..."

„Dies ist *mein* Haushalt, Mutter. Ich führe ihn so, wie es mir passt“, entgegnete sie scharf. „Du bist hier zu Besuch. Halte dich an meine Spielregeln! Sonst setze ich dich morgen in einen Zug zu Tante Annegret!“

„Wenn du wegen der Spülmaschine sauer bist, die kann ich dir ersetzen! Ich kann dir morgen eine neue kaufen!“

Plasberg sah aus dem Fenster auf die Terrasse. In der zunehmenden Dunkelheit waren die Balkonstühle und der Tisch nur noch als Umrisse zu erkennen. „Darum geht es nicht. Die Spülmaschine kann ich verkraften. Was ich nicht verkraften kann, ist, dass du hier alles umorganisierst, die Schränke umräumst, meinen Alltag durcheinanderbringst. Ich arbeite fünfzig, sechzig Stunden die Woche, im Moment auch an den Wochenenden, und wenn ich dann nach Hause komme, habe ich keine Nerven mehr, mich auch noch mit dir auseinanderzusetzen.“

„Wenn ich nicht willkommen bin, kann ich auch wieder gehen“, erwiderte Helga Schneider beleidigt.

„Es würde mir schon reichen, wenn du dich sinnvoll einbringst!“

„Und wie? Du verbietest mir doch alles!“

„Warum fährst du morgen nach der Schule nicht mit Niklas und Nina Tapeten aussuchen?“, schlug die Kommissarin vor. „Die Kinder wollen das Kinderzimmer neu tapezieren für das Baby. Ich lasse euch den Wagen da. Niklas und Nina freuen sich bestimmt.“ Der letzte Satz war ins Blaue gesprochen. Plasberg glaubte kaum, dass die werdenden Eltern vor Begeisterung jubeln würden. Andererseits wollten sie tatsächlich eine neue Tapete. Und sie selber hatte in absehbarer Zeit keine Muße, mit ihrem Sohn und seiner Freundin von einem Geschäft zum anderen zu laufen.

Helga Schneider war ebenfalls skeptisch. „Ich kann mit deinem Wagen nicht fahren. Ich bin Automatik gewöhnt.“

„Niklas kann fahren. Er hat seit vier Wochen den Führerschein.“

„Und wie kommst du zum Dienst?“

„Mit der Straßenbahn.“ Plasbergs erster Gedanke war Brinkhoff gewesen, aber der hatte ja sein Auto Markus Clement geliehen. „Für meine Außentermine werde ich ein Fahrzeug aus dem Fuhrpark des Präsidiums organisieren.“

Helga Schneider stimmte ungnädig zu. Als sie wieder die Küche betraten, hatte Plasbergs Sohn den Schaum weggewischt und Nina den Rest des Geschirrs gespült.

„Gibt's eigentlich noch irgendwas zu essen?", fragte Plasberg. „Mir knurrt der Magen."

„Im Ofen steht noch ein Rest Paella", sagte ihre Mutter etwas versöhnt. „Hab ich nach einem Rezept von Juan gemacht."

„Du kochst in Spanien deutsche Gerichte und in Deutschland spanische?", fragte Plasberg, während sie einen Teller und Besteck herausholte. „Irgendwas stimmt nicht mit dir, Mutter. Ehrlich." Als sie die Ofentür öffnete, strömte ihr der Duft von Reis, Fleisch und Gemüse entgegen. „Was ist das eigentlich mit dir und diesem Juan? Das ist schon das zweite Mal, dass du seinen Namen erwähnst", sagte sie beiläufig, während sie sich eine Portion auf den Teller schaufelte. Plötzlich hörte sie hinter sich Niklas und Nina kichern. Als sie sich umdrehte, sah sie, dass ihre Mutter einen roten Kopf bekommen hatte.

„Juan ist mein … Freund", bekannte Helga Schneider verlegen. „Ich wollte es dir eigentlich schon vorher sagen."

„Dein Freund? Du meinst … dein Freund? Aber du bist über siebzig!", rutschte es Plasberg heraus.

„Kind, nur weil du die Männer aufgegeben hast, musst du nicht glauben, dass es anderen ebenso geht!"

Einige Kilometer entfernt starrte Torsten Brinkhoff aus dem Fenster und betrachtete die Sichel des aufgehenden Mondes, während er Markus' Handynummer wählte.

„Na, wie geht's?", fragte er, als sich sein Freund meldete.

„Ich bin todmüde", erwiderte Markus und gähnte. „Jetzt verstehe ich, wieso Kati meist schon gegen zehn Uhr abends im Bett liegt. So ein Kind ist anstrengend."

„Und wieso flüsterst du?"

„Weil die Kleine gerade erst wieder eingeschlafen ist. Sie war den ganzen Tag quengelig, weil ihre Mama nicht da war."

„Hat K-Kati die OP gut überstanden?", fragte Brinkhoff und kraulte geistesabwesend den Nacken seines Katers, der mit erhobenem Schwanz um seine Beine strich.

„Ja. Aber sie wird ein paar Wochen im Krankenhaus bleiben müssen."

„Ein paar Wochen? So lange willst du dich um deine Nichte k-kümmern?"

„Quatsch", erwiderte Clement ungehalten. „So viel Urlaub hab ich doch gar nicht. Ich hab noch keinen Plan. Irgendwas wird mir schon einfallen. Vielleicht nehme ich sie erst mal mit nach Usedom. Da kann sie am Strand spielen."

„Na, das ist ja ein t-toller Plan. Dann k-kannst du deinen Urlaub vergessen."

„Hast du vielleicht eine bessere Idee?"

„N-Nein", erwiderte Brinkhoff bedrückt. Gerade war ihm bewusst geworden, dass sie kurz davor waren zu streiten. „Kommst du denn klar, so als Ersatz-Mama?"

„Geht so", gab Clement zu. „Ist alles ziemlich ungewohnt. Und Windeln wechseln ist wirklich total ekelig." Er gähnte erneut. „Torsten, lass uns morgen weiterreden. Ich bin …"

„Ja, verstehe schon. Du b-bist müde." Brinkhoff war selber erstaunt, wie patzig er sich anhörte. „Das ist doch scheiße, Dicker", brummte er, nachdem er das Gespräch beendet hatte und den Kater auf den Arm hob. „Oder?" Konnte es sein, dass er eifersüchtig auf ein kleines Kind war?

# *Montag, 25. April*

Der Lupinenweg war eine schmale, verschlafene Straße am Rande von Köln-Dellbrück. Westlich davon begann das Naturschutzgebiet Heide-Teich, wo sich Gräser und knorrige Laubbäume den kargen Boden teilten. Die Nacht war noch einmal kalt gewesen, vereinzelt lag Reif auf dem gelben Gras, auch wenn mittlerweile die Sonne von einem wolkenlosen Himmel schien. Im Norden wurde der Lupinenweg von den Uferböschungen des Höhenfelder Sees begrenzt, die mit wilden Brombeer- und Holundersträuchern durchzogen waren. Am Straßenrand drängten sich solarzellenbedeckte Einfamilienhäuser, in deren Vorgärten Kinderrutschen und Kletterstangen aufgebaut waren, bunte Gummistiefel, Roller und Fahrräder vor den Eingangstüren standen.

Maria Plasberg, die einen zivilen Dienstwagen der Polizei fuhr, hielt jedoch vor einem dreistöckigen Mietshaus, dessen Fassade gerade von Dachdeckern eingerüstet wurde, die sich behände zwischen den Stangen und Planken hin und her bewegten. Der Putz der Fassade war unansehnlich, und an vielen Stellen zeigten sich Risse und die Rückstände alter Wasserschäden. Einer der Arbeiter, ein junger Mann mit dunklen Haaren, Dreitagebart und einer Tätowierung am Hals, pfiff durch die Zähne, als er die Kommissarin sah, und grinste sie unverhohlen an. „Schnucki, krieg ich deine Telefonnummer?"

„Frechheit", murmelte sie, während sie mit Brinkhoff zur Haustür ging. Laut rief sie nach oben: „Noch so eine Anzüglichkeit, und ich kontrolliere deine Papiere, *Schnucki*!" Dabei schwenkte sie demonstrativ ihre Dienstmarke. Der Dachdecker erstarrte und duckte sich weg. Plasberg drehte sich zu ihrem Kollegen. „Aber vielleicht hat er ja auch Sie gemeint?"

Brinkhoff, der während des Wortwechsels gedankenverloren geschwiegen hatte, sah erschrocken am halb fertigen Gerüst hoch. „W-Was?"

Plasberg spitzte die Lippen. „Lassen Sie Ihre privaten Probleme zu Hause, Kollege! Ich versuche das auch!"

„Tut mir leid.“ Woher wusste sie, dass er die halbe Nacht wach gelegen und über Markus nachgedacht hatte?

Die Kommissare mussten sich gedulden, bis jemand auf ihr Klingelzeichen antwortete. Erst nachdem sie die Schelle ein zweites Mal betätigte, wurde die Haustür aufgedrückt, und sie stiegen durch das Treppenhaus in den dritten Stock.

Eine Frau Anfang dreißig, mit nichts bekleidet außer einem Slip und einem übergroßen T-Shirt, das ihr bis auf die Oberschenkel reichte und das Label eines irischen Bieres anpries, öffnete ihnen die Tür. Obwohl es schon kurz nach neun Uhr war, schienen die Kommissare die junge Frau geweckt zu haben, denn ihre langen, haselnussbraunen Haare waren ungekämmt, und sie rieb sich den Schlaf aus den Augen.

„Frau Bauer?“, fragte Plasberg. „Natalie Bauer?“

Die Frau nickte und versteckte ungeschickt ein Gähnen. „Ich dachte, Sie wären die Post. Ich hab was bei Zalando bestellt. Was gibt's?“

„Kriminalpolizei“, stellte Plasberg sich und ihren Kollegen vor und hielt ihr die Dienstmarke vor die Nase. „Wir würden gerne ein paar Worte mit Ihnen wechseln.“

„Polizei? Wieso denn?“ Natalie Bauer ging verunsichert zwei Schritte zurück, was Plasberg als Aufforderung interpretierte und sich mit Brinkhoff in die Wohnung schob. „Wenn es wegen Tiago ist … den hab ich seit zwei Wochen nicht mehr gesehen. Ehrlich. War dann doch ein ziemlicher Arsch. Und mit dem Bruch hatte ich auch nichts zu tun, da war ich arbeiten! Das hab ich der Polizei doch gesagt!“

„Wir sind nicht wegen eines Tiago hier“, antwortete die Kommissarin. „Das hört sich auch eher wie ein Fall der Kollegen von der Organisierten Kriminalität an.“

„Und was wollen Sie dann?“ Bauer ging spürbar erleichtert ins Badezimmer und warf sich einen dünnen, pinkfarbenen Bademantel über, der kaum länger als ihr T-Shirt war. „Ich hab bis heute Morgen um zwei gearbeitet“, murmelte sie, halb entschuldigend, halb patzig, und zeigte den Kommissaren den Weg ins Wohnzimmer, wo sich zwei Perserkatzen auf einem durchgesessenen Sofa räkelten und ein Farn auf der Fensterbank um Wasser bettelte. Bauer scheuchte die Katzen von der Couch und bot den Polizeibeamten Platz an. Dann erst nahm sie sich Zeit, die Kommissare zu betrachten. „Cooles Outfit. Machen Sie mit bei 'nem Annie-Lennox-Look-Alike-Wettbewerb?"

Während Torsten Brinkhoff in Jeans, blauem Hemd und dunkelbrauner Lederjacke wie immer eher unauffällig gekleidet war, hatte sich Plasberg am heutigen Tag tatsächlich regelrecht aufgedonnert: Am Morgen vor dem Kleiderschrank hatte sie sich aus einer Laune heraus für einen schwarzen Herrenanzug entschieden, dazu trug sie schwarze Stilettos, ein weißes Hemd und eine schmale, schwarze Krawatte. Ihre roten Haare hatte sie mit viel Gel streng nach hinten gekämmt. Damit war eine gewisse Ähnlichkeit mit der ehemaligen Sängerin der Eurythmics nicht ganz von der Hand zu weisen. Zur Krönung des Ganzen thronte eine schwarzgetönte Sonnenbrille auf Plasbergs Kopf, und um ihre Schulter baumelte eine rote Handtasche in Form eines überdimensionierten Legosteins.

Die Kommissarin ignorierte Bauers Bemerkung. Niemandem außer ihr schien dieser Anzug zu gefallen; das letzte Mal, als sie ihn getragen hatte, hatten ihre Kollegen Vergleiche mit den Blues Brothers angestellt. „Wir möchten Ihnen ein paar Fragen zu Thomas Anschlitz stellen."

Die Frau sah von einem Kripobeamten zum anderen. „Thomas? Mit dem will ich nichts mehr zu tun haben!", wehrte sie ab. „Der Typ war zum Schluss echt *creepy*. Außerdem ... der darf sich mir gar nicht mehr nähern. Ich hab einen Beschluss gegen ihn erwirkt. Total krank, der Typ."

„Wird er in Zukunft wohl auch nicht mehr tun", erwiderte Plasberg trocken. „Er ist nämlich gestern tot aufgefunden worden."

Bauer ließ sich auf einen Pouf fallen, eine Art Sitzhocker, dessen braunes, genopptes Leder dabei ein knarzendes Geräusch von sich gab. „Wie, tot?", fragte sie schließlich. „Echt jetzt?"

„Er ist gestern in einer alten Mühle in Kerpen erhängt aufgefunden worden. Wir gehen von einem Kapitalverbrechen aus."

Bauer sah die Kommissarin mit großen Augen an. „Ist ja krass. Was hat er denn in einer Mühle gewollt?"

„Das wissen wir noch nicht. Sie waren mit ihm liiert?"

„Ja, schon, aber das ist doch lange vorbei."

„Wann haben Sie ihn zuletzt gesehen?"

„Na, während der Gerichtsverhandlung, letztes Jahr. Der hatte echt einen Schuss weg. Ich lande immer bei Kerlen, die nur Scheiße im Kopf haben. Haben Sie was dagegen, wenn ich eine rauche? Ich brauch jetzt eine Zigarette. Und einen Kaffee. Wollen Sie auch?" Sie wartete nicht auf die Antwort der Kommissarin, sondern marschierte barfuß in die Küche, wo sie sich an einer Kaffeemaschine zu schaffen machte und anschließend zwei gebrauchte Kaffeebecher kurz unter den Wasserhahn hielt, während Plasberg, Brinkhoff und die Katzen ihr folgten.

Die Küche war so klein, dass man sich zu dritt darin kaum umdrehen konnte; neben einem Holzregal mit dem üblichen Geschirr und Töpfen sowie einem überschaubaren Arbeitsbereich waren auch noch ein winziger Tisch und zwei Klappstühle hineingequetscht worden. Auf dem Herd stand eine Pfanne mit angebackenen Rühreiresten.

Bauer schüttete den Perserkatzen Trockenfutter in ein Schälchen, das unter dem Fenster stand. „Ich war mit Thomas nur ein paar Monate zusammen. Der saß eines Tages da an der Theke im Bistro, hat mir schöne Augen gemacht und hat sich volllaufen lassen. Hat mir irgendwie leidgetan. Wenn ich vorher gewusst hätte, wie stressig das mit dem wird, hätte ich die Finger von ihm gelassen." Sie tastete das Geschirrregal ab und zog zwischen zwei Tassen eine Zigarettenschachtel hervor. Dann zündete sie eine Zigarette an, stellte sich neben das gekippte Fenster und blies den Rauch durch die Öffnung. „Wieso hat er sich eigentlich erhängt? Und wie viel Geld hat er gestohlen? Hätte ich ihm gar nicht zugetraut …"

„Wieso gestohlen?", fragte Plasberg nach.

„Na ja, Sie haben doch was von Kapitalverbrechen gesagt!"

„Oh …" Die Kommissarin atmete innerlich einmal tief durch. „Ich wollte damit sagen, dass an ihm eine schwere Straftat verübt worden ist. Er hat sich nicht selbst erhängt. Er ist ermordet worden."

Erst jetzt schien Bauer richtig zu begreifen, was geschehen war. „Der ist umgebracht worden?", sagte sie fassungslos. „Ja, von wem denn? Und warum?"

„Das wollen wir ja gerade herausfinden."

„Also, ich war's jedenfalls nicht!" Die Frau zog heftig an ihrer Zigarette, hustete und warf die aufgerauchte Kippe durch die Fensteröffnung. „Obwohl ich Grund genug dazu gehabt hätte!" Von draußen hörte man das Klirren von Eisenstangen und die Tritte schwerer Schuhe, während die Dachdecker das Baugerüst von Etage zu Etage hochzogen. Plasberg schloss das Fenster.

„Wieso haben Sie gegen Thomas Anschlitz eine gerichtliche Verfügung erwirkt?"

Bauer zog den Gürtel ihres pinkfarbenen Bademantels enger. „Weil er keine Ruhe gegeben hat. Da war ich schon mit dem Tiago zusammen. Aber der Thomas wollte das einfach nicht wahrhaben. Erst hat er nur hinter mir hertelefoniert. Dann bin ich nicht mehr ans Telefon gegangen. Da hat er mir dann ständig die Mailbox vollgelabert, bis ich mir eine andere Telefonnummer zugelegt habe … wissen Sie, was das für ein Aufwand ist, wenn man allen Leuten Bescheid sagen muss, dass man eine neue Nummer hat? Unglaublich!"

„Und dann?"

„Was?" Mittlerweile war der Kaffee fertig, und Bauer schüttete sich eine Tasse ein. Dass sie Plasberg auch etwas angeboten hatte, hatte sie anscheinend vergessen. Die Kommissarin war aber auch nicht sonderlich darauf erpicht gewesen, aus einer nur notdürftig gesäuberten Tasse zu trinken, an der sie immer noch Lippenstiftreste erkennen konnte. „Dann stand er immer wieder hier vor der Tür. Wollte mit mir reden. Auch mitten in der Nacht. Oder er hat unten gewartet, bis ich die Wohnung verlasse. Oder er ist mir ins Bistro gefolgt … ich arbeite da in so einem Bistro in Ehrenfeld. Das war richtig gruselig. Ich bin normalerweise nicht ängstlich … aber …" Bauer schluckte. „Der hat einfach nicht geschnallt, dass ich nichts mehr von ihm wollte. Wie besessen war der. Tiago hat ihm ein paar Mal Schläge angedroht, aber der Thomas ließ einfach nicht locker. Der Manni hat ihm dann Hausverbot erteilt."

„Wer ist Manni?"

„Der Besitzer von dem Bistro."

„Und wann war das?"

„Das mit dem Hausverbot?"

„Nein, wie lange Anschlitz Sie gestalkt hat."

Bauer überlegte und schob dabei die Unterlippe nach vorne, was den Eindruck erweckte, als ob sie schmollte. „Na ja … so bis vor einem Dreivierteljahr ging das. Und dann durfte er sich mir ja nicht mehr nähern. Die Richterin war sehr nett. Eine Therapie musste er auch machen. Ich war so froh, als es endlich vorbei war. Wissen Sie, als er mir hier ständig aufgelauert hat … ich konnte überhaupt nicht mehr richtig schlafen. Und die Nachbarn haben sich auch beschwert."

„Und nach der Verfügung hat er Sie dann in Ruhe gelassen?"

Bauer nickte. „Zum Glück."

„Weshalb haben Sie sich von Thomas Anschlitz getrennt?"

„Soll das ein Witz sein?" Die junge Frau zündete sich eine weitere Zigarette an und strich ihre Haare zurecht. „Weil der Typ ein totaler Loser war."

„Inwiefern?"

„Weil er nichts geregelt gekriegt hat! Immer waren die anderen schuld, nie er selber!" Sie sah die Kommissarin herausfordernd an. „Ich kann Selbstmitleid nicht ausstehen. Und Thomas hat sich in Selbstmitleid gesuhlt wie ein Schwein im Dreck … 'tschuldigung. Man soll ja nicht schlecht über Tote sprechen, aber …"

„Schon in Ordnung. Aber was meinen Sie damit, dass er nichts geregelt bekam, dass immer andere schuld waren?"

„Na ja, das mit seinem Job zum Beispiel. Er hat Sachen übersetzt. Vom Französischen ins Deutsche und umgekehrt. Als wir uns kennengelernt haben, hat er mir großspurig was von einer eigenen Übersetzungsagentur erzählt. Erst später hab ich dann geschnallt, dass sein Büro seine versiffte kleine Bude war und sein Arbeitsplatz aus seinem Computer bestand. Ein Aufschneider, der sich von Auftrag zu Auftrag gehangelt hat. Zwischendurch hat er auch mal gehartzt."

„Ja, und?"

„Das hat ihm nicht gepasst. Das mit dem Übersetzen." Bauer spielte mit den Enden ihre Bademantelgürtels. „Und es hat ihm nicht so viel Kohle eingebracht wie der Job davor. Und deshalb hat er ständig gemeckert."

„Und was hat er vorher gemacht?"

„Er hat so Heftchen geschrieben."

„Heftchen?" Plasberg hätte Bauer am liebsten geschüttelt.

„Also, ich lese so einen Scheiß ja nicht, aber … anscheinend kann man da viel Kohle mit machen. Hat Thomas jedenfalls immer behauptet. Jedenfalls mehr, als beim Übersetzen rausspringt. So Heftchen eben, die man am Kiosk kaufen kann … meine Oma liest die immer. So was mit jungen Ärzten, die von Krankenschwestern angeschmachtet werden. Groschenromane."

„Anschlitz hat früher Groschenromane geschrieben?"

Bauer nickte wieder. „Wollen Sie einen sehen? Irgendwo hab ich so ein Ding noch rumfliegen. Er hat's mir mal geschenkt. Aber ehrlich? Ich hab nie reingeguckt. Ist nicht mein Fall, lesen. Ich lebe lieber in der Realität." Bauer ging in ihr Schlafzimmer, kramte einige Minuten in ihrem Kleiderschrank und kam schließlich mit einem Heft in der Hand zurück. Sie schien es nicht besonders pfleglich behandelt zu haben, denn die Ecken waren geknickt und die Seiten zerfleddert. Auf dem Titelblatt des Groschenromans war ein junger, gutaussehender Mann mit blonden Haaren zu sehen, der eine Pistole in der Hand hielt und im Begriff war, auf ein davonfahrendes Auto zu schießen, in dem eine ebenso gutaussehende junge Blondine entführt wurde. Der Titel hieß „Agent Jeff Ryker – Auftrag in Istanbul". Der Name des Autors lautete Jason K. Talbot.

„Thomas Anschlitz hat unter dem Pseudonym Jason K. Talbot geschrieben?", fragte Plasberg. Hinter ihrem Rücken begann sich Torsten Brinkhoff zu räuspern und gab ihr aufgeregt ein Zeichen. Die Kommissarin winkte irritiert ab.

Bauer zuckte mit den Schultern. „Er hat mal gesagt, dass das in der Branche üblich ist."

„Aber wenn es so lukrativ war, warum hat er dann damit aufgehört und nur noch Übersetzungen gemacht?"

„Weiß ich doch nicht. Hat ein großes Geheimnis daraus gemacht. Aber er war wütend auf jemanden, glaube ich. Vielleicht hat ihm ja sein Chef gesagt, dass er nicht gut genug war?"

„Wissen Sie, wann er damit aufgehört hat?"

„Muss vor meiner Zeit gewesen sein", antwortete Bauer gelangweilt. „Hörte sich an, als wäre es eine Weile her."

Plasberg blätterte durch die dünnen Seiten des Groschenromans. „Können wir uns das Heft ausleihen?"

„Sie können es geschenkt haben. Ich bin froh, dass ich es loswerde. Auch wenn der Thomas tot ist – traurig bin ich da nicht drüber."

Plasberg stand auf und bedankte sich, dass Bauer ihre Zeit geopfert hatte. „Eine Frage noch: Wussten Sie, dass Thomas Anschlitz eine Drohne besessen hat?"

Bauer sah sie verständnislos an. „Eine Drohne? Sind das nicht die Dinger, mit denen in Afghanistan auf Terroristen geschossen wird? So ferngesteuert?"

„Ähm … nein. Es gibt auch Drohnen, die fotografieren oder Videos aufnehmen können."

Es dauerte einen Moment, bis Natalie Bauer die Verbindung zu sich erkennen konnte. „Sie meinen, der hat immer noch versucht, mich auszuspionieren?"

„Möglich wäre es. Jedenfalls haben wir in seiner Wohnung eine Drohne gefunden. Ist Ihnen in den letzten Tagen oder Wochen in Ihrer Nähe so eine Drohne aufgefallen?"

Bauer lachte auf. „Ich weiß ja gar nicht, wie die Dinger aussehen!"

„Dann brauche ich noch den vollen Namen Ihres anderen Exfreundes. Tiago …?"

„Warum denn?"

„Frau Bauer!"

„Tiago César Grilo."

„Spanier?"

„Portugiese. Der hat aber damit nichts zu tun. Der ist zwar ein Arsch, aber so einer nun auch wieder nicht. Der hat den Thomas nicht umgebracht."

„Wo waren Sie eigentlich am Samstagnachmittag und -abend?"

„Ich? Arbeiten. Doppelschicht, weil die Lena ausgefallen ist. Sie können den Manni im Bistro fragen."

„Machen wir", brummte Plasberg und reichte Bauer ihre Karte. „Geben Sie uns bitte den Namen des Bistros und Ihres Arbeitgebers. Und falls Ihnen noch etwas einfällt, melden Sie sich." Aber wahrscheinlich würde die Karte in Bauers Mülleimer landen, sobald die Kommissare die Tür hinter sich zugezogen hatten.

Als sie wieder im Polizeiwagen saßen, konnte sich Brinkhoff nicht länger beherrschen: „Jason K. T-Talbot! Jetzt haben wir eine Verbindung zu Martina K-Kamphaus!"

„Und ich dachte, Sie würden sich wegen dieses Annie-Lennox-Vergleichs nicht beherrschen können", erwiderte Plasberg und startete den Motor. „Unfassbar, die Leute!"

„J.K.T. Anschlitz muss derjenige sein, dem Kamphaus die Mail geschickt hat! Außerdem … erinnern Sie sich an die B-Bücher in der Wohnung der Kamphaus? Da waren auch ein paar Groschenromane von Talbot dabei."

„Hieß der Mann nicht Jason Talbot? Ohne das abgekürzte K?"

„Wahrscheinlich hab ich das einfach überlesen, als ich die Hefte überf-flogen habe. Es schien ja nicht von Bedeutung zu sein."

„Aber wir vermuten doch, dass der Empfänger der Mail für Kamphaus' Tod verantwortlich ist", grübelte Plasberg. „Wenn Thomas Anschlitz Jason K. Talbot ist und sie ihm die Mail geschrieben hat, wieso ist er dann selber tot?"

Stephen Gatler war einer der ersten Passagiere, die das Flugzeug verließen, nachdem es seine Parkposition auf dem Konrad-Adenauer-Flughafen Köln/Bonn erreicht hatte. Er ignorierte das freundliche „Auf Wiedersehen" der Stewardessen und eilte zur Gepäckausgabe, wo er seinen kleinen Koffer in Empfang nahm und anschließend zum Taxistand hastete. Das Telefonat mit Achim am gestrigen Tag hatte ihn so beunruhigt, dass er den Entschluss gefasst hatte, seinen Aufenthalt in London abzubrechen. Rebecca Walters war darüber nicht sehr glücklich gewesen.

„Kommt nicht infrage! Sie sind gerade erst angekommen, Stephen! Ich habe Montag noch drei Termine für Sie vereinbart, einer davon ist ein Gespräch mit der BBC!"

Wie er den herumkommandierenden Ton seiner englischen Agentin hasste! Eine Frau jenseits der fünfzig, nach zwei kinderlosen, gescheiterten Ehen seit Jahren eingefleischter Single, die nur für ihren Job lebte, ihre Agentur in Soho wie ein Feldwebel führte und deren Mitarbeiter in Angst und Schrecken vor ihren Wutausbrüchen lebten. Gatler hatte sie daran erinnern müssen, dass ihre Agentur einen Großteil ihres Renommees ihm verdankte und die anderen großen Namen, die sie vertrat, erst zu ihr gekommen waren, nachdem er eine Partnerschaft mit ihr eingegangen war.

„Und was sage ich den Leuten?" Walters hatte ihn hinter ihrem Schreibtisch aus grünen Schweinsäuglein missbilligend angesehen und ihre Perlenkette zurechtgerückt, die – soweit er das beurteilen konnte – aus echten Perlen bestand und die sie sich vor zehn Jahren bestimmt noch nicht hätte leisten können.

„Ist mir egal", hatte er geantwortet. „Lassen Sie sich etwas einfallen. Wofür bezahle ich Sie?" Hin und wieder war es ganz ratsam, Walters zurechtzuweisen. „Und jetzt buchen Sie meinen Rückflug um!" Wahrscheinlich mochte sie ihn genauso wenig wie er sie. Rebecca Walters, Franz Herbrand, Armin Schäfer-Kussnacht, Elke Fiebig: Wieso war ihm vorher noch nie aufgefallen, dass er sich mit Leuten umgab, die ihm unsympathisch waren? Dass er von Menschen abhängig war, die ihm nichts bedeuteten?

Gatler stieg ins Taxi und nahm auf der Rückbank Platz, während der Fahrer sein Gepäck im Kofferraum verstaute. Inzwischen waren ein paar Wolken aufgezogen, die die Sonne verdeckten. In London war es den ganzen Tag diesig gewesen.

Der Fahrer startete den Motor und schaute gelangweilt in den Rückspiegel. „Wohin?"

„Nach …" Gatler hielt inne und starrte auf das Christuskreuz, das an einem Rosenkranz am Rückspiegel des Taxis baumelte. Er hatte „Hahnwald" sagen wollen, hatte auf dem schnellsten Wege nach Hause gebracht werden wollen, um mit Achim abzusprechen, was er der Polizei sagen würde. Aber etwas brachte ihn dazu, sich anders zu entscheiden, und er nannte dem Taxifahrer eine andere Adresse.

Die A 59 war frei, der übliche Berufsverkehr, der die Autobahnen rund um Köln regelmäßig in ein Nadelöhr verwandelte, war vorüber. Schon nach einer Viertelstunde hatten sie die Severinsbrücke überfahren, den Rhein überquert und reihten sich in den Innenstadtverkehr ein. Das Radio brachte einen kurzen Bericht über die Situation in Syrien und danach Popmusik; Gatler überlegte geistesabwesend, ob er darum bitten sollte, einen Sender mit klassischer Musik einzustellen. Der Taxifahrer hupte, als ihm ein

Wagen die Vorfahrt nahm, und dann – schneller, als Gatler erwartet hatte – war er am Ziel. Ein rotgestrichenes, dreistöckiges Haus in der Innenstadt, in einer Straße, die von den Ringen wegführte, für den Autoverkehr nur eingeschränkt freigegeben war und durch die die Straßenbahnlinie 9 ratterte.

„Wir sind da", sagte der Fahrer, und Gatler befahl ihm zu warten, während er ausstieg.

„Ich kann hier nicht lange halten", murrte der Mann, „ich steh auf den Gleisen!", aber Gatler reagierte nicht. Er kreuzte die Fahrbahn, die Hände tief in den Taschen seines Mantels vergraben, und starrte auf die Schaufenster des persischen Restaurants, das sich im Erdgeschoss befand. Am Eingang hing eine Speisekarte, die persische Küche anpries. Daneben war ein hastig gekritzeltes Schild zu sehen: *Wegen Urlaub geschlossen*. Durch die Fenster konnte man Tische mit blauen Tischdecken und hohen Weingläsern erkennen, genauso, wie Gatler es in Erinnerung hatte. Nur dass er nie gekommen war, um persische Spezialitäten zu probieren.

Die Haustür öffnete sich, und ein Junge, vielleicht dreizehn oder vierzehn Jahre alt, sprang nach draußen, die Kopfhörer seines Smartphones in den Ohren. Obwohl er dem älteren Mann keinerlei Beachtung schenkte, drehte Gatler ihm schnell den Rücken zu. Plötzlich wurde ihm die Torheit seiner Handlung bewusst. Wenn sich jemand daran erinnerte, dass er hier vor der Tür gestanden hatte; wenn der Taxifahrer sich sein merkwürdiges Verhalten ins Gedächtnis rief … er sollte nicht hier sein. Es konnte nicht mehr lange dauern, bis jemand entdeckte, was hier geschehen war. Gatler warf einen letzten Blick zu den Fenstern der Wohnung im ersten Stock direkt über dem Restaurant, die mit Gardinen verhängt waren, als ob er erwartete, dass sie jeden Moment zurückgezogen werden würden, um den Umrissen eines dunklen Lockenkopfs Platz zu machen, und sein Herz begann wider alle Vernunft schneller zu schlagen.

*Entscheide dich! Er oder ich! Du liebst ihn doch gar nicht mehr!*

*Ich kann nicht. Das kannst du nicht verstehen. Es geht nicht.*

„Was ist jetzt? Wollen Sie weiterfahren oder nicht?" Der Taxifahrer wurde langsam ungeduldig. „Da hinten kommt die Bahn!"

„Fahren Sie weiter", brachte Gatler heraus und stieg wieder ins Taxi.

„Und wohin?"

Gatler nannte ihm seine Adresse in Hahnwald, ließ sich an die Lehne zurückfallen und kämpfte mit den Tränen.

Der Verlag, bei dem Stephen Gatler unter Vertrag war, lag in unmittelbarer Nähe des Hauptbahnhofs und des Doms. Direkt nebenan befand sich das berühmte Nobelhotel Excelsior Hotel Ernst, in dem schon Kaiserin Soraya, die Kennedys und Udo Jürgens übernachtet hatten. Eine bessere zentrale Adresse war in Köln eigentlich nicht zu bekommen. Das Verlagshaus selber war ein siebenstöckiger Bau aus dem Jahr 1914, dessen Muschelkalkfassade an den unteren Stockwerken von einer Reihe monumentaler Säulen umgeben war und der außer dem Verlag unter anderem eine große Brauerei, Büros der Deutschen Bahn, Kanzleien und eine Zeitarbeitsfirma, eine Apotheke und Cafés beherbergte; ein kleiner, in sich abgeschlossener Kosmos. Die Kommissare wiesen sich am Empfang aus und wurden in das Büro geführt, in dem Stephen Gatlers Lektor seiner Arbeit nachging.

„Schön, dass Sie so kurzfristig Zeit für uns haben, Herr Herbrand", sagte Plasberg und ließ sich auf einen Stuhl vor dem Schreibtisch des Lektors plumpsen.

„Ja … ähm … wollen Sie sich nicht setzen?"

Plasberg lächelte ihn an. „Der Kollege steht lieber."

An den Wänden von Herbrands Büro befanden sich in Postergröße gerahmte Fotos der Schriftsteller, mit denen der Lektor gearbeitet hatte, zusammen mit den Umschlägen einiger ihrer Titel, allesamt bekannte Namen. Die Kommissarin fühlte sich an eine Trophäensammlung erinnert, in der Autorenfotos und Coverbilder den Platz von Hirschgeweihen eingenommen hatten. Auch Stephen Gatler war an prominenter Stelle vertreten. Auf Herbrands Schreibtisch entdeckte Plasberg Broschüren von Greenpeace, Attac, Campact und dem WWF.

„Arbeitet der Verlag auch für Umweltschutzorganisationen?" Plasberg überflog die oberste Broschüre, die das Bienensterben anprangerte und ein europaweites Verbot von Neonikotinoiden forderte.

„Das … das ist privat.“ Herbrand räumte die Pamphlete hastig beiseite. Außer einem PC, einem zusätzlichen Laptop und der üblichen Telefonanlage, Drucker und Faxgerät war nur noch ein Foto seiner Familie auf dem Schreibtisch zu sehen – und die Montagsausgabe des *Kölner Stadt-Anzeigers*, aufgeschlagen auf der Seite, auf der Stumping sein Interview mit Stephen Gatler veröffentlicht hatte.

„Darf ich?“, fragte Plasberg und nahm die Zeitung in die Hand, bevor Herbrand ablehnen konnte. „Ich hatte ganz vergessen, dass heute das Interview mit Gatler erscheinen sollte.“

„Sie sind ein Fan von Stephen Gatler?“, fragte der Lektor. „Wie schön!“

Plasberg warf ihm einen vernichtenden Blick zu und sagte: „Ich lese niemals Krimis.“ Während sie den Artikel überflog, entstand eine peinliche Stille. Herbrand räumte ein paar Stifte hin und her und lächelte Brinkhoff nervös an. Schließlich legte die Kommissarin die Zeitung kommentarlos beiseite. „Ich hatte mir den Arbeitsplatz eines Lektors immer … anders vorgestellt“, bemerkte sie. „Voller Manuskripte, meine ich. Druckfahnen, Exposés, und was es da sonst noch so gibt.“

Herbrand lächelte. „Die Zeiten, in denen wir mit einem ganzen Wust von Manuskripten hantiert haben, sind längst vorbei. Alles digitalisiert heutzutage. Selbst das Lektorat wird am Computer gemacht.“

„In dem Artikel im *Stadt-Anzeiger* steht, dass Gatler seine Manuskripte auf einer alten Schreibmaschine tippt. Mechanisch.“

„Unsinn“, erwiderte Herbrand, „da muss dem Journalisten ein Fehler unterlaufen sein. Ich bin noch nicht dazu gekommen, das Interview komplett zu lesen.“

„Dann ist es nicht üblich, die Interviews vor Veröffentlichung von der PR-Abteilung des Verlags gegenlesen zu lassen?“

„Doch, schon … aber das Interview war gar nicht abgesprochen.“

„Sie wussten nichts davon?“

Herbrand schüttelte den Kopf.

„Interessant. Dann scheint der Ruf von Herrn Gatler ja berechtigt zu sein."

„Welcher Ruf?"

„Ein schwieriger Mensch zu sein."

„Ich … ähm …" Herbrand wirkte verunsichert.

Neben dem Familienfoto entdeckte die Kommissarin ein weiteres, gerahmtes Bild. Es zeigte den Lektor und einen behäbigen, älteren Joschka Fischer, händeschüttelnd, für die Kamera lächelnd. „Sie kennen unseren ehemaligen Außenminister?"

Herbrands Augen leuchteten auf. „Der Joschka und ich kennen uns seit Jahrzehnten. Ich habe dafür gesorgt, dass er sein neuestes Buch bei uns veröffentlicht hat."

„Wie schön für Sie!", sagte Plasberg, und nur Brinkhoff ahnte, wie desinteressiert sie an dieser Information tatsächlich war. Wenn sie wollte, konnte seine Vorgesetzte durchaus eine beachtliche Schaupielleistung abgeben.

„Was genau kann ich denn eigentlich für Sie tun, Frau … ähm … Plasberg?", fragte Herbrand und versuchte die Gesprächsführung zurückzuerlangen, indem er den Polizisten Kaffee anbot und sich selber welchen einschenkte. Unruhig rutschte er auf seinem Stuhl herum, von wo er auf die Stahl- und Glasarchitektur der Bahnhofshalle über den Gleisen blicken konnte. „Ihre Sekretärin war bei der Terminanfrage nicht gerade auskunftsfreudig." Plasberg registrierte, dass der Mann ein Faible für Cordhosen und Strickjacken zu haben schien.

Sie gab nur die nötigsten Informationen preis, während sich Brinkhoff im Hintergrund hielt, und erwähnte die Morde an Kamphaus und Anschlitz. „Dabei sind wir einige Male über den Namen Stephen Gatler gestolpert."

„Ich verstehe noch immer nicht …" Herbrand sah sie an. „Was hat Stefan mit den Morden zu tun?"

„Sie duzen sich mit Herrn Gatler?"

„Wenn man so viele Jahre zusammenarbeitet … ich betreue ihn seit seinem ersten Kriminalroman. Seit … ähm … zehn Jahren, wenn ich richtig rechne."

„Dann müssen Sie gut mit ihm auskommen."

Herbrand zuckte mit den Schultern und schob seine Brille die Nase hoch. „Man muss ihn zu nehmen wissen“, erklärte er reserviert.

„Wie darf ich das verstehen?“

„Menschen wie Stefan haben ein großes, empfindliches Ego, das nach Anerkennung lechzt und sehr verletzbar ist. Obwohl das meiner Erfahrung nach für viele Autoren gilt. Für die meisten.“

„Das heißt, Sie schmeicheln ihm, wenn es nötig ist? Ich dachte, bei jemandem, der so erfolgreich wie Gatler ist, wäre das nicht notwendig.“

Der Lektor lachte auf. „Stefan ist mit den größten Minderwertigkeitskomplexen behaftet, die ich je gesehen habe, daran hat noch nicht mal die Therapie …“ Erschrocken hielt er inne. „Entschuldigung. Das war nicht besonders loyal. Vergessen Sie das.“

Die Kommissarin dachte gar nicht daran. „Gatler war in psychotherapeutischer Behandlung?“

Herbrand war die Antwort sichtlich peinlich. „Ja, aber das ist schon eine Weile her. Mehr weiß ich auch gar nicht darüber. Achim hat es mir mal im Vertrauen erzählt. Aber Sie haben mir immer noch nicht gesagt, was Sie eigentlich genau von mir wollen.“

Wenn die Kommissarin ehrliche Antworten haben wollte, musste sie Gatlers Lektor ein wenig genauer ins Bild setzen. „Die Kapitalverbrechen, die wir untersuchen, weisen Ähnlichkeiten mit einigen Morden auf, die Stephen Gatler in seinen Romanen beschrieben hat.“ Sie hob die Hand, als sie bemerkte, dass Herbrand protestieren wollte. „Damit habe ich nicht gesagt, dass Ihr Autor unter irgendeinem Verdacht steht. Wir müssen nur jeden Aspekt im Rahmen dieser Ermittlungen abdecken.“

„Warum sollte jemand Stefans Morde nachstellen? Das ist … völlig absurd.“ Der Lektor öffnete und schloss seinen Mund und gab dabei das wenig schmeichelhafte Bild eines nach Luft schnappenden Fisches ab.

„Fangen wir doch am Anfang an.“ Plasberg tat, als hätte sie Herbrands Fragen nicht gehört. „Wie ist es zu der Zusammenarbeit zwischen Ihnen und Gatler gekommen?“

„Aber was hat das denn …?“

„Herr Herbrand. Bitte.“

Der Lektor räusperte sich ungehalten. „Lipscheid hat mir Stefans Manuskript von *Morgentod* geschickt."

„Lipscheid?" Plasberg bedeutete Brinkhoff, sich Notizen zu machen.

„Hannes Lipscheid, Stefans Agent für den deutschsprachigen Raum. Achim hatte ihm Stefans Manuskript eingereicht, und Lipscheid war sofort Feuer und Flamme. Er ist immer noch für Stefan tätig."

„Moment, Moment. Achim Kauz hat das Manuskript von Gatler zur Prüfung eingereicht? Nicht Gatler selber? Wieso nicht? Und wieso hat er das Manuskript nicht direkt an den Verlag gesandt?"

Herbrand lächelt. „Unverlangt eingesandte Manuskripte schaffen es nur in den seltensten Fällen tatsächlich bis zur Veröffentlichung. Es sind einfach viel zu viele, um sie ordentlich zu sichten. Jeder scheint sich heutzutage für einen neuen Hemingway, Böll oder Grass zu halten. Die meisten Möchtegern-Autoren glauben, wir hätten den ganzen Tag nichts Besseres zu tun als ... na ja. Literaturagenten haben mittlerweile für die Buchverlage die Funktion übernommen, die Spreu vom Weizen zu trennen. Zumindest bei den großen Verlagen ist das so. Sie sortieren quasi vor. Alles, was nicht bei ihnen durchfällt, ist – meistens – lesenswert, auch wenn es nicht dazu kommt, dass wir uns für das Manuskript entscheiden."

„Ich nehme an, dieser Hannes Lipscheid ist am Erfolg eines Buches beteiligt, wenn es zu einem Vertragsabschluss kommt?"

Herbrand nickte.

„Aber noch mal: Wieso hat Kauz das Manuskript von Stephen Gatler eingereicht?"

„Keine Ahnung. Das fragen Sie besser Lipscheid. Oder Achim Kauz. Soweit ich mich erinnere, war Stefan damals noch beim Finanzamt."

„Beim Finanzamt?"

Herbrand runzelte die Stirn. „Die meisten Autoren haben eine Vorgeschichte, Frau Plasberg. Selbst die, die vom Schreiben leben können so wie Gatler, haben nicht als Schriftsteller angefangen. Und die anderen ..." Herbrand sah, dass die Kommissarin keine Ahnung hatte, wovon er sprach. „Nur vielleicht zehn Prozent der Autoren sind tatsächlich in der Lage, von ihren Büchern zu leben“, erklärte er. „Zum Beispiel die, die auf der *Spiegel*-Bestsellerliste auftauchen. Das sind die Privilegierten, die Stars der Szene. Alle anderen krebsen meist am Existenzminimum herum, halten sich mit ganz gewöhnlichen Jobs über Wasser, schreiben in ihrer Freizeit oder bewerben sich auf Literaturstipendien, die es ihnen für ein paar Monate, ein Jahr ermöglichen, ohne Geldsorgen am nächsten Manuskript zu arbeiten. Eigentlich ist es ein Hundeleben, da man nie ohne Existenzängste ist. Und wenn man dann auch noch eine Familie hat, die man versorgen muss … Nur die, die wirklich den Drang haben, unbedingt schreiben zu müssen, tun sich das über Jahre an. Wenn sie überhaupt das Glück haben, einen Verlag für ihre Manuskripte zu finden. Viele geben nach dem zweiten, dritten Roman auf und begraben ihre Träume.“

„Stephen Gatler aber nicht.“

„Gatler hat unfassbar viel Glück gehabt. Er hat das Manuskript seines Debütromans in der Freizeit geschrieben und eigentlich nie ernsthaft damit gerechnet, dass es zu einer Veröffentlichung kommt. Aber als ich das Manuskript damals in den Händen hielt … ich weiß noch, dass ich schon nach den ersten fünfzig Seiten sicher war, einen Bestseller zu lesen. So etwas passiert nicht oft. Ich meine, es musste natürlich noch einiges daran getan werden. Vor allen Dingen musste gekürzt werden, das Manuskript hatte einige Längen – aber Stefan lernt schnell: Beim zweiten Manuskript hat er … den Fehler nicht noch mal begangen … Eigentlich erstaunlich“, murmelte er mehr zu sich selbst. „Bei dem ganzen Chaos zu der Zeit. Und dieser neue Ton …“

„Herr Herbrand?“, sagte Plasberg mit hochgezogenen Augenbrauen.

Ruckartig erinnerte sich der Lektor an seinen Besuch und nahm den Gesprächsfaden wieder auf. „Tut mir leid. Ich dachte nur … unwichtig … Jedenfalls hat ansonsten alles gestimmt an dem Manuskript. Charaktere, Plot, Spannungsbogen, Setting … es war alles da, was einen Bestseller ausmacht. Ich habe zwar einiges an Überredungskunst gebraucht, um Schäfer-Kussnacht davon zu überzeugen, diesen Roman zu veröffentlichen, aber der Verleger hat letztendlich nachgegeben. Zum Glück für uns alle."

„Zum Glück für uns alle?"

Herbrand sah zur Tür, als müsste er sich vergewissern, dass sie geschlossen war. „Sie haben das nicht von mir, in Ordnung? Dem Verlag ging es damals finanziell nicht besonders. Falsche Ausrichtung des Programms, wenn Sie mich fragen, zu wenige große Namen, Rechtsstreitigkeiten mit einigen Autoren. Krimis waren gar nicht im Programm vertreten. Der Erfolg von Gatlers Debütroman war einer der Gründe, warum es dem Verlag anschließend besser ging. Gatler hat weitere Krimiautoren nach sich gezogen, weitere Erfolge."

„Wieso war Herr Schäfer-Kussnacht dann anfänglich dagegen?"

Herbrand schnaubte auf. „Zuerst hat er argumentiert, dass er es ablehne, das Niveau des Verlags durch die Verlegung von Kriminalliteratur zu senken. Ziemlich lächerlich, wenn man bedenkt, dass er sogar Kochbücher von drittklassigen Fernsehstars herausgebracht hat, um aus der Krise zu kommen. Schäfer-Kussnacht besitzt allerdings seit etwa fünfzehn Jahren nur noch 49 Prozent des Verlags. Die übrigen 51 Prozent gehören seiner Exfrau und den Kindern aus dieser Ehe. Und die haben ihn schließlich überstimmt … Sie wissen von Stephen Gatlers … ähm … Lebensumständen?"

„Dass er mit Achim Kauz in einer Beziehung lebt? Das ist doch heutzutage nichts Besonderes mehr."

„Für Armin Schäfer-Kussnacht leider sehr wohl. Er ist ausgesprochen konservativ, um nicht zu sagen, homophob. Zwar hat er Gatlers Krimi nicht verhindern können, aber er hat damals durchgesetzt, dass er nur veröffentlicht wird, wenn die Homosexualität des Autors nicht erwähnt wird. Also, nach außen. Um den Schein zu wahren. Es war ein Rückzugsgefecht für den Alten."

„Ich dachte immer, dass gerade in der Medienwelt eine gewisse Weltoffenheit vorherrscht", sagte Plasberg überrascht.

Herbrand schüttelte den Kopf. „In den großen Verlagshäusern haben meist nach wie vor alte Männer das Sagen, die gerne an ihren antiquierten Moralvorstellungen festhalten."

„Und dann kommt ein schwuler Autor aus dem Nichts und verlangt, dass sich ab jetzt alles ändert."

„Aber nein“, entgegnete Herbrand. „Stefan war das völlig egal. Er war mit Schäfer-Kussnachts Bedingung einverstanden und hatte keine Probleme damit, seine Beziehung zu Achim in der Öffentlichkeit zu verschweigen. Das ist doch alles erst herausgekommen, als … als Lucca verschwunden ist. Hätte der Alte anfangs nicht auf diesem Versteckspiel bestanden, hätte er dem Verlag und seinem Autor eine ganze Menge Schlagzeilen erspart. Der, der am meisten unter der ganzen Sache zu leiden hatte, war Achim. Erst muss er die ganze Zeit im Schatten seines Freundes stehen, dann die fürchterliche Angst um seinen Sohn, und dann wird auch noch sein Privatleben von der Boulevardpresse ausgeschlachtet. Glauben Sie mir, dass war kein Zuckerschlecken!“

„Dann kennen Sie beide Männer privat?“

„Sandra und ich waren mit ihnen essen, an dem Abend, als das mit Lucca passiert ist … Sandra ist meine Lebensgefährtin, wir haben selber drei Kinder“, erläuterte er. „Ich konnte mich gut in Achims Position hineinversetzen. Er war völlig außer sich. Wenn einem meiner Kinder so etwas passiert wäre …“ Herbrand verstummte.

„Wie hat eigentlich Gatler auf das Verschwinden des Jungen reagiert?“

„Na ja, wie schon! Entsetzt! Er hat neben Achim gesessen, als der per Video um die Mithilfe der Bevölkerung gebeten hat. Andererseits … es war natürlich für ihn nicht angenehm, dass sein Privatleben so breitgetreten wurde.“

Brinkhoff machte sich im Hintergrund eine Notiz, dieses Video im Internet aufzutreiben und anzuschauen.

„Bleiben wir bei Herrn Gatler“, sagte die Kommissarin. „Oder besser noch, Ihrer Zusammenarbeit mit ihm. Wie läuft die normalerweise ab?“

„Was hat das denn mit diesen Morden zu tun? Ich verstehe nicht, was …“

Doch jetzt wurde auch Plasberg ungeduldig. „Herr Herbrand, zum letzten Mal: Überlassen Sie doch die Art und Weise der Ermittlungen mir und beantworten Sie einfach meine Fragen.“

Der Lektor nippte verärgert an seinem Kaffee. „Grundsätzlich ist es so, dass ich einen Vorschlag von ihm erhalte, wie sein nächstes Projekt aussieht, welches Thema ihm zugrunde liegt, welche Verbrechen, mit ein paar groben Abrissen über Charaktere, Handlung, Ort und so weiter. Meist liefert er mir dann auch schon ein paar Seiten Text mit, damit ich mich einlesen und mir eine Meinung bilden kann. Detaillierte Exposés sind seine Sache nicht, jedenfalls habe ich fast nie eins von ihm bekommen."

„Trotzdem: Das heißt, wenn Sie mit Gatler über den neuen Kriminalroman sprechen, ist das Meiste von ihm schon festgelegt?"

„Oh, wir sprechen nicht darüber. Meist mailen wir."

„Bitte?"

„Auf Stefans Wunsch hin. Er braucht Zeit, um seine Antworten auf meine Fragen und eventuelle Einwände zu formulieren. Eine Weile habe ich versucht, mit ihm über die anstehenden Dinge zu sprechen, aber das hat nur bei *Morgentod* wirklich funktioniert. Ab *Ein Grab aus Eis* hat er mich gebeten, meine Anmerkungen schriftlich zu fixieren."

Plasberg legte die Stirn in Falten. Wenn Gatler den Computer benutzte, um Mails auszutauschen, dann lag es nahe anzunehmen, dass Stumping in seinem Artikel tatsächlich ein Fehler unterlaufen war. Dann schrieb Gatler die Manuskripte sehr wohl auf dem PC. „Ist das nicht ungewöhnlich, wenn man mit einem Schriftsteller keinen direkten Austausch hat?"

„Es ist ein wenig umständlich", gab Herbrand der Kommissarin recht. „Andererseits: Es funktioniert, wenn man sieht, wie erfolgreich Stefans Bücher sind."

„Und mit anderen Autoren ist es ähnlich?"

„Ach, wissen Sie, jeder Autor ist anders in seiner Arbeitsweise. Aber die meisten können es gar nicht abwarten, über ihr Projekt zu reden … von daher finde ich Gatlers distanzierte Arbeitsweise ganz angenehm."

„Apropos Erfolg: Ist es richtig, dass sein neuestes Buch *Das blutige Kind* hinter den Erwartungen zurückgeblieben ist?"

„Was? Unsinn! Wer sagt denn so was?"

„Also stimmt es nicht?"

Herbrand nahm seine Brille ab und begann sie zu putzen. „Es gibt erste Zahlen aus den USA, in denen das Buch vorab veröffentlicht wurde, da sind die Vorbestellungen nicht so gewesen, wie wir uns das erhofft … aber das heißt noch gar nichts. Ich bin sicher, dass *Das blutige Kind* ein Riesenerfolg wird. Es ist ein toller Roman." Er klang beinahe trotzig.

„Und wie hat Gatler auf die sinkenden Verkaufszahlen reagiert?"

„Gar nicht, nehme ich an. Er sagt, so was interessiere ihn grundsätzlich nicht."

„Und das glauben Sie ihm?"

„Warum nicht?", erwiderte Herbrand.

„Und wie geht es dann weiter?"

„Womit?"

„Mit der Entstehung des Romans natürlich." Plasberg hatte es darauf angelegt, den Lektor aus dem Tritt zu bringen. Nur so war sie sicher, ehrliche Antworten zu bekommen.

„Wenn der Verlag an dem Buchprojekt interessiert ist – und da kann es bei Gatlers Erfolg eigentlich keinen Zweifel geben –, dann handeln Verlag und Agent einen Vertrag aus, und wenn eine Einigung erzielt wurde, stürze ich mich auf die Korrekturen, sobald Stefan das fertige Manuskript abgeliefert hat."

„Hat Gatler schon mal mit dem Gedanken gespielt, den Verlag zu wechseln?"

Herbrand sah die Kommissarin erstaunt an. „Nicht, dass ich wüsste. Warum sollte er?"

Plasberg zuckte mit den Schultern. „Keine Ahnung. War nur eine Frage. Das heißt, alle sind mit der bestehenden Situation zufrieden?"

„Davon gehe ich aus. Ich meine, ich kann natürlich nur für mich sprechen."

„Natürlich. *Das blutige Kind* ist Stephen Gatlers fünfter Roman?"

Herbrand nickte.

„Ich kenne mich da zwar nicht so aus, aber fünf Bücher in zehn Jahren, ist das nicht sehr viel? Ich meine, da geht doch auch eine Menge Zeit für Recherche drauf. Und dann das eigentliche Schreiben …"

„Die Arbeitsweise jedes Autors ist unterschiedlich, Frau Kommissarin. Manche brauchen Jahre, um ein Manuskript fertigzustellen. Stefan ist eben ein sehr schneller Schreiber. Wenn er sich erst einmal für ein neues Projekt entschieden hat, dann geht es tatsächlich recht flott."

„Wie am Fließband …"

„Also, so weit würde ich nicht gehen. Eine solche Aussage ist ja beinahe schon negativ. Und seine Texte sind alles andere als Fließbandproduktionen. Sie haben seine Krimis wirklich nicht gelesen?"

„Mordfälle beschäftigen mich in der Realität, Herr Herbrand. Nicht in der Fiktion." Plasberg schwieg einen Augenblick, um ihre Gedanken zu ordnen. „Sie haben eben die Minderwertigkeitskomplexe Gatlers angesprochen … Gatler gilt allgemein als schwierige Persönlichkeit. Können Sie das bestätigen?"

Herbrand zuckte mit den Schultern. „Ich würde ihn jetzt nicht als den liebenswertesten Menschen bezeichnen, den ich kenne. Er ist ein Egomane, sicherlich. Aber wenn man so sehr in der Öffentlichkeit steht wie er, dann ist das irgendwie auch erklärlich. Er kann zugegebenermaßen manchmal ein wenig arrogant sein, ein wenig herablassend. Er provoziert die Medien gerne. Aber ich muss auch keine Liebesbeziehung mit den Autoren eingehen, mit denen ich zu tun habe. Ich muss nur mit ihnen arbeiten können. Und da unser persönlicher Kontakt, wie ich schon erläutert habe, auf ein Minimum reduziert ist, klappt das hervorragend."

„Hört sich an, als könnte Gatler auch mit Ihnen nicht besonders."

„Bitte?" Herbrand fühlte sich offensichtlich vor den Kopf gestoßen. „Da müssen Sie ihn schon selber fragen."

„Ich dachte nur, vielleicht bevorzugt er ja den schriftlichen Kontakt, weil er mit Ihnen persönlich nicht klarkommt."

„Das … darüber habe ich noch nie nachgedacht. Ich … nein, das glaube ich nicht. Gut, er hat sich schon öfter über mein soziales Engagement mokiert, aber …"

„Er hält davon nichts?"

„Stefan hat eine ziemlich zynische Lebenseinstellung", gab der Lektor zu. „Er kann sich nicht vorstellen, dass man sich für etwas starkmacht, ohne einen Hintergedanken zu haben."

„Vielleicht, weil er selber so tickt?"

Ihr Gegenüber zuckte mit den Schultern. „Darüber möchte ich nicht spekulieren."

„Können Sie sich denn jemanden vorstellen, der einen persönlichen Groll gegen Gatler hegt?"

Herbrand hatte Mühe, den Gedankensprung der Kommissarin nachzuvollziehen. „Sie meinen, jemanden, der diese Morde verübt und sie extra so aussehen lässt wie die Morde in seinen Büchern, um ihn da irgendwie mit hineinzuziehen?" Herbrand schüttelte den Kopf. „Nein. Sie sind auf der falschen Fährte."

Und Plasberg musste dem Lektor insgeheim recht geben. Auch ihr schien diese Variante zu weit hergeholt.

Herbrand sah demonstrativ auf seine Uhr. „Wenn Sie sonst keine Fragen mehr haben …?"

Plasberg stand auf. „Noch mal danke, dass Sie sich so kurzfristig Zeit genommen haben", sagte sie, während Herbrand sie und Brinkhoff zur Tür begleitete.

„Weiß Stefan eigentlich, dass die Polizei gegen ihn ermittelt?"

Die Kommissarin seufzte. „Wie ich schon sagte, wir ermitteln nicht gegen ihn, wir stellen nur ein paar Fragen. Und wenn Herr Gatler aus England zurück ist, werden wir das sicherlich auch bei ihm persönlich tun."

„Aber er ist doch schon zurück!", sagte Herbrand überrascht. „Rebecca Walters hat mich heute Morgen angerufen. Seine englische Agentin. Sie war ziemlich verärgert, weil er einige Termine hat platzen lassen und einen Tag früher abgereist ist als geplant. Typisch für ihn."

Plasberg hob die Augenbrauen. Sie verzichtete auf einen Händedruck und nickte dem Lektor kurz zu, dann verabschiedete sie sich mit Brinkhoff im Schlepptau. „Ach so, eine letzte Frage noch, Herr Herbrand: Wer außer Ihnen hat denn im Verlag sonst noch engeren Kontakt zu Gatler?" Eikners Warnung, so diskret wie möglich in Bezug auf Gatler zu ermitteln, klang ihr noch im Ohr. Aber ohne eine Befragung seines Umfeldes war das schlichtweg nicht möglich. Wenn sie dadurch Unruhe erzeugte, konnte sie es auch nicht ändern.

„Frau Fiebig. Elke Fiebig. Sie ist für Öffentlichkeitsarbeit zuständig, organisiert Lesungen, Interviews und die Werbung für unsere Autoren im deutschsprachigen Raum."

„Eine ältere Dame, blondiert, etwas … sagen wir ‚straffe‘ Gesichtszüge?“

„Woher wissen Sie …?“

„Ich habe sie auf der Lesung letzte Woche gesehen. Und sie sitzt in Ihrem Haus wo?“

„Soweit ich weiß, ist sie im Moment krank. Aber ich kann Ihnen Adresse und Telefonnummer geben.“ Herbrand ging zurück zum Schreibtisch und kritzelte etwas auf einen Zettel.

Plasberg erbat auch noch die Kontaktdaten von Hannes Lipscheid, dann verabschiedeten sie und Brinkhoff sich endgültig.

Als sie das Verlagsgebäude verließen, hatten sich die Wolken verzogen und die Sonne schien von einem tiefblauen Himmel. Plasberg seufzte und legte den Kopf in den Nacken. „Wir haben uns eine kleine Pause verdient“, sagte sie. „Ich spendiere uns ein Eis.“

Sie spazierte mit ihrem Kollegen auf den Bahnhofsvorplatz, kaufte bei einem Eiswagen zwei Softeis und setzte sich mit Brinkhoff auf die breite Treppe, die zum Dom führte.

„Kann ich das mit Schokolade haben?“, fragte ihr Kollege.

„Nichts da. Schokolade ist für mich“, erwiderte Plasberg. „Sie nehmen Vanille. Dafür haben Sie noch diese bunten Streusel obendrauf.“

„Die m-mag ich auch nicht so gerne. Schmecken nach Zucker und Chemie.“

„Wie alt sind Sie, Brinkhoff? Zehn?“ Trotzdem tauschte sie schließlich ihr Eis.

Ein paar Schritte entfernt versuchte eine Touristengruppe vergeblich, die Ausmaße der Kathedrale komplett auf ein Foto zu bannen, vier Stufen hinter ihnen saß ein Liebespärchen und genoss die Sonne des Frühlingstags mit geschlossenen Augen. Am Ende der Freitreppe lagerte eine Gruppe Punks mit ihren Hunden und bettelte Passanten an.

„Gatler hat nichts mit den Morden zu tun“, sagte Plasberg, während sie ihr Eis schleckte. „Das ist doch alles dummes Zeug. Ich sehe keinerlei Verbindung zwischen ihm und den Mordopfern. Nichts, was sich irgendwie verwerten ließe. Er hat kein Motiv.“

„Der neue Roman läuft nicht so gut."

„Und deshalb bringt er zwei ihm wildfremde Menschen nach Vorlage seiner Bücher um? Um die Auflage zu steigern? Unsinn!"

„Und w-warum lassen Sie sich dann auf die Befragungen seines Umf-feldes ein?", erkundigte sich Brinkhoff.

„Weil wir nichts anderes haben bisher." Die Kommissarin klang unzufrieden. „Was halten Sie von Herbrand?"

„Ha-Hat ein ambivalentes Verhätnis zu Gatler. Kann Schäfer-Kussnacht nicht ausstehen, wahrscheinlich aufgrund politischer Differenzen. Und d-diese E-Mail-Sache ..."

„Dass der Kontakt zwischen Lektor und Autor hauptsächlich schriftlich erfolgt?"

„Genau. Das ist schon sehr ungewöhnlich, glaube ich. So umständlich. Da sollten wir beim Gespräch mit Gatler nachhaken."

„Vielleicht will er einfach nur seine Ruhe haben beim Schreiben."

„M-Möglich." Brinkhoff zuckte mit den Schultern und leckte hastig über die Waffel, an der das Eis herunterrann. „Ob Gatler früher aus England zurückgekommen ist, weil ihn unsere Nachfragen beunruhigen?"

„Kauz wird ihm sicherlich berichtet haben, dass wir ihm einen Besuch abstatten wollten." Plasberg hatte ihr Eis aufgegessen und fahndete in ihrer Handtasche nach einem Taschentuch. „Wenn seine überraschende Rückkehr tatsächlich mit uns zu tun hat, dann hat er etwas zu verbergen."

„Mir ist gerade beim Gespräch mit Herbrand noch was d-durch den Kopf gegangen: Martina Kamphaus' Tod ist nach einer Vorlage von Gatlers zweitem Krimi *Ein Grab aus Eis* inszeniert worden, Anschlitz' Tod nach dem dritten Krimi *Wisconsin, Kanada*."

„Sie meinen, da kommt noch mehr?"

Brinkhoff erhob sich und klopfte seine Hose ab. „Wäre doch m-möglich."

„Wie heißt der vierte Krimi?"

„*Nachtgeläut*."

„Und der Mord, der darin beschrieben wird, gestaltet sich wie?"

„D-Das weiß ich nicht mehr", antwortete Brinkhoff. „Aber soweit ich mich erinnere, w-war es mehr als einer."

„Dann haben Sie hiermit einen weiteren Arbeitsauftrag. Lesen Sie das Buch noch mal oder überfliegen Sie es wenigstens. Ich werde mir das sicherlich nicht antun. Aber vorerst machen wir weiter wie geplant. Ich schlage vor, dass wir uns den Rest des Tages aufteilen. Sie übernehmen Hannes Lipscheid und ich diese Fiebig. Einverstanden?"

Brinkhoff nickte.

In diesem Moment meldete sich Plasbergs Handy; noch immer war ihr Klingelton der Radetzky-Marsch, was bei dem Pärchen hinter ihnen lautes Kichern auslöste. Die Kommissarin warf den beiden einen bösen Blick zu, während sie das Gespräch annahm. „Kayser, was gibt's?"

„Nichts", dröhnte der sonore Bass des Kollegen am anderen Ende der Leitung.

Plasberg hielt ihr Handy ein Stück vom Ohr weg. „Sie melden sich, um mir zu sagen, dass Sie nichts zu melden haben?"

„Ich habe alle Nachbarn von Thomas Anschlitz befragt, ob sie am Samstag eine unbekannte Person im Haus bemerkt haben, aber niemand hat irgendetwas Ungewöhnliches mitbekommen. Die Nachbarin genau über der Wohnung meint, irgendwann am frühen Abend ein Rumpeln gehört zu haben. Beschwören wollte sie es allerdings nicht. Und keiner hat etwas Gutes über Anschlitz zu berichten gehabt. Unfreundlich, abweisend und schlampig waren noch die nettesten Formulierungen. Was soll ich jetzt machen?"

Plasberg gab einen unzufriedenen Laut von sich. „Fahren Sie zurück ins Büro. Es wartet bestimmt noch genug Papierkram auf Sie. Nein, Moment! Setzen Sie sich mit dem Kollegen Wentrop in Verbindung." Als Leiter der Organisierten Kriminalität war er ein logischer Ansprechpartner. „Fragen Sie nach, was er über einen Tiago César Grilo hat. Könnte einen Einbruch begangen haben und der OK bekannt sein. Vielleicht haben die ihn auch festgesetzt."

„Und wer ist das?", fragte Kayser.

„Ein weiterer Ex von Natalie Bauer. Hat Anschlitz mal Prügel angedroht. Es ist wahrscheinlich nichts. Wenn Wentrop Ihnen nicht weiterhelfen kann, machen Sie Grilo ausfindig und fragen Sie nach, wo er sich Samstag zum Zeitpunkt von Anschlitz' Tod aufgehalten hat.“ Unzufrieden verstaute sie ihr Telefon in dem überdimensionalen roten Legostein. „Ich fange an, diesen Fall zu hassen“, nörgelte sie.

Köln-Niehl war ein Stadtviertel nördlich der Innenstadt, das sich linksrheinisch an eine Schleife des Flusses anschmiegte. Früher ein einfaches Bauern- und Fischerdorf, hatten sich dort im vorigen Jahrhundert einige Großbetriebe angesiedelt. Im Laufe der Zeit war der Stadtteil dann mit anderen zusammengewachsen und zu einem industriell geprägten Vorort Kölns geworden, der auch den größten Hafen im Stadtgebiet beherbergte. Trotzdem gab es auch hier, insbesondere in Rheinnähe, idyllische Flecken, baumbestandene Oasen der Ruhe. Elke Fiebig lebte in einer solchen. Sie bewohnte die obere Etage eines Reihenhauses, dessen Fassade aus braunen Ziegelsteinen bestand und das unmittelbar neben dem „Niehler Dömchen“ zu finden war, so der Spitzname der Kirche Alt St. Katharina, in direkter Nachbarschaft zum Rhein. Als Maria Plasberg den Wagen auf einem Parkplatz in der Nähe des Wassers abstellte, waren weit und breit keine Verkehrsgeräusche zu hören, kein Autolärm, nur das Zwitschern einiger Vögel in den Bäumen rund um das Gotteshaus.

Die Sechzigjährige öffnete erst, als Plasberg schon fast wieder aufgegeben hatte, und starrte die Kommissarin misstrauisch durch einen Spalt ihrer Wohnungstür an. „Ja?“

Plasberg zeigte ihre Dienstmarke. „Auf ein Wort, Frau Fiebig.“

„Jetzt? Ich bin krank.“

„Umso besser. Dann haben wir ja alle Zeit der Welt.“ Plasberg hatte nicht vor, sich abwimmeln zu lassen.

Die Frau seufzte und ließ Plasberg herein. Wenn sie tatsächlich krank war, so konnte die Kommissarin keinerlei Symptome erkennen. Elke Fiebig war in einem grauen Kostüm tadellos gekleidet, ihre Füße steckten in rosafarbenen Pumps, deren Farbe sich in einem Seidenschal wiederholte, den Fiebig über das Oberteil des Kostüms drapiert hatte. Auch die blonde Kurzhaarfrisur saß perfekt. Eigentlich sah es so aus, als wäre sie gerade auf dem Sprung gewesen, denn Jacke und Handtasche lagen griffbereit auf einem Stuhl.

„Ich wollte einkaufen gehen", erklärte sie, als Plasberg nachfragte. „Wenn man alleinstehend ist und niemanden hat, der es einem abnimmt, muss man die Zähne zusammenbeißen. Und bevor Sie weiter nachbohren: Ja, ich gehe im Business-Kostüm in den Supermarkt. Ich hasse schlecht gekleidete Leute." Ihr Blick blieb an Plasbergs Outfit hängen, als wollte sie klarstellen, dass ihr ein solcher Missgriff niemals passiert wäre.

Dagegen studierten die Augen der Kommissarin das Gesicht der PR-Frau. Während der Lesung in der Woche zuvor hatte sie sie nur einmal kurz im Profil gesehen, jetzt erkannte sie, dass das Gesicht der Frau von entstellenden, rötlichen Narben überzogen war: am linken Auge, über der Oberlippe, am Kinn und an der rechten Schläfe. Gleichzeitig wirkte das Gesicht geradezu maskenhaft starr, die Haut merkwürdig straff gespannt, die Augen zu schmal, um natürlich zu wirken. Manchen Gesichtspartien sah man an, dass dort Hauttransplantationen stattgefunden hatten, weil sie eine andere Textur, eine abweichende Farbnuance hatten. Es fiel schwer, Fiebigs Gesicht zu betrachten, ohne sich das Erschrecken nicht anmerken zu lassen. Ganz offensichtlich hatte sie sich einem plastischen Chirurgen anvertraut, der dieses Vertrauen nicht verdient hatte.

„Sie sind bei der Polizei?", wurde die Kommissarin aus ihren Überlegungen geschreckt.

„Hauptkommissarin Maria Plasberg, Mordkommission."

„Mord?"

Fiebigs Interesse schien geweckt worden zu sein. Sie führte die Kommissarin in einen lichtdurchfluteten Raum, durch dessen rückwärtiges Fenster man einen Blick auf den romanischen Westturm von Alt St. Katharina hatte und die die Kirche umgebenden Laubbäume. Die moderne, minimalistische Einrichtung kontrastierte überraschend mit dem Ausblick auf das mittelalterliche Gebäude. Fiebig nahm auf einer weißen Polstergarnitur Platz, Plasberg setzte sich ihr gegenüber in einen Sessel.

„Was habe ich denn mit einem Mord zu tun?", fragte Fiebig. Die Kommissarin bemerkte fasziniert, dass sich ihre Lippen beim Sprechen kaum zu bewegen schienen.

„Sie nicht persönlich, Frau Fiebig." Sie umriss den Sachstand in groben Zügen, ohne zu sehr in die Details zu gehen und zu viel preiszugeben. „Die Tatsache, dass zwei von Gatlers Romanen als Blaupause für Gewaltdelikte gedient haben, heißt jedoch nicht, dass wir den Autor in irgendeiner Weise verdächtigen."

Fiebig verzog den Mund zu einer angestrengt wirkenden Grimasse, die vielleicht ein Schmunzeln darstellen sollte. Plasberg war sich nicht sicher. „Aber die Polizei ist beunruhigt genug, um den Mann zu durchleuchten", stellte ihr Gegenüber fest.

„Das ist Ihre Interpretation."

„Gatler ist ein Arschloch", sagte Fiebig mit einer gewissen Befriedigung in der Stimme und schlug die Beine übereinander.

„Bitte?"

„Ach, kommen Sie, Frau Plasberg, hören wir auf, Spielchen zu spielen! Sie wollen meine Meinung hören, ob ich Gatler für fähig halte, einen Mord oder sogar gleich zwei zu begehen."

„Das habe ich damit in keinster Weise ..."

„Die Antwort ist Nein", fuhr ihr Fiebig über den Mund. „Aber er ist ein Albtraum, wenn es um PR geht. Dieser aufgeblasene Sack hält sich für den größten Künstler, der je das Licht der Welt erblickt hat. Er ist zynisch, eingebildet, arrogant und hat ein ins Groteske übersteigertes Geltungsbedürfnis. Gleichzeitig leidet er unter einem erstaunlichen Minderwertigkeitskomplex. Warum, ist mir allerdings schleierhaft. Denn leider sind seine Kriminalromane tatsächlich große Literatur."

„Leider?"

„Wie gesagt, ich kann Gatler nicht ausstehen."

„Könnten Sie das ein bisschen näher erläutern?" Weshalb auch immer, aber Fiebig schien nur darauf gewartet zu haben, jemandem ihre Meinung über den Autor anzuvertrauen, und Plasberg war eine interessierte Zuhörerin.

„Ich habe Gatler kennengelernt, als wir uns entschieden haben, *Morgentod* zu verlegen, also vor ungefähr zehn Jahren", begann Fiebig. „Nicht, dass ich da ein Mitspracherecht gehabt hätte, schließlich leite ich nur die PR-Abteilung. Der Alte kam eines Tages zu mir ins Büro und meinte: ‚Machen Sie was aus dem, Fiebig.'" Sie rückte ihren Seidenschal zurecht. „Als Erstes habe ich darauf bestanden, dass wir ihm ein Pseudonym verpassen. Sie wissen, dass er mit bürgerlichem Namen Stefan Scziekorsky heißt? Grauenvoller Nachname. Wahrscheinlich polnische Vorfahren. Absolut untauglich international. Unaussprechlich. Es ist mühevoll genug, einen neuen Namen in der Literaturlandschaft zu platzieren, einen Namen zu einem Markenzeichen aufzubauen. Dann sollte er wenigstens flott über die Lippen gehen und leicht zu merken sein."

„Das klingt, als hätten sie Gatler wie ein Produkt vermarktet, wie ein neues Shampoo oder eine Kaffeemaschine. Ist das bei Schriftstellern üblich?"

„So macht man das heute, Frau Plasberg. Auch Bücher sind nur eine Ware. Und ich bin ein Profi; früher hatte ich meine eigene PR-Firma, habe Banken und Wirtschaftsunternehmen beraten. Bis dann während der Finanzkrise die Geschäfte nicht mehr liefen. Gatler war mein erstes großes Projekt, nachdem ich beim Verlag Unterschlupf gefunden hatte. Ich hatte also einiges zu verlieren. Und dieser Idiot …" Fiebig stockte. Für einen Moment schien sie sich selber aus dem Konzept gebracht zu haben. „Wo war ich?"

„Bei Pseudonymen."

„Richtig. Der Krimimarkt ist sowieso schon übersättigt und noch dazu ein extrem schwieriges Terrain; eigentlich ist er fest in der Hand der Skandinavier, Franzosen und Amerikaner. Wenn Gatler wenigstens noch ein gewinnendes Wesen gehabt hätte, nach etwas ausgesehen hätte … stattdessen hat mir der Alte mit einem sauertöpfischen Lächeln damals eine ältliche Schwuchtel vorgestellt, die bis zu dem Zeitpunkt nichts von der Welt gesehen hatte außer ihrem tristen Büro im Finanzamt."

„Der Alte?" Plasberg musste einfach nachfragen; Fiebig hatte die Bezeichnung schon zum zweiten Mal benutzt.

„Schäfer-Kussnacht." Fiebig bellte ein heiseres, raues Lachen. „Dem muss beinahe ein Aneurysma geplatzt sein, als sich herausstellte, dass Gatler mit einem Mann zusammenlebt. Normalerweise gibt er solchen Menschen noch nicht mal die Hand. Aber anstatt sich meine Ratschläge anzuhören, meinen Tipps zu vertrauen, hat Gatler – sobald ihm bewusst wurde, dass sein Debütroman ein Bestseller war – kein Blatt mehr vor den Mund genommen. Wir hatten hier ein Krisenmanagement nach dem anderen. Schäfer-Kussnacht hätte ihn am liebsten gefeuert, aber der

Vertrag, den Lipscheid für ihn ausgehandelt hat, war hieb- und stichfest. Und letztendlich ist Gatler für den Verlag ja auch viel zu schnell viel zu wichtig geworden. Da hatte er schon bald so etwas wie Narrenfreiheit."

„Inwiefern?"

Fiebig schien Plasberg nur noch als Stichwortgeberin zu brauchen, denn sie legte sofort nach. Sie schien es regelrecht zu genießen, über Gatler herzuziehen. Es war fast so, als wollte sie ihm etwas heimzahlen. Eine berufliche Kränkung? Neid? „Die erste Krise trat ein, als er auf seiner ersten Lesereise durch Nordrhein-Westfalen war", zählte sie an ihren Fingern ab. „Da hat er eine Zuhörerin als dumme Pute beschimpft, weil ihm ihre Frage nicht gepasst hat. Dummerweise war sie die Reporterin von irgendeinem Lokalblatt. Mir ist leider der Zusammenhang entfallen ... nein, warten Sie ... die Dame hatte angemerkt, dass sie Gatlers Debütroman in seiner Brutalität an Jean-Christophe Grangé erinnern würde und ..."

„Wen?"

Fiebig runzelte die Stirn. „Sie lesen keine Krimis?"

Als Plasberg verneinte, begann Fiebig schallend zu lachen, wobei sie ihr Gesicht einem wahren Stresstest unterwarf. An manchen Stellen wirkte die Haut so angespannt, dass die Kommissarin befürchtete, sie könnte platzen. „Eine Polizistin, die keine Krimis liest, soll einen Mordfall untersuchen, in den ein Krimiautor verwickelt ist. Ihr Vorgesetzter muss einen ziemlich ausgefallenen Humor besitzen", erklärte Fiebig, als sie sich wieder beruhigt hatte. „Grangé hat bisher ein knappes Dutzend Romane verfasst, die fast durchweg recht brutal sind. Allerdings auch sehr erfolgreich. Aber Gatler hat der Vergleich nicht gepasst. Wer weiß, warum ..."

„Sie glauben, dass er abgekupfert hat?"

„So was lässt sich immer schwer beweisen, Frau Kommissarin. Vielleicht hat er sich auch nur ‚inspirieren' lassen. Jedenfalls wollte er wohl den Verdacht im Keim ersticken und hat sich über die Maßen echauffiert, ist persönlich beleidigend geworden. Mit dem Ergebnis, dass die Lokalreporterin ihn in ihrer Zeitung als Chauvinisten und Frauenfeind charakterisiert hat, was dann einige überregionale Zeitungen aufgegriffen haben, bis es im Internet landete. Da hatte er schon so was wie einen Ruf weg. Dann, auf seiner ersten USA-Reise, hat er Expräsident Bush senior indirekt beschuldigt, für die Terroranschläge auf das World Trade Center verantwortlich zu sein, noch dazu in einem Zeitungsinterview. Und das, wo die Amis in der Beziehung so patriotisch sind. Gab einen ziemlichen Skandal in der US-Presse, der amerikanische Verlag war schon in den Startlöchern, die Verträge mit uns rückgängig zu machen. Schäfer-Kussnacht und ich haben mit Engelszungen auf die einreden müssen. Und in einer Talkshow ein paar Monate später hat Gatler sich dann mit einer lesbischen Moderatorin angelegt, in einem öffentlich-rechtlichen Sender. Es fielen die Worte ‚lecken' und ‚Möse'. Sie wollte ihn daraufhin aus der Sendung werfen, was Gatler zum Anlass genommen hat, vor laufender Kamera völlig auszurasten und was von Unterdrückung der Meinungs- und Pressefreiheit zu faseln. Fünf Jahre lang ist er anschließend von diesem Sender boykottiert worden. Der Alte hat ein Gespräch unter vier Augen mit Gatler geführt und ihm klargemacht, dass wir bei einer Wiederholung nicht mehr mit ihm zusammenarbeiten würden. Aber Gatler hat erst klein beigegeben, als ihm Achim auch ins Gewissen geredet hat."

„Achim? Dann kennen Sie Gatlers Lebensgefährten gut?"

„Gut? Ich habe ihn ein paar Mal getroffen." Die Kommissarin war sicher, dass Fiebig log. Die vertrauliche Nennung des Vornamens deutete auf mehr als eine flüchtige Bekanntschaft hin. „Er tat mir ein wenig leid, wenn Sie das meinen. Es ist sicherlich nicht angenehm, wenn man zu einer unerwünschten Person erklärt wird und der Partner das billigend in Kauf nimmt, um der eigenen Karriere nicht zu schaden."

„Aber das ist doch schon Jahre her, wenn ich mich nicht irre", wunderte sich die Kommissarin. „Als Lucca Kauz verschwunden ist, wurde die Homosexualität Gatlers doch öffentlich!"

Aber Fiebig ließ sich zu keiner weiteren Äußerung bewegen. Plasberg ärgerte sich, dass sie noch keine Einsicht in die Akte um Luccas Verschwinden hatte nehmen können. Irgendwie schien dieser Punkt in den Ermittlungen einen immer größeren Stellenwert einzunehmen. Es wurde Zeit, dass Vogt die MK über seine Recherchen informierte.

„Schön", sagte sie. „Reden wir wieder über Stephen Gatler. Der Verlag hätte nach seinen Einlassungen wirklich keinen Roman mehr von ihm veröffentlicht? Schäfer-Kussnachts Drohung war ernst gemeint?"

Fiebig machte eine wegwerfende Handbewegung. „Unsinn. Und letztendlich hatte die negative PR auch ihre guten Seiten: Die Verkäufe seiner Romane sind nach jedem Ausraster in die Höhe geschnellt. Ich habe die Zahlen dem Alten persönlich vorgelegt. Die Leute mögen ein *enfant terrible*."

Plasberg überlegte. „Also war das, was Sie beschrieben haben, nur gespielt? Oder ist Gatler tatsächlich ein Choleriker?"

„Wenn Sie mich fragen, er würde alles tun, um im Gespräch zu bleiben."

„Alles?"

Fiebig lachte erneut. „Darauf falle ich nicht herein. Nein, keinen Mord."

„Warum nicht?"

„Ganz einfach: Hunde, die bellen, beißen nicht. Und Gatler hat keinen Grund, etwas so Dämliches zu tun. Er ist gut im Geschäft. *Das blutige Kind* hatte die besten Vorverkaufszahlen, die der Verlag seit fünf Jahren erzielen konnte. Schon vor Erscheinen des Buchs gab es Verträge für Übersetzungen in ein Dutzend Sprachen."

Plasberg stutzte. „Die Vorbestellungen für den neuen Roman sollen rückläufig sein."

Fiebig sah die Kommissarin aufmerksam an. „Und das haben Sie woher?"

„Von jemandem, der es wissen muss."

„Ich sehe, Sie haben Ihre Hausaufgaben gemacht." Fiebig seufzte. „Ja, das stimmt", korrigierte sie sich. „*Das blutige Kind* läuft nicht so, wie wir es von Gatlers Romanen gewohnt sind. Keine Ahnung, woran es liegt. Vielleicht ist seine Zeit einfach abgelaufen. Das Medienkarussell dreht sich immer schneller."

„Über welche Zahlen sprechen wir?", fragte Plasberg nach.

Fiebig stand auf und ging zu ihrem Schreibtisch, der an der Wand neben einem Kamin stand, und legte der Kommissarin ein paar DIN-A4-Ausdrucke vor. „Ich habe letzte Woche Zahlen aus den USA hereinbekommen, wo der Roman schon vor drei Monaten auf den Markt gekommen ist. Die Verkäufe sind um fast dreißig Prozent eingebrochen, vor allem bei der E-Book-Edition. Die Vorbestellungen waren ebenfalls nicht berauschend. Für die anderen Märkte wie Großbritannien, Asien und Europa inklusive Deutschland sind die Zahlen nicht viel besser, auch wenn der Roman hier erst vor einigen Wochen herausgekommen ist."

Plasberg blätterte durch die Papiere. „Und warum haben Sie mich erst belogen?"

Fiebig zuckte mit den Schultern. „Firmenpolitik. Wir gestehen einen Misserfolg so kurz nach Erscheinen bestimmt nicht öffentlich ein. Das wirkt sich negativ auf die Verkaufszahlen aus."

„Weiß Gatler von dem Misserfolg des neuen Buches?"

„Natürlich. Er hat ja auch sonst mindestens einmal im Monat angerufen, um sich zu erkundigen. Dabei sind nur die Quartalszahlen verlässliche Wasserstandsanzeiger."

Plasberg legte die Seiten mit den Verkaufsangaben beiseite. „Warum können Sie den Mann eigentlich nicht leiden?", bohrte sie nach. „Nur, weil er eine Diva ist?"

Sie glaubte Fiebig nicht, dass dies der wirkliche Grund ihrer Abneigung war. Die Frau war – wie sie selber sagte – ein Medienprofi, sie schien ausgebufft und hart im Nehmen zu sein. Gatlers cholerische Anfälle, seine Exzentrik und sein Egoismus waren ihr in ihrem beruflichen Leben sicher nicht zum ersten Mal über den Weg gelaufen. Schriftsteller galten allgemein als empfindsame, manchmal vielleicht sogar unberechenbare Kreaturen. Und Fiebig wusste das.

Doch zum zweiten Mal während des Gesprächs blieb ihr Elke Fiebig eine Antwort schuldig, so redselig sie auch vorher gewesen war. Die Kommissarin hatte das Gefühl, als wäre sie ihr zu nahe gekommen – wie einer Muschel, die sich während einer drohenden Gefahr instinktiv schließt.

Ihr Eindruck bestätigte sich, als Fiebig sich erhob. „Ich glaube, ich habe Ihnen schon mehr als genug Zeit geopfert, Frau Plasberg." Plötzlich war die auskunftsfreudige Frau distanziert und kühl.

„Also gut“, erwiderte sie und verabschiedete sich. „Im Moment habe ich auch keine Fragen mehr. Aber wenn Sie mir doch noch etwas sagen wollen: Hier ist meine Karte.“

Plasberg nickte der PR-Frau zu und ließ die Wohnungstür hinter sich zufallen. Sie war sicher, dass Fiebig ihr durch den Spion hinterherschaute.

Da sich seine Vorgesetzte mit dem Dienstwagen auf den Weg nach Niehl gemacht hatte, blieb Torsten Brinkhoff nichts anderes übrig, als die öffentlichen Verkehrsmittel zu nutzen, um Hannes Lipscheid einen Besuch abzustatten. Der Literaturagent hatte sein Büro in der Südstadt, einem der trendigsten Viertel Kölns, und nachdem sich der Kommissar per Telefon angekündigt hatte, stieg er am Hauptbahnhof in die Linie 16, die ihn bis zur Haltestelle Ubierring brachte. Hier, zwischen Technischer Hochschule, Restaurants und Bio-Läden, holten Eltern ihren Nachwuchs aus der Kita ab und zwängten sich auf den schmalen Bürgersteigen an Cafétischen vorbei; Studenten genossen die Frühlingssonne während einer Freistunde in dem kleinen Park gegenüber der TH; Rentner, die ihre Hunde spazieren führten, teilten sich die Schlange vor einer Bäckerei mit Hipstern, die sich mit geöffneten Jacketts ein Käsebrötchen und einen Cappuccino zum Mitnehmen für die Mittagspause besorgten, während sie unablässig die Nachrichten auf ihrem Smartphone checkten. Der Straßenverkehr wurde von einem Fahrzeug des städtischen Grünflächenamtes blockiert, dessen Arbeiter in einer Platane hockten und den Baum von den abgestorbenen Ästen des vergangenen Winters befreiten.

Brinkhoff bahnte sich seinen Weg zurück Richtung Chlodwigplatz, vorbei an einem japanischen Restaurant, in dem er noch vor wenigen Wochen mit Markus gegessen hatte. Sie hatten links in der Ecke gesessen, während draußen der Regen die Scheiben heruntergelaufen war. Als er sah, dass ihr Platz nun von einem jungen Pärchen eingenommen wurde und der Mann seiner Begleiterin lächelnd eine Reisrolle von seinem Teller in den Mund schob, beschleunigte er unwillkürlich seine Schritte.

An der nächsten Ecke bog der Kommissar in eine baumbestandene, schattige Seitenstraße und blieb kurz darauf vor einem der etwas zurückgesetzt gelegenen Altbauten stehen, die in den letzten Jahren meist aufwändig saniert und modernisiert worden waren, um die einzelnen Wohnungen als teure Immobilien mit einem satten Gewinn auf den Markt zu werfen. Hannes Lipscheids Büro befand sich im Erdgeschoss, unter einem stuckverzierten Erker. Die Fenster waren mit schmiedeeisernen Gittern versehen, die Sicht nach draußen von vier oder fünf Fahrrädern verstellt, die am Gitter angekettet waren. Brinkhoff ging an einem Betonkübel mit blühendem Ginster vorbei und drückte im Hauseingang auf die Klingel. Ein Summer öffnete die Tür.

Eine junge Frau in weißer Rüschenbluse und mit einem nervösen Zucken um die Augen sah auf, als der Kommissar die Glastür des Vorzimmers aufschob. Sie hatte sich mehr oder weniger hinter ihrem Schreibtisch verbarrikadiert, der mit Ablagefächern so zugestellt war, dass gerade noch Platz für einen Computermonitor, eine Telefonanlage und ein kleines Namensschild war, das der Sekretärin den Namen Sabrina Landhut zuwies.

„Torsten Brinkhoff", stellte sich der Kommissar vor. „Ich habe einen Termin bei …"

„… ist mir doch egal!", brüllte eine laut fluchende Männerstimme ins Telefon aus einem Raum nebenan. „Sagen Sie der Schnepfe, dass …" Der Rest ging unter, als Lipscheid die Stimme senkte. Seine Sekretärin warf einen verängstigten Blick auf die geschlossene Tür, als wünschte sie, sie möge sich niemals öffnen.

„Ist j-jetzt ein schlechter Zeitpunkt?", fragte Brinkhoff. Er sah, dass die obersten Papiere auf der Ablage das Logo einer Anwaltskanzlei trugen, spezialisiert auf Ehescheidungen.

„Hier ist im Moment jeder Tag ein Albtraum", murmelte die Sekretärin.

„Frau Landhut!", bellte plötzlich Lipscheids Stimme aus einem Lautsprecher neben ihrem Monitor. „Machen Sie mir einen Termin bei dem … wie heißt er noch?"

„Ihr neuer Steuerberater?" Trotz ihrer Ängstlichkeit schien Lipscheids Sekretärin genau zu wissen, worum es ging.

„Ja."

„Schneider."

„Von mir aus. Einen Termin für Ende der Woche. Diese Sachbearbeiterin im Finanzamt treibt mich in den Wahnsinn."

„Ihr Besuch ist da, Herr Lipscheid", wagte Landhut einzuwerfen. „Herr Brinkhoff von …"

Die Tür von Hannes Lipscheids Büro wurde aufgerissen. „Wer?"

Stephen Gatlers Agent war ein Mann von massigem Körperbau, fast ebenso groß wie Brinkhoff, mit vollen grauen Haaren, stechenden, dunklen Augen und einer unförmigen, fleischigen Nase, die den Kommissar an eine Ingwerknolle erinnerte. Er schätzte Lipscheid auf Anfang fünfzig.

„Torsten Brinkhoff, K-Kriminalpolizei", stellte sich der Kommissar erneut vor.

„Ach so, ja … Kommen Sie rein", brummte Lipscheid. „Bringen Sie uns einen Kaffee, Frau Landhut, und dann können Sie mit dem Hund Gassi gehen. Die verdammte Töle muss schon wieder kacken, glaube ich." Erst jetzt bemerkte der Kommissar den Schoßhund, der verunsichert zwischen Lipscheids Beinen hervorlugte: kleine schwarze Knopfaugen, eine hechelnde rosa Zunge und lange weiße, leicht verfilzte Haare, in die am Kopf eine rosafarbene, schief sitzende Schleife gebunden worden war. Der ganze Hund war kaum größer als ein Ziegelstein.

„Nein, Herr Lipscheid", widersprach Landhut mit erstaunlich fester Stimme. „Das hatten wir doch schon. Daisy ist Ihr Problem. Ich bin allergisch gegen Hundehaare."

Lipscheid sah seine Sekretärin verdutzt an, bis sich ein resigniertes Grinsen auf seinem Gesicht abzeichnete und den negativen Eindruck revidierte, den Brinkhoff bisher von seinem Gegenüber hatte. „Ich hab gedacht, ich könnte es noch mal versuchen", sagte er zum Kommissar und zwinkerte ihm zu. „Dann müssen wir uns unterhalten, während der Hund scheißt. Haben Sie Lust, mich auf einem Spaziergang zu begleiten?"

Brinkhoff nickte; in Anbetracht der Umstände blieb ihm auch kaum etwas anderes übrig.

Draußen nahm Lipscheid den Malteser an die Leine und schlug einen Weg ein, der die beiden Männer parallel zum Ring in den Volksgarten führte, eine große Grünanlage mitten in der Stadt. Dabei gaben dieser Bär von einem Mann und der Schoßhund ein ziemlich absurdes Bild ab, und Brinkhoff konnte sich ein Schmunzeln nicht verkneifen.

„Meine Frau hat mich vor ein paar Wochen verlassen", brummte Lipscheid, als er das Grinsen des Kommissars bemerkte. „Eine Nacht- und Nebelaktion, während ich in Göttingen war, um mich mit einem Klienten zu treffen. Lassen Sie sich nie mit Frauen ein, die erheblich jünger sind als Sie."

„B-Bestimmt nicht", sagte Brinkhoff, hundertprozentig sicher, dass es dazu nie kommen würde.

„Als ich zurückkam, war die halbe Wohnung leergeräumt. Nur das Scheiß-Vieh hat sie mir dagelassen. Dabei wollte *sie* damals den Hund haben. – ‚Oh, Bärchen, der ist doch so niedlich! Der passt sogar in meine Handtasche!'", äffte er seine Frau nach. „Sie hat das mit Absicht gemacht, weil sie weiß, dass ich diese Zwergpinscher nicht ausstehen kann. Wollen Sie ihn vielleicht haben?"

Der Kommissar lehnte dankend ab. „Ich bin mehr ein K-Katzenmensch."

„Ich hab schon überlegt, ob ich sie einschläfern lasse", sagte Lipscheid. „Den Hund, meine ich. Wäre das Einfachste. Oder … Sie haben nicht zufällig Ihre Dienstwaffe dabei? Ein Schuss aus kurzer Distanz genau zwischen die Augen?"

„T-Tut mir leid."

Inzwischen hatten sie die ersten Bäume des Volksgartens erreicht und schlugen einen Weg ein, der sie zum Weiher in der Mitte der Anlage brachte. Auf einer Wiese spielten drei Kinder Frisbee, eine junge Frau fütterte zusammen mit ihrem kleinen Sohn die Enten. Daisy zerrte an der Leine und ließ sich gleich darauf neben einem Busch auf ihre Hinterläufe nieder. „Das hasse ich am meisten", fluchte Lipscheid mit unterdrückter Stimme und kramte eine Plastiktüte und Einmalhandschuhe aus der Jackentasche. „Nichts ist demütigender, als die Kacke seines Hundes aufzusammeln." Mit angeekeltem Gesichtsausdruck hob er die Hinterlassenschaft des Maltesers auf und entsorgte alles im nächsten Mülleimer. „Kaffee?", fragte er anschließend, und als Brinkhoff zustimmte, steuerten sie den Biergarten am Ufer des Teiches an und setzten sich auf eine Holzbank. Lipscheid bestellte einen Milchkaffee für Brinkhoff und einen doppelten Espresso für sich.

„Sie wollen mit mir über Stephen Gatler reden?", kam der Agent schließlich zur Sache, als die Tassen vor ihnen standen. „Warum? Ich bin momentan nicht besonders gut auf ihn zu sprechen. Und von was für einer Abteilung sind Sie überhaupt?"

„Mordkommission."

Lipscheid pfiff durch die Zähne. „Er hat jemanden umgebracht?"

„Aber n-nein", klärte ihn Brinkhoff auf und setzte den Literaturagenten ähnlich knapp ins Bild, wie es Plasberg kurz zuvor mit Elke Fiebig getan hatte. „Wir müssen nur jeder Spur nachgehen."

Lipscheid blickte nachdenklich aufs Wasser. „Zwei Morde, die nach dem Vorbild seiner Romane begangen wurden? Da muss aber jemand eine ziemlich kranke Fantasie haben. Und andererseits klingt es nach einer ziemlich guten Romanvorlage. Nichts für ungut. Ist wahrscheinlich eine Folgeerscheinung meines Berufs."

„Wann haben Sie Gatler kennengelernt?", fragte Brinkhoff und nippte an seinem Kaffee. Er war zu bitter und nur lauwarm. „Wir möchten uns ein B-Bild von ihm machen, das nicht durch die Berichterstattung in den M-Medien geprägt ist."

„Pff!", machte Lipscheid. „Das dürfte schwierig werden."

„W-Wieso?"

„Stottern Sie immer so?", fragte Lipscheid dazwischen. Feinfühligkeit gehörte wohl nicht zu seinen Stärken.

„Seit meiner K-Kindheit", nickte Brinkhoff und konnte nicht verhindern, dass er rot wurde. Obwohl er gelernt hatte, mit seinem Sprechfehler zu leben, war es ihm noch immer peinlich, wenn er von Fremden darauf angesprochen wurde.

„Auch nicht gerade einfach bei der Polizei, oder?"

„Stephen Gatler", erinnerte ihn Brinkhoff.

„Ah ja. Entschuldigung. Ich schweife gerne ab. Daisy, hör auf, dich wie eine billige Nutte im Dreck zu wälzen!" Lipscheid gab der Leine einen Ruck, der dem Hund beinahe die Luft abschnitt, aber immerhin den gewünschten Erfolg hatte. „Verdammt!", schimpfte Lipscheid. „Der Hund sieht aus wie Sau! Wie soll ich denn jetzt den Dreck aus dem Fell kriegen?" Er schob sich den obligatorischen Keks, den er zu seinem Espresso bekommen hatte, in den Mund und stibitzte dann auch noch ohne zu fragen den von Brinkhoff. „Tut mir leid, wollten Sie den? Ich hatte seit heute Morgen nichts zu essen … Also, ich bekam damals das Manuskript von *Morgentod* zugeschickt. Wussten Sie, dass es Achim Kauz war, der es in seinem Namen versandt hat? Gatler wusste gar nichts davon! Na ja, jedenfalls … seine Schreibe war damals schon gut, auch wenn sie mit den darauffolgenden Romanen nicht zu vergleichen ist: sehr viel pointierter, sehr viel klarer … Heute schlägt man einen seiner Krimis auf und weiß nach drei, vier Sätzen, dass es ein Buch von ihm ist. Das ist Gold wert auf dem Literaturmarkt. Ich dachte jedenfalls, ich hab einen jungen, hungrigen Autor vor mir, als ich ihn zu einem Gespräch eingeladen habe, aber stattdessen kam mir dieser blasse, nichtssagende Finanzangestellte ins Büro geschlurft, der noch nie irgendetwas Aufregendes in seinem Leben erlebt hatte. Hängende Schultern, gesenkter Blick … ich hab gedacht, o Mann, was soll ich mit dem? Andererseits fand ich den Widerspruch zwischen dem privaten Langweiler und dem außergewöhnlichen Schreiber – nämlich aufregend, abgebrüht und ziemlich brutal – sehr interessant. Und ich hatte genau den passenden Verlag für Gatler." Lipscheid winkte die Bedienung heran und bestellte einen weiteren Espresso. „Damals war allgemein bekannt, dass Schäfer-Kussnachts Verlag in Schwierigkeiten steckte, und ich kannte Franz Herbrand. Eine Pfeife von Mann, aber ein genialer Lektor … und was soll ich sagen, ich hatte den richtigen Riecher! *Morgentod* wurde ein Bestseller. Wochenlang in den Top-Ten der Spiegel-Bestseller-Liste. Gut, ich weiß, dass die Fiebig von der PR-Abteilung die Zeitungen und Zeitschriften mit Rezensionsexemplaren überschwemmt hat und allen Redakteuren und Feuilletonisten so lange auf den Wecker gefallen ist, bis sie sich bereit erklärten, das Buch zu besprechen, nur um nicht mehr täglich von ihr angerufen zu werden. Sogar den Dings von der *FAZ* hat sie rumgekriegt, Gott weiß, wie, der nimmt Krimis normalerweise nicht mal zum Hintern-Abwischen, und sie hat eine massive Werbekampagne gefahren, aber dem Verlag geht es seitdem super, und Gatler ist mittlerweile einer der bekanntesten Krimiautoren weltweit." Er grinste Brinkhoff an. „Mein Verdienst. Ich sollte einen Orden bekommen."

„Aber Sie werden d-doch sicherlich an Gatlers Erfolg beteiligt sein, oder?“, brachte ihn Brinkhoff auf den Boden der Tatsachen zurück.

„Natürlich.“ Lipscheid stützte die Hände auf der Holzbank auf. „Ich bestreite auch gar nicht, dass Gatler ein Glücksfall für mich war und ist. Aber ohne mich wäre er wahrscheinlich bei einem kleinen, unabhängigen Verlag gelandet, und niemand hätte je von ihm gehört. Die großen Verlage gehen ungern ein Risiko ein; deshalb haben es neue Namen auch so wahnsinnig schwer auf dem Buchmarkt.“ Daisy, die es sich in der Zwischenzeit unter der Holzbank zu Lipscheids Füßen bequem gemacht hatte, sprang plötzlich auf und bekläffte wütend die Ankunft eines Rauhaardackels, der mit seinem Herrchen zwei Tische weiter Platz genommen hatte. Lipscheid zerrte erneut an der Leine, was Daisy mit einem gequälten Jaulen quittierte. Immerhin hörte sie auf zu kläffen.

„In der Öffentlichk-keit gilt Gatler als schwierig“, sagte Brinkhoff. „M-Mir ist nicht ganz klar, wie das zu dem Bild passt, das Sie gerade von ihm gezeichnet haben.“

Lipscheid verzog das Gesicht. „Der Ruhm ist ihm zu Kopf gestiegen. Klassischer Fall von Realitätsverlust, wenn Sie mich fragen. Er ist mit jedem Krimi eigentlich unerträglicher geworden. Wie Kauz das mit ihm aushält, ist mir völlig schleierhaft, vor allen Dingen nach der Sache mit Lucca.“

„Was hatte Gatler denn mit dem Verschwinden von Kauz' Sohn zu tun?“

Lipscheid sah ihn überrascht an. „Zu tun? Nichts natürlich. Ich meine nur, wie er sich benommen hat damals. Wissen Sie das nicht?“

Der Kommissar schüttelte den Kopf.

„Erst hat er einen totalen Tanz aufgeführt, dass im Zuge der polizeilichen Ermittlungen auch seine Homosexualität öffentlich gemacht wurde, und dann hat er sich für zwei Monate abgesetzt. Dieses Video, in dem Kauz die Öffentlichkeit um Mithilfe bittet und bei dem Gatler nichts anderes zu tun hatte, als schweigend und möglichst betroffen neben seinem Freund zu sitzen, hat er als Zumutung empfunden. Wie gesagt, danach ist er weg. Der Rummel mit der Presse und der Polizei war ihm zu viel. Angeblich würde es seine Konzentration beim Schreiben stören. Er hat sich ein Haus in der Nähe von Hamburg gemietet und Kauz allein gelassen. Ich hab damals zu ihm gesagt: ‚Das können Sie nicht machen, Gatler!' Ich meine, Sie hätten Kauz damals sehen sollen! Wochenlang keine Spur von dem Kleinen, diese ständige, quälende Ungewissheit … Aber Gatler war davon nicht abzubringen. Zugegebenermaßen war das Rohmanuskript von *Ein Grab aus Eis* fast fertig, als er zurückkam. Ich hab noch nie erlebt, dass ein Autor ein 400-Seiten-Manuskript in so kurzer Zeit in die Tasten haut. Er muss Tag und Nacht ununterbrochen geschrieben haben. War vielleicht seine Art, mit der Situation umzugehen, obwohl er auf mich nie den Eindruck machte, als würde er Lucca besonders hinterhertrauern. Und es war brillant. Also, das nächste Manuskript. Der zweite Krimi hat sich unfassbar gut verkauft. Erheblich besser als der erste. Eigentlich unverständlich, dass er dann mit dem Trinken angefangen hat …"

„M-Moment!" Brinkhoff hatte Schwierigkeiten, den Redefluss des Agenten zu verfolgen. „Gatler hat ein Alkoholproblem?"

„Hatte", berichtigte Lipscheid und streckte seine Beine unter dem Tisch aus. „Hat sich mit Vorliebe mit teurem schottischen Whisky die Kante gegeben, die Flasche fast hundert Euro. Davon hat er zu seinen besten Zeiten eine am Tag geschafft. Mittlerweile ist er trocken. Sagt er jedenfalls. Kauz hat ihn mal mit fast drei Promille bewusstlos im Wohnzimmer gefunden. Da waren dann ein Krankenhausaufenthalt und eine Entziehungskur fällig, irgendwo in den USA, wenn ich mich recht erinnere. Weitab von allen Medien. Ist vom Verlag alles schön unter den Teppich gekehrt worden. Wir haben damals abgesprochen, dass sich Gatler zum Schreiben zurückgezogen hat." Lipscheid lachte humorlos auf. „Menschlich gesehen ist der Mann ein richtiges Arschloch. Ich an Kauz' Stelle hätte ihm schon längst den Laufpass gegeben."

„Sie m-mögen ihn nicht?"

„Wen? Kauz?"

„G-Gatler. Sie haben eingangs gesagt, Sie wären im Moment nicht besonders gut auf ihn zu sprechen. Und dafür, dass er Ihr Klient ist, erzählen Sie ziemlich freimütig von seinen negativen Seiten."

Lipscheids Gesichtszüge verhärteten sich. „Auf einer persönlichen Ebene bin ich fertig mit ihm."

„Und w-warum?"

Lipscheids Lippen bildeten plötzlich einen dünnen Strich. „Das geht Sie nichts an."

„Wir ermitteln wegen zwei M-Mordfällen. Ich ha-habe Sie nicht umsonst aufgesucht."

„Na schön. Scheiß drauf. Ich kann Gatler nicht ausstehen, weil ich ihm die Schuld daran gebe, dass meine Frau mich verlassen hat."

Brinkhoff kam jetzt nicht mehr mit. „D-Das kapiere ich nicht. Er ist doch sch… homosexuell."

„Sie missverstehen mich", sagte Lipscheid. „Ich …" Er seufzte. „Ich hatte eine außereheliche Beziehung. Vor ein paar Monaten hat es mich aus heiterem Himmel erwischt. Eine Studentin, die in Schäfer-Kussnachts Verlag ein Praktikum gemacht hat. Wir haben uns da auf einer Party kennengelernt. Ein anderer meiner Autoren hatte gerade irgendeinen Preis gewonnen. Ich bin da weiß Gott nicht stolz drauf", verteidigte er sich, obwohl der Kommissar kein Wort gesagt hatte. „Aber Sie wissen nicht, wie das ist, wenn man die fünfzig gerade überschritten hat, sowieso an einer Sinnkrise leidet, und dann ist da plötzlich eine Fünfundzwanzigjährige, die einem das Gefühl gibt, noch mal jung zu sein." Lipscheids Augen verklärten sich für einen Moment, bis er sich räusperte und wieder in die Realität zurückfand. „Sina und ich waren ausgesprochen vorsichtig, haben uns nur getroffen, wenn Dagmar übers Wochenende zum Shoppen nach London oder Mailand geflogen ist. Und dann sind uns vor fünf oder sechs Wochen ausgerechnet Gatler und Kauz über den Weg gelaufen. Beim Italiener. Meine Schuld; ich hatte nicht daran gedacht, dass es eines von Gatlers Lieblingsrestaurants ist. Als meine Frau am Sonntagabend zurückkam, wusste sie schon Bescheid. Er hat es ihr gesteckt. Ich musste zwei Tage später beruflich nach Göttingen, und als ich am Donnerstag zurückkam, hatte Dagmar die halbe Wohnung ausgeräumt und mir diese Töle dagelassen. Heute Morgen habe ich die erste Post von ihrem Anwalt bekommen."

„Woher wissen Sie, dass Ihre Frau von Gatler über Ihr Verhältnis informiert worden ist? Theoretisch k-könnte es doch auch Kauz gewesen sein, der …“

Lipscheid schüttelte vehement den Kopf. „So was traue ich nur Gatler zu. Ich kann es zwar nicht beweisen, aber es passt zu ihm. Er kann es nicht ausstehen, andere Leute glücklich zu sehen.“

„Haben Sie ihn darauf angesprochen?“

„Diese Blöße gebe ich mir nicht. Nicht ihm gegenüber. Allerdings hat mich Kauz einige Tage später angerufen, als das mit meiner Trennung die Runde machte. Er hat angedeutet, dass Gatler mit Dagmar gesprochen hat. Kauz wollte sich dafür entschuldigen.“

„Dann verstehe ich n-nicht, w-warum Sie immer noch mit Gatler zusammenarbeiten, um ehrlich zu sein. Muss es zwischen Ihnen nicht so was wie ein Vertrauensverhältnis geben?“

Lipscheid zuckte hilflos mit den Schultern. Die Selbstsicherheit, die er vorher ausgestrahlt hatte, war in sich zusammengebrochen; auf einmal wirkte er nur noch wie ein Häufchen Elend. „Gatler als Klienten zu verlieren, würde mir erhebliche finanzielle Einbußen bescheren. Das kann ich mir nicht leisten, schon gar nicht, wenn eine teure Scheidung ansteht. Und es würde meinem Ruf schaden.“

Einige Minuten später verabschiedete sich Brinkhoff und machte sich nachdenklich zurück auf den Weg ins Präsidium. Zum ersten Mal, seit er mit Plasberg an dem Fall arbeitete, hatte er das Gefühl, dass sich die Ermittlungen verdichteten, dass sie einer Spur folgten. Allerdings schien sie in eine andere Richtung zu führen, als sie erwartet hatten.

Ein paar Kilometer entfernt, ebenfalls auf dem Weg zurück ins Büro, kam Maria Plasberg zu demselben Schluss. Denn während sie mit dem Polizeiwagen an einer Ampel auf Grün wartete, ertönte in den Tiefen ihrer Handtasche wieder der Radetzky-Marsch. Es war noch einmal Elke Fiebig.

„Ich war nicht ganz ehrlich zu Ihnen“, erklärte sie, als Plasberg das Gespräch annahm. „Als Sie mich gefragt haben, was ich gegen Gatler habe.“

„Zumindest haben Sie mir den Grund nicht genannt. – Augenblick.“ Plasberg setzte den Blinker und fuhr den Wagen an den Seitenstreifen.

„Ich habe Sie beobachtet während unserer Unterhaltung. Sie haben sich gefragt, was mit meinem Gesicht passiert ist. Keine Sorge …“ Wieder lachte Fiebig dieses heisere, raue Bellen. „Jeder, den ich treffe, fragt sich das.“

„Ich bin davon ausgegangen, dass es eine verunglückte Schönheitsoperation war.“

„Oh, die Ärzte haben getan, was sie konnten. Es waren sogar mehrere Operationen notwendig, um mir mein heutiges Aussehen zu geben.“

„Ich verstehe nicht ganz.“

„Mein verunstaltetes Gesicht verdanke ich Stephen Gatler. Ihm und meiner eigenen Dummheit, in ein Auto mit ihm zu steigen, obwohl er sternhagelvoll war.“

„Er hat sich betrunken hinters Steuer gesetzt?“

Ein Lkw rauschte am Wagen der Kommissarin vorbei, und sie musste ihr Smartphone dicht ans Ohr pressen, um Fiebigs Antwort zu verstehen.

„Gatler ist Alkoholiker. Seit Jahren. Und wie die meisten Alkoholiker kann er seine Trunkenheit bis zu einem gewissen Punkt hervorragend verbergen. Von daher hatte ich keine Möglichkeit zu erkennen, wie viel er damals wirklich schon getrunken hatte.“ Fiebig seufzte. „Aber ich hätte es wissen müssen. Im Verlag wurde hinter vorgehaltener Hand schon seit Monaten darüber getratscht, und ich hatte auch schon bei verschiedenen Gelegenheiten bemerkt, dass er ziemlich viel trank.“

„Wie ist es dazu gekommen, dass Sie zusammen in einem Auto saßen?“

„Eine Lesung aus *Wisconsin, Kanada*, seinem dritten Roman. In Dortmund.“ Im Hintergrund war das Zischen einer Kaffeemaschine zu hören und das Klappern von Geschirr. Fiebig hatte ihren Einkauf wohl nach hinten verschoben. „Schäfer-Kussnacht hatte seit einiger Zeit darauf bestanden, dass Gatler bei seinen öffentlichen Auftritten immer ein Anstands-Wauwau zur Seite gestellt wird, um zu verhindern, dass er ausfallend wird, wenn ihm irgendetwas nicht passt. Wir wussten ja alle, wie gereizt er reagieren konnte. Eigentlich hatte ich für diesen Job jemand anderen auserkoren, aber der Kollege aus meinem Team fiel kurzfristig aus, weil die Wehen bei seiner Frau einsetzten. Also bin ich eingesprungen, weil sich auf die Schnelle niemand anderes finden ließ."

„Ist es denn üblich, dass ein Autor von Gatlers Format mit dem eigenen Wagen zu einer Lesung fährt?"

„Natürlich nicht." Fiebig schnaubte belustigt auf. „Größere Strecken werden geflogen und die kürzeren mit der Bahn absolviert. Erste Klasse selbstverständlich. Dummerweise befand sich die Deutsche Bahn zu diesem Zeitpunkt in einer Tarifauseinandersetzung, es gab einen kurzfristig angesetzten Warnstreik. Die Autovermietungen waren komplett ausgebucht, ein Leihwagen war daher auch keine Option."

„Und die Lesung konnte nicht abgesagt werden?"

„Das Konzerthaus in Dortmund war seit Wochen ausverkauft."

„Das Konzerthaus?"

„Autoren wie Gatler können riesige Hallen füllen."

„Und dann hat er sich letzte Woche mit einer Buchhandlung zufriedengegeben?"

„Ein weiterer Termin in der Philharmonie in Köln ist in Planung."

„Verstehe."

„Jedenfalls … Gatler hat sich dann bereit erklärt, mit dem eigenen Wagen zu fahren. Ich wollte ebenfalls mit meinem Auto fahren, aber es ist nicht angesprungen. Sonst wäre das alles nicht passiert. Eine Verkettung unglücklicher Umstände, wie man so schön sagt." Erneut unterbrach sie sich mit diesem heiseren, rauen Lachen. „Ich musste also mit Gatler in seinem Auto fahren. Die Hinfahrt war auch völlig problemlos, außer dass wir natürlich im Stau steckengeblieben sind und Gatler mir die ganze Zeit auf die Nerven gefallen ist. Dieser Mann hört sich wahnsinnig gerne reden … In Dortmund haben wir uns dann verfahren, weil Gatler mit dem Navi nicht umgehen konnte. Wir sind gerade noch rechtzeitig zum Veranstaltungsbeginn angekommen, zehn Minuten, bevor es losgehen sollte. Keine Akustikprobe mehr möglich, kein Ausleuchten. Gatler hasst so etwas, was ich bis zu einem gewissen

Grad auch nachvollziehen kann. Aber was hätte man machen sollen? Die Leute saßen doch schon auf ihren Plätzen! Und dann war er plötzlich verschwunden und ist erst nach einer Viertelstunde wieder aufgetaucht."

„Verschwunden?", fragte die Kommissarin nach.

„Hatte sich irgendwoher was zu trinken besorgt; jedenfalls hatte er eine ziemliche Fahne. Man muss ihm allerdings eins lassen: Die Veranstaltung hat er souverän gemeistert, niemand hat bemerkt, dass er betrunken war."

„Und weiter?"

„Ich wollte nicht mit ihm zurückfahren, ich habe vorgeschlagen, dass wir uns aufgrund der Umstände Hotelzimmer nehmen, aber er wollte nichts davon wissen. Ich hatte zwar ein ungutes Gefühl, aber ich habe nichts gesagt. Um es kurz zu machen: Er ist auf einer Autobahnabfahrt kurz hinter Dortmund ins Schleudern geraten und hat den Wagen vor einen Baum gesetzt. Ihm ist nichts passiert, nicht mal ein Kratzer, aber bei mir auf dem Beifahrersitz ist die Windschutzscheibe geborsten, die Scherben sind mir ins Gesicht geflogen."

„Wie viel Promille hatte Gatler in seinem Blut?"

„2,9", erwiderte Fiebig.

Die Kommissarin pfiff durch die Zähne. Gatler musste eine Konstitution wie ein Pferd haben, andere Menschen konnten bei einem solchen Alkoholpegel bewusstlos werden. „Wie hoch war das Strafmaß?"

„Der Entzug des Führerscheins und eine saftige Geldstrafe."

„Er ist wegen fahrlässiger Körperverletzung vor Gericht gestellt worden?"

„Nein."

„Was?", rief Plasberg aus. „Wieso nicht?"

„Weil … weil ich keinen Strafantrag gestellt habe." Fiebig klang zögerlich, vielleicht sogar ein wenig beschämt.

„Aus welchem Grund?"

„Weil Schäfer-Kussnacht und Gatler Druck auf mich ausgeübt haben. Sie wollten nicht, dass die Sache an die Öffentlichkeit gerät. Schäfer-Kussnacht hat sich mit dem Polizeipräsidenten in Verbindung gesetzt."

„Mit Kupka? Karl-Josef Kupka?“ Aber das konnte nicht sein, Kupka war erst einige Monate im Amt.

„Wer? Nein.“ Fiebig musste einen Moment nachdenken. „Es war irgendwas mit Wildschwein … Eber …“

„Eberswalde?“ Dr. Helmut Eberswalde war der Vorgänger des jetzigen Polizeipräsidenten gewesen und der Kommissarin nur allzu gut bekannt. Er hatte seinen Hut nehmen müssen, nachdem Plasberg ihm bei Ermittlungen im Falle eines Serienmörders schwere Versäumnisse nachgewiesen hatte. „Dann wundert mich gar nichts mehr. Obwohl … Moment …“ Sie musste nachdenken. Dortmund und die Autobahn, auf der der Unfall passiert war, fielen nicht in den Zuständigkeitsbereich des Kölner Polizeipräsidenten. Es war natürlich möglich, dass sich Eberswalde nach Schäfer-Kussnachts Anruf mit seiner damaligen Dortmunder Amtskollegin in Verbindung gesetzt hatte – Plasberg kannte sie nur vom Hörensagen – und sie gebeten hatte … aber das lief auf Strafvereitelung im Amt hinaus! „Und wie hat die zuständige Staatsanwaltschaft reagiert?“

„Das ganze Verfahren ist so unauffällig wie möglich abgewickelt worden“, antwortete Fiebig, „nachdem auch die Staatsanwaltschaft kein besonderes öffentliches Interesse an der Strafverfolgung angenommen hatte. An die Presse ist nichts durchgesickert.“

„Kein besonderes Interesse? Unfassbar! Wahrscheinlich ebenfalls auf Druck von oben …“, knurrte die Kommissarin, denn üblich war eine solche Entscheidung durchaus nicht. Gerade bei Verkehrsdelikten wurde fast immer ein öffentliches Interesse vorausgesetzt. Sie nahm sich vor herauszufinden, welcher Staatsanwalt sich damals um Gatler gekümmert hatte. Dann fiel ihr plötzlich Heribert Eikner ein und seine Warnung, bei ihren Ermittlungen gegen Gatler „diskret“ vorzugehen. Hatte ihr Vorgesetzter von dem mutmaßlichen Deal zwischen Eberswalde, der Dortmunder Polizeipräsidentin, der zuständigen Staatsanwaltschaft und Gatler etwas gewusst? Hatte er ihr deshalb geraten, den Ball flach zu halten? Aber Verkehrsdelikte fielen nicht in seinen Zuständigkeitsbereich … Plasberg runzelte die Stirn. Noch etwas, dem sie auf dem Grund gehen musste. Sie hatte ein paar Kontakte zur Dortmunder Polizei, bei denen sie nachhaken würde. „Und Sie haben sich außergerichtlich mit Gatler geeinigt?", fragte sie Fiebig und musste sich Mühe geben, die Frau ihren Ärger nicht hören zu lassen.

„Er war völlig hysterisch. Aber nicht aus Sorge um mich, sondern weil er Angst um seine Karriere hatte. Er hat sämtliche Kosten der Operationen übernommen und mir ein Schmerzensgeld gezahlt. Unter der Bedingung, dass ich niemals ein Sterbenswörtchen sage. Er hat sich übrigens nicht ein Mal im Krankenhaus blicken lassen. Achim Kauz hat mich besucht, mehrmals. Daher kenne ich ihn etwas besser."

„Wenn Sie Gatler versprochen haben zu schweigen, warum reden Sie dann jetzt doch, mit mir?"

„Haben Sie mich nicht richtig angesehen?", fuhr Fiebig die Kommissarin an. „Kein Schmerzensgeld der Welt kann das aufwiegen, was ich jeden Tag durchmache, wenn ich in den Spiegel schaue!"

Plasberg ließ sich nicht einschüchtern. „Aber Sie arbeiten nach wie vor für Gatler."

„Ich bin Profi, Frau Kommissarin", erwiderte Fiebig kühl. „Ich habe noch nie zugelassen, dass meine persönlichen Gefühle meine Arbeit beeinträchtigen."

Plasberg konnte kaum glauben, was sie da hörte. Konnte man wirklich so wenig Selbstachtung besitzen? Aber wahrscheinlich hatte sich Gatler bei der Zahlung des Schmerzensgeldes großzügig gezeigt, sehr großzügig. Finanziell hätte er sich das sicherlich erlauben können. Es würde sie nicht wundern, wenn Fiebig die Eigentümerin des Hauses war, in dem sie wohnte. Gekauft von dem Schmerzensgeld, das Gatler ihr gegeben hatte. Trotzdem … „Glauben Sie eigentlich immer noch, dass Gatler zu keinem Mord fähig ist?"

„Ja. In diesem Punkt habe ich meine Meinung nicht geändert, Frau Plasberg. Er würde alles tun, um seine Karriere zu retten. Und nichts, was sie gefährden könnte."

Die Zweifel der Kommissarin wurden dadurch allerdings nicht ausgeräumt. Was, wenn die erste Prämisse einen Mord erforderte?

*

Achim Kauz war im Verzug mit den Arbeiten, die er versprochen hatte zu erledigen, während Stefan in London war; der Besuch der Polizisten am vorhergehenden Nachmittag hatte ihn mehr mitgenommen, als er sich eingestehen wollte.

Plasberg und Brinkhoff hatten die Gespenster der Vergangenheit hervorgerufen. Die Beamten, die Luccas Verschwinden untersuchten, hatten damals ähnliche Fragen gestellt; immer wieder war Konstantinos Chalkis in den Wochen danach aufgetaucht, allein, mit zwei oder drei Kollegen, hatte Stefan und ihn verhört, ihr Privatleben durchstöbert, vielsagende Blicke gewechselt, Luccas Sachen durchwühlt und noch mehr Fragen gestellt. Kauz hatte Chalkis' Verdacht, sein Misstrauen gespürt, genährt von Vorurteilen und Homophobie: Zwei homosexuelle Männer, die einen kleinen Jungen großzogen, einer von ihnen auch noch prominent, da lag der Verdacht von etwas Unaussprechlichem für ihn nur nahe. Und wäre es nicht ausgesprochen förderlich für Chalkis' Karriere, wenn er ein schmutziges Verbrechen mit „Celebrity-Faktor" bei garantiertem Medieninteresse aufdecken würde?

Seit Plasbergs und Brinkhoffs Auftauchen waren Achim Kauz immer wieder Chalkis' bohrende Fragen durch den Kopf geschwirrt. „Was genau haben Sie in den Stunden vor Luccas Verschwinden getan? Haben Sie Zeugen? Wer außer Ihnen hatte Zugang zu der Wohnung?" „Welche Sachen trug Ihr Sohn zum Zeitpunkt seines Verschwindens? Haben Sie schon früher Ihre Aufsichtspflicht an Dritte abgegeben? Wo ist die Mutter des Jungen? Haben Sie jemanden in Verdacht? Haben Sie uns alles gesagt, oder gibt es da noch mehr, was wir wissen sollten?" Und dann: „Fangen wir noch mal von vorne an." Bis Kauz das Gefühl hatte, verrückt zu werden, bis er am liebsten auf Chalkis und seine Kollegen eingeschlagen hätte, weil er ihre stoische Beharrlichkeit, ihre kalte Professionalität nicht länger ertrug. Irgendwann hatte er sie angebrüllt. „Ich bin das Opfer, nicht der Täter!"

Am Ende hatten all ihre Fragen, all ihre Verdächtigungen zu nichts geführt; die Besuche waren seltener geworden, bis sie schließlich ganz aufgehört hatten.

Achim Kauz hatte nicht damit gerechnet, dass Plasbergs und Brinkhoffs Besuch den Groll von damals wieder nach oben spülen würde. Nachdem die Kommissare gegangen waren, hatte er sich in Luccas Kinderzimmer wiedergefunden, auf das Kinderbett und das Poster des kleinen Prinzen starrend, vergebens nach Trost suchend. Wie sollte er jemals ein normales Leben führen, wenn er nichts über das Schicksal seines Sohnes wusste? Die Jahre seit Luccas Verschwinden waren quälend langsam verstrichen, unerbittlich wie die Gezeiten des Meeres hatte der Schmerz über den Verlust ein Loch in seine Seele gewaschen, und nun fühlte sich Achim Kauz ausgehöhlt und leer. Am Abend hatte er eine Tablette genommen, um schlafen zu können.

Mit dunklen Rändern unter den Augen nahm er sich nach dem Frühstück in Stefans Arbeitszimmer die Fanpost und geschäftliche E-Mails vor, um Normalität herbeizuzwingen, führte Telefonate; alles Dinge, mit denen Stefan nicht belastet werden wollte, um „den kreativen Prozess nicht zu stören". Kauz verzog grimmig das Gesicht, während er sich Stefans affektiertes Geplapper in Erinnerung rief. Ob er mittlerweile wirklich glaubte, was er von sich gab? Seitdem er wieder angefangen hatte zu trinken, konnte von einem kreativen Prozess keine Rede mehr sein. Und vorher … Kauz machte eine unwillige Handbewegung, als müsste er eine lästige Fliege verscheuchen.

Die Fanpost kam entweder ganz altmodisch über Briefe an den Verlag oder über ein E-Mail-Konto, das Kevin Metzger – ein Mitarbeiter von Elke Fiebig und der Webmaster von Stefans Homepage – für diesen Zweck angelegt hatte. Stefan sah sich die Sachen niemals an, weder die Briefe noch die Mails, und behauptete, sie würden ihn nicht interessieren, genauso wenig wie die Rezensionen in den Zeitungen. Aber Kauz wusste es besser. Letzten Herbst hatte er Stefan mitten in der Nacht vor dem Computer überrascht, Zuschriften studierend. Seine Mundwinkel hatten gezuckt, und das, was sich auf seinem Gesicht abzeichnete, war … nein, es gab kein Wort, das dies beschreiben konnte. Als er Achims Anwesenheit bemerkte, hatte er das Postfach abrupt geschlossen. „Dummes Zeug", hatte er gemurmelt, „leeres Geplapper …" Dann war er zur Bar geschlurft und hatte sich ein Glas Whisky eingegossen, randvoll, sodass das Glas überlief, als er Eis hineingab.

Daher blieb es an Kauz hängen, die Fanpost einmal wöchentlich durchzusehen. Die meisten Zuschriften nahm er nur zur Kenntnis, seltener beantwortete er die eine oder andere, in Stefans Namen. Die Leser bemerkten den Unterschied nicht.

*Sehr geehrter Mr. Gatler, Ihr vierter Krimi* ‚Nachtgeläut' *ist einer der besten, die ich je gelesen habe. Machen Sie weiter so.*

*Lieber Stephen Gatler, ich hatte schon einmal das Vergnügen, Sie bei einer Lesung in Leipzig live zu erleben. Wann kommen Sie mal wieder hierhin?*

*Du scheiß Schwuchtel! Man sollte genau dasselbe mit dir machen, was dem einen Opfer in* ‚Wisconsin, Kanada' *passiert ist. Ab an den Galgen, du Arschficker!*

Kauz' Hände zitterten, als er die letzte Mail mit versteinerter Miene löschte. Über die Jahre hatte er einiges an Hass-Mails gelesen, unflätige Beschimpfungen von Lesern, die Stefan meist den Tod oder irgendwelche Krankheiten wünschten und ihre Borniertheit nicht für sich behalten konnten. Kurz nach Luccas Verschwinden waren sie gehäuft aufgetreten, als seine und Stefans Homosexualität im Rahmen der Ermittlungen und Medienberichte einem breiten Publikum bekannt wurde. Anstatt sich vor sie zu stellen, waren der Verlag und Schäfer-Kussnacht tagelang auf Tauchstation gegangen, wollten mit den unappetitlichen Ereignissen nichts zu tun haben. Als ob Stefan und er damals nicht genug auszuhalten gehabt hätten! Elke Fiebig hatte Kauz gesagt, dass es keinen Sinn machte, sich mit diesen Leuten auseinanderzusetzen. Es waren unbelehrbare Idioten, die keinerlei Antwort verdienten. Trotzdem … jedes Mal, wenn Kauz eine dieser Zuschriften las, fühlte er sich schmutzig, als wäre ihm direkt ins Gesicht gespuckt worden – auch wenn die Mails an Stefan gerichtet waren.

Nachdem der Bürokram erledigt war, machte er es sich im Garten auf der Terrasse bequem, einen Becher Tee und ein paar Kekse in Reichweite, den Laptop auf dem Tisch. Die Sonne kam heraus, und er setzte mit einem Knopfdruck die Markise in Bewegung, um seine blasse, empfindliche Haut zu schützen. Eine Meise hatte sich in die Nähe des Tisches gewagt, und er fütterte sie, beobachtete den Vogel gedankenverloren beim nervösen Aufpicken der Krümel und empfand für ein paar Augenblicke so etwas wie Zufriedenheit. Ein fremdes, ungewohntes Gefühl, etwas, das er sich seit Jahren nur in unbeobachteten Momenten gestattete, und auch nur dann, wenn Stefan nicht da war. Zu viel stand auf dem Spiel, als dass er sich gegenüber Stefan eine Blöße geben durfte.

Das Zufallen des Gartentors am hinteren Ende des Gartens schreckte ihn aus seinen Überlegungen.

„Tag, Herr Kauz!" Danni Lukoscheits blonde Mähne kam hinter der jungen Pappel zum Vorschein, und Kauz unterdrückte ein Lächeln.

„Hallo, Danni!" Der junge Gärtner war immer darauf bedacht, Distanz zu wahren, hatte das Du, das ihm Achim angeboten hatte, höflich abgelehnt. Wahrscheinlich wollte er von vornherein klarmachen, dass er für keinerlei Vertraulichkeiten zur Verfügung stand, dass er tatsächlich nur für die Gartenarbeiten da war. „Ich hatte ganz vergessen, dass Sie heute kommen!"

„Hat Herr Gatler doch am Freitag gesagt. Dass ich heute kommen soll."

Nicht, dass Kauz irgendein Interesse daran hatte, einem heterosexuellen Mann hinterherzulaufen, und mochte er noch so jung sein und so gut aussehen wie Danni. Das passte eher zu Stefan. Kauz hatte gesehen, wie Stefan Danni beobachtete, ihm begehrliche Blicke zuwarf und ihn mit den Augen förmlich auszog. Und er hatte in Dannis Gesicht gesehen, was der von dem berühmten Autor hielt: nämlich nichts. Im Gegenteil, Abneigung hatte er in Dannis Miene erkannt und so etwas wie Ekel, wenn er Stefans Blicke auf sich ruhen fühlte. Danni Lukoscheit war einer der wenigen Menschen, denen Stefans Berühmtheit völlig egal war, die ihn nicht danach beurteilten, was er in der Öffentlichkeit darstellte. Die nur seine Persönlichkeit zur Kenntnis nahmen. Und ihn nicht mochten. Schon allein das machte Danni in Kauz' Augen sympathisch.

„Wollen Sie was trinken?"

Danni schüttelte im Vorbeigehen den Kopf und hob die Flasche Wasser hoch, die er bei sich trug. Auf dem Weg zum Schuppen rief er: „Okay, wenn ich heute den Rasen mähe?"

„Ja", rief Kauz zurück. „Bin sowieso fertig hier. Ach so, Danni?" Der Gärtner drehte sich um und kam ein paar Schritte auf ihn zu. „Ich hab mir überlegt, dass wir zwei oder drei Rosenbüsche mehr pflanzen sollten, um den Sichtschutz zu den Nachbarn zu verdichten."

Danni ging mit ihm zu den rot und weiß blühenden Büschen, die das Grundstück nebenan abschirmten. „Klar", sagte er. „Kann ich machen. Ich war gestern im Gartencenter; da sind gelbe Duftrosen aus England reingekommen. Schöner Wuchs und sehr robust. Soll ich nachher zwei oder drei holen? Ich kann sie Ende der Woche einpflanzen."

„Ja, gerne. Aber ich pflanze sie morgen selber ein." Kauz grinste verlegen. „Ich muss mal was anderes tun, als ständig vor dem Laptop zu hocken."

Während Danni den Rasenmäher aus dem Schuppen holte und kurz darauf lautes Motorengeräusch die Stille des Tages jäh beendete, ging Kauz zurück ins Haus und kochte Kaffee, blätterte durch die Montagsausgabe des *Kölner Stadt-Anzeigers*. Europakrise, Naher Osten, ein Amoklauf in den USA. Im Kulturteil stieß er auf das Interview, das Stefan diesem Journalisten gegeben hatte.

„Verdammt!", fluchte er mit unterdrückter Stimme, als er die Hälfte gelesen hatte. „Dieser Vollidiot!" Im gleichen Moment hörte er Schlüssel an der Haustür, und dann stand überraschend sein Lebensgefährte in der Küche. „Was tust du schon hier?", fragte Kauz, sich mühsam beherrschend. „Ich dachte, du kommst erst morgen?"

Gatler warf einen Blick in den Garten, bevor er nervös erklärte: „Es hat mir keine Ruhe gelassen, dass die Polizei hier war. Ich … wir müssen uns etwas ausdenken, eine … eine Strategie überlegen. Was ich sage, wenn sie mich befragen."

Kauz hörte die Panik in der Stimme seines Freundes.

„Du hättest schon am Samstag aufpassen müssen, was du sagst", fuhr er Gatler an und drückte ihm die Seite mit dem Interview in die Hand. „Wieso bist du so verdammt unvorsichtig? Du setzt alles aufs Spiel!"

Gatler überflog den Artikel, bis er zu der Stelle kam, die Kauz aus der Fassung gebracht hatte. „Scheiße", murmelte er und wurde blass. „Das ist mir gar nicht aufgefallen."

„Hast du das Interview nicht gegengelesen?"

Gatler stützte sich am Küchentisch ab und fuhr sich durch seine weißen Haare. „Doch, natürlich. Dieser Journalist hat es mir Samstag per Mail geschickt ... ich hab es zwischendurch überflogen, als ich mit Rebecca im Taxi saß zu einem Interviewtermin."

„Überflogen", erwiderte Kauz höhnisch grinsend. „Verstehe. Wie viel hattest du getrunken?"

„Ich hatte nicht ..." Gatler ließ sich auf einen Küchenstuhl fallen und vergrub das Gesicht in den Händen. „Auf dem Rückweg vom Flughafen ... ich weiß auch nicht ...", sagte er stockend. „Ich bin mit dem Taxi ... zum Zülpicher Platz gefahren. Ich konnte nicht anders, ich musste einfach noch mal dahin."

„Bist du völlig irrsinnig?" Kauz ballte die Fäuste zusammen; es hätte nicht viel gefehlt und er wäre handgreiflich geworden. „Hat dich jemand gesehen?"

Gatler schüttelte den Kopf. „Nur der Taxifahrer." Er sah seinen Freund mit zitternden Lippen an. „Achim, was haben wir getan?"

„Wir?", fuhr ihn Kauz an. „Du!"

Plötzlich bemerkten beide, dass das Geräusch des Rasenmähers verstummt war. Gatler hastete zum Küchenfenster, aber Danni Lukoscheit bewegte sich vom Haus weg, zerrte den Rasenmäher Richtung Rosenbüsche. Es gab keine Möglichkeit herauszufinden, ob und was er gehört hatte. „Verdammt", murmelte Gatler.

Maria Plasberg hatte für den Nachmittag wieder eine Besprechung anberaumt. Normalerweise traf sich die Mordkommission morgens, um die anstehenden Aufgaben aufzuteilen und neue Entwicklungen zu besprechen; für ihren Termin mit Grabowski wollte die Kommissarin jedoch auf dem aktuellsten Stand sein. Nach Vogts Genesung, der den ganzen Tag die Akten über Achim Kauz' verschwundenen Sohn gewälzt hatte, und durch die zusätzliche Anwesenheit von Bettina Siener war die MK auf sechs Mitglieder angewachsen. Heribert Eikner hatte sich entschuldigen lassen; der Leiter des Kriminalkommissariats 11 nahm nur unregelmäßig an den Besprechungen seiner drei Mordkommissionen teil.

Bettina Siener war auch die Letzte, die eintraf. Etwas atemlos betrat die blonde 32-Jährige den Raum. „Bin ich zu spät? Ich musste kreuz und quer durch die Stadt fahren." Am Morgen, als

Plasberg sie hastig über die ihr zugeteilten Aufgaben informiert hatte, waren die anderen Kommissare noch nicht im Präsidium gewesen. Trotzdem war sie in der Runde ein vertrautes Gesicht; ihre Mitarbeit an einem der letzten Fälle von Plasbergs MK lag erst wenige Wochen zurück. Vogt nickte ihr gelangweilt zu, und Kayser rückte ihr einen Stuhl zurecht, während Gesine Keller um die Tische herumhuschte und Kaffee verteilte.

„Gibt's keine Kekse, Frau Keller?", fragte Hallstetter.

„Nein", erwiderte die Sekretärin. „Und für Sie sowieso nicht. Sie haben heimlich meine Vorräte geplündert, stimmt's?"

„Ich war das nicht!", beteuerte Hallstetter und deutete auf Matthias Kayser. „Er war's!"

Bevor Gesine Keller den Raum verließ, legte sie der Kommissarin eine Notiz auf den Platz. Sie hatte, wie gewünscht, den Mercedes vor Gatlers Haus überprüft. Der Wagen war ordnungsgemäß auf den Autor zugelassen. Plasberg nickte und sah auf die Uhr, sobald sich Siener gesetzt hatte. „Wir haben nicht allzu viel Zeit. Ich muss um achtzehn Uhr beim Staatsanwalt antanzen. Wer fängt an? Kayser?"

„Von mir aus." Der dröhnende Bass des Kommissars ließ alle aus der aufkommenden Lethargie des nahenden Feierabends aufschrecken, während er sie über seine fruchtlosen Bemühungen aufklärte, Anschlitz' Nachbarn zu befragen. „Er hat insgesamt fünf Nachbarn im Haus, aber keiner von denen hat etwas Verdächtiges gehört und schon gar nicht gesehen. Anschlitz' Mörder muss die Wohnung relativ geräuschlos nach den Drohnenfotos oder Videos abgesucht haben."

„Was ist mit diesem Ex von Natalie Bauer?", hakte Plasberg nach. „Ich hab den Namen vergessen. Gibt's da etwas Neues?"

Matthias Kayser warf erneut einen Blick auf seinen Notizblock. „Tiago César Grilo, 28 Jahre, Deutsch-Portugiese, arbeitslos. Ich hab mit Wentrop gesprochen. Die OK hat ihn tatsächlich auf dem Schirm gehabt. Wird verdächtigt, am Überfall auf einen Kiosk in Holweide beteiligt gewesen zu sein, aber beide Schwestern schwören Stein und Bein, dass sie zur fraglichen Zeit mit ihm im Kino waren. Also musste Wentrop ihn wieder laufenlassen, obwohl er sicher ist, dass Grilo Teil eines ganzen Rings ist, der sich auf Brüche im kleineren Stil spezialisiert hat. Und für die Zeit von Anschlitz' Ermordung hat Grilo auch ein Alibi. Ich hab ihn gesprochen, er wohnt mit den Schwestern und seinen Eltern in einer Wohnung in Mülheim. Schicke Klamotten, durchtrainiert, Sportwagen. Wir kennen die Sorte. Und er ist ein ziemlicher Flegel, was wohl daran liegt, dass ihm die Eltern als einzigem Sohn den Arsch hinterhertragen. Samstagnachmittag hat er jedenfalls beim Tapezieren des Wohnzimmers geholfen, am Abend hat er mit ein paar Freunden Billard gespielt in einer Spielothek. An Anschlitz konnte er sich angeblich kaum erinnern und daran, dass er ihm mal Prügel angedroht hat, erst recht nicht. Erstaunlich, wenn man bedenkt, dass er im Prozess wegen Stalkings gegen Anschlitz ausgesagt hat. Und für seine Ex, Natalie Bauer, hat er auch kein gutes Wort übrig gehabt, weil ein Kumpel sie ihm neulich ausgespannt hat … von daher: alles ein Schlag ins Wasser. Diese Spur führt nirgendwo hin."

„Wenigstens haben wir sie abgehakt", murmelte Plasberg. Sie sah Bettina Siener an. „Was war mit den Alibis von Axel und Saskia Kamphaus und mit dem Lesekreis der Kamphaus?"

Siener knetete angespannt ihre Hände. „Die Alibis sind stichhaltig. Ich habe die Gruppe aus Gelsenkirchen kontaktiert, die Saskia Kamphaus gebucht hatte, sie haben die Angaben der Tochter bestätigt. Der Fahrtenschreiber von Axel Kamphaus weist auch keine offensichtlichen Manipulationen auf. Ich hab einen Kollegen zur Überprüfung mitgenommen, der sich mit so was auskennt. Kamphaus war wohl wie angegeben in Riga."

„Dann können wir die beiden aus der Liste derer streichen, mit denen wir uns weiter beschäftigen müssen", sagte die Kommissarin. Blieben noch die Freunde, und zumindest Anschlitz schien keine gehabt zu haben.

„Der Lesekreis, dem Martina Kamphaus angehört hat", fuhr Siener fort, „ist eine lockere Zusammenkunft von lesebegeisterten Frauen im mittleren Alter, mal sind es fünf, mal sieben, nie mehr als acht Personen, die sich etwa alle sechs Wochen treffen, um über ein Buch zu sprechen, das sie vorher gemeinsam ausgesucht haben. Meistens irgendein Roman oder …"

„Wer hat denn Zeit für so was?" Vogt schüttelte den Kopf. „Das ist doch nur eine fadenscheinige Ausrede für einen Kaffeeklatsch."

Plasberg warf ihm einen irritierten Blick zu. „Lassen Sie die Kollegin doch einfach berichten."

„Fünf der acht Frauen konnte ich befragen", sagte Siener und strich sich eine Haarsträhne aus den Augen, „die übrigen waren entweder im Krankenhaus, im Urlaub oder als Babysitter bei den Enkeln unabkömmlich. Alle haben nur Gutes über Martina Kamphaus erzählt: angenehme Bekannte, freundliches Wesen, tut keiner Fliege was zuleide, wusste wahnsinnig viel über Bücher, alle waren sehr bestürzt über ihren Tod. Das Übliche eben. Außerdem ist keiner der Damen bei den letzten zwei oder drei Treffen irgendetwas an Kamphaus' Verhalten aufgefallen. Ich hab auch nachgefragt, ob Kamphaus vielleicht den Kauf des Pfeffersprays erwähnt hat, aber auch da Fehlanzeige ..."

Rundherum waren enttäuschte Seufzer zu hören, und Hallstetter ließ den Kuli fallen, mit dem er gespielt hatte.

„... allerdings gab es bei der letzten Zusammenkunft am ...", Siener durchforstete ihre Notizen, „... am achten März eine kleine Auseinandersetzung zwischen Dorothee Maurer, Suse Frohling und der Kamphaus."

„Und w-worum ging es?", fragte Brinkhoff. Er saß direkt neben Siener und schielte auf ihre Unterlagen.

„Um Stephen Gatler." Siener grinste, als sie die Überraschung ihrer Kollegen bemerkte. „Ich weiß nicht, ob es irgendetwas zu bedeuten hat", wiegelte sie ab, „aber Dorothee Maurer hatte sich dafür eingesetzt, den neuen Krimi von Gatler ... *Das blonde Kind* ...?"

„*Das blutige Kind*", sagten Plasberg und Brinkhoff im Chor.

„Richtig. Jedenfalls wollte Maurer den neuen Krimi von Gatler für das nächste Treffen lesen lassen, sie und die Frohling sind wohl Fans von Gatlers Krimis ... ich hab den Namen noch nie gehört vorher! Ist der wirklich so bekannt?" Plasberg nickte. „Die anderen Frauen waren einverstanden, aber Martina Kamphaus hat sich vehement dagegen ausgesprochen. Das war allen noch im Gedächtnis."

„Und wieso?", fragte Kayser.

„Weil er – wörtlich: ‚ein Betrüger' sei. Sie würde ihm keinen einzigen Cent hinterherwerfen."

„Ein B-Betrüger?", wiederholte Brinkhoff.

„Und hat die Kamphaus das auch irgendwie näher erläutert?“, warf Vogt ein. „Hat er vielleicht mal die Leihfrist eines Buches überschritten?“ Er sah sich grinsend um, aber niemand nahm seinen schalen Witz zur Kenntnis. Plasberg fragte sich, wann ihr Kollege endlich begreifen würde, dass sie mehr von ihm erwartete als destruktive Einlassungen.

Siener schüttelte den Kopf. „Leider hat sie wohl nicht mehr dazu gesagt. Aber alle Frauen waren sich einig, dass dieses Verhalten für Kamphaus sehr untypisch war. Sie sei rot angelaufen und habe sich strikt geweigert, auch nur ein weiteres Wort über Gatler zu verlieren.“

„Vielleicht ist die Richtung, in die Vogt gedacht hat, gar nicht so falsch“, überlegte Hallstetter. „Vielleicht hat Gatler bei seinen Krimis irgendwas falsch recherchiert? Vielleicht ist ihr als Bibliothekarin irgendwas in den Büchern aufgefallen, was nicht stimmt?“

„Und deswegen rastet sie so aus?“ Plasberg war skeptisch.

„Ich hab mal gelesen, dass echte Fans sehr ungehalten werden können, wenn sie beispielsweise feststellen, dass eine Kirche, die in einem Roman auftaucht, falsch beschrieben wird … was weiß ich … dass sie statt wie angegeben 1684 erst 1703 erbaut wurde.“

„Halte ich trotzdem für ziemlich weit hergeholt. Und wenn die Frauen aus dem Lesekreis sich an keine Einzelheiten erinnern können, hilft uns das erst mal nicht … weiter im Text, bitte.“

Aber Bettina Siener hatte gesagt, was sie loswerden wollte, deshalb ergriff Jochen Hallstetter erneut das Wort. „Uhrmann hatte nicht viel Neues für uns. Wenn wir bei diesen Leichenschauen nicht dabei sein müssten, hätte auch ein Anruf genügt, ehrlich. Jedenfalls hat er den Tod von Anschlitz bestätigt“, brummte er und gähnte ausgiebig. Erst als er das Kichern seiner Kollegen hörte, bemerkte er seinen Fehler. „Also den Tod durch Strangulation, meine ich. Todeszeitpunkt war demnach der Samstagnachmittag zwischen siebzehn und neunzehn Uhr. Außerdem hat er bestätigt, dass Anschlitz vor seinem Tod mit Chloroform ruhiggestellt worden ist. Haben wir aber alles schon vorher vermutet.“

„Was ist mit den Haaren? Ist die DNA-Analyse fertig?“

„Ach ja, die beiden weißen Haare. Eins vom Revers des Toten, eins unter dem Sessel von Gatler, richtig? … Nein.“

„Was heißt nein? Herrgott, Hallstetter, jetzt lassen Sie sich nicht jedes Wort aus der Nase ziehen“, sagte Plasberg. „Wenn Sie in Rente sind, können Sie von mir aus alle Gehirnzellen beim Hartz-IV-Fernsehen einschläfern, vorher erwarte ich ein bisschen mehr Enthusiasmus.“

„Die Ergebnisse gibt's entweder heute Abend oder morgen früh. Und Uhrmann war ziemlich pampig. Er habe noch andere Sachen zu tun, als ständig Extrawünsche für Sie zu erledigen.“

Plasberg verbarg ihre Enttäuschung. Sie hatte gehofft, Grabowski mit einer eindeutigen DNA-Zuweisung der Haare einen wichtigen Fortschritt in ihren Ermittlungen präsentieren zu können. Jetzt würde sie quasi mit leeren Händen bei ihm auftauchen. Aber manchmal war auch bei der Polizeiarbeit Geduld nötig. Vielleicht sollte sie den Staatsanwalt später darauf hinweisen.

Sie überließ es Brinkhoff, die Kollegen über ihre Unterhaltungen mit Natalie Bauer und Franz Herbrand zu unterrichten, hörte dann seiner Zusammenfassung des Gesprächs mit Lipscheid zu und erzählte zum Schluss von ihrem Besuch bei Elke Fiebig, wobei sie ihren Verdacht bezüglich der Einflussnahme des ehemaligen Polizeipräsidenten bei Gatlers Unfall vorerst für sich behielt.

Karsten Vogt betrachtete seine Hände, die er flach auf den Tisch gelegt hatte. „Das bedeutet, wir haben zwei Personen mit Mordmotiven“, sagte er, als Plasberg fertig war. „Lipscheid, weil er Gatler verdächtigt, seine Ehe ruiniert zu haben, und Fiebig, die Gatler die Schuld für den Unfall gibt, der sie verunstaltet hat.“

„Herbrand mag G-Gatler auch nicht sonderlich“, warf Brinkhoff ein. „Und sein Verleger erst recht nicht.“

„Aber das sind Motive, Gatler zu töten, nicht Kamphaus und Anschlitz!“, beschwerte sich Hallstetter. „Das ergibt keinen Sinn!“

„Und wenn das Ganze eine Art Rachefeldzug gegen G-Gatler ist, eine Art Vendetta, um ihn zu diskreditieren? Wir gehen doch nach wie vor davon aus, dass jemand die M-Morde verübt hat, der Gatlers Romane gelesen hat“, sagte Brinkhoff. „Dann würde die Motivlage passen.“

„Warum sollte es auf Gatler zurückfallen, wenn jemand nach der Vorlage seiner Bücher tötet?“, fragte Siener. „Ich meine … da kann er doch nichts für.“

„Aber diese Inszenierungen sind w-wichtig!“, widersprach Brinkhoff. „Sie bedeuten etwas. Sie … sind eine B-Botschaft!“

„Eine Botschaft?“ Vogt lachte ihn aus. „So was Dämliches kann auch nur von Ihnen kommen!“

Aber auch Plasberg runzelte die Stirn. Allmählich ging ihr Brinkhoff mit seinen Spekulationen auf die Nerven. „Niemand, der beruflich mit Gatler zu tun hat, würde davon profitieren, wenn Gatler mit den Morden in Verbindung gebracht wird“, wies sie Vogts Überlegung zurück, der sofort beleidigt wirkte. „Schäfer-Kussnacht, Herbrand, Lipscheid und Fiebig – alle würden sich ins eigene Fleisch schneiden, wenn Gatlers Stern in der Öffentlichkeit sinkt. Das haben sie letztendlich auch zugegeben. Sie sind auch beunruhigt, dass der neue Roman sich nicht verkauft wie erwartet. Und obwohl Gatler Lipscheid und Fiebig geschadet hat, arbeiten sie weiterhin mit ihm zusammen.“ Sie seufzte und sah sich in der Runde ihrer Kollegen um. „Ich bin offen für Vorschläge.“

„Vielleicht gibt es eine V-Verbindung zwischen Gatler und Anschlitz. Übers Schreiben“, wagte Brinkhoff einen Schuss ins Blaue. „Der eine hat zwar Schundliteratur geschrieben, und der andere ist ein anerkannter K-Krimiautor, aber beides hat immerhin mit Literatur zu tun. Wir sollten den Verleger dieser Groschenromane befragen.“

Plasberg nickte ihr Einverständnis und verfiel ansonsten in ein unzufriedenes Schweigen. Nichts an diesem Fall passte zusammen.

Alles hing im Moment an der DNA-Analyse zweier weißer Haare. Wenn beide zweifelsfrei Gatler zugeordnet werden konnten, dann kam er in Erklärungsnot … Aber warum? Warum sollte er zwei Morde begehen, deren Art und Weise automatisch seinen Namen ins Spiel brachte? Was für ein Motiv sollte er gehabt haben? Wenn die Medien davon Wind bekamen, war das eine miserable Publicity, selbst wenn er unschuldig war … würde Schäfer-Kussnacht die Zusammenarbeit mit Gatler beenden, wenn er unter Mordverdacht geriet? Andererseits würde ein solches Medienspektakel die Verkäufe der Krimis doch anheizen, oder? War da vielleicht doch ein Mordmotiv? … Plasberg fühlte sich wie beim mühevollen Versuch, einen Zauberwürfel richtig zusammenzusetzen. Je mehr sie an den bunten Steinen drehte, desto verworrener wurde die Vorlage … Grabowski würde sie zur Schnecke machen, wenn sie nachher nichts Stichhaltigeres vorweisen konnte.

Die Kommissarin wurde aus ihren Gedanken gerissen, als sie bemerkte, dass die Augen aller Kollegen auf ihr ruhten. „Tut mir leid", murmelte sie. „Wo waren wir?"

Vogt schnaubte auf. „Bei Stephen Gatler."

Bettina Siener half ihr aus der Patsche. „Scheint jedenfalls kein besonders angenehmer Mensch zu sein, dieser Gatler", sagte sie, während Plasberg geschäftig ihre Unterlagen ordnete. „Wieso ist dieser Kauz bloß mit ihm zusammen?"

„Was wissen wir eigentlich über Achim Kauz?", fragte Kayser.

„Na endlich", meckerte Vogt und schlug die vor ihm liegenden Akten auf. „Dachte schon, ich muss hier auch noch den ganzen Nachmittag rumsitzen! Wieso musste eigentlich ich diese Aktenstudien betreiben? Das hätten doch die Siener oder notfalls sogar die Keller machen können."

„Weil Sie sich krankgemeldet hatten", wies ihn Plasberg zurecht. „Und daher nicht mehr auf dem neuesten Stand der Ermittlungen waren. Also?"

Vogt verzog missmutig das Gesicht. „Alles, was ich bisher in Erfahrung bringen konnte, geht aus den Ermittlungen über das Verschwinden seines Sohnes vor neun Jahren hervor. Kauz ist zwanzig Jahre jünger als sein … als Stephen Gatler. Geboren in einem Kaff in der Nähe von München, aufgewachsen in Bonn. Hat erst Publizistik und dann Informatik in Köln studiert und ist dann hier hängengeblieben. Hat ein paar Jahre bei einer Computerzeitschrift als Redakteur gearbeitet, aber seit er mit Gatler liiert ist, kümmert er sich im Hintergrund um dessen Karriere."

„P-Publizistik? D-Dann ist er als Korrekturleser für Gatlers Manuskripte auf jeden Fall kompetent", fiel Brinkhoff ein.

Vogt warf seinem Kollegen einen genervten Blick zu. „Kauz selbst ist bisher nicht aktenkundig geworden, noch nicht mal ein Strafzettel wegen Falschparkens. Die Akte über seinen Sohn ist allerdings ziemlich dick … Der dreijährige Lucca Kemper, so heißt der Junge nämlich richtig, ist damals aus der Wohnung im Belgischen Viertel verschwunden, während Kauz und Gatler sich mit diesem Herbrand und dessen Lebensgefährtin Sandra Matuschek zum Essen in einem Restaurant getroffen haben."

„Wieso Belgisches Viertel?", fragte Brinkhoff. „Die wohnen d-doch in …"

„Darf ich vielleicht mal ausreden, K-K-Kollege?", schnitt ihm Vogt das Wort ab. „Ewig diese scheiß Zwischenfragen! Sie kriegen hier keine Sternchen für Fleißarbeit unter die Hausaufgaben!"

„Sie aber a-auch nicht, bei den häufigen K-Krankmeldungen!"

„Es reicht, Brinkhoff. Und Sie auch, Vogt!", schaltete sich Plasberg ein. „Reißen Sie sich zusammen!" Sie hatte allmählich genug von dem ewigen Kleinkrieg zwischen den beiden Männern.

„Ach, ist doch wahr!", erwiderte Vogt wütend. „Wo war ich? … Das Haus in Hahnwald befand sich damals erst sechs Monate im Besitz von Gatler. Er hatte umfangreiche Renovierungen in Auftrag gegeben, daher war es gerade erst fertig saniert worden; der Umzug war einige Wochen später geplant. Für die Zeit ihrer Abwesenheit am Abend hatten die beiden Männer einen Babysitter engagiert, eine zweiundzwanzigjährige Studentin namens Anke Koschnik. Als Kauz und Gatler gegen 22 Uhr vom Essen zurückkamen, war Lucca verschwunden."

„Jetzt erinnere ich mich daran!", sagte Hallstetter. „Die Heidi hat das damals ganz gebannt verfolgt. Stand jeden Tag was Neues im *Express*."

„Wie schrecklich!", sagte Siener.

„Wer hat damals hier den Fall verantwortlich bearbeitet?", fragte Plasberg. „Ein Kollege namens Chalkis?"

Vogt sah von seinen Notizen auf. „Ja. Woher wissen Sie …? Kriminalhauptkommissar Chalkis, der Vor-Vorgänger von Beerbaum. Hat ein Jahr später um die Versetzung nach Braunschweig gebeten, aus familiären Gründen."

„Die Sitte hat den Fall übernommen?", fragte Brinkhoff überrascht nach. „W-Wieso?" Lutz Beerbaum, der derzeitige Leiter der Sitte, war Brinkhoffs Mentor und so etwas wie ein väterlicher Freund für Brinkhoff gewesen, als er in Köln angefangen hatte und bevor Plasberg ihn für ihre Mordkommission abgeworben hatte. Noch heute traf er sich mit Beerbaum hin und wieder auf einen Kaffee.

„Was wundert Sie daran, B-B-Brinkhoff?“ Vogt verzog verächtlich die Mundwinkel. „Wenn zwei Schwuchteln ein Kind großziehen, dann liegt es doch nahe, als Erstes an Kinderficker zu denken!“

Plötzlich war es totenstill im Raum. Alle starrten Vogt mit offenem Mund an. Erst als Brinkhoff wutentbrannt hochsprang, „Sie d-d-dummes Arschloch!“ fluchte, Vogt von seinem Stuhl zerrte und ihm einen Kinnhaken verpasste, der den Kollegen aufheulend zu Boden gehen ließ, brüllten plötzlich alle durcheinander.

„Sind Sie irre?“

„Brinkhoff!“

„Was soll denn das?“

Kayser und Siener sprangen ebenfalls von ihren Stühlen und hielten Brinkhoff zurück, der drauf und dran war, noch weiter auf den Kollegen einzuprügeln. Mit vereinten Kräften drückten sie ihn zurück auf seinen Sitz, während Hallstetter zu Vogt lief, der noch immer auf dem Boden lag und sich mit schmerzverzerrtem Gesicht das Kinn rieb.

„Das werden Sie bereuen!“, heulte Vogt mit sich überschlagender Stimme. „Ich zeige Sie an wegen Körperverletzung! Ich beschwere mich bei Eikner über Sie! Ein tätlicher Angriff auf einen Polizeibeamten! Das kostet Sie Ihre Karriere!“

„Jetzt hören Sie schon auf, Vogt!“, sagte Plasberg, die als Einzige sitzengeblieben war. „Und seien Sie nicht so eine Memme! Sie haben es doch herausgefordert!“

„Ich?“, keifte Vogt. „War ja klar, dass Sie für Ihren schwulen Kompagnon Partei ergreifen!“

Jetzt fühlte sich auch Plasberg persönlich angegriffen, aber sie zwang sich, ruhig zu bleiben. „Vorsicht, Kollege, Sie bewegen sich auf ganz dünnem Eis!“

„Ach, verschonen Sie mich mit Ihrem ‚Kollege‘! Ich weiß genau, was hier läuft! Das ist doch zum Kotzen!“ Vogt rappelte sich mithilfe von Hallstetter vom Boden auf und betastete vorsichtig seinen Kiefer und seine Lippe, die aufgeplatzt war und zu bluten begonnen hatte. „Scheiße, verdammte!“

„Der Kiefer ist nicht gebrochen“, sagte Hallstetter.

„Verpissen Sie sich!", fauchte ihn Vogt an und schüttelte seinen Arm ab. Dann wankte er aus dem Besprechungsraum und floh auf die Toilette. Plasberg gab Bettina Siener ein Zeichen, ihm hinterherzugehen, dann herrschte sie Brinkhoff an: „Sind Sie nicht mehr ganz bei Trost? Wieso lassen Sie sich denn derart provozieren? Sie wissen doch ganz genau, dass er es nur darauf ankommen lassen wollte! Wie kann man nur so bescheuert und so unbeherrscht sein? Das ist schon das zweite Mal! Legen Sie sich gefälligst ein dickeres Fell zu, sonst kann ich Sie in meiner MK nicht gebrauchen!"

Brinkhoff war in sich zusammengesunken und hatte schwer atmend die Hände vor den Mund gehoben, entsetzt darüber, wozu er sich hatte hinreißen lassen. „Es t-t-t-tut m-mir l-leid!", stotterte er. „Ich w-wollte das n-nicht! M-Mir sind einfach die Sicherungen d-durchgebrannt!"

„Das habe ich gemerkt!"

„Vogt ist ein Idiot!", mischte sich Kayser ein. „Er hätte sich das auch wirklich sparen ..."

„Das hilft uns auch nicht weiter!", erwiderte Plasberg zornig.

„Ich wollte doch nur ..."

„Wir haben hier zwei Mordfälle zu lösen!", schnauzte sie Brinkhoff weiter an. „Ihre Männlichkeitsrituale veranstalten Sie gefälligst in Ihrer Freizeit! Schlagen Sie sich bei einem Boxkampf die Köpfe ein, ist mir völlig egal! Aber in meinem Team und während der Dienstzeit kann ich so was überhaupt nicht gebrauchen!" Damit verließ sie ebenfalls den Besprechungsraum und machte sich auf die Suche nach ihrem verletzten Mitarbeiter.

Hallstetter, Brinkhoff und Kayser saßen schweigend auf ihren Stühlen, regten sich nicht und starrten verkrampft auf die Tischplatte. „War ein klasse Kinnhaken", raunte Hallstetter schließlich und verzog das Gesicht zu einem angedeuteten Lächeln. „Erste Sahne, ehrlich! Tut Ihnen jetzt nicht die Faust weh?"

Brinkhoff schüttelte den Kopf, und Kayser und Hallstetter fingen leise an zu lachen.

Eine Viertelstunde später kam erst Bettina Siener zurück, die es vermied, Brinkhoff anzusehen, dann folgten ihr Plasberg und Vogt. Vogts Lippe hatte aufgehört zu bluten, aber sie war angeschwollen, und er hielt noch immer ein Taschentuch gegen die Stelle. Fast automatisch wurde die Sitzordnung so geändert, dass Vogt und Brinkhoff so weit wie möglich auseinandersaßen, außer Reichweite des jeweils anderen.

„Wir werden jetzt weiterarbeiten“, sagte Plasberg eisig, als alle wieder Platz genommen hatten. „Der Kollege Vogt war dabei zu berichten, was die Aktenlage über Lucca Kemper hergibt.“ Anscheinend hatte sie nicht vor, die Auseinandersetzung zwischen Vogt und Brinkhoff auch nur eines weiteren Wortes zu würdigen. „Beerbaums Abteilung hat den Fall also übernommen? Warum?“ Sie sah Vogt fragend an.

Der Kollege nickte stumm. „Damals eben noch unter Chalkis' Leitung“, nuschelte er dann etwas schwerfällig und stierte auf seine Unterlagen. „Der erste Verdacht war, dass Kauz und Gatler etwas mit dem Verschwinden des Kindes zu tun gehabt haben. Deshalb hat die Sitte damals den Fall übernommen.“

„Aber wieso?“, erwiderte Hallstetter.

„Vogt hat ja schon zum Ausdruck gebracht, dass es l-logisch ist, bei zwei schwulen Männern, die einen kleinen Jungen großziehen, an sexuellen Missbrauch zu denken, an P-Pädophilie“, konnte sich Brinkhoff nicht verkneifen einzuwerfen. „So wie bei Marc Dutroux, nicht wahr?“

„Dutroux?“, fragte Siener. „Der belgische Kinderschänder? Der war doch gar nicht schwul, oder?“

„Darum g-geht es doch gar nicht“, schimpfte Brinkhoff. „Es geht d-darum, dass …“

„Schluss!“, ging Plasberg verärgert dazwischen. „Wir werden diese Diskussion jetzt nicht weiterführen! Und Brinkhoff: Es ist völlig normal, dass Chalkis damals zumindest in Richtung Pädophilie ermitteln musste. Lernen Sie, damit zu leben! So wie ich das verstehe, ist das ja nun auch eine Spur ins Nichts gewesen, oder?“

„Ja“, erklärte Vogt, wenn auch zähneknirschend. „Die Verdachtsmomente hinsichtlich eines sexuellen Delikts konnten nicht erhärtet werden.“

„Was war eigentlich mit dem Babysitter?“, fiel Bettina Siener ein und lenkte die Diskussion damit wieder in konstruktivere Bahnen. „Dieser Anke Irgendwas?“

„Anke Koschnik", sagte Vogt. „Lag bewusstlos auf der Couch im Wohnzimmer, als Kauz und Gatler vom Essen kamen. Im Krankenhaus hat man dann festgestellt, dass ihr jemand K.o.-Tropfen verabreicht hat. Spuren davon wurden auch in einem Glas Zitronenlimonade gefunden, das vor ihr auf dem Tisch gestanden hatte."

„Ja, und wer?", fragte Hallstetter.

„Unbekannt. Kauz und Gatler schieden als Tatverdächtige aus, weil sie ja erwiesenermaßen nicht zu Hause waren, und der Babysitter hat ausgesagt, dass in der Zwischenzeit niemand die Wohnung betreten hat. Allerdings war ihre Aussage nicht belastbar, weil ihre Erinnerung an den Abend nur bruchstückhaft war."

„Aber irgendwer muss ihr die K.o.-Tropfen doch verabreicht haben!", wunderte sich Kayser. „Sie wird sie sich ja wohl kaum selber eingeflößt haben."

„In der Wohnung sind außer den Fingerabdrücken von Lucca Kemper, Stephen Gatler, Achim Kauz und Anke Koschnik keine weiteren gefunden worden. Auch nicht an dem Glas, aus dem sie getrunken hat."

„Und was ist mit dem Kind passiert?", fragte Siener. „Entführt? Ermordet?"

„Der Fall ist bis heute nicht aufgeklärt", antwortete Vogt und tupfte wieder an seiner Lippe herum. „Aber kann ich vielleicht von vorne …?"

„Ich bin auch dafür, dass wir uns das alles der Reihe nach anhören", sprang ihm Plasberg zur Seite. „Wie kommen zum Beispiel zwei homosexuelle Männer an ein Kind? Nichts für ungut", erklärte sie mit einem warnenden Seitenblick auf Brinkhoff, „aber die Regel ist das ja nicht."

„Kauz ist der biologische Vater des Kindes", sagte Vogt. „Kurz bevor er Gatler kennenlernte, hat er noch in einer normal… in einer heterosexuellen Beziehung gelebt …"

„Geht doch!", murmelte Brinkhoff. Kayser stieß ihn mit dem Fuß an.

„… die Mutter des Jungen heißt Corinna Kemper, eine junge Architektin, gebürtig aus Chemnitz, mit der Kauz bis kurz vor seinem Coming-out eine Beziehung hatte. Die beiden haben zusammen in Köln gewohnt. Lucca ist geboren worden, als Kauz und Kemper sich schon getrennt hatten. Trotzdem haben sie sich das Sorgerecht für den Jungen geteilt, auch wenn Lucca bei der Mutter gelebt hat. Danach wird es ein wenig ungewöhnlich: Nach Achim Kauz' Angaben hat Corinna Kemper etwa zwei Jahre nach Luccas Geburt den Entschluss gefasst, in die USA zu gehen, genauer gesagt, nach Dallas, weil sie dort einen guten Job angeboten bekommen hat. Und Lucca hat sie bei dem Vater des Kindes gelassen, der inzwischen mit Stephen Gatler liiert war."

„Wollte sie das Kind später nachholen?", fragte Plasberg.

Vogt schüttelte den Kopf. „Nach Aussage von Achim Kauz nicht. Sie hat sich danach nicht mehr um Lucca gekümmert. Hin und wieder ein Anruf, mehr nicht."

„Was heißt denn nach Aussage von Achim Kauz?", wollte Siener wissen. „Ist diese Corinna Kemper nicht befragt worden, als Lucca verschwunden ist? Sie wäre doch eine Hauptverdächtige!"

„War nicht möglich", antwortete Vogt. „Sie ist bis heute ebenso spurlos verschwunden. Chalkis hat offiziell um die Hilfe der amerikanischen Behörden gebeten, aber sie konnten angeblich Corinna Kempers Aufenthalt nicht ermitteln. Die Amis sind ja immer sehr zugeknöpft bei der Herausgabe von sensiblen Informationen. Keine Ahnung, wie intensiv die ermittelt haben, zumal es sich ja nicht um einen ihrer Staatsbürger gehandelt hat. Das Einzige, was letztendlich feststand, war, dass Kemper das Architekturbüro in Dallas etwa vier Monate, bevor Lucca verschwunden ist, verlassen und auch ihre Wohnung gekündigt hat. Mehr war nicht herauszubekommen, obwohl sich im Laufe der Ermittlungen eine ganze Reihe von Behörden in den Fall eingeschaltet haben, darunter die Deutsche Botschaft, die Einwanderungsbehörde in den USA und das FBI. Erfolglos. Nach ihrer Kündigung verliert sich Corinna Kempers Spur. Vielleicht ist sie untergetaucht, hat einen anderen Namen angenommen. Ein internationaler Haftbefehl wurde zwar ausgestellt, aber wenn sie einen anderen Namen geführt hat, dazu ein paar kosmetische Änderungen des Gesichts, der Frisur vielleicht …"

Alle Mitglieder der MK wussten, wie leicht es war, in den Vereinigten Staaten in ein neues Leben zu schlüpfen. Es gab nur Sozialversicherungsnummern, aber keine Meldepflicht; sich illegal neue Papiere zu besorgen mit einer neuen Identität war nur eine Frage des Geldes, der Kontakte und einer sorgsamen Planung.

„Sie ist auch nie wieder nach Deutschland eingereist?", fragte Plasberg.

„Jedenfalls nicht unter dem Namen Corinna Kemper."

„Und Lucca? Hat man überprüft, ob er kurz nach seinem Verschwinden ausgereist ist?"

Vogt und die Kollegen wussten, worauf Plasberg hinauswollte: dass Kemper unter falschem Namen nach Deutschland zurückgekommen war, den Jungen entführt und dann mit ihm zurück in die USA gegangen war. „Die Daten der infrage kommenden Flughäfen und Airlines sind von Chalkis und seinem Team abgeglichen worden. Danach hat das Kind die Bundesrepublik nicht verlassen."

„Zumindest nicht als Lucca Kemper."

„Auch nicht als Lucca Kauz."

„Und wenn Kemper für ihren Sohn im Vorfeld ebenfalls eine neue Identität vorbereitet hat?", warf Siener ein.

„Möglich ist alles", erwiderte Vogt achselzuckend.

„Ist der Hintergrund des Babysitters überprüft worden?", fragte Kayser.

„Klar. Aber alles unauffällig. Keine Kontakte in die USA, keine überraschenden Kontobewegungen, gar nichts. Anke Koschnik war eine ganz normale Studentin, die einfach nebenbei Babys gesittet hat, um sich etwas dazuzuverdienen. Chalkis hat andere Eltern befragen lassen, bei denen Koschnik auch die Kinder betreut hat: keine besonderen Vorkommnisse. Die war eine Unbeteiligte. Chalkis hat natürlich auch vermutet, dass Corinna Kemper ihren Sohn entführt und mit in die USA genommen hat. Oder zurückgekommen ist und hier in Deutschland mit einer falschen Identität für sich und ihren Sohn lebt. Allerdings glaubte er, dass sie das nicht ohne die Hilfe mindestens einer weiteren Person bewerkstelligen konnte. Irgendwer muss ihr ja gesagt haben, wann und wo sie sich ihres Sohnes relativ gefahrlos bemächtigen konnte. Irgendwer muss sie in die Wohnung gelassen haben, irgendwer muss für die K.o.-Tropfen in dem Glas

Zitronenlimonade verantwortlich sein. Beweisen konnte er das aber alles nicht."

„Kauz und Gatler sind also im Zuge dieser Ermittlungen unfreiwillig geoutet worden. Vor allen Dingen für Gatlers Verleger und Gatler selbst bestimmt ausgesprochen unangenehm. Und Kauz und Gatler wissen bis heute nicht, was mit Lucca passiert ist", sagte Plasberg. „Interessant. Der Junge wäre ungefähr zwölf?"

Vogt nickte bestätigend.

„Was ist mit diesem Video, in dem Kauz und Gatler die Öffentlichkeit um Mithilfe bitten?"

„Hab ich hier." Vogt holte einen Laptop aus seiner Tasche und einen USB-Stick aus den Akten. Die Mordkommission scharte sich um den Laptop und sah sich die nur gut einminütige Aufzeichnung an, mit der die beiden Männer vor neun Jahren an die Öffentlichkeit gegangen waren. Achim Kauz' Haare waren kürzer als heute, aber er wirkte noch bleicher, als Plasberg und Brinkhoff ihn kennengelernt hatten, verhärmt und elend. Dunkle Schatten zeichneten sich unter den Augen ab; man sah ihm an, dass er in den Tagen zuvor kaum geschlafen hatte und völlig am Ende war. Seine Hände zitterten, als er das Blatt hob, von dem er seinen Text ablas. Stephen Gatler saß schweigend neben seinem Partner.

Nervös und mit manchmal brechender Stimme trug Kauz seinen Appell vor, die trockenen Lippen hastig mit seiner Zunge befeuchtend. Er begann, indem er sich und Gatler kurz vorstellte – obwohl die Vorstellung des Autors, der damals schon mit seinem Debütroman in aller Munde war, sicherlich nicht notwendig gewesen war –, dann beschrieb er den Zeitpunkt des Verschwindens von Lucca, wie der Junge aussah und was er zuletzt getragen hatte, bat um jeden erdenklichen Hinweis. Ungewöhnlich war, dass er seine Bitte mit einer persönlichen Bemerkung schloss und dabei eindringlich in die Kamera sah: „... wenn Sie glauben, Lucca in den letzten Tagen irgendwo gesehen zu haben, bitte melden Sie sich! Wir wissen, dass es für manche Menschen nicht leicht ist zu verstehen, dass Homosexuelle Kinder großziehen. Aber ich bitte Sie, wenn Sie ein Vater oder eine Mutter sind: Stellen Sie sich vor, wie Sie sich fühlen würden, wenn Ihr Kind spurlos verschwände. Genauso fühlen wir uns auch. Vielen Dank."

„Die armen Männer!“, sagte Bettina Siener mitfühlend, als das Video zu Ende war.

„Das Video wurde damals in allen Regionalprogrammen gesendet. Es gibt auch eine englischsprachige Version, die amerikanischen Sendern zur Verfügung gestellt wurde“, erläuterte Vogt.

„Wieso?“, fragte Hallstetter.

„Weil Chalkis nicht ausgeschlossen hatte, dass sich Corinna Kemper inzwischen mit dem Jungen in den USA aufhielt.“

„Das Video ist mit Zustimmung von Chalkis gedreht worden?“

Vogt nickte.

„Gab es anschließend Reaktionen aus der Bevölkerung?“

„Eine ganze Menge. Die meisten aber unbrauchbares Zeug. Hassbotschaften vor allem. ‚Leute wie ihr dürften überhaupt keinen Kontakt mit Kindern haben‘, ‚Dem Kind kann es ohne euch nur besser gehen‘, ‚Das ist Gottes Strafe für Sodomiten‘ … so was in der Art. Sachdienliche Hinweise waren an einer Hand abzuzählen, und auch die haben zu nichts geführt.“

„Haben Sie bemerkt, wie unangenehm Gatler die ganze Aktion war?“, fragte Siener. „Er hat sich unwohl gefühlt. Ich hatte den Eindruck, dass er am liebsten vor Scham im Erdboden versunken wäre. Er hat kaum in die Kamera gesehen.“

„Wenn man bedenkt, dass er bis zu diesem Zeitpunkt sein P-Publikum in dem Glauben gelassen hat, heterosexuell zu sein, beziehungsweise gar nichts über seine Sexualität hatte verlauten lassen, w-wundert mich das nicht“, sagte Brinkhoff nachdenklich.

„Nein, es ist mehr …“ Siener wusste nicht, wie sie sich ausdrücken sollte. „Ich meine, wie war eigentlich Gatlers Verhältnis zum Sohn seines Partners? Hat da mal jemand nachgefragt?“

Vogt zuckte mit den Schultern. „Nachdem erst der Verdacht untersucht worden ist, ob sexueller Missbrauch im Spiel war, waren Kauz und Gatler später nicht mehr besonders kooperativ. Darüber hab ich nichts in den Akten gefunden.“ Er zog den Datenstick heraus und klappte den Laptop zu. „Das war es von meiner Seite.“

„Ich fresse einen Besen, wenn das nicht mit den jetzigen beiden Fällen zusammenhängt.“ Plasberg packte ihre Unterlagen in die Handtasche. „Da werden wir wohl bei den Herren Kauz und Gatler noch mal vorstellig werden müssen. Die Besprechung ist dann hiermit beendet. Schönen Feierabend. Sie bleiben noch hier, Brinkhoff."

Plasberg wartete, bis die anderen Kollegen den Raum verlassen hatten, dann stand sie auf und schloss die Tür. „Ihnen ist schon klar, dass ich den Vorfall Eikner berichten muss?" Ihrer Miene war anzusehen, wie sehr sie noch immer verärgert war.

„N-Natürlich." Brinkhoff senkte den Kopf. „Es tut mir leid. Ich w-weiß auch nicht, was in mich gefahren ist. Wie geht es Vogt?"

„Er wird es überleben", erwiderte Plasberg knapp. „Aber ich bin enttäuscht von Ihnen. Ich hätte von Ihnen mehr Selbstbeherrschung erwartet."

„Es tut mir leid", wiederholte Brinkhoff. „Was passiert jetzt? D-Disziplinarverfahren?"

Seine Vorgesetzte zuckte mit Schultern. „Keine Ahnung. Das haben Sie sich selber zuzuschreiben. Ich gehe jetzt zu Eikner und versuche zu retten, was zu retten ist. Anschließend muss ich noch zu Grabowski. Sehen Sie zu, dass Sie nach Hause kommen. Ich möchte nicht, dass Sie nachher Eikner über den Weg laufen. Ich melde mich später."

„Haben Sie einen Moment Zeit?" Die Tür war nur angelehnt, und Plasberg trat ein, ohne die Zustimmung ihres Chefs abzuwarten.

Der Leiter des Kriminalkommissariats 11 war gerade dabei, seine Aktentasche zu packen. „Aber nur fünf Minuten. Was gibt's?"

Heribert Eikners Büro war mit einem dicken, flauschigen Teppich und einer Sitzecke aus schwarzen Ledersesseln ausgestattet, vor dem Fenster stand ein Gummibaum; alles in allem erheblich repräsentativer als das funktionale Büro, das sich Plasberg und Brinkhoff teilten. Die Kommissarin war klug genug, sich nicht auf einen der bequemen Sessel fallen zu lassen, und nahm auf einem Stuhl vor Eikners Schreibtisch Platz. „Brinkhoff und Vogt. Die beiden haben sich gerade geprügelt."

„Wie bitte?" Eikner sah seine Kollegin entgeistert an. „Weswegen?"

Sie berichtete über den Verlauf der Besprechung und die Eskalation, die in Brinkhoffs Kinnhaken gegipfelt hatte. „Beide sind schuld. Vogt kann seine Schwulenfeindlichkeit nicht für sich behalten, und Brinkhoff hat sich nicht unter Kontrolle gehabt."

„Und Sie haben Ihre MK nicht im Griff", warf Eikner ihr vor und schob ungehalten seine Hornbrille die Nasenwurzel hoch und runter.

Plasberg sah ihren Chef empört an. „Also mir kann man wohl kaum die Schuld an diesem Vorfall geben!"

„Und wieso gibt es dann nur in Ihrer MK immer wieder Ärger? Das Verhältnis zwischen Brinkhoff und Vogt ist doch schon seit Monaten miserabel, soweit ich weiß! Wieso haben Sie nichts zur Deeskalation unternommen? Vermittlungsversuche, Einzelgespräche, Disziplinarmaßnahmen? Sie sind eine Führungskraft!"

„Jemandem seine Vorurteile auszureden, kann ja wohl kaum durch Disziplinarmaßnahmen erreicht werden! Und Gespräche? Mit Vogt? Er ist verbittert, weil er sich zurückgesetzt fühlt. Ein trotziges kleines Kind!"

Eikner sah in seinen Kalender. „Ich bestelle beide morgen zu getrennten Terminen ein. Vogt erhält eine Verwarnung, und Brinkhoff ... es tut mir leid, Frau Plasberg. Aber ein tätlicher Angriff auf einen Kollegen, noch dazu im Dienst – zudem ist es ja auch nicht das erste Mal. Kollege Vogt hat mir berichtet, dass es am Sonntag zu einer Auseinandersetzung zwischen Brinkhoff und einem weiteren Polizisten gekommen ist ... Eisenstuhl?"

„Eisenpfennig", korrigierte Plasberg verärgert. Der Kollege in Kerpen hatte offensichtlich nichts Besseres zu tun gehabt, als seinen Sangesbruder anzurufen und ihm von dem Zwischenfall zu erzählen. Und Vogt war natürlich sofort zu Eikner gelaufen, um Brinkhoff anzuschwärzen.

„Ich werde Brinkhoff vorläufig von Ihrer MK abziehen, bis die Angelegenheit geklärt ist. Und er bekommt höchstwahrscheinlich ein Disziplinarverfahren."

„Das ist natürlich Ihr gutes Recht."

Beide schwiegen einen Moment, bis Eikner sagte: „War's das?"

„Es ist nur so ... für meine Ermittlungen in den Fällen Kamphaus und Anschlitz brauche ich alle meine Mitarbeiter. Und wenn Sie Brinkhoff abziehen ..."

„Die MK vom Kollegen van der Heyden kann Ihnen die Kamphaus abnehmen."

„Auf gar keinen Fall!"

„Und wieso nicht?"

„Weil ich nach wie vor davon ausgehe, dass die beiden Morde miteinander in Verbindung stehen. Wir nehmen an, dass Kamphaus Anschlitz erpresst hat. Es wäre völlig kontraproduktiv, die Fälle von zwei verschiedenen MKs bearbeiten zu lassen."

„Das mag ja sein, aber ich kann auch nicht so tun, als wäre nichts passiert!" Eikner machte ein unzufriedenes Gesicht. „Wenn Vogt darauf besteht, dass die … ähm … Angelegenheit verfolgt wird, dann habe ich keine Wahl! Außerdem … wie stehe ich denn da, wenn solche Dinge bei uns nicht geahndet werden! Prügeln im Dienst! Unfassbar! Sind wir auf dem Schulhof? Wir als Polizisten haben eine besondere Verantwortung, wir müssen Vorbild sein für unsere Bürger!"

„Ich bin natürlich genauso schockiert wie Sie", pflichtete Plasberg ihm bei und schwieg erneut.

„Aber?"

„Vogt hat sich bereiterklärt, unter Umständen von einer Beschwerde abzusehen."

„Ach, wirklich?"

Plasberg kniff die Augen zusammen. Ironie gehörte nicht zum Standardrepertoire ihres Chefs. „Ich habe ihm klargemacht, dass er aus dieser Sache auch nicht ohne Beschädigung herauskommt, weil er Brinkhoff bewusst und vor Zeugen provoziert hat. Außerdem habe ich ihm versprochen, dass Sie die von ihm ja sowieso gewünschte Versetzung endlich befürworten werden, sobald wir diese zwei Mordfälle geklärt haben."

„Ich?" Eikner sah Plasberg fassungslos an. Anscheinend hatte sie die ganze Sache schon durchdacht und ihn in ihrem Plan zu einer Schachfigur degradiert.

„Er hat doch schon mehrfach um Versetzung gebeten", argumentierte die Kommissarin. „Und in Anbetracht der Umstände habe ich nichts mehr dagegen. Er ist ein Unruhestifter. Das Team arbeitet harmonischer miteinander, wenn er weg ist. Außerdem meldet er sich viel zu oft krank, und er untergräbt immer wieder meine Autorität. Er hat nicht nur Schwierigkeiten mit homosexuellen Kollegen, sondern auch mit weiblichen. Vor allem mit weiblichen Vorgesetzten. Nicht, dass das für mich ein Problem darstellt", merkte sie an. „Aber die ständigen Diskussionen kosten Zeit und Mühe, die sich effektiver einsetzen ließe."

„Und Brinkhoff kommt ungeschoren davon?" Eikner schüttelte den Kopf. „Auf keinen Fall! Außerdem … wenn Vogt versetzt wird, haben Sie wieder einen Mitarbeiter zu wenig."

„Brinkhoff bekommt einen Verweis für seine Personalakte", schlug Plasberg vor. „Und eine Nachfolgerin für Vogt habe ich auch schon."

„Wen denn, wenn ich fragen darf?"

„Bettina Siener."

„Die Siener? Die hilft doch nur aus!", wehrte sich Eikner. „Bei allem Respekt: Die Kollegin besitzt doch gar nicht die entsprechende Erfahrung und die Qualifikationen, um in einer Mordkommission zu arbeiten!"

„Die Erfahrungen sammelt sie gerade, und die notwendigen Qualifizierungen kann sie sich auf Fortbildungen und Lehrgängen erarbeiten."

„Ich … ähm …" Eikner hasste es, von Plasberg in die Ecke gedrängt zu werden. Genauso wenig wie Vogt ihre Autorität anerkannte, stellte sie immer wieder seine, Eikners, infrage. Andererseits war er in der Vergangenheit gut damit gefahren, ihr eine möglichst lange Leine zu lassen, auch wenn er sich ständig Ärger damit einhandelte und sie ihm oft so sehr auf die Nerven ging, dass er sie zum Teufel wünschte. Ihre unorthodoxe Arbeitsweise, ihre Widerborstigkeit, ihr Desinteresse an Dienstvorschriften, ihre schlechten Manieren, ihre Sturheit, ihre mehr als zweifelhafte Garderobe … Eikner hätte die Liste mit Plasbergs negativen Eigenschaften endlos fortsetzen können. Aber die Kommissarin besaß auch etwas, das für sie sprach: Sie war eine überaus erfolgreiche Ermittlerin. Seit Jahren hatte die von ihr geleitete Mordkommission die höchste Aufklärungsquote im gesamten Rheinland, ihr Instinkt war untrüglich, und Eikner wäre ein Narr, wenn er dies nicht in seine Überlegungen einbezog. Und er hatte durchaus registriert, dass Torsten Brinkhoffs Neuzugang sich insgesamt positiv auf die Arbeit der MK 3 ausgewirkt hatte, trotz seiner zwei – wie Eikner fand – Handicaps: dem Stottern und seiner Homosexualität. Außerdem machte es sich in der Statistik gut, wenn man auf Minderheiten in den eigenen Reihen verweisen konnte. Inklusion nannte man das wohl heutzutage. „Ich nehme an, Sie haben die Siener schon gefragt, und sie ist einverstanden mit Ihrem kleinen Komplott?"

Plasberg grinste zustimmend. Sie wusste, wann sie gewonnen hatte.

„Ich werde Vogt und Brinkhoff trotzdem einbestellen und ihnen die Leviten lesen! Wenn so etwas nach außen dringt …", sagte Eikner, aber beide wussten, dass es sich um ein Rückzugsgefecht handelte, damit der Leiter des KK 11 sein Gesicht wahren konnte.

„Natürlich", erwiderte Plasberg und bemühte sich, nicht allzu erleichtert auszusehen. „Auf jeden Fall! Dann ist da noch eine andere Sache …"

„Was denn noch?", stöhnte Eikner.

„Es geht um Stephen Gatler."

„Was ist mit ihm?"

„Er war vor Jahren in einen Autounfall verwickelt, bei dem die PR-Frau des Verlages, Elke Fiebig, schwere Verletzungen erlitten hat."

„Und das hat weshalb etwas mit Ihren Ermittlungen in den Fällen Kamphaus und Anschlitz zu tun?"

„Das weiß ich noch nicht", gab Plasberg zu. „Aber Sie haben mich am Anfang der Untersuchungen gebeten, diskret vorzugehen. Gibt es da irgendetwas, was ich wissen sollte?"

„Inwiefern?"

„Elke Fiebig behauptet, dass der Verlagsleiter Armin Schäfer-Kussnacht …"

Ihr Vorgesetzter nickte. „Ist mir bekannt."

„… mit unserem damaligen Polizeipräsidenten Dr. Eberswalde Kontakt aufgenommen und versucht hat, Einfluss auf die Ermittlungen zu nehmen. Im Sinne Gatlers. Schäfer-Kussnacht hat wohl auch Druck auf Fiebig ausgeübt."

„Eberswalde? Unsinn", erwiderte Eikner. „Das kann ich mir nicht vorstellen. Außerdem hat der Unfall doch in Dortmund stattgefunden, außerhalb seines Zuständigkeitsbereichs. Ich glaube, das ist dummes Zeug. Ich wollte, dass Sie diskret handeln, weil Gatler erstens eine ausgesprochen prominente Persönlichkeit ist und zweitens sehr medienerfahren. Unser jetziger Polizeipräsident hat ebenfalls darum gebeten."

„Sie haben Kupka informiert?"

„Ich halte ihn natürlich auf dem Laufenden. Aber um zum Thema zurückzukommen: Diskretion ist nicht gerade Ihre Stärke. Aber das hatte ich Ihnen doch auch so gesagt. Bevor wir gegen Gatler vorgehen, sollten Sie sicher sein, dass Sie hieb- und stichfeste Beweise haben. Haben Sie die?"

„Nein", musste Plasberg zugeben. „Er rückt nur mehr und mehr in den Fokus der Ermittlungen. Irgendwie ..." Sie ließ den Satz gedankenverloren ins Leere laufen.

Eikner schaute auf seine Uhr. „Ist sonst noch was? Ich habe noch einen Termin."

Plasberg schüttelte den Kopf. „Nein, das war alles."

„Gut. Dann ..." Eikner machte eine scheuchende Handbewegung. „Ach, und Frau Kollegin?", rief er sie an der Tür zurück. „Ich möchte in nächster Zeit nichts Negatives von Ihrer MK hören, ist das bei Ihnen angekommen?"

„Laut und deutlich."

Auf dem Weg zum Parkplatz rief Plasberg Brinkhoff an, der schon nach dem ersten Klingelton am Apparat war. „Ein Verweis für die Personalakte", sagte sie. „Und Eikner wird Ihnen morgen in einem Gespräch den Kopf waschen. Aber ansonsten sind Sie aus dem Schneider."

„Danke. Ich w-weiß nicht, was ich sagen soll." Sie hörte förmlich, wie Brinkhoff ein Stein vom Herzen fiel.

„In der Tat, Sie schulden mir was", erklärte sie spitz. „Noch ein Mal, und Sie sind weg vom Fenster! Ist das klar?"

„V-Verstanden", beeilte er sich zu versichern.

„Das hoffe ich für Sie!"

Erst auf dem Weg zu ihrem Termin mit Grabowski fiel ihr auf, dass Eikner sie belogen haben musste. Sie hatte gar nicht erwähnt, dass Gatlers Unfall in Dortmund stattgefunden hatte, und dennoch hatte er davon gewusst.

Die Staatsanwaltschaft Köln war linksrheinisch in der Nähe der Universität in einem Komplex von Gebäuden untergebracht, den sie sich mit dem Justizzentrum, dem Amts- und dem Landgericht, dem Jobcenter und der Agentur für Arbeit teilte. Maria Plasberg war froh, dass sie nicht hier arbeiten musste. Alle Bauten hatten ein ähnliches, funktionales Aussehen, waren zum größten Teil in den achtziger Jahren auf dem Areal eines ehemaligen Güterbahnhofs entstanden und nach Ansicht der Kommissarin ein Mahnmal architektonischer Einfallslosigkeit, inklusive des Hochhauses, das das Justizzentrum beherbergte. Sie hatte schon häufig dienstliche Termine hier wahrgenommen; ihre Abneigung gegen die Bauten wuchs bei jedem Besuch. Sie parkte den Dienstwagen in der Tiefgarage und fuhr mit dem Fahrstuhl nach oben.

Grabowskis Büro strahlte die gleiche Langeweile aus wie das Gebäude, in dem es sich befand, was aber auch daran lag, dass der Staatsanwalt sich bisher noch nicht die Zeit genommen hatte, es einzurichten. Abgesehen von seinem Schreibtisch, drei Stühlen und Regalwänden mit Akten war das Zimmer kahl und unpersönlich, Umzugskartons standen in den Ecken. Grabowskis Sekretärin ließ die Kommissarin direkt durch, und der Staatsanwalt winkte Plasberg herein, während er noch telefonierte. Sie nutzte die Zeit, um Grabowski unauffällig zu mustern; immerhin war es das erste Mal, dass sie ihn persönlich traf: ein asketischer Körper in einem maßgeschneiderten dunklen Anzug, eine fade Krawatte, ein weißes Hemd – einzig der kleine Ohrring im linken Ohrläppchen zeugte von einem – wahrscheinlich gut unterdrückten – Flirt mit dem Nonkonformismus. Die grauen Augen irrten während des Telefonats unruhig hin und her, die Finger trommelten auf den Tisch, der Mund war meist zu einem dünnen Strich zusammengepresst, wenn er seinem Gesprächspartner nicht gerade ins Wort fiel.

Plasberg kannte Männer wie Grabowski zur Genüge, und sie hatte inzwischen ausreichend Berufserfahrung, um sie in wenigen Augenblicken einschätzen zu können: Karrieristen, die nicht zögerten, ihre Ellbogen einzusetzen; denen die Sache nicht so wichtig war wie das eigene Vorwärtskommen; die den jetzigen Job immer nur als eine Zwischenstation auf ihrem Weg an die Spitze der Hackordnung begriffen.

Plasberg war sich bewusst, dass böse Zungen im Polizeipräsidium Ähnliches über sie sagten, aber sie war sich genauso darüber im Klaren, dass dieses Gerede eine perfide Art von Sexismus darstellte, weil es gerade von Männern wie Grabowski verbreitet wurde, die sich von ihr allein deshalb bedroht fühlten, weil sie als Frau auf einem Feld wilderte, das bis vor Kurzem noch als Männerdomäne gegolten hatte. Natürlich war sie taff, natürlich war sie manchmal rüde, aber sie hatte es werden müssen, um sich gegen Männer wie Grabowski und Eikner durchzusetzen. Niemals hatte sie ihren Beruf als Mittel zum Zweck verstanden. Macht als Ziel beruflichen Erfolgs war ihr fremd.

Genau wie sie erwartet hatte, verzichtete Grabowski auf eine förmliche Begrüßung, als er endlich das Telefonat beendet hatte, sondern versuchte sofort, klare Fronten zu schaffen „Geht Ihre Uhr falsch, Frau Plasberg? Sie sind fast dreißig Minuten zu spät."

„Unsere Besprechung hat sich länger hingezogen als erwartet." Plasberg legte ihre Legostein-Handtasche ab und schlug die Beine übereinander, als machte sie es sich für einen angenehmen Plausch unter Freunden bequem. Ihrer Erfahrung nach brachte es Alphatiere wie Grabowski aus dem Konzept, wenn man ihnen zeigte, dass man keine Angst vor ihnen hatte. Eigentlich war es ganz passend, dass sie sich heute für den Anzug entschieden hatte, er setzte gegenüber dem Staatsanwalt auch äußerlich ein Zeichen.

„Ihre Besprechung?" Grabowski lehnte sich in seinem Stuhl zurück und betrachtete Plasberg eingehend. „Wenn ich einen Termin auf 18 Uhr lege, dann erwarte ich, dass Sie pünktlich sind. Mein Tag ist genau durchgetaktet. Wir haben jetzt noch …", er warf einen Blick auf sein Smartphone, „fünfzehn Minuten."

„Dieses Problem hat man in einer Mordkommission natürlich nicht", erwiderte die Kommissarin mit einem ihrer zuckersüßen und falschen Lächeln. „Da jagt eine Kaffeepause die nächste." Wenn Grabowski sofort auf Konfrontationskurs ging, dann würde sie ihm beweisen, dass sie mithalten konnte.

Der Staatsanwalt lachte humorlos auf. „Vielleicht sollten wir zu Beginn einiges direkt klarstellen: Sie, Frau Plasberg, sind die Leiterin der Mordkommission. Ich leite die Ermittlungen bezüglich der Todesfälle von Kamphaus und Anschlitz. Und damit arbeiten Sie mir zu. Sie sind nichts als ein Wasserträger im Justizsystem. Wie vereinbart, werden Sie mir täglich Bericht erstatten, und einmal in der Woche treffen wir uns zu einem … nennen wir es Gedankenaustausch. Dabei werde ich Ihnen auch mitteilen, worauf Sie sich bei Ihren Ermittlungen konzentrieren sollten."

Plasberg hätte ebenfalls beinahe angefangen zu lachen. Was für eine Frechheit! „Wie schön, dass wir gleich zu Beginn so offen sein können, Herr Graborski …"

„Bowski", korrigierte der Staatsanwalt irritiert.

„Bitte?"

„Grabowski. Nicht Graborski."

„Wie auch immer … Dann werde ich Ihnen jetzt sagen, wie ich die Lage sehe, um auch einiges klarzustellen: Soweit ich informiert bin, sind Kriminalpolizei und Staatsanwaltschaft noch nicht zu einer Behörde zusammengelegt worden. Aber natürlich werde ich Ihnen regelmäßig Bericht erstatten und die neuesten Entwicklungen mit Ihnen diskutieren – wenn es etwas Neues zu berichten gibt. Ansonsten verbitte ich mir ausdrücklich jede Einmischung in die Art und Weise, wie ich meine Ermittlungen vorantreibe und wie ich meine Mordkommission führe. Wenn Sie damit nicht einverstanden sind, dann können Sie gerne Kontakt mit meinem Vorgesetzten aufnehmen." Mit einer gewissen Befriedigung registrierte sie, wie sich eine Mischung aus unterdrücktem Ärger, Fassungslosigkeit und Erstaunen auf dem Gesicht ihres Gegenübers breitmachte. Vielleicht hatte bisher niemand gewagt, ihm die Stirn zu bieten. „Sie sind nicht der erste Staatsanwalt, mit dem ich zusammenarbeite", fuhr sie fort, „und Sie werden wohl auch nicht der letzte sein. Und jetzt", die Kommissarin beugte sich nach vorne, „werde ich Sie Ihrem Wunsch entsprechend auf den neuesten Stand bringen, denn meine Kollegen und ich sind heute ein ganzes Stück vorangekommen."

Das entsprach zwar nicht ganz der Wahrheit, und Plasberg hatte noch immer nicht das Gefühl, dass sie den Fall im Griff hatte, aber es konnte nicht falsch sein, die Arbeit ihrer Kollegen vor Grabowski zu loben. Sie war überzeugt, dass sich der Staatsanwalt noch nicht geschlagen gegeben hatte in diesem Machtkampf, aber die erste Runde ging offensichtlich an sie. Denn während sie Bericht erstattete, hörte er aufmerksam zu, als wollte er vermeiden, sich eine Blöße zu geben.

„Stephen Gatler …", murmelte er, als die Kommissarin fertig war, und wischte eine imaginäre Fussel von seinem Hemd.

„Sie kennen den Mann?"

„Persönlich?" Grabowski drehte sich mit seinem Bürostuhl und starrte die Wand an, die Ellbogen auf der Stuhllehne abgestützt, die Fingerspitzen aneinandergepresst. „Nein, natürlich nicht. Aber Sie scheinen in Ihren Ermittlungen recht häufig über seinen Namen zu stolpern."

„Sagt der Kollege Brinkhoff auch. Er meint …"

„Das ist der schwule Stotterer?", unterbrach sie Grabowski.

„Bitte?"

„Ich habe mir die Akten Ihrer Mitarbeiter angesehen. Erst von Lutz Beerbaum protegiert und jetzt von Ihnen. Sind Sie sicher, dass ein Mann mit seinem Hintergrund richtig ist in einer Mordkommission?"

Plasberg konnte kaum glauben, was sie da hörte. Was bildeten sich Typen wie Grabowski und Vogt eigentlich ein? „Erstens hat der Kollege Brinkhoff in der Vergangenheit seine Befähigung mehr als einmal bewiesen, und zweitens verbitte ich mir solche Bemerkungen über Mitglieder meines Teams", fuhr sie Grabowski an.

Zu ihrer Verblüffung fiel ihr in diesem Moment ein, dass sie vor einigen Monaten, bevor sie Torsten Brinkhoff besser kennengelernt hatte, ähnliche Vorurteile gehabt und sie genauso laut geäußert hatte. Und jetzt war sie wütend, wenn Brinkhoff beleidigt wurde. Seine Auseinandersetzung mit Vogt erschien ihr auf einmal in einem milderen Licht. Sie war einen langen Weg gegangen.

„Schön." Der Staatsanwalt machte eine wegwerfende Handbewegung. „Es ist Ihre Sache, wen Sie mit der Arbeit in einer MK betrauen. Ich will nur nicht, dass die Qualität der Ermittlungen darunter leidet, weil die Mordkommission vor allem aus Mitarbeitern besteht, die keinerlei Befähigung besitzen und nur aufgrund einer internen Quotenregelung zu ihrem Job gekommen sind."

„Das schließt meine Person ein, nehme ich an?"

Grabowski lächelte sie an. „Da legen Sie mir jetzt Worte in den Mund, die ich so nicht gesagt habe, Frau Kommissarin. Was Gatler betrifft, schlage ich vor, dass Sie den Mann schleunigst einbestellen und befragen. Mir ist überhaupt nicht erklärlich, warum Sie das nicht schon längst getan haben!"

Plasberg atmete tief durch. Sie hatte es fast geschafft. Nur noch ein paar Minuten die Fassung bewahren. „Gatler war übers Wochenende beruflich in England; er war für uns gar nicht erreichbar. Wir mussten mit seinem Lebensgefährten vorliebnehmen. Gatler ist erst heute zurückgekehrt. Außerdem wäre es vielleicht klüger, ihn erst mal zu Hause zu befragen angesichts seiner Prominenz. Er gilt sowieso als schwierig, und wenn an die Medien durchsickert, dass er in zwei Mordfällen in unser Blickfeld geraten ist, machen er und sein Anwalt uns wahrscheinlich die Hölle heiß. Ich würde es bevorzugen, ihn erst einmal informell zu befragen. Abgesehen davon … ich sehe da kein Motiv. Und ich sehe bislang auch keine belastbare Verbindung zwischen den beiden Toten und ihm."

„Seine Prominenz ist mit völlig egal", sagte Grabowski schroff; als Plasberg die Augenbrauen hob, schob er würdevoll nach: „Vor dem Gesetz sind alle gleich. Wenn es Verdachtsmomente gegen ihn gibt, dann werden Sie die bitte mit der gleichen Intensität verfolgen wie andere Spuren."

„Eikner hat um Diskretion gebeten", wandte Plasberg ein. „Und der Polizeipräsident ebenfalls."

„Der Po…? Kann ich mir vorstellen", murmelte Grabowski. Laut sagte er: „Na schön. Gehen Sie vorerst mit angemessener Diskretion vor. Aber wenn sich die Verdachtsmomente erhärten sollten …"

„Es gibt zurzeit keine Verdachtsmomente", beharrte Plasberg. „Es gibt ein paar offene Fragen, mehr nicht. Und apropos offene Fragen: Was ist mit dem richterlichen Beschluss für den Provider der ominösen jkt-E-Mail-Adresse?"

„Haben Sie mir nicht vorhin erzählt, dass Anschlitz das Pseudonym Jason K. Talbot verwendet hat und damit der wahrscheinliche Besitzer der Adresse ist?"

„Ja, aber wir haben diesbezüglich bisher nur Natalie Bauers Aussage."

Grabowski seufzte. „Also gut, ich kümmere mich darum. Und ansonsten werden Sie Ihre Energien nicht beim Herumstochern in der Vergangenheit verschwenden. Dieser Fall des verschwundenen Jungen scheint mir für Ihre jetzigen Ermittlungen keinerlei Relevanz zu besitzen. Konzentrieren Sie sich auf die Gegenwart. Und auf Gatler."

„Das ist ja wohl meine Sache", schoss Plasberg zurück. Sie dachte nicht daran, sich von der Staatsanwaltschaft vorschreiben zu lassen, wie sie ihre Ermittlungen zu führen hatte.

Grabowski beugte sich nach vorne. „Ich glaube, Sie haben mich noch immer nicht verstanden."

„Bitte?"

„Sie werden die Ermittlungen in enger Abstimmung mit mir führen. Und das bedeutet, dass ich Ihnen sage, was Sie zu tun haben. So läuft der Hase ab jetzt, Frau Plasberg."

Das war der Tropfen, der für die Kommissarin das Fass zum Überlaufen brachte. Vorbei war es mit ihrer Selbstbeherrschung und ihren Vorsätzen, sich Grabowski nicht zu Herzen zu nehmen. Dieser Mensch mit seiner Arroganz, seinem Machismo und seiner Überheblichkeit besaß die Fähigkeit, sie bis aufs Blut zu reizen. „Der Tag wird kommen, Herr Grabowski", erlärte sie eisig und stand auf, „an dem Männer wie Sie durch ein Reagenzglas ersetzt werden. Ich für meinen Teil kann diesen Tag kaum erwarten."

„Dann seien Sie auf der Hut, Frau Kommissarin", konterte der Staatsanwalt. „Es könnte nämlich sein, dass Sie an diesem Tag nicht mehr in Amt und Würden sind."

Offensichtlich war mit diesen Worten ihre Zeit abgelaufen, denn Grabowski griff erneut zum Telefon und bedeutete Plasberg, dass ihre Audienz beendet war. Die Kommissarin überlegte, ob sie sich mit drei Bücklingen und rückwärts laufend entfernen sollte, aber damit würde sie ihr Blatt wohl endgültig überreizen. Grabowski hatte auch so genug damit zu tun, dass sie sich von ihm nicht hatte einschüchtern lassen. Also nahm sie ihre Handtasche und verließ das Büro, ohne sich zu verabschieden. Erst als sie mit dem Fahrstuhl in die Tiefgarage gefahren war und wieder im Wagen saß, bemerkte sie, dass sie ihre Hände die ganze Zeit über zu Fäusten geballt hatte.

Torsten Brinkhoff war völlig erledigt, als er nach Hause kam. Die letzten Stunden waren eine solche emotionale Achterbahnfahrt gewesen, dass er sich am liebsten sofort ins Bett gelegt hätte, aber an Schlaf war natürlich nicht zu denken. Er hatte Karsten Vogt einen Kinnhaken verpasst! Einen Polizeibeamten angegriffen! Wie hatte er sich nur dazu hinreißen lassen können? Plasberg hatte natürlich recht: Vogt hatte ihn provoziert, aber trotzdem! Das Schlimme war, dass es ihn insgeheim freute. Der Moment, als seine Faust Vogts Kinn traf, war ein Moment immenser Befriedigung gewesen, eine passende Vergeltung für die seit Monaten andauernden Sticheleien und Beleidigungen. Endlich hatte er den Mann in seine Schranken verwiesen. Vogt würde es sich in Zukunft wahrscheinlich zweimal überlegen, bevor er eine seiner dämlichen Anspielungen machte.

Aber mit dem Kinnhaken hatte Brinkhoff seine berufliche Karriere aufs Spiel gesetzt; nur Maria Plasberg hatte er es zu verdanken, dass er nicht vor den Scherben seiner Existenz stand. Vielleicht sollte er ihr morgen ein paar Blumen mitbringen? Nein, besser nicht. Das sah aus, als hätte sie Partei für ihn ergriffen. Außerdem war sie sowieso nicht gut auf ihn zu sprechen; das Beste war, in den nächsten Tagen den Ball flach zu halten und seine Arbeit möglichst geräuschlos zu machen. Wie hatte er nur so die Fassung verlieren können?

Er wählte die Nummer seines Freundes, wurde aber auf die Mailbox weitergeleitet. Wieso war Markus nicht zu erreichen? Wozu hatte er einen Freund, wenn der in Krisensituationen nicht für ihn da war? Unruhig lief er in der Wohnung auf und ab.

„Verdammt, Torsten“, murmelte er. „Du m-machst dich lächerlich.“

Um sich nicht selber auf die Nerven zu gehen, beschloss er, das Badezimmer zu putzen und seine Ruhelosigkeit damit in produktivere Bahnen zu lenken. Er ließ Technobeats über die Anlage im

Wohnzimmer laufen und drehte die Lautstärke so weit auf, dass er die Musik auch noch im Bad hören konnte. Das Handy ließ er auf der Couch zurück.

Energisch bearbeitete er das Waschbecken und die Badewanne mit Essigreiniger, bis er sich im weißen Porzellan spiegelte. Wenn Markus nicht erreichbar war: bitte schön! Er war früher auch alleine klargekommen, er würde das wieder hinkriegen! Er sah ganz passabel aus, war nicht auf den Kopf gefallen – er brauchte sich nur vor seinen PC zu setzen, dann hatte er in zehn Minuten ein Date. Markus brauchte sich gar nicht einzubilden, dass er hier untätig herumsaß!

Brinkhoff sprühte die Fliesen in der Dusche mit Kalklöser ein und bearbeitete die Flecken der letzten Wochen mit einem verbissenen Gesichtsausdruck. Bombadil war die Situation nicht geheuer. Der Kater beobachtete den hektischen Aktionismus seines Herrchens aus gebührendem Abstand.

„Sieh mich nicht so entgeistert an, Dicker!", herrschte Brinkhoff ihn an. „Ich mach nur sauber! Wie wäre es, wenn du das mal mit deinem Katzenklo …" Er unterbrach sich, als er zwischen der Musik das Klingeln seines Handys hörte, und stürzte ins Wohnzimmer, während sich Bombadil im Schlafzimmer unter dem Bett in Sicherheit brachte.

„M-Markus?", brüllte er ins Telefon, ohne aufs Display zu sehen.

„Ja. Wieso ist bei dir die Musik so laut?"

Brinkhoff schaltete die Anlage aus. „Ich hab schon versucht, d-dich anzurufen! W-Wieso hast du die Mailbox an?"

„Ich war mit der Kleinen beim Kindernotarzt." Sein Freund klang noch erschöpfter als am Tag zuvor. „Sie hatte plötzlich vierzig Fieber. Ohrenentzündung. Jetzt schläft sie zum Glück. Kommt bei kleinen Kindern wohl häufiger vor, dass sie so hoch fiebern. Das ist echt ein Fulltime-Job, so ein Blag. Ist irgendwas?"

„Ich ha-hab einem Kollegen heute einen Kinnhaken verpasst und wäre beinahe von der Mordkommission abgezogen worden."

„Wirklich?" Clement lachte.

„Das ist n-nicht komisch!", protestierte Brinkhoff.

„Doch. Ist es wohl. Da wäre ich zu gerne dabei gewesen. Karsten Vogt?"

„Woher weißt du d-das?“

„Weil du schon länger Probleme mit diesem Arschloch hast. Jedenfalls hat der Arzt mir davon abgeraten, die Kleine mit an die See zu nehmen, solange sie diese Ohreninfektion hat.“

„D-Du hörst mir gar nicht zu!“, beschwerte sich der Kommissar.

„Ich hab doch gesagt … ehrlich, Torsten, stell dich nicht so an! Es gibt Wichtigeres auf der Welt.“

„K-Kleinkinder mit Ohrenentzündungen etwa?“, fragte er sarkastisch.

„Ja“, erwiderte Markus schärfer als beabsichtigt. „So ist es!“ Anscheinend konnte sein Freund nicht nachvollziehen, wie Brinkhoff sich fühlte.

Sie versuchten noch ein paar Minuten, miteinander zu reden, aber jeder war so mit seinen eigenen Problemen beschäftigt, dass er sich nicht auf den anderen konzentrieren konnte.

„Lass uns morgen telefonieren“, sagte Markus schließlich.

„Ja“, erwiderte der Kommissar, „ist wohl b-besser!“

Um nicht weiter in seiner Wohnung sein zu müssen, sprang er in sein Sportzeug und rannte Richtung Rhein, am Ufer des Flusses entlang, vorbei an den Rheinterrassen, wo Radfahrer und Skater die letzten Sonnenstrahlen des Tages ausnutzten. Nach drei Kilometern begann er zu schwitzen, nach vier Kilometern hörte er den Puls in seinen Ohren, aber erst nach sechs Kilometern hatte er sich so weit verausgabt, dass er wieder klar denken konnte. Keuchend hielt er an und beugte sich nach unten, bis sein Atem nicht mehr stoßweise ging.

Ein Skater mit Stirnband und löchrigen Hosen ratterte an ihm vorbei. „Alles in Ordnung, Alter?“, erkundigte er sich im Vorbeifahren.

„V-Verzieh dich!“, fauchte Brinkhoff ihn an.

Schließlich kehrte er um, müde und ausgelaugt, aber ohne das Gefühl, sein inneres Gleichgewicht wiedererlangt zu haben. Zu Hause hörte er die Mailbox ab, aber Markus hatte sich nach ihrem Telefonat nicht gemeldet, keine SMS geschrieben, nichts.

Brinkhoff stieg unter die Dusche und ließ das Wasser über seine Haare laufen, während er die Stirn an die kühlen Fliesen legte. Was war bloß los mit ihm? Und dann fiel ihm auf, dass er seit dem

Gespräch mit Markus nicht mehr an Vogt gedacht hatte. Es gab also doch noch Prioritäten in seinem Leben.

Später starrte er deprimiert aus dem Wohnzimmerfenster in den Sonnenuntergang. Das Beste war wohl, wenn er sich ablenkte. Mit Arbeit. Plasberg gegenüber hatte er doch die Befürchtung geäußert, dass den zwei Morden nach Gatlers Krimivorlagen noch weitere folgen könnten. Wenn er das wirklich glaubte, dann sollte er vorbereitet sein. Entschlossen ging der Kommissar zu seinem Bücherregal und nahm alle fünf Krimis von Stephen Gatler mit aufs Sofa.

Es war nach drei Uhr, als er die Bücher zur Seite legte und begriff, dass er einen Denkfehler begangen hatte.

Währenddessen, auf dem Weg nach Porz, erinnerte sich Maria Plasberg, dass sie noch einen Anruf tätigen musste, bevor auch sie für diesen Tag endlich den Dienst beenden konnte. Sie scherte seufzend auf den Seitenstreifen aus, kramte ihr Handy aus der Handtasche und wählte eine Nummer, die sie schon viel zu lange nicht mehr angerufen hatte.

„Moebius", meldete sich eine weibliche Stimme am anderen Ende der Leitung, dunkel und melodiös.

„Du klingst noch immer wie die Hostess einer Erotik-Hotline", erwiderte die Kommissarin.

Die Frauenstimme lachte. „Maria! Wenn du dich um diese Uhrzeit meldest, muss es was Ernstes sein! Bleib mal kurz dran." Plasberg hörte Rascheln, das Klirren von Gläsern und gedämpftes Gemurmel, dann war Moebius wieder am Apparat. „Tut mir leid, wir haben gerade auf der Terrasse mit einem Glas Wein den Tag ausklingen lassen. Du bist wahrscheinlich noch nicht so weit, nehme ich an?"

Plasberg gab ihr recht. „Ich bin noch im Dienst."

Oberkommissarin Katharina Moebius war eine alte Bekannte von Plasberg. Die beiden hatten sich vor Jahren während einer Fortbildung „Polizei im Web 2.0" kennengelernt, bei der es um digitale Medien und Kriminalität ging. Die Fortbildung war allerdings ein Reinfall gewesen, da sie im Teutoburger Wald stattgefunden hatte, in einem abgelegenen Kaff, das über die langsamste

Internetanbindung im Umkreis von einhundert Kilometern verfügte, und die männlichen Kollegen der beiden Kommissarinnen hatten teilweise noch nicht einmal Grundkenntnisse im PC-Bereich gehabt.

Zwischen Plasberg und Moebius hatte sich jedoch eine Freundschaft entwickelt, die beide pflegten, auch wenn sie sich nur selten sahen. Dabei war die großgewachsene, dunkelhaarige und zehn Jahre ältere Moebius nicht nur vom Aussehen das genaue Gegenteil von Plasberg: Seit mehr als dreißig Jahren führte sie eine glückliche, kinderlose Ehe mit einem Chirurgen, während Plasbergs Ehe schon nach wenigen Jahren gescheitert war und ihr derzeitiges Liebesleben nur als nichtexistent charakterisiert werden konnte. Außerdem war Katharina Moebius in ihrer Karriere bei der Dortmunder Polizei zwar den gleichen Vorurteilen einer männerdominierten Welt begegnet wie Plasberg, aber wo die Kölner Kommissarin die Probleme grundsätzlich mit einer direkten Konfrontation aus dem Weg zu räumen suchte, sich dabei eine harte Schale zugelegt und viele Feinde geschaffen hatte, überwand Moebius diese Schwierigkeiten mit einer Liebenswürdigkeit und einem Charme, den Plasberg einerseits heimlich bewunderte und der sie andererseits ratlos zurückließ. Vor allem aber war Katharina Moebius ein unerschöpflicher Quell an Informationen, denn gerade ihre Liebenswürdigkeit und ihr freundliches Wesen versetzten sie in die Lage, an Interna zu gelangen, die jemandem wie Plasberg eher vorenthalten wurden. Kurzum, sie war genau die Person, die der Kommissarin jetzt weiterhelfen konnte.

„Gut“, sagte Moebius. „Dann stelle ich die Frage, wie es dir und den Kindern geht, erst mal zurück.“

„Ich bitte darum. Das erinnert mich nämlich nur daran, dass sich meine Mutter bei mir einquartiert hat.“

Moebius lachte erneut. „Also, was kann ich für dich tun?“

„Erzähl mir was über Stephen Gatler“, kam Plasberg direkt zur Sache.

„Stephen Gatler? Den Schriftsteller?“

„Ich weiß, dass er vor einigen Jahren in einen schweren Autounfall verwickelt war, den deine Kollegen in Dortmund bearbeitet haben.“

Moebius schwieg für einen Moment, und Plasberg befürchtete schon, dass die Kommissarin ihr – aus welchem Grund auch immer – nicht weiterhelfen konnte oder wollte. „Warum willst du was über Gatler wissen?", fragte Moebius schließlich.

„Sein Name ist im Zusammenhang mit einem Kapitalverbrechen aufgetaucht", sagte Plasberg vorsichtig.

„Verstehe. Augenblick." Plasberg hörte Schritte, und dann war Moebius wieder da. „Ich bin in den Garten gegangen. Wir können jetzt ungestört sprechen. Das muss Gerd nicht mitkriegen."

„Und was …?"

„Moment, Moment! Dir ist schon klar, dass dieses Gespräch höchst inoffiziell ist, Maria? Dass du mich da als Quelle nicht mit hineinziehen kannst, ohne mir zu schaden?"

„Schaden? Du hast mein Wort. Ich brauche die Informationen auch mehr als Hintergrundwissen. Direkt mit meinem Fall haben sie nichts zu tun", erklärte die Kommissarin und setzte dann vorsichtshalber hinzu: „Wahrscheinlich nicht."

„Okay." Moebius klang einigermaßen beruhigt, ein weiteres Zeichen, wie sehr sich die beiden Frauen vertrauten. „Dann schieß los."

Plasberg fasste in groben Umrissen zusammen, was sie über Gatlers Autounfall nach der Lesung in Dortmund von Elke Fiebig erfahren hatte, und sagte dann: „Ich habe mehrere Fragen. Stimmt es zum Beispiel, dass das Strafverfahren gegen Gatler eingestellt wurde?"

„Ja und nein", erwiderte Moebius. „Allerdings habe ich die Informationen auch nur aus zweiter Hand, weil ich damals nicht zuständig war. Aber dass da etwas gemauschelt wurde, wussten hier alle Kollegen. Wenn ein Promi wie Gatler mit dem Gesetz in Konflikt kommt, dann macht das hier ganz schnell die Runde, außerdem …"

„Ich dachte, du könntest mir …", fiel ihr Plasberg ins Wort.

„Lass mich nachdenken, Maria! Das ist schon ein paar Jahre her, und ich will dir nichts Falsches erzählen."

„Entschuldige."

„Stehst du unter Druck?" Moebius' Stimme bekam einen besorgten Unterton.

Plasberg wiegelte ab. „Nicht mehr als sonst auch. Nichts, womit ich nicht fertigwürde." Sie bemühte sich, selbstbewusst zu klingen, aber die Wahrheit war, dass Grabowski ihr zusetzte. Doch sie war zu stolz, um dies Moebius zu beichten. Sie hasste es, Schwäche zu zeigen.

Die Dortmunder Kommissarin fragte zum Glück nicht weiter nach, sondern konzentrierte sich auf Plasbergs eigentliches Anliegen. „Soweit ich mich erinnere, hat Gatlers Anwalt mit der Staatsanwaltschaft einen Deal ausgehandelt."

„Führerscheinentzug und eine angemessene Geldstrafe?"

„Ja. Dann war da noch eine ansehnliche Geldspende an eine karitative Organisation. Welche, habe ich leider vergessen."

„Auch noch?", sagte Plasberg erstaunt. „Dann hat ihn das ja richtig Kohle gekostet."

„In der Tat. Aber bei so einem erfolgreichen Autor dürften das trotzdem nur Peanuts gewesen sein. Im Gegenzug ist das ganze Verfahren gegen ihn eingestellt worden. So diskret, dass nichts davon an die Medien gedrungen ist. Eigentlich erstaunlich, dass es kein Leck gegeben hat. Und weil diese … wie hieß sie noch …?"

„Elke Fiebig."

„… und weil Elke Fiebig keinen Strafantrag wegen fahrlässiger Körperverletzung gestellt hat, gab es in diesem Punkt gar kein Verfahren."

„Gatler hat die Kosten ihrer Gesichtsoperationen übernommen", erläuterte Plasberg. „Insofern hatte sie wohl erreicht, was sie wollte."

„Ich bitte dich! Sie hätte Gatler auf Schmerzensgeld verklagen können", wandte Moebius ein. „Und sie hätte gewonnen."

„Dann wäre wohl eine weitere Zusammenarbeit nicht mehr infrage gekommen. Und das wollte die Fiebig vermeiden."

Die Dortmunder Kommissarin gab einen überraschten Laut von sich. „Tatsächlich? Warum?"

„So wie sie es darstellt, war es für sie eine Frage der Professionalität", sagte Plasberg.

„Und das glaubst du ihr?"

„Bisher habe ich jedenfalls keinen Anlass, an ihrer Aussage zu zweifeln. Was mich an der ganzen Sache mehr interessiert, ist die Rolle unserer beiden damaligen Polizeipräsidenten und der Staatsanwaltschaft. Weißt du da etwas Genaueres?"

„Die PPs? Nur gerüchteweise, um ehrlich zu sein. Es wurde damals kolportiert, dass euer damaliger PP Eberswalde mit unserer damaligen PP Heidelinde Weißgerber gesprochen hat, um den Fall zu bereinigen. Du kennst das: beide das gleiche Parteibuch, man kennt sich seit Jahren, der eine schuldet dem anderen ein paar Gefallen – diese ganze kommunale Bürokratie ist dermaßen verfilzt ... die Weißgerber sitzt jetzt übrigens im Landtag in Düsseldorf. Sie hat eine zweite Karriere als Politikerin gemacht und leitet, lach bitte nicht, den Verkehrsausschuss."

Plasberg schüttelte ungläubig den Kopf. „Aber wieso hat die Staatsanwaltschaft dabei stillgehalten? Wieso hat sie kein öffentliches Interesse an der Aufklärung des Unfalles angemeldet?"

Moebius schnippte mit einem Fingernagel gegen ihr Weinglas; ein durchdringender, heller Ton erklang, und Plasberg musste ihr Handy vom Ohr weghalten. „Ich habe keine Ahnung, um ehrlich zu sein. Allerdings ... warte mal, da war was ... der leitende StA hieß Möller ... genau. Christof Möller. Kannte ich auch persönlich, stand damals schon kurz vor der Pensionierung. Vielleicht hatte er einfach keine Lust, sich die letzten Monate vor dem Ruhestand noch Ärger einzuhandeln? Und wenn die PP an dich herantritt und dir nahelegt, es wäre aus politischen Gründen nicht opportun, dass die Staatsanwaltschaft ein öffentliches Interesse an einem Fall Gatler bekundet, dann stehst du unter gehörigem Druck. Möller hat wahrscheinlich einfach den Weg des geringsten Widerstands gewählt. Soweit ich weiß, hat nur einer aus seinem Team vehement dagegen opponiert ... war damals noch ein ganz junger Spund und hat nach Möllers Abgang eine ziemlich steile Karriere hier gemacht ... Moment mal! Vielleicht kennst du ihn! Er ist kürzlich nach Köln gegangen. Wir haben hier alle drei Kreuze gemacht. Sagt dir der Name Grabowski etwas?"

„Grabowski?", erwiderte Plasberg überrascht. „Etwa Andreas Grabowski?"

„Ja! So ein ziemlich forscher, eingebildeter Schnösel. Immer perfekt gekleidet, typischer Macho, kleiner Brilli im Ohr, ist hier allen ziemlich auf die Nerven gegangen mit seiner arroganten Art."

Plasberg erinnerte sich plötzlich, dass Grabowski davon gesprochen hatte, bei der Staatsanwaltschaft in Dortmund erst mit Verkehrsdelikten und dann mit organisierter Kriminalität zu tun gehabt zu haben. „Der war damals mit dem Fall Gatler betraut? Bist du sicher?"

„Nicht federführend", schränkte Moebius ein. „Dafür war er noch zu unerfahren. Aber er wollte Gatler damals vor Gericht bringen und ist von Möller an die kurze Leine genommen worden."

Plasberg pfiff durch die Zähne. Das würde erklären, warum Grabowski ein solches Interesse an Gatler gezeigt hatte. Er hatte noch eine Rechnung offen! „Danke", sagte sie. „Das war genau das, was ich wissen wollte."

„Pass auf bei Grabowski", wurde sie von Moebius gewarnt. „Der kann ziemlich unangenehm werden, wenn du ihm in die Quere kommst. Er hat hier bei zwei Kollegen für ein Disziplinarverfahren gesorgt."

„Ach, nein", erwiderte Plasberg. „Mit dem werde ich schon fertig." Vor allen Dingen mit den Informationen, die sie jetzt besaß. Sie und Moebius plauderten noch ein paar Minuten, bis die Kommissarin mit den Worten „Ich schulde dir was, Katharina" das Gespräch beendete.

„Das tust du, in der Tat! Wie wär's, wenn wir mal zusammen shoppen gehen? In der Thier-Galerie in der Innenstadt hat ein neuer Laden für Handtaschen aufgemacht." Als Freundin der Kommissarin war Moebius natürlich mit Plasbergs Fetisch vertraut.

„Aber erst, wenn meine Mutter wieder auf Gran Canaria ist", verabschiedete sich Plasberg. „Vorher habe ich keine ruhige Minute."

Während sie die restliche Strecke nach Hause zurücklegte, entschied sie, die Informationen über Grabowski vorerst für sich zu behalten. Irgendwann würde der Zeitpunkt kommen, an dem sie nützlich sein konnten.

Als sie den Wagen parkte, ertönten die zackigen ersten Takte des Radetzky-Marsches vom Handy auf dem Beifahrersitz und ließen die Kommissarin zusammenfahren. „Ich muss unbedingt diesen Klingelton ändern“, murmelte sie und nahm das Gespräch an.

„Eikner hier“, meldete sich ihr Chef und befahl knapp: „Morgen früh, acht Uhr. Besprechung in meinem Büro. Unter vier Augen.“

„Wieso denn?“, fragte Plasberg. „Wir haben doch eben noch …“

„Grabowski hat gerade angerufen und wollte mit mir über den Fall Gatler sprechen.“

„Den Fall Gatler gibt es nicht“, stöhnte die Kommissarin. „Es gibt einen Fall Kamphaus und einen Fall Anschlitz.“

„Jedenfalls war ich nicht auf dem Laufenden und kam mir wie ein Idiot vor.“

„Wenn Sie an der Besprechung am Nachmittag teilgenommen hätten, wäre das nicht passiert. Außerdem habe ich Ihnen das Wichtigste doch …“

„Sie haben mich nur gefragt, ob Eberswalde damals auf die Ermittlungen Einfluss genommen hat! Wieso haben Sie mich nicht ausführlicher informiert? Wenn es neue Entwicklungen gibt, will ich darüber Bescheid wissen!“, unterbrach Eikner sie.

„Sie haben mir doch nur fünf Minuten gegeben! Außerdem gibt es keine neuen Entwicklungen! Jedenfalls nichts Greifbares“, schränkte sie ein. „Wir arbeiten noch keine Woche an den beiden Fällen! Bisher sind nicht mal alle Ergebnisse der gerichtsmedizinischen Untersuchungen da! Grabowski spielt sich nur auf!“

„Außerdem hat sich der Staatsanwalt über Sie beschwert. ‚Insubordination‘ hat er Ihr Verhalten genannt. Können Sie sich einen Reim darauf machen?“

„Nein“, erklärte Plasberg würdevoll. „Ich habe keine Ahnung, was er damit gemeint haben könnte.“

„Wenn Sie genauso mit ihm umspringen wie mit mir, dann habe ich sehr wohl eine Vorstellung von dem, was er meint. Mäßigen Sie Ihren Ton gegenüber Grabowski! Ich sage es Ihnen nicht noch einmal!“

Sichtlich schlecht gelaunt stieg die Kommissarin nach Beendigung des Gesprächs aus dem Wagen. Jetzt ein wenig Ruhe und Frieden! Die Füße hochlegen und bei einem Glas Wein im Garten sitzen! Das war genau das, was sie jetzt brauchte.

Leider machte ihr ihre Mutter einen Strich durch die Rechnung. „Gut, dass du da bist, Kind!", wurde sie nämlich von ihr noch in der Haustür begrüßt. „Du brauchst gar nicht erst ablegen; wir müssen noch mal los." Helga Schneider hatte ihre Handtasche schon in der Hand, nahm ihre Tochter am Ellenbogen und schob sie zurück Richtung Auto.

„Mutter, was soll denn das? Kann ich wenigstens die Kinder begrüßen?"

„Später. Wir müssen noch mal in den Supermarkt."

„Jetzt noch?"

„Diese Tapetensuche hat uns so lange aufgehalten, dass wir vergessen haben, Lebensmittel einzukaufen. Und wenn du heute Abend gefüllte Cannelloni haben möchtest, dann fehlen Hackfleisch, Crème fraîche und Gewürze. Ich verstehe gar nicht, wie man kein Oregano und keinen Thymian im Haus haben kann. In Spanien gehören Gewürze zur Grundausstattung in jedem Haushalt und … was in aller Welt hast du denn da an? Ist das ein alter Anzug von Eric? Du siehst aus wie eine Lesbe! Wie willst du denn jemals wieder einen Mann kennenlernen, wenn du dich so kleidest?"

„Mutter, halt den Mund", seufzte Plasberg schicksalsergeben. „Wir fahren ja."

„Aber nicht in diesem Polizeiauto! Wenn ich da einsteige, hält mich ja jeder für eine Kriminelle!"

„Es ist ein ziviles Fahrzeug, Mutter! Niemand kann erkennen, dass du in einem Polizeiwagen sitzt. Und niemand glaubt, dass du eine Kriminelle bist. Es sei denn, ich befestige das Blaulicht auf dem Dach und lege dir Handschellen an." Sie hatte größte Lust, genau dies auch zu tun.

„Darfst du den Wagen denn überhaupt in deiner Freizeit nutzen?"

„Wenn du noch länger herummeckerst, dann fahren wir gar nicht. Oder du läufst." Tatsächlich war Plasberg nicht berechtigt, den Wagen in ihrer Freizeit zu fahren, die Vorschriften waren eindeutig diesbezüglich. Eikner hatte die Nutzung des Fahrzeugs auch nur für die Dauer des Dienstes genehmigt, allerdings hatte die Kommissarin praktischerweise vergessen zu erwähnen, wie lange ihr Dienst am heutigen Tag voraussichtlich dauern würde. Morgen würde sie den Wagen in den Fuhrpark zurückbringen und mit der Bahn nach Hause fahren.

„Wie war denn euer Tag?", fragte die Kommissarin auf dem Weg zum Supermarkt. „Habt ihr eine Tapete fürs Kinderzimmer gefunden?"

Helga Schneider strich über ihre Leggins. „Ja. Himmelblau mit ein wenig Silber. Im fünften Geschäft gab es endlich was Passendes. Niklas hat die Rollen schon nach oben getragen. Aber ich muss schon sagen … diese Nina … bist du dir sicher, dass sie die Richtige für Niklas ist?" In ihrem Gesicht zeichnete sich eindeutig Missbilligung ab.

„Für solche Überlegungen ist es ja wohl ein bisschen spät", machte Plasberg ihrer Mutter klar. „Wieso fragst du?"

„Der Junge ist ihr ja völlig verfallen! Man könnte meinen, auf der Welt existiert nur seine Nina. Das ist nicht gesund für einen Jungen in seinem Alter! Normalerweise müsste er sich erst mal die Hörner abstoßen, bevor er daran denkt, eine Familie zu gründen."

Plasberg verdrehte die Augen. „Ich glaube, wir sollten es den beiden überlassen, wie sie miteinander klarkommen."

„Ich sag ja nur … wenn das schiefgeht: Ich hab dich gewarnt!"

Die Kommissarin war gerade dabei, auf Durchzug zu schalten, als ihr der perfekte Satz einfiel, um ihre Mutter zum Schweigen zu bringen. „Ist dir eigentlich klar, dass du in vier Monaten Uroma wirst?"

Helga Schneider starrte ihre Tochter entsetzt an. „Das … das ist ein Scherz, oder?"

Plasberg schüttelte den Kopf. „Ganz und gar nicht. Ich werde Oma und du Urgroßmutter." Sie zog das letzte Wort auseinander, um den maximalen Effekt zu erreichen.

„Daran … daran hatte ich noch gar nicht gedacht. O mein Gott! Jetzt fühle ich mich sofort wie eine von diesen runzligen, gramgebeugten Hundertjährigen, denen die Hälfte der Zähne fehlt und die seit dreißig Jahren schwarz tragen!" Helga Schneider drehte den Kopf zur Seite und sah für den Rest der Fahrt schockiert aus dem Beifahrerfenster, während sie mit einer Hand an ihrer Dauerwelle zupfte. Plasberg genoss die Stille in vollen Zügen.

Sobald ihr die Arbeit ein wenig Zeit ließ, würde sie alles daransetzen, ihrer Mutter bei der Bewältigung ihrer Versicherungsprobleme zu helfen. Nur so wurde sie sie schnellstmöglich wieder los. Doch dazu musste sie erst einmal an eine Übersetzung des spanischen Versicherungsvertrages kommen.

# *Dienstag, 26. April*

Am nächsten Morgen wachte Plasberg auf, als aus der Küche hektische Stimmen in ihr Bewusstsein sickerten.

„Scheiße, Mann! Wir kommen zu spät!“ Das war Niklas. Die Kommisssarin gähnte mit geschlossenen Augen und drehte sich auf die Seite. Der Junge hatte noch nie ein besonders gutes Zeitgefühl besessen, schon als Kind hatte er alles nur in letzter Minute geschafft.

„Ich kann mein Deutschheft nicht finden, Oma!“ Das war Ruth. „Gestern war es noch auf dem Wohnzimmertisch.“ Auch ihre Tochter hörte sich irgendwie gestresst an, dabei war sie eigentlich die Pünktlichkeit in Person. Nur ein wenig unordentlich.

„Frag deine Mutter, ich kenne mich hier nicht aus. Willst du wirklich diese ungesunden Cornflakes essen, Kind? Die bestehen doch hauptsächlich aus Zucker! Ich mache dir lieber ein Graubrot mit Honig und Quark!“ Das war ihre Mutter, die offensichtlich das Regiment in der Küche übernommen hatte. Das war … falsch.

„Wir haben keine Zeit zum Frühstücken, Frau Schneider. Wir müssen los!“ Das war Nina.

Sie musste verschlafen haben. Abrupt setzte sich die Kommissarin auf. Ein Blick auf den Wecker bestätigte ihren Verdacht; die Batterien hatten um 2:37 Uhr ihren Geist aufgegeben. Verdammt! Sie sprang aus dem Bett und hastete nach unten in die Küche.

„Wie viel Uhr ist es?“

„Dir auch einen schönen guten Morgen, Maria!“ Helga Schneider hantierte an der Kaffeemaschine herum und wirkte überfordert, weil sich der Filter verzogen hatte und das heiße Kaffeewasser über den Trichter lief.

„Du hast verschlafen, Mama“, informierte Ruth ihre Mutter vorwurfsvoll. „Und wir deswegen auch alle. Es ist gleich Viertel nach sieben!“

„So ein Mist!“ Plasberg rannte zurück nach oben ins Schlafzimmer und drehte sich auf der Treppe um. „Lass das Frühstück, Mutter! Die Kinder sollen sich ein Taxi nehmen, sonst kommen sie nicht rechtzeitig zum Unterricht. In der alten Kaffeemühle oben auf dem Schrank liegen fünfzig Euro!" Dann lief sie zum Kleiderschrank, sprang in die ersten Klamotten, nach denen ihre Hände griffen, schnappte sich wahllos eine Handtasche, in die sie einfach den Inhalt der Legotasche von gestern kippte, suchte fluchend nach Schuhen und war fünf Minuten später wieder auf dem Weg nach unten, wo sie noch schnell den Versicherungsvertrag ihrer Mutter in die Tasche stopfte, während sie den Kindern und Helga Schneider einen hastigen Gruß zuwarf und mit quietschenden Reifen Richtung Polizeipräsidium entschwand, sobald sie den Dienstwagen aufgeschlossen und den Motor gestartet hatte. Um 7:59 Uhr klopfte sie atemlos an Heribert Eikners Büro.

Der Leiter des Kriminalkommissariats 11 rief sie herein und betrachtete sie demonstrativ von oben bis unten, während sie Platz nahm. „Verschlafen, Frau Kollegin?"

„Was? Ähm … nein, wieso?" Plasberg fuhr sich unauffällig durch die Haare. Sah sie so schlimm aus?

Eikner deutete wortlos auf ihre Kleiderwahl. Die Kommissarin blickte an sich herunter und biss sich auf die Lippe. „Ja", murmelte sie verlegen. „Verschlafen."

Hauptbestandteil ihres in aller Eile aus dem Kleiderschrank gerissenen Outfits war ein schwarzes Tutu, dessen Tüllschichten ihren Stuhl verdeckten und sich so aufbauschten, dass Plasberg sie mehrmals herunterdrücken musste. Ruth hatte schon länger ein Auge auf das Ballettkleid geworfen, aber noch war es ihr zu groß. Dazu hatte die Kommissarin ein rosafarbenes T-Shirt aus dem Regal gezerrt, auf dem in fetten, schwarzen Lettern die Aufschrift *Spar dir die 110. Ich bin die Polizei!* zu sehen war. Ein etwas zweifelhaftes Geschenk von Niklas; sie trug es ihm zuliebe, wenn Gartenarbeit anstand. Ihre Füße steckten in Turnschuhen, die sie normalerweise trug, wenn sie Zeit hatte zu joggen. Das Schlimmste aber war ihre Handtasche: Eine etwa fußballgroße Scheußlichkeit, komplett mit bläulich-grünen und schwarzen Strassperlen bestickt, in der Form eines Laubfrosches, der eine goldene Krone auf dem Kopf trug und in diesem Moment aus großen, starren Augen Heribert Eikner anglotzte.

Plasberg ließ die Tasche unauffällig zu Boden gleiten, während ihr Vorgesetzter auf einen Knopf seiner Sprechanlage drückte.

„Zwei Kaffee, Frau Keller. Den für die Kriminalhauptkommissarin bitte besonders stark."

„Danke", murmelte Plasberg.

Nachdem Gesine Keller die Getränke gebracht hatte, wartete Eikner, bis die Tür hinter ihr zugefallen war. Dann kam er zur Sache. „Sie machen es einem wirklich nicht leicht, Frau Kollegin! Nach unserem gestrigen Gespräch dachte ich, dass ich mich klar ausgedrückt hätte." Die schwarze Hornbrille rutschte in einem atemberaubenden Tempo die Nasenwurzel hoch und runter – Eikner musste ausgesprochen verärgert sein. In diesem Fall war Angriff die beste Verteidigung.

„Wenn Sie auf Grabowski anspielen: Der Mann ist ein arroganter … Pinsel!" Sie konnte sich gerade noch beherrschen, einen stärkeren Kraftausdruck zu gebrauchen. „Er soll mich einfach meine Arbeit machen lassen. Die Zeit, die ich verschwende, um ihn ständig über die neuesten Entwicklungen zu unterrichten, könnte ich gut anderweitig einsetzen. Er behandelt mich wie einen Lakaien! Seit wann sind wir der Staatsanwaltschaft zum täglichen Rapport verpflichtet?"

Eikner räusperte sich ungehalten. „Ist Ihnen schon mal aufgefallen, dass Sie ein Autoritätsproblem haben, Frau Plasberg?"

„Ein was?"

„Sie haben mich schon verstanden. Ich muss Sie wohl kaum daran erinnern, dass auch wir in der Vergangenheit des Öfteren zusammengestoßen sind und Sie sich nie darum geschert haben, dass ich nominell Ihr Vorgesetzter bin. Ich halte das normalerweise aus, weil mir bewusst ist, dass Ihre … sagen wir unkonventionelle Art … ein Geheimnis Ihres Erfolgs ist. Aber das gleiche Schema zeichnet sich jetzt bei Staatsanwalt Grabowski ab. Er hält Sie für nicht teamfähig, nicht kritikfähig, unverschämt und unkooperativ …"

„Dasselbe könnte ich von ihm sagen!"

„… belehrungsresistent, arrogant und fehl am Platze, wenn es um die Leitung einer MK geht."

„Das hat er gesagt?" Plasberg war blass geworden vor Zorn. „Dieser … dieser …"

Eikner hob die Hand; er war noch nicht fertig. „Ich habe gestern ein langes Gespräch mit ihm führen müssen, weil er sofort zum Telefon gegriffen hat, nachdem Sie ihm mit einer halbstündigen Verspätung und hochgradig unwillig Bericht erstattet haben. Kann es sein, dass Sie ein wenig unbeherrscht waren?"

Plasberg räusperte sich verlegen. „Ich … ähm … kann sein, dass ich ein wenig übers Ziel hinausgeschossen bin."

„‚Der Tag wird kommen, an dem Männer wie Sie von einem Reagenzglas ersetzt werden?' Habe ich Sie da richtig zitiert?"

Immerhin hatte Plasberg den Anstand, rot anzulaufen. Aus Eikners Mund klang es tatsächlich ein wenig unverschämt.

„Um es kurz zu machen", fuhr Eikner fort, „Grabowski fordert, dass Sie von den Fällen Kamphaus und Anschlitz abgezogen werden. Er hält Sie für nicht kompetent genug, die Ermittlungen schnell und sauber voranzubringen."

Die Kommissarin setzte ihre Kaffeetasse unsanft auf den Unterteller. „So ein scheinheiliger Mistkerl! Warum hat er nicht den Mumm besessen, mir das selbst zu sagen? Dann hätten wir unsere Differenzen sofort in seinem Büro austragen können!"

„Mit den Fäusten?", fragte Eikner mit einem erneuten Hauch Ironie, den Plasberg geflissentlich ignorierte.

„Es geht ihm doch nur darum, dass ich seiner Meinung nach Stephen Gatler nicht genau genug unter die Lupe nehme!"

„Und das können Sie mir natürlich näher erklären?"

Plasberg hielt inne. „Im Moment nicht." Sie war drauf und dran, Eikner zu berichten, was ihr Katharina Moebius erzählt hatte, aber dann entschied sie sich dagegen. Grabowski zu bezichtigen, in Bezug auf Gatler eine persönliche Rechnung begleichen zu wollen, würde ihr bei Eikner nicht weiterhelfen. „Stephen Gatler hat weit und breit kein Motiv", sagte sie nur.

„Und das wissen Sie, weil Sie schon mit ihm gesprochen haben?" Eikner schien es zu genießen, Plasberg in die Ecke zu drängen.

„Ich konnte noch nicht mit ihm sprechen, weil er erst gestern aus England zurückgekehrt ist, wo er berufliche Termine wahrgenommen hat", verteidigte sie sich. „Das habe ich auch StA Grabowski zu vermitteln versucht. Anscheinend bin ich nicht zu dem Herrn durchgedrungen. Gatler stand heute als erster Termin auf meiner Liste."

Eikner machte ein unzufriedenes Gesicht und rührte in seinem Kaffee. „Gut. Dann werden Sie mich jetzt Schritt für Schritt durch die bisherigen Ermittlungen führen. Diesmal habe ich Sie gegenüber Grabowski noch in Schutz genommen …"

„Das will ich doch hoffen!"

„…aber ich werde mich nicht ein zweites Mal für Sie aus dem Fenster lehnen, wenn ich nicht genau weiß, in welche Richtung Sie arbeiten."

„Sie lassen mir doch auch sonst immer freie Hand!"

„Die Zeiten haben sich geändert, Frau Kollegin. Das ist es ja, was ich Ihnen schon mehrmals zu vermitteln versucht habe. Sie hören nicht zu!"

„Na schön", seufzte Plasberg. „Wann haben Sie Ihren nächsten Termin?"

„Wenn wir hier fertig sind."

Die Kommissarin verdrehte die Augen und begann, den bisherigen Verlauf der Ermittlungen zu schildern, auch wenn sie es für eine Zeitverschwendung hielt. Trotzdem war sie darauf bedacht, keine Einzelheiten zu vergessen. Nur die Rolle der Behörden beim Umgang mit Gatlers Autounfall in Dortmund umschrieb sie so vage wie möglich, da Katharina Moebius' Informationen nur aus zweiter Hand stammten und noch dazu vertraulich gewesen waren. Außerdem misstraute sie Eikner, weil er ihr gegenüber in diesem Punkt nicht ehrlich gewesen war.

Falls ihr Vorgesetzter Verdacht schöpfte, dass sie ihm nicht alles erzählte, ließ er sich nichts anmerken, denn er hörte ihr schweigend zu und unterbrach sie auch nicht, um Fragen zu stellen. Als sie fertig war, stand er auf und sah aus dem Fenster. „Lassen Sie mich zusammenfassen", sagte er schließlich. „Gatler hat kein Alibi für die Tatzeit des Mordes an Martina Kamphaus. Er hatte Kenntnisse über den Tatort Kerpener Obermühle. Er hatte die Möglichkeit, sich ein Messer aus Obsidian während eines Aufenthalts auf den Liparischen Inseln zu besorgen. Er hat Alkoholprobleme und ist psychisch instabil, und er hat keinerlei Probleme damit, Menschen in seiner unmittelbaren Umgebung zu schaden. Habe ich das so weit richtig wiedergegeben?"

„Ja, schon“, antwortete Plasberg unwillig. „Aber das sind doch alles nur Indizien.“

„Und Sie haben ansonsten keine andere Spur, die beide Morde miteinander verbinden könnte?“

„Nein“, gab sie zu. „Abgesehen von diesem mutmaßlichen Erpressungsversuch der Kamphaus an Anschlitz. Aber wir haben auch noch nicht besonders tief geschürft in den letzten Tagen. Wir sind erst an der Oberfläche, glaube ich.“

„Glauben Sie?“

„Ich kann noch immer kein Motiv erkennen. Warum sollte Gatler die Morde aus seinen Büchern nachstellen? Das ist doch Unsinn!“

„Weil er ein Psychopath ist?“

„Eine psychische Instabilität, ein Alkoholproblem und unsoziales Verhalten machen ihn noch lange nicht zu einem Psychopathen“, entgegnete Plasberg. „Sie waren doch derjenige, der mir gesagt hat, ich solle Gatler mit Glacéhandschuhen anfassen!“

„Das war, bevor sich die Indizien gegen ihn aufgetürmt haben!“

„Ich glaube eher, dass die Morde mit dem Verschwinden von Lucca Kemper zusammenhängen. Diese Spur erscheint mir vielversprechender.“ Eikner – der ganz offensichtlich Grabowski zuneigte – und sie waren in einer Sackgasse angelangt.

„Was hat Sie eigentlich auf die Idee gebracht, dass Gatlers Romane der Schlüssel zu den beiden Morden sind?“, versuchte Eikner sie auf andere Weise zu überzeugen.

„Nicht was, wer“, brummte die Kommissarin. „Brinkhoff. Er ist ein Fan von Gatlers Krimis.“

„Der Kollege Brinkhoff, der sich gestern mit Vogt geprügelt hat?“

„Das heißt noch lange nicht, dass sein Urteilsvermögen getrübt ist! Und da wir gerade von Brinkhoff sprechen: Hat Grabowski erwähnt, dass er den Oberkommissar einen ‚schwulen Stotterer‘ genannt hat?“, fragte die Kommissarin mit einem süßlichen Lächeln.

„Ich … nein“, erwiderte Eikner zögernd. „Hat er nicht.“ Grabowski mochte mit seiner Kritik an Plasberg bei Eikner offene Türen einrennen, aber wenn er Mitarbeiter des Kriminalkommissariats bewusst diskriminierte, dann brachte er Eikner in eine peinliche Lage. Das war genauso unangenehm wie Vogts Sticheleien und Beleidigungen.

In diesem Moment klingelte Plasbergs Handy und sie befreite es hastig aus dem Bauch des grünglitzernden Frosches, während der Radetzky-Marsch durch Eikners Büro schepperte. „Plasberg hier", meldete sie sich. „Dr. Uhrmann? … Na, endlich … und … aha … wirklich? Sind Sie sicher? … Ja, danke." Sie sah Eikner an, nachdem sie das Gespräch beendet hatte. „Der DNA-Vergleich der beiden weißen Haare ist endlich da."

„Und?"

„Beide weisen identische DNA-Merkmale auf. Und da das Haar vom Jackenkragen von Thomas Anschlitz nicht zu denen von seinem Kopf passt, bleibt nur ein Schluss."

„Und der wäre?"

„Dass beide Haare von Stephen Gatler stammen. Ich habe das zweite Haar selbst aus Gatlers Haus herausgeschmuggelt."

„Herausgeschmuggelt?" Eikner starrte sie entgeistert an. „Sind Sie noch ganz bei Trost? Was nützt es uns dann? Wir können es juristisch nicht verwenden!"

„Ich dachte …"

„Sie dachten!" Er schüttelte den Kopf. „Gatlers Lebensgefährte hat keine weißen Haare?"

„Pechschwarze."

„Dann sieht es für mich so aus, als wäre Ihre Vorgehensweise klar. Wir werden Gatler trotzdem vorläufig festnehmen und einen Durchsuchungsbefehl beantragen. Die Indizienkette ist auch ohne die weißen Haare ausreichend. Und wenn sich die Vorwürfe gegen ihn erhärten lassen …"

„Und wenn sie sich als haltlos erweisen? Ich sehe noch immer kein Motiv!" Plasberg schien nicht zu Eikner durchzudringen. Denn auch wenn sie zugeben musste, dass sich die Lage für Stephen Gatler soeben erheblich verschlechtert hatte, glaubte sie noch immer nicht, dass der Schriftsteller etwas mit den Morden zu tun hatte. Das sagte ihr ihr Instinkt. Aber etwas gab es, vor dem auch Eikner zurückschreckte. „Was passiert denn, wenn wir Gatler festsetzen und sich alle Vorwürfe in Luft auflösen, weil er die Ungereimtheiten erklären kann? Der Mann ist ein überaus prominenter Zeitgenosse. Das gibt einen Skandal, von dem sich die Kölner Polizei jahrelang nicht mehr erholt! Und alles nur, weil Grabowski und Sie auf einem Schnellschuss beharrt haben." Sie sah am Gesichtsausdruck ihres Vorgesetzten, dass sie ins Schwarze getroffen hatte.

„Also schön", gab Eikner nach, wenn auch nur für den Moment. „Dann befragen Sie den Mann zu Hause. Aber sollten sich die Zweifel verdichten …"

„Natürlich", erwiderte die Kommissarin. Im Hinausgehen sagte sie: „Ach so, der Dienstwagen … ich brauche ihn noch einen weiteren Tag."

Eikner nickte sein Einverständnis.

Auf dem Weg in ihr Büro begegnete sie Jochen Hallstetter und Matthias Kayser, die sich bei der Sekretärin mit Kaffee versorgt hatten. „Besprechung?", fragte Hallstetter, der seinen Blick kaum von Plasbergs Ballettkleid losreißen konnte. Erst als ihm Kayser einen Ellbogen in die Seite rammte, kam er zu sich und murmelte eine Entschuldigung.

„Was?", fragte die Kommissarin geistesabwesend.

Hallstetter deutete auf seine Armbanduhr. „Zeit für die morgendliche Besprechung. Wir warten schon alle auf Sie."

„Hatten wir doch gestern Nachmittag!"

„Ich dachte nur, weil wir morgens immer eine Besprechung …"

„Sie müssen lernen, sich auch mal selbstständig zu beschäftigen", wies ihn Plasberg zurecht. „Brinkhoff und ich haben jetzt einen Termin mit Stephen Gatler … wo ist er überhaupt?"

„Wer? Gatler?"

„Brinkhoff!"

In diesem Moment kam ihr der Kollege aus dem Aufzug entgegen, unrasiert, mit ungekämmten Haaren und müden Augen.

„Auch verschlafen?", fragte Plasberg.

„Ja, aber m-mir ist etwas aufgefallen. Ich ha-hab die l-letzte Nacht damit verbracht, noch mal die K-Krimis von …"

„Können Sie mir unterwegs erzählen!", würgte ihn die Kommissarin ab. „Jetzt fahren wir zu Gatler. Die DNA-Analyse der weißen Haare ist endlich gekommen. Sie sind von unserem berühmten Schriftsteller. Beide."

„Kann ich nicht wenigstens noch einen K-Kaffee …?“

„Keine Zeit.“ Mit Brinkhoff im Schlepptau marschierte Plasberg den Gang hinunter.

„Und was sollen wir machen?“, rief ihnen Hallstetter hinterher.

„Vogt und Frau Siener sollen den Herausgeber der Groschenromane kontakten und …“

„D-Das wollte eigentlich ich machen!“, beschwerte sich Brinkhoff.

„Wir spielen hier nicht Wünsch-dir-was!“, sagte Plasberg. „Ich brauche Sie bei Gatler. Und Hallstetter … sind Sie schon mit dem Dienst-PC der Kamphaus fertig?“

„Nein“, gab ihr Kollege zu.

„Na, also, dann wissen Sie ja, wie Sie sich nützlich machen können!“

Hallstetters Laune verschlechterte sich schlagartig. „Noch ein Tag vor dem gottverdammten Computer“, fluchte er mit unterdrückter Stimme, aber nicht leise genug. Plasberg hielt inne, kam zurück und klopfte ihrem Kollegen etwas unbeholfen auf die Schulter. „Sie schaffen das schon“, erklärte sie in einem Tonfall, mit dem eine Mutter ein bockiges Kind ermuntert, und verschwand im Aufzug. Das verdutzte Gesicht ihres Mitarbeiters konnte sie nicht mehr sehen, weil sich da schon die Tür schloss.

„Was sollte d-das denn?“, fragte Brinkhoff, während sie nach unten fuhren.

„Was?“

„Dieses Schulterklopfen.“

„Sie haben doch gesagt, dass ich Hallstetter mal loben soll!“

Draußen hatte sich nach einigen sonnigen Tagen der Himmel bewölkt, und als die Kommissare nach einem kurzen Abstecher in die Asservatenkammer über den Parkplatz des Präsidiums liefen, setzte feiner Sprühregen ein, in dem der aufgebauschte Tüll von Plasbergs Tutu in sich zusammenzufallen drohte. Verwünschungen ausstoßend, sprintete die Kommissarin zum Dienstwagen.

„W-Was ist eigentlich mit Ihrem Auto?“, fragte Brinkhoff, während er den Sicherheitsgurt anlegte. „Ist es endgültig auseinandergefallen?“

„Sehr witzig." Plasberg war nicht zu Scherzen aufgelegt. Sie erklärte, dass ihr Sohn den Wagen gestern gebraucht hatte und sie einfach noch keine Zeit gehabt hatte, die Wagen auszutauschen. „Und was haben Sie so Wichtiges entdeckt bei Ihrer Lektüre?"

„D-Dass ich einen Denkfehler begangen habe."

Plasberg bog auf die Straße und fuhr nach Süden, Richtung Hahnwald. „Aha."

„Der M-Mord an Martina Kamphaus ist doch nach dem zweiten Krimi inszeniert, *Ein Grab aus Eis*. Der Mord an Anschlitz nach *Wisconsin, Kanada*, dem dritten Buch von Gatler."

„Ja, und?"

„M-Meine Vermutung war doch, dass es noch weitere Morde geben k-könnte, inszeniert nach dem nächsten Krimi. D-Das wäre dann *Nachtgeläut*."

„Das weiß ich bereits. Worauf wollen Sie hinaus?"

„Dass ich den ersten Krimi vergessen habe. Den Debütroman. *Morgentod*. Wenn wir eine Mordserie untersuchen, die auf Gatlers K-Krimis basiert, dann wäre es nur logisch, dass der Mörder mit dem ersten Krimi angefangen hat."

„Das würde aber bedeuten, dass der Mord schon geschehen ist!", sagte Plasberg. Der Regen wurde stärker, und sie schaltete die Scheibenwischer ein. „Und wieso wissen wir dann nichts davon?"

„Weil der M-Mord im ersten Krimi kein Mord im eigentlichen Sinne war." Brinkhoff hatte die entsprechenden Stellen nachgelesen. „Es war ein Unfall mit Todesfolge. In dem Buch geht es um ein Ehepaar, Harry und Maureen D-Duncan, beide um die fünfzig, aus einem Vorort von San Diego, an der Westküste der USA."

„Ich weiß, wo San Diego liegt."

„Er ist irgendwas in der boomenden IT-Branche, sie langweilt sich, seitdem die Kinder aus dem Haus sind, und fühlt sich überflüssig. Die b-beiden haben sich auseinandergelebt, und sie nimmt sich einen jungen Geliebten. Einen FedEx-Boten. Der Ehemann kommt dahinter und stellt die beiden in flagranti. Dabei kommt es zu einem Streit, einer körperlichen Auseinandersetzung, bei der Harry Duncan den Geliebten seiner Frau anrempelt. Der fällt eine Kellertreppe hinunter und bricht sich das Genick. In der Folge versuchen die Eheleute das Unglück zu vertuschen, aber als die

Leiche dann schließlich gefunden wird, geraten die zwei in einen immer tieferen Strudel aus Lügen und B-Beschuldigungen, bis die Situation so eskaliert, dass sie sich vor Gericht gegenseitig die Schuld zuschieben und beider Leben ruiniert ist. Ist eigentlich mehr ein Psychodrama als ein Krimi."

„Und das Ganze passiert am frühen Morgen?"

„B-Bitte?"

Plasberg rümpfte die Nase. „Wegen des Titels: *Morgentod*."

„Ach so. Ja, genau."

„Aber die Fiebig hat mir erzählt, dass *Morgentod* besonders blutrünstig ist. Zu vergleichen mit Jean-Christophe Grangé. Sie haben auch so was gesagt. Ein Genickbruch ist nicht sehr blutrünstig."

„Woher kennen Sie Grangé? Ich d-dachte, Sie lesen keine Krimis?"

„Ist doch jetzt egal! Also?"

„Ja … nein. Harry Duncan hat G-Gewaltfantasien darüber, was er seiner Frau gerne antun möchte. Die werden sehr detailliert beschrieben. Da spritzt das Blut geradezu aus den Seiten. Ist m-manchmal ein bisschen ekelig. Und Gatler ist sehr gut darin, eine bedrohliche Stimmung zu erzeugen. Er hat die Gewaltszenen so beschrieben, dass der Leser bis zuletzt nicht weiß, dass es nicht wirklich passiert ist."

„Na schön. Das bedeutet, Ihrer Theorie zufolge müssten wir uns erkundigen, ob in letzter Zeit in Köln und Umgebung ein jüngerer Mann durch einen Unfall einen Genickbruch erlitten hat?"

„Ha-Halten Sie das für abwegig?"

„Ich habe gar keine Meinung dazu", seufzte Plasberg, kramte ihr Handy aus der Handtasche und rief im Präsidium an. „Aber solange mir nichts Besseres einfällt und wir bei dem Verschwinden von Lucca Kemper noch keinen neuen Ansatz haben … ja, Hallstetter? Ich habe noch eine Aufgabe für Sie: Erkundigen Sie sich bei den Kollegen nach unnatürlichen Todesfällen mit Genickbruch, sagen wir …", sie warf Brinkhoff einen fragenden Blick zu, „… in den letzten drei oder vier Monaten? Der Tod sollte möglichst durch einen Unfall zustande gekommen sein, der Tote möglichst ein junger Mann sein, und wenn auch noch eine Treppe mit im Spiel ist, dann passt das umso besser … was? … ja, ich weiß. Sie müssen das jetzt auch nicht verstehen. Ich erkläre es Ihnen später."

Sie schob das Handy zurück in die Handtasche und fragte Brinkhoff: „Zufrieden?"

Ihr Kollege nickte. „Aber mir ist da noch was aufgefallen …"

„Haben Sie etwa die ganze Nacht damit verbracht, diese Krimis zu lesen?"

„Ich konnte sowieso n-nicht schlafen." Brinkhoffs Miene verdüsterte sich. „Markus und ich … das ist ein bisschen schwierig momentan."

„Und wieso? Ich meine, eigentlich will ich es gar nicht wissen, aber Sie werden es mir ja doch erzählen."

„Weil er seine kleine Nichte betreuen muss!"

„Und Sie fühlen sich jetzt zurückgesetzt?"

„Man kann nicht mehr vernünftig m-mit ihm reden. Er hat nur noch das Kind im Kopf." Jetzt, da er es laut aussprach, merkte er selber, wie bockig er sich anhörte.

Die Kommissarin schnaubte belustigt auf. „Das ist normal. Gesprächsthemen, die sich nicht mit Kinderkrankheiten, dem Wechseln von Windeln oder dem Durchschlafen beschäftigen, überschreiten den geistigen Horizont von jungen Eltern. Ging mir mit Niklas und Ruth genauso. Hat bestimmt was mit Hormonen oder Instinkt zu tun."

„Markus ist k-kein junges Elternteil! Er macht das nur aushilfsweise!"

„Das spielt keine Rolle. Er ist im Moment für den Nachwuchs verantwortlich." Sie zuckte mit den Schultern. Damit war das Thema anscheinend für sie beendet. „Was war Ihnen noch aufgefallen?"

„Hm? Ach so, wegen Gatler? Irgendwas … ich weiß auch nicht … irgendwas stimmt da nicht", druckste Brinkhoff herum. „Der erste K-Krimi unterscheidet sich sehr von den anderen Romanen …"

„Ja. Mehr Psychodrama als Krimi!"

„Nein. Eher, als ob …" Er schüttelte den Kopf. „Vergessen Sie's. Nicht wichtig."

„Aber ich hab noch was Wichtiges", fiel der Kommissarin plötzlich ein. „Kennen Sie im Präsidium vielleicht einen Kollegen, der spanisch spricht?"

„Spanisch?“ Brinkhoff hatte Schwierigkeiten, Plasberg zu folgen. „Frau Keller spricht spanisch, glaube ich. Wieso?“

Die Kommissarin zerrte den Versicherungsvertrag ihrer Mutter aus der Handtasche, während sie den Wagen mit der linken Hand steuerte. „Deswegen.“ Sie klärte Brinkhoff in ein paar Sätzen über den Brand im Restaurant ihrer Mutter auf und über die Weigerung der Versicherung, den Schaden zu begleichen. „Je eher ich die einzelnen Klauseln des Vertrags kenne, desto eher kann ich mich mit der Versicherung auseinandersetzen, und desto schneller verabschiedet sich meine Mutter wieder nach Gran Canaria.“

Brinkhoff überflog den Briefkopf. „Die Versicherung hat eine deutsche T-Tochter mit Hauptsitz in Düsseldorf“, sagte er. „Mit denen können Sie sich unterhalten.“

„Ehrlich? Woher wissen Sie das?“

„Weiß ich eben. Und den Text k-kann ich Ihnen auch übersetzen.“

„Sie?“

„Leistungskurs Spanisch in der Oberstufe. Ist zwar schon eine Weile her, aber d-das kriege ich hin, glaube ich.“ Er las den Text der ersten Seite quer und nickte. „Ja. Wird gehen.“

„Großartig“, sagte Plasberg erleichtert.

„Aber nur, wenn ich nach dem Termin mit Gatler freibekomme.“

„Frei?“ Plasberg sah ihn misstrauisch an. „Während einer Ermittlung?“

„K-Keine Sorge. Ist dienstlich. Und hat was mit dem Fall zu tun. Ich muss was recherchieren.“

„Und warum tun Sie so geheimnisvoll?“

„Weil ich nicht weiß, ob ich vielleicht einem Hirngespinst hinterherrenne, und mich nicht lächerlich m-machen will.“

„Von mir aus. Aber das bleibt unter uns.“

Inzwischen waren die Kommissare in Hahnwald angekommen. Plasberg bog in die Straße ein, an der das Haus von Gatler und Kauz lag, und lotste den Polizeiwagen vor das verschlossene Tor. „Na los!“, forderte sie ihren Kollegen auf. „Springen Sie raus und klingeln Sie! Ich werde mir mein Tutu sicher nicht im Regen ruinieren!“

Es dauerte mehrere Minuten, bis sich am Tor etwas tat, und die Kommissarin schaute zu, wie Brinkhoff langsam immer nasser wurde. „So ein Scheiß", schimpfte er, als sich das Tor endlich öffnete und er zurück zum Wagen lief. Wassertropfen rannen ihm in den Nacken und bildeten auf dem Boden eine kleine Pfütze.

„Eigentlich würde ich mich gerne in dem Haus umsehen", sagte Plasberg, während sie den Wagen die Auffahrt hinauffuhr.

„Ohne D-Durchsuchungsbefehl?" Brinkhoff war damit beschäftigt, den Regen aus seinen Haaren zu streichen.

„Ich lasse mir was einfallen."

An der Haustür wurden die Kommissare von Achim Kauz erwartet, der wie immer komplett in Schwarz gekleidet war.

„Wir müssen uns mit Ihrem Lebensgefährten unterhalten", sagte Plasberg zur Begrüßung. Zum ersten Mal fiel ihr die schmale Narbe auf, die seinen Mundwinkel zu einem wölfischen Grinsen verzog. Wieso hatte sie das vorher nicht registriert? Kauz nickte und trat zur Seite. „Stefan ist in der Küche."

Karsten Vogt und Bettina Siener entschieden sich, mit der Straßenbahn zum Verlagshaus zu fahren, in dem die Groschenromane erschienen, die von Thomas Anschlitz unter dem Pseudonym Jason K. Talbot geschrieben worden waren. Plasberg hatte das Heft, das ihr Natalie Bauer überlassen hatte, zu den Akten gelegt, und Vogt war überrascht, als er herausfand, dass die Romanhefte von einem in Köln ansässigen Verlag produziert wurden, noch dazu ganz in der Nähe des Polizeipräsidiums, im Stadtteil Mülheim.

„Schanzenstraße", nuschelte er, während er sich im Internet orientierte. Seine Lippe war noch immer geschwollen. Siener schaute dem Kollegen über die Schulter.

„Auf dem Gelände des ehemaligen Carlswerks", sagte sie. „Kenne ich! Da gibt's einen netten Italiener … ja klar, dieses Verlagshaus ist direkt daneben! Ich hab da nur nie drauf geachtet."

„Carlswerk?" Als Bergheimer war der Kommissar mit Kölns Topografie oft nicht sonderlich vertraut. Tatsächlich mochte er die Großstadt mit ihren Baustellen, ihrem Klüngel und der ihr eigenen Selbstzufriedenheit nicht sonderlich.

„Ein ehemaliges Industriegelände. Da wurden bis in die sechziger Jahre Kupferdrähte, Telefon- und Starkstromkabel hergestellt, wenn ich mich nicht irre. Danach lag alles jahrelang brach. Jetzt nennt es sich ein ‚urbanes Stadtquartier'. Die übliche Mischung aus Gewerbe, Büros, Gastronomie und Freizeitangeboten. Angeblich ziemlich hip im Moment. Und das Schauspiel hat dort auch sein Ausweichquartier, solange die Oper saniert wird."

Vogt lachte auf und hielt sich gleich darauf die schmerzende Lippe. „Dann wird es da wohl noch eine ganze Zeit bleiben."

Die Kommissare verließen die Straßenbahn an der Haltestelle Keupstraße und gingen die restlichen Meter zu Fuß, bis ein Komplex aus braunen Ziegelbauten vor ihnen auftauchte.

„Wie geht's eigentlich Ihrem Kinn?", fragte Siener auf dem Weg.

Im Grunde war die Frage überflüssig, denn die Stelle, an der Brinkhoffs Faust Vogt getroffen hatte, hatte sich gelblich-violett verfärbt. Entsprechend mürrisch war dann auch die Antwort des Kommissars. „Geht Sie nichts an!"

Er hatte die Schmach des gestrigen Tages noch immer nicht verdaut. Ausgerechnet durch einen Faustschlag von Brinkhoff zu Boden zu gehen, war mehr, als er verkraften konnte. Nicht einmal seiner Frau hatte Vogt erzählt, wo er sich verletzt hatte. „Tür", hatte er einsilbig gesagt, als er nach Hause gekommen war. „Bin vor eine Tür gelaufen." Seine Frau war danach schulterzuckend zum Yoga gefahren. Nicht einmal ein warmes Essen hatte sie für ihn aufbewahrt, und Vogt hatte sich am Abend missgelaunt vor dem Fernseher mit Chips vollgestopft.

Der Verlag befand sich im größten Haus des Industriedenkmals, einem langgestreckten, mehrstöckigen Gebäude, an dessen Front ein schornsteinartiger Turm in den Himmel ragte, den weithin sichtbar das Verlagslogo zierte.

„Kripo Köln", stellte sich Vogt in der Lobby vor. „Wir möchten mit jemandem sprechen, der für die Publizierung der Groschenhefte in Ihrem Haus zuständig ist."

Die Dame am Empfang sah die beiden Polizisten mit einer Mischung aus Neugier und Empörung an. „Sie meinen sicher die Romanheftreihen unseres Hauses. Haben Sie einen Termin?"

„Nein.“

Die Frau runzelte die Stirn. „Dann wird es schwierig werden. Vielleicht kann ich Sie zu einer der Vorzimmerdamen in der Geschäftsetage schicken, und Sie machen dort einen Termin aus.“

„Nein“, sagte Vogt aufgebracht. „Sie werden uns in der Geschäftsetage ankündigen und dafür sorgen, dass jemand Verantwortliches die Zeit findet, der Mordkommission ein paar Fragen zu beantworten.“

Seine Gesprächspartnerin griff konsterniert zum Telefon, und zehn Minuten später wurden Vogt und Siener von einem Mann Mitte vierzig in Jeans und weißem Hemd am Fahrstuhl abgeholt, der sich als Jürgen Schmidt, Bereichsleiter für Krimi und Action vorstellte. „Wir haben auch noch die Sparten Western & Helden, Adel & Liebe, Heimat & Berge, Ärzte & Schicksale sowie SF & Fantasy und Grusel & Horror. Aber Krimi und Action passt wohl am besten zu den Aufgaben unserer Polizei, oder?“

Karsten Vogt konnte Schmidt auf Anhieb nicht leiden, weder seinen einem Sonnenstudio geschuldeten tiefdunklen Teint noch die Goldkettchen um Handgelenk und Hals oder seine absurden Cowboystiefel. Der Mann hatte erkennbar ein Problem mit dem Älterwerden. Außerdem hatte er eine anbiedernde Art, die Vogt auf die Nerven ging. Aber wahrscheinlich hätte der Kommissar an diesem Morgen jeden unsympathisch gefunden. Schmidt war offensichtlich neugierig, was zwei Beamte der Mordkommission hierhergeführt hatte, und holte ungefragt aus der Teeküche zwei Becher Kaffee für Siener und Vogt, bevor er die Polizisten in sein Büro führte, einen kleinen, spartanisch eingerichteten Raum am Ende des Flurs, aus dessen Fenster man einen guten Überblick über das gesamte Areal des Carlswerks hatte.

„Hier schreiben Sie diese Hefte?“, fragte Bettina Siener, nachdem die Kommissare Platz genommen hatten.

„Ich?“, lachte Schmidt und zeigte dabei eine ganze Reihe ebenmäßiger Jacketkronen. „Gott bewahre! Die Manuskripte werden von unseren Autoren geschrieben. Kennen Sie unsere Produkte? *Lassiter, John Sinclair, Chefarzt Dr. Holl,* um nur einige zu nennen?“

Vogt schüttelte den Kopf. „Wir sind hier wegen einer Serie, die *Agent Jeff Ryker* heißt.“

„Ah! Eine unserer erfolgreichsten Serien, seit fast dreißig Jahren. Ein bisschen an James Bond angelegt. James Bond auf Amerikanisch.“ Schmidt wurde Vogt immer unsympathischer. Der Bereichsleiter rutschte unruhig auf seinem Stuhl hin und her, als litte er an ADHS, grinste die ganze Zeit wie ein Wahnsinniger und konnte seine Hände nicht stillhalten.

„Sie wurde von einem Mann namens Jason K. Talbot geschrieben, ein Pseudonym von Thomas Anschlitz.“ Schmidt sah ihn an, als wüsste er nicht, wovon Vogt sprach. „Und Anschlitz ist jetzt tot“, verdeutlichte der Kommissar. „Er ist einem Kapitalverbrechen zum Opfer gefallen.“

„Das tut mir leid“, erwiderte Schmidt mit betroffener Miene. „Aber da werde ich Ihnen nicht weiterhelfen können. Das war vor meiner Zeit.“

„Vor Ihrer Zeit? Aber Anschlitz ist am letzten Samstag umgebracht worden! Arbeiten Sie erst seit Anfang der Woche hier?“

Schmidt runzelte die Stirn. „Ich glaube, wir reden aneinander vorbei. Sie haben keine Ahnung, wie unsere Romanhefte entstehen, oder? Nichts für ungut – das wissen die wenigsten.“ Mit einem Ausdruck der Erleichterung sprang er vom Stuhl und lief in seinem Büro auf und ab. „Es gibt in Deutschland zwei große Heftromanpublizisten. Wir und ein weiteres Verlagshaus. Im Bereich Krimi und Action werden zurzeit zwar nicht allzu viele Serien produziert – ganz im Gegensatz zu den Liebes- und Arztromanen –, aber dafür ist ihre Auflage ganz ordentlich. Von *Agent Jeff Ryker* veröffentlichen wir jede Woche ein neues Abenteuer, das sind 52 Hefte im Jahr. Jedes Heft hat etwas über sechzig Seiten, was ungefähr 25.000 bis 30.000 Wörtern entspricht. Vorgegeben wird das von der Drucktechnik. Die meisten unserer Serien werden daher von mehreren Autoren geschrieben und …“

„Von mehreren Autoren? Also gleichzeitig?“

„So ist es.“

„Ich hab mal irgendwo gelesen, dass die ganze Heftchen-Branche an Umsatzeinbußen leidet“, unterbrach Siener. „Stimmt das?“ Ihr war eingefallen, dass ihre Großmutter die Heftromane seit Jahren las. Irgendeine Adelsserie, in der sich meist ein Fürst oder Baron in ein bürgerliches Mädchen verliebte, was immer mit

Problemen verbunden war. In der Pubertät hatte sie in einigen dieser Hefte mit roten Backen abends unter der Bettdecke geschmökert, wenn sie bei ihrer Großmutter zu Besuch gewesen war. Aber schnell hatte sie verstanden, dass die Hefte nach immer dem gleichen Schema gestrickt waren und nur wenig mit der Realität zu tun hatten. Ihre Begeisterung hatte sich bald gelegt.

Schmidt fingerte an der Goldkette um seinen Hals und sah Siener überrascht an. „Na ja ... es ist schon was dran", gab er zu. „Unsere Stammleserschaft stirbt uns langsam weg. Die Leute, die seit den fünfziger, sechziger Jahren unsere Produkte gekauft haben. Und wir haben noch nicht den goldenen Weg gefunden, wie wir ein neues, junges Publikum für unsere Hefte begeistern können. Aber ...", er klatschte in die Hände, als müsste er sich selbst Mut machen, „... wir arbeiten daran." Für einen Moment hörte er sich wie ein Sales-Manager an. „Denn was wäre die Welt ohne Perry Rhodan und Jerry Cotton?"

„Mit Sicherheit ein besserer Ort", brummte Vogt hinter seinem Rücken.

Wenn Schmidt ihn gehört hatte, ließ er sich zumindest nichts anmerken und nahm seinen Vortrag wieder auf. „Für die Manuskripte der Serien gibt es strenge Richtlinien, die wir unseren Autoren an die Hand geben, damit die Leser genau das bekommen, was sie erwarten. Stilistisch gesehen bedeutet das zum Beispiel, in einfachen, kurzen Sätzen zu schreiben und dabei in regelmäßigen Abständen immer wiederkehrende Adjektive zu benutzen. Wir vertreiben schließlich Unterhaltungsliteratur, keine wissenschaftlichen Aufsätze. Inhaltlich gesehen, etwa beim Heimat- oder Liebesroman, dürfen die Figuren ruhig klischeehaft, holzschnittartig sein. Der Held sieht immer gut aus, hat breite Schultern und freundliche Augen, die Heldin ist meist zierlich, hat einen ansprechenden Körperbau, einen beherzten Charakter, ist eine gute Mutter. Es geht um Geschichten von der heilen Welt, wobei das Glück von Eifersucht, gesundheitlichen Problemen, Erbstreitigkeiten oder auch Naturgewalten bedroht wird. Am Ende muss der Autor die Geschichte so zu Ende bringen, dass sich alles wieder zum Guten wendet. Es muss immer ein Happy End geben. Ach ja, und Themen wie Drogensucht, Homosexualität, Scheidungen, uneheliche Kinder, Rassismus, Religion und unheilbare Krankheiten sehen wir gar nicht gern." Schmidt schien ganz in seinem Element zu sein, als leitete er gerade ein Seminar zum Schreiben von Groschenromanen. „Das mögen unsere Leser überhaupt nicht."

„Sehr realitätsnah", murmelte Vogt.

Diesmal hatte ihn der Bereichsleiter gehört. „Das ist es ja gerade, Herr Kommissar. Unsere Romane sind eine Flucht aus der Realität. Ein geschützter Hafen, in dem am Ende alles wieder gut wird. Wenn sich die Leute mit Problemen auseinandersetzen wollen, brauchen sie nur die Nachrichten im Fernsehen einzuschalten."

„Geschenkt", sagte Vogt. „Aber wir kommen vom Thema ab. Wie viel verdient man denn so mit einer Geschichte als Autor?"

Der Bereichsleiter lachte auf. „Warum wollen Sie das wissen, Herr Kommissar? Selbst ein paar Geschichten in der Schublade? Reichen Sie sie ruhig ein; wir sind immer auf der Suche nach neuen Talenten."

„Wenn Sie einfach die Frage beantworten würden?"

Schmidt zögerte. „Das sind eigentlich Verlagsinterna."

„Und wir haben Mittel und Wege, die Herausgabe der entsprechenden Informationen zu erzwingen, falls es notwendig werden sollte. Also?"

Schmidt gab sich geschlagen. „Natürlich hängt das von der Erfahrung des Autors ab. Wenn er neu bei uns anfängt, zahlen wir 700 bis 900 Euro. Bei erfolgreichen Autoren, die schon länger im Geschäft sind, ist es auch schon mal doppelt so viel."

„Und dazu noch Tantieme, die an die verkaufte Auflage gekoppelt sind?"

„Nein. Das ist ein Fixpreis. Für den erwähnten einmaligen Betrag verkauft der Autor seine Rechte am Text an uns."

„Das heißt, wenn man davon leben will, muss man … vier Geschichten pro Monat schreiben?"

„Das hängt natürlich von Ihrem persönlichen Lebensstil ab", sagte Schmidt lahm. „Ich meine, es soll Menschen geben, die auch mit tausend Euro glücklich leben können."

Vogt ließ die letzte Bemerkung unkommentiert. „Um auf Thomas Anschlitz zurückzukommen: Er ist also nicht der Einzige, der an dieser *Jeff-Ryker*-Serie geschrieben hat?"

„Mit Sicherheit nicht."

„Also kann die Adresse, an die die Kamphaus die jkt-Mail geschrieben hat, gar nicht zwingend Anschlitz zugeordnet werden!", raunte Siener ihrem Kollegen zu.

„Doch, natürlich! Die anderen Autoren hatten doch andere Pseudonyme oder Namen!", widersprach er verärgert. Eine der ersten Lektionen, die Plasberg ihm eingebläut hatte, war, dass man niemals vor Außenstehenden über die Entwicklungen in einem Mordfall sprach. Anscheinend hatte Siener diese Ansprache noch nicht bekommen.

„Ähm … nein!", mischte sich der Bereichsleiter ein. „Bei den anderen Heften ist das so, aber mit der *Jeff-Ryker*-Serie verhält es sich ein wenig anders. Die Serie ist in den achtziger Jahren gestartet worden und war von Anfang an ein durchschlagender Erfolg. Was vielleicht auch daran lag, dass das damalige Konzept sich von den anderen Action-Serien ein wenig unterschied. Wir haben nicht nur den Hauptcharakter erfunden, sondern auch den Autorennamen. Unser Verlag hält bis heute das Copyright darauf. Jason K. Talbot." Schmidt grinste. „Der Name gehört uns. Klingt doch auch irgendwie besser als … wie hieß Ihr Mordopfer noch gleich?"

„Thomas Anschlitz", sagte Siener.

„Das heißt, alle Autoren, die bisher an der Serie mitgewirkt haben, haben unter dem Namen Jason K. Talbot geschrieben?", vergewisserte sich Vogt.

„So ist es. Es sind bisher … Moment …", Schmidt sprang zum Schreibtisch und tippte ein paar Tasten auf seinem Laptop, „bis heute fünfzehn Autoren."

Vogt lehnte sich zurück. Siener hatte doch recht. Damit konnte man tatsächlich jkt keinem speziellen Namen zuordnen. Die Spur war eine Sackgasse. Frustriert hörte er Schmidt nur noch mit einem Ohr zu. „… sehe gerade, dass dieser Anschlitz auch nur bis vor zehn Jahren für uns …"

„Wie war das?", fragte er.

„Ich sagte, dass Thomas Anschlitz vor etwa zehn Jahren aufgehört hat, für uns zu schreiben. Das meinte ich zu Beginn, als ich gesagt habe, dass ich Ihnen kaum weiterhelfen kann. Ich arbeite erst seit acht Jahren hier."

Vogt sackte in seinem Stuhl zusammen. Das ergab überhaupt keinen Sinn. Wenn Anschlitz seit zehn Jahren nicht mehr unter diesem Pseudonym für seinen Arbeitgeber geschrieben hatte, wieso hegte er dann noch immer einen Groll? Aber vor allem: Dann gab es auch keine Verbindung zwischen ihm und Martina Kamphaus. Jemand anders musste der Empfänger dieser Mail gewesen sein, in der sie ankündigte, mit einer Information an die Öffentlichkeit zu gehen, die sie schließlich das Leben gekostet hatte. Es gab nichts, was die beiden Mordopfer miteinander verband, außer dass sie in Brinkhoffs Fantasie nach Inszenierungen von Stephen Gatlers Krimis getötet worden waren. Wahrscheinlich alles reine Spekulation. Vielleicht hatte das Kürzel jkt noch nicht einmal etwas mit diesen blöden Heften zu tun. Brinkhoff hatte zu heiß geduscht, mittlerweile nicht nur einen Knoten in der Zunge, sondern auch im Kopf oder sonst irgendwas. Und er, Vogt, jagte hier irgendwelchen Fantastereien nach!

Er wollte die Unterhaltung beenden, aber Bettina Siener war noch nicht zufrieden und hielt ihn zurück.

„Gestatten Sie? Mir ist da noch was eingefallen." Sie beugte sich zu Schmidt und lächelte ihn an. „Wie ist das eigentlich mit den Lesern? Fanpost und so, meine ich. Heutzutage schreiben die Leute doch keine Briefe mehr, wenn sie sich an den Verlag oder Autor wenden, um zu sagen, wie gut oder schlecht ihnen das neueste Abenteuer von *Jeff Ryker* gefallen hat. Das geht doch wahrscheinlich alles per Mail."

„Aber sicher. Die Fans tauschen sich in Internetforen aus, es gibt Blogs, Seiten bei Facebook, die Autoren erhalten Fanpost … da gibt es alle möglichen Kommunikationswege."

„Eben haben Sie erklärt, dass meist mehrere Autoren an einer Serie arbeiten. Auch an der über *Jeff Ryker*?"

„Ja, natürlich. Kein Mensch schafft ohne Unterbrechung 52 Hefte in einem Jahr."

„Aber wie stellen Sie sicher, dass eine bestimmte Mail den richtigen Autor erreicht, wenn alle unter demselben Pseudonym schreiben?"

Schmidt zuckte mit den Schultern. „Ist das nicht eigentlich egal? Für den Leser ist es doch immer dieselbe Person. Es ist immer Jason K. Talbot. Aber Sie haben recht, in diesem Fall haben wir jedem Autor in den Jahren seit … Augenblick …“, der Bereichsleiter sah wieder auf seinem Laptop nach, „… also eigentlich seit es Internet und E-Mails gibt … eine eigene Mailadresse zugeordnet. Die steht im jeweiligen Heft auf der allerletzten Seite. Da ist ein kleiner Kasten mit weiterführenden Angaben zu anderen Verlagsangeboten, Abo-Konditionen, Leser-Foren und so was. Und auch die E-Mail des jeweiligen Autors, der das Heft geschrieben hat.“

Vogt zog das mitgebrachte *Jeff-Ryker*-Heft aus seiner Aktenmappe und schlug die letzte Seite auf. Aber Thomas Anschlitz hatte keine Mailadresse, in der die Buchstaben jkt vorkamen. Niemand aus der MK hatte sich bisher die Mühe gemacht, das Heft genau zu studieren, ansonsten wäre der Fehler längst aufgefallen. Anschlitz' Adresse begann mit ryker@.

„Das war's dann wohl“, sagte er verärgert. „Falsche Fährte.“

„Moment!“, sagte Schmidt. „Wenn Sie möchten, stelle ich Ihnen eine Liste der Mailadressen der Autoren zusammen, die bisher für die *Ryker*-Serie geschrieben haben. Nur für den internen Gebrauch, versteht sich. Ich will nicht, dass Sie denken, unser Haus arbeite nicht gerne mit den Behörden zusammen, wenn es um die Aufklärung eines Mordes geht.“

„Sie haben alle Mailadressen aller bisherigen Autoren?“, fragte Siener. Dann war ein richterlicher Beschluss gegen den Mailprovider unnötig geworden.

„Ja, natürlich. Die Mailadressen tragen ja auch alle den Verlagsnamen im Domainteil. Es dauert nur ein paar Sekunden.“

„Aber … sind die Adressen denn noch aktuell? Ich meine, wenn die Autoren eventuell schon jahrelang nicht mehr an der Serie arbeiten?“

„Haben Sie eine Ahnung, wie lange solche Hefte manchmal im Umlauf sind? Die werden von vier, fünf, sechs verschiedenen Leuten gelesen, alte Sonderausgaben oder Spezialhefte werden im Internet versteigert, auf Tauschbörsen gehandelt … die meisten Adressen dürften noch aktiv sein. So, gleich da …“ Während er redete, hatte Schmidt emsig auf seinen Laptop getippt, Dateien aufgerufen, Namen und Mailkonten verglichen. Jetzt tippte er auf eine letzte Taste und gab den Druckbefehl, und kurz darauf hatten die Kommissare ein Papier in der Hand, auf dem alle Namen aufgeführt waren, die in den letzten dreißig Jahren unter dem Pseudonym Jason K. Talbott geschrieben hatten, sowie die dazugehörigen E-Mail-Adressen. Siener und Vogt überflogen das Blatt und blieben gleichzeitig an einem Namen hängen.

„Was macht der denn auf dieser Liste?", sagte Vogt verblüfft. Er zeigte Schmidt den Namen, der den Kommissaren aufgefallen war.

„Das war der direkte Nachfolger von Anschlitz", erwiderte der Bereichsleiter. „Unser Verlag bedauert noch heute, dass er nicht mehr für uns schreibt. Wegen dem ist Anschlitz gefeuert worden, soweit ich weiß. Die *Jeff-Ryker*-Geschichten von ihm waren ganz großes Kino. Und sehr erfolgreich, die höchsten Auflagen der gesamten Serie. Konnte richtig gut schreiben, hatte auch seinen ganz eigenen Stil – trotz der Vorgaben. Ich war damals natürlich noch nicht hier im Haus. Hat auch nicht lange für uns gearbeitet, wie ich sehe. Gerade mal zwei Jahre. Hilft Ihnen das weiter?"

„Wenn ich das wüsste", sagte Vogt und runzelte die Stirn.

Gertrud Krause, von ihren Freundinnen Gerti genannt – von denen es allerdings nicht mehr viele gab, weil die meisten über die Jahre vor ihrer scharfen Zunge beleidigt Reißaus genommen hatten oder einem Altersgebrechen zum Opfer gefallen waren –, begann ihren Morgen wie jeden Morgen, seitdem sie vor sechzehn Jahren in Rente gegangen war: mit einem Blick in die Zeitung, während der Kaffee durchlief.

Die korpulente, grauhaarige Frau konnte sehr ungehalten werden, wenn jemand oder etwas ihre Gewohnheiten durchkreuzte. Der Heinz hatte das gewusst und sich entsprechend verhalten – nämlich ruhig. Wahrscheinlich hatte ihr Mann in den letzten Jahren kaum mehr als hundert Worte mit ihr gesprochen. Was nach mehr als fünfzig Jahren Ehe auch nicht nötig war. Da hatte man sich alles gesagt, was es zu sagen gab. Stattdessen hatte er in seinem Fernsehsessel im Wohnzimmer gehockt und eine Sportzeitschrift nach der anderen gelesen, immer eine trockene Zigarre im Mundwinkel. Das Rauchen hatte sie dem Heinz abgewöhnt, und die nicht angezündete Zigarre war eine Art schweigender Protest gewesen, so etwas wie gewaltfreier Widerstand. Das Nichtrauchen hatte dem Heinz allerdings nichts genutzt. Er war trotzdem vor sechs Jahren gestorben. Herzinfarkt. Im Schlaf. Genauso still wie sonst auch.

Und seitdem hatte Gertrud Krause ihre Gewohnheiten nicht verändert. Nach dem Frühstück der Einkauf, dann das Mittagessen, ein Nickerchen und am Nachmittag ein Tee mit einem Stück Kuchen, am liebsten Bienenstich vom Bäcker um die Ecke. Anschließend ein kleiner Spaziergang, und pünktlich um neunzehn Uhr gab es Abendbrot, passend zu den Lokalnachrichten auf dem dritten Programm.

Krause ließ sich ächzend auf den Küchenstuhl fallen und würdigte den mageren Politikteil der *Bild*-Zeitung keines Blickes, sondern ging sofort zu den vermischten Nachrichten über. Ein Labrador hatte seinem Herrchen im Stadtteil Ehrenfeld das Leben gerettet, indem er ihm das Smartphone aus der Hand riss, als der Mann, ohne auf den Verkehr zu achten, über die Straße laufen wollte. Irgendein Hollywood-Paar wollte sich angeblich scheiden lassen. Die Victoria von Schweden hatte ein Kind bekommen. Die Oberbürgermeisterin von Köln hatte eine Rede zur Willkommenskultur gehalten.

Krause verzog verächtlich das Gesicht. Das ging so nicht weiter mit den ganzen Ausländern. Überall Kopftuchmädchen, sogar im Supermarkt an der Kasse. Manche konnten gar kein richtiges Deutsch. Und die jungen Männer! Hatten keinen Respekt. Lungerten herum, rauchten, gafften, vergewaltigten. Letzte Woche war sie an so einer Gruppe vorbeigelaufen, am Hohenstaufenring, auf dem Weg zur Apotheke, um die neuen Blutdrucktabletten abzuholen. „Komm, ficki, ficki!", hatte einer der Burschen ihr zugerufen, und die anderen hatten sich ausgeschüttet vor Lachen. Früher war das nicht so gewesen. Bei den Gastarbeitern. Da hatten die Italiener und die Griechen gewusst, was sie durften und was nicht. Davon sagte die Oberbürgermeisterin natürlich nichts. Die musste ja auch nicht mit denen zusammen in einem Haus wohnen. So wie sie, Gertrud Krause. Oben unterm Dach die Familie aus der Ukraine, die Rudenkos, die von morgens bis abends über

Satellit ukrainisches Fernsehen schauten und wo die Frau andauernd Kohl kochte, sodass der ganze Geruch durchs Treppenhaus zog. Und gegenüber von ihr gab es den jungen Perser, mit einem unaussprechlichen Namen, der dann auch noch im Erdgeschoss das Restaurant eröffnet hatte. Noch mehr Essensgerüche, von irgendwelchen fremden Gewürzen und von Lammfleisch.

Seit ein paar Tagen allerdings war da ein anderer Geruch. Irgendwie verdorben. Heute Morgen hatte sie es wieder gerochen, als sie die Zeitung aus dem Briefkasten geholt hatte. Stärker als in den letzten Tagen, durchdringender. Krause stand auf und schüttete sich Kaffee ein. Das Porzellan der Tasse hatte einen Sprung, das gute Geschirr kam nur am Wochenende auf den Tisch. Aber nicht einmal der Kaffeeduft konnte diesen merkwürdigen Geruch überdecken. Es roch wie … wie … jedenfalls unangenehm.

Um die Mundwinkel der alten Frau zeichnete sich ein energischer Zug ab. Bevor sie die Ursache des Geruchs nicht herausgefunden hatte, würde sie sowieso keine Ruhe finden. Sie griff ihren Schlüssel, wischte die Hände an ihrem Rock ab, öffnete die Wohnungstür und schnupperte. Es kam von unten und zog nach oben, eindeutig. Vielleicht irgendwas, was der Perser im Restaurant gekocht hatte? Wer wusste schon genau, was diese Araber alles aßen! Katzen, Hunde … oder waren das die Chinesen?

Krause seufzte verdrossen und ging zur Wohnungstür gegenüber, klingelte. Natürlich öffnete niemand. Der Perser hatte sie wahrscheinlich durch den Spion kommen sehen und wartete hinter der Tür, bis sie wieder verschwand. Aber da konnte er lange warten. Diese Geruchsbelästigung war einfach nicht hinnehmbar. Man wusste ja auch nicht, wie genau es Leute aus diesem Kulturkreis mit den deutschen Hygienevorschriften nahmen. Zu Hause, in Persien, kochten die doch wahrscheinlich alle unter freiem Himmel! Am besten, wenn sie direkt mit dem Gesundheitsamt drohte, wenn er das nicht abstellte. In Deutschland gab es schließlich Regeln!

Sie drückte erneut auf die Klingel, aber in der Wohnung waren rein gar keine Geräusche zu hören, nicht einmal, wenn sie ihr Ohr an die Tür drückte. Wenn sie darüber nachdachte, hatte sie den Mann auch schon längere Zeit nicht gesehen. Einige Tage? Eine

Woche? Nein, sogar länger. Das letzte Mal, als dieser Mensch von der Johanniter-Unfallhilfe im Haus Spenden gesammelt hatte. Sie hatte ihm gesagt, dass ihre Rente für so etwas nicht ausreiche. Und wo die Johanniter denn gewesen seien, als ihr Heinz gestorben war? Jedenfalls hatte sie da den Perser gesehen, weil der Johanniter bei ihm weitergebettelt hatte, nachdem sie ihm die Tür vor der Nase zugemacht hatte. Zehn Euro hatte er gespendet, sie hatte es durch den Türspion beobachtet. Aber wann genau war das gewesen? Vor zwei Wochen?

Jetzt erinnerte sie sich auch, dass der Perser nicht zu Hause sein *konnte,* weil vorne im Fenster des Restaurants ein Schild hing, dass das Lokal wegen Urlaub geschlossen war. Sie lief jeden Tag auf dem Weg zum Supermarkt daran vorbei, es war ihr einfach entfallen. Außerdem war der Briefkasten schon länger nicht geleert worden, der Postbote hatte schon eine Mahnung an den Briefkasten geklebt. Und trotzdem war da dieser unerträgliche Geruch ... vielleicht hatte der Perser etwas im Kühlschrank liegen lassen, und das war jetzt vergammelt?

Mit einer Hand das Treppengeländer fest umklammernd, begab Krause sich auf den Weg nach unten. Die fünfzehn Stufen machten ihr seit einiger Zeit zu schaffen. Rita hatte ihr schon ein Altenheim vorgeschlagen; aber ihre Tochter wollte nur ihr eigenes schlechtes Gewissen beruhigen, weil sie nur alle paar Monate aus Flensburg zu Besuch kam. Immer dieselben Ausreden: Die Kinder waren erkältet, das Auto kaputt, sie und Michael waren am Wochenende eingeladen. Gertrud Krause hatte nicht die Absicht, sich in irgendein Altenheim abschieben zu lassen. Sie würde ihre Wohnung erst dann verlassen, wenn man sie mit den Füßen zuerst hinaustrug.

Geschafft! Erdgeschoss. Und es war eindeutig; hier war der üble Geruch stärker als bei ihr im ersten Stock. Und er war noch intensiver als in den letzten Tagen. Die Rentnerin kräuselte angewidert die Nase. Was zum Henker war das? Es *musste* aus dem Restaurant kommen! Krause überlegte einen Moment. Vorne war natürlich abgeschlossen, dort bekam sie keinen Zugang. Aber hinten im Hof gab es eine zweite Tür, die in die Küche des Restaurants führte, direkt neben den Mülltonnen. Vielleicht hatte sie da mehr

Glück. Sie ging durch den schmalen Flur auf den Hof, blieb vor der weißlackierten Eisentür stehen und stemmte die Hände in die Hüften. Ob sie es versuchen sollte? Genau genommen ging sie das ja gar nichts an. Hier draußen roch es auch nicht. Sie klappte die Mülltonnen des Restaurants auf. Leer. Der Müll war also abgeholt worden; daran konnte es nicht liegen.

Zögernd versuchte sie, die Tür zu öffnen. Tatsächlich! Nicht abgeschlossen! Wer fuhr denn in Urlaub und vergaß, die Türen abzuschließen? Etwas mutiger geworden zog sie die Tür auf und musste beide Hände benutzen, weil der Widerstand beträchtlich war. Mit einem lauten Knall fiel die Tür hinter ihr zu, und Krause zuckte zusammen, als sie in der weißgefliesten Küche des Restaurants stand. Hier war der ekelhafte Geruch kaum zu ertragen. Würgend hielt sie ein Taschentuch vor Mund und Nase und sah sich um. Überall summten Fliegen herum, vergammeltes Essen lag in der großen Spüle, mit Schimmel überzogen. Schmutzige Bratpfannen und Töpfe, Teller, Besteck, alles durcheinander, die Herdplatten mit einer dicken Fettkruste versehen … und waren das etwa Maden, die aus dem Mülleimer krochen? Großer Gott! Irgendwas stimmte hier nicht. Niemand verließ so seine Küche, wenn er in Urlaub fahren wollte.

Krause wagte sich nach vorne in den Restaurantbereich. Auch hier überall Fliegen, ein entsetzlicher Gestank, der nur aufgrund der geschlossenen Fenster nicht auf die Straße drang. Die Tische entweder leergeräumt oder sauber eingedeckt, aber die Tischtücher der leergeräumten Tische waren mit Rotwein- oder Essensflecken bekleckert. Als wäre jemand noch nicht dazu gekommen, alles sauberzumachen. Langsam bekam Krause es mit der Angst zu tun. Und sie brauchte frische Luft! Sie stürzte zu den Fenstern der Straßenseite und riss sie alle nacheinander auf, atmete tief ein. Sie sollte die Polizei rufen. Nach dem, was sie hier gesehen hatte, konnte der Perser sein Restaurant dichtmachen. Unfassbar!

Krause blickte sich um und sah am Tresen neben der Bar das Telefon, machte ein paar Schritte darauf zu, wedelte angeekelt die Fliegen beiseite, die ihr um den Kopf schwirrten. Und dann entdeckte sie einen schwachen Lichtstrahl von unten. Neben der Bar führte eine Treppe zu den Toiletten im Keller, wo Licht brannte.

Mit einer düsteren Vorahnung lief Gertrud Krause um den Tresen herum und sah hinunter. Am Fuße der Treppe lag eine leblose Gestalt, die Beine und den Kopf in einer unnatürlichen Haltung verdreht. Das Gesicht konnte sie nicht sehen, aber die schwarzen Locken gehörten eindeutig zu dem jungen Perser. Krause rang nach Luft und stützte sich an der Wand ab, weil ihr für einen Moment schwarz vor Augen wurde. Dem war nicht mehr zu helfen. Der Verwesungsgeruch der Leiche drang wie eine unsichtbare Wolke aus dem Keller nach oben. Krause tastete sich mit unsicheren Händen an der Wand zurück zur Bar. Erst einmal musste sie ihren Kreislauf beruhigen. Ihr Blick flog über die Flaschen, die in verspiegelten Regalen hinter der Bar standen. Da, ein Himbeergeist, noch fast voll! Krause suchte ein kleines Schnapsglas heraus, füllte es randvoll mit Himbeergeist und kippte es in einem Zug herunter. Während ihr der Alkohol die Kehle hinunterrann, legte sich der erste Schock langsam, und sie hastete zum Telefon und wählte den Notruf.

„Hier liegt ein toter Perser im Keller", sagte sie mit zittriger Stimme. „Was? … Nein, natürlich keine Katze! Ein Mann, ein Mann aus Persien!"

Mit einer gewissen Befriedigung stellte Gertrud Krause fest, dass ihre Meldung nach dieser Erklärung sehr viel ernster genommen wurde, und nur wenige Minuten später hörte sie das Martinshorn des Polizeiwagens näher kommen.

„Sie sind von der Polizei?" Stephen Gatler starrte ungläubig auf Plasbergs schwarzes Tutu und die Turnschuhe, aber die Kommissarin ließ sich davon nicht beirren.

„Steht doch hier!" Sie deutete auf die Aufschrift auf ihrem T-Shirt. Um auszuschließen, dass der Schriftsteller das Ganze für einen schlechten Scherz hielt, zeigte sie ihm ihre Dienstmarke.

„Achim hat mir schon erzählt, dass Sie ein wenig … unkonventionell sind", erwiderte Gatler mit einem süffisanten Lächeln. Aus der Nähe betrachtet wirkte er älter als bei der Lesung, die Wangen waren schlaff und eingefallen, an einer Hand war ein leichter Tremor zu bemerken. Und trotz seiner Überheblichkeit schien Gatler beunruhigt: Seine Blicke glitten über die Kommissare, versuchten zu deuten, was ihn erwartete. An den kleinen Zwischenfall, als

Plasbergs Handy seine Lesung gestört hatte, schien er sich nicht zu erinnern. Zumindest ließ er sich nichts anmerken. „Nimmt Sie eigentlich irgendwer ernst?"

„Sie sollten das auf jeden Fall tun, Herr Sziekorsky. Ihre Lage ist nämlich durchaus problematisch." Plasberg benutzte Gatlers bürgerlichen Namen, um dem Mann zu zeigen, dass sie sich von seiner Aura als Prominenter nicht beeindrucken ließ. „Das ist mein Kollege Torsten Brinkhoff. Ach so ... Brinkhoff, wollten Sie nicht die Toilette benutzen?"

„W-Was?" Der Kommissar sah sie verdutzt an; es dauerte einen Augenblick, bis er kapiert hatte. „Ach so ... ja, stimmt. Schwache B-Blase." Es fiel ihm nicht einmal schwer, rot zu werden, und innerlich verwünschte er seine Vorgesetzte.

„Warten Sie, ich zeige Ihnen, wo's langgeht", bot sich Kauz an.

„Wenn Sie mir sagen, wo es ist, finde ich mich schon zurecht."

„Die zweite Tür rechts neben der Treppe."

Brinkhoff nickte und verschwand.

„Soll ich Sie alleine lassen?", fragte Kauz die Kommissarin.

„Nein, nicht nötig!" Plasberg wollte ihrem Kollegen so viel Zeit wie möglich verschaffen, sich ungestört in den Räumen umzusehen.

„Kann ich Ihnen dann wenigstens einen Kaffee anbieten?"

Plasberg verneinte und kam direkt zur Sache, indem sie Gatler über seine Rechte und Pflichten belehrte. Normalerweise löste eine solche Belehrung eine gewisse Ernüchterung aus und machte Zeugen oder Verdächtigen den Ernst ihrer Lage bewusst, aber Gatler nickte nur unwirsch. „Jetzt fangen Sie schon an. Ich habe nichts zu verbergen." Die Kommissarin fragte sich, ob sein Verhalten seiner Arroganz geschuldet war oder ob er sich seiner Sache so sicher war.

„Ganz wie Sie wollen", erwiderte sie schulterzuckend. „Herr Sziekorsky, Sie wissen, dass wir zwei Leichen gefunden haben, die allem Anschein nach nach Vorlagen Ihrer Krimis ermordet wurden?"

„Ja. Eine Wasserleiche und einen Erhängten." Gatlers Gesicht blieb völlig unbewegt. Er saß am Küchentisch, demonstrativ entspannt. „Ich verstehe nur nicht, wie ich Ihnen weiterhelfen kann.

Die ganze Sache ist schon absurd genug. Ich möchte auch klarstellen, dass ich nur deshalb bereit bin, Ihre Fragen zu beantworten, weil ich die Sache von einem beruflichen Standpunkt aus faszinierend finde: die Psyche eines Täters, der nach literarischer Anleitung mordet. Vielleicht kann ich Ihnen ja noch ein paar Ratschläge aus meinem Fachgebiet geben?"

„Sie werden hier nicht als Sachverständiger befragt", wies ihn Plasberg zurecht.

„Sie können aber nicht ernsthaft in Betracht ziehen, dass ich persönlich etwas damit zu tun habe, oder?" Gatler nahm die Brille ab und schob ein Bügelende zwischen seine Lippen; es sah wie die Geste eines Schauspielers aus, der intellektuelle Größe und Distanz vermitteln wollte.

Plasberg ließ sich nicht in die Karten schauen. „Wir wissen, dass Sie sich in der Obermühle in Kerpen aufgehalten haben."

„Ja, vor Jahren. Das ist nun wirklich kein Geheimnis. Ich suche immer Orte auf, an denen ich meine Handlungen ansiedele. Eine Frage der Authentizität. Also auch zum Beispiel eine Mühle. Man nennt das Recherche. Aber daraus können Sie doch nicht schließen, dass …"

„Sagen Ihnen die Namen Martina Kamphaus und Thomas Anschlitz etwas?"

Gatler schüttelte den Kopf. „Nie gehört."

„Sie hatten auch keinen Kontakt mit diesen Personen, weder persönlich noch telefonisch noch per SMS oder Mail?"

„Nein. Natürlich nicht. Das ist doch lächerlich!"

„Martina Kamphaus hat als Bibliothekarin in der Innenstadt gearbeitet, und Thomas Anschlitz hat sich als Autor für Groschenromane betätigt." Als sie Kamphaus' Beruf erwähnte, zeigte Gatler keinerlei Regung, aber bei Anschlitz und dem Stichwort „Groschenroman" registrierte die Kommissarin ein Anspannen der Gesichtsmuskeln, einen kurzen Moment des Erschreckens.

„Sie kannten Anschlitz als Autor dieser Heftchen?", bohrte sie auf gut Glück nach. „Sind ihm aufgrund Ihres gemeinsamen Berufs vielleicht einmal begegnet?"

Aber Gatler hatte sich schon wieder unter Kontrolle. „Diese Schundliteratur und meine Kriminalromane kann man wohl kaum miteinander vergleichen. Ich habe Preise für mein Werk verliehen bekommen! Und nein, ich kenne diesen Anschlitz nicht."

Plasberg legte ihm Fotos der Leichen vor, aufgenommen an den jeweiligen Tatorten. Kamphaus' Leiche starrte aus dunklen, leeren Augenhöhlen in den Himmel, und die Leiche von Thomas Anschlitz lag im Zwielicht der Mühle auf dem Boden, die Strangulationsmerkmale am Hals waren überdeutlich zu erkennen. Gatler zuckte zurück, als er die Fotos betrachtete; vielleicht bestand doch ein Unterschied, wenn man dem Tod ins Auge blickte, anstatt nur über ihn zu schreiben. „Nein", beharrte er dennoch und leckte nervös über seine Unterlippe. „Nie gesehen, die beiden."

„Wo waren Sie am Wochenende des 16. und 17. April und Samstag, den 23. April, genauer gesagt am Nachmittag dieses Tages?"

„Über das letztere Datum hat Sie Achim doch schon informiert", wich Gatler aus.

„Herr Kauz hat ausgesagt, dass Sie zu der Zeit hier im Haus von Arnold Stumping interviewt worden sind. Aber Herr Stumping hat das Haus nach eigener Aussage schon um kurz nach fünfzehn Uhr wieder verlassen. Sie haben das Interview abgebrochen. Hatten es eilig."

„So ein Unfug! Und ich habe das Gespräch auch nicht abgebrochen, ich habe es beendet, weil alles gesagt war, was mich interessierte. Herr Stumping war kein sehr intelligenter Fragesteller. Manchmal begreife ich nicht, wer diese Leute dazu ermuntert, in den Medien zu arbeiten."

Plasberg hatte kein Interesse, sich ablenken zu lassen, und überging Gatlers Einschätzung von Stumping. „Wo waren Sie den Rest des Nachmittags?"

„Ich … hier. Ich habe ein paar Sachen für meinen Flug nach London gepackt. Fragen Sie ihn." Er deutete mit dem Kinn zu Achim Kauz.

Plasberg sah Gatlers Lebensgefährten an, der das Gespräch an eine Arbeitsplatte gelehnt verfolgt hatte, wachsam und mit verschränkten Armen. „Ich … ähm …ja, ich nehme an, das ist richtig." Kauz schien sich plötzlich unwohl zu fühlen.

„Sie nehmen an?", hakte Plasberg nach.

„Ich war danach einkaufen. Und als ich zurückkam … ich habe mich in mein Schlafzimmer zurückgezogen."

„Sie haben getrennte Schlafzimmer?"

„Ja."

„Das geht Sie doch gar nichts an!", protestierte Gatler. „Und natürlich war ich hier!"

Plasberg ignorierte ihn. „Das heißt, Sie haben Ihren Lebensgefährten gar nicht gesehen?", fragte sie Kauz.

„Aber er war hier", beteuerte er. „Bestimmt war er das. Wo sollte er denn sonst gewesen sein?"

Die Kommissarin drehte sich wieder zu Gatler. „Und was ist mit dem vorhergehenden Wochenende? Herr Kauz hat ausgesagt, dass Sie gearbeitet haben. Von morgens bis abends? Sind Sie nie aus dem Haus gegangen?"

„Arbeiten? Wenn Achim das sagt, dann wird das wohl so sein", murmelte Gatler und wechselte einen schnellen Blick mit Kauz. „Ich kann mich nicht erinnern. Es ist möglich, dass ich auch mal kurz draußen … Herrgott, seit wann muss ich gegenüber der Polizei meine Tagesabläufe rechtfertigen? Das geht Sie nicht das Geringste an!"

Die Kommissarin seufzte. Es war offensichtlich, dass Gatler ihr nicht die Wahrheit sagte oder ihr zumindest etwas verschwieg. „Herr Scziekorsky … ich weiß nicht, ob Sie sich darüber im Klaren sind, in welcher Lage Sie sich befinden."

„Na, in welcher denn?", begehrte Gatler plötzlich auf. „Was bilden Sie sich eigentlich ein? Sie kommen in mein Haus, unterstellen mir – was genau eigentlich? Zwei Morde an Menschen, die ich noch nie in meinem Leben gesehen habe? – und erwarten tatsächlich, dass ich Ihnen gegenüber Rechenschaft ablege? Jetzt machen Sie sich nicht genauso lächerlich, wie Sie aussehen! Ich habe es nicht nötig, Ihre Fragen zu beantworten! So ein Schmierentheater! Ein Autor, der seine Krimigeschichten in die Tat umsetzt! Lächerlich! Wo ist denn mein Motiv? Selbst wenn ich die Gelegenheit dazu gehabt haben sollte? Ruhm? Geld? Mediale Aufmerksamkeit? Habe ich alles schon, Frau Plasberg! Dazu muss ich niemanden umbringen! Sie als Kommissarin müssten doch am ehesten wissen, dass mir jegliches Motiv fehlt!"

„Ihr neuester Krimi bleibt hinter den Erwartungen zurück. Er verkauft sich nicht gut."

„Und das soll ein Motiv sein?" Gatler lachte höhnisch auf. „Wissen Sie, ich habe Polizeibeamte schon immer für Menschen gehalten, die üble Nachrede und pauschale Verdächtigungen von Unschuldigen zu ihrem Beruf gemacht haben. Aber Sie sind wirklich der Gipfel! Weisen Sie mir erst mal nach, dass ich Kontakt mit den beiden bedauernswerten Opfern gehabt habe. Telefonverbindungen, Auswertungen von Überwachungskameras … irgendwas! Aber dazu bräuchten Sie einen richterlichen Beschluss, der Ihnen bei dem, was Sie bisher vorgebracht haben, sicherlich verwehrt werden würde! Außer einer irrwitzigen Hypothese haben Sie nichts gegen mich in der Hand!"

„Doch", sagte Plasberg, die während Gatlers Tirade die Ruhe selbst geblieben war. „Wir mögen noch kein Motiv haben, aber wir haben ein Haar, das wir auf Thomas Anschlitz' Kragen gefunden haben, mit einem Haar verglichen, das aus diesem Haus stammt. Zwei weiße Haare. Sie sind identisch. Und Sie sind der einzige Bewohner dieses Hauses, der weiße Haare hat."

„Ein Haar? Wollen Sie mich verarschen?" Gatler war inzwischen rot angelaufen, die Zurschaustellung seiner Gelassenheit hatte sich wohl erledigt. Plasberg atmete innerlich auf, weil Gatler nicht auf die Idee gekommen war nachzufragen, wie sie an eines seiner Haare gekommen war. „Das ist nur ein Indiz! Das ist gar nichts! Ich habe außerdem keine Ahnung, wie eines meiner Haare an den Kragen dieses … wie hieß er? Anschitz?"

„Anschlitz. Thomas Anschlitz."

„… wie dieser Mann an eines meiner Haare kommt. Da muss ein Irrtum vorliegen."

„Wir haben beide Haare einer DNA-Analyse unterzogen."

„Und wenn schon! Analysen können fehlerhaft sein. Kein Gericht der Welt wird so etwas als alleiniges Beweismittel akzeptieren und …"

Plasberg zog eine durchsichtige Plastiktüte aus ihrer Handtasche, die sie vor diesem Termin noch schnell aus der Asservatenkammer geholt hatte. „Erkennen Sie das wieder?", fragte sie Gatler.

Der Schriftsteller beugte sich vor, um den Inhalt der Tüte zu inspizieren. „Das …"

„Wie kommen Sie an Stefans Messer?", rutschte es Kauz heraus, der ebenfalls näher gekommen war und gleich darauf erschrocken die Hand vor den Mund hielt.

„Mein Messer?" Gatler war blass geworden. „Das kann nicht sein! Ist das …?"

„Obsidian", bestätigte Plasberg. „Die Tatwaffe, mit der Martina Kamphaus die Kehle durchschnitten worden ist, bevor ihre Leiche in den Höhenfelder See geworfen wurde. Ein seltenes vulkanisches Gesteinsglas, soweit ich das verstanden habe. Und Sie waren schon mal auf den Liparischen Inseln, einem der wenigen Orte auf der Welt, an denen es natürliche Vorkommnisse von Obsidian gibt und die Straßenhändler bearbeiteten Obsidian verkaufen. Zum Beispiel als Messer. Wunderschön … und tödlich. Als Messerklinge soll Obsidian schärfer als jedes Skalpell sein."

Gatler sprang auf und rannte aus der Küche. Plasberg und Kauz folgten ihm in sein Arbeitszimmer, wo er die Schubladen seines Schreibtisches durchwühlte. „Es … es ist weg!", stammelte er schließlich. „Es liegt immer hier in Reichweite. Ich benutze es als Brieföffner. Jemand muss es gestohlen haben!"

„Und wer soll das gewesen sein, Herr Sziekorsky?", fragte die Kommissarin. „Wer hat sonst noch Zugang zu Ihrem Haus?"

„Achim natürlich." Gatler ließ sich auf den Stuhl hinter seinem Schreibtisch fallen. „Die Putzfrau. Und Danni." Er sah seinen Lebensgefährten an, der im Türrahmen stehengeblieben war. „Es muss Danni gewesen sein. Er kann mich nicht ausstehen. Dem traue ich so was zu!"

„Unsinn", widersprach Kauz. „Danni ist ein netter Bursche und ausgesprochen zuverlässig. Warum sollte er dein Messer stehlen?"

„Dann eben die Putzfrau!"

„Sie geben also zu, dass das Obsidianmesser Ihnen gehört?", fragte Plasberg.

Gatler hatte den ersten Schock überwunden. „Ich gebe gar nichts zu, Frau Kommissarin. Ich stelle nur fest, dass mein Brieföffner offensichtlich gestohlen worden ist. Ich nehme an, Sie nehmen auch Anzeigen gegen Unbekannt auf?"

Plasberg ignorierte das Ablenkungsmanöver. „Wer ist denn dieser Danni?", wandte sie sich an Kauz und zückte ihren Notizblock.

„Unser Gärtner. Daniel Lukoscheit. Er kommt zwei- bis dreimal die Woche und kümmert sich um das Grundstück."

„Und er hat auch Zutritt zum Haus?"

„Ja. Aber … das ist Unsinn. Danni ist ein netter junger Mann. Er würde so etwas nicht tun."

„Und wieso glauben Sie, dass er Sie nicht leiden kann?" Diese Frage ging wieder an Gatler, der aber nur den Kopf schüttelte und schwieg.

„Das … das ist hauptsächlich Stefans Schuld", erklärte Kauz verlegen. „Ich wäre an Dannis Stelle wahrscheinlich auch ein wenig … unangenehm berührt, wenn ich bemerken würde, dass mich jemand andauernd anstarrt. Und manchmal kann Stefan auch einfach ziemlich unhöflich sein. Er meint es bestimmt nicht so, aber es passiert hin und wieder."

„Und die Putzfrau?"

„Birgit Wagner. Sie kommt einmal die Woche, meist montags."

„Und sie hat auch Schlüssel fürs Haus, nehme ich an?"

„Natürlich. Aber sie arbeitet ebenfalls schon seit Jahren für uns. Ich lege für beide meine Hand ins Feuer."

„Dann pass auf, dass du dich nicht verbrennst!", murmelte Gatler.

„Außerdem ist sie zurzeit auf Teneriffa. Sie kommt erst in vierzehn Tagen zurück."

Plasberg klappte ihr Notizbuch zu und verstaute es wieder in ihrer Frosch-Handtasche. „Gut. Wir werden Herrn Lukoscheit natürlich ebenfalls befragen, aber …"

„Aber was?", ließ sich Gatler plötzlich vernehmen, laut und aggressiv.

Die Kommissarin war jedoch nicht eingeschüchtert. „Sie nehmen bitte zur Kenntnis, Herr Sczieкorsky, dass die Verdachtsmomente gegen Sie in keinster Weise ausgeräumt sind durch unser Gespräch! Im Gegenteil." Sie strich den Tüll ihres Ballettkleids zurecht. „Sie haben mir kein vernünftiges Alibi für keinen der infrage kommenden Tage nennen können, Ihr Haar wurde auf dem Kragen des zweiten Mordopfers gefunden, und die Tatwaffe des ersten Mordes stammt mit hoher Wahrscheinlichkeit aus Ihrem Besitz. Das sind schwerwiegende Indizien, und ich kann Sie nur davor warnen zu glauben, das alles ließe sich ähnlich unauffällig bereinigen wie der Autounfall, in den Sie vor einigen Jahren mit Elke Fiebig verwickelt waren."

Gatler lachte auf, aber es klang mehr als gezwungen. „Sie haben mit der Fiebig gesprochen?"

„Wir haben uns auch mit Franz Herbrand und Hannes Lipscheid unterhalten. Ich wollte mir ein genaues Bild von Ihnen machen. Und wir werden weitere Erkundigungen einziehen: Ihr Gärtner, Ihre Putzfrau, sobald sie aus dem Urlaub zurück ist, Ihr Verleger, Ihre anderen Agenten; wir werden Ihr gesamtes Privatleben auf den Kopf stellen, wenn es sein muss …" Sie unterbrach sich kurz, als Brinkhoff sich wieder zu ihnen gesellte. „Wenn es nach meinen Vorgesetzten ginge, würde ich noch heute Ihr Haus durchsuchen und Sie festnehmen lassen, damit Ihnen der Ernst Ihrer Lage klar wird. Und ich sage Ihnen ganz ehrlich, dass man das aufgrund der vorliegenden Indizien auch durchaus vertreten könnte. Wenn ich das jetzt noch nicht tue, dann lehne ich mich ziemlich weit aus dem Fenster. Sie erhalten von mir vierundzwanzig Stunden Zeit, sich Gedanken über Ihre prekäre Lage zu machen. Morgen Vormittag werden mein Kollege und ich Sie erneut aufsuchen, und ich erwarte dann Ihre Kooperation. Und nur, damit wir uns verstehen: keine Reisen ins benachbarte Ausland bis dahin, ja?" Sie beugte sich nach vorne und stützte ihre Hände auf Gatlers Schreibtisch ab, sodass ihres und Gatlers Gesicht fast gleichauf waren. „Einen weiteren Promi-Bonus, Herr SczSziekorsky, können Sie von mir nicht erwarten", erklärte sie grimmg. „Ist das bei Ihnen angekommen?"

„Bei mir ist vor allem angekommen, dass ich Ihnen nichts mehr in Abwesenheit meines Anwaltes sagen werde."

„Das ist Ihr gutes Recht. Beraten Sie sich mit ihm, von mir aus kann er gerne an unserem nächsten Gespräch teilnehmen. Aber wenn Sie mir morgen keine besseren und nachprüfbaren Erklärungen abliefern können, wo Sie was zu den jeweiligen Tatzeiten gemacht haben, habe ich keine andere Wahl, als Sie festzunehmen!" Plasberg wusste, dass sie auf einem schmalen Grat wanderte. Aber irgendetwas sagte ihr, dass Gatler nichts mit den Morden zu tun hatte. Sie konnte nur hoffen, dass der Autor ihr Vertrauen nicht missbrauchte.

Kurz darauf saßen sie und Brinkhoff wieder im Dienstwagen, und die Kommissarin fasste kurz zusammen, was Gatler in Brinkhoffs Abwesenheit gesagt hatte. „Ein gew-wagtes Spiel, ihn nicht festzusetzen“, meldete ihr Kollege seine Bedenken an. „Wenn Eikner und Grabowski erfahren, dass die Tatwaffe im Fall Kamphaus ihm gehört …“

„Ach, jetzt hören Sie schon auf! Warum will alle Welt, dass ich Gatler festnehme, wenn keinerlei Tatmotive erkennbar sind?“ Brinkhoffs Einspruch passte ihr ganz und gar nicht, weil er ihre Sorge, dass sie falsch gehandelt haben könnte, verstärkte.

„K-Könnte es nicht sein, d-dass Sie sich irren? Ich m-meine, könnten Sie das nicht wenigstens in Betracht ziehen?“ Brinkhoff schüttelte vehement den Kopf. „Sie machen einen Fehler! Vielleicht hat Gatler ein Motiv, und ein längeres Verhör in Polizeigewahrsam macht ihn etwas gesprächiger! Ich kann Ihnen gar nicht sagen, g-gegen wie viele Dienstvorschriften Sie gerade verstoßen! Und was ist, wenn er unser Mörder ist und jetzt vierundzwanzig Stunden Zeit hat, um Beweise zu vernichten oder wegzuschaffen?“

Plasberg tat, als hätte sie nicht gehört. Sie wusste sehr gut, dass sie kurz davor war, sich in etwas zu verrennen, aber noch war sie nicht bereit aufzugeben. Auf Druck von außen reagierte sie grundsätzlich störrisch; noch etwas, das sie von ihrer Mutter geerbt hatte. Selbstzweifel gehörten nicht zu ihren Stärken, und schon gar nicht, wenn sie sich in der Gesellschaft eines Kollegen befand, mochte er nun Eikner, Grabowski oder auch Brinkhoff heißen.

„Das ist ein Fehler!“, wiederholte der Kommissar vehement.

„Ja, und ich nehme ihn auf meine Kappe, wenn es zum Äußersten kommen sollte!“, fuhr Plasberg ihn an.

Beide schwiegen eine Weile und sahen aus dem Fenster. Am Straßenrand fuhr ein Wagen der Stadtreinigung entlang und säuberte die Fahrbahn.

„Gatler lügt uns an. Zumindest verheimlicht er uns etwas. Was die Tatzeiten angeht“, gab Plasberg schließlich zu. „Und ich frage mich, ob er den Besitz des Messers zugegeben hätte, wenn seinem Lebensgefährten nicht herausgerutscht wäre, dass es ihm gehört. Das war übrigens merkwürdig."

„Was meinen Sie?"

„Ich hatte fast den Eindruck, als *wollte* Kauz, dass Gatler verdächtig ist. Er liefert uns neben den weißen Haaren das wichtigste Indiz, und er relativiert das Alibi, das er seinem Freund für den Mord an Anschlitz verschaffen könnte. Versehen oder Absicht?"

„Welchen V-Vorteil hätte K-Kauz, wenn wir Gatler festnehmen?"

„Eben. Keinen. Aber irgendwie … warum sollte Gatler die beiden umbringen? Das will mir nach wie vor einfach nicht in den Kopf!" Sie machte ein unzufriedenes Gesicht und wechselte das Thema. „Was haben Sie herausgefunden?"

„Dass es ein großes Haus ist und K-Kauz und Gatler mehr oder weniger nebeneinanderher leben. Jeder hat sein eigenes Schlafzimmer, sein eigenes B-Bad, seinen eigenen Fernseher. Die große Liebe ist das sicherlich nicht mehr. Mehr so eine Art Zweckgemeinschaft. Und dann habe ich noch etwas gefunden." Brinkhoff holte sein Smartphone aus der Hosentasche und rief einige Fotos auf. „Die habe ich oben im ersten Stock gemacht. Das letzte Zimmer hinten am Gang."

Plasberg warf einen kurzen Blick auf die Bilder. „Ein Kinderzimmer?"

„Das Zimmer für ein Kleinkind. Mit frischbezogenem Bett, bereitgelegtem Spielzeug … im Kleiderschrank sind sogar die passenden Klamotten."

„Lucca Kemper."

„Der da aber nie gewohnt hat, weil er schon vor dem Umzug v-verschwunden ist. Außerdem wäre er jetzt beinahe ein Teenager."

„Das Zimmer ist ein Museum. Ein Schrein."

„Kommt mir auch so vor." Brinkhoff schüttelte sich. „Mir ist es kalt den Rücken heruntergelaufen."

Die Kommissarin startete den Motor und lenkte den Dienstwagen Richtung Innenstadt. „Wollen Sie immer noch allein ermitteln?"

„Ja. Will ich."

„Und wo soll ich Sie absetzen?"

„Am N-Neumarkt."

„Was wollen Sie denn da?"

„Sag ich Ihnen, w-wenn ich mehr weiß."

Plasberg brummte etwas Unverständliches, aber sie fuhr ihren Kollegen zu seinem Ziel, danach machte sie sich auf den Weg zurück ins Präsidium. Als sie gerade wieder auf den Parkplatz fahren wollte, klingelte ihr Handy.

„Hallstetter und ich sind gerade in die Innenstadt gerufen worden, in die Nähe des Zülpicher Platzes", sagte Matthias Kayser am anderen Ende der Leitung. „Wir haben den passenden Toten für Sie gefunden."

Es nieselte noch immer aus einem dicht bewölkten Himmel, als die Kommissarin die durchgegebene Adresse erreichte. In der Nähe, nur ein paar Schritte entfernt jenseits der Ringe, befand sich das Quartier Latin der Stadt: Ganze Straßenzüge dichtgedrängter Kneipen, Cafés und Clubs mit Livemusik, die am Wochenende vor allem von Studenten in eine Partymeile verwandelt wurden – sehr zum Leidwesen vieler Anwohner, die unter betrunkenen Randalierern, einem hohen Lärmpegel und verdreckten Hauseingängen zu leiden hatten.

Diesseits der Ringe und an einem Dienstagvormittag war davon nichts zu merken, stattdessen wurden die Menschen von einem ganz anderen Spektakel in Atem gehalten. Mehrere Polizeiwagen mit Blaulicht parkten vor einem dreistöckigen Mietshaus, dessen Fassade im Erdgeschoss rot getüncht war und ein persisches Restaurant beherbergte. Hallstetter und Kayser hatten dafür gesorgt, dass der Fundort der Leiche so weit wie möglich abgesperrt worden war. Das Polizeiband reichte um die gesamte Front des Hauses und schloss den schmalen Bürgersteig ein, an dem nur eine Armlänge entfernt die Linie 9 der Straßenbahn vorbeifuhr. Beamte in Uniform versuchten zu verhindern, dass die Gaffer, die sich trotz des Regens eingefunden hatten, den Verkehr beeinträchtigten. Menschen drängten sich seitlich an die Absperrungen, zückten Handys für einen Schnappschuss und drohten die Schienen der Straßenbahn zu blockieren. Als die Kommissarin aus dem Wagen stieg, berieten die Einsatzkräfte gerade, ob sie auch die Straße weiträumig blockieren sollten, während die Spurensicherung in der Gaststätte ihre Arbeit aufnahm.

Plasberg riss sofort das Kommando an sich. „Fahren Sie die Markise des Restaurants aus! Dann haben wir Sichtschutz vor den Schaulustigen", befahl sie, während sie sich durch die Menschenansammlung schob. „Und sperren Sie großflächiger ab!"

„Wenn wir das tun, unterbrechen wir den Linienweg der 9", erwiderte Kayser und schlug den Kragen seiner Jacke hoch. „Dann gibt's einen Rückstau und ein Verkehrschaos in der gesamten Innenstadt." Hallstetter pflichtete ihm kauend bei; in seiner Hand befand sich eine Tüte mit Quarkbällchen, die er sich aus der Bäckerei an der Ecke besorgt hatte.

„Wenn einer dieser Idioten vor eine Bahn läuft, bekommen wir noch mehr Ärger", erwiderte Plasberg.

Kayser nickte sein Einverständnis und ging zum nächsten Einsatzwagen, um die Leitstelle zu informieren.

„Also, was haben wir hier?", fragte sie Hallstetter, der Zuckerkrümel von seinen Fingern leckte. „Und hören Sie endlich auf, andauernd Sachen in sich hineinzustopfen!"

Der Kollege schluckte hastig den letzten Rest herunter und führte sie durch die Gaststätte zur Kellertreppe. „Der Besitzer des Restaurants. Die dazugehörige Wohnung ist im ersten Stock. Wir sind vor einer Dreiviertelstunde gerufen worden. Eine Nachbarin hat uns alarmiert, nachdem sie einen komischen Geruch bemerkt hat. Kein schöner Anblick." Er deutete auf eine leblose Gestalt am Fuß der Treppe, über die sich bereits der Notarzt beugte. Plasberg erkannte die roten Haare des Arztes; es war derselbe, der schon Martina Kamphaus' Leiche untersucht hatte.

„So trifft man sich wieder", sagte sie, nachdem sie die Stufen hinuntergelaufen war. „Dr. Sörensen!"

Der Notarzt blickte nach oben; als er Plasberg und ihr Ballettkleid sah, blitzten seine Augen amüsiert auf. „Sie schon wieder!" Unter dem Mundschutz klang seine Stimme gedämpft. „Leichen pflasterten ihren Weg …" Er angelte einen weiteren Mundschutz aus seiner Hosentasche und reichte ihn an die Kommissarin weiter.

„Bringt der Job mit sich“, sagte Plasberg und konzentrierte sich auf den leblosen Körper. Der etwa dreißigjährige Mann hatte pechschwarze, kurzgeschnittene Locken, ein südländisches oder arabisches Aussehen, einen olivfarbenen Teint und war bekleidet mit einer Jeans, einem dunklen T-Shirt und schwarzen Halbschuhen. Unter ihm lag eine knielange, schwarze Servierschürze, die sich beim Fall von der Taille gelöst haben musste. Ähnlich wie bei Kamphaus war der Verwesungsprozess schon weit fortgeschritten. Plasberg versuchte, flach und durch den Mund zu atmen, um dem widerwärtigen Geruch zu entkommen; es gelang ihr nur bedingt.

„Lassen Sie mich raten“, sagte sie. „Genickbruch?“ Sörensen warf ihr einen überraschten Blick zu, und Plasberg zuckte mit den Schultern. „Nur so eine Ahnung.“

„Alles ziemlich eindeutig. Bruch des zweiten Halswirbels. Er muss die Treppe heruntergefallen sein. Das linke Bein ist wohl ebenfalls gebrochen. Die Wunde im Gesicht hat er sich beim Fall zugezogen, denke ich, dasselbe gilt für die Schrammspuren am linken Ellenbogen. War sofort tot.“

„Ein Unfall?“

„Ich habe jedenfalls keine Spuren äußerer Gewalteinwirkung entdeckt. Vielleicht ist er über seine Schürze gestolpert. Zwei Drittel aller Unfälle passieren zu Hause.“

Plasberg hockte sich hin und sah sich die Schürfwunden im Gesicht und am Ellbogen näher an. „Keine äußere Gewalt? Sind Sie sicher?“

Sörensen deutete auf kleine weiße Farbsplitter in der Wunde am Ellbogen. „Das ist Putz von der Kellerwand, an der er beim Fall entlanggeschrammt ist. Sonst wären beide Wunden erstens nicht so längsgestreckt und tiefer. Es gibt kein Geländer, an dem er sich hätte festhalten können.“

„Was ist hier unten im Keller?“, erkundigte sich Plasberg.

„Soweit ich das gesehen habe, nur eine abschließbare Kammer mit ein paar ausrangierten Möbeln und der Heizungsraum. Aber da links in der Nische lagern die Weinbestände. Vielleicht wollte er eine Flasche holen.“ Sörensen drehte den Kopf des Toten und schob die dichten Locken beiseite, sodass eine größere Platzwunde am Hinterkopf sichtbar wurde. „Die hat er sich geholt, als er mit dem Kopf auf den Boden aufgeschlagen ist. Hat aber kaum noch geblutet, was wiederum auf den sofortigen Tod hindeutet. Würde mich nicht wundern, wenn der Gerichtsmediziner zusätzlich eine Schädelfraktur feststellt. Aber wie gesagt, Todesursache ist eindeutig der Genickbruch."

Die Kommissarin hatte sich inzwischen auch Handschuhe vom Arzt geben lassen und untersuchte die Hände und Finger des Toten. „Und das hier?", sagte sie. Einer der Fingernägel an der rechten Hand war abgerissen; in der Wunde hatten sich dunkelgrüne Fasern verhakt. „Könnte er versucht haben, sich irgendwo festzuhalten?"

„Das kann Ihnen erst der Rechtsmediziner beantworten", antwortete Sörensen.

„Aber es wäre auch denkbar, dass er geschubst oder gestoßen worden ist und sich am T-Shirt oder Pullover seines Angreifers festgekrallt hat?"

„Möglich ist es", erklärte der Notarzt gedehnt. „Sie haben schon eine Theorie, wie er umgekommen ist, oder?"

Plasberg nickte. „Was ist mit dem Todeszeitpunkt?"

„Ist schon was her. Vom Zustand her würde ich sagen …"

„Vor oder nach der Wasserleiche?", unterbrach ihn die Kommissarin.

„Was?" Sörensen sah erstaunt auf. „Vermuten Sie einen Zusammenhang?"

„Doktor … bitte!" Plasberg runzelte die Stirn. „Nur meine Frage beantworten."

„Ausgehend vom Zustand der Haut und dem Parasitenbefall … vorher. Aber da will ich mich wirklich nicht festlegen."

Er wollte noch mehr sagen, aber Plasberg ahnte, was er beanstanden wollte. „Verschonen Sie mich bitte! Ich weiß, dass Sie gerade wieder die Arbeit eines Polizeiarztes übernehmen. Ich habe den Einsatz eines Notarztes nicht angeordnet."

Sörensen schwieg beleidigt, während die Kommissarin nachdachte. Wenn Brinkhoff recht hatte, dann war dies der Tote, mit dem die Mordserie begonnen hatte. Die Leiche, die wie in Gatlers Debütroman *Morgentod* gestorben war. Bei einer körperlichen Auseinandersetzung, der keine direkte Tötungsabsicht zugrunde gelegen hatte. „Sind Sie dann so weit fertig? Ich würde gerne die Hosentaschen durchsuchen."

Zusammen drehten sie die Leiche so, dass Plasberg in die Taschen greifen konnte. Die linke war leer, in der rechten Vordertasche befand sich ein Bund mit vier Schlüsseln, aus der rechten Hintertasche zog sie eine Geldbörse.

„Ein paar Geldscheine, ein bisschen Kleingeld …", murmelte sie enttäuscht. „Kein Identitätsnachweis … Moment, das ist schon besser." Sie klaubte ein paar scheckkartengroße Ausweise aus einem Seitenfach des Portemonnaies. „Mitgliedsausweis eines Sportstudios, Paybackkarte vom Kaufhof … ah! EC-Karte! Ausgestellt auf Rashid Mokhtari … ist das arabisch?"

„Ihr Kollege hat etwas von einem toten Perser gesagt."

„Also Iran." Plasberg drehte sich und rief nach oben: „Hallstetter, erkundigen Sie sich, ob wir irgendwas über einen Rashid Mokhtari unter dieser Adresse haben! Mit kht und iranischer Abstammung!" Sie wollte das Portemonnaie schon wieder zur Seite legen, als ihr ein zusammengefalteter Zettel auffiel, der an der Paybackkarte klebte. Vorsichtig löste sie das Papier, faltete es auf und strich es glatt. „Eine Handynummer. Ohne Namen." Plasberg kramte ihr Smartphone aus der Handtasche und wollte gerade die Nummer eingeben, als Kayser ihr von oben zurief, dass die Zeugin, die den Toten gefunden hatte, sich wieder so weit beruhigt hatte, dass sie vernommen werden konnte. „Gut." Plasberg stand auf, nickte dem Notarzt zu und stopfte Zettel und Schlüsselbund, nachdem sie sie in einer durchsichtigen Plastiktüte verstaut hatte, in die Handtasche.

Gertrud Krause empfing die Kommissarin in ihrer Küche, auf einer altdeutschen Küchenbank mit geblümten Sitzkissen und passender Tischdecke. Vor ihr stand eine Tasse Kaffee, daneben eine Flasche Himbeergeist. „Wie ich sehe, haben Sie den ersten Schock überstanden", sagte Plasberg und wies sich aus.

Krause betrachtete das Tutu der Kommissarin mit unverhohlener Missbilligung. „Dass so was heute bei der Polizei erlaubt ist … früher hätte man das als schlampig bezeichnet."

„Und Sie hätte man früher als unverschämt bezeichnet", gab Plasberg genauso unverblümt zurück. „Können wir uns jetzt auf das Wesentliche konzentrieren?“ Krause schien von einem ähnlichen Schlag wie Helga Schneider zu sein; daher wusste die Kommissarin, wie sie die Frau nehmen musste. Tatsächlich bot ihr Krause einen Stuhl an, wenn auch ein wenig ungnädig.

Nachdem Plasberg ihre Tüllfalten geordnet hatte, sagte sie: „Sie kennen den Toten?“

„Der Perser von nebenan. Mit einem unaussprechlichen Namen. Ausländisch eben. Ich hatte keine Ahnung, dass er da gelegen hat. Draußen war ja auch das Schild am Restaurant. *Wegen Urlaub geschlossen.*“

„Seit wann war das Restaurant denn zu?“

„Montag, der 11. April.“

„Seit mehr als zwei Wochen? Sind Sie sicher?“

„Natürlich bin ich sicher! Ich bin vielleicht alt, aber nicht gaga!“, fuhr Krause auf und fügte hinzu: „Ab Sonntag war die Rita da für zwei Tage, und meine Tochter lässt sich selten genug bei mir blicken; daher weiß ich es genau.“ Sie deutete zu einem Wandkalender über der Spüle, auf dem am Sonntag, den 10. April, der Name von Krauses Tochter notiert war.

„Aber woher wissen Sie, dass das Restaurant ab dem nächsten Tag geschlossen hatte?“

„Weil die Rita an dem Abend ihrer Ankunft gesagt hat, was für eine schöne Idee es doch wäre, wenn wir da unten zusammen essen gehen würden.“ Krause klang empört. „Wer weiß schon, was da alles drin ist, in diesem ausländischen Zeug! Und als ich am nächsten Morgen das Urlaubsschild gesehen habe, hab ich gedacht, dass dieser Krug dann wohl an mir vorbeigeht.“

„Kelch“, murmelte Plasberg.

„Was?“

„Der Kelch ist an Ihnen vorbei… nicht so wichtig.“

Krause musterte sie wortlos. „Ich hab am Montag Bratwürstchen gemacht, mit Lauchgemüse und Kartoffeln“, sagte sie schließlich. „Hat die Rita dann auch gegessen.“

Plasberg korrigierte sich stumm. Diese Frau war schlimmer als ihre Mutter. Immerhin hatte Helga Schneider keine diffusen Ängste vor allem Fremden. „Wann sind Sie darauf aufmerksam geworden, dass etwas nicht stimmt, und wie haben Sie den Toten gefunden?"

Krause klärte die Kommissarin über den Gestank auf, der jeden Tag stärker geworden war, und über die unverschlossene Hoftür. „Und es sah aus in der Küche! Wie bei den Hottentotten. Wenn der Perser nicht tot wäre, würde ich ihm das Gesundheitsamt auf den Hals hetzen."

Das Chaos war auch Plasberg aufgefallen, als sie kurz einen Blick dort hineingeworfen hatte auf ihrem Weg in den ersten Stock. Die Spurensicherung würde Stunden brauchen, bis die Küche freigegeben werden konnte. Offensichtlich war Mokhtari zu Tode gekommen, nachdem die letzten Gäste am Sonntagabend vor dem Urlaub gegangen waren, aber bevor er die Küche hatte säubern können. Was die Frage nach Mitarbeitern aufwarf. Wieso waren der Koch und die Küchenkräfte nicht vor Ort gewesen? Was war mit Servierkräften? Das Restaurant war zwar nicht groß, aber Plasberg hatte immerhin zehn Tische gezählt. Sie gab die Frage an Krause weiter.

„Einen Koch gibt es", erhielt sie zur Antwort. „Auch ein Ausländer. So ein Dicker, Kleiner mit Dreitagebart. Hat oft nach Zwiebeln gerochen. Und eine junge Frau, die bedient hat. Aber die Namen weiß ich nicht."

„Und Sie wissen auch nicht, ob die beiden an dem Sonntagabend anwesend waren oder wann sie das Restaurant verlassen haben?"

„Nein."

„Können Sie mir etwas über Verwandte des Toten sagen? Hat er allein gelebt? Familie?"

„Sie können Fragen stellen!" Krause goss einen Schuss Himbeergeist nach. „Von einer Familie weiß ich nichts. Hat allein gelebt, denke ich. Aber bei den Moslems weiß man ja nie … da haben die Frauen ja nur diese Sehschlitze im Kopftuch und dürfen gar nicht aus dem Haus." Es klang, als verdächtige sie den Toten, einen ganzen Harem in seiner Wohung versteckt zu haben.

„Und wie war Herr Mokhtari so als Nachbar? Freundlich? Abweisend?"

„Hat viel gearbeitet“, gab Krause widerwillig zu. „Dreimal die Woche ist er früh morgens mit dem Koch zum Großmarkt. Gegen acht Uhr war er dann wieder hier und hat das Zeug ausgeladen. Gemüse, Fleisch, Kartoffeln. Von zwölf bis vierzehn Uhr gab es Mittagstisch, und dann war das Restaurant abends ab neunzehn Uhr wieder geöffnet.“

„Und das Restaurant lief gut?“

„Woher soll ich das wissen?“, knurrte Krause und schob dann hinterher: „War nicht immer voll.“

„Hat er ab und zu was von sich erzählt, wenn Sie ihn mal im Hausflur getroffen haben?“

„Nein. Ich hab ihn aber auch nicht darum gebeten, mir seine Lebensgeschichte zu erzählen.“

Plasberg seufzte innerlich. Reizende alte Dame, der reinste Drachen. „Was ist mit Besuch? Hat er häufig Besuch gehabt oder eher selten?“

„Darum habe ich mich nicht gekümmert.“

Die Kommissarin hatte den Eindruck, dass Gertrud Krause ihr keine weiteren relevanten Informationen liefern wollte oder konnte. Eine letzte Frage hatte sie aber noch. „An dem Sonntagabend oder in der Nacht, als Ihre Tochter Sie besucht hat – haben Sie unten im Restaurant irgendwelche Geräusche gehört? Ein Poltern? Streit? Schreie?“

„Schreie?“ Krause schüttelte den Kopf. „Was denn für …?“ Erst jetzt begriff sie, worauf die Kommissarin hinauswollte. „Sie meinen, den hat jemand umgebracht? Ich dachte, er wäre die Treppe hinuntergefallen!“ Ihre Wangen liefen rot an. „Das kommt davon, wenn man sich die ganzen Ausländer ins Land holt! Mord und Totschlag!“

„Wieso? War Herr Mokhtari denn erst seit Kurzem in Deutschland?“ Das ergab keinen Sinn. Wenn der Tote erst aufgrund der Krisen im Nahen Osten hierhergekommen war, dann hätte er weder eine längerfristige Aufenthaltsberechtigung noch eine Arbeitserlaubnis gehabt.

„Nein, der wohnt schon seit fünf Jahren hier“, sagte Krause dann auch.

„Und haben Sie nun etwas gehört oder nicht?“

„Mein Schlafzimmer geht zum Glück nach hinten raus. Vielleicht hat die Rita was gehört, die musste auf dem Sofa im Wohnzimmer schlafen, und das ist schräg über dem Restaurant … ach, nein“, verbesserte sie sich. „Die hatte Ohrstöpsel drin, die Rita.“

„Ohrstöpsel?“

„Angeblich schnarche ich“, antwortete Krause pikiert.

Die Kommissarin stand auf und bedankte sich für Krauses Mithilfe. „Da war ein Mann!“, rief ihr die alte Frau hinterher, als sie schon im Hausflur stand.

Plasberg kehrte um. „Ein Mann? Wann?“

„Der Perser hat öfter Besuch von einem Mann bekommen. Vielleicht der Vater. War jedenfalls älter.“

„Und wie sah er aus, dieser Mann?“ Die Kommissarin war skeptisch. Es wäre nicht das erste Mal, dass Zeugen plötzlich Dinge oder Personen sahen, die gar nicht existierten, nur um sich vor der Polizei interessant zu machen. Andererseits war Krause bisher nicht besonders freigiebig mit Informationen gewesen – vielleicht war es doch wichtig.

„Hatte immer so einen lächerlichen Schlapphut auf und eine Sonnenbrille. Als wollte er nicht erkannt werden.“

„Und woher wissen Sie dann, dass er älter war?“

„Weil er einen weißen Stoppelbart gehabt hat.“

Plasberg hielt inne. „Ein älterer Mann um die fünfundsechzig?“, fragte sie alarmiert.

Krause nickte befriedigt. „Kann hinkommen. Er war gestern noch mal hier. Gestern Vormittag.“

„Im Restaurant? An der Haustür?“

„Weder noch. Er ist mit einem Taxi gekommen, kurz ausgestiegen, hat das Urlaubsschild gesehen und ist dann wieder gefahren.“

„Und das wissen Sie, weil …?“

„Weil ich ihn durch die Gardine beobachtet habe. Zufällig natürlich. Ich war gerade dabei, auf der Fensterbank Staub zu wischen.“

„Natürlich.“ Plasberg holte ihr Handy aus der Tasche und rief im Internet ein Foto von Stephen Gatler auf. „Dieser Mann?“ Eine Verbindung zwischen Gatler und Mokhtari? Verdammt! Wenn sie das vor zwei Stunden gewusst hätte, hätte sie Gatler keine Gnadenfrist eingeräumt. Aber noch war es nicht zu spät.

Krause beugte sich über das Bild und betrachtete es intensiv. Jetzt, wo sie eine bestimmte Person wiedererkennen sollte, wurde sie vorsichtiger. „Vielleicht", murmelte sie. „Kann sein. Ist das jemand Bekanntes? Weil Sie ihn im Internet gefunden haben?"

Plasberg ignorierte die Frage. „Und dieser Mann, den sie gesehen haben, war öfter bei Herrn Mokhtari zu Besuch?"

„Vielleicht ein- bis zweimal die Woche. Und dann aber auch länger mal nicht."

„Und seit wann?"

Krause reagierte verschnupft. Vielleicht wurde ihr Plasbergs Fragerei zu viel, vielleicht war ihr die Situation plötzlich unangenehm. „Woher soll ich das wissen? Glauben Sie, ich habe nichts Besseres zu tun, als den ganzen Tag am Fenster zu hängen?"

Die Kommissarin glaubte das in der Tat, aber es war sicherlich nicht klug, diese Überzeugung laut zu äußern. „Gut. Das war sehr hilfreich. Falls Ihnen noch etwas zu diesem Mann oder Herrn Mokhtari einfällt, rufen Sie mich bitte an." Sie drückte Krause ihre Karte in die Hand und verabschiedete sich.

Im Treppenhaus blieb sie unschlüssig stehen. Was war dringlicher? Gatler jetzt doch umgehend festsetzen oder sich erst in der Wohnung des Toten nach weiteren Hinweisen umsehen, die Gatler mit ihm in Verbindung brachten? Krauses Aussage war recht vage; Gatler konnte noch immer abstreiten, jemals hier gewesen zu sein. Plasberg brauchte handfeste Beweise. Andererseits: Bestand bei Gatler Fluchtgefahr? Plötzlich war sie sich nicht mehr sicher, und ihre Entscheidung, dem Schriftsteller eine Frist bis morgen einzuräumen, erschien ihr immer fragwürdiger. Bevor sie sich jedoch entscheiden konnte, wurde sie von Hallstetter abgefangen.

„Ich hab ein paar Infos zu dem Toten", sagte er. „Rashid Mokhtari, geboren am 14.10.1986 in Karlsruhe …"

„In Karlsruhe?"

„Er hat die deutsche Staatsangehörigkeit. Seine Eltern sind Anfang der achtziger Jahre vor den Ayatollahs aus dem Iran geflohen und haben hier Asyl erhalten. Die Mutter ist vor einigen

Jahren gestorben, der Vater lebt noch immer in Karlsruhe. Keine Geschwister."

„Gibt es eine Vermisstenmeldung?"

Hallstetter verneinte.

„Merkwürdig. Er hat da mehr als zwei Wochen tot vor der Kellertreppe gelegen, und niemand hat ihn vermisst?"

„Soll es geben", erwiderte ihr Kollege.

Plasberg bezweifelte, dass dies auf Mokhtari zutraf. Natürlich gab es hin und wieder Leichenfunde, Menschen, die wochenlang tot in ihren Wohnungen gelegen hatten, aber das waren in der Regel ältere oder sozial isolierte Personen. Keine Restaurantbetreiber. „Na schön. Ich schau mir jetzt die Wohnung an und versuche dann etwas über die Mitarbeiter herausfinden. Sie und Kayser werden …"

„Schon erledigt", unterbrach Hallstetter sie. „Die Telefonnummern hingen an einem Zettel in der Küche." Er sah auf seine Notizen. „Ahmad Tehrani, 45 Jahre, arbeitet seit fünf Jahren für Mokhtari als Koch. Seine Frau Azar putzt hier. Und dann gibt es noch Anna Mögendorff, 24 Jahre, ist seit zwei Jahren als Bedienung angestellt. Waren alle schockiert, als sie vom Tod des Chefs erfahren haben."

„Wann haben sie Mokhtari zum letzten Mal gesehen?"

Hallstetter kratzte sich den Kopf. „Das ist ein bisschen merkwürdig. Der Tehrani und die Mögendorff haben gesagt, dass Mokhtari sie am Abend des 10. April gegen 22 Uhr nach Hause geschickt hat, als die letzten Gäste weg waren."

„Der Sonntagabend?"

„Genau. Tehrani hat sich zwar gewundert, aber Mokhtari hat ihm gesagt, er würde die Küche allein aufräumen. Und dann haben beide gegen Mitternacht eine SMS bekommen, dass Mokhtari das Restaurant für einige Zeit schließen würde, wegen eines Todesfalls. Er würde sich melden."

Plasberg hob die Augenbrauen. „Sind die beiden sicher, dass die SMS von Mokhtari stammte?"

„Hundertprozentig. Die Nummer war die Handynummer von Rashid Mokhtari. Haben beide gesagt."

„Und von einer geplanten Schließung des Restaurants wegen Urlaubs war vorher nichts bekannt?“

„Montags ist zwar immer Ruhetag, aber die beiden sind eigentlich davon ausgegangen, dass sie an dem Dienstag wieder wie gewöhnlich arbeiten.“

„Daraus werde ich im Moment nicht schlau. Aber trotzdem ... gute Arbeit, Hallstetter!“ Ihr Kollege traute seinen Ohren kaum. Die zweite Ermunterung, ein weiteres Lob innerhalb weniger Stunden! Vielleicht sollte er sich den Tag im Kalender rot anstreichen. „Gatler und dieser Mokhtari haben sich eventuell gekannt“, fuhr Plasberg fort. „Die Nachbarin hat gesagt, sie hätte gestern einen Mann vor dem Haus gesehen, auf den Gatlers Beschreibung passt. Und sie habe in der Vergangenheit mehrfach beobachtet, wie dieser Mann Mokhtari einen Besuch abgestattet hat.“

Hallstetter verbarg seine Überraschung nicht. „Gatler?“

„Sie und Kayser fahren jetzt zu unserem Schriftsteller und nehmen ihn vorläufig fest. Ich komme hier klar. Bevor wir ihn befragen, will ich mir die Wohnung von Mokhtari ansehen.“

„Aber ...“

„Was?“

„Waren Sie nicht gerade bei Gatler?“

„Da gab es noch keine dritte Leiche. Er hat von mir vierundzwanzig Stunden Bedenkzeit erhalten.“

Der Ausdruck in Hallstetters Gesicht machte Plasberg endgültig klar, dass sie einen unverzeihlichen Fehler begangen hatte. Motivlage hin oder her – sie hätte Gatler schon vorhin festnehmen müssen. Sie rechnete es ihrem Kollegen hoch an, dass er ihre Fehleinschätzung nicht kommentierte, sondern sofort nach unten lief, mit Kayser in einen Dienstwagen sprang und mit Blaulicht davonfuhr. Die Kommissarin holte inzwischen den Schlüsselbund des Toten aus der Handtasche und zog wieder Handschuhe an. Der erste und zweite Schlüssel schienen zum Restaurant zu gehören, der dritte passte.

Mokhtaris Wohnung bestand aus vier Räumen, exakt spiegelverkehrt zur Wohnung von Gertrud Krause. Die Zimmer waren bemerkenswert unauffällig eingerichtet. Im Schlafzimmer neben dem Doppelbett fand sie eine Ausgabe des Korans und ein zerlesenes Exemplar des *Spiegel* von vor drei Wochen, daneben einen Radiowecker und eine Fernbedienung für den Fernseher, der auf einer Konsole an der Wand stand. Eine Hälfte des Bettes war nicht gemacht, Decke und Kopfkissen lagen zerwühlt auf dem Laken, als hätte Mokhtari es gerade erst verlassen. Also hatte er die Nacht vor seinem Tod allein geschlafen. Plasberg öffnete den Kleiderschrank, aber auch hier war auf den ersten Blick nichts Ungewöhnliches zu entdecken. Jeans, ein paar Stoffhosen, Hemden, T-Shirts, Unterwäsche, alles ordentlich zusammengelegt.

Plasberg schlenderte durch die Räume, auf der Suche nach etwas, das ihre Aufmerksamkeit erregen würde. Etwas, das ihr Auskunft über die Persönlichkeit des Toten geben konnte. Bei Martina Kamphaus waren es die Bücher gewesen, die von ihr als stillem, introvertiertem Menschen gesprochen hatten, bei Thomas Anschlitz hatten Chaos und Dreck auf eine instabile Persönlichkeit und die Drohne auf eine gewisse Besessenheit hingedeutet. Und hier? In Mokhtaris Wohnung sah alles unauffällig, austauschbar aus. Die Couch im Wohnzimmer, die Bilder an den Wänden, die Stechpalme neben dem Fenster … Plasberg biss sich auf die Unterlippe, während ihre Finger über den Esstisch glitten. Die gleiche Einrichtung hätte sie in einem Ikea-Katalog wiederfinden können, es gab keine persönliche Note, wenn man mal von dem Koran im Schlafzimmer absah … Genau! Das war es! Mokhtari war der Sohn von persischen Immigranten, von politisch Verfolgten aus dem Iran, aber nichts in dieser Wohnung deutete auf seine Wurzeln hin.

Die Kommissarin wusste zwar nicht genau, was sie erwartet hatte, aber dass fast jeder Hinweis auf seine Abstammung fehlte, erschien ihr bemerkenswert. Es war, als hätte sich Rashid Mokhtari von seinem Erbe losgesagt und wäre vollständig in der deutschen oder abendländischen Kultur aufgegangen. Wenn man die Wohnung und seinen Beruf als Maßstab anlegte, dann war das Einzige, was ihn mit der Heimat seiner Eltern verband, das Essen und die Religion. Keine Bücher aus dem arabischen Raum, keine Musik, nicht mal ein Gebetsteppich. Stattdessen fand sie auf einem kleinen Regal im Wohnzimmer ein paar Romane von Dan Brown, ein paar Krimis von Donna Leon. Immerhin, er schien ein

Fan von Schallplatten zu sein, denn seine Hi-Fi-Anlage beinhaltete auch einen Plattenspieler und daneben befanden sich Platten von Jazzmusikern. Aber auch da hatte sie zumindest ein wenig persische Folklore erwartet. Dieser Entdeckung allerdings maß sie vorsichtshalber nicht allzu viel Bedeutung bei, denn sie hatte sich neulich erst von Niklas erklären lassen müssen, dass man heutzutage seine Musik streamte und auf seinem Smartphone oder in einer Cloud deponierte, wo sie jederzeit und von jedem Gerät abrufbar war. Und auch der Trend zu Vinyl sei ein ganz aktueller, eine Art Gegenbewegung, so wie Slow Food sich demonstrativ von Fast Food abgrenzte.

Mokhtaris Laptop entdeckte die Kommissarin auf der Fensterbank und fuhr ihn probeweise hoch; aber der Computer forderte ein Passwort, und sie sah ein, dass sie ihn den Spezialisten im Präsidium überlassen musste, bevor sie etwas über das virtuelle Leben des Todesopfers erfahren würde. Und sein Handy? Niemand unter fünfzig besaß kein Smartphone, schon gar nicht, wenn man als Selbstständiger im Gastronomiebereich arbeitete. Im Restaurant war es nirgendwo gewesen, sonst hätte Kayser sie darauf aufmerksam gemacht. Aber brauchte Mokhtari es dort unbedingt? Das Restaurant hatte einen Festnetzanschluss, andererseits … heutzutage trug man dieses Ding immer bei sich. Wenn Mokhtari allerdings gewaltsam zu Tode gekommen war, dann hätte sein Mörder eventuell ein Interesse daran haben können, es verschwinden zu lassen.

Plasberg fand das Handy schließlich in der Küche, zum Aufladen an eine Steckdose neben dem Kühlschrank angeschlossen. Sie hatte drei Versuche, den richtigen Pincode einzugeben, bevor die SIM-Karte gesperrt wurde und die Fachleute im Präsidium sie mit vorwurfsvollen Augen ansehen würden. Als Erstes gab sie 1-4-1-0 ein, Tag und Monat von Mokhtaris Geburtsdatum. Falsche Eingabe, Mist! Für einen Moment schwebten ihre Finger unsicher über den Tasten, dann gab sie sich einen Ruck und gab 1-9-8-6 ein, Mokhtaris Geburtsjahr. Bingo! Das Menü des Smartphones öffnete sich, und Plasberg tippte auf das Symbol, das Mokhtaris Telefonkontakte verbarg.

Ganz so heimatverloren, wie sie ihn eingeschätzt hatte, war Mokhtari wohl doch nicht gewesen, denn sie entdeckte eine ganze Reihe persischer Namen, aber auch immer wieder deutsche und ein paar englische. Aber sie war auf der Suche nach einem ganz bestimmten, einem Namen, der zu einem älteren Mann mit Schlapphut und weißem Stoppelbart gehörte. Und es dauerte nur wenige Augenblicke, bis sie einen Eintrag zu Stephen Gatler fand und dazu seine Handynummer. Mokhtari und Gatler hatten sich also tatsächlich gekannt. Sie suchte nach SMS und Nachrichten über WhatsApp und wurde fündig. Gatler und Mokhtari hatten in den letzten Monaten regen Kontakt gehabt, mehrmals die Woche waren Nachrichten und Telefonate hin- und hergegangen.

*Du fehlst mir, wann kann ich dich sehen?*

*Übermorgen Nachmittag.*

*Du bist der Einzige, der mein Leben lebenswert macht. Will meine Finger in deinen dunklen Locken vergraben.*

Die beiden waren ein Liebespaar gewesen! Der Schriftsteller klang wie ein liebestrunkener Tölpel, die Antworten von Rashid Mokhtari waren etwas reservierter. Aber die letzte Nachricht war am Tag vor seinem Tod eingegangen, ein weiteres Treffen, aber Mokhtari hatte abgesagt.

*So geht das nicht weiter. Du musst dich entscheiden.*

Und danach nichts mehr. Es gab keinen Hinweis, dass Gatler und er für den Tag von Mokhtaris Tod verabredet gewesen waren.

Plasberg fluchte leise. Sie hätte Gatler sofort festnehmen sollen. Brinkhoff hatte recht gehabt. Verdammt! Plötzlich erinnerte sie sich an die Handynummer, die ihr in Mokhtaris Portemonnaie in die Hände gefallen war. Sie wühlte in ihrer Handtasche, bis sie sie gefunden hatte, und verglich sie mit der Nummer in Mokhtaris Handy. Identisch. Er hatte Gatlers Handynummer auch noch mal auf dem Zettel notiert … Aber warum? Wenn er die Nummer doch im Handy gespeichert hatte?

Plasberg wühlte noch ein wenig tiefer im Speicher des Mobiltelefons und stieß nach einiger Zeit auf die SMS, die Mokhtari in der Nacht seines Todes seinen Mitarbeitern geschrieben hatte. *Todesfall in der Familie. Muss Restaurant für einige Zeit schließen. Melde mich. R.* Wieso Todesfall, wenn das Schild vor der Tür Urlaub ankündigte? Und wie hatte er die angebliche Benachrichtigung über den Todesfall erhalten? Die SMS an Tehrani und

Mögendorff waren um 0:07 Uhr versandt worden, aber Mokhtari hatte nach 19:00 Uhr – dem Zeitpunkt, ab dem er mutmaßlich das Handy zum Aufladen angeschlossen und unten das Restaurant geöffnet hatte – keinerlei Benachrichtigungen erhalten und auch keine Telefonanrufe.

Die Kommissarin fuhr sich durch die Haare. Gatler und Mokhtari. Vielleicht hatte der Schriftsteller seinen Geliebten an dem Sonntagabend trotzdem besucht, unerwartet. Das könnte erklären, warum Mokhtari seine Angestellten loswerden wollte. Andererseits: Wäre es dann nicht einfacher, wenn er Gatler einfach in seiner Wohnung empfangen hätte? Sei's drum … Im Laufe der Begegnung hatte es Streit gegeben, eine Auseinandersetzung, bei der Mokhtari gestolpert war oder von Gatler geschubst wurde, die Treppe herunterfiel und sich das Genick brach … das klang plausibel. Und dann? … Gatler hatte nach dem Tod von Mokhtari bemerkt, wie sehr der Tod seines Geliebten dem Unfall glich, den er in seinem Debütroman beschrieben hatte … und daraufhin beschlossen, eine Mordserie zu begehen, die seinen Kriminalromanen ähnelte? Plasberg machte eine unwillige Handbewegung. Das war einfach nur dummes Zeug! Aber irgendwie mussten diese Tötungen zusammenhängen! Und wer hatte die SMS geschrieben? Mokhtari vor seinem Tod? Aber wozu?

Das Ganze ergab nur einen Sinn, wenn sie anstatt eines Unglücks in dieses Szenario einen Mörder einbaute, der nicht wollte, dass man Mokhtaris Leiche schnell fand. Einen Mörder, der deshalb was gemacht hatte? … Einen Mörder, der nach oben gelaufen und diese Nachrichten von Mokhtaris Handy verschickt hatte. Der den PIN-Code kannte. Also jemand, der Mokhtari nahestand. Gatler. Aber wieso hatte er dann das Handy nicht verschwinden lassen? So musste er doch davon ausgehen, dass es irgendwann von der Polizei gefunden werden würde. Und warum war Gatler gestern Vormittag an den Tatort zurückgekehrt?

Und weshalb trug Mokhtari die Handynummer Gatlers auf einem Zettel im Portemonnaie spazieren, wenn er sie sowieso in seinem Handy gespeichert hatte? … Wenn Gatler für Mokhtaris Tod verantwortlich war, dann hätte er doch sicher versucht, alle

Spuren, die auf ihn deuteten, zu beseitigen? … Aber was, wenn er gar nicht der Täter war?

Plötzlich kam es Plasberg vor, als wären alle Indizien, die unweigerlich auf Gatler als Täter deuteten, ausgestreut worden wie Brotkrumen, um sie zu einem bestimmten Ziel zu führen. Jemand wollte, dass sie Gatler verdächtigte. Was aber, wenn es ein Mord aus Eifersucht war?

Achim Kauz hätte von der Beziehung Wind bekommen können. Er hätte abends nach Schließung des Restaurants hierherkommen können, um Mokhtari zur Rede zu stellen, es hatte vielleicht einen Streit gegeben, in dessen Verlauf er den Geliebten seines Partners die Treppe heruntergestoßen hatte. Das passte auch besser zu Gatlers Debütroman, da war der junge Liebhaber auch von dem Ehemann getötet worden. Und um die Aufmerksamkeit von sich auf Gatler zu lenken, hätte Kauz dem Toten die Handynummer seines Partners in die Geldbörse schieben können und die SMS an die Mitarbeiter schreiben können, in Mokhtaris Namen. Aber woher hatte er den PIN-Code gewusst?

Es gab allerdings noch eine dritte Möglichkeit … Vielleicht steckten beide unter einer Decke! Kauz und Gatler zusammen. Kauz könnte Gatler und Mokhtari noch immer überrascht haben, Mokhtari durch einen Unfall zu Tode gekommen sein, und anschließend hatten die beiden versucht, Zeit zu gewinnen, und die Mitarbeiter verständigt.

Viel zu viele Konjunktive, zu viele Variablen, zu viele Ungereimtheiten. Abgesehen davon lieferten diese Szenarien keine Erklärung für die Morde an Kamphaus und Anschlitz. Und Plasberg war sicher, dass alle drei irgendwie zusammenhingen. Abgespannt rieb sie sich die Hände durchs Gesicht. Diese Mordserie ergab noch immer keinen Sinn; nirgendwo war eine Logik zu erkennen.

Sie wollte gerade der Spurensicherung Bescheid sagen, sich auch Mokhtaris Wohnung vorzunehmen, als sie wieder einmal vom Radetzky-Marsch unterbrochen wurde. Es war Hallstetter. „Gatler ist verschwunden“, sagte er aufgeregt.

„Was?“ Plasberg schloss entsetzt die Augen.

„Kauz hat gesagt, er sei vor einer Stunde mit dem Taxi weggefahren.“

„Wohin?“

„Konnte er nicht sagen. Er war oben in seinen Räumen. Er hat nur gesehen, wie sein Lebensgefährte aus dem Haus gelaufen und ins Taxi gestiegen ist. Muss ein überhasteter Aufbruch gewesen sein.“

Die Kommissarin fluchte lautstark. Sie hatte die Situation falsch eingeschätzt, hatte fehlerhafte Schlussfolgerungen gezogen, hatte die Motivlage zu sehr in den Vordergrund gerückt. Sie hatte es verbockt. Aber vielleicht war Gatlers Flucht nur eine Panikreaktion gewesen, weil er das Obsidianmesser wiedererkannt hatte? Er konnte noch nicht wissen, dass Mokhtaris Leiche gefunden worden war und dass die Polizei über seine Verbindung zu dem jungen Mann Bescheid wusste. Trotzdem, er hatte alles erheblich kompliziert, für sich und für die Kommissarin.

Plasberg überlegte fieberhaft. „Rufen Sie die Leitstelle an, lassen Sie Gatler zur Fahndung ausschreiben und informieren Sie Eikner“, befahl sie dann. „Dann kommen Sie ins Präsidium, wir treffen uns da.“

„Beides schon geschehen“, erwiderte Hallstetter. „Der Chef war …“

„Ich kann's mir vorstellen“, seufzte sie. In diesem Moment klopfte ein weiteres Gespräch in der Leitung an; Plasberg beendete hastig ihr Telefonat mit Hallstetter und machte sich auf eine ausgesprochen unschöne Auseinandersetzung gefasst.

„Sind Sie eigentlich von allen guten Geistern verlassen, Frau Kollegin?“ Heribert Eikners Stimme überschlug sich vor Zorn. „Ich glaube das einfach nicht! Haben Sie eine Ahnung, wie ich jetzt dastehe? Ich habe Ihnen doch befohlen, Gatler festzunehmen, wenn sich die Indizien verdichten! Sie haben sich schon wieder meinen Anordnungen widersetzt! Die Staatsanwaltschaft tobt vor Wut!“

„Wir hatten nichts gegen Gatler in der Hand! Er hat den Besitz des Obsidianmessers zwar zugegeben, aber behauptet, es wäre ihm entwendet worden!“

„Aber das entlastet den Mann doch nicht! Wie kommen Sie dazu, ihm vierundzwanzig Stunden Zeit zu gewähren, um seine Aussagen zu überdenken?“

„Ich habe das im Rahmen meiner Kompetenzen entschieden, weil ich noch immer begründete Zweifel hege, dass Gatler ein Motiv hat. Zumindest was Kamphaus und Anschlitz angeht", verteidigte sich die Kommissarin, auch wenn sie wusste, dass es eine schwache Ausrede war. „Was den Todesfall hier am Zülpicher Platz angeht, so haben wir gerade eben erst eine Verbindung zu Gatler entdeckt. Und wenn Grabowski verärgert ist, dann ist mir das erst mal völlig egal. Ich habe wirklich wichtigere Dinge zu tun, als mich mit dem Mann auseinanderzusetzen."

Doch Eikner hatte gar kein Interesse an ihrer Argumentation. „Ihre Kompetenzen?", brüllte er ins Telefon. Er schien wirklich auf Hundertachtzig zu sein. „Ich werde Ihnen sagen, welche Kompetenzen Sie haben, verehrte Frau Hauptkommissarin! Nämlich gar keine! Sie tragen die Verantwortung dafür, dass sich unser Hauptverdächtiger auf der Flucht befindet! Sie kommen jetzt augenblicklich zurück ins Präsidium, geben den Dienstwagen ab und dann …"

„Das muss warten", unterbrach sie Eikner. „Wir sind hier noch nicht fertig … und warum soll ich den Dienstwagen abgeben? Das ist doch jetzt wirklich …"

„Weil ich Sie mit sofortiger Wirkung von diesem Fall ablöse!", schrie Eikner sie an. „Deshalb! Ich habe kein Vertrauen mehr in Ihre Amtsführung, und Sie haben ein gestörtes Verhältnis zur zuständigen Staatsanwaltschaft!"

Plasberg traute ihren Ohren nicht. „Das … das können Sie nicht machen!"

„Und ob ich das kann! Das liegt nämlich im Rahmen *meiner* Kompetenzen! Ich lasse mir nicht länger von Ihnen auf der Nase herumtanzen! Sie haben eine rote Linie überschritten!"

„Grabowski ist doch nur deshalb so auf Gatler fixiert, weil er einen persönlichen Rachefeldzug gegen ihn führt!", platzte sie heraus.

Eikner schwieg überrascht. „Was soll denn das heißen?", fragte er schließlich.

Die Kommissarin atmete tief durch und erklärte ihm, was ihr Katharina Moebius erzählt hatte. „Er will Gatler drankriegen, weil er ihm damals in Dortmund durch die Lappen gegangen ist. Grabowski ist überhaupt nicht daran interessiert, unvoreingenommene Ermittlungen durchzuführen. Er ist befangen!“

„Und wann hatten Sie vor, mich darüber zu unterrichten?“, fuhr sie ihr Vorgesetzter an. „Noch ein Grund mehr, Sie von diesem Fall zu entbinden! Und es geht hier auch nicht um Grabowski, sondern um Sie! Sie haben die Lage eklatant fehleingeschätzt. Gatler ist unser Hauptverdächtiger, egal, ob Grabowski noch ein Hühnchen mit ihm zu rupfen hat oder nicht! Was spielt denn das für eine Rolle? Sie haben sich von Ihrem Instinkt verleiten lassen, die Vorschriften zu missachten, und das nicht zum ersten Mal!“

„Normalerweise vertrauen Sie meinem Instinkt!“, empörte sich Plasberg.

„Vertrauen? Von Vertrauen kann im Moment gar keine Rede sein! Und Ihr Instinkt scheint diesmal Ihr Urteilsvermögen getrübt zu haben! Sie haben pflichtvergessen gehandelt!“, redete sich Eikner erneut in Rage. „Ich habe lange genug meine Hand über Sie gehalten, aber jetzt ist Schluss, Frau Kollegin! Brinkhoff kann die Ermittlungen in diesem Restaurant abschließen und …“

„Brinkhoff ist nicht hier“, sagte Plasberg, mittlerweile ziemlich kleinlaut. Eikners Standpunkt war durchaus nachvollziehbar.

„Was soll das denn heißen? Wo ist er?“

„Das … das weiß ich nicht.“

„Sie wissen es nicht? Wieso wissen Sie nicht, mit welchen Aufgaben Ihre Mitarbeiter gerade beschäftigt sind?“

„Er hat mich gebeten, einige Recherchen durchführen zu können.“

„Was denn für Recherchen?“

„Er wollte mir erst hinterher sagen, um was es sich dreht.“

„Das ist doch wohl ein Scherz! Ich hatte Ihnen aufgetragen, Ruhe in Ihre MK zu bringen, und jetzt macht jeder, was er will? Dann wird er eben auch abgelöst!“, brüllte Eikner ins Telefon. „Zusammen mit Ihnen! Ich werde die Ermittlungen im Fall Gatler ab sofort persönlich leiten! Informieren Sie den Kollegen Brinkhoff, dass ich Sie beide innerhalb der nächsten dreißig Minuten hier im Präsidium erwarte, um mir den Fall zu übergeben. Danach empfehle ich Ihnen beiden dringend, ein paar Tage Urlaub zu nehmen!“

„Urlaub? Wieso Urlaub?"

„Das fragen Sie noch? Weil ich Ihnen in nächster Zeit nicht mehr begegnen möchte!"

Währenddessen wischte ein ahnungsloser Torsten Brinkhoff ein paar Regentropfen von seiner Jacke und klopfte an die Tür der beiden Bibliothekarinnen, die Plasberg und er am Samstag besucht hatten.

„Schau mal an, der Bulle von neulich!", sagte Claudia Geymann, als sie vom Computer aufsah. Ihr blauer Irokesenschnitt war inzwischen pink eingefärbt worden, und unter ihrer speckigen Lederjacke trug sie ein grobkariertes Holzfällerhemd, das sogar Brinkhoff zu groß gewesen wäre. Außerdem hätte er schwören können, dass in den letzten drei Tagen das ein oder andere Piercing dazugekommen war.

„Es heißt Oberkommissar Torsten Brinkhoff, n-nicht B-B-Bulle", stotterte er und verfluchte sich, weil er tatsächlich rot wurde. „Ich wollte zu Frau Schmidt-Lage."

„Tja, dann haben Sie Pech gehabt, Oberkommissar Torsten Brinkhoff", grinste Geymann und kaute abwartend auf einem Kaugummi, genau wie am Samstag. Die Frau schien kein Klischee auslassen zu wollen. „Die ist krank."

„Oh." Brinkhoff wollte schon den Rückzug antreten und murmeln, dass er ein anderes Mal wiederkommen würde, aber dann riss er sich zusammen. Was er wollte, duldete keinen Aufschub. Er hatte Schmidt-Lage um Rat fragen wollen, weil die ältere Bibliothekarin ihm mehr Vertrauen eingeflößt hatte; Claudia Geymann dagegen hatte ihm bei seinem letzten Besuch eher ein wenig Angst gemacht. „V-Vielleicht … k-können Sie mir weiterhelfen?"

„Um was geht's denn?"

„Eine Literaturrecherche."

Geymann musterte ihn interessiert. „Dann immer hereinspaziert. Aber ich helfe nur unter der Bedingung, dass wir uns duzen. Polizist hin oder her – ich fände es lächerlich, wenn ein schwuler Mann und eine lesbische Frau sich siezen. Das ist politisch dermaßen verquer …"

Brinkhoff seufzte innerlich. Wieso hatte er immer mit schwierigen Frauen zu tun? „Aber nur hier unter vier Augen."

Geymann zog ihm einen Stuhl heran. „Und was genau willst du recherchieren?"

„Das ist etwas k-kompliziert …"

„Hab ich mir fast gedacht. Sonst hättet ihr das auf dem Revier bestimmt selber gemacht. Über Google oder so."

„P-Präsidium", korrigierte Brinkhoff. „Ich arbeite im Polizeipräsidium."

„Geschenkt." Geymann zog eine Tasse aus einem Regal und goss ihm ungefragt Kaffee ein. „Weiter im Text."

„Es geht um die Krimis von Stephen Gatler. Genauer gesagt, um Unterschiede im Stil zwischen dem ersten Roman *M-Morgentod* und den darauffolgenden vier anderen."

„Hat das was mit dem Mord an unserer Kollegin zu tun?"

„Möglich."

„Ehrlich? Der Gatler?"

„N-Nein", stöhnte Brinkhoff. „Das ist ein Missverständnis. Ich will nur was abklären! Es ist so: Ich habe alle Romane von Gatler in den letzten Tagen quergelesen, und mir ist dabei aufgefallen, dass der erste sich deutlich im Stil von den anderen unterscheidet. Er ist … ich weiß auch nicht … eben anders. Ich m-meine, jeder Schriftsteller hat seinen ganz eigenen Stil. Hemingway zum Beispiel war bekannt für seine kurzen Sätze. Thomas Mann hat mich mit seinen langatmigen Beschreibungen schon in der Schule eingeschläfert …"

„Uhh", machte Geymann. „Wir haben eine gewisse Allgemeinbildung!"

„Ich wollte einfach wissen, ob ich mir das einbilde oder ob es irgendwas in der Literatur dazu gibt."

Die Bibliothekarin rieb sich die Hände. „Klingt nach einer Herausforderung." Ihre Finger hielten einige Augenblicke über der Tastatur inne, als müsste sie sich erst sammeln. Dann tippte sie los und loggte sich in einer Suchmaschine ein, die vor allem von Hochschulen zur Literaturrecherche genutzt wurde. „Könnte spannend werden", murmelte sie. „Wir müssen uns erst mal einen Überblick über die Sek.Lit. verschaffen."

„Die Sek.Lit.?"

„Sekundärliteratur. Aufsätze, die sich wissenschaftlich mit diesem Gatler und seinen Krimis auseinandersetzen."

„Viel wird es da wohl noch nicht geben. Ich meine, ein zeitgenössischer Autor …?"

Geymann schnaubte belustigt auf. „Du hast keine Ahnung, womit sich Geisteswissenschaftler alles beschäftigen! Die alten Autoren sind doch schon völlig abgegrast, jedes Thema x-mal durchgekaut. Shakespeare, Schiller, der viktorianische Roman, Böll – was gibt's da noch Neues zu holen? Außerdem ist Kriminalliteratur zurzeit schwer angesagt." Geymann nickte heftig, als Brinkhoff ein erstauntes Gesicht machte. „Auch in den Geisteswissenschaften gibt's Modetrends", erklärte sie. „Glaub mir, ich komme aus der Ecke. Anglistik- und Germanistikstudium. Eine Kommilitonin von mir hat über Rita Mae Browns Katzenkrimis promoviert."

„K-Katzenkrimis?"

„Ich dagegen wollte meine Masterarbeit über die Römischen Elegien von Goethe schreiben. ‚Laß dich, Geliebte, nicht reun, daß du mir so schnell dich ergeben!'", deklamierte sie plötzlich mit unerwartetem Pathos. „‚Glaub es, ich denke nicht frech, denke nicht niedrig von dir.' Ich wollte die Lyrik des alten Lustmolchs aus einem postmodernen, natürlich feministischen und emanzipatorischen Ansatz heraus untersuchen, aber mein Professor hat seine Zustimmung verweigert. Er hat gesagt, Goethe hätte es nicht nötig, sich von mir verunglimpfen zu lassen. Da hab ich dann noch das Studium Bibliothekswissenschaften drangehängt. Ist sowieso handfester. Ähm … wo war ich?"

„Sekundärliteratur zu Gatler", erwiderte Brinkhoff schwach. Vielleicht hätte er doch warten sollen, bis Schmidt-Lage wieder gesund war.

„Klar. Also, Doktorarbeiten, Master- und Bachelorarbeiten lassen wir mal außen vor, das dauert zu lang. Wir kümmern uns vor allem um die Fachzeitschriften. Da gibt's zum Beispiel für den Anfang *Google Scholar*, *Metager* oder den *Karlsruher Virtuellen Katalog*. Nur deutsch oder auch englisch? Französisch oder spanisch ginge auch."

„Ich kann kein Französisch."

„Gut. Dann machen wir erst mal deutsch/englisch."

Geymann tippte weiter und ächzte, als die ersten Ergebnisse erschienen. „Nein. Das ist viel zu viel Information. Warum muss der Typ auch so bekannt sein? ‚Gatler' als Stichwort ist zu allgemein. Wir müssen es eingrenzen. Wir wär's mit … wie hieß der Krimi?"

„*Morgentod*."

„Seit wann ist der Typ im Geschäft?"

„Der erste Krimi ist vor ungefähr zehn Jahren erschienen."

„Okay, probieren wir es. Am besten mit Volltextsuche."

„Ähm … was?"

„Volltextsuche. In welchem Zeitalter lebt ihr bei der Polizei?"

„Wir haben für so was unsere Spezialisten."

„Und warum hast du dich nicht an die gewandt?"

„Weil … weil ich mich nicht b-blamieren wollte, falls ich auf einer falschen Spur b-bin", gab Brinkhoff zu.

„Ist das jetzt ein Kompliment für mich?", fragte Geymann. „Ein Kompliment von einem Mann? Dir ist schon klar, dass mich das um Jahre zurückwirft?"

„War kein Kompliment", beeilte sich Brinkhoff zu versichern. „N-Nur eine Feststellung."

„Volltextsuche heißt, dass wir eine Textauswahl nach einem bestimmten Begriff durchsuchen", widmete sich Geymann wieder ihrer Arbeit. „Vereinfacht ausgedrückt. In diesem Fall ‚Gatler' und ‚Morgentod'. Wenn das nichts bringt, versuchen wir es mit anderen Parametern. Klar so weit?"

Brinkhoff nickte. „Wie wenn ich bei Google einen Suchbegriff eingebe."

„Na ja, ein bisschen komplizierter ist es zum Glück schon. Sonst bräuchte man bald keine Bibliothekarinnen mehr. Und wenn wir damit auch keinen Erfolg haben, habe ich noch ein paar Spezialtricks auf Lager."

„Und die wären?"

Claudia Geymann bedachte den Kommissar mit einem empörten Blick. „Berufsgeheimnis."

Die ersten Versuche waren nicht besonders vielversprechend. Zwar waren in den letzten Jahren häufiger Fachartikel erschienen, die sich mit Stephen Gatlers Romanen auseinandersetzten, aber die meisten bezogen sich nicht auf das Thema, das Brinkhoff wichtig war. Tatsächlich hatte er keine Ahnung gehabt, was alles zum Gegenstand eines Fachaufsatzes werden konnte. Es gab Abhandlungen über den „Opferbegriff im deutschen Kriminalroman seit der Jahrtausendwende"; Artikel, die Gatler in einen Vergleich zu amerikanischen und britischen Kollegen setzten; Aufsätze, die die Rolle der Frau in Gatlers Romanen untersuchten; Artikel, die die Wahl der Schauplätze in seinen Krimis im Hinblick auf die weltweite Vermarktung analysierten. Die Auswahl war beinahe endlos, und nach einer Weile brummte dem Kommissar der Schädel.

Claudia Geymann dagegen schien ganz in ihrem Element zu sein. Brinkhoff musste seine Meinung revidieren, dass die Frau als Bibliothekarin eine Fehlbesetzung war. Während er es irgendwann aufgab, ihren Computereingaben zu folgen, variierte sie die Suchbegriffe, wenn sie in eine Sackgasse geraten war, probierte eine weitere Suchmaschine aus, stöberte durch die bibliografischen Angaben von Texten, um von dort wie bei einer Schnitzeljagd an den nächsten eventuell passenden Text zu gelangen und von dort zum nächsten. Brinkhoff verstand plötzlich, was sie bei ihrer ersten Begegnung gemeint hatte, als sie sich und ihre Kolleginnen ironisch als „Schnüffler" bezeichnet hatte. So konzentriert, wie Geymann sich in ihre Aufgabe verbiss, wirkte sie allerdings eher wie ein Spürhund, der eine Fährte gewittert hatte und sich durch nichts davon abbringen ließ, sie bis zum Ausgangspunkt zu verfolgen.

Nach zwei Stunden kehrte sie aus der virtuellen Welt wieder in die Realität zurück und reckte die Arme. „Ich hab hier vier Artikel, die sich mit Gatlers Stil beschäftigen. Allerdings kann ich nur einen komplett aufrufen und direkt ausdrucken. Die anderen muss ich bestellen, das kann dauern … nein, warte … zwei sind in einer Zeitschrift erschienen, die in einer Fachbibliothek in Tübingen vorrätig ist. Ich muss mal telefonieren."

In dem Moment, in dem sie zum Hörer griff, klingelte auch Brinkhoffs Handy. Das Display zeigte einen Anruf von Plasberg. Der Kommissar ging auf den Flur und nahm das Gespräch dort an.

„Wo sind Sie?", fragte seine Vorgesetzte mit müder Stimme. „Ist auch egal … Eikner hat uns gerade beide von dem Fall abgelöst. Kommen Sie ins Präsidium, wir werden dort Eikner den Fall übergeben und dann ein paar Tage Urlaub machen."

„W-Was?", fragte Brinkhoff entsetzt. „Aber ich dachte …"

„Es ist meine Schuld. Tut mir leid."

Plasberg klärte ihn rasch über die Entwicklungen der letzten zwei Stunden auf, und dann beendete sie kurz angebunden das Gespräch.

Der Kommissar schlich niedergeschlagen ins Büro von Claudia Geymann zurück. „Ich muss hier ab-brechen", informierte er sie. „Es g-gibt … neue Entwicklungen."

Die Bibliothekarin stand am Drucker, blies ihren Kaugummi auf und ließ ihn platzen. „Schlechte Neuigkeiten?"

Er antwortete nicht.

„Dann nimm das hier wenigstens mit", sagte sie und drückte ihm drei der Zeitschriftenartikel in die Hand.

„So schnell?", fragte Brinkhoff.

„Ich hab Beziehungen", grinste Geymann. „Die Kollegin in Tübingen ist eine gute Bekannte, wir haben zusammen die Ausbildung gemacht; da hat ein Anruf genügt. Okay, wir hatten auch mal was miteinander. Hat aber nicht funktioniert. Jedenfalls ist die Zeitschrift bei denen online verfügbar. Sie hat mir die Artikel schnell als PDF gemailt. Der oberste Artikel dürfte der interessanteste für dich sein. Ist in einer etwas obskuren Zeitschrift erschienen, die vor zwei Jahren eingestellt wurde. Wahrscheinlich ist er deshalb auch nicht besonders bekannt geworden."

Brinkhoff warf einen Blick auf die Überschrift und lächelte schwach. Genau das, was er gesucht hatte! Er würde den Artikel auf dem Weg zum Präsidium lesen. Aber was machte das jetzt noch für einen Unterschied? „D-Danke", sagte er trotzdem.

„Ach so … die Kollegin hat mich gefragt, warum wir dieselbe Anfrage innerhalb weniger Wochen zweimal stellen."

„Zweimal?" Brinkhoff sah die Bibliothekarin mit großen Augen an. Dann fiel bei ihm der Groschen. „Martina Kamphaus?"

Geymann nickte. „Sie hat ihr im Januar genau dieselben Artikel zugeschickt."

„Noch mal danke."

„Keine Ursache, Bulle."

„Ab jetzt wieder Oberkommissar." Fragte sich nur, für wie lange noch.

Geymann lachte auf. „Du bist ein Netter. Ich setz dich auf die Liste."

„L-Liste?"

„Falls ich mal ein Kind will. Eine Liste mit potenziellen Samenspendern. Führe ich seit zwei Jahren. Man kann nie wissen."

Brinkhoff war nicht sicher, ob sie es ernst meinte oder nicht. „Und w-wer steht noch auf dieser Liste?"

„Mein Nachbar von nebenan, der Typ vom Pizzaservice und der Mann meiner Therapeutin", zählte Geymann auf. „Ach ja, und Kit Harington."

„Der Schauspieler aus *Game of Thrones*?" Irgendwie beunruhigte es den Kommissar, dass Geymann und er eine Schwäche für denselben Mann hatten.

„Der hat so süße schwarze Locken. Die würde ich gerne meinem Kind vererben."

Zumindest das konnte Brinkhoff verstehen.

Stephen Gatler zwang sich, seine Schritte zu verlangsamen. Er durfte jetzt kein Aufsehen erregen, durfte nicht auffallen. Er hatte schon einen Fehler begangen, als er vom Taxifahrer, der ihn zum Flughafen Köln/Bonn brachte, kein Wechselgeld für den Hunderteuroschein verlangt hatte, mit dem er die überstürzte Fahrt bezahlen wollte. Zwar hatte er auf der Rückbank die ganze Zeit die Sonnenbrille nicht abgesetzt, aber der Mann würde sich an ihn erinnern, zumal er seine neugierigen Blicke in den Rückspiegel bemerkt hatte. Gatler konnte nur hoffen, dass seine Flucht so lange wie möglich unentdeckt blieb, dass er schon in der Luft war, bevor Achim die Polizei alarmierte.

Er betrat die Abflughalle, wich einer Gruppe von jungen Leuten aus, die zwei Surfboards auf einem Gepäckwagen transportierten, und blickte nervös auf die Anzeigetafel, die die abgehenden Flüge auflistete. London, Zürich, Palma de Mallorca … nein, nein, nein. Stockholm, München … auf gar keinen Fall. Nur einen Flug außer Landes, am besten … da! … in einer Dreiviertelstunde, ein Flug mit Lufthansa nach New York … über Frankfurt … er wollte aber einen Direktflug, so schnell wie möglich außer Reichweite der deutschen Polizei … gut, dann über London … Gatler hastete zum Schalter der Lufthansa, lehnte sich schwer atmend auf seinen eilig gepackten Trolley. Die Flucht von zu Hause hatte ihm zugesetzt; plötzlich spürte er, dass er kein junger Mann mehr war. Vier Leute standen vor ihm in der Reihe, ein älteres Ehepaar, ein Geschäftsmann, eine junge Frau mit Kind. Das Ehepaar suchte umständlich seine Unterlagen aus einer Mappe zusammen.

„Arno, wo ist dein Reisepass? Ich hab ihn dir heute Morgen auf die Kommode gelegt!"

„Jetzt reg dich ab, Inge!" Der Mann klopfte seine Jackentaschen ab und schüttelte den Kopf. „Hast du nicht. Sonst hätte ich ihn eingesteckt."

„Ich hab ihn auf die Kommode gelegt!"

„Herrgott", mischte sich Gatler nervös von hinten ein. „Warum dauert das denn so lange? Ich hab es eilig!" Er blickte sich verstohlen um. Bisher war nirgendwo Polizei zu sehen. Doch, da hinten, in der Nähe der Toiletten, zwei Beamte in schusssicheren Westen, mit Schlagstöcken und Pistolen, deren Blicke über die rastlose Menge im Gebäude strichen. Die waren wohl eher zur Gefahrenabwehr dort postiert; es hatte zu viele Terroranschläge in der Vergangenheit gegeben, um keine verstärkte Polizeipräsenz zu zeigen. Gatler beobachtete sie aus den Augenwinkeln, während der Mann vor ihm doch noch seinen Reisepass fand. Nein, die Beamten hatten kein Auge auf ihn geworfen.

„Der Flug nach London in einer Stunde", sagte er, als er endlich an der Reihe war. „Gibt's da noch Plätze?"

Die Mitarbeiterin der Fluggesellschaft, gekleidet in dem typischen dunkelblauen Kostüm und gelbem Halstuch, sah hilfsbereit auf ihren Monitor. „Bedauere, ausgebucht. Heute Nachmittag geht ein weiterer …"

„Nicht Economy, Business!", herrschte er sie an.

„Ach so, ja … da sind noch ein paar Plätze frei. Aber Sie müssen sich beeilen. Das Boarding beginnt in dreißig Minuten. Wie möchten Sie zahlen?"

„Mit Kreditkarte. Und buchen Sie mir einen Anschlussflug in die Vereinigten Staaten dazu."

Die Frau sah ihn irritiert an. „Haben Sie denn eine elektronische Einreiseerlaubnis? Die ist nötig, um ohne Visum …"

„Natürlich habe ich eine Einreiseerlaubnis." Gatler musste sich beherrschen, um die Frau nicht anzubrüllen.

„Und wohin in die USA?"

„Egal", erwiderte er. „Ich meine … wohin der erste Anschlussflug geht. Dringende Familienangelegenheit." Er fischte die erste Ausrede hervor, die ihm einfiel, damit er sich nicht noch verdächtiger machte.

„Nach Dallas dann."

„Dallas?" Es erschien ihm wie ein Fingerzeig des Schicksals.

„Sie hätten nur zwei Stunden Aufenthalt in London. Möchten Sie Meilen sammeln?"

„Herrgott, nein!", fluchte Gatler und schob seine Kreditkarte und seinen Reisepass über den Tresen. „Jetzt machen Sie schon!"

Aber es war zu spät. Eine Hand griff plötzlich nach seinem Arm, und als Gatler sich umdrehte, standen hinter ihm zwei Polizeibeamte. Einer hielt ihm seine Dienstmarke vor die Nase. „Stefan Sczierkorsky? Sie sind vorläufig festgenommen."

„Ich habe nichts getan!", protestierte Gatler mit schriller Stimme. „Das können Sie nicht machen! Das ist ein Missverständnis! Ich will meinen Anwalt sprechen!" Als er von den Polizisten abgeführt wurde, konnte er noch das fassungslose Gesicht der Lufthansa-Angestellten sehen, deren rot geschminkter Mund sich zu einem lautlosen O geformt hatte.

Vor dem Flughafenterminal wurde Gatler in einen Polizeiwagen gedrückt, und einer der Beamten setzte sich mit der Leitstelle in Verbindung. „Wir haben ihn", sagte er. „Wollte sich gerade ins Ausland absetzen."

Karsten Vogt fühlte sich großartig; nicht einmal das schlechte Wetter konnte ihm die Stimmung verderben. Brinkhoff weg! Plasberg weg! Das war, als hätte er den Hauptgewinn im Lotto getippt! Gestern, nach Brinkhoffs Kinnhaken, hätte er am liebsten die Brocken hingeworfen, und nur Plasbergs Versprechen, Eikner gegenüber endlich seine Versetzung zu befürworten, hatte ihn davon abgehalten, den Dienst zu quittieren. Und heute? Alle Probleme hatten sich in Luft aufgelöst! Seine Widersacher hatten sich selbst ein Bein gestellt, und er konnte endlich aufatmen. Natürlich war er sofort zu Eikner gegangen und hatte ihm mitgeteilt, dass er durch die veränderte Personalsituation kein Interesse mehr an einer Versetzung hatte – wer wusste schon, wie die Dinge sich entwickelten? Nach Plasbergs Abgang würde jemand die Leitung der Mordkommission übernehmen müssen. Eikner würde das sicherlich nur kommissarisch machen, bis der Fall Gatler gelöst war, und das war nach der Festnahme des Autors nur noch eine Frage der Zeit. Leute wie Gatler brachen nach Vogts Erfahrung in Polizeigewahrsam schnell zusammen – und dann war der Weg frei. Für ihn. Hallstetter ging bald in Rente, Kayser war nicht interessiert. Vielleicht brachte die Leitung der MK auch eine Beförderung mit sich? Kriminalhauptkommissar Karsten Vogt, das klang gut.

Eikner allerdings war überhaupt nicht gut auf sein Anliegen zu sprechen gewesen, als er ihn zwischen Tür und Angel abpasste. „Haben Sie sonst keine Sorgen, Vogt? Ihre Versetzung geht mir gerade am Arsch vorbei!“ Ein Berg von Unterlagen unter den Arm geklemmt, hektische Flecken im Gesicht. „Wir haben Gatler am Flughafen gestellt! Sie schnappen sich Hallstetter, Siener und ein paar zusätzliche Beamte, treffen sich mit Grabowski in Hahnwald und durchsuchen Gatlers Haus von oben bis unten, verstanden? Eine Kopie des Durchsuchungsbeschlusses wird gerade vom Staatsanwalt zu Frau Keller ins Büro gefaxt. Kayser und ich werden uns in der Zwischenzeit mit Gatler unterhalten!“

„Ist denn Gefahr im Verzug?“, hatte Vogt überrascht nachgefragt. Denn nur dann war ein Staatsanwalt berechtigt, einen Durchsuchungsbeschluss zu erteilen. Ansonsten oblag dies einem Richter. „Ich meine, wir haben Gatler doch! Wozu die Eile?“

Eikner hatte ihn entgeistert angesehen. „Sind Sie sicher, dass Sie nicht versetzt werden wollen, Mann? Je länger wir warten, desto mehr Zeit hat Gatlers Lebensgefährte, Beweismittel verschwinden zu lassen!“

Vogt hätte sich ohrfeigen können. Er hatte für einen Moment vergessen, dass die Schwuchtel einen Mann zu Hause hatte.

Schwule Beziehungen passten einfach nicht in sein Weltbild; es hatte noch nie in seinen Kopf gewollt, dass ein Mann von einem anderen Mann in den Arsch gefickt werden wollte. Das war doch krank!

„Natürlich, Herr Eikner!", hatte er dienstbeflissen geantwortet. „Tut mir leid. Wird erledigt." Wenn er dem alten Sesselfurzer ein wenig Honig ums Maul schmierte, war das mit seiner Beförderung nur noch eine Frage der Zeit.

Aber als Vogt am späten Nachmittag mit Hallstetter, Siener und zusätzlichen Beamten mit Blaulicht durch die Stadt raste und die Einsatzwagen vor dem Tor des Gatler'schen Anwesens parkten, war Achim Kauz außerordentlich hilfsbereit, zeigte auch nicht den Ansatz von Obstruktion – sehr zu Vogts Bedauern, der ihm nur zu gerne auch Handschellen angelegt hätte. Grabowski präsentierte Kauz den Durchsuchungsbeschluss, als der mit einer Schaufel in der Faust die Tür öffnete.

„Tut mir leid, wenn ich Ihnen nicht die Hand geben kann", sagte er und ging zur Seite, „ich war gerade dabei, einen neuen Rosenbusch einzupflanzen." Und dann, als er Grabowskis erstauntes Gesicht sah: „Ich bin seit zehn Jahren mit einem der bekanntesten Krimiautoren zusammen, Herr Staatsanwalt. Ich weiß, wie so was abläuft."

Vogt war trotzdem perplex, wie gelassen Kauz auf die Festnahme seines Partners reagierte; es schien ihn beinahe kalt zu lassen. War die Beziehung der beiden so zerrüttet, dass ihn nicht einmal die Verhaftung Gatlers interessierte? Andererseits war es ihm auch völlig egal, wie es um das Verhältnis der beiden Männer bestellt war.

„Kämmen Sie Zimmer für Zimmer durch!", wies er die insgesamt acht Kollegen an, die sich in der düsteren Eingangshalle versammelten, die Marmorbüste von Sir Arthur Conan Doyle im Rücken.

„Wonach suchen wir denn?"

„Nach allem, was mit einem zweifachen Mord, eventuell einem dreifachen, zu tun haben könnte. Nehmen Sie alles an elektronischen Geräten mit, was Sie finden. Handys, Computer, Laptops, Tablets … Sie kennen das Spiel. Vergessen Sie die Kamera über dem Eingangstor nicht."

„Moment!“, mischte sich Andreas Grabowski ein. „Ich leite hier die Ermittlungen, Vogt.“

„Was? Ach so … natürlich.“ Der Kommissar musste sich beherrschen, um nicht zu unwirsch zu wirken. Noch jemand, dem er eine Zeitlang in den Arsch kriechen musste! Aber auch das beeinträchtigte seine gute Laune nur für einen Moment. Plasberg weg, Brinkhoff weg! Eigentlich wäre ein Freudentanz angebracht. Er würde sich den Tag nicht von Grabowski verderben lassen.

„Gut. Dann … Sie haben den Kollegen Vogt gehört! Alle elektronischen Geräte, und das Haus wird von oben bis unten durchkämmt. Schauen wir doch mal, auf was wir noch so alles stoßen. Und Herr Kauz, Sie bleiben in der Küche, solange die Durchsuchung nicht beendet ist.“ Der Staatsanwalt winkte einen Polizisten heran, um Gatlers Lebensgefährten zu beaufsichtigen.

Kauz hatte sein Einverständnis genickt, aber dann um einen Gefallen gebeten: „Wenn ich noch eben die Rose fertig einpflanzen darf? Dauert nur fünf Minuten.“ Er sah zum Himmel, der sich immer mehr zuzog. „Es wird gleich wieder zu regnen anfangen, und ich hätte das gerne erledigt vorher.“

„Von mir aus“, erwiderte Grabowski ungeduldig. „Vogt, Sie gehen mit und überwachen das.“ Natürlich war es vollkommen vorschriftswidrig, Kauz diesen Gefallen zu tun. Aber Vogt hielt seinen Mund. Etwas, mit dem er später bei Eikner Stimmung gegen den Staatsanwalt machen konnte.

Draußen behielt er Gatlers Lebensgefährten im Auge, auch wenn er es vorzog, ihn von der überdachten Terrasse aus zu überwachen. Denn kaum waren sie an der Luft, fing es tatsächlich an zu regnen, und er wollte sich im nassen Gras nicht noch ein Paar Schuhe ruinieren.

„Sind Sie wasserscheu, Herr Vogt?“

„Sehr witzig“, knurrte der Kommissar. „Legen Sie mal einen Zahn zu!“

Aber der Mann war tatsächlich schnell fertig. Er schippte ein paar Haufen Erde auf den Wurzelballen des Rosenbusches, klopfte alles fest und nickte dann Vogt zu, als er die Arbeit beendet hatte. Der Kommissar rief ihn zu sich und deutete auf den hölzernen Schuppen am anderen Ende des Gartens. „Was ist da drin?“

„Gartengeräte. Rasenmäher, Erde, Dünger, Rechen, Spitzhacke, ein kaputter Grill, wenn ich mich nicht irre. Ich wollte gerade die Schaufel wegbringen. Wollen Sie mitkommen?"

Vogt warf einen Blick auf den feuchten Rasen, gab missmutig sein Einverständnis und begleitete Achim Kauz zu dem Holzhaus. Gatlers Lebensgefährte holte einen Schlüssel aus der Tasche und öffnete das Vorhängeschloss. Er wollte gerade eintreten, als der Kommissar ihn zurückpfiff. „Sie sind wohl doch nicht so auf dem Laufenden, was Ermittlungstätigkeiten angeht. Sie bleiben draußen, während ich mich umsehe."

„Haben Sie Angst, dass ich irgendwas verschwinden lasse?", fragte Kauz süffisant. „Eine Flasche Pflanzengift vielleicht?"

„Haben Sie so was hier vorrätig?"

Kauz deutete mit dem Kinn in eine Ecke, wo ein Kanister Glyphosat stand. „Unkrautvernichtungsmittel. Sie können es gerne beschlagnahmen. Aber keines der Opfer aus Stefans Krimis ist mit Pflanzenschutzmittel vergiftet worden. Ich kann es ihm gerne für einen der nächsten Krimis vorschlagen."

Vogt runzelte die Stirn, während er sich im Schuppen umsah. „Ich glaube, Sie sind sich der Schwere der Anschuldigungen gegen Ihren … gegen Herrn Gatler nicht bewusst. Es wird wohl so schnell keine neuen Bücher geben."

Kauz verschränkte die Arme vor der Brust, während er am Türrahmen lehnte und dem Kommissar zusah. „Doch, ich bin mir über Ihre Verdächtigungen im Klaren. Ich bin kein Idiot. Aber ich kenne Stefan seit mehr als zehn Jahren. Sie sind auf der falschen Spur und kurz davor, sich unsterblich zu blamieren. In spätestens ein paar Tagen müssen Sie ihn wieder gehenlassen. Und alles, was Stefan jetzt durchmachen muss, wird mit Sicherheit in seinen nächsten Roman einfließen. Eigentlich tun Sie ihm einen Gefallen. So kann er beim nächsten Buch viel realitätsnaher über Festnahmen und Verhöre schreiben. Und ich kann mir nicht vorstellen, dass Sie und Ihre Kollegen dabei besonders gut wegkommen." Er grinste Vogt an. „So ist das in der Fiktion. Man lässt sich von der Wirklichkeit inspirieren."

Vogt fand den Mann immer unsympathischer. Am liebsten hätte er ihm die Arroganz und Selbstsicherheit aus der Fresse geschlagen. „Und warum hat Mr. Gatler dann versucht, ins Ausland zu flüchten?"

„Reine Panikreaktion. Stefan ist ein sensibler Mensch, auch wenn in den Medien ein anderes Bild von ihm gezeichnet wird."

„Klar doch", murmelte der Kommissar und wandte seine Aufmerksamkeit wieder dem Schuppen zu. „Was ist das hier?" Er deutete auf einen Haufen verdreckter Klamotten, die auf dem staubigen Boden lagen.

„Keine Ahnung, um ehrlich zu sein. Ich bin nur selten hier drin. Danni könnte Ihnen mehr sagen. Danni Lukoscheit", sagte er, als er Vogts fragenden Blick sah. „Unser Gärtner."

„Die Klamotten gehören dem Gärtner?"

Kauz warf einen genaueren Blick auf den Haufen. „Die Gummistiefel ganz unten sind seine, die Latzhose auch, die beiden schmutzigen T-Shirts. Das Paar alte Sicherheitsschuhe in der Ecke ist von Stefan, glaube ich, und …" Er hielt inne.

„Was?"

„Nichts."

„Herr Kauz!"

„Na schön. Das Regenzeug … Das von Danni hängt dahinten an dem Nagel."

„Der gelbe Ostfriesennerz?"

Kauz nickte.

„Und das grüne Regenzeug auf dem Boden gehört wem?"

„Stefan", sagte Kauz. „Ich wusste gar nicht, dass er es noch hat. Ich dachte, er hätte es schon vor Jahren weggeworfen."

Vogt zog sich Handschuhe an, wischte ein paar Spinnweben neben der Tür beiseite und hob die grüne Regenjacke und die dazu passende Hose hoch. Am Saum der Jacke waren dunkle Spritzer zu sehen. Über Vogts Gesicht stahl sich ein triumphierendes Lächeln. Er wusste, wann er es mit getrockneten Blutflecken zu tun hatte. Martina Kamphaus war doch an einem Wochenende ermordet worden, an dem es wie aus Eimern geschüttet hatte! Er durchsuchte die Jackentaschen und zog dann eine längliche Dose aus der rechten Tasche. Pfefferspray. Es war zwar unwahrscheinlich, aber wenn irgendwo die Fingerabdrücke von Martina Kamphaus' Mörder zu finden waren, dann hier: die Fingerabdrücke von Stephen Gatler.

„Und wie das Pfefferspray von Martina Kamphaus in die Regenjacke Ihres Lebensgefährten kommt, wissen Sie auch nicht?"

Kauz war auf einmal nicht mehr gesprächig. Stattdessen schüttelte er schmallippig den Kopf.

Während sich Vogt und Kauz im Garten aufhielten, beaufsichtigte Andreas Grabowski die Durchsuchung des Hauses. Die Räume von Kauz waren schnell abgehakt, schließlich stand der Lebensgefährte des Autors nicht unter Verdacht. Zwar schafften die Beamten auch hier Laptop, Handy und schriftliche Unterlagen in Sicherheit, aber seine privaten Sachen und sein Kleiderschrank wurden nur oberflächlich abgesucht. Der persönliche Besitz von nicht unmittelbar Tatverdächtigen war juristisch gesehen ein heikles Thema; viel zu oft für Grabowskis Geschmack wurden die ermittelnden Behörden von Richtern über die prinzipielle Unantastbarkeit von Privateigentum belehrt. Ebenso schnell war das Kinderzimmer von Lucca abgehakt – Grabowski hatte sich die Akten von Konstantinos Chalkis kommen lassen, der das Zimmer nach dem Umzug der beiden Männer nach Hahnwald genau inventarisiert hatte; es schien seit neun Jahren völlig unverändert, inklusive des Kleiderschranks mit Kleidung für ein dreijähriges Kind. Dabei konnte sich der Staatsanwalt eines mulmigen Gefühls nicht erwehren, als er einen Kollegen bei der Durchsuchung des Zimmers beaufsichtigte. Die Trauer, die diesem Raum innewohnte, war beinahe mit Händen greifbar, und er zuckte zusammen, als das Holz des Schranks knarrte. Als die Durchsuchung abgeschlossen war und er die Tür des Zimmers zuziehen konnte, atmete er erleichtert auf.

Bei der Durchsuchung von Gatlers Privaträumen erwartete Grabowski umso mehr Gewissenhaftigkeit von den Polizeibeamten. Diesen Bereich des Hauses hatte er Hallstetter und Siener übertragen, auch wenn er von beiden Polizeibeamten nicht viel hielt: Hallstetter war zu behäbig und beinahe faul für seinen Geschmack, und Bettina Siener fehlten jegliche Qualifikationen. Ihre Anwesenheit war in seinen Augen nur gerechtfertigt, weil durch die Ablösung von Plasberg und Brinkhoff die MK ansonsten hoffnungslos unterbesetzt war und die beiden an den Ermittlungen beteiligt waren. Er konnte nur hoffen, dass Eikner in Zukunft kompetentere Beamte heranzog. Wenn es nach ihm ginge, würde er Eikner raten, Hallstetter bis zur Pension auf irgendeinen Bürojob zu versetzen, und die Siener konnte dahin zurückkehren, wo sie hergekommen war. Und dann konnten neue, fähige Leute eine schlagkräftige MK bilden.

„Wie kommen Sie voran?", fragte er und sah in Gatlers Schlafzimmer nach dem Rechten. Es roch irgendwie muffig in dem Raum, als wäre seit längerer Zeit kein Fenster mehr geöffnet worden, und es stank nach Alkohol.

Siener zog in diesem Moment eine leere Whiskyflasche unter dem Bett hervor. „Der ist teuer", sagte sie, als sie das Label begutachtete. „Richtig teuer."

Grabowski lächelte von oben herab. „Und woher wollen Sie das wissen?"

Siener blieb ruhig. „Weil ich vor einem halben Jahr mit meinem Mann zusammen eine Whiskyverkostung gemacht habe. So ein professionelles Event. In Schottland. Im Sommerurlaub. Im Wohnzimmer auf der Bar steht noch mal die gleiche Flasche. Fast leer."

Der Staatsanwalt beeilte sich, aus Gatlers Schlafzimmer zu verschwinden.

Hallstetter kicherte amüsiert, während er Gatlers Kleiderschrank durchwühlte. „Gut pariert", lobte er Siener. „Der Mann ist ein ziemliches Arschloch."

„Pariert? Das ist die Wahrheit. Ich habe wirklich diese Whiskyverkostung …"

„Frau Siener?", unterbrach Hallstetter sie. „Der Tote am Zülpicher Platz … Mokhtari hatte doch Faserspuren unter seinen Fingernägeln. Dunkelgrün. Ich kenne mich mit diesen Materialien nicht aus, aber …" Er hielt einen Pullover der gleichen Farbe hoch, den er aus einem Stapel Kleidung aus dem Schrank gezogen hatte. „Wenn Mokhtari sich im Fallen an diesem Pullover festgehalten hat …"

„… dann müsste man das irgendwo an einer kaputten Masche, an einem herausgerissenen Faden sehen können", beendete Siener den Satz. „Zeigen Sie mal her!" Sie nahm den Pullover in die Hand, hielt ihn ans Fenster und suchte das Vorderteil ab. „Da!", sagte sie und deutete auf mehrere Fäden am linken Ärmel, die quer zum Strickmuster herausragten. „An den Fingernägeln welcher Hand waren die Faserspuren bei Mokhtari?"

„Rechte Hand."

„Das passt."

„Gatler!", sagte Hallstetter mit einem gewissen Erstaunen in der Stimme, als könnte er noch immer nicht glauben, dass es tatsächlich der Schriftsteller war, der für die Todesfälle verantwortlich war. Aber die Beweise verdichteten sich. „Wir müssen natürlich noch im Labor die Fäden vergleichen lassen, aber …"

„Ja, sieht so aus", erwiderte Siener und legte die Stirn in Falten.

„Stimmt was nicht?"

„Hm? Nein … es ist nur … ich bin gleich wieder da!" Sie stand auf, stellte die leere Whiskyflasche beiseite und suchte Karsten Vogt, der gerade seine Schuhe auf Gatlers Terrasse vom nassen Gras befreite.

„Scheißdreck", fluchte er mit unterdrückter Stimme. Die Feuchtigkeit war ins Leder gezogen und hatte dunkle Flecken gebildet.

„Herr Vogt?"

„Was?"

Siener berichtete ihm, dass Hallstetter und sie in Gatlers Kleiderschrank fündig geworden waren. „Wir sind ziemlich sicher, dass es der Pullover ist, an dem Mokhtari sich vergeblich vor seinem Treppensturz festzuhalten versucht hat."

„Großartig!" Vogt hatte augenblicklich seine Schuhe vergessen. „Zusammen mit den Blutflecken auf dem Regenzeug können wir Gatler endgültig festnageln. Zumindest für die Morde an Kamphaus und Mokhtari."

„Aber wir wissen doch noch gar nicht, ob der Tod von Mokhtari vielleicht nur ein Unfall war."

„Ein Mann, der eine Mordserie nach seinen Romanen inszeniert? Natürlich war Mokhtari ein Mord."

„Begangen von Stephen Gatler?"

Vogt hörte den Zweifel in ihrer Stimme. „Von wem denn sonst?"

„Na ja, wie passt das denn zu dem, was wir im Verlag über diese Groschenromane herausgefunden haben?"

Vogt räusperte sich unwirsch. Wieso schien es heute jeder darauf anzulegen, ihm die Laune zu verderben? „Das spielt doch jetzt überhaupt keine Rolle mehr. Überlassen Sie das Nachdenken den regulären Mitgliedern der MK. Sie sind hier nur zur Aushilfe. Sie müssen noch viel lernen, Kleine."

Jochen Hallstetter hatte sich inzwischen über den Schuhschrank hergemacht, den er in einer Nische vor der Tür von Gatlers Schlafzimmer gefunden hatte. Er pfiff durch die Zähne, als er die Schuhe in die Hand nahm. Kein einziges Paar war von der Stange, das sah man an der Qualität der Verarbeitung, am Leder der Halbschuhe. „Sehen Sie mal", sagte er, als Bettina Siener zurückkehrte. „Die kosten bestimmt pro Paar tausend Euro aufwärts."

„Mmh", machte die Kollegin.

„Ist was?" Hallstetter nahm sich das nächste Paar vor.

Siener schüttelte den Kopf und versuchte, sich die Verärgerung über Karsten Vogt nicht anmerken zu lassen. „Vogt ist ein Idiot!", platzte sie dann doch heraus.

Hallstetter sah sie erstaunt an. „Natürlich ist er das. Das weiß doch jeder!"

„Er hat mich behandelt wie … wie eine minderjährige Göre, die sich in Sachen einmischt, die sie nichts angehen! Was bildet der sich eigentlich ein? So abgekanzelt worden bin ich seit meiner Ausbildung nicht mehr! Und ich hab ihn noch bedauert, als Brinkhoff ihm eine reingehauen hat!"

„Machen Sie sich nichts draus, Kindchen. Das Beste ist, den Kollegen Vogt zu ignorieren."

Etwas getröstet griff Siener ebenfalls nach einem Paar Schuhe. „Größe 45", sagte sie, drehte die Schuhe um und stutzte. „Auf welcher Seite war der Absatz des Mörders von Anschlitz abgelaufen?"

„Rechter Schuh, linke Seite", erwiderte Hallstetter.

Siener zeigte ihm die Sohle des rechten Schuhs.

„Bingo!", sagte der Kommissar.

Zwei Stunden später hatten die Beamten alles in Kisten verpackt und aus dem Haus geschafft, was Grabowski als wichtig für die Ermittlungen gegen Gatler erachtete und durch den Durchsuchungsbescheid abgedeckt war. Im Tross fuhren die Einsatzwagen die Auffahrt des Anwesens hinunter. Inzwischen hatte der Regen wieder nachgelassen, auch wenn die untergehende Sonne sich noch immer hinter dicken Wolken versteckte.

Aber wenn er gedacht hatte, diesen Einsatz geräuschlos abzuschließen, hatte sich der Staatsanwalt getäuscht. Vor dem Tor wartete eine Meute von Reportern und Fotografen, die die Einsatzwagen umringten, an der Weiterfahrt hinderten und mit Kameras und Mikrofonen herumfuchtelten.

„Wieso wurde Stephen Gatler festgenommen?"

„Was wird dem Autor vorgeworfen?"

„Warum durchsucht die Polizei das Haus eines renommierten Schriftstellers?"

„Wo kommen die denn alle her?", fluchte Grabowski und drehte unvorsichtigerweise das Fenster am Beifahrersitz herunter. Sofort wurden Mikrofone durchs offene Fenster geschoben. „Verschwinden Sie! Sie behindern einen Polizeieinsatz!"

„Geht es um Steuerhinterziehung?"

„Hat das etwas mit dem Verschwinden von Lucca Kemper vor neun Jahren zu tun?"

„Wird der Fall wieder neu aufgerollt?"

„Da haben aber einige ihre Hausaufgaben gemacht", brummte Vogt, der neben Grabowski am Steuer saß.

„Kein Kommentar! Sie sollen Platz machen! Kein Kommentar!", ereiferte sich der Staatsanwalt mit rotem Kopf und schlug einem Reporter das Mikrofon weg, das dicht vor seiner Nase schwebte.

„Wieso leitet Frau Plasberg die Ermittlungen nicht?" Die letzte Frage wurde von einem sportlichen Mittvierziger mit einem Dreitagebart gestellt.

„Das ist Arnold Stumping", raunte Vogt Grabowski zu. „Lokalredakteur beim *Kölner Stadt-Anzeiger*. Einer von Plasbergs Spezis. Er muss irgendwas wissen, sonst würde er nicht nachfragen."

„Kriminalhauptkommissarin Maria Plasberg ist zurzeit … mit anderen Dingen beschäftigt", sagte Grabowski wütend, dann schloss er das Beifahrerfenster und fuhr Vogt an: „Fahren Sie endlich! Blaulicht und Martinshorn, wenn's sein muss. Nur schaffen Sie uns diese Leute vom Hals!" Erst als der Tross der Einsatzwagen die Journalisten hinter sich gelassen hatte und auf dem Weg zurück ins Präsidium war, atmete der Staatsanwalt auf. „Woher wussten die alle, dass wir Gatler festgenommen haben? Hat da irgendein Idiot geplaudert?"

Die Antwort kam kurz darauf über Funk von einem der anderen Wagen. „Auf YouTube kursiert ein Handyvideo von Gatlers Verhaftung", gab einer der Beamten durch. „Die Klicks sind astronomisch! Das gibt 'ne fette Schlagzeile in den Zeitungen!"

Grabowski stöhnte. „Wir müssen gleich morgen früh eine Pressekonferenz abhalten."

Heribert Eikner rieb sich müde die Augen. Er war Verhöre nicht mehr gewohnt; als Leiter des Kriminalkommissariats 11 hatte er diese und andere Polizeiarbeiten seinen Mitarbeitern überlassen; mit den administrativen Belangen seines Berufs war er mehr als ausgelastet. Es wäre Maria Plasbergs Job gewesen, dieses Verhör an der Seite von Matthias Kayser durchzuführen, und so langsam kamen ihm gewisse Zweifel, ob die Ablösung seiner fähigsten Mitarbeiterin nicht vielleicht doch ein wenig verfrüht gewesen war. Denn auch wenn Gatler in den letzten Stunden sichtbar gealtert schien und kaum noch Ähnlichkeit mit dem gefeierten prominenten Schriftsteller hatte, blieb er stumm wie ein Fisch und weigerte sich beharrlich zu kooperieren.

Was vor allem an Dr. Jochen Grube lag, Gatlers Anwalt, einem distinguierten, älteren Mann mit grauen Schläfen, von einer der renommiertesten Kanzleien in Köln, der sofort nach Gatlers Anruf ins Präsidium geeilt war, um seinem Mandanten zu raten, vorerst gar nichts zu sagen. Der Kerl trug einen piekfeinen Nadelstreifenanzug, eine wahrscheinlich sündhaft teure Rolexuhr, glänzende Halbschuhe aus schwarzem Leder und eine kaum sichtbare Hörhilfe im rechten Ohr. Wahrscheinlich bekam er vom Autor ein Vermögen bezahlt.

So weit, so nicht anders zu erwarten, auch wenn Grubes anmaßende Art Eikner gehörig auf die Nerven fiel. Er war es wohl auch nicht mehr gewohnt, herablassend behandelt zu werden. Und Kayser war leider keine große Hilfe, er war beinahe genauso schweigsam wie Gatler, und Eikner konnte das Unbehagen des Kommissars neben sich förmlich spüren. Aber Gatler war der Täter; die Indizien sprachen eindeutig gegen ihn! Um seine Gedanken zu ordnen, hatte Eikner den Raum, in dem das Verhör stattfand, für ein paar Minuten verlassen, und kaum hatte er die Tür hinter sich zugezogen, hatte ihn Grabowski mit einer guten und einer schlechten Nachricht angerufen. Die schlechte war, dass Gatlers Festnahme an die Presse durchgesickert war, mit der guten würde Eikner jetzt den Autor konfrontieren. Er streckte seine Gliedmaßen und gähnte, danach ging er zurück in den Verhörraum.

„Gut", seufzte er, sobald er wieder auf seinem Platz saß. „Dann noch mal von vorne …" Kayser schaltete das Aufnahmegerät wieder ein. Schon zu Beginn des Verhörs war Gatler darauf aufmerksam gemacht worden, dass das Gespräch auch videoüberwacht wurde.

„Von vorne?", unterbrach ihn Grube ungehalten. „Herr Eikner, was soll das?"

„Wir haben die Durchsuchung des Anwesens in Hahnwald abgeschlossen", erklärte Plasbergs Vorgesetzter mit einer gewissen Befriedigung und ließ Gatler dabei nicht aus den Augen. Der Autor saß angespannt vor dem Tisch; die Hände ineinander verkrampft. Seit mehr als einer Stunde wurde er nun verhört; er wirkte müde und gereizt. „Dabei haben wir Ihren dunkelgrünen Regenschutz gefunden. Im Gartenschuppen. Auf der Jacke befinden sich Blutspuren. Es wird relativ schnell geklärt sein, ob das Blut von Martina Kamphaus stammt."

„Ich rate auch hier, nicht zu antworten", sagte Grube. „Nicht, bevor das Ergebnis der Blutanalyse vorliegt."

Gatler machte eine Handbewegung, als wollte er eine lästige Fliege verscheuchen. „Ich besitze kein dunkelgrünes Regenzeug."

„Wem gehört es dann? Ihrem Lebensgefährten? Danni Lukoscheit?"

Gatler schüttelte den Kopf. „Niemandem. Es gibt in unserem Haus kein dunkelgrünes Regenzeug."

„In der Jacke war eine Dose mit Pfefferspray. Ein Spray, das sich Martina Kamphaus kurz vor ihrem Tod im Internet bestellt hat. Können Sie mir sagen, wie es in Ihre Jacke gekommen ist?"

„Ich besitze kein grünes Regenzeug", wiederholte Gatler störrisch. „Und von einem Pfefferspray weiß ich auch nichts."

Der Leiter des KK 11 tauschte mit Kayser einen entgeisterten Blick. „Dann wird es sich aus dem Nichts materialisiert haben. Oder es stammt aus einem Paralleluniversum."

Je länger Eikner diesem Mann gegenübersaß, desto fassungsloser wurde er. Begriff der Mann nicht, was ihm angelastet wurde? Dass er unter Mordverdacht stand? Er kannte Leute wie Gatler zur Genüge. Sie glaubten, dass ihnen ihre Macht, ihr Einfluss oder ihre besondere Stellung in der Gesellschaft eine gewisse Unantastbarkeit verliehen, und waren regelrecht aufgebracht, wenn jemand es wagte, sie für ihr Fehlverhalten zur Rechenschaft zu ziehen. Meistens traf dies auf Politiker zu, aber auch auf Banker oder eben Menschen wie Gatler, die durch die Medien bekannt geworden waren. Maria Plasberg hatte ihrem Vorgesetzten regelmäßig vorgeworfen, eine zu große Nähe zu diesen Leuten zu haben. Aber das stimmte nicht. Eikner konnte sich zwar nicht davon freisprechen, dass er die Gesellschaft dieser Leute hin und wieder genoss, aber er hatte sich nie von ihrem zweifelhaften Ruhm blenden lassen. Bildete er sich jedenfalls ein.

„Das letzte Mal, als ich in dem Schuppen war, war da kein Regenzeug außer dem gelben, das Danni benutzt", sagte Gatler eisig.

„Und wie ist es dann dort hingekommen?"

„Woher soll ich das wissen?"

„Es ist immerhin Ihr Schuppen. Wann haben Sie ihn zuletzt betreten?"

„Weiß ich nicht mehr. Vor ein paar Monaten wahrscheinlich."

„Die Tatwaffe war ein Messer aus Obsidian", spielte Eikner seine nächste Karte aus. „Bestreiten Sie, dass es Ihnen gehört?"

„Nein. Das habe ich doch schon Ihrer Kommissarin gesagt."

„Wie erklären Sie sich dann, dass es im Höhenfelder See gefunden wurde, unweit der Leiche von Frau Kamphaus?"

„Das weiß ich nicht. Vielleicht hat es Danni gestohlen."

„Jetzt hören Sie schon auf!" Eikner hatte langsam genug. „‚Der Mörder ist immer der Gärtner?' Beleidigen Sie nicht meine Intelligenz!"

Der Autor fletschte die Zähne. „Wie käme ich dazu … etwas so Seltenes und Kostbares in den Reihen der Polizei!"

Grube hielt hörbar die Luft an, und Eikner atmete einmal tief durch. „Na schön." Er schob seine Unterlagen zusammen und ließ den Eindruck aufkommen, dass das Verhör kurz vor dem Ende stand. „Wir sind dann wohl bald fertig hier."

Er nickte Kayser zu, dessen dröhnender Bass von den kahlen Wänden des kleinen Raums so verstärkt wurde, dass alle zusammenschraken. „Wo waren Sie an dem Wochenende, als Martina Kamphaus ermordet wurde?"

„Diese Fragen habe ich alle schon dieser Plasberg beantwortet", stöhnte Gatler. „Ich habe gearbeitet. Zu Hause."

„Wer kann das bestätigen?"

„Achim."

„Wo waren Sie am Samstag, den 23. April?", übernahm Eikner.

„Auch zu Hause. Meistens. Gegen Mittag ist dieser Journalist wegen eines Interviews gekommen. Am Abend bin ich nach London geflogen."

„Und die Zeit dazwischen?"

„Da war ich zu Hause!"

„Wer kann das bestätigen?"

„Achim."

„Das kann er eben nicht", sagte Eikner. „Weil er Sie nachmittags gar nicht gesehen hat. Sobald wir die Aufnahmen der Videokamera über Ihrem Tor im Eingangsbereich des Grundstücks ausgewertet haben, werden wir ja sowieso wissen, ob und wann Sie das Haus verlassen haben. Wäre es da nicht besser, wenn Sie ..."

„Reine Spekulation", fuhr der Anwalt wieder dazwischen. „Antworten Sie nicht, Herr Gatler."

Eikner ließ nicht locker. „*Ich weiß, was Sie getan haben. Ich weiß, dass Sie die Öffentlichkeit seit Jahren belügen. Und ich werde etwas dagegen unternehmen*", zitierte er die Mail, die Kamphaus geschrieben hatte, und beobachtete Gatler erneut scharf. Aber der Autor sah ihn verständnislos an. „Was soll das?", fragte er.

„Das ist eine Drohung, die Martina Kamphaus vor ihrem Tod an jemanden verschickt hat, dessen E-Mail-Adresse die Buchstaben jkt enthält", mischte sich erneut Matthias Kayser in das Verhör ein. „Wie lautet Ihre E-Mail-Adresse?"

„Weiß ich nicht", erklärte Gatler zur Überraschung aller, auch seines Anwalts. „Ich schreibe keine Mails. Ich meine, ich habe ein Mailkonto für Fanpost, aber das wird vom Verlag verwaltet. Um so was kümmere ich mich nicht. Ich bin Schriftsteller, keine Bürokraft. Dringende Dinge erledige ich per Telefon. Ich hasse E-Mails."

„Sie kennen diese Mail also nicht? Haben sie nie zuvor gelesen?"

„Nein."

„Dann sollten wir vielleicht Ihren Lebensgefährten fragen? Der ist doch als Mädchen für alles für Sie tätig."

„Lassen Sie Achim aus dem Spiel", sagte Gatler müde. „Der hat schon genug mitgemacht. Außerdem beantwortet er nur die Fanpost, die ihm vom Verlag weitergeleitet wird. Und was eben so anfällt."

„Herr Kauz beantwortet Ihre Leserbriefe?"

Gatler nickte. „Hin und wieder. Das Meiste bleibt allerdings unbeantwortet, glaube ich."

Eikner seufzte innerlich. „Kommen wir zu Thomas Anschlitz." Er sah auf, als er bemerkte, wie sich Gatlers Miene einen kurzen Moment anspannte. Oder hatte er sich getäuscht? Er war sich nicht sicher. Wenn ja, dann war der Mann nicht nur ein guter Schriftsteller, sondern auch ein guter Schauspieler. „Der Name sagt Ihnen etwas?"

„Nein."

„Auch gut. Welche Schuhgröße haben Sie?"

„Bitte?"

„Ihre Schuhgröße!"

„Welche Relevanz hat denn diese Frage?", erkundigte sich der Anwalt.

„45", sagte Gatler.

„Und die Absätze des rechten Schuhs sind links ein wenig stärker abgelaufen als rechts?"

„Kann sein. Wieso?"

„Weil ein solcher Schuhabdruck Größe 45 auf dem Baugerüst der Obermühle in Kerpen gefunden wurde, zusammen mit der Leiche von Thomas Anschlitz, der an ebendiesem Baugerüst erhängt wurde. Wir haben bei der Durchsuchung Ihres Hauses ein knappes Dutzend maßgefertigter Schuhe in Ihrem Schuhschrank gefunden, die dazu passen. Ich bin sicher, dass auch der darunter ist, den Sie bei der Ermordung von Anschlitz getragen haben."

„Ich habe diesen Mann nicht umgebracht! Ich kenne ihn doch gar nicht!"

„Es gibt bestimmt Tausende Menschen, deren rechter Absatz ein wenig abgelaufen ist", wandte Grube ein.

„Die Schnittmenge derer, die außerdem Ortkenntnisse der Mühle vorweisen können, weil sie dort den fiktiven Schauplatz eines Krimis recherchiert haben, dürfte erheblich kleiner sein." Eikner konnte sich ein sarkastisches Lächeln nicht verkneifen. Früher oder später würde Gatler anfangen zu reden. Die Beweiskette wurde immer dichter. „Und jetzt kommen wir zu Rashid Mokhtari. Auf seinem Mobiltelefon ist Ihre Handynummer gespeichert sowie mehrere SMS, die zwischen Ihnen und Mokhtari ausgetauscht wurden und die nahelegen, dass Sie eine Beziehung mit dem Toten hatten ..."

Gatlers Reaktion traf alle Beteiligten unerwartet. Der Schriftsteller war plötzlich aschfahl im Gesicht geworden. „Was?" Seine Hände klammerten sich so fest an den Sitz seines Stuhles, dass die Knochen weiß hervorsprangen. „Das kann nicht ..."

„Wir haben unter seinen Fingernägeln Faserspuren gefunden", fuhr Eikner unbeirrt fort, „die mit hoher Wahrscheinlichkeit von einem Ihrer Pullover stammen."

„Nein", stammelte Gatler. „Aber das ist unmög..."

„Herr Gatler", ging Grube dazwischen, und diesmal war sein Gesichtsausdruck nicht mehr herablassend, sondern außerordentlich beunruhigt, „ich rate Ihnen dringend zu schweigen, bevor wir nicht alle Einzelheiten der von der Polizei erhobenen Anschuldigungen kennen."

Der Autor sah den Anwalt an, und Eikner konnte deutlich Panik in seinen Augen erkennen. „Ist ... gut", nickte er schließlich. Und zu Eikner gewandt sagte er: „Sie haben es gehört. Ich werde keine weiteren Fragen beantworten. Kann ich jetzt gehen?"

Der Kriminalhauptkommissar hob die Augenbrauen. „Die Staatsanwaltschaft wird Untersuchungshaft für Sie beantragen", erwiderte er. „Sie werden morgen im Laufe des Tages einem Richter vorgeführt. So lange bleiben Sie in Polizeigewahrsam."

Es war Zeit, Gatler ein wenig schmoren zu lassen. In seiner Zelle konnte er in Ruhe darüber nachdenken, inwieweit sich Fiktion und Realität ähnelten.

Es klopfte an ihrer Schlafzimmertür. Zum wiederholten Mal. Immer ein bisschen energischer. Helga Schneider hatte noch nie klein beigegeben.

„Verschwinde", nuschelte Maria Plasberg und rutschte auf ihrem Bett in eine sitzende Position, die zu Dreivierteln geleerte Flasche Rotwein eingeklemmt zwischen den Oberschenkeln. „Ich will meine Ruhe!" Mit einer fahrigen Handbewegung versuchte sie den Tüll ihres Tutus glattzustreichen, aber da war nicht mehr viel zu machen. Der Ballettrock sah ziemlich lädiert aus.

Es war das erste Mal seit … wie viel? dreißig? Jahren, dass sie sich absichtlich betrank. Damals hieß der Grund Gregor. Gregor Schmittchen, ein Junge aus der Klasse über ihr, blonde Wuschelmähne, eine niedliche Lücke zwischen den Schneidezähnen und der schnellste Hundertmetersprinter der ganzen Schule. Hatte einen ziemlichen Knackarsch gehabt, wenn er im Startblock hockte. Alle Mädchen hatten für ihn geschwärmt. Für Gregor und für seinen Hintern. Plasberg kicherte.

Natürlich hatte der Junge nicht gewusst, dass er Maria Plasbergs erste große Liebe war. Sie wäre lieber gestorben, als ihre Gefühle zu offenbaren, und er hätte sie wahrscheinlich ausgelacht, so klein und flachbrüstig, wie sie als Teenager gewesen war. Die Kommissarin starrte mit glasigen Augen an ihrem rosafarbenen T-Shirt herab. Immer noch war. Klein und flachbrüstig. Da half auch kein Push-up-BH. Als sie eines Nachmittags die blöde Petra Weise und Gregor knutschend auf dem Mäuerchen neben der freiwilligen Feuerwehr sah, hatte sie ihrer Mutter eine Flasche Apfelkorn aus dem Vorratsschrank geklaut, war mit dem Rad zu ihrem Lieblingsversteck hinter den Bienenstöcken der alternativen Spinner gefahren, die das verfallende Fachwerkhaus am Ortsrand gekauft hatten und versuchten, Biogemüse anzubauen. Damals hatten alle Bauern – alle richtigen Bauern – noch auf Chemiekeulen geschworen. Versteckt unter zwei Platanenbäumen hatte sie abwechselnd geheult und sich die Kante gegeben, bis sie Schluckauf hatte und auf dem Heimweg mit dem Rad nicht mehr geradeaus fahren konnte.

Und heute betrank sie sich wegen eines aus dem Leim gegangenen Mittfünfzigers namens Heribert, mit Halbglatze und einer hässlichen Hornbrille, mit der er seine Nasenwurzel malträtierte. Sie war wirklich tief gefallen. Plasberg nahm noch einen Schluck aus der Flasche, rülpste dezent und versuchte, das Etikett der Flasche abzuziehen. Ricky? Ronja? ... Rioja. Rioja Gran Reserva. Plasberg kletterte vom Bett herunter, taumelte vor den Spiegel des Kleiderschranks und prostete stumm ihrem Spiegelbild zu. Wenn die Qualität des Mannes, wegen dem sie sich betrank, schon sehr zu wünschen übrig ließ, so hatte die des Alkohols wenigstens zugenommen.

„Maria?"

Plasberg drehte sich um ihre eigene Achse und schaute sich suchend um. Niemand da.

„Maria!"

„Geh weg!" Für einen Moment hatte sie glatt vergessen, dass ihre Mutter auf der anderen Seite des Schlüssellochs lauerte.

„Was soll denn das, Kind!"

„Du sollst ... weggehen!" Sie lief auf Zehenspitzen zur Tür und lauschte, bis sich die Schritte ihrer Mutter entfernten, bevor sie an der Tür hinunter auf den Boden rutschte und mit einem Plumps zum Sitzen kam. Plasberg stöhnte. Irgendwie drehte sich alles, wenn sie sich zu schnell bewegte. Vielleicht war der Wein gepanscht? Früher hatte sie mehr vertragen. Sie sollte Weintraub ... Wentrop von der OK mit einem Einsatzkommando zum Supermarkt schicken wegen ... wegen ... Alkoholmissbrauch ... panscherei! Das war gut! ... aber das ging ja jetzt nicht mehr. Eikner hatte sie vom Fall abgelöst! Sie! Kriminalhauptkommissarin Maria Plasberg, Leiterin der MK 3! Die besten Jahre ihres Lebens hatte sie dem Mann ... ach nein, diese Litanei hob sie sich ja immer für ihren Exmann auf ... jedenfalls hatte sie ihm irgendwas geopfert. Ihre Intri... Integrität. Ihren guten Ruf. Also, nicht Eikner speziell, eher dem Polizeidienst. Dem Staat ... herrje, sie hatte wirklich zu viel getrunken! Nur gut, dass die Kinder sie nicht in diesem

Zustand sahen. Ruth verbrachte die Nacht bei einer Freundin, und Niklas und Nina waren auf einer Party.

Immerhin hatte sie es Eikner gezeigt. Sie hatte ihm gezeigt, dass sie so nicht mit sich umspringen ließ. Der Ausdruck in seinem Gesicht … Plasberg kicherte erneut. Das hatte gutgetan. Nur schade, dass ihre Handtasche dadurch etwas ramponiert worden war. Die Kommissarin zog den funkelnden Froschkönig zu sich heran und strich ihm liebevoll über die Krone. Dabei lösten sich einige der Strasssteine und kullerten über den Boden. In Eikners Büro waren bestimmt noch mehr davon.

„Du machst jetzt sofort die Tür auf, Maria!"

Eins musste man ihrer Mutter lassen; sie war genauso stur wie sie selber. „Nein … denke nicht dran", murmelte sie und rappelte sich auf. Ein letzter Schluck aus der Pulle, und jetzt war die Flasche leer. Plasberg verzog betrübt die Mundwinkel, stolperte zum Bett und ließ sich bäuchlings auf die Matratze fallen.

Plötzlich stand ihre Mutter vor ihrem Bett, die Hände in die Hüften gestemmt.

„Wie bist du reingekommen?", murmelte die Kommissarin. Sie fühlte sich plötzlich sehr schläfrig.

„Du hast vergessen, die Tür abzuschließen. Kannst du mir mal verraten, was …" Helga Schneider hielt inne und schnüffelte misstrauisch. „Hast du getrunken?"

Anstelle einer Antwort schwenkte die Kommissarin die leere Flasche Rotwein wie eine Trophäe und ließ sie dann auf den Boden fallen.

Ihre Mutter stürmte zum Fenster und ließ frische Luft herein. Der Regen hatte sich verzogen, es roch nach feuchtem Gras und Erde. „Was um aller Welt ist denn passiert? Du stürmst wortlos ins Haus, keine Begrüßung, kein Nichts, und verbarrikadierst dich mit einer Flasche Rotwein in deinem Schlafzimmer … so kenne ich dich gar nicht, Kind!"

Plasberg drehte sich auf den Rücken. „Was … was ist eigentlich aus Gregor Schmittchen geworden?", fragte sie.

„Wie war das?" Ihre Mutter starrte sie entgeistert an.

„Kre… Gregor Schmittchen." Sie fuhr sich durch die Augen, die andauernd zufallen wollten.

„Der Sohn von Schmittchens Herbert aus der Langengasse? Wie kommst du denn jetzt darauf?“

„Fuhr mir so durch den Kopf.“

„Das letzte Mal habe ich den kurz nach dem Tod deines Vaters gesehen … da hat er ein Paket gebracht.“

„Der arbeitet als Paketzusteller?“

Ihre Mutter nickte. „Damals jedenfalls. Aus dem ist ja nie was Richtiges geworden, nachdem er Körsgens Hannah geschwängert und die Schule geschmissen hatte. Weißt du das nicht mehr?“

„Muss ich verdrängt haben.“

„Jedenfalls hatte er ganz schön zugelegt.“ Helga Schneider klopfte auf ihren Bauch.

Plasberg seufzte. Eine Illusion mehr, die zerstört worden war. Sie rückte ein Stück zur Seite, damit ihre Mutter sich auf die Bettkante setzen konnte.

„Also, was ist los?“

„Hab Mist gebaut“, murmelte die Kommissarin. „Eikner hat mir den Fall entzogen.“

„Und das bedeutet?“

Plasberg zuckte mit den Schultern. „Das entscheiden die vorgesetzten Stellen. Vielleicht eine andere Ermittlungsbehörde? Ein Verweis? Feststellung eines Dienstvergehens? Ob ich jemals wieder eine MK leiten darf, wage ich zu bezweifeln.“

Ihre Mutter schwieg eine Weile. Schließlich sagte sie: „War diese Ablösung denn deiner Meinung nach gerechtfertigt?“

„Na ja … irgendwie schon. Und dann auch wieder nicht.“ Je länger sie redete und je mehr frische Luft ihr Blutkreislauf aufnahm, desto nüchterner wurde sie.

„Was soll das denn heißen?“

Plasberg rutschte wieder in eine sitzende Position. „Ich hab mich danebenbenommen. Von daher kann ich Eikners Reaktion verstehen. Aber der Grund der Auseinandersetzung war ein fachlicher. Er glaubt, ich hätte eine falsche Entscheidung getroffen. Hab ich auch. Ich hätte Gatler direkt festnehmen müssen. Aber der war es nicht. Ich bin sicherer als je zuvor.“

„Ich habe noch nie verstanden, wieso du dir ausgerechnet diesen Beruf ausgesucht hast“, sagte ihre Mutter. „Immer diese Morde …

mit was für Menschen man da tagtäglich zu tun hat … das kann nicht gesund sein."

„Frag ich mich manchmal auch." Aber das war nur so dahingesagt. Plasberg wusste sehr genau, warum sie eine Mordkommission leitete. Eine gewisse Faszination für die Psyche der Täter machte nur einen kleinen Teil der Leidenschaft für ihren Beruf aus – der größte Teil war der Wunsch, den Opfern und ihren oftmals geschundenen und malträtierten Körpern durch die Aufklärung der Tat wenigstens ein Stück weit ihre Würde zurückzugeben und die Täter einer gerechten Strafe zuzuführen. Selbst wenn das den Toten nichts mehr nützte. So pathetisch es auch klang und so unzureichend die Justiz manchmal war, Plasberg glaubte fest daran, dass eine gerechte Strafverfolgung eine der Säulen einer freiheitlichen Grundordnung war, ohne die ein halbwegs friedliches Zusammenleben der Menschen nicht möglich war. Ohne den Verstoß gegen Regeln zu sanktionieren, ohne Gerechtigkeit, war jedes Gemeinwesen früher oder später dem Untergang geweiht, und ohne die Strafverfolgung einer staatlichen Behörde zu unterstellen, glitt jede Gesellschaft in Anarchie und Chaos ab. In stockenden Worten versuchte sie, dies ihrer Mutter klarzumachen.

„Ich bilde mir nicht ein, alles zu verstehen", sagte Helga Schneider und tätschelte ihrer Tochter die Hand. „Aber wenn das so ist, glaubst du dann, dass dieser … wie hieß er noch gleich? Gatler? … einer gerechten Strafe zugeführt wird?"

„Nein", sagte Plasberg langsam. „Ich glaube nicht, dass er des dreifachen Mordes schuldig ist. Aber ich kann es nicht beweisen. Alle Indizien sprechen gegen ihn."

„Und dann lässt du dich wegen so etwas Albernem wie einer Ablösung davon abhalten, die Wahrheit herauszufinden?"

„Was soll ich denn tun? Ich darf nicht weiterermitteln!", protestierte die Kommissarin. „Eikner hat mir dringend geraten, Urlaub zu nehmen! Eigentlich hat er mir es nicht geraten, er hat es mir befohlen."

„Als du zwölf Jahre warst", sagte ihre Mutter, „da haben dich dein Vater und ich einmal erwischt, als du dir heimlich den kleinen Erste-Hilfe-Koffer aus dem Bad schnappen wolltest. Du sahst furchtbar aus! Du kamst von einer Prügelei nach Hause, hattest eine Platzwunde am Knie, ein paar Schrammen am Kopf und blaue Flecke an den Ellenbogen. Erst wolltest du uns nicht sagen, was passiert war, aber natürlich haben wir es trotzdem aus dir herausbekommen: Du hast versucht, einen Nachbarsjungen gegen ein paar ältere Rabauken zu verteidigen, die ihm sein Taschengeld abnehmen wollten. Und dabei war es dir völlig egal, dass die anderen älter, viel stärker und auch noch in der Überzahl waren. Natürlich haben sie das Taschengeld bekommen und du und der Nachbarsjunge eine Tracht Prügel. Aber es ging dir ums Prinzip. Du konntest gegenüber dieser Ungerechtigkeit nicht deine Augen verschließen."

„Und was willst du mir damit sagen?"

Helga Schneider erhob sich und sah Plasberg streng an. „Ich habe meiner Tochter nicht beigebracht, bei dem kleinsten Gegenwind die Segel zu streichen. Du wirst schon einen Weg finden, Kind. Du hast in deinem Leben noch immer einen Weg gefunden."

Sie wollte das Schlafzimmer gerade verlassen, als Plasberg leise sagte: „Es .. es tut mir leid."

„Was tut dir leid?"

„Dass ich … dass wir …"

Ihre Mutter seufzte. „Ist schon in Ordnung. Für alle Eltern kommt irgendwann einmal der Tag, an dem sie ihren Kindern peinlich werden. Das gehört einfach dazu, glaube ich. Allerdings hatte ich gehofft, mir im Laufe der Zeit auch deinen Respekt verdient zu haben."

„Mama …"

„Weißt du, als dein Vater starb, da habe ich mich dazu entschlossen, noch einmal etwas Neues zu beginnen. Ich wollte nicht für den Rest meines Lebens eine trauernde Witwe sein. Ich wollte neue Sachen erleben, spontane Dinge tun, nicht mehr so vorhersehbar sein. Deshalb bin ich nach Gran Canaria gegangen, deshalb habe ich *Bei Helga* aufgemacht, deshalb bin ich vielleicht auch ein wenig … schriller … als früher. Und ich fühle mich wohl damit, Maria. Verstehst du? Ich habe Spaß! Es wäre wunderbar, wenn du das akzeptieren könntest. Doch wenn du das nicht kannst, dann … dann ist es auch gut. Aber ich werde mich nicht für dich ändern,

Kind. Niemand sollte sich für einen anderen Menschen ändern müssen." Sie betrachtete ihre Tochter. „Vielleicht solltest du erst mal deinen Rausch ausschlafen. Morgen, wenn du wieder einen klaren Kopf hast, kannst du dir wegen diesem Gatler etwas ausdenken. Ich bin sicher, dass dir etwas einfällt. Dir ist immer etwas eingefallen … noch etwas, worauf ich ziemlich stolz bin bei dir. Aber vorher ziehst du dieses schreckliche Ding aus. Leg es mir raus, ich gebe es morgen in die Altkleidersammlung."

„Es ist ein Tutu, Mutter", erwiderte Plasberg, schon beinahe wieder die alte. „Und du kannst es in die Reinigung bringen. Ruth hat ein Auge darauf geworfen."

# *Mittwoch, 27. April*

*newstickerköln++++eilmeldung++++newstickerköln++++eilme ldung++++newstickerköln++++eilmeldung++++newstickerköln*

Wie schon gestern bekannt wurde, ist der Autor Stephen Gatler am Dienstagabend auf dem Flughafen Köln/Bonn wegen Mordverdachts in drei Fällen vorläufig festgenommen worden. Auf einer Pressekonferenz bestätigte Polizeipräsident Karl-Josef Kupka vor wenigen Minuten in Anwesenheit der Staatsanwaltschaft die Festnahme Gatlers. Gleichzeitig wurde die Ablösung von Kriminalhauptkommissarin Maria Plasberg bekanntgegeben, die bisher die Ermittlungen gegen Gatler leitete. Heribert Eikner, der Leiter des zuständigen Kriminalkommissariats, dementierte Gerüchte, dass Plasberg vom Dienst suspendiert worden sei. Vielmehr habe sie auf eigenen Wunsch die Arbeit an dem Fall abgegeben. Stephen Gatler ist einer der renommiertesten und international bekanntesten deutschen Kriminalschriftsteller. Erst vor wenigen Wochen erschien sein neuestes Buch *Das blutige Kind*. Gatler und sein Lebensgefährte Achim Kauz standen schon einmal im Mittelpunkt von polizeilichen Ermittlungen, als vor neun Jahren das Verschwinden von Lucca Kemper untersucht wurde, dem dreijährigen Sohn von Kauz. Der Fall ist bis heute nicht aufgeklärt.

Die Anwälte Gatlers haben jegliche Verwicklung ihres Mandanten in die Mordfälle bestritten und ihrerseits schwere Vorwürfe gegen die ermittelnden Behörden erhoben. Die Staatsanwaltschaft hat beim zuständigen Richter einen Haftbefehl für Stephen Gatler beantragt. Der Verlag des Autors war zu keiner Stellungnahme bereit.

*newstickerköln++++eilmeldung++++newstickerköln++++eilme ldung++++newstickerköln++++eilmeldung++++newstickerköln*

Maria Plasberg zerknüllte das Blatt Papier, das ihr Faxgerät soeben ausgespuckt hatte, und feuerte es wutentbrannt in den Mülleimer. „Auf eigenen Wunsch!“, brach es aus ihr heraus, als sie in die Küche zurückkam. „Was für ein Schlappschwanz! Er hat nicht mal den Mumm zu sagen, dass er mich wegen persönlicher Differenzen gefeuert hat! Haben Sie noch weitere Hiobsbotschaften für mich in petto?"

Wenn man von ihrer derzeitigen Laune ausgehen konnte, dann schien die Krise des letzten Abends überwunden. Torsten Brinkhoff konnte jedenfalls nicht erkennen, dass die Kommissarin Selbstzweifel befallen hatten. Allerdings litt Plasberg noch unter einem höllischen Kater, den sie aber vor ihrem Kollegen überspielte und so weit wie möglich mit Schmerztabletten bekämpfte. Direkt am Morgen hatte sie geduscht und sich in ihrem Kleiderschrank nach einem repräsentativen Outfit umgesehen, das zu ihrem neuen Leben als Hauptkommissarin i.A. passte. Das Kürzel stand für ‚in Ablösung' und war auf ihrem eigenen Mist gewachsen. Kurz entschlossen hatte sie sich für eine engsitzende blaue Jeans und ein überlanges weißes T-Shirt entschieden, auf das eine gelbe, stilisierte Katze gedruckt war. Dazu passend trug sie einen breiten, weißen Gürtel und weiße Stulpenstiefel. Nur bezüglich der Handtasche war sie noch unschlüssig. „Uuh!", hatte Nina gemacht, bevor sie mit Niklas zur Schule gegangen war, „das ist ja abgefahren! Total Retro! Hat so was nicht vor Jahrzehnten mal Abba getragen?"

„Das mit den Jahrzehnten hättest du dir sparen können", hatte Plasberg erwidert, „aber ansonsten: Stimmt genau!" Sie hatte das T-Shirt im Internet gefunden und fand, dass sie mit ihren roten Haaren sogar ein bisschen wie Frida aussah. Jedenfalls fühlte sie sich in diesem Outfit jung. Oder zumindest jünger. Gut, etwas jünger. Aber auf jeden Fall angriffslustig.

„Sie sind nicht die einzige Person, die vom Fall entbunden worden ist", wagte Brinkhoff jetzt anzumerken und erntete dafür einen wütenden Blick seiner Vorgesetzten. Gleich darauf war sie ein wenig versöhnlicher.

„Wollen Sie auch Johanniskrauttee? Ich kippe das Zeug seit heute früh literweise in mich hinein, um mein inneres Gleichgewicht wiederzufinden."

„Hilft es?"

Sie schüttelte den Kopf. „Ich rege mich mit jeder Tasse mehr auf."

„Dann reicht mir das hier.“ Nachdem Brinkhoff von der Kommissarin schon um acht Uhr früh zu ihr nach Hause zitiert worden war, hatte ihm Helga Schneider ein Stück selbstgebackenen Apfelkuchen hingestellt und ihm gesagt, er sollte sich lieber an den Kaffee halten. Danach hatte sie mit einem vielsagenden Blick die Küchentür hinter sich zugezogen.

Er hatte keine Ahnung, was Plasberg von ihm wollte, und so richtig wohl war ihm nicht dabei, in ihrer Küche zu sitzen. Immerhin hatte ihn dasselbe Schicksal wie Plasberg ereilt, und er hatte eigentlich genug mit sich selber zu tun. Und als ob das noch nicht ausgereicht hätte, war Markus nicht erreichbar; sein Freund hatte sich am Abend vorher nicht gemeldet. Brinkhoff hatte ebenfalls nicht angerufen, etwas, das er mittlerweile bereute. Es war nicht gut, Streitereien schwelen zu lassen, sie nahmen dadurch Dimensionen an, die völlig unverhältnismäßig waren.

Aber wenn Maria Plasberg anrief, noch dazu in einem Tonfall, der keinen Widerspruch duldete, dann sagte man besser nicht Nein. Zumal Brinkhoff auch eine Neuigkeit für sie hatte: die Meldung der Nachrichtenagentur, die Arnold Stumping erst an ihn und dann gerade eben an Plasberg weitergeleitet hatte. „Sie ist bestimmt am Boden zerstört“, hatte der Journalist gesagt. „Die Meldung wird ihren Puls wieder in die Höhen schnellen lassen.“ Er hatte nicht zu viel versprochen.

„Ich habe tatsächlich n-noch was, das ich Ihnen zeigen wollte“, sagte Brinkhoff und schob sich ein Stück Kuchen in den Mund. Dann rief er auf seinem Handy das Video von Gatlers Verhaftung auf, das er am Abend zuvor auf einem YouTube-Kanal entdeckt hatte. „Wahrscheinlich ist das der Grund, warum die P-Pressekonferenz ganz eilig heute Morgen einberufen wurde“, erklärte der Kommissar. „Nachdem die Verhaftung auf diese Weise durchgesickert ist, konnte Eikner gar nicht anders.“

„Diese froschgesichtige Witzfigur! Diese fleischgewordene Inkompetenz! Dieser …“

„Und Grabowski hat es bestimmt auch nicht geschmeckt, dass die Nachricht schon vorher bekannt geworden ist.“

„Grabowski? Dieser arrogante Macho-Arsch! Dieser hinterfotzige …“

„Sie kriegen n-noch einen Schlaganfall, w-wenn Sie sich weiter so aufregen!“, fiel ihr Brinkhoff ins Wort. „Sie sind schon ganz r-rot im Gesicht!“ Vielleicht war er ein wenig übers Ziel hinausgeschossen? Es zeugte von einem gewissen Mut, dass er die Tirade seiner Vorgesetzten unterbrach, denn wenn die Kommissarin sich einmal in Rage geredet hatte, dann suchte man gewöhnlich lieber Deckung und wartete, bis das Gewitter vorbeigezogen war. So war es zumindest bis gestern gewesen – bis Heribert Eikner Maria Plasberg kurzerhand den Stuhl vor die Tür gesetzt hatte.

„Der Mann macht gerade den Fehler seines Lebens!“, wetterte die Kommissarin weiter und schlug mit der flachen Hand gegen den Kühlschrank. Sie wollte sich aufregen, sie hatte jedes Recht dazu! „Und ich lasse mich nicht einfach so abservieren!“ Sie war tatsächlich nicht mehr mit dem Häufchen Elend zu vergleichen, das sich ins Schlafzimmer verkrochen und betrunken hatte. „Für wen hält der Knilch sich eigentlich?“

„F-Für Ihren Vorgesetzten?“

Plasbergs Augen verengten sich zu schmalen Schlitzen. „Auf wessen Seite stehen Sie eigentlich, Brinkhoff?“

„Ich meine nur, dass es vielleicht besser gewesen wäre, wenn Sie Eikner nicht Ihre Handtasche an den K-Kopf geworfen hätten“, wagte er einzuwenden.

„Ach, das ist doch …! Das war ein Versehen. Ich hatte gerade nichts anderes in Griffweite. Und wenn er sich angehört hätte, was ich zu sagen hatte, dann …“ Plasberg seufzte. „Na schön“, schob sie ungnädig hinterher, „das war vielleicht ein klein wenig unverhältnismäßig.“

Brinkhoff war die Szene vom Vortag noch lebhaft im Gedächtnis. Nach seinem Besuch bei Claudia Geymann war er wie befohlen ins Präsidium zurückgekehrt, wo Plasberg schon vor Eikners Büro wartete. Zuerst war er an der Reihe gewesen und hatte sich beim Leiter des KK 11 eine Standpauke abgeholt. Es waren Stichworte wie „mangelnde Selbstbeherrschung“, „Körperverletzung“, „unzureichende Teamfähigkeit“ und „verantwortungslose Neigung zu Alleingängen“ gefallen. Der Kommissar hatte die Strafpredigt mit gesenktem Kopf über sich ergehen lassen. Allerdings hatte der Leiter des Kriminalkommissariats 11 durchblicken lassen, dass es in Brinkhoffs Fall Grund zur Hoffnung gab. Er sollte sich in den nächsten Tagen ruhig verhalten, dann würde er tun, was er konnte, um Brinkhoffs Karriere nicht vorzeitig enden zu lassen.

Plasbergs Gespräch lief nicht ganz so glimpflich ab – milde ausgedrückt. Brinkhoff hatte auf einem Stuhl vor Eikners Büro gewartet; Hallstetter, Kayser und Siener hatten aus sicherer Entfernung ebenfalls die Ohren gespitzt. Nur von Vogt war nichts zu sehen gewesen. Nachdem Plasberg Eikners Büro betreten hatte, waren die Stimmen, die durch die dünnen Wände des Polizeipräsidiums drangen, sofort laut und erregt gewesen; Brinkhoff hatte jedes Wort verstehen können. Vollends eskaliert war die Situation allerdings erst, als die Kommissarin im Verlauf der Auseinandersetzung die Kontrolle verloren hatte und persönlich geworden war.

„Sie haben mich angelogen! Sie wussten, dass der Unfall in Dortmund stattgefunden hat, obwohl ich darüber kein Wort gesagt habe! Also haben Sie auch darüber Bescheid gewusst, dass Eberswalde sich widerrechtlich für Gatler verwendet hat! Beihilfe zur Strafvereitelung im Amt nennt man das wohl, Herr Eikner! Sie wollen mich nur mundtot machen, weil ich in einem Müllhaufen herumstochere, für den Sie mitverantwortlich sind! Sie haben doch jahrelang vor Eberswalde einen Bückling gemacht!" Gesine Keller, unterwegs Richtung Archiv, hatte vor lauter Schreck einen Stapel Akten fallen lassen.

Danach war es auch mit Eikners Selbstbeherrschung endgültig vorbei gewesen; die Frustration, die er gegenüber der Leiterin der MK 3 empfand, angestaut über Jahre, hatte sich Bahn gebrochen. „Was fällt Ihnen ein? Ich habe nichts dergleichen getan! Und schon gar nicht habe ich mich der Strafvereitelung im Amt schuldig gemacht. Eberswalde hat mich damals beiläufig und sehr vage bei einem Mittagessen über die Sache mit Gatler informiert; es fiel auch gar nicht in meinen Zuständigkeitsbereich, mich in irgendeiner Form einzumischen! Wie können Sie meine Integrität infrage stellen!" Vor seinem Büro hörte es sich an, als würde er jeden Moment anfangen zu hyperventilieren. „Sie … Sie … Sie sind die unbotmäßigste Person, die mir je in meinem Leben begegnet ist! Illoyal, selbstgerecht, unfähig zur Selbstkritik und mit einem aufgeblähten Ego ausgestattet, aus dem dringend die Luft herausgelassen werden muss! Was glauben Sie eigentlich, was passiert, wenn Sie schon wieder gegen den ehemaligen Polizeipräsidenten ermitteln? Sie richten einen politischen Flurschaden an, der das Amt und seinen jetzigen Inhaber auf unabsehbare Zeit beschädigt! Nur deshalb habe ich Sie angewiesen, diesen Aspekt im Fall Gatler auf sich beruhen zu lassen! Die Kölner Polizei wird bundesweit zur Lachnummer! Wir stehen sowieso schon immens unter Druck! Denken Sie eigentlich nie über die Konsequenzen Ihres Handelns nach?"

„Die politischen Folgen interessieren mich einen Dreck!", hatte Plasberg zurückgebrüllt. „Mir geht es um die Aufklärung in der Sache! So was nennt man Unabhängigkeit der strafverfolgenden Behörden!"

„Das ist doch alles dummes Zeug! Sprechblasen!", hatte Eikner gegiftet. „Sie verrennen sich in Nebensächlichkeiten! Nichts davon hat mit den drei ungeklärten Todesfällen zu tun, die Sie seit fast einer Woche untersuchen, ohne auch nur einen entscheidenden Schritt voranzukommen! Sie lenken ab, weil Sie keine Fehler eingestehen können! Hier geht es nicht um die Rolle Ihres ehemaligen obersten Dienstvorgesetzten, sondern es geht um Ihre Unfähigkeit, Anordnungen Folge zu leisten! Sie hören nicht zu! Nein, schlimmer noch! Sie hören zu und scheren sich einen feuchten Kehricht um meine Weisungen, weil Sie sich für unfehlbar halten! Aber diesmal sind Sie zu weit gegangen! Sie haben es zu verantworten, dass Gatler uns um Haaresbreite entwischt wäre! Ihre Eigenmächtigkeit hat den Erfolg der Ermittlungen gefährdet! Sie bringen den gesamten Polizeidienst in Misskredit!"

„In Misskredit?", hatte die Kommissarin gefaucht. „Das ist ja wohl der Gipfel!" Dann hatte es plötzlich ein dumpfes Poltern gegeben, gefolgt von einem Moment der Stille, und dann war wieder überdeutlich Heribert Eikners Stimme zu vernehmen gewesen, außer sich vor Wut.

„Verschwinden Sie, Plasberg! Raus aus meinem Büro! Und kommen Sie mir in den nächsten hundert Jahren nicht mehr unter die Augen, sonst vergesse ich mich!" Einen Augenblick später war die Kommissarin aus dem Zimmer gestürmt, hatte schimpfend das Gebäude verlassen, und Frau Keller war mit einem Beutel Eis in Eikners Büro gerufen worden, um die Beule an seiner Stirn zu kühlen und die Strasssteinchen aufzusammeln, die sich bei dem Zusammenprall mit Eikners Kopf von Plasbergs Froschkönig-Handtasche gelöst und nun im ganzen Raum verteilt hatten.

„Ist sowieso egal", erklärte Plasberg jetzt in ihrer Küche. „Wie ich Eikner kenne, ist für ihn mit der Verhaftung Gatlers der Fall gelöst und der Rest ist Sache der Staatsanwaltschaft. Wenigstens bin ich dann nicht dafür verantwortlich."

„Die Siener glaubt auch nicht, dass es G-Gatler war", warf Brinkhoff ein.

Tatsächlich hatte ihn die junge Kollegin gestern Abend überraschend angerufen und erzählt, dass Eikner allen Mitgliedern der Mordkommission untersagt hatte, Plasberg oder ihn nach ihrer Ablösung über die weitere Vorgehensweise zu informieren. Als Brinkhoff sie gefragt hatte, warum sie sich nicht an seine Anweisungen hielt, hatte sie geantwortet, dass sie nicht von Gatlers Schuld überzeugt war.

„Und wie kommt sie darauf?", fragte Plasberg.

„Irgendwas mit diesen G-Groschenromanen. Vogt und sie sind da auf etwas gestoßen bei ihrem B-Besuch im Verlag, aber Vogt hat gesagt, das spiele jetzt keine Rolle mehr. Jetzt, wo sie Gatler festgenommen haben." Bettina Siener hatte Karsten Vogts überhebliches Verhalten mehr als übel genommen, und nach einer Weile Bedenkzeit, in der ihr Ärger immer größer geworden war, hatte sie auch keine Skrupel gehabt, Brinkhoff über die Ergebnisse der Hausdurchsuchung zu unterrichten, die er jetzt an Plasberg weitergab.

„Blut an der Regenjacke, die passenden Schuhe zum Abdruck in der Obermühle ..." Plasberg grübelte über den neuen Informationen. „Sieht nicht gut aus für Gatler. Was glauben Sie denn?" Auch wenn Plasberg es nur ungern zugab, aber die Meinung ihres Kollegen war ihr wichtig. Wenn er seine Ansicht über Gatlers Schuld geändert hatte, dann würde sie sich erst recht bestätigt fühlen.

Aber Brinkhoff wollte sich nicht festlegen und wechselte das Thema. „Wollen Sie gar nicht w-wissen, wohin Gatler flüchten wollte?"

„Na ja, wahrscheinlich wollte er den ersten Flug ins Ausland ..."

„D-Dallas“, fiel Brinkhoff ihr ins Wort.

„Ehrlich? Dallas?“ Die Kommissarin stutzte. „Hat Corinna Kemper nicht in Dallas gelebt, bevor sie verschwunden ist?“

Brinkhoff nickte.

„Was für ein Zufall.“ Sie kaute auf ihrer Unterlippe. „Das ergibt doch nur Sinn, wenn er etwas über den Verbleib der Kemper weiß.“ Für ein paar Minuten herrschte Stille in der Küche. Als Plasberg ihren Kollegen mit einem zuckersüßen, falschen Lächeln anstrahlte, wusste er, dass der Moment gekommen war, vor dem er sich gefürchtet hatte. „Eikner hat uns beiden doch dringend ein paar Tage Urlaub ans Herz gelegt“, sagte sie. „Aber wie wir ihn verbringen, ist unsere Sache.“

„D-Das verstehe ich n-nicht.“ Brinkhoff schwante Böses.

„Ganz einfach. Wir werden die Ermittlungen fortsetzen. In unserer Freizeit. Während Eikner und Grabowski darauf warten, dass Gatler in der U-Haft mürbe wird, werden wir uns auf das Verschwinden von Lucca Kemper konzentrieren. Na ja, nicht nur, aber vor allem. Ich bin sicher, dass dort der Schlüssel zu unseren drei Todesfällen liegt. Wir hätten das von Anfang an so machen sollen.“

„W-Was?“ Damit hatte der Kommissar allerdings nicht gerechnet. „Sie w-wissen doch genau, dass Ermittlungen im Urlaub kaum strafrechtlich verwandt werden dürfen!“

„Ach, kommen Sie, Brinkhoff! Ein Schritt nach dem anderen! Alles, was gegen Gatler vorliegt, sind Indizien.“

„Indizien? Die Regenjacke? Die Schuhabdrücke? Das Obsidianmesser?“

„Er hat es nicht getan. Er ist ein Kotzbrocken, aber er ist unschuldig.“

„W-Woher wollen Sie das w-wissen? Wir haben doch …“

„Grabowski will einen schnellen Erfolg“, fiel ihm Plasberg ins Wort, „und Eikner hat ihm nichts entgegenzusetzen. Deshalb haben sie Gatler festgenommen.“

Plötzlich hatte Brinkhoff Angst vor der eigenen Courage. Er hatte Plasberg nur aufmuntern wollen, doch jetzt hatte er das Gefühl, an einem konspirativen Treffen teilzunehmen. Und Eikner hatte ihm befohlen, sich ruhig zu verhalten! „Wenn das w-wirklich der Fall wäre, dann hätte die Staatsanwaltschaft keine U-Haft beantragt. So blöd ist Grabowski nicht. Sollte Gatler unschuldig sein, wird der Prozess gegen ihn das schon zeigen."

„Ja, natürlich wird Gatler in einem Prozess aus Mangel an Beweisen freigesprochen werden müssen. Die Indizien reichen nicht, um ihn zu verurteilen. Selbst wenn das Blut an der Regenjacke von der Kamphaus ist und die Schuhe von Gatler sind, kann man nicht beweisen, dass sie tatsächlich Gatler gehören, beziehungsweise dass er sie getragen hat. Seine Anwälte werden die Indizien der Reihe nach zerpflücken. Wenn Gatler wirklich Grube engagiert hat", auch diese Information hatte Brinkhoff von Siener erhalten und weitergegeben, „dann können sich Eikner und Grabowski warm anziehen. Der Mann ist ein Bluthund. Der wird jede Unstimmigkeit in den Ermittlungen zugunsten seines Mandanten verwenden."

„Er hätte es t-tun können", wandte Brinkhoff ein und pickte an seinem Apfelkuchen. Plötzlich war er nicht mehr hungrig. „Gatler hätte es tun k-können. Es gibt einiges, was dafür spricht. Das wissen Sie selbst."

„Und das Motiv?", ereiferte sich die Kommissarin zum wiederholten Mal. „Wir haben alles auf den Kopf gestellt und kein Motiv gefunden! Und Gatler wird die Morde auch in den Verhören abstreiten. Er wird nicht gestehen, weil es für ihn nichts zu gestehen gibt!"

„Und was ist mit Mokhtari? Und dass er und Gatler wahrscheinlich eine Affäre hatten?"

„Das beweist noch gar nichts."

„Gatler ist Ihnen d-doch vollkommen egal", versuchte Brinkhoff sich herauszuwinden. „Sie wollen nur einen persönlichen Rachefeldzug gegen Eikner und Grabowski starten."

„Er hat es nicht getan", beharrte Plasberg. „Aber es stimmt: Ich werde mir meine Karriere nicht von Eikner und diesem Staatsanwalt kaputtmachen lassen. Ich habe einen Ruf zu verlieren. Also, helfen Sie mir nun oder nicht?"

„Ihre K-K-Karriere? Wenn das rauskommt, können Sie Ihren Job an den Nagel hängen!" In diesem Moment klingelte es an der Wohnungstür. „Ah! Endlich!", sagte Brinkhoff nach einem Blick aus dem Küchenfenster. „Das ist Frau Siener."

„Was will die denn hier?"

„Uns helfen", grinste der Kommissar. „G-Glauben Sie im Ernst, ich hätte n-nicht gewusst, worauf das hier hinausläuft? Siener wird unser Maulwurf in der MK sein. Sie hat mir gestern Abend erzählt, dass sie jetzt sowieso zu viel Muße hat, weil Hallstetter und sie nur noch den liegengebliebenen Schriftkram aufarbeiten d-dürfen, während sich Vogt, Kayser und Eikner um den Rest kümmern. Und das ist nach deren Ansicht ja nicht mehr viel, weil sie g-glauben, dass es nur noch eine Frage der Zeit ist, bis Gatler die Mordserie gesteht."

„Schick!", sagte Bettina Siener. „So fühlt man sich also als Privatdetektiv!"

„Na ja", erwiderte Plasberg. „Ich kann mir nicht vorstellen, dass Philip Marlowe bei Kaffee und Kuchen und … wie heißen die Dinger?" Sie nahm ein rautenförmiges Stück Gebäck in die Hand und biss hinein.

„Baklava", antwortete Brinkhoff.

„… dass Marlowe damit im Garten gesessen hat, um seine Fälle zu lösen", beendete die Kommissarin ihren Satz mit vollem Mund. „Mensch, ist das süß!"

„Blätterteig mit Nüssen und Zucker und obendrauf noch Sirup", erklärte Siener. „Mehr als eins krieg ich davon nie runter. Die absoluten Kalorienbomben."

Die drei hatten sich in den Garten zurückgezogen, weil kurz nach Sieners Ankunft auch Hatice Yilmaz eingetroffen war, um sauberzumachen. Durch die Terrassentür war das Brummen des Staubsaugers zu hören. Sie hatte auch die Baklava mitgebracht, Überreste einer Familienfeier. Plasbergs Mutter war in die Stadt gefahren, um einzukaufen.

„Philip Marlowe?", wunderte sich Brinkhoff. „Ich dachte, Sie lesen keine Krimis?"

„Ich habe die Verfilmungen gesehen."

Es versprach ein schöner Tag zu werden, die Sonne kämpfte sich durch die letzten Wolken. Plasberg spannte den Sonnenschirm auf und goss Siener Kaffee nach. „Sind Sie sicher, dass Sie das machen wollen?", fragte sie unvermittelt. „Wenn Eikner das spitzkriegt, war es das mit Ihrer Karriere als Ermittlerin. Sie sollten sich da nicht hineinziehen lassen."

Siener lachte. „Mit Typen wie Vogt möchte ich sowieso nicht zusammenarbeiten. Außerdem ist es irgendwie aufregend, oder nicht?"

Brinkhoff kramte derweil in seinem Rucksack und zog den Zeitschriftenartikel heraus, den ihm am Tag zuvor Claudia Geymann in die Hand gedrückt hatte.

„Ihre geheimnisvolle Recherche?", riet Plasberg.

„Genau." Er wollte den Artikel an die Kommissarin weiterreichen, aber die winkte ab, als sie die Überschrift las: *Grammatik, Syntax und Stil: Divergente Struktureigenschaften in den Kriminalromanen von Stephen Gatler.* „Ich kann so wissenschaftliches Zeugs nicht ausstehen. Da fallen mir schon nach zwei Zeilen die Augen zu. Fassen Sie lieber zusammen."

„Ich k-kann es versuchen." Brinkhoff kratzte sich am Kinn und schlug seine langen Beine vorsichtig übereinander, um nicht gegen den Gartentisch zu rempeln. „Also, der Autor bestätigt meine Vermutung: Er hat die ersten vier Romane von Gatler auf Unterschiede im Stil, Grammatik und Syntax untersucht. *Das blutige Kind* war zu diesem Zeitpunkt noch nicht erschienen. Seine Ausgangsthese ist, dass man – vereinfacht gesagt – jeden Text, in diesem Fall eben die K-Krimis, anhand der Sprachform einem bestimmten Schriftsteller zuordnen kann. Noch einfacher ausgedrückt: Jeder Autor hat seine eigene Schreibe, die unverwechselbar ist. Er zieht als Beispiele Dostojewski oder Böll oder John Irving heran, also jüngere Autoren. Bei älteren wie Shakespeare etwa gibt es das P-Problem der Überlieferung, da weiß man nicht genau, wie sehr der Originaltext durch Abschriften Fremder verändert wurde. Aber ausgehend von dieser These, die allerdings wissenschaftlich wohl nicht ganz unumstritten ist, hat dieser …", Brinkhoff warf einen Blick auf den Artikel, „… Martin Sohlmann sich Gatlers Krimis vorgenommen und glaubt beweisen zu können, dass sich Gatlers Debütroman *Morgentod* im Stil so signifikant von seinen anderen Krimis unterscheidet, dass man zu dem Schluss kommen kann, der erste und die folgenden drei B-Bücher seien von unterschiedlichen Autoren geschrieben worden."

„Aber *Ein Grab aus Eis, Wisconsin, Kanada* und *Nachtgeläut* sind auf jeden Fall von demselben Autor geschrieben worden?“, fragte Siener.

„So hab ich das verstanden. Die Zweifel gibt es zwischen dem ersten und den darauffolgenden dreien.“

Plasberg meldete ebenfalls Zweifel an. „Mir kommt das ein bisschen wie Kaffeesatzleserei vor. Ein guter Autor kann doch bestimmt seinen Stil dem jeweiligen Werk und Thema anpassen, oder?“

Brinkhoff brachte wieder seine Beispiele von Hemingway und Thomas Mann an. „Ich bin zwar kein Literaturwissenschaftler“, sagte er. „Aber wenn sogar mir als Laie auffällt, dass zwischen *Morgentod* und den anderen K-Krimis ein großer Unterschied besteht ...“

„Hat dieser Sohlmann denn auch verraten, wer seiner Meinung der andere Autor ist?“

„Nein.“

„Hat er wenigstens geschrieben, für welche Romane Gatler verantwortlich ist?“

„Ich nehme an, für den ersten.“

„Und die folgenden drei sind dann von einem Unbekannten geschrieben worden?“

„Ja.“

„Aber warum? ... Immer davon ausgehend, dass das keine Spinnerei ist.“

„Keine Ahnung.“

Plasberg sah Brinkhoff verärgert an und schob sich die restliche Baklava in den Mund. „Dann hilft uns Ihre Recherche reichlich wenig weiter“, nuschelte sie.

„Das stimmt so nicht“, meldete sich Siener zu Wort. „Weil ich jetzt eine Theorie habe, wer die anderen Bücher geschrieben hat.“ Die junge Frau kostete die überraschten Gesichter der Kollegen aus. „Vogt und ich waren doch bei diesem Verlag, der die Groschenromane herausbringt, um uns zu erkundigen, was man dort über Thomas Anschlitz weiß. Einer der Bereichsleiter war ausgesprochen hilfsbereit. Ein bisschen geschwätzig, aber hilfsbereit.“ Siener zog einen Zettel aus ihrer Hosentasche, faltete ihn auseinander und strich ihn glatt. „Die Serie *Agent Jeff Ryker* wurde über die Jahre von mehreren Autoren geschrieben, die sich alle das Pseudonym Jason K. Talbot geteilt haben. Der Verlag besitzt das Urheberrecht auf den Namen."

„Das verkompliziert die Lage erheblich", brummte Plasberg. Dabei verschluckte sie sich und hustete Baklava-Krümel über den Tisch.

„Tut es nicht", erwiderte Siener, als sich die Kommissarin wieder gefangen hatte. „Für uns ist nämlich nur wichtig, dass jeder der Autoren eine persönliche E-Mail-Adresse hat, die auch heute noch gültig ist. Die Adresse, in der ‚jkt' vorkommt, war allerdings nicht die von Thomas Anschlitz. Seine beginnt mit ryker@."

„Mist", sagte Brinkhoff. „F-Falsche Spur."

„Haben wir auch erst gedacht. Bis uns dieser Bereichsleiter erzählt hat, dass Anschlitz vor ungefähr zehn Jahren aufgehört hat, für den Verlag zu schreiben. Er wurde gefeuert, weil jemand anders sehr viel besser als er *Jeff-Ryker*-Storys schreiben konnte." Sie tippte auf einen Namen der Liste, und Plasberg und Brinkhoff beugten sich über den Zettel.

„Achim Kauz?", riefen beide gleichzeitig.

„Achim Kauz", bestätigte Siener und grinste übers ganze Gesicht. „Und er hat die Mailadresse mit den Buchstaben jkt. Das heißt …"

„… er ist der Empfänger der Mail, die Kamphaus abgeschickt hat!", sagte Brinkhoff aufgeregt. „Und wenn er G-G-Groschenromane schreiben kann, dann kann er vielleicht auch Romane schreiben. Die, für die Gatler laut Sohlmann gar nicht verantwortlich ist. Wie l-lange hat Kauz an dieser Serie mitgeschrieben?"

„Nicht lange", erwiderte Siener. „Dieser Jürgen Schmidt hat gesagt, dass der Verlag ausgesprochen betrübt war, als Kauz aufgehört hat, weil seine Abenteuer die kommerziell erfolgreichsten waren. Er hat seine Karriere als Heftroman-Autor schon nach zwei Jahren wieder beendet."

„Und Vogt fand diese Erkenntnisse nicht mehr relevant?", fragte Plasberg. Sie konnte kaum glauben, dass ihr Kollege die Wichtigkeit einer solchen Information nicht erkannt haben wollte.

Siener erzählte auch ihr noch einmal, wie Vogt sie abgekanzelt hatte. „Mit Gatler als Hauptverdächtigem wäre der Rest uninteressant."

„Vogt ist ein Idiot!", sagte Brinkhoff missmutig.

„Sie auch, Kollege!", wies ihn Plasberg zurecht. „Dieser Kinnhaken war völlig unnötig!"

Brinkhoff tat, als hätte er sie nicht gehört. „Kauz hat nach zwei Jahren mit den Groschenromanen aufgehört? Also vor acht Jahren? Das … das k-kann hinkommen. Gatlers zweiter Roman *Ein Grab aus Eis* ist vor ungefähr acht Jahren veröffentlicht worden, wenn ich mich nicht irre. Kein Wunder, dass Kauz als Serienschreiber aufgehört hat. Er hatte Wichtigeres zu tun."

„Aber warum? Warum sollte er die Krimis für Gatler schreiben?", fragte Plasberg.

Siener lehnte sich stumm zurück. „Das weiß ich leider auch nicht."

„Weil …" Brinkhoff dachte angestrengt nach. „Das Verschwinden von Lucca! Natürlich!"

„Was?"

„Lucca K-Kemper ist vor neun Jahren verschwunden. Eine ungeheure psychische Belastung für beide Männer, Kauz und Gatler. Gatler hat außerdem den Druck, seinem erfolgreichen Debütroman einen zweiten, womöglich noch erfolgreicheren Krimi hinterherzuschieben. Er bekommt eine Schreibblockade, und Kauz springt für ihn ein und schreibt *Ein G-Grab aus Eis*. Lipscheid hat mir erzählt, dass Gatler sich ziemlich schnell nach der Entführung Luccas für einige Wochen nach Hamburg verkrümelt hat. L-Lipscheid hat ihm das übel genommen, hat ihm vorgeworfen, Kauz im Stich zu lassen. Aber was, wenn Gatler absichtlich gefahren ist, um die mediale Aufmerksamkeit von Kauz wegzuziehen und ihm die Möglichkeit zu geben, in aller Stille *Ein Grab aus Eis* zu schreiben? Und weil es so gut funktioniert hat und niemand den Betrug bemerkt, machen die beiden so weiter, bis …"

„… bis Martina Kamphaus ihnen auf die Schliche kommt und Kauz eine Mail schreibt", nahm Siener den Faden auf. „*Ich weiß, was Sie getan haben. Ich weiß, dass Sie die Öffentlichkeit seit Jahren belügen. Und ich werde etwas dagegen unternehmen.*"

„Und wie ist Martina Kamphaus hinter diesen Betrug gekommen?“, fragte Plasberg.

„Genau wie ich“, antwortete ihr Kollege. „L-Literaturrecherche. Von ihrem Dienstcomputer aus.“ Er erzählte Siener und Plasberg, was er von Claudia Geymann und ihrer Tübinger Kollegin erfahren hatte. „Allerdings schon im Januar. So weit zurück waren K-Kayser und Hallstetter beim Durchforsten des Dienst-PCs noch nicht gekommen, glaube ich.“

„Na, das nenne ich mal ein Mordmotiv“, seufzte Siener. „Insbesondere für Gatler.“

„Sie glauben, er wusste von der M-Mail?“, überlegte Brinkhoff und beantwortete seine Frage gleich selber. „Aber natürlich! Warum nicht? K-Kauz könnte sie ihm gezeigt haben. Und Gatler hat mehr zu verlieren als Kauz. Der Verlag hätte wahrscheinlich sofort die Zusammenarbeit mit ihm aufgekündigt, er hätte seinen guten Ruf als Autor ruiniert, und die Presse hätte sich vor Häme überschlagen!“

„Dann ist er vielleicht doch unser Täter?“

„Aber warum ist er dann so schlampig vorgegangen? Warum lässt er das Regenzeug in der Gartenlaube liegen? D-Das ist eines gewieften Mörders nicht würdig. In g-gewisser Weise ist er das schon als Kriminalautor gewesen.“

„Also doch Kauz? Oder beide zusammen?“

Der Kommissar ließ sich frustriert an die Stuhllehne zurückfallen. „Ich weiß es n-nicht.“

„Da habe ich dann doch mehrere Einwände“, sagte Plasberg, die den Überlegungen, die sich Siener und Brinkhoff wie die Bälle bei einem Pingpong-Match zugespielt hatten, größtenteils schweigend gelauscht hatte und ihre Kollegen auf den Boden der Tatsachen zurückholen wollte. Auch wenn sie offiziell im Urlaub war, war dies noch immer eine ernsthafte Ermittlung. Ein Kartenhaus aus Vermutungen, bei der eine Spekulation auf einer anderen basierte, lief Gefahr zusammenzustürzen, sobald eine dieser Hypothesen nicht mehr haltbar war. „Erstens: Ich bin noch nicht überzeugt, dass Kauz der wahre Autor der letzten Gatler-Krimis ist. Ich bin zwar kein Experte, aber dazu gehört doch wahrscheinlich mehr, als so ein paar Heftromane zu schreiben. So was kann wahrscheinlich nur ein Literaturwissenschaftler entscheiden, und selbst dann wird es vor Gericht wahrscheinlich mehrere unterschiedliche Gutachten geben, die alle zu einem anderen Schluss kommen. Ein Fest für Gatlers Anwalt. Zweitens: Woher wusste Kamphaus, dass ausgerechnet Kauz der Autor der fraglichen Krimis ist? Anhand der wissenschaftlichen Artikel kann sie das nicht herausgefunden haben, denn da werden keine Namen genannt. Drittens: Wenn sogar Sie angeblich einen Unterschied zwischen dem Krimi von Gatler und denen von Kauz bemerken, Brinkhoff, und auch die Kamphaus, wieso ist Franz Herbrand als Gatlers Lektor dann nichts aufgefallen? Der Mann arbeitet seit zehn Jahren mit ihm zusammen und hat privaten Kontakt mit Kauz und Gatler!"

„Aber ihm *ist* etwas aufgefallen … erinnern Sie sich nicht? Er k-konnte es nur nicht einordnen", widersprach Brinkhoff. Je länger er darüber nachdachte, desto offensichtlicher erschien ihm Sohlmanns These. „Herbrand hat uns erzählt, dass beim M-Manuskript von *Morgentod* gekürzt werden musste, weil es ziemliche Längen hatte, und dass G-Gatler dieser Fehler beim zweiten Mal nicht mehr passiert ist. Wie auch, wenn er das zweite Manuskript gar nicht selber geschrieben hat! Außerdem wette ich, dass das Schreiben von Groschenromanen für Kauz eine ziemlich gute Schule war, wenn es darum geht, kurz und prägnant zu formulieren. Herbrand hat sich außerdem gewundert, dass das Manuskript von *Ein Grab aus Eis* einen ganz neuen Ton hatte. Und er hat uns darauf aufmerksam gemacht, dass das Manuskript des Debütromans auf Schreibmaschine geschrieben wurde, die anderen jedoch auf dem Computer. Das erklärt auch den Fehler, den Gatler bei dem Interview mit Stumping begangen hat: Er hat Stumping weismachen wollen, dass alle seine Manuskripte auf der Schreibmaschine geschrieben worden sind. Ein Märchen, das Herbrand uns gegenüber als Fehler des Journalisten dargestellt hat. Dazu passt, dass Gatler sich mit Herbrand nur beim Debütroman persönlich über das Manuskript unterhalten hat. Der Austausch über die anderen fand immer über E-Mail statt. Jetzt wissen wir auch, warum: Es war eine Vorsichtsmaßnahme. W-Wahrscheinlich wäre der Schwindel aufgeflogen, wenn Gatler sich mit dem L-Lektor beispielsweise über das entstehende Manuskript von *Ein Grab aus Eis* hätte unterhalten müssen."

Bettina Siener runzelte die Stirn. „Aber Gatler hat im Verhör gegenüber Eikner behauptet, gar kein privates E-Mail-Konto zu besitzen", machte sie ihre Kollegen auf einen Widerspruch aufmerksam. „Er könne E-Mails angeblich nicht ausstehen."

Für einen Moment geriet Brinkhoff aus dem Tritt. „Entweder hat er gelogen oder …" Dann fiel ihm die Lösung ein. „Natürlich! Muss er auch nicht. Er hat Herbrand nur *erzählt,* dass er der Besitzer des Kontos ist, über das er angeblich mit ihm kommuniziert hat. In Wahrheit hat Kauz diese Mails beantwortet. Die Adresse eines Mailkontos kann ja auch durchaus die Identität des B-Besitzers verschleiern. Wem das Mailkonto tatsächlich gehört, über das die Korrespondenz zwischen Herbrand und Gatler gelaufen ist, müssten wir über den Provider erfahren können." Er holte kurz Atem. „Dann Gatlers M-Minderwertigkeitskomplex. Sowohl Herbrand als auch die Fiebig haben ihn erwähnt. Und wir haben uns gewundert, warum ein überaus erfolgreicher Schriftsteller sich deswegen in psychotherapeutische Behandlung begeben muss. Weil er nur ein überaus erfolgreicher Schauspieler ist! Weil er nur einen einzigen Krimi geschrieben hat und sein jahrelanger Erfolg, sein ganzes Renommee auf einer Lüge basiert! Weil der erfolgreiche Autor eigentlich sein Lebensgefährte ist! Und … das hatte ich beinahe schon wieder vergessen: Erinnern Sie sich, als wir am Sonntag Kauz das erste Mal einen B-Besuch abgestattet haben, nachdem wir Anschlitz tot in der Obermühle gefunden hatten? Kauz hat gesagt, er wäre ‚stolz auf das, was wir … was er geschaffen hat'. Das war kein einfacher Versprecher! Das war eine Freud'sche Fehlleistung! Sie haben es tatsächlich zusammen geschafft, jahrelang die Öffentlichkeit zu täuschen. Es passt alles zusammen!"

Aber die Kommissarin war noch nicht zufrieden. Es gab noch immer zu viele Ungereimtheiten. „Wenn jemand durch das Verschwinden von Lucca getroffen wurde, dann doch wohl eher Kauz als leiblicher Vater", argumentierte sie. „Sie wollen mir doch nicht erzählen, dass er sich dann hinsetzt und mal eben einen Nachfolger für *Morgentod* in die Tasten gehauen hat?"

„Eine Fluchtburg!“, mischte sich Bettina Siener ein. „Menschen reagieren ganz unterschiedlich auf Krisensituationen in ihrem Leben. Die einen ziehen sich zurück, sind unfähig, auch nur die einfachsten Dinge in ihrem Alltag zu bewältigen, andere stürzen sich in Arbeit. Eine Möglichkeit, den Schmerz zu verdrängen.“

„Und wieso schreibt Kauz dann die Romane nicht einfach unter seinem eigenen Namen? Wieso überlässt er Ruhm und Ehre seinem Freund?“

Alle drei schwiegen. Es war eine knifflige Frage. „Aus Liebe?“, wagte sich Brinkhoff schließlich aus der Deckung, aber Plasberg schnaubte ungläubig auf.

„Die beiden haben getrennte Schlafzimmer und getrennte Bäder!“

„Dann ... natürlich! G-Gatler hatte schon einen Namen! Hannes Lipscheid hat mir gesagt, wie schwierig es für Verlage ist, einen neuen Autor aufzubauen!“

„Fiebig auch“, fiel Plasberg ein.

„Da war es d-doch viel einfacher, das nächste Manuskript als eines von Gatler auszugeben!“

„Trotzdem eine sehr gewagte These“, sagte die Kommissarin. „Dann muss Kauz einen wirklich großen Hang zur Selbstverleugnung haben. Mir würde das jedenfalls nicht passieren. Andererseits muss ich zugeben, dass Gatler für diesen Betrug wahrscheinlich zu haben gewesen wäre. Fiebig hat gesagt, dass er bereit wäre, für seine Karriere alles zu tun.“ Plasberg trank den letzten Schluck aus ihrer Kaffeetasse. „Dann haben Sie auch schon eine erste Aufgabe, die Sie erledigen müssen, Frau Kollegin: Sie müssen für uns herausfinden, ob die Mail der Kamphaus irgendwo auf Kauz’ Smartphone oder Rechner zu finden ist. Ohne diese Mail haben wir keine Verbindung zu den beiden. Ohne diese Mail haben wir nichts in der Hand, und alle unsere schönen Spekulationen sind für die Katz. Und mal davon abgesehen: Das alles erklärt noch nicht, warum auch Anschlitz sterben musste.“

„Wir wissen immerhin, dass er ein ehemaliger K-Kollege von K-Kauz war.“

„Sein Vorgänger, um genau zu sein", präzisierte Siener. „Wenn er nun auch irgendwas von diesem Schwindel wusste und deshalb umgebracht wurde?"

Plasberg schüttelte den Kopf. „Selbst wenn es so wäre: Warum dann erst jetzt? Warum ihn dann nicht schon vor Jahren töten? Anschlitz hat etwas mit seiner Drohne aufgenommen, ein Video, ein Foto. Er hat etwas gesehen, was er nicht sehen durfte. Deshalb musste er sterben. Aber ich sehe da keine Verbindung zu Kamphaus."

In diesem Moment hieb sich Brinkhoff mit der Hand vor den Kopf. „Wir sind so b-b-blöd!", stieß er hervor. „Wir haben es die ganze Zeit vor der Nase gehabt und nicht b-begriffen!"

„Was denn?", fragte Siener.

„Wir wissen, dass er etwas aufgenommen haben muss. Wir wissen, dass seine Exfreundin ganz in der Nähe des Höhenfelder Sees wohnt, wo K-Kamphaus ermordet wurde." Er sah Plasberg an. „Sie haben selber gesagt, dass diese Nähe kein Zufall sein kann! Außerdem wissen wir, dass Anschlitz wegen Stalkings verurteilt wurde. Was, wenn er nun versehentlich den M-Mord an der Kamphaus gefilmt hat? An dem Wochenende, an dem Kamphaus umgebracht wurde, könnte er mit seiner Drohne in der Nähe von Natalie B-Bauers Wohnung gewesen sein, um seine Exfreundin zu fotografieren oder zu filmen; das ist in unmittelbarer Nachbarschaft zum See. Später hat er auf den Aufnahmen entdeckt, dass er Gatler und/oder Kauz beim Mord an der K-Kamphaus gefilmt hat. Dann hat er versucht, die beiden zu erpressen – schließlich kannte er Gatler bestimmt aus der Presse und Kauz von früher – und ist ebenfalls umgebracht worden."

Plasberg seufzte. „Hört sich plausibel an, aber ohne einen handfesten Beweis ist das wie alles andere reine Spekulation. Damit kommen wir vor Gericht nicht durch. Wahrscheinlich reicht das im Falle von Kauz noch nicht mal für eine vorläufige Festnahme. Oder hat die Hausdurchsuchung irgendwas bezüglich eines Chips, einer Festplatte aus Anschlitz' Besitz ergeben?"

„Hallstetter und Kayser haben heute erst mit der Auswertung des ganzen Materials begonnen", sagte Siener. „Aber auf den ersten Blick … nein. Tut mir leid."

„Und die Kollegen werden sich schön Zeit lassen mit der Auswertung, weil sie glauben, dass sie mit Gatler auf jeden Fall den Mörder schon haben. Kauz' Sachen haben keine Priorität. Dass er eventuell auch in Betracht kommt, wissen sie noch gar nicht."

„Wir haben uns auch noch nicht gefragt, wie Rashid Mokhtari in dieses Szenario passt", merkte Siener an und stahl sich nun doch eine Baklava.

„Er war G-Gatlers Liebhaber", überlegte Brinkhoff. „Vielleicht hat Gatler ihm in einem schwachen Moment von dem Betrug erzählt und wurde dann von ihm erpresst? Vielleicht musste Mokhtari deshalb sterben."

„Und dann lässt Gatler alle Beweise der Verbindung zwischen ihnen auf Mokhtaris Handy zurück?", fragte Plasberg.

Brinkhoff zuckte mit den Schultern. „Er war auch beim Mord an der K-Kamphaus schlampig."

„Vielleicht waren es Kauz und Gatler gemeinsam?", schlug Siener vor. „Oder Kauz allein. Vielleicht hat er herausgefunden, dass Gatler etwas mit Mokhtari hatte, und ist durchgedreht? Klassisches Eifersuchtsdrama!"

„Schluss! Das führt zu nichts! Da fehlen noch zu viele Puzzlestücke." Plasberg stand auf. „Ich schlage vor, dass Sie wieder zurück ins Präsidium fahren, Frau Siener, sonst wird man Sie dort irgendwann vermissen. Wir brauchen diese Drohmail von der Kamphaus auf den elektronischen Geräten von Kauz und Gatler, und suchen Sie nach Hinweisen, ob Anschlitz mit einem der beiden Kontakt aufgenommen hat. Außerdem möchte ich alles an Informationen haben, was Konstantinos Chalkis damals über diesen Babysitter zusammengetragen hat … Anke Koschnik."

„Wie kommen Sie denn jetzt darauf?", fragte Brinkhoff überrascht.

„Ich bin nach wie vor der Meinung, dass Luccas Verschwinden irgendwie mit unseren Fällen zusammenhängt. Und was mir da am merkwürdigsten vorgekommen ist, war die Frage, wie man diesem Babysitter die K.o.-Tropfen verabreicht hat. Kriegen Sie das hin, Frau Siener?"

„Sie meinen, die entsprechenden Seiten heimlich aus den Akten kopieren, ohne dass Eikner oder die Kollegen etwas merken?"

„Genau."
„Kein Problem."
Plasberg lächelte. „Aber nehmen Sie sich vor Frau Keller in Acht. Die hat für so was einen sechsten Sinn."
„Und wir?", fragte Brinkhoff. „Was machen wir?"
„Wir sehen uns noch mal in der Wohnung der Kamphaus um. Wir müssen herausfinden, wie sie Kauz als Autor von Gatlers Büchern identifiziert hat. Danach unterhalten wir uns mal ganz unverbindlich und inoffiziell mit Danni Lukoscheit. Den haben wir auch bisher links liegen lassen. Vielleicht hat er etwas gesehen oder gehört, was uns weiterhilft."
„Also machen wir noch mehr ungesetzliches Zeug."
„Wir dürfen uns eben nicht erwischen lassen. Optimismus, Kollege! Optimismus!"
„Auf welchem Plattencover tragen Agnetha und Frida eigentlich diese Katzen-Shirts?", fragte Siener, als Plasberg sie zur Tür brachte. „Chiquitita?"
„Fernando!", rief Brinkhoff von der Terrasse.
„Unsinn", sagte Plasberg. „S.O.S."

Der Leiter des Kriminalkommissariats 11, seit gestern kommissarisch auch mit der Leitung der MK 3 betraut, ging am späten Vormittag mit zwiespältigen Gefühlen erneut zum Verhörraum, in Begleitung von Matthias Kayser. Zwar war die Indizienkette gegen Stephen Gatler in den vergangenen Stunden dichter geworden, aber es hatte auch Rückschläge gegeben. Nachdem es Dr. Uhrmann aus der Gerichtsmedizin mithilfe weiterer Laboranalysen gelungen war, den Todeszeitpunkt von Martina Kamphaus auf die frühen Morgenstunden des Samstags, den 16. April, einzugrenzen, hatte Eikner die Hoffnung gehabt, anhand der Aufzeichnungen der Videokamera vor dem Gatler'schen Haus überprüfen zu können, ob und wann der Autor das Haus verlassen hatte, und damit eine Verbindung zwischen ihm und dem Mord an der Bibliothekarin und dem Mord an Anschlitz herstellen zu können. Aber die Bilder der Kamera hatten nur das bestätigt, was der MK über die Bewegungsprofile von Kauz und Gatler schon bekannt war. Keiner der beiden hatte zum Todeszeitpunkt der Kamphaus das Haus verlassen. Und was den Mord an Thomas Anschlitz betraf, so war auf der Kamera zu sehen gewesen, dass Kauz zwar nach dem Interview, das Stumping mit Gatler geführt hatte, in dem Mercedes das Anwesen verließ, aber kurz darauf mit einigen Lebensmitteln zurückkehrte. Später fuhr ein Taxi vor und brachte Gatler weg; auch das stimmte mit der Aussage überein, dass sich der Schriftsteller zu diesem Zeitpunkt auf den Weg zum Flughafen gemacht hatte, um seine Termine in London wahrzunehmen. Damit schienen beide nicht als Täter für den Mord an Anschlitz infrage zu kommen. Aufnahmen, die den Todeszeitpunkt von Rashid Mokhtari abdeckten, existierten nicht. Gatler und Kauz nutzten ein Überwachungssystem, das automatisch alle Aufnahmen löschte, die älter als vierzehn Tage waren.

Ein weiteres Problem stellten die elektronischen Geräte dar, die Achim Kauz gehörten. Der Lebensgefährte des Schriftstellers hatte komplizierte Passwörter angelegt, die auch von den Experten nicht ohne Weiteres geknackt werden konnten, aber immerhin Gatlers Zugriffscodes waren sehr schnell umgangen worden. Ein Lichtblick. Allerdings war auch hier eine ganze Reihe von Fragen aufgetaucht, und Eikner bezweifelte, dass Gatler mitteilungsfreudiger sein würde als am Vortag. Er war schon am Morgen von seinem Anwalt besucht worden, sicherlich, um sein weiteres Verhalten mit ihm zu besprechen. Trotzdem, die Dinge waren in Bewegung geraten.

„Ich führe das Gespräch", sagte Eikner. „Sie halten den Mund." Kayser nickte sein Einverständnis, und Eikner warf ihm einen misstrauischen Blick zu. Er hatte den Kollegen im Verdacht, Maria Plasberg nachzutrauern. Weder er noch Siener oder Hallstetter hatten sich bei der morgendlichen Besprechung besonders mitteilungsfreudig gezeigt. Die Stimmung war angespannt gewesen.

Der Schriftsteller und sein Anwalt waren schon auf ihren Plätzen, als Eikner und Kayser den Raum betraten; der Polizeibeamte, der Gatler begleitet hatte, postierte sich vor der Tür. Die Nacht im Polizeigewahrsam hatte dem Autor zugesetzt. Seine Gesichtsfarbe war grau, und Eikner bemerkte ein leichts Zittern in der linken Hand. Kaum etwas erinnerte an das dandyhafte Künstlerporträt, das die Umschläge seiner Bücher zierte.

„Keine gute Nacht?“, fragte Eikner zur Begrüßung.

„Mein Mandant braucht medizinische Hilfe. Ich verlange eine ärztliche Untersuchung, die abklärt, ob er überhaupt haftfähig ist.“ Grube hielt sich nicht mit dem Austausch von Höflichkeiten aus. „Er leidet an Entzugserscheinungen.“

„Welcher Art?“, fragte Eikner kühl, setzte sich umständlich und raschelte mit seinen mitgebrachten Papieren. Er verspürte keinerlei Lust, auf dieses durchsichtige Manöver einzugehen. Wenn in Maria Plasbergs Ermittlungen bezüglich der Vorfälle in Dortmund auch nur ein Quäntchen Wahrheit steckte, dann hatte Gatler schon einmal seinen Status als Prominenter benutzt, um Recht und Gesetz zu beugen. Ein zweites Mal würde er ihn nicht damit durchkommen lassen. Auch nicht mit einem Anwalt wie Grube.

„Ich habe ein Alkoholproblem“, sagte Gatler müde. „Schon seit Jahren. Lesen Sie keine Zeitschriften?“

„Nicht die Klatschpresse“, erwiderte Eikner. „Ich werde mich darum kümmern. Später.“

„Im Moment halte ich es für überaus fraglich, dass Herr Gatler einem weiteren Verhör gewachsen ist.“ Der Anwalt hatte anscheinend beschlossen, eine Blockadetaktik einzuschlagen.

Eikner warf Gatler einen kurzen Blick zu. „Kann ich so nicht erkennen. Wollen wir anfangen?“

„Aber …“

„Jetzt hören Sie mir gut zu, Herr Grube!“, fauchte Eikner den Anwalt an. „Sie bewegen sich auf sehr dünnem Eis! Ich habe gestern sehr erstaunt zur Kenntnis genommen, dass Sie die ermittelnden Behörden öffentlich beschuldigt haben, an Gatler ein Exempel statuieren zu wollen. Ich kann Ihnen versichern, dass Ihr Mandant hier genauso behandelt wird wie jeder andere Beschuldigte, dem ein Kapitalverbrechen zur Last gelegt wird. Aber das ist es ja gerade, was Sie stört, nicht wahr? Sie haben auf einen Promi-Bonus für Ihren Mandanten spekuliert!“

„Ich muss doch sehr bitten! Ich habe nur bemängelt, dass …“

Eikner ignorierte den Anwalt und wandte sich Gatler zu. „Sie haben gestern behauptet, den Namen Martina Kamphaus nicht zu kennen.“

„Ja.“ Gatler rutschte unruhig auf seinem Stuhl hin und her.

„Wie erklären Sie sich dann, dass wir auf Ihrem Rechner eine Mail von Frau Kamphaus gefunden haben?"

„Meinem Rechner?"

„Dem Laptop in Ihrem Arbeitszimmer. Zu dem ich noch einige Fragen habe. Es ist doch Ihr Rechner, oder?" Tatsächlich war der Laptop ein ziemliches Rätsel für die Kommissare gewesen, denn er hatte fast keine Informationen gespeichert. „Der Rechner ist vollständig eingerichtet und betriebsbereit, aber der belegte Speicherplatz auf der Festplatte ist zu vernachlässigen. Der Computer meiner Frau ist stärker beansprucht, Herr Scziekorsky, und die lädt meines Wissens nur Kochrezepte aus dem Netz herunter. Da war auch kein Hinweis auf Ihre Manuskripte. Wo speichern Sie Recherchen ab? Auf welchem Gerät schreiben Sie Ihre Texte? Und erzählen Sie mir nicht, dass Sie eine Schreibmaschine benutzen! Zum einen war in Ihrer Olympia kein Farbband eingespannt, was darauf schließen lässt, dass sie schon länger nicht benutzt wurde, zum anderen hat Franz Herbrand erklärt, dass ihn Ihre Manuskripte als Computerdatei erreichen. Also?"

Eikner wartete einen Moment, aber Gatler schwieg. Stattdessen wechselte er mit seinem Anwalt einen kurzen Blick. Dem Hauptkommissar entging nicht, dass Grube ein leichtes Kopfschütteln andeutete.

„Sie wissen, dass Ihnen Ihr Schweigen nichts nützt?"

„Mein Mandant hat das Recht …"

„Schön", fuhr Eikner dem Anwalt über den Mund. Er konnte schon jetzt erkennen, worauf dieses Gespräch hinauslief. Gatler würde zu den Vorwürfen schweigen, um sich keine Blöße zu geben. Grube zählte darauf, dass die Polizei sämtliche Karten auf den Tisch legte, wartete ab, welche Erkenntnisse die Hausdurchsuchung brachte, bevor er sich mit seinem Mandanten über eine Verteidigungsstrategie beriet. Ein Katz-und-Maus-Spiel. Eikners sowieso nur verhaltener Zuversicht ging merklich die Luft aus. „Dann kommen wir zu Ihrem Mailprogramm. Natürlich besitzen Sie ein E-Mail-Konto, ganz im Gegensatz zu Ihrer letzten Aussage. Nur enthält es kaum Korrespondenzen, wenn man von Spamnachrichten absieht. Wie kommt das?"

„Ich hatte es vergessen; ich sehe da nie rein. Ich mag Computer eben nicht besonders."

Eikner starrte Gatler ungläubig an. „Wollen Sie mich verarschen?"

„Ich muss doch sehr bitten!", meldete sich Grube.

„Wollen Sie mir allen Ernstes erzählen, Sie benutzen keinen Computer? Ein Mann, dessen Beruf es ist zu schreiben? Wo sind die Mails Ihres Verlegers, Ihrer Agenten, Ihres Lektors, Mails von Elke Fiebig? Mails an und von Journalisten, befreundeten Autoren, Anfragen …"

„Worauf wollen Sie eigentlich hinaus, Herr Eikner?", unterbrach ihn Grube mit säuerlicher Miene. „Das Verhältnis meines Mandanten zu elektronischen Medien ist doch wohl kaum von Interesse für Ihre Ermittlungen!"

„Worauf ich hinauswill? Der Laptop wurde gesäubert!", sagte Eikner. „Sie wollen mir doch nicht ernsthaft weismachen, dass …" Er räusperte sich verärgert. „Rätselhafterweise sind das Einzige, was im Ordner des Mailprogramms von Belang zu finden war, an Sie gerichtete Leserbriefe. Fanpost."

Wenigstens zu diesem Thema ließ sich Gatler zu einer Antwort herab. „Der Verlag leitet sie mir gesammelt alle paar Tage weiter. Die kommen über meine Website herein. Da gibt es so einen Button, über den man mir eine Mail schicken kann. Ich habe damit nichts zu tun, ich weiß noch nicht mal, wie das genau funktioniert. Jemand im Verlag betreut die Website, jemand aus Elke Fiebigs Team, den Namen habe ich leider nicht parat. Fragen Sie die Fiebig. Aber ich lese die Mails nie. Interessiert mich nicht."

„Tatsächlich? Und wieso sind diese Leserbriefe dann als ‚gelesen' markiert?"

„Gelesen? Ich weiß nicht, was Sie meinen."

Wollte der Mann ernsthaft behaupten, keinen Schimmer zu haben, wie man ein Mailprogramm bediente? Das war einfach lächerlich! „Einer dieser Leserbriefe war für uns besonders interessant", fuhr Eikner fort, mittlerweile mehr verärgert, als er sich eingestehen wollte. „Er datiert von Montag, den 11. April und stammt von Martina Kamphaus. Also wenige Tage vor ihrem Tod."

„Wie gesagt, ich lese keine Fanpost."

„Als Fanpost würde ich das auch nicht bezeichnen: *Sehr geehrter Herr Gatler, ich fordere Sie auf, sich mit mir zu treffen. Ich weiß, dass Sie ein Betrüger sind, dass Sie jahrelang die Öffentlichkeit getäuscht haben. Ansonsten gebe ich meine Informationen an die Presse weiter.* Fast wortgleich mit einer anderen Mail, die sie kurz vorher an einen Mann namens Jason K. Talbot geschrieben hat. Sagt Ihnen dieser Name etwas?"

Gatler zuckte mit den Schultern.

„Sie behaupten also, diese Drohmail nicht zu kennen?"

„Wie oft soll ich es noch wiederholen?"

„Was hat Frau Kamphaus gemeint, als sie Sie einen Betrüger nannte? Was meinte sie mit der Täuschung der Öffentlichkeit?"

„Ich weiß es nicht."

„Wie kommt es eigentlich, dass diese Mail nicht an die juristische Abteilung des Verlags weitergeleitet wurde? Wäre es nicht Aufgabe des Verlags, Sie vor so etwas zu schützen?"

„Ich weiß es nicht. Fragen Sie die Fiebig."

Eikner versuchte etwas anderes. „Hat sonst noch jemand Zugang zu Ihrem Laptop? Ihr Lebensgefährte? Die Putzfrau? Ihr Gärtner?"

„Achim." Gatlers Stimme war so leise, dass er kaum zu verstehen war.

„Das heißt, Sie bezichtigen Ihren Lebensgefährten des Mordes an Martina Kamphaus?"

„Ich … was? Nein, natürlich nicht!"

„Das ist doch alles barer Unsinn! Mein Mandant hat nichts dergleichen gesagt", erklärte Grube verärgert und rieb an seinen makellosen, auf Hochglanz polierten Manschettenknöpfen. „Vielleicht beschränken wir uns auf die Vorwürfe, die meinem Mandanten gemacht werden. Wenn Sie denn überhaupt schon so weit sind, Ihre Vorwürfe zu präzisieren. Augenblicklich sieht es nämlich eher danach aus, als stochere Ihr Ermittlungsteam im Nebel herum. Vielleicht liegt das daran, dass Sie die Leiterin der Mordkommission austauschen mussten?"

Die letzten Reste von Eikners Zuversicht verflüchtigten sich schlagartig. „Die Personalpolitik in meinem Kriminalkommissariat geht Sie nicht das Geringste an", brachte er missmutig heraus. „Kommen wir noch mal auf Rashid Mokhtari. Wir wissen, dass er kurz vor seinem Tod ein Treffen mit Ihnen abgesagt hat. Wollte er vielleicht die Beziehung zu Ihnen beenden und Sie sind wütend geworden? Sind trotzdem hingefahren, haben ihn zur Rede gestellt? Und als er sich nicht umstimmen ließ, haben Sie ihn getötet? Sie neigen zu Zornesausbrüchen; das Internet ist voll davon!"

„Nein! Das ist ... Unsinn!" Gatler starrte ihn mit weit aufgerissenen Augen an, als begriffe er wirklich erst jetzt den Ernst seiner Lage. Wo lebten Menschen wie er? Hatte er bisher tatsächlich geglaubt, die Anschuldigungen der Polizei mit ein paar Sätzen ins Reine bringen zu können? Hatte er wirklich geglaubt, sein Promi-Status würde ihn auch diesmal vor dem Schlimmsten schützen?

„Dann wäre da die Ermordung von Martina Kamphaus", fuhr Eikner fort. „Wir haben Regenzeug mit Blutflecken des Opfers in Ihrem Gartenschuppen gefunden. Die inzwischen vorliegende Analyse bestätigt, dass es das Blut von Martina Kamphaus ist. Und nun auch noch eine belastende Drohmail auf Ihrem Laptop. Außerdem gehört die Tatwaffe Ihnen. Alibi ebenso Fehlanzeige. Schon allein diese Beweise werden vor Gericht massiv zu Ihrem Nachteil ausgelegt werden, wenn Sie nicht mit einer plausiblen Erklärung aufwarten können – was ich mir beim besten Willen nicht vorstellen kann."

„Lassen Sie sich davon nicht beeindrucken; das ist nur Taktik", versuchte Grube seinen Mandanten zu beruhigen.

„Und zum Schluss die Ermordung von Thomas Anschlitz", redete Eikner unbeirrt weiter. „Auch hier können Sie kein Alibi vorweisen. Sie kannten den Tatort, und ein am Tatort gefundener Schuhabdruck passt zu Ihren Schuhen. Ihr Persönlichkeitsprofil weist außerdem aggressive Tendenzen auf, Sie waren in therapeutischer Behandlung, haben nach eigener und der Aussage von Zeugen ein Alkoholproblem, Sie haben keine Probleme damit, Menschen in Ihrem persönlichen Umfeld zu schaden. Das haben mehrere Zeugen übereinstimmend berichtet: Hannes Lipscheids Ehe ist zerstört, Elke Fiebig ist durch einen von Ihnen verursachten Unfall für den Rest ihres Lebens gezeichnet." Eikner machte eine Kunstpause. „All das deutet für mich darauf hin, dass Sie durchaus in der Lage waren, drei Menschen kaltblütig zu ermorden. Weil zumindest zwei der Morde eine Vorbereitung brauchten, Sie die Arg- und Wehrlosigkeit der Opfer ausnutzten und die Taten damit vorsätzlich begingen, kommt noch der Vorwurf der Heimtücke hinzu. Da Sie die Opfer nach Motiven aus Ihren Romanen umgebracht haben, wird das Gericht zu entscheiden haben, ob Sie geisteskrank oder einfach nur größenwahnsinnig sind. Vielleicht haben Sie auch gedacht, Sie könnten die schleppenden Verkäufe Ihres neuen Krimis damit anheizen? Vielleicht haben Sie sich heimlich die Schlagzeilen ausgemalt? ‚Unbekannter Irrer begeht Mordserie nach Gatler-Krimis!' Nur, dass Sie selbst in Wahrheit der Unbekannte sind. Sie werden jedenfalls den Rest Ihres Lebens nicht mehr auf freien Fuß …"

„Nein, nein, nein!" Gatler sprang plötzlich auf, mit hochrotem Kopf, die Hände auf den Tisch gestützt. „So war das alles nicht!", stieß er jetzt hervor. „Das mit Rashid war ein Unfall, und die anderen kenne ich nicht. Sagen Sie es ihm endlich!", flehte er seinen Anwalt an.

Grube legte die Stirn in Falten. „Ich halte das für keine gute Idee", raunte er. „Die Polizei wird …"

„Mokhtaris Tod war kein Unfall!", versuchte Eikner seinen Vorteil zu nutzen. „Er hat versucht, sich an Ihnen festzuhalten, und Sie haben ihn die Treppe zum Keller hinuntergestoßen!"

„Nein! Nein! Ich kann es nicht gewesen sein! Verstehen Sie das denn nicht?", brüllte Gatler und stierte Eikner an. „Weil ich die Krimis nicht geschrieben habe! Nichts an mir ist echt! Weder mein Name noch meine Bücher! Es ist alles nur Theater!"

„Was?" Eikner war sicher, dass er sich verhört hatte. „Wer hat die Bücher denn dann geschrieben?"

Gatler sank zurück auf seinen Stuhl. „Achim. Alle bis auf den ersten." Er verbarg das Gesicht in den Händen.

„Das meinen Sie nicht im Ernst!"

„Herr Gatler", warnte ihn Grube, „Sie sollten wirklich nicht weiter …"

„Ich … ich hatte eine Schreibblockade nach *Morgentod*. Ich war ausgeschrieben. Und Achim … er konnte doch auch schreiben. Er hat jahrelang diese Groschenromane verfasst."

„Groschenromane?“, wiederholte Eikner mit schwacher Stimme. „Achim Kauz ist Jason K. Talbot? Nicht Anschlitz?“ Wieso hatte ihn Vogt nicht darüber informiert? Er war doch erst gestern in diesem Verlag gewesen und … Eikner fluchte innerlich.

Währenddessen sprach Gatler mit zitternder Stimme weiter. „Er hat es mir damals angeboten … es hat ihm geholfen, die Sache mit Lucca zu verdrängen … und als es niemand gemerkt hat, haben wir immer weitergemacht … ich habe anfangs gedacht, es macht mir nichts aus, den Ruhm würde ja doch ich ernten, aber … wie habe ich ihn darum beneidet, schreiben zu können … *so* schreiben zu können. Brillante Geschichten voller Hass und Wut und Tragik … und wie habe ich es gehasst, wenn der nächste Krimi noch erfolgreicher war als der letzte … und all das Lob, was ich erhalten habe, doch nur ihm galt … jede überschwängliche Kritik ein Messerstich, jede Fanpost wie höhnisches Gelächter …“ Er schluchzte auf. „Sie haben keine Ahnung, wie das ist … wenn Ihr ganzes Leben hohl ist, aus einer einzigen Lüge besteht … irgendwann konnte ich das alles nur noch mit Alkohol ertragen …“

„Sie wollen mir erzählen, dass Sie beide jahrelang die Öffentlichkeit an der Nase herumgeführt haben, ohne dass jemand aus Ihrem Umfeld es gemerkt hat?“

Gatler nickte müde. „Die Leute wollen einfach glauben, was sie hören und sehen. Lipscheid, Herbrand, Fiebig … sie hatten vielleicht alle einen Verdacht, aber niemand konnte es beweisen. Und alle wollten an mir Geld verdienen.“

Die Miene von Gatlers Anwalt wurde mit jedem Wort ernster, weil er ahnte, dass Eikner sich nicht mit dieser Erklärung zufriedengeben würde. Gatlers Geständnis lieferte das perfekte Mordmotiv, zumindest bei einem der Opfer.

„Nur Martina Kamphaus ist Ihnen auf die Schliche gekommen“, sagte Eikner dann auch. „Und deshalb musste sie sterben.“

Gatler schüttelte den Kopf. „Nein! Ich habe nie von dieser Frau gehört, ich habe auch nie eine E-Mail von ihr gelesen. Warum glauben Sie mir nicht? Überprüfen Sie die Verbindungsdaten meines Handys. Sie werden feststellen, dass ich die Wahrheit sage! Ich kenne sie nicht, sie hat nie Verbindung mit mir aufgenommen.“

„Haben wir bereits getan." Eikner lachte verunsichert auf. „Das muss nichts zu bedeuten haben. Kontaktaufnahmen können persönlich geschehen. Sie könnten ein altes Prepaid-Handy besessen und es nach Gebrauch weggeworfen haben." Das Ganze war so ungeheuerlich, dass er die Tragweite dieses Geständnisses kaum erfasste. War das vielleicht nur das Lügengespinst eines Mannes, der sich in die Enge gedrängt fühlte? Ein Schriftsteller war erfahren darin, sich Geschichten auszudenken, es gehörte zu seinem täglichen Brot. „Sie kennen doch das alte Sprichwort, Herr Scziekorsky: Wer einmal lügt, dem glaubt man nicht." Trotzdem fragte er nach. „Was war mit Rashid Mokhtari?"

„Ein Unfall. Und auch das ist die Wahrheit. Ich ... wir ... wir hatten eine Affäre, ja. Achim und ich ... unser Verhältnis ist schwierig." Gatlers Gesichtszüge zuckten. „Rashid und ich haben uns vor ungefähr sechs Monaten kennengelernt, als Achim und ich in seinem Restaurant essen waren. Ein Zufall. Er sah so unglaublich gut aus, war so charmant, so ... jung. Wir haben uns heimlich getroffen, Achim wusste nichts davon. Rashid hat mir das Gefühl gegeben, um meiner selbst willen geliebt zu werden, und nicht, weil ich eine Berühmtheit bin. Er hat mir das Gefühl gegeben, selber wieder jung zu sein."

„Wusste er von Ihrem Geheimnis? Hat er Sie erpresst?"

„Was?" Gatler sah Eikner schockiert an. „Nein. Nein, natürlich nicht! So war das alles nicht! An dem Abend ... ein Sonntag, glaube ich ... hatte ich mich mit Rashid verabredet, nach Schließung des Restaurants, aber er hatte kurzfristig abgesagt. Er wollte, dass ich mich zwischen ihm und Achim entscheide. Ich bin trotzdem hingefahren, um mit ihm zu sprechen ... und plötzlich war auch Achim da. Er hatte herausgefunden, dass ich ihn betrüge ... wollte uns oder auch nur mich zur Rede stellen ... es kam zu einer Rangelei ... ich weiß nicht mehr, was passiert ist, es ging alles so schnell ... einer von uns hat Rashid geschubst ... und ... er hat noch versucht, sich an mir festzuhalten, aber ..." Gatler schlug wieder die Hände vors Gesicht. „Es war keine Absicht! Ich habe ihn geliebt!", schluchzte er. Es dauerte einen Moment, bis er sich beruhigt hatte. „Anschließend hat Achim gesagt, ich müsste verschwinden. Wir konnten beide nicht mehr klar denken.

So wütend er auch vorher gewesen war … danach war er ganz besorgt. Wenn man mich im Restaurant finden würde, dann gäbe das einen Riesenskandal. Ein gefundenes Fressen für die Presse. Er würde sich um alles kümmern … alles, was mich mit Rashid in Verbindung bringt, aus der Welt schaffen … die Nachrichten zwischen mir und Rashid auf dessen Handy … wir haben Rashid die Wohnungsschlüssel aus der Hosentasche gezogen … und dann bin ich gegangen. Ich dachte, Achim ruft anschließend die Polizei! Erst später hat er mir erzählt, dass er ein Urlaubsschild an die Tür gehängt hat, damit Zeit verstreicht, bis man Rashids Leiche finde … Ich weiß nicht mehr, wie ich nach Hause gekommen bin. Vielleicht habe ich irgendwo am Neumarkt oder am Zülpicher Platz ein Taxi genommen. Zu Hause habe ich dann angefangen zu trinken … und danach weiß ich nur noch, dass ich am nächsten Morgen aufgewacht bin und zuerst alles für einen Albtraum gehalten habe."

„Kauz hat das Urlaubsschild an die Tür des Restaurants gehängt?", fragte Eikner überrascht. „Dann hat er auch die Mitarbeiter verständigt?"

„Die Mitarbeiter?" Gatler starrte ihn verständnislos an.

„Ahmad Tehrani und Anna Mögendorff."

„War das die Kleine mit den dunklen Haaren, die serviert hat? Was meinen Sie mit verständigt?"

„Die beiden haben eine SMS von Mokhtari bekommen, dass er wegen eines Todesfalls das Restaurant für einige Zeit schließen müsse."

„Das … das verstehe ich nicht."

„Und das sollen wir Ihnen glauben?" Eikner war fassungslos. Konnte es sein, dass Gatler tatsächlich nichts davon wusste? Dass Kauz den Ort des Geschehens nachträglich präpariert hatte, um Zeit zu schinden? Oder um Gatler aus Eifersucht einen Mord anzuhängen? Dazu gehörte schon eine ganze Menge Kaltblütigkeit. Aber die Spurensicherung hatte nur Gatlers Fingerabdrücke in Mokhtaris Wohnung gefunden; Eikner hatte noch kurz vor dem Verhör die vergleichenden Abdrücke hereinbekommen. Andererseits ließen sich Gatlers Fingerabdrücke in der Wohnung auch damit erklären, dass er häufiger dort zu Gast gewesen war. War es trotzdem nicht wahrscheinlicher, dass Gatler ihn jetzt anlog und die Präparierung des Tatorts selber vorgenommen hatte? Er war Mokhtaris Liebhaber gewesen, er hatte sicher leichter Zugang zu Mokhtaris Handy bekommen als Kauz, vielleicht kannte er den Code. Kauz hätte ihn erst knacken müssen. Aber hätte Gatler dann nicht jede Spur von sich auf Mokhtaris Handy entfernt? „Ich habe in meiner Laufbahn ja schon einiges erlebt und gehört, aber …“

„Es ist die Wahrheit.“

Eikner starrte Gatler kopfschüttelnd an. „Gut. Dann brechen wir jetzt hier ab.“ Er räusperte sich, suchte seine Unterlagen zusammen, stand auf und rief den Polizeibeamten vor der Tür herein. „Bringen Sie Herrn Scziekorsky zurück in das Gewahrsam.“ Ohne den Anwalt und Gatler eines weiteren Blickes zu würdigen, stürmte er aus dem Verhörraum, mit Matthias Kayser im Schlepptau. „Schicken Sie Hallstetter und Siener mit ein paar Kollegen nach Hahnwald“, bellte er den Kommissar an. „Sie sollen Kauz festnehmen. Und zwar pronto! Dann will ich Vogt in meinem Büro sehen. Und zwar ebenfalls pronto!“ Er wurde vom Klingeln seines Handys unterbrochen. „Grabowski? Ganz schlechter Zeitpunkt“, schimpfte er in die Leitung. „Was? … gestanden? Ja und nein. Er hat mir eine ziemlich unglaubliche Geschichte aufgetischt … Nein … Dass er gar nicht der Autor seiner Krimis wäre und daher auch nicht als Täter infrage käme … ja, finde ich auch. Ziemlich verquere Logik. … Kauz soll der wahre Autor sein, abgesehen vom Debütroman … und der Tod von Mokhtari sei ein Unfall gewesen … natürlich. Hören Sie, ich unterrichte Sie später, einverstanden?“ Ohne auf eine Antwort zu warten, beendete er das Gespräch. „Irgendwie kann ich die Plasberg langsam verstehen“, murmelte er, während er mit Kayser zurück ins Büro lief. „Der Mann geht mir allmählich auch auf den Sack!“

Einige Etagen über Kayser und Eikner stand Bettina Siener im Kopierraum und schwitzte Blut und Wasser. Nach ihrer Rückkehr aus Porz hatte sie sich sofort auf die Suche nach der Akte Lucca Kemper gemacht. Das meiste war digitalisiert verfügbar, bis auf einige Zeugenaussagen, die vor neun Jahren von Mitarbeitern des damaligen Ermittlungsteams um Konstantinos Chalkis rätselhafterweise ganz altmodisch abgetippt und dann im Archiv gelagert worden waren. Das betraf auch die Angaben, die Anke Koschnik gemacht hatte.

Leider war der Kopierer im Archiv defekt gewesen, sodass sie die entsprechenden Blätter nach oben ins Büro schmuggeln musste. Vorsichtshalber hatte sie die Tür des Kopierraums hinter sich zugezogen, aber trotzdem klopfte ihr das Herz bis zum Hals. Nur noch zehn Seiten, dann hatte sie es geschafft. Vielleicht war sie doch ein bisschen naiv gewesen, als sie Plasberg leichtsinnigerweise versprochen hatte …

„Hier sind Sie! Hallstetter sucht Sie schon überall!“ Gesine Keller riss die Tür auf, und Siener zuckte schuldbewusst zusammen. „Sie sollen Achim Kauz festnehmen!“ Die Sekretärin trat an den Kopierer und sah Siener über die Schulter. „Was machen Sie da eigentlich?“

„Nur Bürokram“, sagte Siener hastig und wurde feuerrot. „Kann ich aber auch später …“

Bevor sie es verhindern konnte, nahm Keller zwei der kopierten Blätter in die Hand und überflog sie. „Anke Koschnik? Meine Güte … jetzt erinnere ich mich wieder! Ich hab die Aussage selber abgetippt. Es gab Sicherheitslücken in irgendeiner Software, und die Computer durften zwei Tage lang nicht benutzt werden. Weil so ein Chaos herrschte, bin ich den Schreibkräften bei der Sitte zur Hand gegangen.“ Sie sah Siener prüfend an. „Für Plasberg und Brinkhoff?“

Siener senkte schuldbewusst den Kopf.

„Jetzt gehen Sie schon zu Hallstetter, Kind!“, sagte Keller. „Ich mache das hier fertig!“

„Aber …“

„Warum ich das tue?“ Die Sekretärin rümpfte die Nase. „Die Hauptkommissarin hat zwar nicht immer die besten Umgangsformen, aber eine Ablösung vom Fall hat sie nicht verdient. Und jetzt sehen Sie zu, dass Sie Hallstetter finden!“

Jenny Müller konnte ihre Überraschung nicht verbergen, als erneut Polizeibeamte vor ihrer Tür standen. „Sie schon wieder? Noch mehr Fragen?“

„Ja. Wie geht es Alina und Moritz?", erkundigte sich Plasberg.

„Was? Oh … ähm … gut."

„Dann ist die Erkältungswelle in der Kita vorbei?"

„Ja, Gott sei's gepriesen und geschrien. Noch einen Tag länger, und ich hätte ihnen Valium verabreicht." Sie schenkte Plasberg ein flüchtiges Lächeln. „Hören Sie, ich habe nicht viel Zeit. Ich muss Einkäufe machen, zur Bank, zur Gymnastik und dann muss ich die Kinder abholen. Was kann ich für Sie tun?" Die junge Mutter schien trotz der Abwesenheit ihrer Kinder ein volles Programm zu haben.

„Sie ha-haben nicht zufällig einen Schlüssel für die Wohnung von Frau Kamphaus?", fragte Brinkhoff. „Wir müssten noch mal hinein und haben dummerweise unseren Schlüssel im Präsidium liegenlassen."

Es war ein Glücksfall für die Kommissare, dass sich Plasberg bei ihrem ersten Treffen so gut mit Müller verstanden hatte, sodass die Nachbarin jetzt keinen Argwohn schöpfte.

„Doch, sicher." Sie griff in eine Schale neben der Tür und händigte den Kommissaren den Wohnungsschlüssel aus. „Wenn sie im Urlaub war, habe ich ihre Blumen gegossen." Plasberg und Brinkhoff wechselten einen Blick. Die Kollegen, die die Wohnung der Kamphaus versiegelt hatten, hatten schlampige Arbeit geleistet, auch wenn ihnen das nun zugutekam. Normalerweise wurden in solchen Fällen Zweitschlüssel der Nachbarn eingezogen. „Gibt es denn mittlerweile etwas Neues?"

„Wir machen Fortschritte", antwortete Plasberg so neutral wie möglich.

Eine Etage höher blieben die Kommissare vor der erst am Freitag wieder von ihnen versiegelten Wohnungstür stehen. „Letzte Chance, umzudrehen und unsere ‚Sonderermittlungen' zu vergessen", flüsterte Plasberg ihrem Kollegen zu.

„Jetzt machen Sie schon", erwiderte Brinkhoff und schaute nervös über die Schulter, als käme jeden Augenblick Eikner die Treppenstufen hochgeschnauft. Einen Moment später standen sie erneut in der Wohnung des Mordopfers.

Da die Ermittlungen noch nicht abgeschlossen waren, hatte Saskia Kamphaus noch nicht die Erlaubnis erhalten, den Besitz ihrer Mutter zu sichten und die Wohnung aufzulösen. Es lag ein wenig mehr Staub auf den Möbeln, und die Pflanzen vor dem Balkonfenster dürsteten nach Wasser; ansonsten war die Zeit hier stehengeblieben. Plasberg und Brinkhoff gingen zielstrebig ins Schlafzimmer der Toten.

„Irgendwie sieht es noch schlimmer aus, als ich es in Erinnerung hatte", seufzte die Kommissarin, als sie das Bücherchaos erneut in Augenschein nahm. „Das kann Stunden dauern, bis wir unsere Beweismittel finden!"

„Unsinn. Das g-geht ganz schnell. Die Groschenromane habe ich doch am Freitag irgendwo gesehen. Und die Romane von Gatler … da!" Brinkhoff durchforstete zielstrebig die Büchertürme, die Stalagmiten gleich aus dem Boden zu wachsen schienen. Aus einem der Stapel zog er *Morgentod* und *Wisconsin, Kanada* hervor, die beiden Krimis, die er beim ersten Besuch entdeckt hatte und deren Umschläge den völlig verdrehten Körper einer Leiche am Fuß einer Treppe und das verzerrte, violett verfärbte Gesicht eines aufgeknüpften Mannes zierten. Doch Brinkhoffs Aktion zerstörte das zerbrechliche Gleichgewicht des Stapels. Der Turm begann erst zu wanken, dann kippte er um und verstreute Bücher in alle Himmelsrichtungen.

Plasberg hechtete zum nächsten Bücherstapel, um einen Dominoeffekt zu verhindern. „Passen Sie besser auf!"

„T-Tut mir leid." Brinkhoff bückte sich und hob ein paar lose Blätter auf, die – zwischen zwei Bücher geklemmt – auf den Boden gesegelt waren. „Der Artikel von Martin Sohlmann!", sagte er. Er überflog die Seiten und deutete am Ende des Artikels auf eine doppelt unterstrichene und mit Ausrufezeichen versehene Randbemerkung: „Hah!"

„Wie Claudia Geymann gesagt hat. Kamphaus kannte den Artikel ebenfalls."

Die Kommissare setzten sich auf das Bett der Bibliothekarin und blätterten durch Gatlers Krimis. Schon nach wenigen Sekunden wurden sie fündig. Kamphaus hatte mehrfach Stellen in *Morgentod* mit blauem Textmarker angestrichen, und in dem späteren Werk hatte sie das Gleiche mit gelbem Textmarker getan. Am Rand hatte Kamphaus in sauberer Bibliotheksschrift Bemerkungen notiert, Stichworte, die anscheinend Gedächtnisstützen darstellten. „Stilbruch“ stand da, „siehe *Jeff Ryker*“ und „Erzählerstimme ganz anders als *Morgent*.“

„Okay“, sagte Plasberg. „Damit haben wir einen Beweis für unseren Verdacht, dass sie tatsächlich die Stilunterschiede der Krimis untersucht hat.“

Brinkhoff legte *Morgentod* beiseite und ließ seinen Blick über das Bücherchaos schweifen. Gleich darauf sprang er auf und holte einen Stapel mit einem knappen Dutzend *Jeff-Ryker*-Hefte von einem anderen Bücherturm. Diesmal war er vorsichtiger, der Turm blieb stehen. Im obersten Heft fand er einen Lieferschein von eBay.

„Die Hefte, die Kamphaus sich im Internet angeschaut hat.“ Brinkhoff blätterte auf die letzte Seite, wo im Impressum die E-Mail-Adresse des Verfassers aufgelistet war. Nur zwei der Hefte hatten die Buchstaben jkt in der Adresse und waren damit der Person von Achim Kauz zuzuordnen, aber auch diese Hefte waren mit Textmarkern und Randbemerkungen übersät. „Mehr B-Beweise für unsere Theorie können wir nicht verlangen“, sagte er. „Wenn wir schon am Freitag über die Informationen verfügt hätten, die wir heute besitzen … ich hatte die Bücher und Hefte registriert, als wir uns die W-Wohnung zum ersten Mal angesehen haben!“

„Ich habe schon vor längerer Zeit akzeptiert, dass sich unsere Erfolge immer nur an den vorhandenen Informationen orientieren können, nicht an dem, was wünschenswert ist.“ Trotzdem machte Plasberg ein unzufriedenes Gesicht. „Aber uns fehlt ein Beweis, dass Kamphaus den Betrug *an sich* bemerkt hat. Anhand der Hefte konnte sie nur nachvollziehen, dass jemand mit dem Pseudonym Jason K. Talbot und mit der jkt-Mailadresse der eigentliche Autor von Gatlers Krimis war. Aber woher hat sie gewusst, dass es Achim Kauz war, der die Krimis geschrieben hat?“ In diesem Moment schepperte der Radetzky-Marsch in Plasbergs weißer Lackhandtasche, die sie vor dem Verlassen ihrer Wohnung passend zum Abba-Outfit herausgesucht hatte. „Dieser gottverdammte Klingelton“, stöhnte sie. „Mutter, was gibt’s? … was du kochen sollst heute Abend? Woher soll ich das wissen? Ich kann auch was mitbring... schön, dann koch halt was." Sie verdrehte die Augen und zischte Brinkhoff mit der Hand über dem Lautsprecher zu: „Wie weit sind Sie eigentlich mit dem Versicherungsvertrag?"

„Fast durch", zischte er zurück. „Hab ich gestern Abend gemacht."

„Gott sei Dank." Laut sagte sie: „Conejo en was? Salmorejo? Und was soll das sein? .... Kaninchen? Mutter, es ist mir völlig egal, ob du ein kanarisches, italienisches oder deutsches Gericht kochst. Wie gesagt, ich kann auch was mitbringen, die Kinder und ich sind da nicht besonders anspruchsvoll ... was heißt denn hier fehlender Enthusiasmus? Ich bin mitten in den Ermitt... ja, ich weiß, dass ich abgelöst worden bin. Aber du warst doch diejenige, die mir zugeredet ... ja, werde ich ausrichten, von mir aus ... Dann fahr mit Niklas zum Supermarkt. Da gibt's bestimmt Kaninchen. Mutter? ... Mutter?" Plasberg sah Brinkhoff mit einem Ausdruck purer Verzweiflung an. „Einfach aufgelegt. Sie macht mich rasend! Als ob dic Wclt sich nur um sie dreht! Wenn ich eine rechtliche Handhabe hätte, sie abschieben zu lassen – ich würde es tun! Sie sind übrigens zum Abendessen eingeladen. Meine Mutter fand Sie ganz reizend. Es gibt Kaninchen mit irgendwas."

„Oh ... d-d-danke!", stotterte Brinkhoff. „Und Conejo en salmorejo ist Kaninchen in einer Marinade aus Weißwein, Olivenöl, Essig und K-Knoblauch. Lorbeer, Paprika und Thymian kommen auch noch dran, wenn ich mich nicht irre."

„Und woher wissen Sie das?"

„Hab ich mal in diesem spanischen Restaurant in der Nähe vom Mediapark gegessen. Wie hieß das noch?"

In diesem Augenblick klingelte Plasbergs Handy ein zweites Mal. Diesmal war Bettina Siener am Apparat, die die Kommissarin über den erstaunlichen Verlauf des Verhörs von Stephen Gatler und die darauffolgende Verhaftung von Achim Kauz unterrichtete. Plasberg stellte das Gespräch so ein, dass Brinkhoff mithören konnte.

„... da war ein riesiger Medienrummel vor dem Haus von Gatler. Überall Kameras und Reporter, die wissen wollten, was mit Gatler ist. Wir sind kaum durchgekommen. Kommt bestimmt nachher im Fernsehen. Oh, es gibt noch eine Neuigkeit. Eikner hat routinemäßig Gatlers Kontobewegungen bei seiner Bank angefordert. Dabei gibt es einen Posten, der ausgesprochen interessant ist. Moment …" Plasberg hörte, wie Siener das Telefon vom Ohr nahm, dann hörte sie das Klicken der Kamerafunktion. „Ich hab den betreffenden Posten fotografiert und an Ihr Handy geschickt. Haben Sie's?"

„Augenblick …" Jetzt nahm Plasberg ihr Handy herunter und suchte nach der SMS, die gerade mit Anhang hereinkam. „Das ist ja wirklich hochinteressant", murmelte sie, als sie den Namen des Empfängers las. „Zehntausend Euro, jeden Monat. Was hat Eikner dazu gesagt?"

„Noch gar nichts. Wir sind gerade eben erst darauf gestoßen."

„Schön, dann … wie hat Kauz seine vorläufige Festnahme aufgenommen?", fragte Plasberg.

„Eikner hat ja angeordnet, ihn wegen Verdachts auf Beihilfe zum Mord in mindestens einem Fall festzunehmen, solange noch nicht feststeht, wie Rashid Mokhtari nun zu Tode gekommen ist. Und … ähm … Kauz hat lauthals zu lachen begonnen."

„Bitte?"

„Er hat gelacht", wiederholte Siener. „Hab ich so auch noch nicht erlebt. Seitdem geht's hier im Präsidium drunter und drüber. Vogt und Eikner laufen herum wie aufgescheuchte Hühner. Vogt hat sich eine Standpauke von Eikner anhören müssen, weil er die Ergebnisse unseres Besuchs beim *Jeff-Ryker*-Verleger unterschlagen hat. Und Eikner weiß jetzt nicht, wen er für schuldig halten soll: Gatler, Kauz oder beide zusammen. Er will gleich erst mal Kauz verhören."

„Dann bleibt uns nicht mehr viel Zeit", sagte Plasberg.

„Zeit? Wofür?", fragte Brinkhoff.

„Um von unserer Seite noch ein paar Beweise zu sammeln. Damit Grabowski nicht den Falschen anklagt."

„Und wer ist der Falsche? Vielleicht haben sie es ja auch zusammen getan! Und wie wollen Sie die Beweise vorbringen? Offiziell ermitteln wir d-doch gar nicht!"

„Ich werde mir schon was einfallen lassen", bürstete Plasberg ihren Kollegen ab. Ansonsten interessierte sie sich aber weniger für das Geständnis Gatlers, nur Autor seines Debütromans zu sein, und auch Gatlers Schilderung von Mokhtaris Tod war für sie eher zweitrangig. Ein scheinbar nebensächliches Detail war ihr viel wichtiger. „Gatler hat auf seinem Laptop also auch eine Drohmail von der Kamphaus erhalten?", fragte sie bei Siener nach.

„Hat Eikner jedenfalls erzählt."

„Und es war nicht dieselbe wie die, die an Kauz gegangen ist?"

„Nein. Der Wortlaut variiert leicht, und die an Gatler ist erst am 11. April verschickt worden; es sieht so aus, als wäre sie von Kamphaus' Handy versendet worden. Die an die jkt-Mailadresse wurde eine Woche vorher verschickt."

„N-Noch ein Grund mehr, warum der Mörder Kamphaus' Mobiltelefon in den See geworfen hat", sagte Brinkhoff.

„Dann könnte es doch Gatler gewesen sein, der die Kamphaus aus dem Weg räumen wollte", überlegte Plasberg. Sie klang fast enttäuscht. „Und ich war so sicher, dass er es nicht war …"

„Aber Gatler hat auch gesagt, dass Kauz ebenfalls Zugriff auf seinen Laptop hatte", erklärte Siener. „Er hat es so dargestellt, als würde er selber den Laptop nie nutzen."

„Wirklich?" Plasbergs Miene hellte sich auf. „Dann haben wir hier ein Problem weniger."

„Inwiefern?", fragte Brinkhoff.

„Weil es dann egal ist, ob Kamphaus wusste, wer der tatsächliche Autor von Gatlers Krimis war. Verstehen Sie nicht? Als sie den Sohlmann-Artikel gelesen hat und ihr anhand eigener Vergleiche der Groschenromane und der Krimis klar wird, dass Gatler nicht der Autor sein kann, schreibt sie erst am 4. April Jason K. Talbot an, um ihn zu beschuldigen – ohne zu wissen, wer hinter dem Pseudonym steckt. Vielleicht war ihr auch gar nicht bewusst, dass es sich um ein Pseudonym handelt. Die Mail geht an Achim Kauz, der der Inhaber des jkt-Kontos ist. Der wiederum glaubt anfänglich, Kamphaus könnte ihm nichts anhaben, da er davon ausgehen muss, dass sie seine wahre Identität nicht kennt. Außerdem kann er anhand der Drohmail nicht erkennen, dass Kamphaus um seine Verbindung zu den Gatler-Krimis weiß. Die Beschuldigung ist ja auch ziemlich vage: *Ich weiß, dass Sie die Öffentlichkeit seit Jahren belügen*. Soweit ich mich erinnere, gab es in dieser ersten Mail der

Kamphaus auch keine direkte Anrede. Also reagiert er nicht. Als Kamphaus eine Woche später noch immer keine Antwort erhalten hat, beschließt sie, sich an Stephen Gatler direkt zu wenden, und beschuldigt ihn am 11. April ebenfalls des Betrugs. Es liegt doch – nach allem, was wir jetzt wissen – im Bereich des Möglichen, dass Kauz derjenige war, der diese Mail abgefangen hat und sich nach Erhalt der zweiten Mail mit oder ohne Wissen von Gatler und mit oder ohne dessen Hilfe entschlossen hat, Kamphaus aus dem Weg zu räumen! Allein aufgrund der Tatsache, dass Kamphaus eine zweite Mail an Gatler geschickt hat, konnte er jetzt den Schluss ziehen, dass sie über die falsche Autorschaft Bescheid wusste. Im Grunde ist es ein Paradoxon: Er will verhindern, dass das gut gehütete Geheimnis an die Öffentlichkeit gelangt. Aber durch den Mord an der Kamphaus und Gatlers Geständnis passiert genau das, was er eigentlich verhindern wollte." Sowohl Brinkhoff als auch Siener am anderen Ende der Leitung mussten diese These erst mal verdauen und schwiegen. Aber Plasberg war mit ihren Gedanken schon weiter. „Haben Sie die Unterlagen über den Babysitter?", fragte sie Siener.

„Ja. Mit Frau Kellers Hilfe."

„Frau Keller?"

„Erzähle ich Ihnen später. Was soll ich mit den Unterlagen machen?"

Plasberg überlegte. „Erst mal reicht mir die Adresse."

Siener schlug nach und gab der Kommissarin den Wohnort durch.

„Die wohnt noch in Köln?", fragte Plasberg überrascht.

„Sieht so aus."

„Haben Sie die Aussage der Koschnik noch mal überflogen?"

„Sicher."

„Hat sie definitiv ausgesagt, dass niemand am Abend von Luccas Verschwinden die Wohnung betreten hat?"

„Ja. Sie war allein mit dem Jungen."

„Vielen Dank. Dann werden wir ihr nach Danni Lukoscheit einen Besuch abstatten. Und Sie halten so lange die Stellung im Präsidium. Wenn es neue Entwicklungen gibt …"

„… melde ich mich. Verstanden."

Plasberg hatte ihren alten Golf auf dem Bürgersteig vor Martina Kamphaus' Wohnung abgestellt. Während Brinkhoff über sein Smartphone die Adresse von Gatlers Gärtner ausfindig machte, versuchte Plasberg den Motor zu starten. Er gab allerdings nur einige gequälte Geräusche von sich und verstummte dann endgültig.

„Sie m-müssen sich wohl mit der Tatsache abfinden, einen neuen Wagen zu k-kaufen", sagte Brinkhoff.

„Los! Aussteigen!", erwiderte Plasberg verärgert.

„W-Was?"

„Sie müssen sich wohl mit der Tatsache abfinden, dass Sie den Wagen anschieben müssen", erwiderte sie. „Da vorn geht's ein Stück bergab, da krieg ich den Motor wieder zum Laufen. Na los, worauf warten Sie?"

Leise fluchend verließ Brinkhoff das Auto und stemmte sich gegen das Heck. Der Golf bewegte sich keinen Millimeter, so sehr er sich auch bemühte. „Da geht nichts!", rief er und wischte sich den Schweiß von der Stirn.

„Sie Waschlappen!", brüllte die Kommissarin hinter dem Steuer. „Ist das alles an Muskelkraft, was Sie aufzubieten haben? Fester!" Dann hörte er ein paar Flüche, und gleich darauf kurbelte Plasberg vorsichtig das Fenster herunter. „Tut mir leid. Noch mal! Ich hatte vergessen, die Handbremse zu lösen."

„K-Kann doch wohl nicht wahr sein", schimpfte Brinkhoff und stemmte sich erneut mit aller Kraft gegen den Wagen. Und dann, Zentimeter für Zentimeter, Stück für Stück, begann sich der Golf zu bewegen, nahm Fahrt auf, und als die Straße leicht abschüssig wurde, gelang es der Kommissarin endlich, den Motor zu starten.

„Brinkhoff, wo bleiben Sie?"

Atemlos hechtete der Kommissar auf den Beifahrersitz. „Diese alte Rostlaube gehört verschrottet", japste er, während er die Beifahrertür zuschlug. „Der Fenstergriff fällt ab, der B-Boden ist fast durchgerostet, der Motor springt nicht an …"

„Unsinn, der läuft wie eine Eins. Sehen Sie doch! Und für Ihre Hilfe male ich Ihnen auch ein Sternchen in die Personalakte!"

„Sie sind im Urlaub. Im Zwangsurlaub. Sie schreiben erst mal gar nichts mehr in irgendw-welche Akten!"

Plasberg tat, als hätte sie nicht gehört. „Wo müssen wir hin?"

Brinkhoff wischte sich die Hände an der Hose ab. „Berrenrather Straße."

„Geht's ein bisschen genauer? Die ist eine der längsten Straßen der ganzen Stadt!" Tatsächlich durchzog die Berrenrather Straße die gesamte südwestliche Stadthälfte Kölns, kreuzte die A4, und verlor sich erst in der Nachbargemeinde Hürth.

„Ecke Weyertal, in der Nähe der Uni."

Stephen Gatlers Gärtner wohnte im zweiten Stock über einer Änderungsschneiderei. Da das Viertel hinter der Universität einen hohen Studentenanteil besaß, drängten sich überall Fahrräder an Laternenpfosten, Fahrradständern oder standen einfach auf dem Bürgersteig.

Die Kommissarin parkte auf dem Seitenstreifen neben dem Radweg, stieg aus und zuckte gerade noch rechtzeitig zur Seite, als ein junger Mann mit Rastalocken, gepiercter Lippe und Unterarmtattoos wild klingelnd vor ihren Fußspitzen zum Stehen kam. Im Korb vor dem Lenker hockte ein grauweiß gesprenkeltes Etwas, das die Kommissarin im ersten Moment nicht einordnen konnte, weil es eine Sonnenbrille auf der Schnauze trug.

„Sie blockieren den Radweg!", fuhr der Mann sie an. „Keine Augen im Kopf?"

„Augenblick!", sagte Plasberg und schlug sofort einen offiziellen Ton an. „So nicht!" Seelenruhig kramte sie Stift und Notizblock aus ihrer Handtasche. „Was ist das da?" Sie deutete auf den Inhalt des Fahrradkorbs.

Der Mann sah sie und Brinkhoff entgeistert an. „Das ist Matilde. Ein Minischwein. Sieht man doch."

„Ein was?" Misstrauisch beäugte Plasberg das Tier, das sie interessiert angrunzte.

„Ein Minischwein."

„Was macht dieses Schwein in Ihrem Fahrradkorb?"

„Ich bringe es auf die Wiese am Aachener Weiher. Zum Grasen."

Plasberg verengte die Augen zu schmalen Schlitzen. „Wollen Sie mich hochnehmen?"

„Minischweine fressen so gut wie alles." Der Mann ordnete seine Rastalocken; irgendwo musste er ein Glöckchen mit eingeflochten haben, denn es bimmelte bei jeder Kopfbewegung.

„Und warum trägt es eine Sonnenbrille?"

„Wegen der Augentropfen."

„Was?"

„Matilde hat eine Augeninfektion. Ich muss ihr jeden Morgen Tropfen in die Augen träufeln; danach ist sie etwas lichtempfindlich."

Jetzt war die Kommissarin sich sicher, dass der Kerl sie auf den Arm nahm. „Name?", herrschte sie den Mann an.

„Hab ich doch gesagt: Matilde!"

„Nicht das Schwein! Sie! Können Sie sich ausweisen?"

„Warum?" Der Mann verschränkte die Arme vor der Brust.

„Allgemeine Verkehrskontrolle", log Plasberg. „Sie hätten mich beinahe überfahren. Und die Bremsen an Ihrem Vorderrad sind nicht in Ordnung." Brinkhoff räusperte sich dezent und zupfte an ihrem T-Shirt. „Nicht jetzt, Kollege! Sie sehen doch, dass ich beschäftigt bin. – Also? Ausweis?"

Der Mann musterte Plasbergs weiße Stulpenstiefel, das überlange Katzen-T-Shirt und den breiten Lackgürtel. „Wenn Sie von der Polizei sind, bin ich Bob Marleys Sohn", grinste er. „Können *Sie* sich denn ausweisen?"

„Natürlich kann ich mich …" Plasberg stockte. Es war zurzeit besser, ihre Dienstmarke nicht vorzuzeigen, weil sie sich offiziell im Urlaub befand. Allerdings blieb ihr eine peinliche Entschuldigung erspart, denn in diesem Moment grunzte das Schwein erneut, reckte die Schnauze in die Luft – und sprang mit einem Satz vom Fahrradkorb der Kommissarin direkt in die Arme.

„Tildi!", rief der Fahrradfahrer überrumpelt. „Was machst du denn?"

„Nehmen Sie Ihr Schwein weg von mir!", keifte Plasberg, während das Tier quiekte und strampelte, um Halt zu finden. „Nehmen Sie es weg! Sofort!"

„Matilde mag Sie!", versuchte der Radfahrer sie zu beruhigen. „Sie brauchen keine Angst zu haben. Sie steht nur auf teure Damenparfüms; Schweine haben einen fantastischen Geruchssinn. Und Sie dürfen nicht so schreien, das erschreckt sie. Schweine sind sensible Tiere."

„Sensibel? Ich zeig Ihnen, wer hier sensibel ist!"

Das Minischwein hatte sich inzwischen beruhigt und schnüffelte nun ausgiebig an Plasbergs Nacken, während Brinkhoff nach einer Schrecksekunde lauthals zu lachen anfing.

„Hören Sie auf, sich so aufzuführen!", blaffte Plasberg ihn an. „Befreien Sie mich lieber von diesem Schwein!" Was eine neue Lachsalve bei Brinkhoff auslöste.

„Ich k-k-kann n-nicht ..."

„Das sehe ich!"

Plasberg nahm sich ein Herz und griff dem protestierenden Minischwein unter den Bauch; dann stopfte sie es angewidert zurück in den Fahrradkorb. „Sie ...!", begann sie, aber der Radfahrer hatte nur Augen für sein Minischwein. „Komm, Tildi, wir fahren weiter." Er kraulte das verstörte Tier hinter dem Ohr. Dann trat er in die Pedale und war gleich darauf verschwunden, ohne Plasberg eines weiteren Blickes zu würdigen.

Die Kommissarin lehnte sich aufatmend an ihren Wagen und wischte ein paar Borsten von ihrem Shirt. „Unfassbar! – Und Sie stehen daneben und halten Maulaffen feil!"

Brinkhoff wischte sich ein paar Tränen aus den Augen. „Wenn ich doch b-bloß schneller geschaltet hätte", sagte er. „Dann hätte ich d-das jetzt als Video auf meinem Handy."

„Sehr witzig. Sagen Sie Bescheid, wenn Sie sich wieder im Griff haben. Dann würde ich gerne mit unseren Ermittlungen fortfahren." So würdevoll wie möglich überquerte Plasberg den Bürgersteig.

Daniel Lukoscheit öffnete die Tür schon nach dem ersten Klingeln. Der sechsundzwanzigjährige muskulöse Blondschopf trug eine kurze Hose, ein Muscleshirt, das seinen durchtrainierten Körper betonte, und violette Flipflops, und er hielt eine halbvolle Müslischale in den Händen, als Plasberg und Brinkhoff die Treppe hochstiegen. „Stören wir beim Frühstück?", fragte die Kommissarin und stellte sich und Brinkhoff vor. Zum Glück fragte Lukoscheit nicht nach ihrer Dienstmarke.

„Hab mir schon gedacht, dass früher oder später jemand von Ihnen aufkreuzt. Gatlers Verhaftung ist ja in allen Medien. Sogar hier haben zwei Reporter angerufen." Lukoscheit führte die Kommissare in die Küche, wo an einem Tisch mit Frühstücksutensilien eine junge Frau mit ebenso blonden Haaren wie Lukoscheit saß und ein Croissant mit Butter bestrich. „Das ist Jessy, meine Freundin. Jessica Planken." Plasberg nickte der jungen Frau zu, dann bemerkte sie die Rundung unter ihrem T-Shirt. „Wann ist es so weit?"

„Dauert noch. Siebter Monat." Planken lächelte, und die Kommissare konnten sofort verstehen, wieso Lukoscheit sich in diese Frau verliebt hatte. Ihr Lächeln ließ ihr ganzes Gesicht erstrahlen. „Wir waren gerade bei der Schwangerschaftsgymnastik. Tee?"

Plasberg nickte.

Lukoscheits Freundin rümpfte plötzlich die Nase. „Hier riecht's irgendwie komisch."

„Das … ähm … das bin wohl ich", erwiderte die Kommissarin. „Ich wurde gerade von einem Minischwein attackiert." Die Blicke, die ihr von Lukoscheit und Planken zugeworfen wurden, sagten ihr, dass diese etwas unglückliche Formulierung nicht gerade zu ihrer Vertrauenswürdigkeit beigetragen hatte. „Also, das Schwein saß auf einem Fahrrad …", versuchte sie die Situation zu verdeutlichen. „Ich meine vorne, vor dem Lenker … also in einem Fahrradkorb …" Hinter ihr begann Brinkhoff wieder die Beherrschung zu verlieren. „Vergessen Sie's einfach", seufzte Plasberg und beeilte sich zu fragen, ob Lukoscheit wusste, dass auch Kauz verhaftet worden war.

„Sicher." Lukoscheit setzte sich zu seiner Freundin und zog die Beine an, das Kinn auf seinen Knien ruhend. „Bisschen surreal." Plasberg betrachtete seine Hände, die voller Schrammen und Schwielen waren. Unter den Fingernägeln war Schmutz zu sehen. Lukoscheit sah ihren Blick und wurde rot. „Das bringt die Arbeit mit sich. Die schmutzigen Hände, meine ich."

„Sie haben Ihren eigenen Gärtnereibetrieb?"

Lukoscheit setzte sich wieder gerade hin und löffelte weiter sein Müsli. „Ich hatte. War mir aber zu anstrengend. Vierzehn bis sechzehn Stunden Arbeit am Tag. Vor zwei Jahren hab ich den Betrieb verkauft. Jetzt mach ich Gartenarbeiten für andere Leute. Bringt zwar nicht so viel ein, aber es ist weniger stressig. Ich kann mir meine Zeit selber einteilen. So wie heute mit der Gymnastik." Er legte seiner Freundin eine Hand auf den Oberschenkel.

„Wir sind zufrieden. Und wenn das Baby da ist, mache ich den Hausmann. Jessy ist diejenige, die das Geld nach Hause bringt; da könnte ich sowieso nicht mithalten."

„Und was arbeiten Sie?", fragte Plasberg.

Planken lachte. „Project Management bei einer Firma, die Windkraftanlagen herstellt. Schrecklich langweilig."

Plasberg wandte sich wieder Lukoscheit zu. „Kauz und Gatler wussten von Ihren Plänen?"

„Dass ich aufhören will?" Der junge Mann schüttelte den Kopf. „Ich wollte es ihnen nächste Woche sagen. Scheint ja jetzt nicht mehr nötig zu sein." Er hielt einen Moment inne. „Hätte ich nicht gedacht."

„Was denn?"

„Na ja, dass die drei Leute umbringen." Er rieb sich durch seinen Bartflaum. „Der Kauz war nett. Der Gatler … eher nicht."

„Im Augenblick besteht auch nur ein Verdacht. Ermittlungen zu Kapitalverbrechen können langwierig sein. Deshalb sind wir ja auch hier. Die Faktenlage ist in bestimmten Bereichen recht dürftig. Sie arbeiten jetzt wie lange für Kauz und Gatler?"

Lukoscheit überlegte und sah seine Freundin fragend an. „Seit gut einem Jahr?" Planken nickte. „Genau. Letztes Jahr im März habe ich angefangen. Zu Beginn der Pflanzsaison. Ein Nachbar in Hahnwald hat mich empfohlen. Der Garten war ziemlich heruntergekommen, vorher war da wohl ein Gartenbetrieb beschäftigt, der immer jemand anderen geschickt hat, sodass keine Konzeption dahintersteckte. Die haben immer nur das Nötigste gemacht. Ich habe Kauz ein Konzept ausgearbeitet, und er fand es gut. Das habe ich dann nach und nach umgesetzt. Palisaden, ein Brunnen, ein Steingarten. Hinten am Haus habe ich in einer Ecke ein paar seltene Dahliensorten gesetzt; Kauz und ich haben durch Zufall entdeckt, dass wir beide dieselben Lieblingsblumen haben." Er deutete nach draußen auf den Balkon, der von der Küche abging und wo in großen Kübeln die ersten Dahlienknollen austrieben. „Selbst gezüchtet, eine dekorative Dahlie. Sieht jetzt noch nicht besonders aus, aber in zwei, drei Monaten blühen die in einem genialen, leuchtenden Karminrot. Wird ungefähr ein Meter zwanzig hoch, und die Blüten haben die Größe einer Hand. Ich hab sie

*Jenny P.* genannt." Er grinste verschämt und strich seiner Freundin durch die Haare.

„Wundervoll", knurrte Plasberg.

„Vorne im Vorgarten wollte Gatler etwas Repräsentatives. Nur weiße Kiesel, Gras und Buchsbäume, akkurat geschnitten. Nicht mein Fall, aber na ja", Lukoscheit schnalzte mit der Zunge, „manchmal muss man Kompromisse eingehen. Immerhin habe ich ihn davon abhalten können, die Kiefer zu fällen."

„Und Sie sind da jeden Tag?"

„Nein. Zu Anfang war ich beinahe jeden Tag da, bis das Gröbste an Arbeit erledigt war, dann habe ich langsam reduziert. Jetzt komme ich im Sommer bis zu dreimal die Woche, im Winter einmal in der Woche. Laub wegfegen, Auffahrt streuen, die empfindlichen Pflanzen bei Kälteeinbrüchen abdecken. Wie gesagt … dem Gatler war der Garten eigentlich egal, der wollte nur, dass er was hermacht. Der Kauz hat sich schon mehr dafür interessiert."

„Das heißt, Sie haben Ihre Arbeiten mit Achim Kauz abgesprochen?"

„Meist schon. Gatler war ja zum Glück oft auch gar nicht da. Lesungen, Reisen nach England, Benelux, in die USA und so. Wenn er da war, hat er sich meist aufgespielt. Hat den großen Weltbürger markiert."

„Sie mögen Stephen Gatler nicht besonders?"

Lukoscheit seufzte. „Nein, um ehrlich zu sein. Sie kennen seinen Ruf doch bestimmt? Ich meine, ich bewundere ihn dafür, dass er so toll mit Worten umgehen kann und Bücher schreibt, aber …" Plasberg schwieg; sie hatte nicht vor, Lukoscheit darüber zu informieren, wer die Krimis tatsächlich geschrieben hatte. „Außerdem …" Der junge Mann zögerte und stellte seine Müslischale auf dem Tisch ab. „Ich habe immer darauf geachtet, nicht mit Gatler allein zu sein."

„Und warum?"

„Weil ich nicht von ihm angemacht werden wollte. Manchmal hatte ich das Gefühl, dass er mich beobachtet, sich an mir … aufgeilt. 'tschuldigung."

„Kein Problem."

„Ich meine, es ist mir echt egal, dass die beiden schwul sind. Ich hab keine Vorurteile, verstehen Sie? Aber der Gatler, der hat so eine schmierige, herablassende Art. Der hätte mich zu gern ins Bett gekriegt, glaube ich. Außerdem hält er sich für den King. Den größten Schriftsteller, der je auf Erden gewandelt ist … und, na ja, mal ehrlich … Krimis?“ Lukoscheit verzog das Gesicht.

„Aber trotzdem haben Sie für ihn gearbeitet. Wieso?“

„Die Kohle. Die hat gestimmt. Wobei …“

„Was?“

„Ich bin gar nicht sicher, ob Gatler überhaupt weiß, wie viel mir Kauz bezahlt hat.“

„Kauz hat Sie bezahlt?“

„Ich bin offiziell bei Gatler angestellt auf Honorarbasis, aber Kauz hat mir oft zusätzlich was zugesteckt.“

„Interessant. Sie haben gesagt, Sie fühlten sich von Gatler beobachtet …“

Lukoscheit nickte. „Wenn es heiß war im Sommer, hab ich oft mit nacktem Oberkörper gearbeitet, zum Beispiel beim Rasenmähen. Er saß dann auf der Terrasse, die Augen hinter einer Sonnenbrille versteckt. Aber ich hab sie trotzdem bemerkt, die Blicke. Auf den Arsch hat er mir auch ständig geglotzt.“

„Dein Arsch ist ja auch sehenswert“, grinste seine Freundin.

Plasberg fragte Lukoscheit, ob er ihr irgendetwas darüber sagen konnte, wann Kauz und Gatler an den Wochenenden von Kamphaus' und Anschlitz' Tod zu Hause gewesen waren, aber der junge Mann musste sie enttäuschen. „An den Wochenenden bin ich nie in Hahnwald.“

„Kennen Sie Stephen Gatlers Obsidianmesser?“ Plasberg musste diese Frage stellen, immerhin hatte Gatler angedeutet, dass Lukoscheit das Messer hätte entwenden können.

Aber der Gärtner sah sie nur verständnislos an. „Obsidian?“

„Hat das nicht irgendwas mit Vulkanen zu tun?“, fragte Planken.

„Ein vulkanisches Gesteinsglas.“

Lukoscheit schüttelte den Kopf. „Sagt mir nichts.“

„Haben Sie Zutritt zum Haus?“

„Ähm … ja und nein. Wenn Gatler und Kauz da sind, dann schon. Ein paar Mal war ich auf dem Gästeklo im Erdgeschoss. Wenn keiner der beiden da ist, ist natürlich alles abgeschlossen."

Plasberg stutzte. „Und wie kommen Sie dann in den Garten?"

„Hinten durch die Gartentür." Er erklärte, dass es auf der Rückseite des Hauses einen kleinen Schleichweg zwischen Gatlers Anwesen und dem angrenzenden Grundstück gab, über den man durch eine Metalltür im Zaun in den Garten gelangen konnte. „Gatler und Kauz benutzen den Hinterausgang manchmal, wenn vorne vor dem Tor Reporter oder ein paar aufdringliche Fans lauern. Hat Kauz jedenfalls gesagt, als er mir damals den Hintereingang gezeigt und erklärt hat, wie der Sicherheitscode für die Gartentür funktioniert, damit ich unabhängig von ihrer Anwesenheit im Garten arbeiten kann. Zum Beispiel vor ein paar Wochen, als der neue Krimi von Gatler rausgekommen ist, da standen ein paar Leute vor dem Vordereingang. Die wollten unbedingt Autogramme. Dieser private Sicherheitsdienst hat sie dann wohl verscheucht. Ganz in der Nähe war auch der Parkplatz für Gatlers anderen Wagen. Ich weiß nicht, ob er jetzt noch da steht. Und für den Schuppen im Garten habe ich einen Schlüssel."

„Und diese Gartentür … wird die auch videoüberwacht?"

Lukoscheit lachte. „Aber nein! Die Tür ist ziemlich versteckt, drumherum ist alles mit Efeu überwuchert. Den Eingang kennt niemand außer mir, Kauz und Gatler, nehme ich an. Vielleicht noch die Nachbarn vom Grundstück nebenan."

Brinkhoff und Plasberg wechselten einen Blick. Bettina Siener hatte erwähnt, dass Karsten Vogt bei der Hausdurchsuchung den Garten übernommen hatte, aber sie hatte nichts von einem versteckten Hinterausgang gesagt. Sollte Vogt ihn übersehen haben? Wenn es einen unbeobachteten Weg aus dem Haus gab, dann waren die Aufnahmen der Videokamera am vorderen Tor bedeutungslos. Dann hatten Gatler und Kauz jederzeit die Möglichkeit gehabt, unbemerkt das Haus zu verlassen und wieder zurückzukehren. Aber Daniel Lukoscheit hatte den Kommissaren noch eine weitere Information gegeben, die ihnen neu war.

„Was meinen Sie mit ‚Gatlers anderer Wagen'?", fragte Plasberg nach. „Gibt es noch ein anderes Auto als den schwarzen Mercedes?"

„Wussten Sie das nicht? Einen dunkelblauen Porsche, so ein Angeber-Sportmodell. Der stand in einer Tiefgarage zwei Straßen vom Haus entfernt, soweit ich weiß. Gatler hat das mal irgendwann erwähnt. Wollte mich wohl damit beeindrucken, aber ich mache mir nichts aus Autos. Der Wagen war allerdings eingemottet, vielleicht hat er ihn inzwischen auch verkauft."

„Eingemottet?"

„Abgemeldet. Gatler fand das Ein- und Aussteigen zu unbequem. Wundert mich nicht, er hat ja auch nicht mehr das typische Porsche-Alter."

„Sie wissen nicht zufällig die Adresse der Tiefgarage?"

Lukoscheit nahm sein Handy vom Tisch und rief eine Straßenkarte auf. „Die zweite Straße rechts vom Haus ... hier, das muss sie sein ... Ja, da ist auch eine Tiefgarage eingezeichnet." Er reichte das Handy an Brinkhoff weiter, der sich Straßennamen und Hausnummer notierte. Falls der Porsche doch noch dort stand, hatten Kauz und Gatler nicht nur die Möglichkeit, unbeobachtet das Haus zu verlassen, sondern auch noch ein Auto zur Verfügung, das sie unbemerkt zu den Tatorten gebracht haben könnte.

„Sind Sie sicher, dass der Porsche Gatler gehört hat? Nicht Kauz?", fragte Plasberg.

„Ganz sicher."

Noch etwas, was die Kommissare überprüfen mussten.

Plasberg versuchte, ihre Gedanken zu ordnen. „Gut. Dann ... dann habe ich noch eine Frage zu dem Gartenschuppen. Sie bewahren dort auch Ihre Arbeitskleidung auf? Schuhe? Eine Hose für die Gartenarbeit? Regenzeug?"

„Klar. Gummistiefel, eine alte Latzhose, zwei oder drei T-Shirts, die ich nur noch zum Arbeiten anziehe."

„Welche Farbe hat Ihr Regenzeug?"

„Welche Farbe?"

„Ja. Ist es orange, schwarz oder grün?" Plasberg beobachtete Lukoscheit genau, aber der Gärtner schüttelte erneut den Kopf.

„Meine Regenjacke ist gelb und hängt an einem Haken an der Wand des Schuppens. So ein alter Ostfriesen..." Er stutzte. „Aber ich weiß, was Sie meinen! Dunkelgrüne Jacke und dunkelgrüne Hose? Das Zeug liegt seit ein paar Wochen im Schuppen, neben dem Paar Schuhe, das sie anziehen, wenn sie doch mal was im Garten tun. Ich hab mir nichts weiter dabei gedacht, muss wohl Kauz oder Gatler gehören. Wieso fragen Sie danach?"

Plasberg ignorierte seine Gegenfrage. „Und vorher war es noch nicht da?"

„Nein. Erst seit ein paar Wochen ... ich weiß nicht, seit Ende März oder Anfang April vielleicht." Brinkhoff und Plasberg wechselten erneut einen Blick. Also war das Regenzeug, an dem das Labor laut Bettina Siener Blut von Martina Kamphaus gefunden hatte, von einem der beiden, Kauz oder Gatler, für den Mord an der Bibliothekarin angeschafft worden.

„Aber Sie wissen nicht, wem es gehört?"

„Nein, ich habe nicht nachgefragt", bedauerte der Gärtner. „Geht mich ja auch nichts an."

„Okay. Dann ..." Plasberg hielt inne. Erst jetzt stolperte sie über eine Ungenauigkeit in Lukoscheits Formulierung. „‚Das Paar Schuhe, das sie anziehen, wenn sie doch mal was im Garten tun'", wiederholte sie und sah Lukoscheit fragend an.

„Ja. So ein altes Paar Sicherheitsschuhe. Ziemlich abgetragen. Wieso?"

„Es ist nur ein Paar für beide?"

„Kauz und Gatler haben dieselbe Schuhgröße. Wussten Sie das nicht?"

Plasberg schüttelte langsam den Kopf. Das bedeutete, dass sowohl Gatler wie auch Kauz derjenige gewesen sein konnte, der den Schuhabdruck in der Obermühle hinterlassen hatte. „Dann muss ich zum Schluss nur noch wissen, wo Sie die vergangenen beiden Wochenende waren."

„Was?" Lukoscheit sah die Kommissarin verstört an.

„Sie wollen dein Alibi haben", erklärte Planken und runzelte die Stirn. „Vorletztes Wochenende waren wir bei Freunden in Pforzheim. Und letztes Wochenende ... ach ja, richtig ... wir waren in der Klinik. Samstag. Ich hatte Magenkrämpfe, und wir dachten erst, es ist was mit dem Baby. War aber nur ein verdorbener Magen", erklärte sie. „Drei Stunden haben die mich da auf den Kopf gestellt, den ganzen Nachmittag. Ich hab eine Flüssigkeitsinfusion bekommen, das machen die immer, wenn sie nichts finden können. Und Sonntag …"

„Schon gut", unterbrach Plasberg die junge Frau. „Es war nur eine Routinefrage." Erstens war Anschlitz am Sonntag schon tot gewesen, und zweitens glaubte sie sowieso nicht, dass Lukoscheit etwas mit den Morden zu tun hatte, mit dem Tod von Rashid Mokhtari erst recht nicht. „Haben Sie das Regenzeug in die Hand genommen im Laufe der letzten Wochen? Es beiseitegeräumt, als Sie Ihre Arbeitsklamotten angezogen haben?"

Lukoscheit dachte nach. „Keine Ahnung, um ehrlich zu sein", gab er schließlich auf.

„Dann muss ich Sie bitten, Ihre Fingerabdrücke nehmen zu lassen." Sie würde Siener Bescheid geben, das zu veranlassen. Es war zwar unwahrscheinlich, dass das Labor auf dem Material aus Polyurethan außer Kamphaus' Blut noch andere, verwertbare Spuren wie Fingerabdrücke gefunden hatte, aber sie wollte nichts ausschließen. „Eine Kollegin wird sich mit Ihnen in Verbindung setzen. Gibt es sonst noch irgendetwas, was Sie uns sagen können? Hat sich einer der beiden, Gatler oder Kauz, in den letzten Wochen merkwürdig oder anders als sonst verhalten? Oder vielleicht beide?"

Lukoscheit zögerte. „Letzte Woche Freitag … da war Gatler am Nachmittag noch so verkatert, dass er nicht einmal mehr wusste, was für ein Wochentag ist. Ich habe ihm zu viel Lärm gemacht draußen, und er hat mich nach Hause geschickt; ich sollte Montag wiederkommen. Und als ich am Montagnachmittag da war … ich weiß nicht …"

„Was?"

„Es ist bestimmt nichts … vielleicht hab ich da auch was falsch verstanden."

„Das können wir dann entscheiden", erwiderte Plasberg ungeduldig. Wie kam es eigentlich, dass die Leute sonst nach Herzenslust tratschten, aber ihre Lippen häufig versiegelt waren, wenn sie der Polizei bei Ermittlungen helfen sollten? Aber vielleicht gehörte Lukoscheit auch sonst nicht zu den Menschen, die gerne schlecht über andere redeten.

„Ich habe vor dem Haus den Rasen gemäht; die Küchenfenster standen auf. Kauz und Gatler waren in der Küche. Ich konnte ihre Stimmen hören, habe ein paar Satzfetzen aufgeschnappt, als ich den Rasenmäher ausgestellt habe, um an den Rasenrändern mit der Hand nachzuschneiden. Sie haben sich gestritten. ‚Du Idiot!', hat Kauz einmal gesagt. Und: ‚Hat dich jemand gesehen?' Und Gatler hat gesagt, dass er nur vom Taxifahrer gesehen worden sei. Dann hat er gesagt … wie war das noch?" Lukoscheit wuschelte durch seine dichte, blonde Haarmähne. „Irgendwas wie ‚Was haben wir getan?'. Und Kauz hat ihn angefahren: ‚Wir? Du!'. Er war wirklich ziemlich sauer. Mehr hab ich nicht gehört, weil ich dann mit dem Rasenmäher zurück hinters Haus bin. Ich musste noch das Stück bei den Rosenbüschen mähen."

Kurz darauf saßen die beiden Kommissare wieder im Auto.

„Wie n-niedlich!", seufzte Brinkhoff. „Er hat eine Dahlie nach ihr benannt."

„Niedlich?", erwiderte Plasberg unwirsch. „Ich dachte, mir kommt gleich ein Bröckchen hoch! Wenn das Kind aus dem Gröbsten raus ist, beginnt er sich zu langweilen, fängt eine Affäre an, und wenig später streiten sie sich über die Unterhaltszahlungen."

Ihr Kollege schüttelte den Kopf. „Sie sind eine unv-verbesserliche Romantikerin."

„Trotzdem: Das war eine ganze Menge an Informationen", dachte Plasberg laut nach, während sie den Sicherheitsgurt anlegte. „Kauz und Gatler konnten also kommen und gehen, wie sie wollten, ohne dass wir es nachvollziehen können. Gatlers Alibis waren sowieso schon schwach, jetzt sind sie keinen Pfifferling mehr wert. Kauz hat bisher gar keine Alibis angegeben. Beide können das Regenzeug getragen haben, beide können den Schuhabdruck in der Obermühle hinterlassen haben. Nur bei Rashid Mokhtari scheint die Sache klar zu sein, da war Gatler laut eigenen Angaben involviert."

„Und leugnet, d-dass es ein Mord war", ergänzte Brinkhoff.

„Und leugnet, dass es ein Mord war", gab ihm Plasberg recht.

„Dieser Streit, den Lukoscheit erwähnt hat … G-Gatler sagt, sie würden beide mit drinstecken, und Kauz gibt seinem Freund die alleinige Schuld? Worauf bezog sich die Auseinandersetzung? Haben sie vielleicht Kamphaus und Anschlitz zusammen getötet?“

„Keine Ahnung“, murmelte Plasberg.

„Womit wir genauso schlau wie vorher sind“, grummelte Brinkhoff unzufrieden. „Ich tippe inzwischen auf K-Kauz.“

„Wir spielen hier kein Lotto, Kollege! Aber ich muss zugeben, dass ich jetzt sehr gerne bei der Vernehmung von Kauz dabei sein würde.“

„Was wollen wir jetzt tun?“

„Schon vergessen? Anke Koschnik steht als Nächstes auf unserer Liste. Aber vorher fahren wir schnell in Hahnwald bei der Tiefgarage vorbei und sehen nach, ob es diesen Porsche noch gibt. Und dann …“ In diesem Moment klingelte Plasbergs Handy. „Was ist denn heute nur los?“, schimpfte sie, während sie in ihrer Handtasche nach dem Telefon suchte. „Ja, wer …?“ Sie spitzte überrascht die Lippen. „Who? … Yes, that is correct“, sagte sie dann plötzlich mit einem ziemlich starken deutschen Akzent. „And you are?“ Und dann wurde sie immer stiller, stellte nur hin und wieder eine Zwischenfrage.

Heribert Eikner hatte schon bessere Tage im Polizeidienst gesehen. Tatsächlich war dies wohl eher einer der schlechteren. Er war schon jetzt erschöpft, dabei war es gerade mal früher Nachmittag.

„Frau Keller?“ Er drückte die Taste seiner Sprechanlage. „Sagen Sie meiner Frau Bescheid, dass es heute später wird.“

„Aber …“

„Was?“

„Sie haben für abends Theaterkarten.“

Das hatte er völlig vergessen. Shakespeare, Hamlet. Oder war es Macbeth? „Sagen Sie ihr, es tut mir leid. Sie soll jemand anderen fragen.“ Irgendeine ihrer Tennisfreundinnen. Shakespeare war ihm heute sowieso zu anstrengend. „Und ich will in den nächsten fünfzehn Minuten nicht gestört werden.“

Eikner drehte sich zur Hi-Fi-Anlage im Regal hinter seinem Schreibtisch, legte eine CD von Gershwin ein und öffnete den Lautstärkeregler gerade so weit, dass die Musik von draußen nicht zu hören war. Niemand hier im Präsidium wusste, dass Jazz seine heimliche Leidenschaft war, dass der Leiter des KK 11 in seiner Jugend Klavier gespielt und davon geträumt hatte, ein berühmter Jazzmusiker zu werden. Als die ersten Noten von *Rhapsody in Blue* erklangen, verschränkte Eikner die Arme im Nacken, lehnte sich in seinem Schreibtischstuhl zurück, lauschte dem Klarinetten-Intro und schloss für einen Moment die Augen.

Was sollte er als Nächstes tun? Zwei Verdächtige befanden sich in Polizeigewahrsam; der eine – Gatler – hatte immerhin seine Verwicklung in den Tod Rashid Mokhtaris zugegeben, der andere – Kauz – hatte bei seinem ersten Verhör kaum mehr getan, als die Angaben zu seiner Person zu bestätigen. Alle Fragen von Eikner waren auf Anraten seines Anwalts, einem kahlköpfigen Mann namens Martin Sperber, mit Schweigen beantwortet worden. Und zu Eikners Beschuldigungen, dass Kauz in irgendeiner Form auch für den Tod von Kamphaus und Anschlitz Verantwortung trug, ob nun mit oder ohne die Hilfe seines Lebensgefährten, hatte Kauz nur einen Satz gesagt: „Beweisen Sie es!" Und genau da lag das Problem: Er konnte es nicht, jedenfalls noch nicht, denn Kauz' elektronische Geräte waren von den Computerspezialisten noch immer nicht geknackt worden. Wieso waren sie so gut gesichert? Einer der Kollegen hatte die Befürchtung geäußert, dass es sich um eine professionelle Verschlüsselung handelte. Von jemandem, der ebenfalls hoch spezialisierte Computerkenntnisse besitzen musste. Kauz? Der Mann, der erst Groschenromane und dann Gatlers Krimis geschrieben hatte?

Jedenfalls hatte Kauz jede weitere Antwort verweigert. Nicht einmal der Fakt, dass Gatler ihr Geheimnis ausgeplaudert hatte und die Polizei nun über die wahre Autorschaft von vier der fünf Gatler-Krimis informiert war, hatte bei Kauz etwas ausgelöst – abgesehen von einem schmalen, arroganten Lächeln, das durch die Narbe an seiner Oberlippe merkwürdig verzerrt wurde. „Mehr haben Sie nach einer Woche Ermittlungen nicht zu bieten, Herr Eikner?"

Achim Kauz hatte sich während des Verhörs vollständig unter Kontrolle gehabt, im Gegensatz zu seinem Lebensgefährten; Kauz war kalt, emotionslos und berechnend. Zwischendurch konnte Eikner das Gefühl nicht abschütteln, dass Kauz mit seiner Festnahme gerechnet hatte. Oder wurde er manipuliert, um das zu glauben? Noch hatte sich Eikner nach diesem ersten Verhör kein abschließendes Urteil gebildet, aber er spürte, dass er vor Kauz auf der Hut sein musste. Seinen Panzer zu durchdringen, würde Zeit und Geduld erfordern. Der Mann hatte zehn Jahre lang die Rolle eines Schattens gespielt; sich zu verstellen, musste ihm in dieser Zeit zur zweiten Natur geworden sein.

Was hatte die beiden Männer veranlasst, jahrelang die Öffentlichkeit zu täuschen? Was wäre daran so schlimm gewesen zuzugeben, dass man nicht mehr als einen guten Roman schreiben kann? Dass der andere das größere Talent besaß? Sucht nach Anerkennung? Und was hatte Kauz veranlasst, bei diesem Täuschungsmanöver mitzuspielen? Vielleicht gab es auch keinen besonderen Grund. Vielleicht war es anfangs einfach nur der Adrenalinkick gewesen zu sehen, wie weit sie gehen konnten. Und dann, später, war der ganze Betrug zu einem Theaterstück geworden, die Grenzen zwischen Drama und Farce fließend, ein Schauspiel, das kein Ende gefunden hatte, das immer weitergespielt werden musste. Bis … Eikner setzte sich auf. Rashid Mokhtari! Natürlich! Er musste der Grund sein, warum plötzlich alles schiefgelaufen war!

Irgendwann war der Druck zu groß geworden, und Gatler hatte sich einen Liebhaber gesucht, einen jüngeren Mann, der in ihm nichts sah außer einem anderen Mann, keinen unnahbaren, berühmten Schriftsteller. Nichts in Gatlers oder Mokhtaris Handy und in ihren ausgetauschten Nachrichten deutete nämlich darauf hin, dass Mokhtari unlautere Absichten gehabt hatte, so wie Eikner es erst vermutet hatte. Keine Erpressung, keine Drohungen, er schien auch nicht gewusst zu haben, dass Kauz der eigentliche Autor der meisten Krimis war. Tatsächlich ergab sich durch die Analyse der Nachrichten ein ganz anderes Bild: Neben dem sexuellen Partner war Gatler für Mokhtari auch eine Art Vaterersatz gewesen; sein richtiger Vater hatte den Kontakt abgebrochen, als Mokhtari sich geoutet hatte.

Gershwins *Rhapsody* war bei einem Klavierintermezzo angekommen, und Eikners Finger schlugen imaginäre Tasten an.

Dann war Kauz ihnen auf die Schliche gekommen, war ausgerastet, weil Gatler die Spielregeln verletzte, und hatte Mokhtari aus dem Weg geräumt, hatte es wie einen Unfall aussehen lassen. So weit, so gut. Oder es war ein Unfall gewesen, und Mokhtari war tatsächlich nur versehentlich bei einem Streit zwischen den drei Männern gestürzt. Und weiter?

Eikner sank in sich zusammen, und seine Miene verdüsterte sich. Es fehlten immer noch einige Puzzlestücke: Während der Mord an der Kamphaus halbwegs plausibel erklärt, wenn auch nicht bewiesen und einem der beiden Verdächtigen zweifelsfrei zugeordnet werden konnte, so kamen die Ermittlungen im Fall von Thomas Anschlitz nicht voran. Jedenfalls nicht, solange beide Verdächtigen schwiegen. Und auch die *Art* der Tötungen ergab nach wie vor keinen Sinn. Was für einen Vorteil sollten Gatler oder Kauz davon haben, nach den Krimivorlagen zu morden?

Eikner starrte auf seinen Schreibtisch. Dann war da noch das Problem mit Plasberg und Brinkhoff. Bisher hatte er sich noch nicht überwinden können, offizielle Schritte gegen seine Mitarbeiter in die Wege zu leiten. Eigentlich hätte er seine Entscheidung am liebsten rückgängig gemacht, im Abstand von vierundzwanzig Stunden erschien ihm Plasbergs Verhalten nicht mehr ganz so pflichtvergessen. Andererseits ... Gatler wäre ihnen wirklich um ein Haar entwischt. Nein, er hatte richtig gehandelt, sie hatte ihm keine andere Wahl gelassen. Brinkhoff dagegen ... da würde er vielleicht noch mal ein Auge zudrücken können. Trotzdem, Eikner kam nicht umhin zu bedauern, dass es jetzt nicht Plasberg war, die sich mit Gatler und Kauz herumschlagen musste, sondern er. Der Leiter des KK 11 rieb sich die noch immer schmerzende Stelle an der Stirn, wo ihn Plasbergs Handtasche getroffen hatte. Was bewahrte die Frau bloß alles darin auf, dass es so wehgetan hatte?

Ein lautes Klopfen an der Tür unterbrach seinen Gedankengang, und er schaltete hastig die Hi-Fi-Anlage aus. „Was?“, bellte er. Gesine Keller steckte den Kopf ins Büro. „Ich hab doch gesagt, dass ich nicht gestört ...“

„Nicht mal, wenn es Stephen Gatler betrifft?“, fragte die Sekretärin.

„Wieso, was ist mit dem?“

„Sein Verleger hat gerade ein Pressestatement herausgegeben, dass der Verlag jede weitere Zusammenarbeit mit Gatler aufkündigt. Außerdem will er *Das blutige Kind* vom Markt nehmen, und er strebt eine Schadensersatzklage in Millionenhöhe an. Ich habe die Nachricht gerade aus der Online-Ausgabe des *Kölner Stadt-Anzeigers* herausgefischt.“

„Mit welcher Begründung will er klagen?“

„Weil dem Verlag Informationen zugespielt worden sind, die besagen, dass Gatler nicht der Autor der letzten vier Romane ist.“ Sie legte ihrem Chef den Ausdruck des Statements auf den Tisch. „Wir haben ein Leck.“

Eikner überflog die dürren Zeilen und wurde blass. „Aus dem ‚Umfeld der ermittelnden Behörden‘?“, fluchte er. Dann sprang er auf und hastete zu den Büros seiner Mitarbeiter. „Wer, zum Teufel, hat der Presse Informationen über Ermittlungsinterna zukommen lassen? Niemand außer uns wusste von Gatlers Geständnis!“

Hallstetter, Kayser und Siener sahen sich betroffen an. Anscheinend waren sie auch gerade dabei, sich über diese neueste Entwicklung im Fall Gatler zu informieren, denn auf allen Monitoren flackerte die Seite des *Stadt-Anzeigers*. „Ehrlich, Chef, wir waren das nicht!“, meldete sich Hallstetter zu Wort. Und auch Vogt, der etwas abseits der anderen saß, schüttelte den Kopf. Nur Bettina Siener biss sich auf die Unterlippe.

Konnte es sein, dass Plasberg und Brinkhoff ihr Vertrauen missbraucht hatten, nachdem sie ihnen von Gatlers Verhör berichtet hatte?

Plasberg verstaute ihr Handy in der Handtasche und starrte aus dem Seitenfenster, als hätte sie die Anwesenheit ihres Kollegen vergessen.

„W-Was ist?“, fragte Brinkhoff. „Wer war das am Telefon? Ich wusste nicht, dass Sie englisch sprechen!“

Die Kommissarin schreckte aus ihren Gedanken. „Das war eine Frau namens Dianne Hatford. Sie hat aus New York angerufen.“ Sie verstummte erneut und beobachtete die Kunden, die in die Bäckerei an der Ecke liefen und sich ein Brötchen belegen ließen, einen Kaffee zum Mitnehmen bestellten, die Hefeteilchen begutachteten.

„Ja, und? V-Verstehe ich nicht."

„Ich glaube, ich habe jetzt ein Motiv für die Morde an Kamphaus und Anschlitz", sagte sie langsam. „Es passt alles zusammen. Und ich weiß jetzt auch, wer der Mörder ist. Ich kann es nur nicht beweisen."

„Wer? Kauz oder Gatler?"

„Fahren wir erst zu dieser Anke Koschnik. Ich will ganz sichergehen, dann erzähle ich Ihnen mehr. Rufen Sie die Siener an. Sie soll mit einem Einsatzwagen zur Adresse des Babysitters kommen, aber ohne Blaulicht, ohne Martinshorn."

„Warum?"

„Später. Jetzt machen Sie schon!"

Brinkhoff griff zum Telefon. „Und der Porsche?", fiel ihm ein.

„Der kann warten. Wo müssen wir hin?"

„Nach Rodenkirchen. Direkt hinter dem Wochenmarkt, die Straße heißt Nibelungenweg."

„Das Gespräch mit dem Babysitter wird auch nicht lange dauern", versprach die Kommissarin, als sie Brinkhoffs unzufriedenen Gesichtsausdruck sah. „Ich glaube, sie wird meine Vermutungen bestätigen."

Im Nibelungenweg selbst war kein Parkplatz zu bekommen, die Seitenstreifen waren zugestellt mit protzigen SUVs und gepflegten Automodellen der oberen Preisklassen, an deren Windschutzscheiben korrekt die Anwohnerparkausweise prangten. „Nicht ein Falschparker zu sehen, den man zuparken könnte", ärgerte sich die Kommissarin. „Was für ein tugendhafter Stadtteil." Also lenkte Plasberg ihren schäbigen Golf unweit ihres Ziels auf dem Maternusplatz in eine Parkbucht. Der Wochenmarkt im südlich der Innenstadt gelegenen Stadtteil war schon beendet, die letzten Händler räumten ihre Waren zusammen und machten sich zurück auf den Weg ins Umland. Ein Blumenverkäufer verschenkte die letzten zwei Bund Gladiolen an eine ältere Dame mit einem Rollator.

Die Kommissarin stieg aus und sah sich um. „Haben Sie bemerkt, dass es hier am Platz fünf Apotheken gibt?", fragte sie.

„Da passt sich das Angebot wohl an die Altersstruktur des Stadtteils an. Was macht eine Frau von Anfang dreißig zwischen so vielen älteren Leuten? Dahinten ist auch ein Geschäft für Hörgeräte."

„Rodenkirchen ist momentan ziemlich angesagt", erwiderte Brinkhoff. „Gute Infrastruktur, ruhige Wohnlagen, und man ist ziemlich schnell in der Innenstadt."

Sie liefen die paar Schritte bis zum Nibelungenweg zurück, einer Straße, die mit ihren vielen Bäumen fast einen alleeartigen Charakter hatte. Weißgetünchte Villen hinter gepflegten Vorgärten wechselten sich mit neu gebauten, großzügigen Mehrfamilienhäusern ab; in den Bäumen zwitscherten Vögel. Brinkhoff pfiff durch die Zähne. „Nett hier", sagte er. „Bestimmt alles Eigentumswohnungen. Frau K-Koschnik hat es schnell weit gebracht."

„Und ich habe auch eine Vorstellung davon, wie sie das gemacht hat."

Als sie Anke Koschniks Adresse erreicht hatten, hielt ein Polizeiwagen direkt vor der Einfahrt des Hauses; Bettina Siener sprang heraus, ohne die beiden Kommissare zu begrüßen. „Sie haben nicht zufällig die Presse informiert, dass Gatler nicht der Autor seiner Bücher ist?", fragte sie und konnte ihren Ärger nicht verbergen.

„Wir?", erwiderte Plasberg. „Nein. Wieso? Ist was passiert?"

„Aber wer soll es denn sonst gewesen sein? Schäfer-Kussnacht hat irgendwie Wind davon bekommen und eine Pressemitteilung herausgegeben, in der er jede weitere Zusammenarbeit mit Gatler aufkündigt. Der Mann ist ruiniert! Und das alles ist vielleicht meine Schuld! Eikner tobt!"

Plasberg schien unberührt von den Nöten ihrer Kollegin. „Das passt", murmelte sie. „Er will ihn vernichten."

„Wer? Schäfer-Kussnacht?", fragte Brinkhoff.

„Was mache ich eigentlich hier?", wollte Siener endlich wissen. „Es war gar nicht so einfach, sich aus dem Präsidium wegzuschleichen. Und den Einsatzwagen habe ich auch nur bekommen, weil ich einen Kollegen überredet habe, mich zu fahren."

Erst jetzt registrierten Plasberg und Brinkhoff den Polizisten, der am Steuer des Fahrzeugs sitzengeblieben war und ihnen zunickte. „Wird das lange dauern?", fragte er. „Ich mache das nur, weil ich Bettina noch einen Gefallen schulde! Wenn mein Chef das spitzkriegt, bin ich dran."

„Das dürfte schnell über die Bühne gehen", antwortete Plasberg.

„W-Wir haben keine Informationen an die P-Presse weitergegeben", beruhigte Brinkhoff Siener. „Das muss jemand anders gewesen sein. Aber warum Sie hier sind, kann ich Ihnen auch nicht sagen …"

„Weil wir beide offiziell mit dem Fall nichts mehr zu tun haben", erläuterte Plasberg ungeduldig. „Und Frau Siener gleich den Babysitter vorläufig festnehmen muss."

„Was?", erschrak Siener. Ihre Abenteuerlust schien verflogen zu sein. „Warum denn?"

„Beihilfe in einem Fall von Kindesentzug. Lucca Kemper."

„Aber … aber wieso? Und wäre es nicht besser, wenn Sie Eikner darüber infor…?"

„Vertrauen Sie mir", unterbrach Plasberg sie. „Ich weiß, was ich tue."

„Das hoffe ich", murmelte Siener zweifelnd.

„Gut. Dann brauchen wir nur noch einen Vorwand, mit dem man uns die Tür öffnet." Der Besuch bei Anke Koschnik sollte möglichst überraschend sein. „Ah, ich weiß schon …" Plasberg steuerte mit Brinkhoff und Siener im Gefolge den vierstöckigen Wohnblock gegenüber an, überflog die Klingelschilder und hob die Augenbrauen. Lucca Kempers ehemaliger Babysitter wohnte im obersten Stockwerk und damit in der wahrscheinlich größten und teuersten Wohnung; von unten konnte man einen Blick auf die Wipfel der Bäume erhaschen, die von der Dachterrasse über die Brüstung ragten.

„Paketpost", flötete die Kommissarin in die Gegensprechanlage, nachdem sie eine Etage unter Koschnik geklingelt und eine Frauenstimme ihr geantwortet hatte. „Ein Päckchen von Zalando." Tatsächlich wurde ihr die Tür sofort geöffnet. „Schuhe", sagte sie zufrieden. „Klappt bei Frauen immer, selbst wenn sie keine bestellt haben."

„Und w-was hätten Sie gesagt, wenn ein Mann drangegangen wäre?"

„Einschreiben von der Lottogesellschaft", schoss die Kommissarin wie aus der Pistole zurück. „Gewinnbenachrichtigung. Männer sind so leicht zu durchschauen."

„F-Frauen nicht?"

„Ach, halten Sie die Klappe, Brinkhoff!"

Die drei fuhren mit dem Aufzug bis ins Dachgeschoss, wo es nur zwei Wohnungen gab. Eine der Türen öffnete sich in dem Moment, als die Kommissare den Aufzug verließen. Eine Frau in einem eleganten, weißen Sommermantel, mit langen braunen Haaren und einem herzförmigen Gesicht, die Augen hinter einer Sonnenbrille versteckt, kehrte ihnen den Rücken zu, zerrte einen Trolley aus der Tür und wollte gerade ihren Schlüssel aus der Jackentasche ziehen. „Eine längere Reise, Frau Koschnik?", fragte Plasberg.

Lucca Kempers ehemaliger Babysitter schreckte hoch. „Wer … wer sind Sie?"

„Kriminalpolizei." Plasberg bedeutete Siener, der Frau ihre Dienstmarke zu zeigen.

„Sie hätten vorher anrufen sollen. Ich muss meinen Flug erwischen." Koschnik versuchte, zum Aufzug zu gelangen, aber Plasberg versperrte ihr den Weg. „Den werden Sie wohl canceln müssen. Wo sollte es denn hingehen? Weit weg? Irgendwohin, wo es schwierig wird, einen Auslieferungsantrag durchzusetzen?"

„Was wollen Sie von mir?" Koschnik nahm die Sonnenbrille ab und musterte Plasberg aus kühlen, braunen Augen, aber die Kommissarin erkannte auch ein kurzes Aufflackern von Unsicherheit. Wahrscheinlich hatte sie nicht allzu weit danebengelegen.

„Ich möchte Antworten auf einige Fragen. Sollen wir Ihnen die Fragen hier im Hausflur stellen, oder möchten Sie uns doch lieber in Ihre Wohnung bitten?"

Koschnik wuchtete den Trolley schweigend zurück in die Wohnung und führte die Beamten in ein sparsam und modern eingerichtetes Wohnzimmer, in dem teure Designermöbel auf glänzendem Parkettboden ein unterkühltes Ambiente verbreiteten. Alles war aufgeräumt und deutete darauf hin, dass Koschnik vorgehabt hatte, die Wohnung für längere Zeit zu verlassen. Seitlich ging das Wohnzimmer in eine Küche aus Chrom und Granit über, die von einem freistehenden Herd und langgezogenen Arbeitsflächen dominiert wurde. Brinkhoff überprüfte diskret den Kühlschrank. Leergeräumt bis auf eine Tube Mayonnaise, ein wenig Senf und eine Flasche Champagner. Der ganze Raum gab den Blick auf eine riesige Dachterrasse frei, von der man weit über Rodenkirchen schauen konnte.

„Also, was kann ich für Sie tun?" Die Frau bot ihren Gästen keinen Platz an und sah demonstrativ auf ihre Armbanduhr. „Ich schlage vor, Sie fassen sich kurz."

„Das kommt ganz auf Ihre Mitarbeit an", erwiderte Plasberg. Menschen wie Koschnik glaubten, sich mit Arroganz und Einschüchterung durchsetzen zu können. Darauf war die Kommissarin vorbereitet. Im Grunde verhielt sich Koschnik nicht anders als Grabowski. „Der Fall Lucca Kemper wurde neu aufgerollt", bluffte sie.

„Aufgerollt?" Ein kurzes Innehalten, ein Moment des Zögerns, dann hatte sich Anke Koschnik wieder im Griff.

„Und daher wird auch Ihre Verwicklung darin neu bewertet."

„Ich war nicht verwickelt. Ich war ein Opfer." Koschnik warf den Kopf zurück und strich durch ihre Haare. „Mir fehlen seitdem mehrere Stunden meines Lebens. Die, in denen ich heimtückisch betäubt worden bin. Aber das habe ich damals auch diesem Kommissar gesagt. Chorvitz? Charvis?"

„Chalkis."

„Was wollen Sie denn noch wissen?"

„Zum Beispiel, wie man als ehemalige Politikstudentin ..."

„Politik und Pädagogik."

„... so viel Geld zusammenbekommt, dass man sich eine solche Wohnung leisten kann. In welcher Branche sind Sie tätig? Akquise?" Plasberg lächelte ihr zuckersüßes Lächeln, während Brinkhoff sicherheitshalber Koschniks Fluchtweg ins Treppenhaus blockierte. Bettina Siener stand etwas abseits und beobachtete fasziniert, wie die Kommissarin Luccas ehemaligen Babysitter in die Ecke zu drängen begann. „Wie viel Geld hat Ihnen Stephen Gatler gegeben, damit Sie Ihre Rolle bei dieser kleinen Inszenierung perfekt spielen?"

„Ich weiß nicht, was Sie meinen", entgegnete Koschnik kühl. „Ich war betäubt! Das hat eine Blutuntersuchung bestätigt!"

„Richtig", sagte Plasberg. „Aber Sie haben sich die K.o.-Tropfen selber verabreicht, nicht wahr?" Brinkhoff und Siener sahen sich überrascht an. „Noch mal: Wie viel Geld hat Gatler Ihnen versprochen?"

„Das ist absurd!" Koschnik, die um einiges größer war als Plasberg, starrte die Kommissarin von oben herab an. „Wie wollen Sie das beweisen?"

„Stimmt. Kann ich nicht. Aber ich kann hieraus meine Schlüsse ziehen!" Sie kramte ihr Handy aus der Handtasche und zeigte Koschnik den Anhang der SMS, die ihr Siener übermittelt hatte. „Zehntausend Euro, jeden Monat. Von Stephen Gatler auf Ihr Konto überwiesen. Meist pünktlich zum Monatsanfang. Und das wahrscheinlich seit neun Jahren. Macht insgesamt …" Plasberg rechnete schnell nach. „… ungefähr eine Million Euro? Das ist eine feine Sache, so einen Gönner zu haben, oder? Da braucht man sich für den Rest seines Lebens keine Sorgen mehr zu machen. Da braucht man im Grunde auch nicht mehr arbeiten zu gehen, geschweige denn, sein Studium zu beenden. Da kann man sich so eine Wohnung natürlich leisten."

Koschnik war zwar blass geworden, aber ihre Lippen waren zu einem dünnen Strich zusammengepresst. Als ihre Augen Richtung Tür flackerten, verschränkte Brinkhoff demonstrativ die Arme vor der Brust. „Aus der Tatsache, dass Sie verreisen wollen, schließe ich, dass Sie wissen, dass Stephen Gatler festgenommen wurde und mittlerweile in Untersuchungshaft sitzt?", fuhr Plasberg fort. „Und dass Sie Angst bekommen haben, dass Ihre … nennen wir es ‚Übereinkunft' … der Polizei bekannt werden würde?" Koschnik brauchte nichts zu sagen; die Kommissarin sah anhand ihrer Reaktion, dass sie ins Schwarze getroffen hatte. „Ich schlage vor, dass Sie mit uns kooperieren; das kann später zu Ihren Gunsten ausgelegt werden. Wenn Sie schweigen, was natürlich Ihr gutes Recht ist, kann das jedoch auch zu Ihren Ungunsten ausgelegt werden." Koschnik starrte die Kommissarin unschlüssig an. „Sie wissen doch selbst, dass Sie das Spiel verloren haben", bedrängte Plasberg sie weiter. „Gatler wird früher oder später aussagen, und er wird versuchen, die Dinge in einem für ihn günstigen Licht erscheinen zu lassen. Es ist in Ihrem eigenen Interesse, wenn Sie uns Ihre Version erzählen."

In Koschniks Gesicht spiegelte sich der innere Kampf ab, den Luccas ehemaliger Babysitter mit sich selber ausfocht. „Er hat den Jungen nicht ausstehen können", murmelte sie schließlich und sank auf die Couch vor dem großen Fernseher. Geistesabwesend griff sie nach einem Sofakissen und zog es auf ihren Schoß.

„Wer hat den Jungen nicht ausstehen können?"

„Gatler." Koschniks Gesichtsmuskeln arbeiteten. „Er hat Lucca behandelt wie … wie ein ungeliebtes Haustier. Dabei war er so ein süßer Junge! Wenn Gatler den Jungen auf den Arm nehmen sollte, da war ein Ausdruck purer Abneigung in seinem Gesicht. Ich hab's gesehen. Er hat auch nie mit ihm gespielt, hatte nie ein freundliches Wort für ihn übrig. Und Kauz hat das nicht wahrhaben wollen. Vielleicht dachte er, dass sich Gatlers Abneigung mit der Zeit legen würde, aber ich habe gewusst, dass sie nur noch stärker werden würde. Verstehen Sie?", begehrte sie auf. „Nur deshalb habe ich mitgemacht damals! Gatler wollte Luccas Vater für sich alleine. Er wollte ihn nicht mit einem Kleinkind teilen. Ich dachte, wenn Lucca ein neues Zuhause bekommt, dann wird er eine bessere Kindheit haben. Vielleicht sogar eine Mutter! Sie können mich ja für altmodisch halten, aber zwei homosexuelle Männer, die ein Kind aufziehen? Ich habe nur an Luccas Zukunft gedacht! Das war zu seinem Besten!"

„Oh, bitte, ersparen Sie uns Ihre moralische Entrüstung!", entgegnete Plasberg barsch. „Sie haben doch keinen Gedanken an Lucca verschwendet, sonst wäre es Ihnen nie in den Sinn gekommen, dem Jungen so etwas anzutun! Sie und Gatler sind aus demselben Holz geschnitzt! Sie waren nur auf Ihren eigenen Vorteil bedacht!"

Koschnik betrachtete Plasberg eingehend, als würde ihr erst jetzt klar, dass sie sie unterschätzt hatte. „Die Welt ist ein ungerechter Ort, Frau Kommissarin." Sie klang auf einmal wieder kühl und distanziert. „Sie als Polizistin müssten das doch am besten wissen. Jeder kämpft für sich allein. Ich hatte damals die Chance, den Jackpot zu gewinnen, und die habe ich ergriffen. Es ist ja nicht so, als ob Gatler das Geld nicht hätte verschmerzen können!"

„Womit wir wieder beim Thema wären: Wie viel hat Gatler Ihnen angeboten?"

„Zehntausend“, erwiderte Koschnik. „Zehntausend Euro. Ich war damals pleite und stand kurz vor dem Rauswurf aus meiner Wohnung. Gatlers Angebot war ein Geschenk des Himmels.“

Plasberg schnaubte auf. Mit welch billigen Ausreden manche Menschen auch noch die schlimmsten Taten zu entschuldigen suchten! Koschnik schien keinerlei Unrechtsbewusstsein zu besitzen. „Und wie hat Ihr Part in dieser Tragödie nun genau ausgesehen?“

„Ich musste nicht viel tun. Gatler hat mir erklärt, dass er sich mit K.o.-Tropfen auskennt …“

„Woher?“

Koschnik zuckte mit den Schultern. „Recherche, nehme ich an. Wenn man im Internet Gebrauchsanleitungen zum Bombenbau findet, dann sicherlich auch Informationen zur Wirkungsweise von K.o.-Tropfen.“

„Und Sie hatten keine Angst, dass Sie auch als Leiche enden?“, fragte Plasberg.

„Ich? Nein. Wieso? Was hätte ich Gatler tot genützt? Meine durch dieses Betäubungsmittel verworrene Aussage hat doch entscheidend zur Glaubwürdigkeit des ganzen Theaters beigetragen.“ Sie sagte das mit so etwas wie aufkommendem Stolz. „Alles, was ich zu tun brauchte, war, mir zu einem bestimmten Zeitpunkt am Abend die K.o.-Tropfen ins Glas zu schütten und zu trinken. Gatler hatte mir gesagt, dass er und Kauz mit seinem Lektor und dessen Freundin zum Essen verabredet wären. Ich musste nur aufpassen, dass ich keine Fingerabdrücke am Fläschchen hinterlasse. Das war alles.“

„Mehr Instruktionen haben Sie von Gatler nicht bekommen?“

„Er hat gesagt, dass es besser wäre, wenn ich so wenig wie möglich von der ganzen Sache wüsste.“

„Sie wollen mir weismachen, dass Sie nicht wissen, wer das Kind abgeholt hat? Wie derjenige in die Wohnung gekommen ist?“

„Ah!“ Koschnik schüttelte belustigt den Kopf. „Sie sind sich selber nicht sicher! Ehrlich, keine Ahnung. Großes Pfadfinderehrenwort! Gatler hat gesagt, es wäre jemand, der den Jungen gut kennt und bei dem er es gut haben würde. Ich dachte, er meint die Mutter des Jungen.“

„Aber Sie haben nie nachgefragt?"

„Es hat mich nicht interessiert."

Plasberg musste sehr an sich halten, um die Frau nicht zu schütteln. „Und weiter?"

„Weiter? Ich hab nachgesehen, ob Lucca schlief, dann habe ich die Tropfen in die Zitronenlimonade geschüttet und getrunken, und kurz darauf war ich völlig weggetreten. Als ich wieder zu mir kam, hat sich ein Sanitäter über mich gebeugt. Auf dem Weg ins Krankenhaus. Er war ganz rührend. Wie viel Einfühlungsvermögen die Leute haben, wenn sie glauben, man sei einem Gewaltverbrechen zum Opfer gefallen … Das ist alles, was ich weiß."

„Und der damals ermittelnde Polizeibeamte? Der hat Sie nie danach gefragt?"

Koschnik schnaubte auf. „Dieser Grieche? Doch, natürlich. Aber der hatte doch die ganze Zeit nichts anderes als Kindesmissbrauch im Kopf. Der war so was von voreingenommen … Am liebsten hätte er beide Männer hinter Schloss und Riegel gebracht."

„Und als die Ermittlungen auf Eis gelegt wurden, haben Sie angefangen, Gatler zu erpressen." Plasberg stellte keine Frage, es war eine Feststellung.

Koschnik strich über den Bezug des Kissens auf ihrem Schoß. „Ich fand, dass mein Schweigen mehr wert war als eine einmalige Zahlung von zehntausend Euro. Ich habe ihm gesagt, dass er mir die Hälfte des Betrags monatlich zukommen lassen muss, wenn ich den Mund halten soll."

„Und das hat Gatler einfach so mit sich machen lassen?"

Koschnik lachte auf. „Herumgeschrien hat er, hat mich eine geldgeile kleine Fotze genannt. Daraufhin habe ich den Betrag auf zehntausend erhöht und ihm gesagt, dass jede weitere Beleidigung ihn fünftausend Euro mehr kosten würde. Und schon war er still. Der Mann hat überhaupt kein Rückgrat." Sie lachte erneut. „Wirklich … wenn Sie dem tatsächlich zutrauen, mehr als ein Papiertiger zu sein, dass er wirklich imstande ist, Menschen zu töten, dann sind sie auf dem falschen Dampfer. Der Mann hat keine Eier."

Plasberg hatte genug gehört. „Frau Siener, nehmen Sie Anke Koschnik vorläufig fest", sagte sie angewidert, „und bringen Sie sie weg. Ich schlage vor, wir treffen uns im Präsidium."

„Sie können mich nicht festnehmen!“, widersprach Koschnik. „Nicht ohne Haftbefehl.“ Sie glaubte anscheinend noch immer, dass Plasberg ihr nichts anhaben konnte.

„Sie hätten Ihre Hausaufgaben besser machen sollen, Frau Koschnik. ‚Beamte des Polizeidienstes dürfen gemäß § 127 Abs. 2 StPO Personen festnehmen, wenn die Voraussetzungen eines Haftbefehls oder die einer einstweiligen Unterbringung vorliegen und zusätzlich Gefahr im Verzug besteht‘“, zitierte Plasberg die entsprechende Vorschrift. „Sie wollten gerade das Land verlassen. Es besteht also ‚Gefahr im Verzug‘. Und Sie werden verdächtigt, Beihilfe in einem Fall von Kindesentzug geleistet zu haben. Wenn das keine Voraussetzung für einen Haftbefehl ist, dann weiß ich es auch nicht. Kommen Sie freiwillig mit, oder muss Ihnen die Kollegin Handschellen anlegen? Ach ja, und den Trolley können Sie ruhig hierlassen. Packen Sie nur das Nötigste zusammen, was Sie in der Haft brauchen. Da reicht eine kleine Tasche. Die Kollegin wird Sie nach unten begleiten.“

Unten sahen Plasberg und Brinkhoff dem Polizeiwagen nach, der mit Siener, ihrem Kollegen und Anke Koschnik Richtung Kalk entschwand. „Und wir fahren jetzt ebenfalls ins P-Präsidium?“, fragte Brinkhoff.

„So ist es. Ich will Gatler mit Koschniks Aussage konfrontieren.“

Brinkhoff fragte sich, ob seine Vorgesetzte unter einem gewissen Realitätsverlust litt. „Ich bin von dem Fall freigestellt, Sie sind von dem Fall freigestellt. Wir k-konfrontieren niemanden mit irgendetwas.“

„Es wird kein Spaziergang werden, aber er wird ein Einsehen haben“, murmelte Plasberg zerstreut, während sie mit schnellen Schritten zu ihrem Auto eilte.

„Wer?“

„Wer was?“

„W-Wer wird ein Einsehen haben?“

„Eikner.“

Brinkhoff wusste nicht, was er darauf erwidern sollte. Er wusste nur, dass Plasberg und letztendlich auch er dabei waren, ihre Karrieren aufs Spiel zu setzen.

Die Kommissare verließen Rodenkirchen und fuhren am Rhein entlang Richtung Norden. Plasberg drückte nervös aufs Gaspedal, schlängelte sich rücksichtslos durch den Feierabendverkehr und hätte an der Auffahrt zur Severinsbrücke beinahe einen Unfall provoziert, als sie einem Smart die Vorfahrt nahm.

„G-Gatler rennt uns nicht w-weg!", versuchte Brinkhoff Plasberg zu beruhigen und registrierte alarmiert, dass sie während der Fahrt ihre Notfallzigaretten suchte und sich am Steuer eine anzündete. „Können Sie nicht etwas langsamer fahren? Ich wollte wenigstens lebend ank-kommen!"

„Ruhe! Ich muss nachdenken!"

Als Plasberg mit quietschenden Reifen am Präsidium vorfuhr, hatte sie die Strecke von Rodenkirchen in der Rekordzeit von fünfzehn Minuten bewältigt. Sie stellte den Golf auf dem Parkplatz ab.

„Keine gute Idee", sagte ihr Kollege, als sie den Motor ausschalten wollte.

„Was denn?"

„Sie stehen schon wieder auf Eikners P-Platz."

Plasberg verzog das Gesicht und parkte den Wagen fünf Meter weiter weg. „Besser so?"

„Wenn Sie vorhaben, vor dem Chef zu K-Kreuze zu kriechen – ja."

„Ich krieche vor niemandem zu Kreuze. Ich werde ihn davon überzeugen, dass es besser für alle Beteiligten ist, uns beide wieder unsere Arbeit tun zu lassen. Aber wenn sein Wagen nicht dasteht, wo ist er dann?" Die Kommissarin warf einen Blick auf ihre Armbanduhr. „Es ist gerade sechzehn Uhr; er leitet kommissarisch die MK, er kann noch keinen Feierabend gemacht haben. Oder?"

Auf den Fluren des Präsidiums war es merkwürdig still. Vor Heribert Eikners Büro wurden die Kommissare von Frau Keller abgepasst, die gerade einen Stapel Unterlagen auf seinem Schreibtisch deponiert hatte. „Was tun Sie hier? Sind Sie wahnsinnig? Sie sollten nicht hier sein!", zischte sie ihnen zu. „Herr Eikner ist außer sich wegen der Verhaftung von Anke Koschnik!"

„Dann weiß er das schon? Gut. Und wo *ist* Eikner?", erkundigte sich Plasberg.

„Er und Kayser verhören gerade noch einmal Stephen Gatler. Sie können da jetzt nicht …"

Den Rest hörte die Kommissarin schon nicht mehr. Brinkhoff warf der Sekretärin einen entschuldigenden Blick zu und beeilte sich, Plasberg nachzulaufen.

„Nicht mehr zu retten", murmelte Keller. „Alle beide nicht!"

„Waren das gerade Plasberg und Brinkhoff?" Hallstetter streckte den Kopf aus seinem Büro.

„Ich habe niemanden gesehen", antwortete Keller. „Und Sie auch nicht."

Maria Plasberg war inzwischen am Verhörraum angekommen, vor dem wie zuvor ein Polizeibeamter darauf wartete, Gatler zurück in die Untersuchungshaft zu bringen.

„Holen Sie mir Eikner raus", sagte sie zu dem jungen Kollegen.

„Tut mir leid. Ich habe Anweisung, niemanden …"

„Tun Sie es!"

Der Beamte zögerte, dann öffnete er die Tür und holte den kommissarischen Leiter der MK 3 aus dem Verhör.

„Sie!", fauchte Eikner und lief rot an, als er Plasberg und Brinkhoff sah. „Haben Sie eigentlich eine Ahnung, welche Schwierigkeiten Sie sich beide eingehandelt haben? Wollen Sie Ihre Karriere endgültig ruinieren?"

„Geben Sie mir fünfzehn Minuten mit Gatler!", bat Plasberg.

„Was? Haben Sie nicht mehr alle Tassen im Schrank, Frau Kollegin? Sie sind von diesem Fall abgelöst! Selbst wenn ich wollte, und ich denke gar nicht daran, es zu wollen …"

„Zehn Minuten!", versuchte Plasberg zu handeln. „Wir haben neue Erkenntnisse …"

„Sie haben keine neuen Erkenntnisse aufzudecken!", zischte Eikner. „Sie haben in Ihrer Freizeit keine polizeilichen Ermittlungen durchzuführen! Das ist ganz und gar irregulär! Und Sie haben hier nichts zu suchen!" Kannte diese Frau denn keinerlei Grenzen? „Wenn Sie nicht sofort verschwinden, dann lasse ich Sie vom Gelände des Präsidiums entfernen! Notfalls in einer Zwangsjacke!"

Plasberg ignorierte die Warnungen ihres Vorgesetzten. „Haben Sie Gatler schon zu Anke Koschniks Aussage befragt?"

Eikner schnappte nach Luft. „Anke Koschniks Aussage hat keinerlei Relevanz für die Ermittlungen, weil Sie sie in Ihrer Freizeit befragt haben!“ Er schlug mit der Faust gegen die Wand. „Denn Kriminalhauptkommissarin Maria Plasberg und ihr Handlanger Oberkommissar Torsten Brinkhoff scheren sich ja nicht um die Einhaltung der Vorschriften! Und damit habe ich die völlig unabgesprochene Festsetzung einer Verdächtigen noch gar nicht erwähnt! Die Kollegin Siener kann ich dafür ebenfalls von dem Fall ablösen!“

„Wenn Sie so weitermachen, haben Sie bald gar keine Mitarbeiter mehr“, merkte Plasberg an.

Eikners Augen weiteten sich, als wäre er nur noch Sekunden von einem Apoplex entfernt, während der Beamte an der Tür geradeaus auf die Wand starrte und versuchte, unsichtbar zu sein. „Riskieren Sie hier keine dicke Lippe, Frau Kollegin!“

„Fünf Minuten, Herr Eikner!“, bettelte Plasberg. „Aus den Aussagen der Koschnik lässt sich ein Mordmotiv für Achim Kauz konstruieren. Aber dafür brauchen wir ein Geständnis von Gatler im Fall Lucca Kemper!“

„Sie sind ja nicht mehr ganz bei Tro…!“, fluchte Eikner. Dann hielt er inne. „Kauz? Inwiefern? Sie wollen mir doch nur beweisen, dass Sie richtig lagen, als Sie Gatler nicht festgenommen haben!“

„Ich will verhindern, dass der falsche Mann der falschen Verbrechen beschuldigt wird. Gatler ist für das Verschwinden von Lucca Kemper verantwortlich, aber nicht für die Morde an Kamphaus und Anschlitz. Fünf Minuten!“, wiederholte die Kommissarin.

„Ich kann Ihnen nicht mal eine Minute einräumen“, lehnte ihr Vorgesetzter ab. „Sie sind nicht im Dienst, und Gatlers Anwalt weiß das! Der zerreißt uns in der Luft!“

„Nicht, wenn …“ Plasberg zog Eikner außer Hörweite und redete eindringlich und mit unterdrückter Stimme auf ihn ein. Brinkhoff sah, wie der Leiter des KK 11 erst heftig den Kopf schüttelte und dann schließlich unwirsch nickte.

„Aber das wird Konsequenzen für Sie haben!“, sagte er barsch, als er mit Plasberg zurückkam. „Glauben Sie ja nicht, dass Sie ungeschoren davonkommen. Sie haben eine ganze Reihe roter Linien überschritten. Sie bekommen zehn Minuten mit Gatler.

Und ich werde neben Ihnen sitzen und Ihre Gesprächsführung überwachen, verstanden? Brinkhoff und Kayser können von mir aus alles nebenan über den Lautsprecher verfolgen." Eikner öffnete die Tür des Verhörraums; bevor er hineinging, hielt er inne und raunte Plasberg zu: „Danach sprechen wir uns in meinem Büro. Ist das angekommen?"

Sie nickte.

„Gut", erwiderte Eikner drohend. Er würde Plasberg eine Lektion erteilen, die sie hoffentlich nie wieder vergessen würde. Dann schickte er den Kollegen Kayser hinaus und nahm neben der Kommissarin Platz.

„Nein, nein, nein!", setzte sich Gatlers Anwalt Jochen Grube zur Wehr, als er Maria Plasberg sah. „Wollen Sie mich verscheißern, Herr Eikner? Sie hat mit diesem Fall nichts mehr zu tun! ‚Auf eigenen Wunsch' – so war doch die offizielle Sprachregelung auf der Pressekonferenz, oder?"

„‚Sprachregelung' ist genau das richtige Stichwort", improvisierte Eikner und vermied den direkten Blickkontakt mit dem Anwalt. „Es war nötig, der Presse diese … Scharade … ähm … vorzuspielen. Aus ermittlungstaktischen Gründen."

„Ermittlungstaktischen …?" Grube kniff misstrauisch die Augen zusammen. Er glaubte Eikner kein Wort, sah sich aber nicht in der Lage, die Behauptung des Kommissars zu widerlegen.

Plasberg tat, als ginge sie das alles nichts an, und ließ ihre Handtasche auf den Boden plumpsen. „Herr Scziekorsky, ich hatte vorhin das zweifelhafte Vergnügen einer Unterhaltung mit Anke Koschnik."

„Mit wem?"

Stephen Gatlers Welt hatte sich innerhalb weniger Stunden in einen Albtraum verwandelt, aus dem es für ihn kein Erwachen zu geben schien. Grube hatte ihm mitteilen müssen, dass sein Geständnis, jahrelang die Öffentlichkeit betrogen und nicht der Autor seiner letzten Krimis gewesen zu sein, an die Medien durchgesickert war und für weltweite Furore sorgte. Das *enfant terrible* war zu einem Paria geworden, über den in den Zeitungen und im Fernsehen kübelweise Hohn und Spott ausgeschüttet wurde. Dazu kam noch die Ankündigung des Verlags, Gatler fallenzulassen und einen Schadensersatzprozess gegen ihn anzustrengen. Armin Schäfer-Kussnacht war am Nachmittag vor die Presse getreten, sichtlich erschüttert, und hatte in aller Ausführlichkeit sein Entsetzen über den Betrug kundgetan, seine persönliche Kränkung und seine Befürchtung, dass der Verkauf von Gatlers Werken nun dramatisch einbrechen werde. Franz Herbrand und Hannes Lipscheid hatten sich öffentlich von Gatler distanziert, und in den sozialen Medien war ein wahrer *shitstorm* im Gange von wütenden Fans und Lesern, die sich in ihrer Liebe zu Gatlers Krimis betrogen sahen. All das hatte seine Spuren bei einem Mann hinterlassen, der es gewohnt war, die Medien für seine Interessen zu instrumentalisieren. Jetzt bekam er zu spüren, wie es war, wenn dieselben Medien zur Hetzjagd auf ihn bliesen. Gatler war gealtert, die Augen stumpf, der Tremor seiner Hände hatte sich verstärkt, und Plasberg bezweifelte, dass er überhaupt in der Lage war, ihren Fragen zu folgen. Andererseits traute sie ihm auch zu, nur einen hilflosen, alten Mann zu spielen, der gerade an der Wirklichkeit zerbrach.

„Herr Sczziekorsky?“

„Hm?“

„Ich sagte gerade, dass ich vorhin ein Gespräch mit Anke Koschnik hatte.“

Gatler starrte auf das Wasserglas auf dem Tisch vor sich, dann sah er Plasberg an, die Augen voller Hass. „Sie haben mir das angetan!“, stieß er hervor.

„Ich?“ Die Kommissarin schüttelte den Kopf. „Ich fürchte, das waren Sie selber.“

„Sie haben meine Karriere doch schon zerstört; was wollen Sie denn noch?“

„Über Lucca Kemper reden.“

„Ich weiß nicht, was Sie meinen.“

„Sie haben Corinna Kemper die Möglichkeit gegeben, ihren Sohn aus der Obhut Ihres Lebensgefährten zu entführen, zusammen mit Anke Koschnik. So etwas nennt man Beihilfe zum Kindesentzug. § 235 Strafgesetzbuch. Der Tatbestand kann mit Freiheitsentzug von bis zu fünf Jahren geahndet werden, in schweren Fällen von bis zu zehn Jahren.“

„Moment!“, fuhr Grube dazwischen. „Was soll denn das? Hier geht es doch um die Todesfälle Mokhtari, Kamphaus und Anschlitz! Ich muss fürs Protokoll protestieren! Hier werden Beschuldigungen vermischt, die in der Sache nichts miteinander zu tun haben.“

„Jeder Mord hat eine Vorgeschichte“, wies ihn Plasberg zurecht. „In diesem Fall das Verschwinden des kleinen Lucca Kemper vor neun Jahren. Und falls Sie befürchten, keine ausreichenden Kenntnisse über die damaligen Vorkommnisse zu haben – die hatte bis vor einigen Stunden niemand außer Herr Sziekorsky und Frau Koschnik. Darf ich fortfahren?“

Gatlers Anwalt lehnte sich mit gerunzelter Stirn in seinen Stuhl zurück.

„Wenn man alle anderen Möglichkeiten ausgeschlossen hat, dann ist die, die übrigbleibt, die wahrscheinliche – und sollte sie noch so unwahrscheinlich sein“, dozierte die Kommissarin mit einer gewissen Selbstzufriedenheit. Sie hatte sich im Auto eine Strategie für die Konfrontation mit Gatler zurechtgelegt, die vor allem auf der Hoffnung basierte, dass Gatler gestehen würde, wenn sie ihm sagte, was sie wusste. Ein riskantes Spiel; er konnte alles abstreiten. Aber sie hatte noch ein As im Ärmel, das sie erst zum Schluss ausspielen wollte. „In diesem Drama um das Verschwinden von Lucca Kemper fand ich die Rolle des Babysitters schon die ganze Zeit am undurchsichtigsten. Achim Kauz fiel als Täter von Anfang an aus. Sie, Herr Sziekorsky, allerdings auch, zumindest scheinbar, denn Sie beide waren an jenem Abend nachweislich gar nicht in der Wohnung. Aber Anke Koschnik hat uns erzählt, dass Sie Lucca Kemper aus dem Weg räumen wollten, Sie wollten den Jungen loswerden. Er störte Ihre traute Zweisamkeit, nicht wahr? Sie konnten sich nicht vorstellen, den Rest Ihres Lebens Achim Kauz mit dessen Sohn zu teilen … Passte Lucca nicht in Ihre Lebensplanung? Waren Sie eifersüchtig, weil Sie nicht mehr der Mittelpunkt von Kauz' Leben waren, seitdem er die alleinige Fürsorge für Lucca übernommen hatte? Waren Sie verärgert, dass Sie vorher nicht gefragt worden waren? Wir wissen, dass Sie ein großer Egozentriker sind. Der Umzug in das Haus in Hahnwald stand kurz bevor; vielleicht haben Sie gedacht, dass der Zeitpunkt günstig war. Aber Sie wussten auch, dass Kauz seinen Sohn niemals freiwillig aufgeben würde. Welcher Vater tut das schon?"

Gatler hatte die Augen geschlossen; entweder wollte er Desinteresse signalisieren oder seine Kräfte reichten tatsächlich nicht mehr aus, Plasberg zu folgen. Trotzdem sprach sie weiter, baute darauf, ihn irgendwann so weit aus der Reserve zu locken, dass er anfing zu reden.

„Um Ihren Plan durchzuführen, mussten Sie daher vor allem sicherstellen, dass Sie nicht selber in Verdacht gerieten. Dazu brauchten Sie einen Komplizen, der die eigentliche Entführung erledigte und der ein ebenso großes Interesse wie Sie daran hatte, Lucca von seinem Vater zu trennen."

„Und das soll Anke Koschnik gewesen sein?", erkundigte sich Gatlers Anwalt mit einem spöttischen Lächeln.

„Ach, Unsinn, Herr Grube!", reagierte Plasberg ungehalten. „Sie sollen doch sonst so ein heller Kopf sein!" Eikner warf ihr einen warnenden Blick zu. „Der Babysitter war nur eine Schachfigur, wenn auch eine wichtige. Ich meine Corinna Kemper, die Mutter des Jungen."

Gatler hatte zwar immer noch die Augen geschlossen, aber er schien Plasberg zuzuhören. „Corinna hat Lucca Achim überlassen", sagte er plötzlich. „Sie ist in die USA gegangen, um Karriere zu machen."

„Sehr richtig", warf Grube ein. „Bisher haben Sie nur Spekulationen und Theorien von sich gegeben, Frau Plasberg. Nichts, was Herrn Gatler zur Last gelegt werden könnte. Ich erwarte, dass wir dieses Gespräch mit Rücksicht auf den Gesundheitszustand meines Mandanten vertagen und …"

„Gehen wir für den Moment mal davon aus, dass Corinna Kemper an dem Kindesentzug beteiligt war, ja?", fiel sie dem Anwalt ins Wort. „Also, wenn man sich die Entführung anschaut, stößt man unweigerlich auf das Problem der K.o.-Tropfen, die im Blut von Anke Koschnik nachgewiesen wurden. Normalerweise geht man davon aus, dass die Tropfen dem Opfer unbemerkt eingeflößt werden, zum Beispiel vermischt in einem Getränk. Unsere Abteilung für Organisierte Kriminalität kann ein Lied von Frauen singen, die abends in einem Club mit diesen Betäubungsmitteln gefügig gemacht werden und sich am nächsten Tag an nichts mehr erinnern können. Hier liegt der Fall ein wenig anders: Laut Anke Koschnik war niemand da, der ihr die Tropfen in das Getränk hätte mischen können."

Grube sah demonstrativ auf seine Uhr. „Herr Eikner, müssen wir das hier wirklich fortsetzen?"

Plasberg ließ sich jedoch nicht aus der Ruhe bringen. „Ich will darauf hinaus, dass auch Anke Koschnik von Herrn Scziekorsky zur Beihilfe des Kindesentzugs angestiftet wurde, und ich will darauf hinaus, dass Herr Scziekorsky gleichzeitig vermeiden wollte, dass sie über die Identität seiner zweiten Komplizin Bescheid wusste." Sie sah Gatler an, aber der rührte sich nicht. „Sie hatten gerade Ihren Debütroman *Morgentod* veröffentlicht, ein weltweiter Bestseller. Sie waren besoffen von Ihrem eigenen Erfolg, nicht wahr?"

„Ich muss doch sehr bitten!" Das war wieder Grube; sein Mandant jedoch war erstaunlich still.

„In dieser Gemengelage haben Sie beschlossen, die Polizei vor ein kriminalistisches Rätsel zu stellen, quasi die Fiktion zur Realität werden zu lassen. Setzt man nämlich voraus, dass Koschnik *nicht* in die Entführung involviert war, wäre der logische Ablauf folgender gewesen: Sie wird für den Abend engagiert, um auf den kleinen Lucca aufzupassen, weil Sie und Achim Kauz mit Herbrand und Freundin verabredet sind. Während Sie sich im Restaurant aufhalten, klingelt es überraschend an Ihrer Wohnungstür, Koschnik öffnet arglos, Corinna Kemper spaziert herein, unterhält sich nett mit dem Babysitter und mischt ihr in einem unbeobachteten Moment etwas in die Zitronenlimonade, um sich dann Lucca zu schnappen und mit ihrem Sohn zu verschwinden."

„Und genauso ist es wahrscheinlich auch passiert", murmelte Gatler. „Anke Koschnik hat doch damals immer wieder ausgesagt, dass sie sich an die Einzelheiten nicht erinnern kann. Eine Folge der K.o.-Tropfen."

„Sie haben recht; K.o.-Tropfen mit dem Wirkstoff Flunitrazepam, der in Koschniks Blut gefunden wurde, können das Erinnerungsvermögen stark beeinträchtigen. Allerdings nur die Erinnerungen nach der Einnahme, nicht die davor. Anke Koschnik hätte also in der Lage sein müssen, der Polizei eine Täterbeschreibung zu geben, und zwar eine sehr präzise. Dazu kommt noch die Frage, warum sie Corinna Kemper überhaupt in die Wohnung hätte lassen sollen? Sie kannte sie doch gar nicht. Und ein Babysitter lässt üblicherweise keinen Fremden in die Wohnung. Eine andere Variante wäre gewesen, dass sich Kemper den Weg gewaltsam in die Wohnung gebahnt und Koschnik überwältigt hat, bevor sie ihr das Beruhigungsmittel verabreichte. Aber erstens hat dieses Szenario laut Koschnik nicht stattgefunden, und zweitens gab es bei der im Krankenhaus vorgenommenen Untersuchung keine Hinweise auf körperliche Beeinträchtigungen wie Hämatome, Würgemale oder Ähnliches, und drittens hätte sie auch dann in der Lage sein müssen, der Polizei eine Täterbeschreibung zu liefern. Damit kann man nur zu einem Schluss kommen: Anke Koschnik hat die Wahrheit gesagt. Sie hat keine Ahnung gehabt, wer in die Wohnung eingedrungen ist und Lucca entführt hat." Plasberg machte eine Kunstpause, dann erklärte sie: „Aber allein der Fakt, dass Koschnik nicht in der Lage war, einen Täter zu benennen oder auch nur vage zu beschreiben, deutet darauf hin, dass es einen Plan gab, Lucca aus Kauz' Obhut zu entführen, und dass sie an dem Plan beteiligt war. Zum Glück für Sie, Herr Scziekorsky, ist das den Kollegen damals leider entgangen."

„Beweise, Frau Plasberg!", mahnte Grube an. „Beweise!" Auch Eikner rutschte unbehaglich auf seinem Stuhl hin und her.

„Beweise? Frau Koschnik hat gestanden, die K.o.-Tropfen selber genommen zu haben, nachdem sie sie von Herrn Scziekorsky erhalten hat."

„Dann steht Aussage gegen Aussage", winkte Grube ab.

„Sie hat außerdem eingeräumt, seit Jahren Geld von Ihrem Mandanten erhalten zu haben. Jeden Monat zehntausend Euro. Sie hat ihn mit ihrem Wissen erpresst und sich damit einen komfortablen Lebensstil finanziert. Eine Bestätigung dafür haben wir in den Konten von Herrn Sczíekorsky gefunden." Grube schwieg überrascht. „Eigentlich war nur eine einmalige Zahlung geplant, als Entschädigung für Koschniks Mithilfe, aber Ihr Mandant hat nicht damit gerechnet, dass der Babysitter gierig werden würde.

Richtig bis hierhin?“ Sie sah Gatler erwartungsvoll an, aber noch hatte sie ihn anscheinend nicht genug in die Enge getrieben, er reagierte nicht. Daher machte sie weiter. „Jetzt wird es leider ein wenig kompliziert. Aber so ist das doch immer bei guten Kriminalfällen, nicht wahr, Herr Sziekorsky? Und Sie fühlten sich ja als Experte in diesem Metier, schließlich sind Sie Krimiautor, wenn auch nur von einem einzigen Krimi. Wahrscheinlich hat es Ihnen sogar noch Spaß gemacht, die ermittelnden Behörden zu foppen! Je rätselhafter das Verschwinden von Lucca, desto schwieriger, eine heiße Spur zu finden!“ Beißender Spott lag in ihre Stimme. „Also haben Sie eine falsche Fährte gelegt: Die nicht zu klärende Frage, wie die K.o.-Tropfen in das Glas Zitronenlimonade gekommen sind, das Frau Koschnik getrunken hat. Das Einzige, was Sie dazu brauchten, war die Bereitschaft von Anke Koschnik, sich gegen eine sehr großzügige Spende selbst zu betäuben und hinterher den Mund zu halten.“

„Dummes Zeug!“, sagte Gatler plötzlich. Plasberg atmete auf. Endlich zeigten ihre Beschuldigungen Wirkung. „Sie sind eine schlechte Kriminalistin. Wäre es nicht logischer gewesen, wenn ich die Limonade vorher präpariert hätte? Dann hätte ich Koschnik trotzdem ganz aus dem angeblichen Plan heraushalten können.“ Es klang, als wäre seine Eitelkeit verletzt worden.

Plasberg ging zum Schein auf ihn ein. „Sie meinen nach dem Motto: ‚Ich habe eine Zitronenlimonade für Sie kaltgestellt? Bedienen Sie sich, wenn Sie durstig sind!‘?“

„Genau.“

„Herr Gatler!“, sagte Grube warnend.

Plasberg ignorierte den Anwalt und beantwortete Gatlers Frage. „Zu unsicher. Wer hätte Ihnen garantiert, dass Koschnik die Limonade auch wirklich trinkt? Es hätte etwas dazwischenkommen können. Lucca hätte unruhig sein und Koschnik dabei die Limonade vergessen können.“

„Und wie ist Corinna Kemper in unsere Wohnung gekommen, als Koschnik betäubt auf dem Sofa lag?“

„Keine Ahnung. Sagen Sie es mir.“

Aber Gatler biss nicht an, stattdessen schüttelte er den Kopf, als wollte er Plasberg bedeuten, dass sie zwar einen guten, aber nicht zum Ziel führenden Versuch gestartet hatte. „Vielleicht haben Sie ihr vorher einen Schlüssel zukommen lassen?“, riet die Kommissarin. „Sie müssen ja sowieso vorher in Kontakt gestanden haben, um die Einzelheiten des Plans zu besprechen.“

„O ja, die Einzelheiten ... Ich bin gespannt.“

Plasberg machte eine wegwerfende Handbewegung. „Eigentlich war es ganz einfach: Corinna Kemper dringt wie auch immer in die Wohnung ein, nachdem Sie ihr vorher den Zeitpunkt genannt haben. Dort findet sie wie abgemacht die betäubte Koschnik, schnappt sich Lucca und verschwindet mit ihrem Sohn auf Nimmerwiedersehen. Die ganze Aktion muss nicht länger als zehn Minuten gedauert haben.“

„Und wieso haben Ihre Kollegen diese Theorie damals nicht aufgestellt? Vielleicht, weil sie völlig absurd ist?“

„Aber das haben sie“, widersprach Plasberg. „Als der Kollege Chalkis die Ermittlungen aufnahm, kam er auch auf die Idee, dass Corinna Kemper als leibliche Mutter in die Entführung involviert ist, das liegt ja durchaus nahe. Und natürlich war sie in den Vereinigten Staaten nicht mehr auffindbar, hatte ihren Job und ihre Wohnung gekündigt. Das war ebenso verdächtig. Aber laut den Unterlagen ist sie vor der Entführung nie nach Deutschland eingereist und Lucca oder sie nach der Entführung auch nicht ausgereist. Und Anke Koschnik konnte nicht bestätigen, dass Corinna Kemper an diesem Abend in der Wohnung aufgetaucht ist. Weil es die Wahrheit ist. Sie hat bis heute keine Ahnung, wer Lucca entführt hat, während sie betäubt war. Chalkis' Verdacht blieb eine Spekulation, die er nicht beweisen konnte. Und da er diese Spur nicht mit Fakten unterfüttern konnte, wandte er sich einem anderen Verdacht zu, mit dem Sie allerdings nicht gerechnet haben, nicht wahr?“ Plasberg verschränkte die Arme. „Denn jetzt kommen wir zu dem für Sie sehr unschönen Teil: Der berühmte Krimiautor Stephen Gatler hat nämlich weder vorhergesehen, dass der Kollege Chalkis eine homophobe Ader hatte, noch, dass seine bisher so schön unter den Teppich gekehrte eigene Homosexualität infolge der Ermittlungen einer breiten Öffentlichkeit bekannt werden würde. Schon gar nicht hat er damit gerechnet, dass er sich gegen den Verdacht des Kindesmissbrauchs zur Wehr setzen müsste.“

Gatler zuckte zusammen, während Plasberg – ihren Vorteil nutzend – weiterredete. „Um diesen Verdacht zu zerstreuen, sahen Sie sich sogar genötigt, in einem Video mit Achim Kauz aufzutreten, in dem Sie die Öffentlichkeit um Mithilfe bei Luccas Verschwinden bitten. Was für eine Farce! Wir haben genau beobachtet, wie unwohl Sie sich während der Aufzeichnung des Appells gefühlt haben! Sie wollten an jedem anderen Ort der Welt sein, nur nicht vor dieser Kamera, stimmt's? Letztendlich führten Chalkis' Ermittlungen in diese Richtung auch nicht zum Erfolg, weil natürlich weder Sie noch Kauz irgendetwas mit Kindesmissbrauch zu tun hatten. Nach allem, was wir wissen, war Kauz ein fürsorglicher, liebender Vater, der so etwas seinem Kind niemals angetan hätte."

„Kein Wort davon ist wahr!", erregte sich Gatler. Inzwischen wirkte er nicht mehr apathisch und müde, sondern aufgebracht. Seine Finger verkrampften sich unruhig zu Fäusten. Plasbergs Anschuldigungen hatten die erwünschte Wirkung erzielt. „Das ist alles an den Haaren herbeigezogen! Und wissen Sie auch, wieso?" Sein Gesicht verzerrte sich zu etwas, das vielleicht ein unverfrorenes Grinsen darstellen sollte, stattdessen verunglückte das Lächeln zu einer Grimasse. „Sie haben keinerlei Beweis, dass ich jemals Kontakt zu Corinna Kemper gehabt habe."

„Ah", erwiderte Plasberg, „und da kommt Dianne Hatford ins Spiel."

Gatlers Gesicht bekam eine graue Farbe.

„Wer?", fragte Grube.

„Möchten Sie vielleicht erklären, wer das ist?", fragte sie Gatler. „Nein? Schade. Denn es beweist, dass Sie trotz eines guten Plans nicht in der Lage waren, alle Unwägbarkeiten auszuschließen." Sie wandte sich an Grube, aber auch an Eikner, der den Namen ebenfalls zum ersten Mal hörte. „Dianne Hatford war die Assistentin von Stephen Gatler, als er vor zehn Jahren seine erste Lesereise durch die Ostküstenstaaten gemacht hat, um *Morgentod* dem amerikanischen Publikum vorzustellen. Sie ist damals von seinem amerikanischen Verlag zu seiner Betreuung abgestellt worden und hat mit Gatler etwas mehr als eine Woche lang sehr viel Zeit verbracht."

„Was hat das alles mit dem Verschwinden des Jungen zu tun?", erkundigte sich Grube.

„Stephen Gatlers Festnahme gestern ist auch in den Nachrichten in den USA ein Thema. Hatford sagt, sie hat darüber einen Bericht bei MSNBC gesehen. Da wurde auch das Handyvideo vom Köln/Bonner Flughafen gezeigt, durch das die Festnahme von Herrn Scziekorsky verfrüht an die Öffentlichkeit gelangt ist. Das hat sie veranlasst, mit der Polizei hier in Köln Kontakt aufzunehmen." Eikner auf dem Stuhl neben ihr sah sie befremdet an, und Plasberg wurde bewusst, dass er sich hintergangen fühlen musste. Sie würde ihm beibringen müssen, dass Frau Keller, die den Anruf Hatfords entgegengenommen hatte, sie, Plasberg, für den geeigneteren Ansprechpartner gehalten hatte, trotz ihrer Ablösung. Für einen Moment verlor die Kommissarin den Faden. „Ähm ... wo war ich?"

„Bei Dianne Hatford." Eikners Stimme klang frostig.

„Richtig." Plasberg räusperte sich. Eins nach dem anderen. Eikners angeknackstes Ego musste warten. „Ms. Hatford hat mir etwas sehr Interessantes erzählt: Als Stephen Gatler vor zehn Jahren in New York in einer Buchhandlung gelesen hat, hat sie mitbekommen, wie er hinterher bei der Autogrammstunde von einer Frau auf Deutsch angesprochen wurde und sich mit ihr kurz unterhalten hat. Und raten Sie mal, wer das war! Corinna Kemper! Hatford konnte die Unterhaltung zwar nicht verfolgen, weil sie abgelenkt war und auch nur ein paar Brocken Deutsch spricht, aber sie ist sich sicher, dass es Luccas Mutter war. Sie kannte die Frau zwar nicht, aber ein Jahr später, als Lucca Kemper verschwunden ist, hat das auch in den USA Schlagzeilen gemacht, und die Fernsehsender haben neben Bildern von Gatler, Kauz und Lucca auch ein Foto von Corinna Kemper gezeigt, auf dem Hatford sie wiedererkannt hat." Hatford hatte Plasberg am Telefon erklärt, dass sie dies der Polizei nicht mitgeteilt hatte, weil sie damals ihrer Beobachtung keine Bedeutung beimaß. Außerdem hatte sie die Berichterstattung über Gatler kaum verfolgt, weil sie mit ihrer beruflichen Selbstständigkeit und ihrer Schwangerschaft beschäftigt gewesen war. Die Kommissarin hatte den Verdacht, dass Hatford wohl auch nicht an Gatler erinnert werden wollte, der sie nach eigenen Angaben eher wie ein Dienstmädchen behandelt hatte.

„Und wenn schon", sagte Gatler und versuchte, gelassen zu wirken. „Dann hat die Hatford mich mit Achims Exfrau gesehen. Das beweist gar nichts."

„Das beweist immerhin, dass Sie sehr wohl mit Kemper in Kontakt gestanden haben, obwohl Sie gerade das Gegenteil behauptet haben", fuhr Plasberg den Autor an. „Aber das ist noch nicht alles …" Sie machte sich bereit, ihren letzten Trumpf auszuspielen. „Als Sie vor zwei Monaten erneut in den USA waren, um *Das blutige Kind* zu promoten, gab es einen weiteren Bericht im Fernsehen über Sie, in dem erneut das ungeklärte Schicksal von Lucca Kemper erwähnt wurde … Sie wissen doch, wie amerikanische Medien sind: So was wird immer wieder aufgewärmt … in Zeiten einer Berichterstattung rund um die Uhr fällt nichts dem Vergessen anheim … Jedenfalls ist Ms. Hatford aufgrund des Berichts vor zwei Monaten etwas Entscheidendes eingefallen, an das sie seit Jahren nicht gedacht hatte: Sie hat Sie beide nicht nur in der Buchhandlung zusammen gesehen, sondern später am Abend noch einmal – in der Bar Ihres Hotels, wo Sie sich angeregt unterhalten haben. Sie konnte mir sogar noch die Farbe von Corinna Kempers Kostüm beschreiben: grau mit abgesetzten weißen Taschen. Sie saßen sich in zwei Sesseln gegenüber, und Hatford hat die Stichworte ‚Lucca' und ‚will ihn zurückhaben' aus dem Munde von Corinna Kemper aufgeschnappt, als sie die Bar verließ, um schlafen zu gehen. Und Ihre Antwort war: ‚Wenn ich Ihnen helfe, muss das unter uns bleiben!' Sie und Kemper haben Hatford nicht bemerkt. Damals war sich Ihre ehemalige Assistentin über die Bedeutung dieser Worte nicht im Klaren, erst als sie vor zwei Monaten durch den Bericht im Fernsehen an die Szene erinnert wurde, hat sie begriffen, was sie da vielleicht mitbekommen hat." Plasberg ließ ihren Blick auf Gatler ruhen. „An diesem Abend haben Sie und Corinna Kemper beschlossen, Lucca aus seinem Zuhause zu entführen. Mir ist nur nicht klar, wieso es fast ein Jahr gedauert hat, bis Sie Ihr Vorhaben in die Tat umgesetzt haben."

Jeder wartete auf Gatlers Reaktion. Sein Anwalt mit einem besorgten Gesichtsausdruck, als ahnte er, dass es ab jetzt sehr viel schwieriger werden würde, seinen Mandanten zu verteidigen; Plasberg und Eikner mit ausdruckslosen Mienen. Der Autor hatte wieder seine Eingangspose angenommen und starrte auf die Tischplatte. „Es war ein graues Kostüm mit abgesetzten schwarzen Taschen", sagte er schließlich. Seine Hände waren gefaltet, um das Zittern der Finger zu kontrollieren. „Nicht mit weißen. Und ich wusste nicht, dass Hatford uns auch am Abend in der Bar gesehen hat. Ich hatte auch völlig vergessen, dass sie ein wenig Deutsch sprach. Dabei war das der Grund, weshalb man sie mir zur Seite gestellt hat." Er sah Plasberg direkt ins Gesicht, die einen Seufzer der Erleichterung unterdrückte. „Ich habe dieses Kind gehasst. O Gott, ich habe es so gehasst!", erklärte Gatler vehement. „Es hat so viel … Unruhe erzeugt! Verstehen Sie? Achim und ich haben in dieser kleinen Wohnung im belgischen Viertel gewohnt, und ich … ich hatte diese Schreibblockade … und dann war da dieses Kind, das die ganze Zeit Aufmerksamkeit beanspruchte, das unser ganzes Leben völlig umgekrempelt hat. Niemals, niemals, niemals war Ruhe! Es gab keinen Flecken, an den ich mich hätte zurückziehen können, um zu schreiben, um nachzudenken … dieses Kind hat uns völlig in Beschlag genommen … ein Jahr lang habe ich nach *Morgentod* versucht, etwas Neues zu schreiben. Es ging nicht. Weil Lucca da war. Er war schuld an meiner Blockade. Er hat mich zerstört als Schriftsteller." Gatler wischte seine Hände an der Hose ab. „Und dann … dann stand an jenem Abend plötzlich Corinna Kemper vor mir, die mir vorheulte, wie sehr sie es bereute, Lucca Achim überlassen zu haben. Da war die Lösung ganz einfach, oder nicht? Ich …"

„Um das mal abzukürzen", schnitt ihm Plasberg das Wort ab. „Ich bin nicht an Ihren Entschuldigungen und Ausflüchten interessiert, Herr Sckiekorsky. Sie haben große Schauspielkunst als angeblicher Schriftsteller bewiesen; hier im Polizeigewahrsam zählt das nicht."

Gatlers Miene verhärtete sich, und der arrogante, gefühllose Egomane in ihm gewann wieder die Oberhand – als hätte er Plasbergs Ermahnung verstanden und wollte ihr nun sein wahres Gesicht zeigen. „Was wollen Sie dann hören? Reue?" Er lachte humorlos auf. „Das Kind stand meiner Karriere im Weg. Es musste weg. So einfach war das. Und Lucca war es doch egal, wo er aufwächst. Er war zu klein, um sich an seinen Vater zu erinnern. Es wird ihm gutgehen. Und für Achim war es auch die beste Lösung. Als Lucca weg war, hatte er Zeit, meine Manuskripte zu schreiben."

„Wo ist Lucca?", fragte Plasberg. „Wohin ist Corinna Kemper geflohen, nachdem sie Lucca entführt hat?"

Gatler zuckte mit den Schultern. „Keine Ahnung. Wen interessiert das? Wir waren nur Geschäftspartner. Wir hatten vorher abgesprochen, dass wir nie wieder etwas voneinander hören."

Sie starrte den Schriftsteller entgeistert an. „Seinen Vater interessiert das! Sie haben ihm vor neun Jahren sein Kind weggenommen!" Als Gatler nicht antwortete, lehnte sie sich in ihrem Stuhl zurück und schwieg.

„Ja … ähm … gut." Eikner räusperte sich. „Dann machen wir jetzt fünf Minuten Pause."

Auf dem Flur wies der Leiter des KK 11 Matthias Kayser an, das Verhör zu übernehmen und Gatler zu den Details der Entführung zu befragen. Die Kommissarin drehte sich im Türrahmen um; das Aufnahmegerät, das das Verhör protokolliert hatte, war schon ausgeschaltet. „Der Verlust Luccas muss für Sie doch eine Art Genugtuung gewesen sein, oder?", fragte sie Gatler. „Ich meine, Ihr Lebensgefährte hatte dieses unglaubliche Talent – denn es waren ja seine Texte, die sich so fantastisch verkauften und von den Kritikern über den grünen Klee gelobt wurden –, und Sie waren im Grunde nichts anderes als ein Schauspieler. Was war das für ein Gefühl zu wissen, dass der Jubel in Wirklichkeit niemals Ihnen galt, sondern ihm? Da muss es doch für Sie eine Genugtuung gewesen sein, dass Sie Achim Kauz den Sohn weggenommen hatten. Dass er neben dem literarischen Erfolg nicht auch noch privat Glück genießen konnte." Gatler sah Plasberg wie erstarrt an. Dann senkte er wortlos den Blick, und sie wusste, dass sie ins Schwarze getroffen hatte.

Eikner und die Kommissarin gingen schweigend in Eikners Büro. Ihr Vorgesetzter schloss die Tür hinter sich und sagte brüsk: „Gute

Arbeit, Frau Kollegin. Einen neun Jahre alten Fall zu lösen, schafft auch nicht jeder."

„Danke." Plasberg wusste, dass die dürren Worte nur ein Vorspiel waren. Eikner hatte sie vorgewarnt. „Wo ist eigentlich Ihr Auto?" Es war mehr der Versuch, Smalltalk zu machen, bevor sie zum eigentlichen Thema kamen, als dass es die Kommissarin tatsächlich interessiert hätte.

„Was? Oh … Werkstatt. Die Bremsen." Ihr Vorgesetzter kramte umständlich sein Handy aus der Hosentasche, setzte sich hinter seinen Schreibtisch und bedeutete Plasberg, ebenfalls Platz zu nehmen. „Trotz Gatlers Geständnis sind Sie keineswegs aus dem Schneider. Mein Missfallen über Ihr Verhalten habe ich wohl mehr als ein Mal deutlich zum Ausdruck gebracht. Sie sind nicht in der Lage, Regeln und Vorschriften zu beachten, und was noch schlimmer ist, Sie stiften andere Kollegen ebenfalls zu einem solchen Verhalten an. Sogar ich habe mich Ihretwegen eben gezwungen gesehen, einen Anwalt anzulügen! Wenn ich nicht davon überzeugt wäre, dass Sie eigentlich eine fähige Beamtin sind, dann würde ich nach den heutigen Vorfällen Ihre endgültige Entfernung aus dem Dienst anstrengen. Stattdessen habe ich mich für eine andere Vorgehensweise entschieden: Sie werden bis morgen früh ein undatiertes Gesuch um Versetzung einreichen, natürlich unterschrieben. Und zwar nach …" Er suchte die Unterlagen auf seinem Schreibtisch ab, bis er die entsprechende Notiz entdeckte, die ihm Frau Keller vor einigen Tagen hingelegt hatte. „… nach Bielefeld. Ja, das ist weit genug entfernt." Ursprünglich hatte er vorgehabt, Vogts Versetzung dorthin vorzuschlagen, aber jetzt fand er die Idee als Druckmittel für seine renitente Mitarbeiterin geradezu ideal. „Die Kollegen dort sind chronisch unterbesetzt und suchen dringend Verstärkung. Es gibt da anscheinend besondere Förderprogramme und Quotenregelungen für weibliche Polizeibeamte, die noch nicht erfüllt sind. Was auch immer." Er schob die Brille die Nasenwurzel hinauf.

„Aber …"

„Ich bin noch nicht fertig, Frau Plasberg. Dieses Schriftstück werde ich in einer Schublade meines Schreibtischs aufbewahren und hüten wie meinen Augapfel. Sollten Sie in Zukunft auch nur einen Zentimeter aus der Reihe tanzen, werde ich dieses Schriftstück datieren und Ihre sofortige Versetzung befürworten. Haben wir uns verstanden?“

„Das ist Nötigung!“

„Was für ein hässliches Wort! Nennen wir es doch einfach eine Rückversicherung.“

Plasberg schloss für einen Moment die Augen und schluckte. Eikner verlangte einen hohen Preis. In Zukunft wäre sie vollständig vom Wohlwollen ihres Vorgesetzten abhängig. Im ersten Moment wollte sie aufbegehren, aber dann dachte sie darüber nach, was ein Posten in Bielefeld für sie und die Kinder bedeuten würde. Der Verkauf des Hauses, ein Umzug, Niklas und Ruth würden aus ihrer Schule, aus ihrem Freundeskreis herausgerissen. „Einverstanden“, presste sie schließlich hervor.

„Gut, dann …“ Eikner schenkte ihr ein gezwungenes Lächeln, „betrachten Sie Ihre Ablösung von den Ermittlungen als aufgehoben. Und die von Brinkhoff auch.“

„Sie haben noch gar keine offiziellen Schritte auf den Weg gebracht?“, fragte die Kommissarin entgeistert.

„Was mich angeht, hatten Sie zwei Tage überstundenfrei, genauer gesagt, anderthalb Tage.“ Eikner hatte sie ausgetrickst. Plasberg stand auf, in der Annahme, dass das Gespräch vorbei war. „Nicht so schnell, Frau Kollegin“, rief Eikner sie zurück. „Wir sind noch nicht fertig.“

„Was denn noch?“

„Jetzt, wo Sie die Leitung der MK 3 wieder aufgenommen haben … Sie haben vor Gatlers Verhör angedeutet, Sie haben für Achim Kauz ein Mordmotiv?“

„Ach so … ja.“ Plasberg ließ sich wieder auf den Stuhl fallen; sie fühlte sich plötzlich erschöpft.

„Dann klären Sie mich auf!“

„Es … es geht um Dianne Hatford.“

„Ja. Was ist mit ihr?“

„Sie hat leider nicht nur mit der Polizei Kontakt aufgenommen.“

„Sondern? Jetzt lassen Sie sich nicht jedes Wort aus der Nase ziehen.“

„Sie hat vor zwei Monaten auch Achim Kauz kontaktiert. Sie hat seine Mail-Adresse ausfindig gemacht und ihm berichtet, dass Gatler und Corinna Kemper sich damals in New York getroffen haben. Leider existiert die Mail nicht mehr, sie hat sie schon vor längerer Zeit gelöscht; wir können nur hoffen, dass wir sie aus Kauz' Laptop herausholen können."

„Und wenn Kauz wusste, dass Gatler …" Eikner zog die Stirn in Falten. „Dann hätte er zwar ein Motiv gehabt, Gatler zu töten, aber wir können ihn noch immer nicht mit Kamphaus oder Anschlitz in Verbindung bringen."

„Wenn Sie ein bisschen um die Ecke denken, dann schon", widersprach Plasberg. „Ich glaube, Kauz hatte gar nicht die Absicht, irgendwen umzubringen. Aber er wollte sich an seinem Lebensgefährten rächen. Was, denken Sie, ist für Gatler das Wichtigste im Leben?"

„Der Ruhm? Die Anerkennung? Der Erfolg?"

Plasberg nickte. „Und was hat Gatler jetzt alles verloren?"

Langsam verstand Eikner, worauf Plasberg hinauswollte. „Er ist zum Gespött der Öffentlichkeit geworden, zur Persona non grata in der Literaturszene."

„Er hat sich vor einem Millionenpublikum bis auf die Knochen blamiert. Außerdem hat ihn Schäfer-Kussnacht vor die Tür gesetzt, den letzten Roman vom Markt genommen und wird einen Prozess gegen seinen einstigen Starautor anstrengen. Er wird in den Medien geteert und gefedert. Das ist für Gatler wahrscheinlich fast schlimmer als der Tod."

„Hm", machte Eikner.

„Ich bin ziemlich sicher, dass das ganze Geschehen eher zufällig in Gang gesetzt worden ist, und zwar durch den Tod von Rashid Mokhtari. Versetzen Sie sich mal in Kauz' Lage: Er schreibt jahrelang die Krimis für Gatler, verhilft ihm zu einer einzigartigen Karriere und begnügt sich mit der Rolle des Mannes im Schatten, obwohl eigentlich ihm der Applaus zusteht. Und dann erfährt er, dass der Mann, dem er alles geopfert hat, die Verantwortung dafür trägt, dass sein Sohn verschwunden ist. Nebenbei ist da noch die Tatsache, dass letztendlich er, Kauz, quasi das Geld verdient, mit dem Gatler seine Komplizin Anke Koschnik ausbezahlt. Auch wenn ich bezweifele, dass Kauz das weiß. Das ist nur eine besonders perfide Wendung in diesem Schmierentheater."

Eikner nickte. „So weit kann ich Ihnen folgen."

„Und dann hat Gatler auch noch ein Verhältnis mit dem jungen Iraner: Gatler fühlt sich geschmeichelt, dass ein so junger Mann ihm verfallen ist. Die Beziehung zwischen Kauz und Gatler funktioniert seit Jahren nur noch wie eine Geschäftsbeziehung; kein Wunder! Gatler hat ein furchtbares Geheimnis. Vielleicht hätte er Kauz sogar für Mokhtari verlassen, aber er kann nicht, weil er ja von Kauz abhängig ist. Also trifft er sich nur heimlich mit Mokhtari, was dem aber irgendwann nicht mehr passt. Die letzte SMS, die er Gatler geschickt hat, lautete: *So geht das nicht weiter. Du musst dich entscheiden*. Ich hab sie selbst gesehen."

„Mokhtari stellt Gatler ein Ultimatum?"

„So ist es." Die Kommissarin kam langsam wieder in Fahrt und verdrängte, dass Eikner sie gerade erst gemaßregelt hatte. „Gatler fährt zu Mokhtari, nachdem der das Restaurant geschlossen hat, um zu retten, was zu retten ist. Allerdings ahnt er nicht, dass Kauz ihm irgendwie auf die Schliche gekommen ist und ihm folgt."

„Wie?"

Plasberg warf Eikner einen mitleidigen Blick zu. „Als mein Exmann angefangen hat, mich mit seiner jetzigen Frau zu betrügen, da habe ich es einfach gemerkt. Eine Änderung im Verhalten, unerklärte Abwesenheiten … so etwas fällt auf."

„Na schön", erwiderte Eikner.

„Als die drei im Restaurant aufeinandertreffen, kommt es zu einer Auseinandersetzung, in deren Verlauf Mokhtari entweder die Treppe zum Keller herunterfällt oder gestoßen wird und sich dabei das Genick bricht. Ein Unfall, Körperverletzung mit Todesfolge oder Totschlag, das darf das Gericht entscheiden. Ich tippe auf einen Unfall. Etwas anderes wird man weder Kauz noch Gatler nachweisen können. Aber als Kauz Mokhtari da unten liegen sieht, fällt ihm auf, dass sein Tod einem Tod ähnelt, den Gatler in seinem Debütroman beschrieben hat. Ein FedEx-Bote, der bei der Auseinandersetzung eines Ehepaares die Treppe hinuntergestoßen wird, soweit ich mich erinnere. Und da kommt Kauz die Idee, wie er sich an Gatler rächen kann. Er will ihm Mokhtaris Tod in die Schuhe schieben.

Gatler steht zu diesem Zeitpunkt unter Schock, er kann kaum klar denken. Wir wissen, dass er bei einem früheren Verhör gesagt hat, Kauz habe ihn angefleht, das Restaurant zu verlassen, damit ihm ein Skandal erspart bleibt. Kauz habe ihm gesagt, er würde sich um alles kümmern. Gatler hat angenommen, dass Kauz die Beweise auf Mokhtaris Handy vernichtet, die ihn mit Mokhtari in Verbindung bringen, aber in Wirklichkeit manipuliert Kauz die Beweise vor Ort so, dass alles auf Gatler deutet. Überlegen Sie mal", sagte Plasberg, als sie Eikners skeptische Miene sah, „wenn Kauz Gatler wirklich hätte schützen wollen, warum dann diese Aktion mit dem Urlaubsschild an der Tür? Er muss auch derjenige gewesen sein, der den Mitarbeitern die ominösen Textnachrichten geschickt hat."

„Dazu muss er aber in Mokhtaris Wohnung eingedrungen sein."

„Mit dem Schlüssel, den Gatler und er aus Mokhtaris Hosentasche nehmen und wohin ihn Kauz später wieder zurücksteckt."

„Und wie hat Kauz den PIN-Code von Mokhtaris Handy geknackt?"

Plasberg schnaubte auf. „Den habe sogar ich im zweiten Anlauf herausbekommen! Vielleicht hat ihn Gatler auch gekannt. Und wenn wir schon dabei sind – wenn Kauz Gatler wirklich hätte schützen wollen, dann hätte er die Nachrichten zwischen Gatler und dem Iraner und Gatlers Telefonnummer im Speicher von dessen Handy gelöscht, um erst gar keinen Verdacht bei den Ermittlern aufkommen zu lassen."

Eikner nickte.

„Stattdessen lässt Kauz alle Nachrichten unangetastet", fuhr Plasberg fort, „was uns unweigerlich auf Gatlers Spur bringen musste. Um das Ganze noch ein wenig verdächtiger zu machen, baut er eine Unstimmigkeit ein, die uns Ermittler auch sofort stutzig gemacht hat: Auf dem Schild stand ‚Wegen Urlaub geschlossen', Mokhtaris Angestellte erhalten jedoch eine SMS, in der Mokhtari einen Todesfall in der Familie als Grund für die zeitweilige Schließung des Restaurants angibt. Wenn Sie mich fragen: ein makabrer Scherz von Kauz."

„Woher wusste Kauz Namen und Telefonnummern der Angestellten?"

„Sie stehen auf einem Zettel in der Küche des Restaurants."

„Und weiter?" Eikner zog seine Brille von der Nase und wischte die Gläser sauber.

„Irgendwann muss Gatler gemerkt haben, dass etwas nicht stimmt", mutmaßte die Kommissarin. „Keine Todesmeldung von Mokhtari in den Lokalnachrichten, keine Ermittlungen, nichts. Aber er konnte ja nichts sagen; er hätte sich nachträglich gegenüber der Polizei verdächtig gemacht. Er war gezwungen, Kauz' Spiel mitzuspielen."

„Also gut", sagte Eikner und hielt die Brille gegen das Licht, „nehmen wir an, es hat sich wirklich so zugetragen, dann haben Sie Mokhtaris Tod erklärt. Wo ist die Verbindung zu den Morden an Kamphaus und Anschlitz?"

„Genau wie Gatler kann auch Kauz allein aufgrund der Indizien als Täter infrage kommen. Das Regenzeug könnte auch er getragen haben. Kauz war außerdem derjenige, der Brinkhoff und mich darauf gestoßen hat, dass das Obsidianmesser Gatler gehört. Aber er hatte genauso die Möglichkeit, es zu nutzen, wie sein Lebensgefährte. Auch Kauz hat keinerlei Alibi für die Morde. Im Gegenteil …" Sie erzählte Eikner, was Daniel Lukoscheit ihr und Brinkhoff über den Hinterausgang am Gartenende und den Porsche in einer nahegelegenen Tiefgarage erzählt hatte. „Beide waren jederzeit in der Lage, unbemerkt vom Anwesen zu verschwinden und wieder zurückzukehren. Und wir haben vom Gärtner erfahren, dass Gatler und Kauz dieselbe Schuhgröße haben. Daher müssen wir auch in Erwägung ziehen, dass der Abdruck in der Obermühle von Kauz stammen könnte. Katharina Durn hat ausgesagt, Gatler sei bei seiner Recherche damals von einem jungen Assistenten begleitet worden, auch wenn sie sich nicht mehr hundertprozentig erinnern konnte. Könnte es nicht sein, dass dieser Assistent Achim Kauz hieß? Als der wahre Krimiautor hatte eigentlich nur er ein Interesse daran, die Gegebenheiten der Obermühle zu recherchieren. Gatler hat da nur seine Rolle gespielt. Und als Kauz Anschlitz umgebracht hat, kann er sich Schuhe von Gatler angezogen haben, um absichtlich den Verdacht auf ihn zu lenken."

Bei der Erwähnung von Gatlers Gärtner hatte Eikner die Augenbrauen zusammengezogen. „Wann haben Sie eigentlich Danni Lukoscheit gesprochen?"

„Ähm … heute Mittag.“ Plasberg wäre am liebsten im Boden versunken.

„Unglaublich“, fluchte Eikner. „Sie handeln dermaßen unüberlegt …“

„Sie haben mich schon bestraft“, unterbrach Plasberg ihren Chef.

„Was? … Ah, ja … na, schön.“ Eikner hatte für einen Moment den Faden verloren. „Aber warum sollte Kauz die Kamphaus umbringen, wenn sie der Öffentlichkeit doch genau das sagen wollte, was er ebenfalls erreichen wollte: dass Gatler ein Betrüger ist? Wo ist das Motiv?“

Plasberg dachte einen Moment nach. „Weil ihm das nicht ausreichte“, sagte sie dann entschieden. „Er wollte, dass Gatler den Betrug selber zugibt. Verstehen Sie nicht? Es ist die ultimative Erniedrigung für einen Egomanen wie Gatler! Und das funktioniert nur, wenn Gatler keinen anderen Ausweg sieht, sich von zwei Mordverdachtsfällen reinzuwaschen, als die Autorschaft an vier seiner fünf Krimis abzustreiten! Daher bringt Kauz Kamphaus und Anschlitz auf eine Weise um, die Gatler auf jeden Fall ins Fadenkreuz der Ermittlungen bringt. Der eher zufällige Tod von Rashid Mokhtari war die Blaupause für die beiden folgenden Taten. Der Mord an der Kamphaus geschah, weil sie seine Pläne zu früh störte …“

„Und der Mord an Anschlitz?“

Plasberg schüttelte den Kopf. „Das ist die größte Schwachstelle in meiner Theorie“, gab sie zu. „Er muss irgendetwas gesehen haben; ich tippe auf den Mord an der Kamphaus. Er ist ein rechtskräftig verurteilter Stalker, die Wohnung seiner Exfreundin liegt in unmittelbarer Nähe zum Höhenfelder See, er hat eine Drohne zu Hause. Ich kann es nur nicht beweisen, weil die Beweismittel aus Anschlitz’ Wohnung beiseitegeschafft wurden.“

„Da ist noch etwas anderes“, machte sie Eikner auf eine weitere Schwachstelle ihrer Argumentation aufmerksam. „Die falsche Autorschaft ist nur durch ein Leck bei uns an die Öffentlichkeit gekommen …“

Aber Plasberg wischte seinen Einwand beiseite. „Glauben Sie im Ernst, eine solche Story würde ihren Weg nicht in die Öffentlichkeit finden? Kauz hat das gewusst. Auch wenn er nie selbst im Rampenlicht stand, hat er zehn Jahre lang sehr genau beobachten können, wie Medien funktionieren. Er hat darauf spekuliert, dass Gatler früher oder später die Autorschaft abstreiten würde, um seine Haut zu retten, und dass diese Information an die Öffentlichkeit kommt."

Eikner schwieg. „Sie sind nicht zufällig dafür verantwortlich?"

„Nein. Das hat mich Frau Siener auch schon gefragt. Und ich lege auch für alle Mitglieder der MK die Hand ins Feuer. Selbst für Vogt. Und?", fragte Plasberg. „Was halten Sie davon?"

„Von Ihrer Theorie? Sie klingt plausibel, zugegeben. Aber Sie können sie nicht beweisen."

„Kauz hat sich mit beiden Mordopfern am jeweiligen Tatort verabredet. Wenn wir Laptop und Handy von Kauz geknackt haben, müssten wir auf die entsprechenden Nachrichten und Anrufe stoßen. Und auf die Mail von Dianne Hatford. Dann haben wir ihn."

Eikner seufzte. „Und genau da haben wir auch ein Problem."

Plasberg sah ihren Vorgesetzten überrascht an. „Und das wäre?"

„Die Kollegen, die versucht haben, die elektronischen Geräte von Achim Kauz zu entschlüsseln, haben sich vorhin gemeldet. Laptop und Handy sind von einem Computervirus attackiert worden, der alle Daten gelöscht und die Festplatte des Laptops neu formatiert hat, sobald sie endlich den PIN-Code umgangen hatten. Bei seinem Mobiltelefon sieht es kaum besser aus."

„Ein Computervirus?"

„Kauz hat Informatik studiert, nicht wahr?"

Plasberg nickte schwach. „Und bei der Hausdurchsuchung ist nichts weiter gefunden worden? Das Chloroform, mit dem Anschlitz betäubt wurde? Die Festplatten oder das Handy von Anschlitz? Der Chip aus der Drohne?"

Eikner sah noch einmal seine Unterlagen durch. „Nein", sagte er dann. „Vogt hat das Pfefferspray gefunden, das Kamphaus im Internet bestellt hat. Aber Fingerabdrücke waren darauf keine nachzuweisen. Natürlich erwarte ich trotzdem, dass Sie Beweise für Ihre Theorie herbeischaffen, dass Kauz unser Mörder ist." Er lehnte sich in seinem Stuhl zurück, hochzufrieden mit sich selbst.

„Das war's dann erst mal. Ich informiere Grabowski über den neuesten Sachstand. Sie dürfen gehen."

Maria Plasberg war noch immer wie benommen von Eikners Erpressung, als Brinkhoff auf dem Flur zu ihr stieß. „Und, wie ist es g-gelaufen?"

„Sieht aus, als wären wir wieder im Geschäft", murmelte sie.

„Ich auch? D-Das ist g-g-großartig!", stotterte Brinkhoff überrascht. „Wie ha-haben Sie das geschafft?"

„Besser, Sie fragen nicht." Sie konnte nicht fassen, dass Eikner sie über den Tisch gezogen hatte. Bielefeld! Und das Schlimmste war, dass der Mann sie ab jetzt in der Hand hatte.

„Aber … ich meine …"

„Herrgott noch mal, Kollege! Ich will nicht darüber reden!"

„Schon g-gut!" Brinkhoff hob abwehrend die Arme. „Ist was? Sie sehen blass aus."

„Nur müde", wich sie aus. „Hat Gatler weiter ausgesagt?"

„Alles auf Band. Ich hab im Nebenraum alles mitgehört. Die ganze Entführungsgeschichte, in allen D-Details. Ein Mann ohne jedes Mitgefühl." Zusammen gingen sie in ihr Büro.

„Letzte Woche waren Sie noch einer seiner größten Fans." Plasberg rieb sich erschöpft die Augen und ließ sich auf ihren Stuhl fallen. Am liebsten wäre sie nach Hause gefahren, um eine Woche am Stück zu schlafen. Aber noch waren die Ermittlungen nicht beendet. „Hat Gatler eigentlich gesagt, wie Corinna Kemper heute heißt? Und Lucca?"

Brinkhoff verneinte. „Weiß er angeblich nicht."

„Glauben Sie ihm?"

„Erstaunlicherweise ja. G-Gatler ist ein Mensch, der sich permanent um seine eigene Achse dreht. Alles, was drumherum geschieht, ist nicht relevant. Und sobald Kemper und Lucca verschwunden waren, hat er keinen Gedanken mehr an die beiden verschwendet. Warum sollten ihn ihre neuen N-Namen interessieren?"

In diesem Moment ertönte der Radetzky-Marsch, und Plasberg wühlte ihr Handy aus der Handtasche. „Stumping hier", hörte sie die Stimme des Lokalredakteurs des *Kölner Stadt-Anzeigers* am anderen Ende der Leitung. „Ich weiß zwar, dass Sie nicht mehr im Fall Gatler ermitteln …"

„Falsch", brummte sie. „Brinkhoff und ich sind …" Beinahe hätte sie sich verplappert. „Berichte über meine Ablösung sind stark übertrieben", korrigierte sie sich. Ab jetzt würde sie aufpassen müssen, was sie sagte. „Der Kollege und ich haben nur ein paar Überstunden abgebaut." Die Worte hatten einen bitteren Beigeschmack.

Stumping war klug genug, nicht nachzubohren, auch wenn er an ihrer Stimme hörte, dass etwas nicht stimmte. „Umso besser. Ich habe nämlich eine Information, die Sie interessieren dürfte. Sie betrifft die Quelle, die der Presse zugetragen hat, dass Gatler nicht der Autor seiner letzten vier Krimis ist."

„Ich höre."

„Es war der für den Fall zuständige Staatsanwalt."

„Grabowski? Woher wissen Sie das?"

Stumping schnalzte mit der Zunge. „Frau Plasberg! Ich habe meine Ohren überall in dieser Stadt. Aber das heißt noch lange nicht, dass ich Ihnen meine Informanten verrate. Es ist aber eine vertrauenswürdige Quelle; Sie können davon ausgehen, dass die Information korrekt ist. Schönen Tag noch."

Grabowski. Plasberg fuhr sich durch die Haare und informierte Brinkhoff. „Das passt", sagte sie. „Grabowski hat noch eine Rechnung mit Gatler offen. Aber wenn diese Information zu seinem Anwalt gelangt …"

„Wie sollte sie?", fragte Brinkhoff.

„So was bleibt nicht geheim. Nicht hier, nicht in Köln."

In diesem Moment klopfte es an der Tür, und Siener, Kayser und Hallstetter steckten ihre Köpfe herein. Die Männer grinsten über beide Ohren, und auch Siener lächelte. „Eikner hat uns eben Bescheid gesagt", erklärte Kayser. „Dass Sie beide wieder im Dienst sind. Besser so."

Plasbergs Lächeln fiel ein wenig grimassenhaft aus. „Was ist mit Vogt? Ist der Kollege auch informiert?"

„Klar. Aber er konnte sich zu keiner Gratulation durchringen", sagte Siener.

„Gut, dann …Sie wissen alle, dass wir jetzt Achim Kauz für den Hauptverdächtigen halten?“ Die Kollegen nickten.

„Hat sich herumgesprochen“, erwiderte Hallstetter.

„Beweisen lässt sich das jedoch zum jetzigen Zeitpunkt nicht, da mir Eikner gerade mitgeteilt hat, dass ein Computervirus die Daten auf Kauz' Laptop und Smartphone gelöscht hat.“ Sie sah in betretene Gesichter. „Na los, haben Sie nichts zu tun? Gehen Sie die bisherigen Ermittlungsergebnisse noch mal durch, vielleicht haben wir etwas übersehen. Ich denke nicht daran, so kurz vor dem Ziel aufzugeben!“

Kaum waren ihre Mitarbeiter verschwunden, klingelte das Telefon auf Plasbergs Schreibtisch. „Wie im Irrenhaus hier“, beschwerte sich die Kommissarin. „Ja?“

„Hier ist jemand, der Sie sprechen möchte“, sagte Gesine Keller.

„Ich brauche keine weiteren Glückwünsche.“

„Glückwünsche? Es geht um Thomas Anschlitz. Während Sie bei Herrn Eikner waren, ist eine Frau Natalie Bauer gekommen, und …“

„Anschlitz' Ex?“ Plasberg horchte auf. „Worauf warten Sie? Schicken Sie sie zu mir!“

Natalie Bauer trug schwarze Leggins, Stöckelschuhe und ein schwarzes T-Shirt mit funkelnden Strasssteinchen, als sie das Büro der Kommissarin betrat. „Sie haben gesagt, ich soll mich melden, wenn irgendwas ist!“, verteidigte Bauer ihr Kommen und hielt wie zum Beweis der Kommissarin die Karte entgegen, die Plasberg ihr gegeben hatte. „Und jetzt ist was.“

„Bitte, nehmen Sie Platz. Einen Kaffee vielleicht?“

Bauer lehnte ab. „Aber eine Zigarette würde ich gerne rauchen. Seit ich das gesehen habe, rauche ich Kette.“

Brinkhoff organisierte einen Aschenbecher und Plasberg fragte: „Was gesehen?“

Anschlitz' Exfreundin wirkte mitgenommen, verängstigt. Ihr zu dick aufgetragener, rot angemalter Kirschmund zog heftig an der Zigarette und blies den Rauch an die Decke. Dann kramte sie in ihrer Handtasche, die so klein war, dass kaum ihre Zigaretten, ein paar Schminkutensilien, Geld und Schlüssel hineinpassten, zog ein gefaltetes, gepolstertes Briefkuvert heraus und warf es Plasberg auf den Schreibtisch, als wäre es mit Lepra infiziert.

„Und was ist das?", erkundigte sich die Kommissarin.

„Da ist ein Mord drauf zu sehen. Thomas hat mir das geschickt. Was für ein durchgeknallter Typ. Wieso schickt der mir so was? Voll gruselig, das reinste Splatter-Movie. Außerdem hat er mich ausspioniert, der kranke Perversling."

„Ich verstehe immer noch nicht."

„Na, dann machen Sie es auf! Da ist ein USB-Stick drin. Der Brief muss von Thomas sein. Er hat zwar keinen Absender, aber ich hab die Schrift erkannt, mit der er meine Adresse geschrieben hat."

Plasberg nahm das Kuvert in die Hand; es war tatsächlich anonym abgeschickt worden. „Wann haben Sie das bekommen?"

„Heute Morgen."

„Dann kann es nicht von Thomas Anschlitz sein; heute ist Mittwoch, und er wurde schon am Samstag umgebracht, was bedeutet, dass er den Brief spätestens am Samstag hätte abschicken müssen. Sie müssen sich irren."

„Die Adresse ist falsch", sagte Bauer und tippte mit einem ihrer kunstvoll schwarzweiß lackierten Fingernägel auf die Hausnummer. „Da ist ein Zahlendreher drin. Daher hat der Brief länger gedauert. Ein Idiot ist der Thomas auch noch. War, natürlich. Er war ein Idiot."

Die Kommissarin öffnete das Kuvert und zog den USB-Stick heraus. „Ein Anschreiben war nicht dabei? Keine Notiz? Keine Nachricht?"

„Nichts." Bauer drückte die Zigarette im Aschenbecher aus und zündete sich sofort eine neue an. Brinkhoff kippte das Bürofenster, während Plasberg den Stick in den Rechner steckte und sich dann zusammen mit ihrem Kollegen über den Monitor beugte.

Als die Datei sich öffnete, sah man die Bilder einer Kamera, die unscharfe Aufnahmen von dem Haus machte, in dem Natalie Bauer wohnte. „Das sind die Aufnahmen der Drohne, die wir gesucht haben!", sagte Brinkhoff aufgeregt. „Und schauen Sie mal auf den Zeitindex: 16.4. um 04:47 Uhr. Früher Samstagmorgen."

„Der Arsch hat versucht, mich zu filmen", bestätigte Bauer. „Von draußen. Beim Sex."

Besonders viel ließ sich auf den Aufnahmen allerdings nicht erkennen, mehr als Schatten und pixelige Körper gab der Videofilm nicht her, zumal auch starker Nebel und das schlechte Licht die Qualität der Bilder beeinträchtigten. Auch die Gesichter, die die Kamera durch das Fenster festgehalten hatte, waren nur schemenhaft auszumachen.

„Das sollen Sie sein? Mit einem Mann?“, fragte die Kommissarin.

„Ja.“ Bauer war noch immer empört. „Das war die Nacht, als ich mit dem …“ Sie hielt inne, als würde ihr gerade erst bewusst, welche intimen Details sie ausplauderte. „Jedenfalls ist das mein Wohnzimmer- und mein Schlafzimmerfenster, das der Thomas im Visier hatte.“

„Man erkennt ja gar nichts“, beruhigte die Kommissarin die aufgebrachte Frau.

„Trotzdem. Ich kauf mir diese Woche Gardinen.“

„Und wo ist der Mord zu sehen?“

„Sie müssen vorspulen!“

Plasberg spulte das Video vor, bis weiße Schlieren zu sehen waren. Dann, plötzlich, riss der Nebel auf, eine unruhige, graublaue Fläche kam ins Bild, Wasser, während im Hintergrund die ersten Strahlen der Dämmerung den Blick auf die Trauerweide am Höhenfelder See freigaben.

„Wieso hat Anschlitz das gefilmt?“, fragte Plasberg. „Er kann doch nicht gewusst haben, was passiert?“

Brinkhoff zuckte mit den Schultern. „Als K-Kind hab ich mal versucht, so ein Flugzeugmodell fernzusteuern. Gar nicht so einfach, wenn man sich nicht damit auskennt. Vielleicht hat er die Kontrolle über die N-Navigation verloren?“

Plötzlich tauchte die Bibliothekarin im Bild auf. Deutlich war die überlange Strickjacke zu erkennen und ihre braunen Haare, dann löste sich ganz überraschend eine Gestalt aus dem Schatten der Trauerweide, und gleich darauf wurden die Polizisten Zeugen, wie Martina Kamphaus mit einem scharfen, glänzenden Gegenstand die Kehle durchgeschnitten wurde.

„Sie hat sich gewehrt“, murmelte Brinkhoff. „Aber sie hatte keine Chance … Da! Frieren Sie das Bild ein!“ Plasberg drückte auf die Pausentaste – und die Kommissare starrten in das Gesicht von Martina Kamphaus' Mörder, der kurz nach oben geblickt hatte und dessen Gesichtszüge in diesem Moment von der Kamera festgehalten worden waren: Achim Kauz, bekleidet mit grünem Regenzeug.

„Sie ist um 05:07 Uhr gestorben", sagte Plasberg. Als das Video weiterlief, beobachteten sie, wie Kauz sein Opfer durchsuchte und ihr Handy und das Obsidianmesser in den See warf, gleich darauf einen weiteren, länglich aussehenden Gegenstand aus der rechten Tasche der Strickjacke holte und in seine rechte Tasche steckte.

„Muss das Pfefferspray sein", murmelte Brinkhoff. „Aber wieso nimmt er es mit?"

„Um den Verdacht auf seinen Lebensgefährten zu lenken natürlich. Eigentum des Opfers, das sich im Haus von Gatler wiederfindet? Im Grunde ist das ein Wink mit dem Zaunpfahl. Das Handy muss er verschwinden lassen, weil Kamphaus darüber mit ihm Kontakt aufgenommen hat. Die Drohmail an die jkt-Adresse muss auch von ihrem Handy aus gesendet worden sein."

Kauz lief plötzlich zur Trauerweide zurück und bückte sich. Als er zurückkam, hielt er etwas in den Händen, das man nicht erkennen konnte, es schien zerbrechlich zu sein, denn er trug es vorsichtig vor sich her, gleich darauf machte er sich an den Haaren des Opfers zu schaffen. „Die Gänseblümchenkette!", sagte Plasberg. „Natürlich! Er muss einige Zeit vor seinem Opfer eingetroffen sein, hat in aller Ruhe die Gänseblümchen gepflückt, sie zu einem Kranz geflochten und dann dort am Fuß der Weide aufbewahrt! So stellt er die Verbindung zu *Ein Grab aus Eis* her und lenkt ebenfalls den Verdacht auf Gatler! Es ist so simpel!"

„Und so clever!", stieß ihr Kollege hervor.

Dann zeigte die Kamera, wie Kauz die Leiche ins Wasser zog und sich bereitmachte, seine blutigen Hände im See zu waschen. Danach brach das Video ab.

„Wir haben ihn", sagte Plasberg und lehnte sich zurück. Am liebsten hätte sie auch eine Zigarette geraucht; die Kaltblütigkeit, nein, die Gleichgültigkeit, mit der Kauz Martina Kamphaus das Leben genommen hatte, hatte ihr einen Schauer über den Rücken gejagt. Es war eine Sache, einen Mord aufzuklären; man behielt eine innere Distanz, wahrte einen professionellen Abstand. Einen Mord zu beobachten – und sei es auf einem Videomitschnitt – war etwas anderes, deutlich schockierender als ein Mord im Fernsehen oder auf der Leinwand. Denn der Mord an Martina Kamphaus war nicht gestellt, er war echt. „Und wir wissen jetzt endgültig, warum Achim Kauz Anschlitz ermordet hat."

„Ähm ... kann ich jetzt gehen?", fragte Bauer, die in der Zeit, in der die Kommissare das Videomaterial gesichtet hatten, noch drei Zigaretten geraucht hatte.

Plasberg sah überrascht auf. Sie hatte die junge Frau komplett vergessen. „Ähm ... ja, natürlich. Frau Bauer, vielen Dank, Sie ahnen gar nicht, wie sehr Sie der Polizei damit geholfen haben!"

„Ich nehme an, den USB-Stick wollen Sie behalten?"

„In der Tat."

Bauer stand auf. In der Tür drehte sie sich noch einmal um. „Können Sie mir sagen, warum Thomas dieses Video mir geschickt hat? Ich meine ... warum ist er damit nicht zur Polizei gegangen?"

„Weil er den Täter kannte und ihn mit diesem Videomaterial wahrscheinlich erp-p-pressen wollte. Und Sie waren vielleicht eine Art Rückversicherung, falls ihm etwas zustoßen sollte", mutmaßte Brinkhoff.

Aber Plasberg war anderer Ansicht. „Er konnte nicht zur Polizei damit gehen, weil er wegen Stalkings rechtskräftig verurteilt war, schon vergessen? Anschlitz hatte Angst, dass er deswegen Ärger bekommen würde."

„Ich sag ja: ein Idiot!", erklärte Natalie Bauer. Sie fuhr sich mit der Hand durch die Haare und wandte sich zum Gehen. Keiner der Kommissare hatte das Gefühl, dass sie noch viele Gedanken an ihren toten Ex verschwenden würde. Brinkhoff brachte Bauer höflicherweise bis zum Aufzug.

„Das Einzige, was wir noch nicht wissen, ist, wohin K-Kauz die Sachen geschafft hat, die er nach Anschlitz' Ermordung aus seiner Wohnung entwendet hat: die F-Festplatten und den Chip der Drohne", sagte er, sobald er zurück war. Er setzte sich auf die Ecke von Plasbergs Schreibtisch und schlenkerte mit einem Bein. „Dieser USB-Stick ist ja nur eine K-Kopie der Originalaufnahme. Bei der Hausdurchsuchung ist zwar so einiges zutage getreten, aber diese Sachen nicht."

„Sie müssen aber dort sein", überlegte Plasberg. „Kauz hat sie bestimmt nicht außerhalb des Hauses aufbewahrt."

„L-Luccas Kinderzimmer?", sagte Brinkhoff.

„Daran habe ich auch gerade gedacht." Plasberg sah auf die Uhr. „Gleich sechs Uhr. Wir haben noch gut zwei Stunden Tageslicht." Ruckartig stand sie auf, schnappte ihre Handtasche und eilte zu den Büros ihrer Mitarbeiter. „Alle Mann: Wir sehen uns noch mal in Gatlers Haus um. Jemand muss einen Schlüssel aus der Asservatenkammer besorgen."

„Ich wollte einmal in dieser Woche halbwegs pünktlich Feierabend machen!", beschwerte sich Hallstetter.

„Wir haben etwas übersehen. Es muss dort sein. Haben wir den Code für das Tor?"

Kayser nickte. „Aus dem letzten Verhör von Gatler."

„Gut. Und in der Tiefgarage können wir uns dann auch gleich nach dem ominösen Porsche umsehen."

Die Beamten fuhren mit zwei Wagen zu Gatlers Haus, das nun – nach der Festnahme beider Bewohner – auch nicht mehr von der Presse belagert wurde. Aber ein Graffiti zierte die Mauer, die das Grundstück einzäunte: Jemand hatte das Wort „Betrüger" in fetten, weißen Lettern auf die dunklen Steine gesprüht. Der Zorn seiner Leser hatte Gatlers Zuhause eingeholt. Vom gegenüberliegenden Bürgersteig beobachteten zwei Nachbarn missbilligend die Ankunft der Polizei. Die Aufmerksamkeit, die ihrem Stadtteil durch den Medienskandal um den Schriftsteller zuteilwurde, fand bei den Bewohnern von Hahnwald offensichtlich keinen Anklang.

Vogt, der kaum ein Wort gesprochen hatte, seitdem Plasberg und Brinkhoff ihren Dienst wieder offiziell ausübten, übernahm freiwillig die Küche; seit dem Kinnhaken hielt er so weit wie möglich Abstand von seinem schwulen Kollegen. Siener kümmerte sich um Kauz' Schlafzimmer, während Brinkhoff und Plasberg Lucca Kempers Kinderzimmer durchsuchten. Hallstetter und Kayser machten sich derweil auf den Weg, um die zwei Straßen entfernte Tiefgarage nach einem dunkelblauen Porsche abzusuchen.

Brinkhoff schüttelte sich, als er den Raum betrat, den Achim Kauz für seinen verschwundenen Sohn eingerichtet hatte. „Es hat etwas Gespenstisches, wieder hier zu sein", sagte er und öffnete den Kleiderschrank. „Ich habe das merkwürdige G-Gefühl, als ob Lucca jeden Moment ins Zimmer platzen könnte. Dabei kenne ich den Jungen nicht mal." Er nahm alle Sachen heraus, suchte die Ecken ab, klopfte die hintere Wand des Schranks ab – nichts.

Plasberg starrte auf das Bild des kleinen Prinzen über Luccas Bett. „Ja", erwiderte sie gedankenverloren. „Es ist eine Art begehbarer Altar. Ich möchte nicht wissen, wie viele Stunden Kauz im Laufe der Jahre hier verbracht hat. Und dann zu erfahren, dass der eigene Partner für das Verschwinden seines Sohnes verantwortlich ist …" Sie seufzte. „Helfen Sie mir mal hier." Zusammen zerrten sie die Matratze vom Kinderbett, durchsuchten einen weiteren Schrank, in dem Kauz Luccas Spielsachen aufbewahrte, aber die Beweise, die sie suchten, blieben verschwunden. Nach einer halben Stunde hatten sie den Raum erfolglos von oben bis unten durchkämmt.

Plasberg konnte ihre Enttäuschung nicht verbergen. „Ich hätte schwören können, dass er die Sachen hier aufbewahrt. Es wäre irgendwie passend gewesen. Aber hier ist nichts; es sei denn, es gibt irgendwelche zugemauerten Verstecke in den Wänden."

Brinkhoff gab einen Laut des Entsetzens von sich. „Wie in dieser Horrorgeschichte von Edgar Allan Poe, wo der Mörder die Leiche seines Opfers unter dem D-Dielenboden versteckt und später die Tat gesteht, weil er glaubt, dass er das Klopfen des Herzens noch hören kann?"

„Wie war das?", fragte Plasberg langsam.

„Ich habe g-gesagt, dass …"

Die Kommissare starrten erst sich an und dann die Bretter des hellen Dielenbodens, mit dem Luccas Zimmer ausgelegt war. Plasberg ging auf die Knie und klopfte die einzelnen Bretter ab, um sie auf Hohlräume zu überprüfen.

„Das war ein Scherz!", sagte Brinkhoff unsicher.

„Aber gar keine so dumme Idee." Sie warf ihm einen triumphierenden Blick zu, als eine der Planken hinter der Tür tatsächlich locker zu sein schien. Brinkhoff eilte ihr zu Hilfe. Zusammen stemmten sie das Brett vom Boden – und fanden die skelettierten Überreste einer Maus, die sich durch einen Spalt zwischen Boden und Wand hierhin durchgenagt haben musste.

„Okay, ich gebe auf", seufzte Plasberg und erhob sich ächzend. „Das Kinderzimmer ist sauber."

Die Kommissare zogen die Tür hinter sich zu und schauten bei Bettina Siener vorbei, aber auch die Kollegin hatte bisher kein Glück gehabt.

„Nichts", sagte sie, während sie sich durch einen Stapel Oberhemden wühlte. „Aber der Mann hat einen ziemlichen Ordnungsfimmel. Alles ist super aufgeräumt, die Hemden waren akkurat auf Naht gefaltet. Ich wünschte, mein Mann wäre so ordentlich."

Von unten hörten sie Hallstetters und Kaysers Stimmen die Treppe heraufkommen.

„Und?", fragte Plasberg.

„Volltreffer!", grinste Kayser. „Ein dunkelblauer Porsche Carrera. Für den blättert man selbst gebraucht noch einiges hin. So was hätte ich auch gerne. Im Kofferraum haben wir zwei Autoschilder gefunden."

„Ich dachte, der Wagen sei abgemeldet?", fragte Plasberg.

„Der TÜV war auch abgelaufen. Wir haben den Standort durchgegeben und Bescheid gesagt, dass der Wagen abgeholt wird. Dann können wir morgen überprüfen, ob die Schilder zum Wagen gehören oder gestohlen sind. Die Spurensicherung ist auch informiert; die schauen sich den Porsche morgen früh an."

„Wenn wir da ein paar DNA-Spuren von Anschlitz finden, brauchen wir die Festplatte nicht mehr", sagte Siener.

„Wäre mir aber lieber", erwiderte Plasberg.

„Sollen wir noch mal Gatlers Räume auf den Kopf stellen?", fragte Kayser.

Die Kommissarin nickte ihr Einverständnis, und die Kollegen verschwanden im Erdgeschoss. Es war stickig in Kauz' Schlafzimmer; seit gestern hatte die Sonne ungehindert in den Raum geschienen. Plasberg ging zum Fenster, um frische Luft hereinzulassen, während von unten das Klappern von Töpfen und Geschirr nach oben drang, als Vogt ein Küchenregal nach dem anderen absuchte. Als Plasberg nach draußen sah, tauchte am

Gartenende plötzlich ein blonder Haarschopf auf, der langsam näherkam.

„Was will der denn hier?", murmelte die Kommissarin, rannte die Treppe herunter und lief auf die Terrasse. „Herr Lukoscheit! Verraten Sie mir, was Sie hier zu suchen haben?"

Gatlers Gärtner nahm die Kopfhörer seines Smartphones aus den Ohren. „Was?"

„Was Sie hier wollen! Sie können hier nicht so einfach hereinspazieren; die polizeilichen Ermittlungen sind noch nicht abgeschlossen."

Lukoscheit sah die Kommissarin verdattert an. „Tut mir leid, ich wollte nicht ... da hab ich nicht drüber nachgedacht."

„Also, wieso sind Sie hier?"

Der junge Mann, wieder nur mit Shorts und Muscleshirt bekleidet, an den Füßen erneut Flipflops, wies mit dem Kinn zum Gartenschuppen. „Meine Klamotten abholen."

Plasberg schüttelte den Kopf. „Tut mir leid. Das bleibt alles vorerst da, wo es ist. Sie kriegen Bescheid von uns, wann die Sachen freigegeben werden."

„Was machen Sie hier eigentlich?", fragte Lukoscheit neugierig.

„Unsere Arbeit", gab Plasberg zurück und machte Anstalten, den Gärtner durch das Haus nach draußen zu eskortieren und ihn nicht aus den Augen zu lassen, bis das Eingangstor hinter ihm zugefallen war.

Lukoscheit warf einen letzten Blick auf den Garten. „Trotz allem", sagte er ein wenig wehmütig. „Ich hab hier ganz gerne gearbeitet. Vor allem, wenn Gatler nicht da ..." Er brach ab, runzelte die Augenbrauen und sagte: „O je. Was hat er denn da gemacht?"

„Was?", fragte die Kommissarin. „Wer?"

Lukoscheit marschierte mit ihr zu den Rosenbüschen, die das Anwesen vom Nachbargrundstück abschirmten, und deutete auf einen der Sträucher, der sämtliche Blätter und Blüten hängenließ. „Eine englische Duftrose. Ich hab sie Montag im Gartencenter geholt; Herr Kauz wollte sie selber einpflanzen." Der Boden um den Wurzelballen sah frisch ausgehoben und festgeklopft aus, aber die Pflanze wirkte definitiv nicht gesund.

„Vielleicht Ungeziefer?", mutmaßte Plasberg.

„Auf keinen Fall, die ist ganz neu.“ Lukoscheit warf einen fachmännischen Blick auf die Blätter. „Nein, keine Läuse, keine Spinnmilben, kein falscher Mehltau ... irgendwas muss mit den Wurzeln nicht stimmen. Schade drum. Die Sorte duftet wunderbar.“

„Wann hat Herr Kauz die Rose eingepflanzt?“, fragte Plasberg, plötzlich aufmerksamer.

„Keine Ahnung.“ Lukoscheit kratzte sich hinter dem Ohr. „Kann aber eigentlich nur gestern gewesen sein.“

Karsten Vogt hatte inzwischen die erneute Durchsuchung der Küche beendet und trat auf die Terrasse. „Kauz war im Garten beschäftigt, als wir gestern Morgen das Haus durchsucht haben“, rief er der Kommissarin zu.

„Mit dieser Rose?“

Der Kollege schlenderte gemächlich hinüber zu den Rosenbüschen und nickte. „Er hatte Dreck an den Händen, als wir ankamen. Ich hab ihn das noch fertigmachen lassen. Stimmt was nicht?“

Plasberg verdrehte die Augen. „Kauz hat gestern hier herumgegraben?“

„Ich hab ihn dabei beobachtet!“, verteidigte sich Vogt. „Der kann da nicht ...“ Er verstummte unsicher. Kauz war beinahe fertig gewesen, als Vogt ihn beaufsichtigt hatte; und er hatte ihn auch nicht aus nächster Nähe, sondern von der Terrasse aus kontrolliert.

„Holen Sie einen Spaten aus dem Schuppen“, befahl Plasberg. „Und dann graben Sie die Rose wieder aus! Nicht zu fassen!“

„Ich? Kann das nicht der Gärtner machen?“

„Angst um Ihre Schuhe, Vogt?“, erkundigte sich die Kommissarin spöttisch. „Natürlich Sie! Sie denken doch nicht ernsthaft, dass ich einen Zeugen die Arbeit der Polizei machen lasse?“

Karsten Vogt zog murrend ab und kam gleich darauf mit einer Schaufel wieder. Inzwischen hatten sich auch die anderen Kollegen um den Rosenbusch versammelt. „Herr Lukoscheit, Sie haben hier jetzt nichts mehr zu suchen“, wies Plasberg den Gärtner vom Grundstück. „Vielen Dank für Ihre Mithilfe.“ Sie wartete, bis Lukoscheit gegangen war, dann nickte sie, und Vogt begann zu graben.

Schon nach drei Spatenstichen hatte er den Wurzelballen der Rose freigelegt. Beim nächsten Stich stieß der Spaten auf einen harten Widerstand. Etwas Weißes schimmerte unter der Erde hervor. Der Kommissar kratzte den Dreck beiseite und legte eine Plastiktüte frei. Plasberg bückte sich, zog die Tüte aus dem Loch und sah hinein. „Die Festplatte", sagte sie zufrieden. „Ein Handy. Und der Chip der Drohne."

„Und Sie haben Kauz noch dabei zugesehen, wie er das Zeug vergraben hat, Vogt?", lachte Kayser. „Das muss man auch erst mal schaffen!"

„Grabowski hat auch sein Einverständnis gegeben!", rechtfertigte sich der Kommissar.

„Da ist noch mehr", sagte Brinkhoff und nahm seinem Kollegen den Spaten ab. Mit der nächsten Schaufel förderte er einige braune Glassplitter zutage. Die zwei größten nahm er vorsichtig in die Hand, schnupperte daran und wandte dann schnell den Kopf ab. „Chloroform. Die Flasche muss beim Verbuddeln k-kaputt gegangen sein, und das Chloroform ist ins Erdreich gesickert. Kein Wunder, dass die Rose eingegangen ist."

„Endlich Feierabend", seufzte Hallstetter.

„Ja", antwortete Plasberg. „Sobald Sie die Beweisstücke ins Präsidium geschafft haben. Auf Brinkhoff und mich wartet nämlich ein Conejo."

„Ein was?", fragte Kayser.

„K-Kaninchen", erwiderte der Kommissar. Erst jetzt bemerkte er, wie hungrig er war.

# *Donnerstag, 28. April*

Heribert Eikner war mit der Lösung des Falls so zufrieden, dass er Plasberg und Brinkhoff am nächsten Vormittag gestattete, Achim Kauz ohne Aufsicht mit den neuen Beweisen zu konfrontieren.

„Sie sehen furchtbar aus, alle beide!", sagte Gesine Keller tadelnd, als die Kommissare mit einiger Verspätung und – nach vier Flaschen Rotwein – ziemlich verkatert im Büro erschienen. Brinkhoff hatte es am Abend nach dem Essen nicht einmal mehr geschafft, Markus Clement anzurufen oder nach Hause zu fahren, so betrunken war er gewesen. Stattdessen hatte er die Nacht auf Plasbergs Sofa verbracht – was seiner Vorgesetzten zwar nicht recht gewesen war, aber ihre Mutter hatte ihre Einwände einfach beiseitegeschoben. „Du kannst den Mann in diesem Zustand nicht mehr nach Hause schicken, Maria. Jetzt stell dich nicht so an. Er wird sich kaum zu dir ins Bett legen!"

„Mutter!", hatte Plasberg entnervt gesagt, doch da hatte Brinkhoff schon geschlafen und war noch nicht mal wach geworden, als Helga Schneider ihm die Schuhe auszog und ihn zudeckte.

„Waren Sie auf einer Kostüm-Party?", fragte die Sekretärin.

Damit war offensichtlich die Kommissarin gemeint, die sich am Morgen für ein schwarzes Charleston-Kleid, schwarze Netzstrümpfe und hochhackige Schuhe entschieden hatte, und so passenderweise aussah, als hätte sie sich die ganze Nacht in einem Jazzklub um die Ohren geschlagen.

Normalerweise hätte die Kommissarin sich eine solche Bemerkung von Keller nicht gefallen lassen, aber die Sekretärin hatte eine so unerwartete Loyalität bewiesen, dass sich Plasberg vorgenommen hatte, ihr gegenüber in Zukunft freundlicher aufzutreten.

Nach mehreren Tassen besonders starkem Kaffee fühlten sich beide wieder einigermaßen fit, auch wenn Brinkhoff das Croissant, das ihm die Sekretärin anbot, mit flauem Magen ablehnen musste.

„Frau Kollegin, haben Sie nicht etwas vergessen?" Eikner kam aus seinem Büro geschossen, als sie auf dem Weg zum Verhör mit Kauz waren.

„Ich … ja, einen Moment.“ Die Kommissarin kramte in ihrer Handtasche – besetzt mit großen silbernen und schwarzen Pailletten, die bei jedem Schritt klimpernde Geräusche von sich gaben – und drückte Eikner ein Gesuch um Versetzung in die Hand, das sie noch gestern Abend schnell auf ein Blatt Papier geschrieben hatte, bevor der Rotwein ihre Sinne zu sehr benebelte. „Zufrieden?“

Eikner überflog das Schreiben und sagte: „Sehr.“

„Was sollte d-das?“, fragte Brinkhoff neugierig, als sie im Aufzug standen.

„Geht Sie nichts an“, erwiderte Plasberg kurz angebunden. Auch jetzt noch stieß es ihr bitter auf, völlig von Eikners Wohlwollen abhängig zu sein; die durchzechte Nacht hatte daran nichts geändert.

Martin Sperber wartete schon eine Viertelstunde, als die Kommissare endlich den Raum betraten. Der Anwalt brachte seinen Unmut darüber mit markigen Worten zum Ausdruck, wurde aber von Plasberg mit einer nichtssagenden Floskel abgefertigt. Gatlers Lebensgefährte wirkte noch ein wenig bleicher als die Tage zuvor, aber ansonsten hatte ihm die Nacht im Polizeigewahrsam offensichtlich nicht geschadet.

„Es ist vorbei, Herr Kauz“, sagte Plasberg zur Begrüßung. „Wir haben genug Beweise gesichert, um Sie des Mordes in zwei Fällen überführen zu können.“ Dann legte sie ihm die Festplatte aus Anschlitz’ Computer, den Chip der Drohne und das Handy vor, das inzwischen als das von Anschlitz identifiziert worden war, sowie einige Glasscherben der Flasche, die das Chloroform enthalten hatte.

„Was soll denn das?“, fragte Sperber.

„Herr Kauz weiß ganz genau, was das soll.“

Aber wenn sie gedacht hatte, dass er angesichts der Beweise zusammenbrechen würde, hatte sie sich getäuscht. Gatlers Lebensgefährte betrachtete die Sachen auf dem Tisch und begann mit einem höhnischen Gesichtsausdruck in die Hände zu klatschen. „Gute Arbeit, Frau Plasberg“, sagte er dann. „Ich hatte schon angefangen, Ihre Kompetenz in Zweifel zu ziehen.“

Plasberg ließ sich nicht beirren. „Herr Kauz, Sie können mich nicht provozieren. Mit Menschen wie Ihnen haben wir hier andauernd zu tun. Ich werde mich auch nicht allzu lange mit Ihnen aufhalten, dazu ist mir meine Zeit zu kostbar. Bevor meine Kollegen übernehmen, habe ich eigentlich nur eine Frage. Der Ablauf des Mordes an Martina Kamphaus und Ihr Motiv sind ja nun bekannt und auch optisch dokumentiert. Bei Thomas Anschlitz haben wir da allerdings noch einige Wissenslücken. Das Motiv war Erpressung?"

Kauz lachte leise. „Wenn Sie so wollen."

Sein Anwalt sah alarmiert auf. „Herr Kauz, in Ihrem eigenen Interesse sollten Sie die Frage nicht beantworten. Mit wäre es sehr viel lieber, wenn wir uns neu beraten und …"

Kauz brachte ihn mit einer Handbewegung zum Schweigen. „Sie haben die Kommissarin doch gehört: Es ist vorbei!" Es schien ihm nicht das Mindeste auszumachen. „Anschlitz war ein Stümper. Aber das war er schon immer. Sie wissen, dass ich ihn von früher kannte?", erkundigte er sich in einem freundlichen Plauderton.

„Wir wissen, dass Sie früher Groschenhefte der Serie *Jeff Ryker* geschrieben haben und er Ihr direkter Vorgänger war."

„Billigen Schund hat er geschrieben", erklärte Kauz. „Mir war völlig schleierhaft, warum der Verlag ihn überhaupt beschäftigt hat …"

„Vielleicht, weil Groschenromane immer billiger Schund sind?"

„Meine *Jeff-Ryker*-Geschichten waren gutgemachte Abenteuer!", widersprach Kauz verärgert. „Und die Arbeit war eine gute Schule. Bei Stefans Krimis konnte ich darauf aufbauen. Anschlitz hat wohl gedacht, er könnte mich mit den Kamerabildern erpressen und mir die Schmach heimzahlen, dass ich ihn damals aus dem Geschäft verdrängt habe. Ich bin ihm einmal begegnet. Ich war im Verlag, um mein erstes *Jeff-Ryker*-Heft absegnen zu lassen, und er kam in das Büro des Vertriebsleiters gekrochen, hat darum gebettelt, weiter für die Serie schreiben zu dürfen. Wollte sich bei mir einschleimen, hat mich um meine Visitenkarte gebeten, von ‚Kollege zu Kollege'. Als er gesehen hat, dass auf meiner Karte Jason K. Talbot stand, das Pseudonym, das vorher ihm gehört hat, sind ihm fast die Augen aus dem Kopf gesprungen. ‚Der Name gehört mir! Ich lasse mir das nicht wegnehmen!' Eine peinliche

Szene. Der Wachdienst hat ihn kurzerhand rausgeworfen, als er nicht gehen wollte."

„Und weiter?"

„Weiter? Freitagabend hat er sich telefonisch bei mir gemeldet, wollte zwanzigtausend Euro haben. Fürs Erste. Er hat nicht einmal Verdacht geschöpft, als ich ihn für den nächsten Tag zur Obermühle bestellt habe …"

„Die Sie kannten, weil Sie Gatler damals begleitet haben?"

„Andersrum wird ein Schuh draus. Stefan hat mich begleitet. Ich musste damals für *Wisconsin, Kanada* recherchieren. Während ich mich in der Mühle umgesehen habe, hat Stefan vor diesen alten Leuten vom Hof nebenan den großen Schriftsteller gemimt, hat etwas von einer ‚inspirierenden Umgebung' geschwafelt, einem ‚Ort, der eine Geschichte atmet'. Bedauernswert, nicht wahr? Ein bedauernswerter, alter Mann. Ich war derjenige, der hinter seinem Erfolg stand! Ich war derjenige, der ihn zu dem gemacht hat, der er war! Neun Jahre!" Sein linkes Augenlid begann zu zucken. „Neun Jahre habe ich ihn zu einem der erfolgreichsten Kriminalschriftsteller überhaupt gemacht! Wenn ich damals schon gewusst hätte, was er Lucca angetan … "

„Thomas Anschlitz, Herr Kauz", unterbrach ihn Plasberg. Sie hatte nicht vor, sich vom Thema abbringen zu lassen.

Gatlers Lebensgefährte wirkte ernüchtert. „Sind Sie nicht an einer guten Geschichte interessiert?"

„Ich bin an Fakten interessiert. An Tatsachen."

Kauz zuckte mit den Schultern. „Sehr bedauerlich. Ich habe Anschlitz gesagt, dass dort ein Koffer mit dem Geld für ihn bereitstehen würde, in der Mühle. Im Austausch dafür sollte er die Videoaufnahmen dort deponieren, die ich dann später abholen würde. Er hat's geschluckt. Anschlitz war gierig, und seine Gier hat ihn das Leben gekostet. Für Geld werfen die meisten Leute jedwede Vorsicht aus dem Fenster." Er leckte sich die Lippen. „Mir hat Geld nie etwas bedeutet, ebenso wenig der Ruhm, in dem sich Stefan gesonnt hat."

„Kommen Sie, Herr Kauz!", spottete Plasberg. „Das sollen wir Ihnen glauben? Sie waren niemals eifersüchtig, weil er die Anerkennung einstrich, die Ihnen gebührte? Niemand ist so uneigennützig!"

„Lucca", erwiderte er tonlos. „Lucca hat mir etwas bedeutet."

Wenn Kauz gehofft hatte, mit dieser letzten Bemerkung so etwas wie Mitgefühl auszulösen, dann hatte er sich verrechnet. Plasberg ging nicht darauf ein. „Sie haben also in der Mühle auf Anschlitz gewartet?"

„Was? Ja, habe ich. Direkt neben dem Aufgang, der früher für die Getreideanlieferung genutzt wurde. Als er die Leiter hochgeklettert kam, hatte ich schon das Chloroform für ihn bereit." Kauz schüttelte den Kopf. „Der Rest war ein Kinderspiel. Anschlitz war so überrascht, dass er keinen großen Widerstand geleistet hat. Ein paar Schläge … und das war's schon. Dann ist er zusammengesackt wie eine Puppe."

„Und um den Verdacht auf Ihren Lebensgefährten zu lenken, haben Sie ein Paar von Gatlers Schuhen angezogen? Eines seiner weißen Haare auf dem Leichnam von Anschlitz zurückgelassen?"

„Natürlich!" Kauz sah sie beinahe enttäuscht an. „Warum beleidigen Sie meine und Ihre Intelligenz, indem Sie das Offensichtliche wiederholen, Frau Kommissarin? Ah! Ich verstehe! Sie nehmen es persönlich, dass ich Sie hinters Licht geführt habe!"

„Ich nehme jeden Mord, den ich untersuche, persönlich." Plasberg taxierte Kauz mit deutlichem Missfallen. Sie betrachtete es als Affront, wenn jemand wie Kauz glaubte, ein Todesurteil über einen anderen Menschen verhängen und vollstrecken zu können, ohne sich verantworten zu müssen. „Abgesehen davon werden Sie in den nächsten Tagen noch sehr häufig immer wieder dieselben Fragen beantworten müssen, Herr Kauz. Bis wir uns vollständig über Ihre Beweggründe und über jedes einzelne Detail der Morde im Klaren sind. Vielleicht ist das in Ihren Kriminalromanen anders, aber in der Realität mahlen die Mühlen der Justiz zwar langsam, aber gründlich. Vorerst allerdings nur noch eine Frage: Anschlitz war doch nicht ganz so dumm, wie Sie erwartet hatten, oder?"

„Was meinen Sie?" Zum ersten Mal schien Kauz nicht zu wissen, worauf sie hinauswollte.

„Er hatte den Chip mit den Aufnahmen gar nicht dabei, stimmt's? Er hat Sie übertölpelt!"

Über das Gesicht von Gatlers Lebensgefährten wanderte ein Schatten. „Ich habe den Chip trotzdem erhalten, als ich seine Wohnung durchsucht habe, und Anschlitz hat trotzdem mit seinem Leben bezahlt."

„Nur hatten Sie keine Ahnung, dass er vorher eine Kopie der Aufnahme an seine Exfreundin geschickt hat. Mord, Herr Kauz, zahlt sich nie aus. Irgendetwas geht immer schief. Und das ist der große Unterschied zwischen der Fiktion und der Realität."

Plasberg und Brinkhoff standen auf und überließen Hallstetter und Kayser das Feld. „Ach so, eine Sache interessiert mich noch, Herr Kauz", sagte die Kommissarin auf dem Weg nach draußen. „Polizisten wie ich versuchen ja auch immer, sich in die Psyche des Täters hineinzuversetzen – selbst wenn wir nur über eine begrenzte Intelligenz verfügen." Diese Spitze konnte sie sich doch nicht verkneifen. „Für das, was er Ihnen angetan hatte, wollten Sie die Karriere Ihres Lebensgefährten zerstören. An Corinna Kemper konnten Sie sich nicht rächen, weil ihr Aufenthaltsort unbekannt ist. Aber wieso haben Sie Anke Koschnik in Ruhe gelassen? Wussten Sie, dass Gatler ihr monatlich Geld zahlt? Dann mussten Sie auch ahnen, wieso. Oder konnten Sie Koschnik deshalb nicht töten, weil Gatler Ihnen sonst auf die Schliche gekommen wäre?"

Kauz warf ihr einen gönnerhaften Blick zu. „Gute Frage, Frau Plasberg! Ich sehe, Sie sind lernfähig. Ich hatte so eine Ahnung. Stefan hat behauptet, monatlich zehntausend Euro auf ein Tagesgeldkonto zu überweisen. Ich wollte das noch überprüfen. Mit ein wenig mehr Zeit ... in *Nachtgeläut* wird eine Frau von einer Brücke gestoßen. Dieser Mord hat mir schon immer gefallen."

Sie war sich nicht sicher, ob Kauz wirklich so abgebrüht war, wie er klang. „Der Tod von Rashid Mokhtari und die zwei Morde an Kamphaus und Anschlitz ... es hat Ihnen nichts ausgemacht, diese Menschen sterben zu lassen?"

Er zuckte mit den Schultern. „Ich habe in meinen Büchern über die Jahre so viele Menschen getötet ... was sind da schon drei Leichen mehr?"

Plasberg wandte sich endgültig zum Gehen, aber diesmal rief Kauz sie zurück. „Zwei Morde, Frau Kommissarin?" Er lächelte sie an, und wieder fiel Plasberg auf, dass die Narbe an der Lippe seinen Mundwinkel zu einem wölfischen Grinsen verzog.

„Ich verstehe nicht …“

Kauz verschränkte die Arme vor der Brust wie jemand, der seinen letzten Trumpf ausspielt und ein schon verlorenes Spiel noch einmal zu seinen Gunsten dreht. „Sind Sie sicher, dass Sie sich nicht verzählt haben?“ Er fing leise an zu lachen und schüttelte den Kopf. „Ich fürchte, von uns beiden bin doch ich der bessere Kriminalist!“

Plasberg dachte beunruhigt über Kauz' letzte Bemerkung nach, während sie sich mit Brinkhoff auf den Weg zurück ins Büro machte. Sein Übermut verunsicherte sie. Hatte sie irgendetwas übersehen?

Ihrem Kollegen schien es ähnlich zu gehen. „Verzählt? Was kann er g-g-gemeint haben?“

„Den Tod von Mokhtari? Vielleicht war es doch kein Unfall, sondern Mord.“ Je länger sie grübelte, desto irritierter war sie. Kauz hatte viel zu selbstsicher, beinahe dreist gewirkt, als ob er ihr selbst in Untersuchungshaft noch einen Schritt voraus war. Und wieso war er so abgeklärt? Fast schien es, als machte es ihm nichts aus, festgenommen worden zu sein; als hätte er alles erreicht, was er sich vorgenommen hatte. „Vielleicht sollten wir uns noch mal Gatler vornehmen.“

„Wozu?“

„Irgendwas stimmt nicht. Ich habe ein ungutes Gefühl.“ Als sie aus dem Aufzug stiegen, klopfte sie kurzentschlossen an Eikners Tür. „Ich würde Sczierkorsky gerne noch einmal vernehmen“, sagte sie ihrem Chef. „Es gibt da ein paar Dinge, über die ich mir noch nicht im Klaren bin.“

Heribert Eikner winkte die Kommissare herein; er war gerade dabei, ein Telefonat zu beenden. „… unglaublich, dass Sie das ohne Rücksprache entschieden haben! Das wird Konsequenzen haben!“ Wütend warf er den Hörer zurück auf die Telefonanlage. „Was?“, blaffte er Plasberg an.

„Ich sagte, dass ich Sczierkorsky gerne noch mal …“

„Das können Sie erst mal knicken. Grabowski hat mich gerade informiert, dass Stephen Gatler heute früh um acht Uhr vorläufig aus der Untersuchungshaft entlassen worden ist, gegen eine Kaution von dreihunderttausend Euro und mit der Auflage, sich zweimal am Tag bei der Polizei zu melden. Offensichtlich gäbe es nach seinem Geständnis keinen Grund, ihn weiter festzuhalten."

„Was?" Plasberg war entsetzt.

„Sie haben mich schon verstanden." Eikner seufzte. „Sein feiner Anwalt ..."

„Grube?"

Der Leiter des KK 11 nickte frustriert. „Grube kennt den zuständigen Haftrichter privat, sie sitzen gemeinsam im Vorstand eines Fördervereins vom Museum Ludwig. So ist das doch immer hier in Köln. Alle verkehren in denselben Kreisen und schulden sich irgendwelche Gefallen. Da wird auch schon mal das Recht gebeugt. Manchmal bin ich das so satt in dieser Stadt!" Das war Plasberg neu; bisher hatte sie immer den Eindruck gehabt, dass Eikner nur zu gerne auch diesen Kreisen angehört hätte. „Grube hat auf den Richter eingewirkt, dass sein Mandant mit dem Skandal um seine Krimis doch schon genug durchgemacht habe", fuhr Eikner fort. „Er sei ein gebrochener Mann, und es gehe keinerlei Gefahr von ihm aus. Die Tat, die ihm von unserer Seite zur Last gelegt wird, also die Beihilfe zum Kindesentzug, habe er ja nun schon gestanden, und eine Verwicklung in den Tod von Mokhtari können wir ihm nicht beweisen."

„Wo hat er so schnell so viel Geld herbekommen?"

„Gatler ist guter Kunde einer angesehenen Kölner Privatbank. Ein Kurier hat um halb acht Uhr heute früh die Kaution hinterlegt. Ich verstehe nur nicht, wieso sich der Staatsanwalt darauf eingelassen hat! Grabowski war doch so scharf darauf, Gatler dranzukriegen!"

„Er hat ein schlechtes Gewissen", antwortete Plasberg.

„Wieso das denn?"

„Weil er es war, der die Sache mit der falschen Autorschaft an die Medien hat durchsickern lassen. Ich hatte gestern einen Anruf von Arnold Stumping."

„Das ist nicht Ihr Ernst!" Eikner griff erneut zu Telefon. „Dem werde ich was erz..."

Brinkhoff erstarrte plötzlich. „G-G-Gatler?“, stotterte er. „Zu Ha-Ha-Hause?“

Eikner und Plasberg sahen den Kommissar verwundert an. „Alles in Ordnung?“, fragte Plasberg.

Brinkhoff schüttelte heftig den Kopf. „N-N-Nein! Fünf K-K-Krimis und f-f-fünf L-Leichen!“, stotterte er und verwünschte seinen Sprechfehler, der ihn besonders in Stresssituationen zu schaffen machte. „V-Verstehen Sie n-n-nicht?“

„Durchatmen, Kollege! Tief durchatmen!“, wies ihn Plasberg an. „Sonst stehen wir morgen noch hier.“

Brinkhoff nickte mit rotem Kopf und nahm ein paar tiefe Atemzüge. „*Morgentod* und die Leiche von M-Mokhtari“, zählte er dann auf. „*Ein Grab aus Eis* und die Leiche von Martina K-Kamphaus. *Wisconsin, Kanada* und die Ermordung von Anschlitz ...“

„Wovon redet er eigentlich?“, fragte Eikner.

„Pst“, machte Plasberg. „*Nachtgeläut* und der geplante Tod von Anke Koschnik, den Kauz nicht durchführen konnte“, führte sie Brinkhoffs Erklärung zu Ende. „So weit komme ich mit. Und dann?“

„*Das blutige Kind* und der Tod von G-G-Gatler. Es ist vollkommen l-logisch. Er führt die Chronologie zu Ende! Gerade noch hat er Sie gefragt, ob Sie sich nicht verzählt haben! Er hat vor, Gatler zu töten!“

„Wie denn? Kauz sitzt bei uns fest!“

Ihr Kollege dachte angestrengt nach. „Natürlich!“, stieß er dann hervor. „Sie wissen es auch! Wir haben zugehört!“

„Zugehört? Ich weiß nicht, was Sie ... auf der Lesung?“ Plasberg konnte ihm im ersten Moment nicht folgen. „Sie meinen doch nicht die Pepperonipizza? Der Tod mit dem Schürhaken? Wie will Kauz das denn bewerkstelligen?“

„Nein! D-Danach! Der Großvater wird durch Schlafmittel in einem Glas Whisky umgebracht!“

„Auf der Bar im Wohnzimmer stand Whisky.“ Alle drehten sich zu Bettina Siener, die, durch die lauten Stimmen angelockt, zu Eikners Büro gekommen war und die letzten Sätze mitgehört hatte. „Eine Flasche Cragganmore, fünfundzwanzig Jahre alt, Spezialabfüllung, aus Schottland. Da kostet die Flasche fast vierhundert Euro. Ungefähr ein Fingerbreit war noch drin. Genug für ein letztes Glas."

„Aber Kauz befindet sich in unserem Gewahrsam", wiederholte Eikner skeptisch. „Wie soll er denn …?"

„Spielt keine Rolle", widersprach Brinkhoff. „Er hat gewusst, dass G-Gatlers Anwalt seinen gesamten Einfluss geltend machen würde, um Gatler vorzeitig auf freien Fuß zu bekommen. Kauz weiß, dass Gatler ein Alkoholproblem hat. Das Erste, was der nach seiner Freilassung machen würde, ist, sich einen D-Drink einzugießen. Und den hat Kauz vorher mit Schlaftabletten versetzt. Er muss gar nicht zu Hause sein. Er hat das geplant."

„Rufen Sie einen Krankenwagen", sagte Plasberg zu Eikner. „Und wir drei", sie deutete auf Brinkhoff und Siener, „fahren zu Gatler. Vielleicht ist es noch nicht zu spät!"

Fünf Minuten später waren sie in einem Einsatzwagen mit Martinshorn und Blaulicht Richtung Hahnwald unterwegs. „Fahren Sie schneller!", machte Plasberg Brinkhoff Druck, der an einer Kreuzung die Geschwindigkeit verringerte, um sicherzugehen, dass der Gegenverkehr trotz grüner Ampelphase stoppte, bis er die Straße überquert hatte.

„Wenn wir jetzt einen Unfall b-bauen, hilft das Gatler auch nicht!"

Die Fahrt durch die Stadt erschien allen dreien endlos. Mit quietschenden Reifen hielten sie schließlich vor dem Tor von Gatlers Haus und sprangen aus dem Wagen. Plasberg betätigte energisch die Klingel, aber niemand öffnete. „Verdammt!", fluchte sie. Vergeblich gab sie den Code fürs Tor ein, aber Gatler musste ihn bereits geändert haben. „Und jetzt?" Brinkhoff fackelte nicht lange, kletterte über das Tor und öffnete seinen Kolleginnen von innen. Wenn er dabei einen Alarm auslöste, umso besser. Zusammen rannten sie die Auffahrt zum Haus hoch, aber auch hier stießen sie vor die verschlossene Eingangstür. „Hintenrum!", rief Brinkhoff und sprintete los. Allen war klar, dass es um Minuten gehen konnte. „Versuchen wir die Tür zur T-Terrasse." Sie liefen zur Gartenseite des Hauses – und hatten wieder kein Glück: die

Tür war ebenfalls verschlossen. „Können wir die Scheibe einschlagen?“, fragte Plasberg nervös.

Brinkhoff schüttelte den Kopf. „Keine Chance. D-Das ist Doppelverglasung mit besonders dickem Fensterglas.“

„Aber ich krieg das Glas klein“, sagte Siener und zog ihre Dienstwaffe. „Gehen Sie beiseite.“ Sie feuerte drei Schüsse aus nächster Nähe auf das Glas um das Türschloss, bis es endlich barst. Brinkhoff trat die gesplitterte Scheibe ein und steckte seine Hand vorsichtig durch das Loch, bis er an den Türgriff kam und die Terrassentür öffnen konnte.

„Herr Gatler?“ Plasberg sah sich im Wohnzimmer um. Der Schriftsteller antwortete nicht. Einige der afrikanischen Masken waren von den Wänden geholt und auf den Boden geworfen worden, ein Sessel lag auf der Seite. „Vielleicht ist er oben?“

„Frau Plasberg?“ Bettina Siener war sofort zur Bar gelaufen und deutete auf die Whiskyflasche, die jetzt leer war.

„Scheiße, scheiße, scheiße!“, fluchte die Kommissarin. „Herr Gatler?“

Sie fanden den Autor in seinem Schlafzimmer. Er lag auf dem Bett, totenbleich, mit blutleeren Lippen, die Augen geschlossen, ein leeres Whiskyglas lag auf dem Boden. Der CD-Player auf der Nachtkonsole neben dem Bett spielte eine Sinfonie von Mahler in Dauerschleife. Plasberg fühlte Gatlers Puls und schüttelte den Kopf. „Zu spät“, sagte sie.

Brinkhoff schaltete den CD-Player aus, während auf der Straße die Sirene des Notarztwagens näherkam. Dann bemerkte die Kommissarin, dass Gatler etwas in seiner rechten Faust hielt. Sie löste das Papier vorsichtig aus der Umklammerung von Gatlers Fingern, faltete den Zettel auseinander und überflog, was der Autor darauf geschrieben hatte. Danach gab sie den Zettel an Brinkhoff weiter. Die Blicke der Kommissare trafen sich.

„Kommen Sie ein paar Minuten alleine klar, Frau Siener?“, fragte Plasberg. „Fordern Sie Vogt zur Verstärkung an; Brinkhoff und ich müssen zurück ins Präsidium. Wir haben noch etwas zu erledigen.“

„Klar. Kein Problem.“

*

Jochen Hallstetter und Matthias Kayser waren gerade mit dem Verhör fertig geworden; Achim Kauz stand neben einem Polizeibeamten im Gang, um zurück in die Untersuchungshaft gebracht zu werden, als Plasberg und Brinkhoff eintrafen.

„Ich habe mich getäuscht in Ihnen, Herr Kauz“, sagte die Kommissarin und rang um Beherrschung. Am liebsten hätte sie dem Mann eine Ohrfeige verpasst. „Sie wollten nicht nur Gatlers Karriere zerstören, Sie wollten sein Leben zerstören. Buchstäblich. Ihr Lebensgefährte ist tot. Vergiftet, so wie Sie es in *Das blutige Kind* beschrieben haben. Aber das wussten Sie bereits, oder?“

„Er hat bekommen, was er verdient hat“, sagte Kauz ungerührt. Erst, als er Plasbergs verständnislosen Blick bemerkte, verzerrte sich sein Gesicht zu einer Fratze, die erahnen ließ, wie viel Hass Kauz für seinen Lebensgefährten empfunden haben musste. „Er hat mir meinen Sohn weggenommen“, stieß er hervor. „Würden Sie nicht genauso handeln, wenn Ihnen jemand Ihr Kind wegnehmen würde? Auge um Auge, Zahn um Zahn.“

Es war zwar müßig, mit einem Mörder zu diskutieren, aber Plasberg hatte trotzdem das Bedürfnis, Kauz in seine Schranken zu weisen. „Es ist falsch, sich selber zum Richter über Gut und Böse aufzuspielen. Sie als Krimiautor müssten das eigentlich wissen. Selbstjustiz hat aus guten Gründen in unserer Gesellschaft nichts mehr zu suchen. Damit zerstören Sie einen Grundpfeiler unseres Zusammenlebens und öffnen der Anarchie die Tore.“

„Gesprochen wie eine echte Staatsdienerin“, machte sich Kauz über sie lustig. „Aber wir sind niemals unserer primitiven Natur entwachsen, Frau Plasberg! Der Wunsch nach Vergeltung, nach unmittelbarer Rache für ein erlittenes Unrecht, steckt ganz tief in uns drin, und Ihr Staat ist ausgesprochen schwerfällig, wenn es darum geht, Gerechtigkeit walten zu lassen – in meinem Fall niemals. Daher musste ich die Dinge selbst in die Hand nehmen.“ Er zuckte mit den Schultern, als wäre ihm die Meinung der Kommissarin gleichgültig. „Aber wenn Ihnen diese Erklärung nicht passt, dann vielleicht eine andere: Das Böse ist wie eine ansteckende Krankheit, Frau Kommissarin. Man kann sich ihm nicht entziehen. Wenn man jahrelang über das Böse schreibt und mit ihm zusammenlebt, dann infiziert man sich.“

„O nein, Herr Kauz“, widersprach Plasberg entschieden. „Das Böse ist nicht unausweichlich. Man kann sich ihm widersetzen, und wenn man es nicht tut, dann ist das eine bewusste Entscheidung. Stefan Scziekorsky hat das erkannt, ganz am Schluss.“ Sie gab Kauz den Zettel, den sie in Gatlers Faust gefunden hatte „Sie haben aus niederen Motiven, aus bodenlosem Hass gehandelt. Sie haben sich bewusst für das Böse entschieden.“

„Was ist das?“, fragte Kauz und faltete den Zettel auf. Als er las, was darauf geschrieben war, weiteten sich seine Augen.

„Der Beweis, dass Sie Ihren Lebensgefährten nicht umgebracht haben, sondern dass er sich das Leben genommen hat. Wenn er nicht gewusst hätte, dass Sie den Whisky mit einer Überdosis Schlaftabletten vermischt haben, dann wäre er nicht mit einer letzten Nachricht an Sie gestorben. Der Zettel befand sich in seiner Hand, als wir Gatler gefunden haben.“

„Eine Adresse in der Nähe von Dallas, Texas“, flüsterte Kauz. Seine Finger zitterten, als er Plasberg den Zettel zurückgab.

„Wir nehmen Kontakt mit den amerikanischen Behörden auf, um herauszufinden, ob dort Ihr Sohn lebt“, sagte Plasberg. „Nur schade, dass Sie für lange, lange Zeit im Gefängnis sitzen werden.“ Sie nickte dem Polizeibeamten zu und sagte: „Wir sind hier fertig. Bringen Sie Herrn Kauz zurück in seine Zelle.“

„Es hat keinen Sinn. Ich bin zu m-müde“, sagte Brinkhoff einige Stunden später, in denen sich Plasberg und er an ihren Schreibtischen gegenübergesessen hatten, um die Unterlagen auf den neuesten Stand zu bringen, überfällige Berichte fertigzustellen und den Fall Gatler, der letzten Endes zu einem Fall Kauz geworden war, so schnell wie möglich abzuschließen. „Ich k-kann mich nicht mehr konzentrieren.“

Die Kommissarin hatte noch weniger Eifer als ihr Kollege an den Tag gelegt; in sporadischen Abständen hatte sie wortlos das Büro verlassen und war kurz darauf ebenso wortlos wiedergekommen und hatte abwechselnd nach Kaffee und Zigarettenqualm gerochen. Zwischendurch hatte sie sich mit ihrem Handy beschäftigt und sich endlich einen neuen Klingelton heruntergeladen: *My Sweet Lord* von George Harrison.

„Ernsthaft?“, hatte Brinkhoff gefragt. „Das ist zwar besser als der Radetzky-Marsch, aber … Das D-Ding ist doch bestimmt fünfzig Jahre alt!“

„Ich mag George Harrison“, hatte Plasberg pikiert geantwortet. „Hab ich schon immer gemocht!“

In diesem Moment ertönten die ersten Takte des Superhits aus den siebziger Jahren.

„Wenigstens w-wissen wir, dass der Klingelton funktioniert!“, sagte Brinkhoff, während Plasberg das Gespräch annahm.

„Mutter, was gibt's? … Was? … Wo? … Ich? … Helene Fischer? … Das ist nicht dein Ernst! … Aber … Nein, ja … ja, ist gut.“ Sie verstaute das Handy wieder in ihrer Handtasche. „Ich hasse meine Mutter!“, sagte sie dumpf.

„Wieso? Ich fand sie sehr nett.“

Plasberg verbarg das Gesicht in ihren Händen. „Sie hat gerade bei einem Radioquiz mitgemacht und zwei Karten für das Helene-Fischer-Konzert in Köln gewonnen. Und jetzt muss ich mit ihr da hingehen!“

Trotz seiner Müdigkeit fing Brinkhoff schallend an zu lachen.

Die physische und psychische Erschöpfung nach dem vorläufigen Abschluss der Ermittlungen war auch Siener, Vogt, Hallstetter und Kayser anzumerken. Vogt starrte geistesabwesend aus dem Fenster, Bettina Siener chattete mit einer Kollegin über WhatsApp, und Hallstetter und Kayser spielten auf ihren PCs Karten. Niemand brachte die Energie auf, sich mit Arbeit zu beschäftigen; nur wenn sich Eikners Bürotür öffnete, rissen sich alle für wenige Minuten zusammen. Plasbergs Mitarbeiter brauchten eine Verschnaufpause, und schließlich hatte die Kommissarin ein Einsehen.

„Gehen Sie nach Hause“, sagte sie zu Brinkhoff und spielte gedankenverloren an den Pailletten ihrer Handtasche. „Ich schicke die Kollegen auch gleich heim. Wir haben alle in den letzten Tagen genug Überstunden angesammelt.“

„Und Sie?“

Sie schüttelte den Kopf. „Muss noch ein paar Dinge aufarbeiten“, erklärte sie vage. Eikner würde mit Freude die erste Gelegenheit zu ihrer Strafversetzung nutzen, die sich ihm bot. Sie hatte sich fest vorgenommen, ihm keinen Anlass zu bieten. Und im Moment bedeutete dies, das Präsidium nicht vor dem offiziellen Dienstschluss um siebzehn Uhr zu verlassen.

„Na schön." Brinkhoff öffnete den Mund, besann sich aber eines Besseren. Wenn Maria Plasberg nicht reden wollte, dann war es klüger, sie nicht zu drängen. „Dann bis morgen." Er war schon fast aus der Tür, als ihm noch etwas einfiel. „Hätte ich fast vergessen." Er zog den Versicherungsvertrag von Helga Schneider aus der Jackentasche. „Ich hab mir den Vertragstext endlich komplett durchgelesen ... das sieht nicht g-gut aus. Ich g-glaube nicht, dass Sie die Versicherung zwingen können, für den Schaden aufzukommen. Tut mir leid."

„Oh, das habe ich schon geregelt."

„Wie denn?"

„Ich habe eben mit einem Mitarbeiter in der deutschen Konzernmutter gesprochen. War gar kein Problem."

„T-Tatsächlich?"

Plasberg machte ein mürrisches Gesicht. „Jetzt verschwinden Sie schon, Brinkhoff!" Sie dachte gar nicht daran, ihm zu gestehen, dass sie nicht nur die ausstehenden Versicherungsbeiträge ihrer Mutter für das letzte und das laufende Jahr übernommen hatte, sondern sich trotz allem nur mit dem unbestimmten Versprechen hatte zufriedengeben müssen, dass man versuchen werde, in Helga Schneiders Fall bei der spanischen Tochterfirma auf Kulanz zu drängen. Das war weniger, als sie sich erhofft hatte, aber besser als nichts.

Als Brinkhoff aus dem Präsidium trat, blies ein kräftiger Wind und jagte Wolken über den Himmel. Aus dem Einkaufszentrum nebenan wehte der Duft von Döner Kebab zu ihm herüber, vermischt mit der abgestandenen Luft, die die Filter der Klimaanlage nach draußen pusteten. Er schlenderte die Deutz-Kalker-Straße entlang stadteinwärts, vorbei am Deutzer Campus der TH, dessen gelb-blaue Fassadenteile ihn immer an überdimensionierte Legosteine erinnerten, vergrub die Hände in den Hosentaschen und ließ den Wind seine Haare zerzausen.

Zurück in seinem Viertel machte er noch ein paar Besorgungen im Supermarkt und beim Obsthändler. Als er an der kleinen

Buchhandlung vorbeikam, entfernte ein Mitarbeiter gerade die ausgestellten Exemplare von Gatlers letztem Krimi *Das blutige Kind* aus dem Schaufenster. Die Rückrufaktion des Verlages hatte also schon begonnen. Ob sie rückgängig gemacht werden würde, sobald die Nachricht von Gatlers Freitod an die Öffentlichkeit gelangte? Nichts heizte Verkaufszahlen bei Büchern so sehr an wie ein handfester Skandal. Und wenn der auch noch einherging mit dem Selbstmord des Schriftstellers, würde sich Armin Schäfer-Kussnachts moralische Entrüstung wohl sehr schnell legen.

Brinkhoff verzog das Gesicht und beschloss, bei nächster Gelegenheit alle Krimis von Stephen Gatler in die Altpapiertonne zu werfen. Ansonsten würde er jedes Mal, wenn sein Blick an den Buchrücken im Regal hängenblieb, Martina Kamphaus' vom Wasser grotesk aufgedunsene Leiche vor Augen haben oder den leblosen Körper von Thomas Anschlitz, stranguliert, gerade vom Baugerüst der Kerpener Obermühle abgenommen und nach Fäkalien stinkend.

Bepackt mit Papiertüten bog er auf den Gotenring ab – und hielt inne, als er sah, dass sein Toyota auf dem Parkplatz vor der Haustür stand. Markus war zurück. Brinkhoff grinste, und ein wohliges Gefühl machte sich in seiner Magengegend breit. Bis er bemerkte, dass sich auf der Rückbank des Autos ein Kindersitz befand und daneben, kunterbunt durcheinandergewürfelt, eine Riesenpackung Windeln, ein Karton mit Alete-Gläschen, ein Teddybär, ein kariertes Kapuzenjäckchen für ein Kleinkind und Babyschuhe.

„D-D-Das ist nicht d-dein Ernst!", stotterte Brinkhoff, kramte seinen Schlüssel aus der Hosentasche und hastete nach oben.

Im Hausflur kam ihm Herr Öcal entgegen, zwinkerte ihm zu und sagte: „Herzlichen Glückwunsch! Ich wusste gar nicht, dass Sie ein Baby bekommen haben! Hat ja eine kräftige Stimme! Was ist es denn? Mädchen oder Junge?"

„Weiß nicht", murmelte Brinkhoff. Markus hatte es bestimmt erwähnt, aber in der Aufregung fiel es ihm nicht ein. Er ließ seinen Nachbarn mit einem verstörten Gesichtsausdruck zurück und nahm die letzten Treppenstufen im Eiltempo.

Als er die Wohnungstür aufschloss, wäre er beinahe über einen Kinderbuggy gefallen, der mitten im Flur stand. „Was zum T-Teufel ...?"

In diesem Moment kam ihm Markus mit seiner Nichte auf dem Arm entgegen. „Wieso bist du nicht zu erreichen gewesen, Torsten?", begrüßte er ihn verstört. „Ich versuche dich seit gestern Abend anzurufen! Und wo warst du heute Nacht?"

Brinkhoff fiel siedend heiß ein, dass er sein Handy heute Morgen nicht eingeschaltet hatte. „Ich war bei P-Plasberg", entschuldigte er sich.

„Die ganze Nacht?"

„Conejo und vier F-Flaschen Rotwein. Und was ist d-das?" Er deutete auf das kleine Mädchen auf Markus' Arm, dessen dünne blonde Haare zu zwei verunglückten Zöpfen zusammengebunden worden waren, das ihn aus großen blauen Augen anstarrte und heftig an seinem Schnuller nuckelte.

„Das ist Emma, meine kleine Nichte. Sag ‚Hallo, Torsten', Emma!" Markus nahm die kleine Faust des Mädchens und winkte Brinkhoff zu. Emma machte den Mund auf, und der Schnuller fiel auf die Erde.

„Ich w-weiß, wer das ist!", sagte Brinkhoff mit unterdrücktem Ärger. „Aber was macht sie hier?"

„Nur vierzehn Tage, bis meine Eltern von ihrer Kreuzfahrt zurück sind!" Sein Freund sah ihn etwas hilflos an. „Dann bringen wir Emma nach Gummersbach. Ich hab alles mit Kati abgesprochen!"

„Aber nicht mit mir!"

Markus sah verlegen zu Boden. „Ich wusste nicht, wie."

„Wie soll d-das denn funktionieren? Du musst arbeiten, ich muss arbeiten ..." Brinkhoff warf die Arme nach oben.

„Ich hab noch eine Woche Urlaub, schon vergessen? Und dann ... wir kriegen das schon hin. Komm schon, Torsten! Was hätte ich denn tun sollen? Kati kann sich nicht um die Kleine kümmern!"

„Gibt's dafür keine Tagesmütter?", protestierte Brinkhoff. Er kam sich völlig überfahren vor. „Irgendwelche ... ich weiß auch nicht ... K-Kinderkrankenschwestern?"

„Emma geht's gut, die ist nicht krank. Meine Schwester ist krank."

„D-Die Nachbarn denken, wir haben ein K-Kind adoptiert!"

„Sieh es als Generalprobe an!"

„Wofür?"

„Für dein Patenkind natürlich. Was dachtest du denn?"

Brinkhoff gingen langsam die Argumente aus. Es kam nur alles so überraschend, so unvorbereitet. „Aber ich hab keine Ahnung, wie man mit einem B-Baby umgeht ... was es b-b-braucht."

„B-B-B", machte Emma und lachte.

Markus kicherte. „Niedlich, oder?"

Brinkhoff hatte seinen Freund in den letzten Wochen nicht so zufrieden gesehen. Er war wie ausgewechselt. Vielleicht hatte Plasberg recht, vielleicht war es das, was ihm nach dem Attentat gefehlt hatte: eine Aufgabe, die ihn zwang, seine Gedanken nicht mehr nur um sich selbst kreisen zu lassen. „In dem Alter sind die Ansprüche ein wenig übersichtlich. Essen, schlafen, in die Windeln kacken und schreien. Und krabbeln natürlich. Wir müssen alles in Sicherheit bringen, was auf der Erde herumfliegt."

„So was Ähnliches hab ich d-doch schon mal gehört", brummte Brinkhoff. „Wie verträgt sich Bombadil mit ihr?"

Markus räusperte sich. „Er ... ähm ... er hockt seit gestern Abend unter dem Sofa. Aber keine Sorge, das wird noch!", beeilte er sich hinzuzufügen. „Vorhin ist er zum Fressen schon rausgekommen. Willst du sie mal halten?" Markus reichte ihm das kleine Mädchen auf den Arm.

„Gott, ist die süß!", seufzte der Kommissar verzückt, als Emma mit ihrer Hand seine Nase untersuchte.

„Warte ab, bis sie dir das erste Mal aufs Hemd kotzt. Hat sie gestern nämlich bei mir gemacht."

„Du redest wirklich wie die P-Plasberg", erwiderte Brinkhoff und grinste.

# *Danksagung*

Nina Stressenreuter, Ilona Bubeck, Ingo Lier, Uli Zillgitt, Veit Georg Schmidt, Regina Nössler und Norbert Friederichs haben das Manuskript gelesen und mit Anregungen, Lob und Kritik nicht gespart.

Rainer Hörmann und Jim Baker waren für das Lektorat verantwortlich, Jörg Michaelis betreut meine Homepage.

Danke euch allen.

Ein Kriminalroman ist immer nur eine Fiktion, niemals ein genaues Abbild der Realität. Manchmal habe ich mir die sprichwörtliche dichterische Freiheit genommen, Dinge so darzustellen, wie sie der Handlung des Romans angemessen erschienen. Sollten Unstimmigkeiten zur Arbeitsweise der Polizei auftauchen, so sind sie allein dramaturgischen Überlegungen geschuldet. Alle Charaktere sind frei erfunden.

Mehr zum Autor unter www.stressenreuter.de